PROCÈS

J.-P. PESCATORE.

Paris. — Imprimerie de L. MARTINET, rue Mignon, 2.

PROCÈS

J.-P. PESCATORE

RECUEILLI

PAR J. SABBATIER,

Ancien sténographe des Chambres législatives pour le *Moniteur universel*,
Directeur de la *Tribune judiciaire*.

Mariage religieux célébré en Espagne.
Effets civils réclamés en France à la suite du décès.

PARIS

BORRANI ET DROZ, LIBRAIRES - ÉDITEURS,

RUE DES SAINTS-PÈRES, 9.

1856

TRIBUNAL CIVIL DE LA SEINE.

(1re CHAMBRE.)

PRÉSIDENCE DE M. DE BELLEYME.

SUCCESSION DE J.-P. PESCATORE.

MARIAGE RELIGIEUX CÉLÉBRÉ EN ESPAGNE.
EFFETS CIVILS RÉCLAMÉS EN FRANCE A LA SUITE DU DÉCÈS.

M. J.-P. Pescatore, né en 1793, à Luxembourg, servit dans les armées françaises pendant les guerres de l'Empire. En 1814 il retourna dans son pays natal et devint l'associé de son frère aîné Antoine Pescatore, qui dirigeait une importante manufacture de tabacs; en 1834, il vint se fixer à Paris, où il établit le siége de ses affaires et où il se fit naturaliser Français en 1849. Négociant habile, actif, il vit en peu d'années sa fortune se développer dans des proportions considérables; sa situation sociale suivait le même accroissement, et en 1852 il fut nommé consul général des Pays-Bas. Il recevait dans son hôtel de la rue Saint-Georges, dans sa magnifique terre de la Celle-Saint-Cloud, et dans sa résidence de Giscours, près de Bordeaux, la plus haute société.

Dès 1839, une dame Anne-Catherine Weber, originaire du canton de Zurich, était venue s'établir dans la maison de M. Pescatore; elle parut d'abord y occuper une situation modeste, mais s'élevant par degrés, elle arriva à faire les honneurs du salon à une partie de la société parisienne qui la croyait unie à M. Pescatore par un mariage secret.

En 1852 M. Pescatore et madame Weber, cédant aux exhortations d'un vénérable prélat, voulurent faire cesser ce que leur situation avait d'irrégulier et de répréhensible aux yeux de la morale.

III.   1

Munis de dispenses de bans de l'archevêque de Paris et de l'évêque de Versailles et d'une autorisation de l'archevêque de Bordeaux, ils se rendent à Renteria, petite ville d'Espagne à deux lieues de la frontière française, y reçoivent la bénédiction nuptiale du curé, et retournent en France dans la même journée. Ce mariage n'avait pas été précédé en France des publications légales et ne fut pas transcrit sur les registres de l'état civil; il fut transcrit seulement à la paroisse de la Celle-Saint-Cloud.

M. Pescatore mourut en 1855, laissant par testament à madame Weber un capital de 500,000 fr., 40,000 fr. de rente, des usufruits et d'autres avantages considérables. Il disposait en faveur de sa famille du surplus de la succession, presque entièrement mobilière, et qui s'élève à 10 ou 12 millions. Madame Pescatore forme aujourd'hui une demande en partage de la communauté de biens qu'elle prétend avoir existé entre elle et M. Pescatore et en délivrance de legs. Les héritiers (1) refusent de voir dans le mariage de Renteria autre chose qu'une union de conscience qui ne peut produire des effets civils, et ils attaquent, au surplus, le mariage comme célébré en violation du Concile de Trente qui régit les mariages en Espagne et en violation du Code Napoléon et du Concordat.

Ce procès, à raison des grands intérêts qui sont en jeu, des grandes questions qu'il soulève et du talent des éminents avocats chargés des plaidoiries, attire à l'audience une affluence considérable et préoccupe au plus haut degré l'opinion publique.

Des consultations remarquables sont produites de part et d'autre.

Celles que produit madame Pescatore sont signées de MM. Odilon Barrot, Marie, Bethmont, avocats; de MM. Demolombe et Bugnet, professeurs de droit, et de MM. Crooke, Hernandez, Cortina, Morphy et Serrano, avocats à Madrid.

Les héritiers produisent des consultations de M. Laboulaye, pro-

---

(1) Ces héritiers sont :

1° M. Guillaume-Bonaventure PESCATORE, propriétaire, demeurant à Luxembourg.

2° Madame Elisabeth PESCATORE, épouse de M. Joseph-Auguste DUTREUX, receveur général du grand-duché de Luxembourg.

3° Madame Marie-Marguerite-Suzanne PESCATORE, épouse de M. Paul-Frédéric-Auguste-François de SCHERFF, administrateur général des travaux publics du grand-duché de Luxembourg.

4° M. Constantin-Joseph-Antoine PESCATORE, propriétaire, ancien négociant à Luxembourg, tuteur de mademoiselle Marie-Madeleine dite Émilie Pescatore.

5° Madame Marguerite-Séraphine BEVING, veuve de M. Pierre-Antoine PESCATORE, tutrice de M. Marie-Antoine-Dominique PESCATORE, demeurant à Luxembourg.

6° Madame Marguerite-Angélique PESCATORE, épouse de M. François-Charles MUNCHEN, avocat-avoué à Luxembourg.

7° Madame Marie-Barbe-Julie PESCATORE, épouse de M. Sigisbert-Léon LAMORT, fabricant de papier à Seiningen, près Luxembourg.

8° Madame Wilhelmine PESCATORE, épouse de M. Alphonse NOTHOMB, ministre de la justice de Belgique.

9° Madame Marie-Séraphine PESCATORE, épouse de M. Jean-Antoine-Marie-Alexis POULMAIRE, demeurant à Steinsel, canton de Luxembourg.

fesseur de législation comparée au Collège de France, membre de l'Institut; de M. Freslon, avocat; de la Faculté de théologie de l'Université catholique de Louvain; de M. Bravo Murillo, ancien ministre de la justice et Président du conseil des ministres de S. M. la reine d'Espagne, et de MM. Valette, Demante, Machelard et de Valroger, professeurs à la Faculté de droit de Paris.

Madame Pescatore est défendue par Me Chaix d'Est Ange, avocat, assisté de Me Laperche, avoué.

La défense des héritiers Pescatore est confiée à Me Dufaure, avocat, assisté de Me Péronne, avoué.

La ville de Luxembourg, qui intervient comme légataire, est représentée par Me Sénard, avocat, assisté de Me Denormandie, avoué.

Audience du 20 juin 1856.

M. LE PRÉSIDENT. — Me Chaix d'Est Ange, êtes-vous prêt à plaider?

Me CHAIX D'EST ANGE. — C'est à mon adversaire de plaider le premier, puisqu'il est demandeur.

Me DUFAURE. — Mais pas du tout, c'est vous qui êtes demandeur.

Me CHAIX D'EST ANGE. — Non, puisque vous demandez la nullité du mariage.

Me DUFAURE. — Vous avez pris l'initiative. Vous avez formé une demande en délivrance de legs et en partage de communauté.

Me CHAIX D'EST ANGE. — Au surplus, voici mes conclusions :

Attendu que les légataires universels n'ont pas conclu à la nullité du mariage célébré à Renteria (Espagne), le 8 novembre 1851, entre Jean Pierre Pescatore et Anne-Catherine Weber, et que, dès lors, madame veuve Pescatore demeure avec son acte de mariage et sa possession d'État;

Subsidiairement, attendu qu'en thèse générale, les publications prescrites par l'art. 63 du Code Napoléon n'ont jamais été considérées comme une formalité essentielle du mariage;

Attendu que, lorsqu'il s'agit d'un mariage contracté à l'étranger, aux termes de l'art. 170 du même Code, la nullité n'en est pas expressément prononcée par la loi, et que la nullité dans ce cas ne peut être suppléée;

Attendu d'ailleurs qu'elle ne pourrait être prononcée que si l'absence de publication avait été calculée pour échapper à des empêchements ou à des consentements nécessaires pour la validité du mariage; qu'il s'agit ici d'un mariage contracté avec une entière liberté et une incontestable bonne foi;

Attendu que ce mariage a été célébré conformément aux lois et usages du pays où il a été contracté, qu'il l'a été en vertu d'une licence délivrée par l'ordinaire compétent et avec des dispenses régulièrement octroyées;

Attendu que depuis sa célébration en novembre 1851, ce mariage a été constamment suivi de la possession d'état la plus éclatante; que madame Pescatore a toujours été traitée, même par les parents qui l'attaquent aujourd'hui, comme épouse légitime de M. Pescatore;

Par ces motifs et tous autres à suppléer de droit et d'équité, sans s'arrêter ni avoir égard aux moyens et prétentions des légataires universels de Jean-Pierre

Pescatore, adjuger à madame veuve Pescatore les conclusions de sa demande ;

En conséquence dire et ordonner qu'aux requête, poursuite et diligence de la dame Anne-Catherine Weber, épouse légitime, et aujourd'hui veuve de Jean-Pierre Pescatore, il sera procédé aux opérations de compte, liquidation et partage de la communauté ayant existé entre elle et ledit sieur son mari et à la vente par licitation des acquêts de communauté ; donner acte des consentements respectifs donnés par les parties quant à la délivrance des legs.

C'est tout ce que j'ai à dire, messieurs ; je m'en rapporte à la sagesse du tribunal en qui j'ai toute confiance. (Mouvement de surprise. — Sourires.)

Mᵉ DUFAURE. — J'ai tout autant de confiance que vous dans la sagesse du tribunal, cependant il me semble qu'une affaire de cette gravité doit être discutée.

M. LE PRÉSIDENT. — Eh bien ! à quinzaine, Mᵉ Dufaure.

Mᵉ DUFAURE. — Il est bien entendu que les rôles ne seront pas intervertis.

M. LE PRÉSIDENT. — C'est entendu. A quinzaine.

Audience du 4 juillet 1856.

PLAIDOIRIE DE Mᵉ DUFAURE.

Messieurs,

Je ne me dissimule pas la situation désavantageuse et embarrassante dans laquelle on m'a placé. Je suis obligé de répondre par une longue plaidoirie à une demande qui a été fort peu développée. Je suis obligé de chercher dans le laconisme des conclusions de la demanderesse et dans l'habile sobriété de paroles de son honorable défenseur les moyens par lesquels elle juge à propos de soutenir sa demande. Je risque, dans la plaidoirie pour laquelle je sollicite l'attention du tribunal, de discuter longuement des moyens qu'on abandonnera, et peut-être d'omettre l'examen de moyens sur lesquels s'appuiera l'adversaire.

Quoi qu'il en soit, je ferai ce qui sera en moi pour exposer les vraies difficultés du procès ; cette tâche accomplie, j'imiterai mon contradicteur, et comme lui, je m'en rapporterai à la sagesse du tribunal, bien persuadé qu'il appréciera mieux que personne les faits quand il les connaîtra, et nos moyens de défense, quand ils auront pu lui être soumis.

Le procès sur lequel le tribunal est appelé à statuer concerne la succession de Jean-Pierre Pescatore, de son vivant banquier à Paris. M. Pescatore était né en 1793, à Luxembourg. Dans sa jeunesse, à l'époque des dernières guerres de l'Empire, il avait pendant quelque temps servi sous nos drapeaux, puis en 1814 il était rentré dans sa ville natale, et s'était associé à une manufacture de tabacs qu'avait fondée son frère aîné, Antoine Pescatore. Il était devenu en 1816 seul gérant de cette entreprise ; dans la même année, il s'était marié, il avait épousé Marguerite Beving. Cette jeune femme était tombée malade peu de temps après son mariage ; elle était venue à Montpellier pour tâcher d'y rétablir sa santé, et elle était retournée dans sa ville natale pour y mourir en 1821. Elle était sœur de la femme d'Antoine Pescatore, et ce lien nouveau, qui s'était établi entre les deux frères, n'avait fait que resserrer une amitié qui ne s'est jamais démentie.

En 1819, l'établissement que Jean-Pierre Pescatore dirigeait à Luxembourg le mit en rapport avec l'administration des tabacs de France. C'est par là que commença sa grande fortune.

Vers 1834, ses relations, comme fournisseur, avec le Gouvernement français devinrent considérables; M. Jean-Pierre Pescatore, pour les suivre, sentit le besoin de s'établir à Paris. Il y prit d'abord un appartement modeste, plus tard il acquit trois immeubles importants : un hôtel rue Saint-Georges, qui avait appartenu à M. de Girardin; le château de la Celle-Saint-Cloud, propriété qu'il a achetée de la succession de M. Morel de Vindé; le château et la terre de Giscours, dans le Médoc.

Il se fit naturaliser Français en 1846, et en 1852, il devint consul général des Pays-Bas. Il avait fondé à Paris une maison de banque considérable qui l'avait mêlé au grand monde financier de notre époque : il fit de son château de Celle-Saint-Cloud une résidence princière dans laquelle il recevait une nombreuse et opulente société. Il demeurait l'hiver à Paris, l'été à la Celle, et il allait passer quelques journées d'automne en Médoc pour y faire ses vendanges. Il conserva toujours, dans les diverses phases de sa vie, les relations les plus affectueuses avec la plupart des membres de sa famille.

Sous ces dehors brillants, messieurs, et lorsque le premier chagrin que lui avait causé la mort de sa jeune et charmante épouse fut à peu près effacé et ne le défendit plus contre les séductions auxquelles sont exposés tous les hommes opulents comme lui, il forma une de ces liaisons irrégulières qui, un jour ou l'autre, viennent ronger le cœur de celui qui s'y livre et jeter le trouble dans sa famille.

En 1839, une femme, alors âgée de trente-cinq ans environ, entra dans la maison de Jean Pierre Pescatore, en qualité de femme de charge. Ceux qui fréquentaient alors la maison se rappellent qu'elle habitait une petite chambre à côté de la cuisine. En peu de temps, sa fortune fut évidente. Elle s'éleva bientôt de l'humble condition dans laquelle elle était entrée chez M. Pescatore. Elle entra d'abord modestement dans la salle à manger au moment du repas, prenant place au bout de la table et sortant aussitôt que le repas était terminé; peu après, elle s'assit en face de M. Pescatore, et fit les honneurs de la table avec assurance et en femme sûre de son empire; elle se nommait Catherine Weber.

A cette époque, un neveu de M. Pescatore, le fils de son frère Antoine, vivait à Paris, associé avec son oncle et son père. Pierre Pescatore était un jeune homme au cœur pur, à l'âme ardente, qui avait été récemment frappé d'un grand malheur, il avait perdu une jeune femme qu'il adorait; elle lui avait laissé une petite fille qu'il entourait de soins et de tendresse. Il fut vivement blessé des relations que son oncle, qu'il aimait, établissait avec Catherine Weber; il raconte très naïvement et en termes très vifs, dans des lettres qu'il a écrites à sa mère et à sa sœur, les progrès que faisait cette femme dans la maison de Jean-Pierre Pescatore. Ces lettres, messieurs, je ne les lirai pas, je les ai communiquées à mon adversaire, parce que j'ai l'intention de les faire

passer sous les yeux du tribunal, mais je m'abstiendrai de les lire publiquement ; je me bornerai à dire que le tribunal, en les parcourant, y verra l'histoire des premiers progrès que faisait madame Weber dans la maison de
M. Pescatore. Il y verra exprimée l'indignation de ce jeune homme qui la voit
un jour s'asseoir à la même table où s'assied sa mère; et puis plus tard, les
reproches qu'il se fait d'avoir trop méprisé dans les premiers moments les
desseins de cette femme, et de n'avoir pas compris l'incomparable adresse avec
laquelle elle s'emparait peu à peu de l'esprit de son oncle ; enfin, la résolution
qu'il a prise d'abandonner la France et de se retirer en Belgique, dans sa famille, pour ne pas continuer les luttes qu'il était obligé de soutenir chez son
oncle. Cette résolution, il l'a exécutée, il s'est retiré en Belgique, où il est mort
en 1844. Dans plusieurs de ses lettres, vous verrez jusqu'où allèrent ses pré-
visions et comment il écrivait à sa mère le 10 avril 1841 : « Nos sentiments
sont les mêmes sur madame Weber, mais vous croyez trop à l'énergie d'un
oncle qui n'en a jamais montré ; il cédera, et un jour cette femme lui fermera
les yeux, après s'être fait reconnaître pour son épouse devant le maire et devant l'Église. » Il se trompait de moitié, comme le Tribunal le verra bientôt;
mais le Tribunal sera frappé de ces prédictions qui remontent à 1841.

Quoi qu'il en soit, madame Weber, aussitôt qu'elle eut brouillé l'oncle et le
neveu et que Pierre fut parti, régna sans contestation ; elle exerça un empire
absolu sur M. Pescatore.

Parmi les amis de M. Pescatore qui recherchaient ses réceptions brillantes
de la Celle-Saint-Cloud, les uns s'habituèrent à ce spectacle d'une vie commune dont ils ne cherchaient pas à pénétrer le mystère; quelques-uns, plus
scrupuleux, pour rassurer leur conscience, crurent à un mariage secret, d'autres enfin, plus flatteurs, commencèrent à nommer Catherine Weber madame
Pescatore, et à la traiter comme l'épouse légitime du maître de la maison.

Les frères et la plupart des neveux de M. Pescatore conservèrent avec lui
leurs bonnes relations. Ils ne jugèrent pas à propos de rompre avec lui pour
cette habitude qu'il avait prise; ils comprirent qu'il n'était plus maître de la
rompre, et ils continuèrent de le voir.

Cependant les femmes qui composaient cette très honorable famille ne pouvaient pas se défendre d'un sentiment d'humiliation pendant le temps qu'elles
passaient avec lui, et quelquefois elles ne savaient pas le dissimuler. Dans la
société même qui fréquentait la Celle-Saint-Cloud, des mères de famille s'abstenaient d'y conduire leurs filles, et madame Weber ne manquait pas de faire
remarquer à M. Pescatore ces vides importuns qui se faisaient dans leur en-
tourage. Cette situation dura longtemps, et aurait peut-être duré toujours,
sans l'intervention d'un vénérable prélat, qui fit cesser, en partie du moins,
cette irrégularité.

Les faits que je vais raconter ont été longtemps ignorés des personnes pour
lesquelles je plaide, elles ne les ont appris que depuis peu ; elles ne les ont su
définitivement qu'en exécutant le jugement que vous avez bien voulu rendre
à leur demande, au mois de mai dernier, pour leur permettre de rechercher
à Renteria et à Pampelune quels actes s'étaient passés ; grâce à ces investiga-
tions, je puis raconter au tribunal, avec pleine certitude, les faits qui se sont
passés en novembre 1851.

Ainsi que je l'ai dit, M. Pescatore avait l'habitude chaque année, dans l'automne, au moment des vendanges, d'aller passer quelques semaines dans son domaine de Giscours. Il emmenait toujours avec lui madame Weber. En 1851, le 22 septembre, il y alla comme d'habitude. Lorsqu'il y arriva, on s'occupait beaucoup dans la paroisse de la Barde, où est situé le domaine de Giscours, d'un baptême de cloche auquel monseigneur l'archevêque de Bordeaux devait présider. On demanda à M. Pescatore d'être le parrain. Il répondit qu'il y consentirait volontiers, et même il ajouta gracieusement que le clocher avait besoin de réparations, qu'il allait le faire réparer, si mieux on n'aimait qu'il le fît reconstruire. L'archevêque de Bordeaux se rendit à la Barde le 5 octobre pour assister au baptême; il fit une visite au château de Giscours, où il était déjà allé les années précédentes. M. Pescatore lui demanda de consentir à dîner et à coucher au château le jour du baptême. Monseigneur Donnet répondit que l'état d'irrégularité dans lequel vivait M. Pescatore ne lui permettait pas d'accepter une invitation de cette nature. Là-dessus, longs pourparlers, dans lesquels monseigneur Donnet indiqua ce qu'il y avait à faire pour faire cesser cette irrégularité : c'était de se marier. Il n'y avait aucun obstacle à cette union ; pourquoi ne le faisait-on pas ? M. Pescatore fit plusieurs objections; madame Weber était protestante, et il ne se souciait pas d'épouser une protestante. Qu'à cela ne tienne, dit l'archevêque, madame Weber abjurera sa religion entre mes mains, et le mariage pourra se faire. Alors M. Pescatore ajouta qu'il ne lui convenait en aucune manière de contracter un mariage civil ; qu'il ne le pouvait pas, parce que depuis assez longtemps plusieurs de ses amis le croyaient marié, et qu'il ne voulait pas leur avouer qu'il les avait trompés. Il objecta encore ses relations avec sa famille et la crainte qu'elle ne vît ce mariage de mauvais œil; il fit observer enfin qu'il était négociant, et que, s'il se mariait, il faudrait déposer son contrat de mariage au greffe du tribunal de commerce ; d'autres raisons se joignirent à celles-là, et M. Pescatore opposa une résistance absolue.

C'est alors que monseigneur l'archevêque de Bordeaux proposa à M. Pescatore de faire un pur mariage de conscience, qui ne recevrait que la sanction de l'Église et qui transformerait en un lien religieux cette union illégitime qui durait depuis trop longtemps.

Mais comment faire ? Nos lois interdisent le mariage religieux lorsqu'il n'est pas précédé du mariage civil, et monseigneur Donnet n'aurait jamais conseillé une infraction au concordat et à l'un des principes essentiels de notre droit public français.

Il n'y avait qu'une ressource, se marier dans un pays où le ministre du sacrement était en même temps officier de l'état civil. Rien ne pourrait faire obstacle à ce que M. Pescatore et madame Weber reçussent ainsi la bénédiction nuptiale. On jeta les yeux sur l'Angleterre, mais l'Angleterre était trop loin. Mgr Donnet proposa l'Espagne et déclara se charger de tous les préparatifs du mariage. Il fut bien convenu qu'il n'y aurait en France aucune publication civile, aucun acte civil, aucune inscription sur les registres de l'état civil, on ne ferait absolument qu'un mariage religieux. Pour cela deux choses seulement étaient nécessaires: faire les publications religieuses et recevoir la bénédiction nuptiale des mains d'un prêtre compétent.

Faire les publications religieuses, M. Pescatore ne voulut pas en entendre parler, et alors on demanda des dispenses aux évêques dans le diocèse desquels M. Pescatore et madame Weber avaient leur domicile ; je suis obligé de vous lire les dispenses qui furent accordées par monseigneur l'archevêque de Paris et par l'évêque de Versailles. L'archevêque de Paris, à la date du 21 octobre 1851, donna, sur une demande qui lui en fut faite, dont nous n'avons pu avoir copie, une dispense conçue dans les termes suivants :

« Marie-Dominique-Auguste Sibour, par la miséricorde divine et la grâce du
» Saint-Siége apostolique, archevêque de Paris.
» Au bien-aimé pasteur ou vicaire de l'église du lieu appelé Sainte-Marie, dans
» le diocèse de Bordeaux, salut et bénédiction.
» Vu par nous, le témoignage de l'illustrissime et révérendissime Mgr l'arche-
» vêque de Bordeaux, constatant qu'il n'a été fait aucune publication de bans du
» mariage projeté entre Jean-Pierre Pescatore, fils majeur, demeurant sur la pa-
» roisse Notre-Dame-de-Lorette à Paris, et Julie Weber, fille majeure, votre parois-
» sienne ;
» Nous vous donnons la permission de célébrer leur mariage, et nous dispensons
» ledit J.-P. Pescatore et ladite J. Weber des trois publications de bans, *s'ils sont*
» *dans le cas d'une dispense légitime*, s'ils sont pourvus du consentement de leurs
» parents respectifs, que l'on est en droit d'exiger, et si d'ailleurs vous ne recon-
» naissez aucun empêchement canonique ou civil pouvant faire obstacle ; le tout
» dans les circonstances telles qu'elles se présentent, avec l'observation des rites
» de l'Église et sauf le droit d'autrui. *Mais nous entendons que la présente dis-*
» *pense soit nulle, si une des conditions ci-dessus fait défaut.*
» Donné à Paris, sous la signature, etc.

Voici la dispense donnée par monseigneur l'évêque de Versailles, le 28 octobre :

« Jean-Nicaise Gros, par la miséricorde divine et la grâce du Saint-Siége aposto-
» lique, évêque de Versailles.
» Vu la supplique à nous adressée le 28 octobre 1851, en faveur de Jean-Pierre
» Pescatore, de la paroisse de notre diocèse, dite Celle-de-Saint-Cloud, et de Julie-
» Anne-Catherine Weber, de la même paroisse, à l'effet d'obtenir, pour les raisons
» qui sont exposées, de contracter prochainement mariage devant l'Église ;
» Ayant égard aux motifs indiqués dans la supplique, après avoir mûrement
» examiné et pesé devant Dieu toutes choses, nous dispensons les suppliants sus-
» nommés des trois publications de bans, *pourvu qu'il n'existe aucun autre em-*
» *pêchement canonique*, à la charge de se conformer aux règles prescrites, et sauf
» en tout cas le droit d'autrui.
» Donné à Versailles, etc. »

Enfin, quelques jours plus tard, monseigneur l'archevêque de Bordeaux donnait lui-même une dispense dans les termes suivants :

« Ferdinand-François-Auguste Donnet, par la miséricorde divine et la grâce du
» Saint-Siége apostolique, archevêque de Bordeaux, primat d'Aquitaine, au

» maître-recteur, soit de notre diocèse, soit d'un diocèse étranger, qui doit célé-
» brer le mariage entre les parties ci-après nommées, salut et bénédiction.

» Si vous êtes assuré que Jean-Pierre Pescatore et Julie-Anne-Catherine Weber
» sont libres et capables de contracter mariage entre eux, nous vous donnons la
» permission de célébrer leur mariage sans aucune publication de bans ; nous les
» avons dispensés et dispensons par ces présentes de toutes publications de bans,
» et de toute prohibition de lieu, pourvu que le mariage ait lieu du consentement
» de leurs parents respectifs, que l'on est en droit d'exiger, *et que d'ailleurs vous*
» *ne connaîtrez aucun empêchement canonique ou civil pouvant faire obstacle*; le
» tout sauf le droit d'autrui, et avec l'observation des rites de l'Église.

» Nous entendons que la présente dispense soit nulle, si une seule des conditions
» ci-dessus fait défaut.

» Donné à Bordeaux, etc. »

Le Tribunal remarque que, dans la dispense de l'archevêque de Paris,
M. Pescatore est indiqué comme demeurant sur la paroisse de Notre-Dame-de-
Lorette, ce qui était exact, et madame Weber, comme demeurant sur la pa-
roisse de Sainte-Marie, diocèse de Bordeaux. Dans les dispenses émanant de
monseigneur de Versailles, M. Pescatore est indiqué comme domicilié à la
Celle-Saint-Cloud, où il faisait sa résidence une partie de l'année, et madame
Weber comme demeurant avec lui ; et enfin l'archevêque de Bordeaux n'in-
dique le domicile ni de l'un, ni de l'autre des futurs époux.

Quoi qu'il en soit, les voilà dispensés des publications par les trois prélats,
et pendant qu'on se mettait en mesure de ce côté, les choses d'ailleurs mar-
chaient avec une grande rapidité ; en quelques jours madame Weber était
convertie à la religion catholique, et l'archevêque recevait son abjuration. Il
écrivait à l'évêque de Pampelune une lettre que nous n'avons pas, mais dont
j'aurai occasion de parler, par laquelle il le priait de marier deux personnes
qui voulaient, disait-il, *ne s'unir que religieusement*. Il accordait en même
temps au curé d'une petite paroisse, située sur la frontière franco-espagnole
appelée Renteria, permission ou délégation à l'effet de marier les deux personnes qui se présenteraient chez lui quelques jours après la lettre. Il annonçait qu'un prêtre les accompagnerait.

Le 6 novembre, M. Pescatore et madame Weber partent en poste du château de Giscours, sous prétexte d'aller voir à Biarritz un ami, M. O'Shea,
banquier à Madrid. Ils sont accompagnés d'un seul domestique ; ils arrivent
à Biarritz où ils laissent ce domestique que remplace M. O'Shea. Ils se rendent à Renteria, demandent le curé, prient le maître de poste de l'endroit de
leur servir de témoin, avec M. O'Shea, et à la date du 8 novembre 1851, ils
reçoivent la bénédiction nuptiale dans la chambre du curé. Après avoir passé
en tout une heure et demie à Renteria, ils montent en voiture, et repartent
pour la France. Ils se reposent quelques jours à Giscours, et reviennent à
Paris.

Je n'ai pas besoin de dire au tribunal que de même qu'on n'avait voulu
remplir aucune formalité civile pour ce mariage, de même on ne passa aucu-
nes conventions matrimoniales.

Cependant M. Pescatore voulut faire connaître le mariage qu'il venait de
contracter aux membres de sa famille, avec lesquels, je le répète, ses relations

d'amitié n'ont jamais été interrompues. Il avait écrit, avant de partir pour Renteria, une lettre à celle de ses nièces pour laquelle il avait une affection particulière ; c'était une des filles de son frère Antoine, madame Dutreux.

Cette lettre n'existe plus, je n'en ai qu'une copie qui a été communiquée dans le temps à d'autres membres de la famille... On m'a exprimé l'intention de contester l'exactitude de cette copie, cela me suffit pour ne pas la lire au tribunal, puisque je ne puis pas lui présenter l'original ; je me bornerai à la réponse que madame Dutreux fit à son oncle, réponse qui a été retrouvée dans les papiers de ce dernier.

« Scheid, 3 novembre 1851.

» Mon cher oncle,

» La nouvelle que vous m'annoncez dans votre dernière lettre m'a causé une » joie très vive, en venant réaliser une espérance qui s'est mêlée bien souvent » aux prières que j'adressais à Dieu pour ceux qui me sont chers. C'est donc dans » toute la sincérité de mon cœur que je vous offre, ainsi qu'à madame Weber, mes » félicitations sur une résolution qui ne pourra qu'augmenter le bonheur et la » prospérité de votre maison, comme tout ce qui se conclut avec la bénédiction » du ciel.

» Que de fois, étant près de vous, mon cher oncle, j'ai eu le désir de vous parler » de ce mariage ; mais ma position de nièce ne me permettait pas de vous donner » un conseil que vous ne me demandiez pas, et qui aurait pu vous sembler un » blâme pour le passé ; mais, lorsque la discrétion me fermait la bouche, je faisais » des vœux intérieurement, qui sont exaucés en ce moment, je l'espère.

» Ce qui m'affermit dans la conviction que j'ai qu'en remettant entre les mains » de la Providence le soin de nos destinées, nous marchons dans la voie la plus » sûre vers le grand but de la vie.

» Si l'on traversait l'espace sur les ailes de l'imagination, je serais en ce moment » auprès de vous pour vous embrasser de tout mon cœur ; mais de si loin je ne » puis le faire qu'en pensée, en vous priant de recevoir les assurances d'affection » et d'estime qu'il ne m'a jamais été plus doux de vous témoigner qu'en ce moment.

» Votre affectionnée nièce,

» Lilie DUTREUX,

» (Elisabeth PESCATORE, femme DUTREUX.) »

De ces sentiments si délicatement exprimés dans la lettre que je viens de lire, il n'en est aucun, messieurs, que madame Dutreux désavoue au moment où nous plaidons contre madame Weber ; il est parfaitement certain que lorsqu'on apprit par M. Pescatore lui-même qu'il allait faire cesser par le mariage les relations irrégulières qu'il entretenait depuis douze ans avec madame Weber, il est parfaitement certain que ce fut une joie pour les cœurs si délicats et si pieux de cette famille : c'est un sentiment parfaitement sincère que madame Dutreux exprimait dans la lettre dont je viens de vous donner lecture.

Le mariage contracté, M. Pescatore écrivit à son frère Antoine et à sa belle-sœur la lettre suivante à la date 12 novembre 1851.

« Le 12 novembre 1851.

» Mes chers amis, frère et sœur,

» Une fois mon parti pris, j'en ai fait part à la personne de la famille à laquelle

» j'étais sûr d'avance qu'il ferait le plus de plaisir. Je ne me suis pas trompé, car
» j'ai reçu de celle-ci une lettre remplie de sentiments aussi nobles que délicats.
» Mais je m'étais réservé de vous en écrire en quelque sorte officiellement à tous
» les deux, dès que ledit projet aurait reçu son exécution, car il pouvait encore
» s'opposer une foule d'obstacles à sa réalisation. Il n'en a rien été, grâce aux
» mesures prises par l'archevêque d'ici et son confrère de Pampelune, et nous
» sommes revenus hier dimanche, mariés à l'église de Renteria. J'ai rempli avec
» autant de plaisir que de satisfaction ce devoir de chrétien et d'homme d'honneur,
» et en donnant satisfaction à la morale publique et aux sentiments religieux de
» ceux qui ont le bonheur d'en être imbus, je fais d'abord le bonheur de celle qui
» m'a été si dévouée et qui m'est appelée, dans l'ordre de la nature, à me fermer les
» yeux, et je rends ma maison plus agréable et plus accessible aux personnes, aux
» dames et aux mères surtout, qu'un sentiment, que je ne saurais blâmer, pouvait
» en éloigner. Je fais cesser de plus un mensonge officieux, en ce que maintes
» personnes supposaient ou avouaient un mariage clandestin pour faire taire leurs
» propres scrupules.

» Cet acte ne pouvait, du reste, se célébrer qu'en Angleterre ou en Espagne, où
» il n'existe pas d'autres officiers des actes civils que le clergé, et je suis bien aise
» que les choses se soient ainsi faites promptement et à proximité. L'archevêque
» d'ici m'a d'ailleurs déjà évité ce qui pouvait paraître le plus difficile à mon âge et
» dans notre position, la publicité venant de nous-mêmes. Pour sa propre satis-
» faction, il a eu à cœur de faire connaître la régularisation de notre position, et
» lorsque nous reviendrons dans ce pays, que nous quitterons sous peu, nous trou-
» verons une situation normale toute faite, qui nous en rendra encore le séjour
» plus agréable, et personne n'en doutera quand on verra le premier pasteur,
» alors cardinal, parmi nos amis et nos visiteurs.

» La même chose a déjà eu lieu à Paris et à la Celle, par les dispenses qu'il a
» fallu obtenir des chefs diocésains, qui n'ont eu rien de plus pressé, de leur côté,
» que d'en instruire les curés de leurs paroisses, et ceux-ci, à leur tour, donnent
» volontiers de la publicité à un acte qu'ils considèrent avec raison comme une
» satisfaction morale et personnelle.

» Il ne me reste donc plus qu'à souhaiter que la famille, vous surtout, voyiez cette
» nouvelle phase dans ma vie du même œil de satisfaction que les intéressés, c'est-
» à-dire nous-mêmes et les nombreux amis qui le désiraient toujours. Je vous prie
» d'en faire part aux membres de la famille que vous voyez, sans oublier la tante
» Angélique. Il ne me convient pas, par les raisons ci-dessus développées, d'écrire
» à chacun en particulier, et je ne veux pas davantage recevoir des compliments qui
» ne seraient peut-être pas sincères chez tous. Quant à vous et à vos enfants, je
» me tiens assuré d'avance que tout ce qui peut contribuer à mon bien-être ne
» saurait que vous être agréable, et que cet événement ne changera rien aux senti-
» ments d'affection réciproque et de famille qui ont fait jusqu'ici le lien entre nous,
» qui a résisté à toutes les épreuves, et qui durera aussi longtemps que nous, et
» même encore après, j'espère.

» C'est dans cet espoir, et avec ces sentiments, que je vous renouvelle à tous
» deux ceux de ma sincère et inaltérable affection.

» Votre dévoué frère,

» J.-P. »

M. Antoine Pescatore répondit, le 22 novembre, dans les termes que voici :

« Mon cher frère,

» Tout ce qui est dans l'ordre des idées qui ne contrarient en *rien* un nom

» sans tache, en même temps que cela ajoute à ta somme de bien-être, me convient
» aussi.

» Je puis me dispenser d'être long, puisqu'il est plus que probable que le voyage
» de la Hollande me conduira à Paris. L'un et l'autre étaient arrêtés à la fin du
» mois dernier.

» Je veux aller en Hollande pour terminer mes affaires moi-même, et je dois y
» aller au point de vue de ma femme, pour répondre à une lettre de Dalin, qui
» touche fortement une question qu'il m'importe de résoudre.

» Lorsque ma résolution était quasi prise sur le premier point, le second est venu
» s'y ajouter inopinément et très récemment.

» Il faudrait que le voyage me fatiguât infiniment pour ne pas y ajouter celui de
» Paris.

» Il est donc probable que, dans la première semaine de décembre, je te verrai,
» et *cela suffit avec ce que j'ai dit en commençant cette lettre.*

           » Antoine PESCATORE, frère aîné. »

Se conformant aux désirs de son frère, Antoine Pescatore fit part du mariage aux autres membres de la famille. La plupart écrivirent à Jean-Pierre
Pescatore des lettres dans lesquelles ils le félicitaient du parti qu'il avait pris
et de l'acte qu'il venait d'accomplir.

Le tribunal ne s'étonnera pas de ces lettres ; le premier sentiment de ces
âmes honnêtes était de se réjouir de voir cesser un scandale chez un oncle
qu'ils aimaient.

S'il avait pu, à ce moment, se glisser chez eux quelque pensée d'intérêt, ils
auraient écrit de la même manière ; ils n'ignoraient pas qu'après les longues
années que M. Pescatore et madame Weber avaient passées ensemble, une
partie de la fortune de M. Pescatore devait revenir à cette dernière, et qu'en
pareille occasion, une épouse légitime est ce qu'on a le moins à redouter.
Pendant toute la vie de M. Pescatore, ses relations avec sa famille continuèrent
à être bonnes, affectueuses, et durèrent ainsi jusqu'à son décès, arrivé le
9 décembre 1855.

Messieurs, je ne sais pas ce qu'on dira dans la plaidoirie, que la demanderesse fera peut-être entendre après moi, de la fortune laissée par M. Pescatore ; mais madame Weber et ses amis ont répandu sur cette fortune de
telles légendes, semé de tels bruits, qu'il me paraît nécessaire de dire au tribunal ce qu'elle a été, à quel taux on peut l'évaluer.

M. Pescatore a laissé en mourant une fortune composée de trois éléments :
1° des immeubles ; 2° des meubles, créances et actions qui lui appartenaient
personnellement ; et 3° enfin un intérêt considérable dans la maison de commerce qui portait son nom. Les trois immeubles dont j'ai parlé au tribunal au
commencement de ma plaidoirie ont été évalués par les hommes d'affaires de
la famille : le château de la Celle-Saint-Cloud, un million ; l'hôtel de la rue
Saint-Georges, 500,000 francs ; la terre de Giscours, 500,000 francs ; total :
2 millions en propriétés immobilières.

Les meubles, créances et actions appartenant à M. Pescatore sont évalués
dans l'inventaire même à 5,192,556 francs.

Je n'aurai, à l'égard de cette partie de la fortune, qu'une objection à faire.
C'est qu'il s'en faut de beaucoup que toutes ces valeurs soient également assu-

rées ; les relations que M. Pescatore avait établies avec les États-Unis à raison
de ses fournitures de tabacs au gouvernement français l'avaient conduit à
prendre une quantité considérable d'actions et d'obligations sur les chemins
de fer américains ; ce sont là des titres dont la valeur réelle est difficilement
appréciable, qui, un jour ou l'autre, pourraient s'évanouir dans les mains des
héritiers de M. Pescatore.

Le troisième élément dont se composait sa succession était sa part dans la
maison de commerce qui porte son nom ; cette part, dans l'inventaire dressé
à l'époque de son décès, était représentée par un solde de compte courant de
6,174,294 francs. On y ajoute, à la vérité, les bénéfices recueillis pour
1855 ; mais je dois dire au tribunal que ces bénéfices sont d'une nature particulière qui oblige mes clients à n'en tenir aucun compte.

Ces bénéfices sont de ceux qu'un négociant qui a été déclaré en faillite, et
dont la faillite a été rapportée dans ces derniers temps, promettait ou assurait
à toutes les personnes qui étaient en relations avec lui, et le tribunal sait
peut-être que, dans la première réunion des créanciers de ce négociant, réunion dans laquelle se trouvait le gérant de la maison Pescatore, la première
mesure qui fut prise par les créanciers fut de renoncer à tous les bénéfices qui
leur avaient été promis ; ils s'élevaient, pour la part de M. Pescatore, à plus
de 2 millions, et doivent être considérés comme non avenus. Nous croyons
faire une chose juste, en retranchant de la succession de M. Pescatore la
somme de bénéfices portée pour l'année 1855. Nous arrivons ainsi à trouver
que la fortune de M. Pescatore se compose de 2 millions en immeubles, de
5,192,556 francs en valeurs ou créances mobilières, de 6,174,294 francs
dans sa maison de commerce ; ce qui porte l'ensemble de l'actif à 13,366,000 fr.
De cet actif, il y a à retrancher un passif de 2,989,668 francs, dans lesquels
sont compris les frais de succession mis tout entiers à la charge de la succession. Il reste donc pour l'actif net de la succession de M. Pescatore,
10,377,133 francs, en chiffre rond 10,380,000 fr. Je ne prétends certes
pas que ce soit là une fortune à dédaigner, je tiens seulement à dire au tribunal la vérité complète sur la fortune qu'a laissée M. Pescatore.

Il avait pour héritiers légitimes trois frères : Antoine, l'aîné, son ancien
associé dont j'ai déjà parlé ; son second frère était Guillaume ; le troisième,
Ferdinand ; mais on a trouvé dans les papiers deux testaments par lesquels il a
voulu disposer de sa fortune tout entière : l'un, olographe, à la date du 5 octobre 1853 ; l'autre, authentique, à la date du 8 décembre 1855, veille de sa
mort. Le testament du 5 octobre 1853 est le plus long. Il est tellement
étendu, que je m'interdis de le lire entièrement au tribunal ; mais je crois
devoir seulement (et c'est surtout pour que le tribunal apprécie en même
temps les moyens que pourra invoquer la demanderesse et les réponses des
défendeurs) lire de ce testament la portion qui concerne madame Weber ; je
dirai ensuite sommairement quel est le reste de ces dispositions testamentaires. Voici en quels termes, dans son testament olographe du 5 octobre 1853,
M. Pescatore s'exprime, et les legs qu'il fait à madame Weber.

« Ceci est mon testament, etc.
« Je soussigné Jean-Pierre-Pescatore, né à Luxembourg, le 10 mars 1793, né-

» gociant à Paris, 13, rue Saint-Georges, ai fait mon testament ainsi qu'il suit :
» En confirmant les dons manuels que j'ai pu faire antérieurement à ce jour à
» Anne-Catherine Weber, que j'ai épousée en Espagne, suivant les lois du pays, et
» ceux que je pourrai encore lui faire jusqu'à mon décès, je déclare lui donner
» et léguer par les présentes :

» 1° Une rente annuelle et viagère de 20,000 francs, qui commencera à courir
» du jour de mon décès, et lui sera payée de six mois en six mois, sa vie durant.

» Il sera prélevé sur les premiers deniers de ma succession, par les soins de mes
» exécuteurs testamentaires ci-après nommés, somme suffisante pour assurer le
» service de ladite rente, et le placement en sera fait par leurs soins, de la ma-
» nière qu'ils jugeront la plus sûre et la plus convenable, mais de façon que le
» titre soit remis entre les mains de ladite Anne-Catherine Weber, et qu'elle puisse
» percevoir par elle-même les arrérages de ladite rente.

» 2° Usufruit et jouissance, sa vie durant, de ma propriété de la Celle avec toutes
» les circonstances et dépendances, sans en rien excepter ni réserver, et en y com-
» prenant la totalité des meubles meublants, tableaux, dessins, statues et objets
» d'art qui s'y trouvent, ainsi que la bibliothèque et tous les livres.

» L'usufruitière, dame Anne-Catherine Weber, pourra, quand elle voudra, se
» désister de cet usufruit, en prévenant, six mois d'avance, le légataire ci-après
» nommé de la nue propriété de cet immeuble, et du jour où son droit d'usufruit
» viendra à cesser, par l'effet de sa volonté, ladite dame Anne-Catherine Weber
» aura droit à la rente de 10,090 francs que ma succession sera ci-après chargée
» de servir et payer, comme équivalent à cet usufruit, au légataire de la nue pro-
» priété, et ce, de la même manière qu'au légataire et pendant la vie durant de dame
» Anne-Catherine Weber.

» 3° Tous les meubles meublant sa chambre à coucher, tant à Paris qu'à la
» Celle, et tous ceux qui pourraient lui être nécessaires pour meubler convenable-
» ment l'appartement qu'elle ira occuper lorsqu'elle quittera l'hôtel, ainsi que le
» linge de table et de ménage nécessaire à ses besoins, entendant la laisser entiè-
» rement libre dans le choix qu'elle fera et l'importance de ce qu'elle voudra avoir;
» Pour par elle disposer du tout en toute propriété.

» 4° Et le droit d'occuper pendant une année, à partir du jour de mon décès,
» mon hôtel de la rue Saint-Georges, tel qu'il existera alors, sans y rien changer
» quant à la disposition et quant à l'ameublement, et sans avoir à supporter et ac-
» quitter, pendant cette année, ni impôts, ni gages de concierge, ni réparations, ni
» aucune charge quelconque, le tout devant être payé par ma succession.

» Je donne enfin à ladite dame Anne-Catherine Weber une des cinq parts qui
» devront être faites des divers objets d'argenterie et de vermeil que je laisserai à
» mon décès ; elle aura le droit de prendre pour sa part ceux des objets qui lui con-
» viendront, préférablement aux quatre autres destinataires ci-après.

» Il me reste à exprimer le désir qu'il ne soit élevé aucune réclamation contre
» ladite Anne-Catherine Weber au sujet des diverses sommes qui ont pu lui être
» remises pour mon compte et qu'elle a employées pour tenir ma maison, approu-
» vant complétement l'usage qu'elle en a fait, et lui faisant, en tant que de besoin,
» et pour prévenir toutes difficultés, don et legs de toutes celles qu'elle pourrait
» devoir à ma succession à ce sujet et à tous autres ; il est bien entendu, au con-
» traire, que ma succession aura à acquitter toutes dettes que ladite dame Anne-
» Catherine Weber aura pu contracter, et toutes sommes qui seraient encore dues
» pour la tenue de ma maison. »

Dans le cours du testament se trouvent encore deux autres passages dans
lesquels madame Weber est mentionnée :

« Comme je l'ai déjà dit plus haut, il sera fait de mon argenterie et vermeil
» cinq parts égales, autant que possible, dont l'une pour dame Anne-Catherine
» Weber, et chacune des quatre autres pour mes nièces Élisabeth Dutreux, née
» Pescatore ; Victorine Pescatore, née Gerike ; Marie de Scherff, née Pescatore, et
» Séraphine Pescatore, née Beving.

» Quant aux chevaux, voitures, harnais, selles et objets d'écurie et de sellerie,
» je les donne et lègue comme suit : Une voiture et deux chevaux, avec accessoires,
» à la dame Anne-Catherine Weber, à son choix, ainsi que ceux de mes chiens
» qu'elle voudra garder ; un brougham, un cheval et accessoires, à Frédéric Grie-
» ninger ; deux chevaux de selle et une voiture, avec selles et harnais, à Guillaume
» Pescatore, mon neveu ; deux chevaux et une voiture, toujours avec accessoires,
» à ma nièce Élisabeth Dutreux, née Pescatore.

» Outre les deux chevaux légués ci-dessus, dame Anne-Catherine Weber gardera
» celui des chevaux de selle qu'elle monte habituellement ou celui qu'elle préfère ;
» ce qui restera de mon écurie, de ma sellerie et des voitures, ces legs acquittés,
» appartiendra à mon neveu Guillaume Pescatore, à qui j'en ai fait don et legs.

» Je mets encore à la disposition de dame Anne-Catherine Weber une somme de
» 25,000 fr. pour réparer les injustices involontaires ou les omissions que je pour-
» rais avoir faites dans la distribution des legs, dons, gratifications, secours et
» pensions et même des souvenirs que je laisse après moi. Ladite dame n'aura
» aucun compte à rendre de l'emploi de cette somme ou ne le fera que si bon lui
» semble ; à cet effet je lui en fais don et legs comme à elle appartenant. »

Voilà, messieurs, la portion du premier testament qui concerne madame
Weber. Le second, reçu le 8 décembre, la veille de la mort de M. Pescatore,
après qu'il eut reçu les derniers sacrements de la religion, est conçu en ces
termes :

« M. Jean-Pierre Pescatore, banquier, demeurant à Paris, en son hôtel, rue
» Saint-Georges, 13,
» Trouvé par les notaires et témoins susnommés, dans son lit, malade de corps,
» mais sain d'esprit, mémoire, jugement et entendement, ainsi qu'il est apparu par
» ses discours et entretien ;
» Lequel a dicté audit Me Fould, notaire, en présence des témoins, les disposi-
» tions suivantes :
» En confirmant les legs et avantages que j'ai faits, par mon testament, en faveur
» de madame Pescatore, mon épouse, je lui donne et lègue :
» 1° La somme nécessaire pour, avec le capital qui lui appartient déjà, compléter
» un capital de 500,000 francs, dont elle aura l'entière disposition ;
» 2° Et une rente de 20,000 francs par an, qui devra lui être payée par ma suc-
» cession, tant qu'elle aura la jouissance de la Celle, et lui sera servie comme celle
» que je lui ai faite par mon testament.
» Ce fut ainsi fait et dicté par le testateur audit Me Fould, en présence des témoins,
» et le tout a été écrit par ledit Me Fould comme la dictée en a eu lieu.
» Lecture ayant été faite de ce qui précède par ledit Me Fould au testateur, celui-
» ci a déclaré le bien entendre et y persévérer, comme étant l'expression de sa
» volonté.
» Fait à Paris, en la chambre à coucher de M. Pescatore, située au deuxième étage
» de son hôtel, sur la rue, le 8 décembre 1855.
» Et a, M. Pescatore, signé, avec les notaire et témoins, ces présentes, écrites en

» entier de la main dudit Me Fould, après une nouvelle lecture du tout par ce der-
» nier, le tout en présence des témoins.

» Signé : PESCATORE, Ernest MAIGRE, Roland GOSSELIN,
» L. MALIN, LECLAIRE et FOULD. »

Voici maintenant, messieurs, le résumé de ces deux testaments qui ont été laissés par M. Pescatore. Il donne ses trois immeubles : l'un, le domaine de Giscours à M. Guillaume Pescatore, son neveu, fils d'Antoine ; l'autre, l'hôtel de Paris, situé rue Saint-Georges, à madame Marie de Scherff, fille d'Antoine Pescatore ; et enfin le troisième, le château de la Celle Saint-Cloud, à madame Dutreux, autre fille de son frère aîné, mais à dater seulement du décès de madame Weber, à laquelle il réserve l'usufruit. Il évalue l'usufruit à une rente viagère de 10,000 francs pour le cas où l'usufruitière, en prévenant six mois d'avance, jugerait à propos de se désister au profit de la nue propriétaire. Il constitue pour 54,100 fr. de rentes viagères et ordonne de placer un capital de 1,082,000 fr. qui servira à les payer. Il distribue une somme de 4,800,000 fr., en meubles ou argent, soit à la ville de Luxembourg, sa ville natale, soit à ses exécuteurs testamentaires, soit à ses neveux ou à d'autres parents, soit à ses amis, soit à des serviteurs. Ainsi, par son testament, M. Pescatore dispose de 5,880,000 fr., dont 1,080,000 fr. resteront libres à l'extinction des rentes viagères.

Après ces dispositions, il nomme pour légataires universels, non pas ses trois frères, mais les enfants de ses trois frères. Les quatre enfants d'Antoine, son frère aîné, ont reçu des legs particuliers, indépendamment du legs universel qui leur est fait ; les quatre enfants de Ferdinand et de Guillaume n'ont que le titre de légataires universels.

Vous voyez que si l'on retranche de l'actif net de la succession qui est, comme je l'ai dit, de 10,380,000 fr., les 5,800,000 francs dont M. Pescatore dispose par ses testaments, il reste aux huit légataires universels à se partager entre eux 4,500,000 francs, c'est-à-dire à peu près 560,000 francs pour chacun, les enfants d'Antoine Pescatore, son frère aîné, ayant, je le répète, indépendamment de ces 560,000 francs, des legs particuliers qui leur ont été faits par le testament de leur oncle.

Les huit légataires universels nommés dans le testament de Jean-Pierre Pescatore se firent représenter à Paris à l'inventaire de la succession de leur oncle. L'inventaire fut ouvert le 2 janvier 1856.

Il est nécessaire de faire connaître dès à présent au tribunal des circonstances de l'inventaire qui seront probablement rappelées dans la réplique de mon adversaire, s'il juge à propos de répliquer, et qu'il vaut mieux que je rappelle.

Le 2 janvier, intervient M. Louis-Désiré Bernard (de Rennes), conseiller à la Cour de cassation, comme fondé de pouvoir de Mme Weber.

Il prend les qualités suivantes :

« Au nom et comme mandataire de madame Anne-Catherine Weber, veuve de
» mondit sieur Jean-Pierre Pescatore, demeurant à Paris, rue Saint-Georges, 13,
» aux termes de la procuration qu'elle lui a donnée, etc.

» Madame veuve Pescatore, agissant à cause des droits, reprises, créances et
» actions de toute nature qu'elle a et peut avoir à exercer contre son défunt mari,
» à tel titre et pour quelque cause que ce soit.

  » Et de plus, à cause des legs particuliers qu'il lui a faits, aux termes tant de
» son testament sus-énoncé que d'un autre testament reçu par ledit Mᵉ Fould, qui
» en a la minute, en présence de quatre témoins, le 8 décembre dernier, enre-
» gistré. »

Dans l'énonciation de ces qualités, le tribunal voit qu'on ne parle pas
encore de communauté ; l'honorable mandataire n'agit que pour les droits et
reprises que sa mandante peut avoir à exercer contre la succession de M. Pescatore ; mais dans la conversation, on ne dissimula pas que Mme Weber entendait aller jusqu'à se faire déclarer commune en biens avec M. Pescatore.

C'est dans cette vue que le notaire déclara que les qualités ne portaient
aucun préjudice aux intérêts des parties, et qu'elles faisaient toutes réserves
à cet égard. Puis le lendemain, dans la séance du 3 janvier, les légataires font
consigner les lignes suivantes :

« A cet endroit, M. Guillaume-Bonaventure Pescatore et autres légataires uni-
» versels de M. Pescatore, en réponse à la prétention verbalement annoncée au
» nom de la requérante désignée sous le n° 5 du procès-verbal à la date d'hier,
» d'exercer les droits d'épouse commune en biens, déclarent, en maintenant les
» réserves déjà insérées en ce procès-verbal, contester dès à présent à ladite dame
» les noms et qualités sous lesquels elle y figure, ainsi que tous les droits qu'elle
» voudrait induire de la qualité contestée d'épouse de M. J.-P. Pescatore.

  » Cette déclaration est faite tant pour les opérations de ce jour que pour toutes
» celles qui suivront et sous réserve de toutes autres contestations.

  » Contre lesquelles réserves et protestations il est fait par M. Bernard (de
» Rennes), toutes réserves et protestations contraires dans l'intérêt de madame Pes-
» catore, déclarant être prête à justifier de la célébration de son mariage par la
» production de l'acte régulier qui en a été dressé. »

Ceci s'écrivait le 3 janvier ; l'inventaire se continue, et le tribunal comprend qu'il a été long. Des pourparlers s'engagent entre les parties, car des
contestations étaient annoncées par ces premières réserves. Mes clients se
rendent le témoignage d'avoir tout fait, plus peut-être qu'ils n'auraient dû faire,
pour éviter ces contestations ; ils ne l'ont pas pu. A la fin de l'inventaire, ils
ont fait insérer la nouvelle énonciation que je vais lire :

« Jeudi 21 février 1856.

» A cet endroit, MM. Dutreux, de Scherff, Munchen, etc., ont fait la déclaration :
» Qu'ainsi qu'ils l'ont déjà déclaré verbalement, avant, lors et depuis les réserves
» insérées au présent procès-verbal, dans la vacation du 2 janvier dernier et dans
» celle du lendemain, ils sont prêts encore aujourd'hui et offrent :
  » 1° De reconnaître à la dame représentée ici par M. Bernard (de Rennes) le
» nom et la position de veuve de feu M. J.-P. Pescatore, comme conséquence de
» l'acte religieux passé à Renteria, le 8 novembre 1851 ;
  » 2° De renoncer à tous moyens de nullité à l'encontre des actes de dernière
» volonté de feu M. Pescatore ; en conséquence, et sous les conditions établies par
» les actes :
  » A. D'assurer à ladite dame une rente viagère de 40,000 francs ;

» B. De lui payer la somme nécessaire pour parfaire avec celle qui lui appar-
» tient déjà par suite des libéralités antérieures de M. Pescatore, un capital de
» 500,000 francs ;

» C. De lui accorder pendant une année l'habitation de l'hôtel rue Saint-
» Georges, et, sa vie durant, l'usufruit de la Celle-Saint-Cloud ;

» D. De lui délivrer les autres legs en meubles, argenterie, chevaux et voitures,
» mentionnés dans le testament ;

» Le tout sous la condition expresse que ladite dame, de son côté, respecte les
» volontés de feu M. Pescatore, et consente, par conséquent, en abandonnant toute
» prétention à la communauté des biens, à prendre pour base unique du règle-
» ment de ses intérêts pécuniaires les actes de dernière volonté.

» Après lecture, requis de signer, ont déclaré inutile.»

Par M. Bernard (de Rennes), au nom qu'il agit, a été répondu :

« Qu'il est heureux de voir MM. Dutreux et consorts reconnaître et proclamer de
» leur propre mouvement la légitimité du titre de madame Pescatore ;

» Qu'il s'étonne seulement de la forme insolite donnée à cette reconnaissance ;

» Qu'il est contraire, en effet, aux principes du droit, de faire dépendre la vali-
» dité d'un acte de mariage de l'acceptation de certaines conditions imposées à
» l'époux survivant dont on conteste l'état ;

» Qu'un acte de mariage est valable ou nul par lui-même et ne saurait être l'ob-
» jet d'une stipulation postérieure à la célébration ;

» Qu'on ne peut admettre qu'il dépende des héritiers de subordonner la validité
» du mariage à l'acceptation, par l'époux survivant, des conditions qu'il leur plaît
» de lui imposer, en telle sorte que, suivant son acceptation ou son refus de ces
» conditions, son mariage serait valable ou nul ;

» En conséquence, M. Bernard (de Rennes) prend acte de la reconnaissance faite
» par MM. Dutreux et consorts, mais en protestant contre la forme conditionnelle
» qu'ils ont donnée à cette reconnaissance, et, après lecture, M. Bernard (de Rennes)
» a signé sous toutes réserves.
                                            » BERNARD (de Rennes). »

Cette manière de prendre acte, de la part du mandataire de madame Weber
était trop habile pour que les légataires universels n'y répondissent pas immédiatement : « Déclarent qu'ils protestent contre l'interprétation en tous
points erronée que M. Bernard donne à leur déclaration, ainsi que contre les
inductions tout aussi erronées que l'on veut tirer de cette interprétation. Leur
déclaration n'est pas une reconnaissance, mais une simple offre, restreinte
dans ses termes, subordonnée à une condition, indivisible, et qui ne peut être
faussée par une interprétation arbitraire et tout aussi étrangère à son texte
qu'à son esprit. »

C'est à la suite, messieurs, de ces différentes explications engagées devant
le notaire, qu'a été donnée l'assignation sous laquelle nous comparaissons devant vous. Elle a été donnée par la demanderesse à double fin : 1° la délivrance des legs particuliers que lui a faits M. Pescatore ; 2° la liquidation et
le partage de la communauté qui aurait existé entre elle et M. Pescatore.

Sur le premier point, nous avons répondu que nous ne contestions pas les
legs faits par M. Pescatore, mais à condition que l'on abandonnât une prétention à laquelle M. Pescatore lui-même n'a jamais pensé. Si une partie de sa

fortune était attribuée à Mme Weber à titre de communauté, les legs devraient certainement être annulés comme étant le résultat d'une erreur. Quant
à la seconde demande, quelque ruineuse que fût pour mes clients la préten
tion de Mme Weber, ils n'hésiteraient pas à s'y résigner, s'ils pensaient qu'elle
fût conforme à la volonté de leur oncle. Je dis quelque ruineuse qu'elle fût :
que le tribunal me permette de lui montrer, maintenant qu'il connaît le
montant de la succession et le chiffre des legs particuliers, quelle serait la
situation du legs universel, si la prétention de Mme Weber pouvait être
accueillie.

J'ai dit que l'actif de la succession était de 10,380,000 fr. Or, de l'état de
la communauté dressé par le notaire de Mme Weber, il résulte qu'il faudrait
ajouter pour former la communauté, à toute la fortune mobilière de M. Pescatore, acquise dans le cours de sa vie et qui serait en 1851 entrée dans la
communauté, une partie des immeubles acquis depuis le mois de novembre
1851 ; ce qui porterait l'actif de la communauté à 13,000,000 fr. Nous
croyons devoir retrancher de cet actif, comme nous l'avons déjà fait, les
2,000,000 fr. portés pour les bénéfices de 1855, plus 1,000,000 fr. de passif : il reste un actif de communauté de 10,000,000 de fr., moitié pour la
demanderesse, soit 5,000,000 fr., et alors si vous voulez savoir ce que devient la succession de M. Pescatore, après que la communauté aura été ainsi
partagée, vous trouverez que ce qui reste des valeurs mobilières, ajouté à la
portion des immeubles qui composent la fortune personnelle, représentera
pour la succession un actif réduit à 7,000,000 de fr., sur lesquels il faudra
retrancher 5,880,000 fr. de legs particuliers portés dans les deux testaments, plus environ 820,000 fr. de passif et de droits de succession ; il restera à partager entre les huit héritiers. dans le cas où, par impossible, la demande de Mme Weber serait accueillie, une somme nette de 300,000 fr., en
supposant encore que toutes les valeurs de la succession, dans lesquelles il y
en a de bien aventurées, puissent se réaliser.

Ainsi, ne l'oubliez pas, tandis que d'un côté la femme qui se prétend commune en biens aura, en vertu des testaments, des valeurs qui peuvent représenter 80,000 fr. de rente, et pour sa part dans la communauté 5,000,000 fr.,
chaque légataire universel aura un huitième de 300,000 fr. ou 37,000 fr.
Quatre d'entre eux auront des legs particuliers ; les quatre autres, parents au
même degré, neveux de M. Pescatore, auront, pour toute valeur dans la succession opulente de leur oncle, 37,000 fr. C'est là ce que M. Pescatore leur
aura laissé, lui qui leur écrivait des lettres si affectueuses ! — « Comptez sur
moi, ma fortune relèvera un jour la vôtre, » au moment où il faisait son testament (le testament est du 5 octobre 1853, et la lettre que je vais lire est du
11 janvier 1854) :

« Paris, le 11 janvier 1854.

» Lorsqu'il s'agit d'obliger, mon cher Alphonse, on n'y regarde pas d'aussi près
» que lorsqu'il est question d'affaires ; cependant j'ai toujours pour principe de
» mettre de l'ordre en toutes choses, et du moment que vous, jurisconsulte, m'as-
» surez que l'acte proposé équivaut à une vente, avec moins de frais et d'inconvé-
» nients pour vous, j'y souscris. L'usufruit devra cesser à mon décès, *attendu que*

» ma succession pourvoira au sort des parents et vous mettra à même de rentrer
» dans la possession de l'immeuble. »

Veuillez vous le rappeler, messieurs, c'est un homme qui connaissait admi-
rablement l'état de ses affaires, qui manifestait ses intentions bienveillantes
pour ses parents, qui, à l'époque où il partageait sa fortune, en octobre 1853,
leur annonçait que la partie qu'il leur en laissait leur permettrait de rentrer
dans leurs propriétés qu'ils étaient obligés momentanément d'abandonner ;
c'est cet homme-là qui, faisant son testament et manifestant tant de bienveillance pour ses neveux, leur aurait donné 37,000 fr., et encore si toutes
les valeurs qui composaient l'actif de sa succession venaient à être réalisées.
Mais ce résultat est dû à ce que l'on veut imposer aux légataires universels de
M. Pescatore une communauté à laquelle certainement il n'a jamais pensé.
Sur ce point important des intentions de M. Pescatore, je m'en rapporte aux
réflexions que le tribunal pourra puiser dans les faits que nous racontons et
dans les actes que nous produisons. Je suis convaincu qu'il pensera comme
moi, que jamais M. Pescatore n'a songé à constituer cette communauté dont
on réclame l'avantage. S'il s'était marié civilement, il est indubitable qu'il
aurait fait quelque acte civil par lequel il aurait mesuré le degré de libéralité
qu'il voulait faire à Mme Weber. Il avait, lui, une fortune considérable acquise
à la sueur de son front, par le travail de toute sa vie ; elle n'avait rien. Aurait-il contracté un mariage dans lequel il aurait englobé toutes les valeurs
mobilières qu'il avait gagnées jusqu'à cette époque, et n'aurait-il pas, par un
contrat quelconque, réglé ce qu'il entendait donner par stipulations matrimoniales à Mme Weber ? Si quelque doute pouvait exister à cet égard dans
l'esprit du tribunal, il serait levé par ce que je vais dire. En 1852, un an
après le mariage, M. Pescatore donne à Mme Weber une somme de 210,000 fr.
Il la donne ainsi : il était créancier pour cette somme sur ce M. O'Shea qui fut
l'un des témoins de son mariage à Renteria. Sur ses livres, il la passe au nom
de la demanderesse. Croyez-vous que s'il y avait eu communauté de biens
entre eux, il lui aurait fait ce don ? Quel sens peut avoir une telle donation,
entre époux communs en biens ? Est-ce que cette somme de 210,000 fr.
serait sortie de la communauté ? Est-ce qu'elle aurait été plus à Mme Weber
après qu'avant ? Ce don postérieur au mariage n'est-il pas une preuve certaine que Mme Weber n'était pas commune en biens avec lui ?

Mais il y a des titres invoqués par Mme Weber elle-même, qui sont plus
significatifs encore ; ce sont les deux testaments dont j'ai parlé. Je n'ai pas
voulu les lire en entier, mais le tribunal les lira avec attention, et il voudra
bien se demander si M. Pescatore a pu croire qu'il laissait après lui une
femme commune en biens. Je ne parle pas de tous les legs qu'il a faits. Ainsi
il donne à Luxembourg, sa ville natale, indépendamment d'un legs de
500,000 fr., tous les tableaux, dessins, statues, bibliothèque et objets d'art
qu'il laissera après lui ; et il ne serait propriétaire que de la moitié de ces
objets ! Il y aurait une femme commune en biens qui en aurait l'autre moitié,
et il n'en parle pas, et il ne le soupçonne même pas, et par un legs qu'il fait
il dispose du tout comme s'il était seul propriétaire !

Et vis-à-vis de Mme Weber que signifient toutes ces dispositions qu'il fait à
son profit! Il lui donne le cinquième de toute son argenterie à partager avec
quatre neveux ou nièces qu'il laissera après lui. Mais elle en a déjà la moitié.
Il ne le soupçonne pas : Mon argenterie, dit-il, sera partagée en cinq parts ;
Mme Weber en aura une, elle choisira celle qu'elle voudra. Ne croyez-vous pas
que toute pensée de communauté est étrangère à cette disposition ?

Je trouve ensuite qu'il lui donne les meubles qui garnissent sa chambre à
Paris et au château de la Celle-Saint-Cloud, et il ajoute que si elle ne trouve
pas ce mobilier suffisant, elle pourra prendre dans le reste du mobilier de la
maison de quoi le compléter. Qu'est-ce à dire, puisqu'elle a la moitié du mobilier qui garnit tous les immeubles? Il prend la peine bien inutile, comme vous
voyez, de lui donner les meubles qui garnissent sa chambre à l'hôtel Saint-
Georges, au château de la Celle. Et puis plus tard il la dispense de rendre aucun
compte des sommes qu'elle aura dépensées pour son ménage, et dans le cas où
l'on viendrait les lui réclamer, il lui en fait un don spécial par son testament.
Mais de qui parle-t-il ? Est-ce d'une femme commune en biens avec lui : Depuis quand une femme commune en biens aurait-elle à rendre compte après
la mort de son mari des dépenses faites pour le ménage commun ? Le tribunal ne voit-il pas que M. Pescatore n'a jamais cru qu'il y eût communauté de
biens entre elle et lui?

Enfin, dans le dernier testament du 8 décembre 1855, il rappelle les dons
qu'il a déjà confirmés par son testament olographe du 5 octobre 1853 ; il les
confirme et il dit qu'il lui donne en outre de quoi compléter un capital de
500,000 fr. dont il veut qu'elle soit propriétaire.

C'est très bien, en supposant qu'elle ne soit pas commune en biens ; mais,
commune en biens, comprenez-vous bien qu'il veuille lui compléter un capital
de 500,000 fr. ? elle aura 5,000,000 fr. à réclamer dans sa succession ! le com-
prendra-t-on ? Vous réfléchirez à l'ensemble des deux testaments, et vous y
verrez écrit dans les termes les plus énergiques que M. Pescatore n'a pas cru
un moment qu'il y eût communauté de biens entre Mme Weber et lui, et j'en
reviens à ce que je disais tout à l'heure : mes clients, en soutenant qu'il n'y a
jamais eu communauté entre Mme Weber et M. Pescatore, sont convaincus
qu'ils défendent les volontés de leur oncle, qu'ils en demandent l'exécution, bien
loin de la méconnaître ; qu'ils sont fidèles à ses pensées sur la répartition de sa
fortune, et qu'ils résistent à une réclamation qu'on n'aurait jamais osé faire
de son vivant, qu'on n'a pu faire qu'après sa mort.

Maintenant que j'ai expliqué quelles ont été les intentions de M. Pescatore,
examinons en droit cette communauté qu'on réclame. D'où vient-elle ? Elle
ne vient pas d'un contrat qui la constitue, il n'y a pas eu de contrat contenant les conventions matrimoniales, je l'ai déjà dit au tribunal. Mais on peut,
dit-on, la faire dériver des articles 1393 et 1399 du Code Napoléon. Voyons
ces articles :

« ART. 1393. — A défaut de stipulations spéciales qui dérogent au régime de la
» communauté ou le modifient, les règles établies dans la première partie du cha-
» pitre II formeront le droit commun de la France. »

« Art. 1399. — La communauté, soit légale, soit conventionnelle, commence
» du jour du mariage contracté devant l'officier de l'état civil ; on ne peut stipuler
» qu'elle commencera à une autre époque.»

Je n'ai pas besoin de dire sur quels principes reposent ces articles. A défaut d'une convention que les parties n'ont pas faite, la loi a senti le besoin
d'en établir une par présomption ; elle a présumé la communauté. C'est là le
régime que les articles 1393 et 1399 font résulter de l'acte du mariage passé
devant l'officier de l'état civil.

Nous l'avons cherché cet acte, nous nous sommes demandé où il était. Mes
clients ont parcouru tous les registres de l'état civil en France, tous ceux du
moins où il pouvait se trouver, et ils ne l'ont rencontré nulle part. Au moins
y aurait-il eu des publications qui l'annonceraient? Pas le moins du monde, il
n'y a eu nulle part de publications civiles ; je parlerai plus tard de publications religieuses. Comment cette communauté aurait-elle pu commencer,
lorsque nous ne trouvons nulle part, dans les archives de l'état civil, l'acte
solennel d'où la loi fait dériver la communauté !

On nous dit alors : Si la communauté ne résulte pas d'un mariage civil
contracté en France, nous la faisons sortir de la bénédiction nuptiale qui a été
accordée, le 8 novembre 1851, dans la chambre du curé de Renteria. Cette
cérémonie a constitué un mariage qui peut être reconnu par nos lois aux termes
de l'article 170 du Code Napoléon.

Ma première réponse est celle-ci, je la prends dans l'intention même des
parties dont je vous parlais tout à l'heure. La première condition du mariage,
c'est le consentement ; la première loi du mariage civil, c'est que les parties
aient prétendu faire un mariage civil. Eh bien! nous soutenons, et nous
sommes convaincu que c'est le fond et la vérité du procès, que les parties
n'ont jamais entendu faire un mariage civil.

A l'époque où M. Pescatore et madame Weber sont allés en Espagne,
M. Pescatore avait 58 ans, madame Weber en avait 47. Ils n'avaient pas eu
d'enfants de leur union illégitime, il n'y avait par conséquent aucun enfant à
légitimer. Ils ne pouvaient avoir aucune idée d'unir leurs fortunes, puisque
l'un en avait une grande et que l'autre ne possédait rien? Ils n'avaient qu'un
but, très énergiquement indiqué dans la lettre du 12 novembre, dont j'ai
donné la lecture au tribunal : c'était de rendre leur maison accessible à ces
mères de famille qui s'en retiraient par des motifs que M. Pescatore déclarait
très bien comprendre ; accessible à ces pieux prélats qui déclaraient ne pas pouvoir y mettre les pieds tant que durerait l'union irrégulière de M. Pescatore
et de madame Weber. Ils ne se sont adressés, pour contracter leur union, à
aucun officier de l'état civil, en aucun lieu, ni à Paris, où était la résidence
d'hiver de M. Pescatore et de madame Weber, ni à la Celle Saint-Cloud,
où était la résidence d'été. Ils n'ont eu de rapports qu'avec monseigneur l'archevêque de Bordeaux ni d'autres conseils que les siens.

Il y a un document dont nous n'avons pas pu obtenir la remise, et sur le
contenu duquel le tribunal aura, s'il le veut, des renseignements très précis.

C'est une lettre que monseigneur Donnet écrivait à l'évêque de Pampelune orsqu'il le priait de souffrir qu'un des prêtres de son diocèse donnât la bénédiction nuptiale à M. Pescatore et à madame Weber. Cette lettre a été longtemps dans les mains de l'évêque de Pampelune, elle a été lue par le subrogé-tuteur des enfants de M. Pierre Pescatore; ce dernier même a été autorisé à copier la phrase que je vais rappeler. Dans cette lettre l'archevêque de Bordeaux disait à l'évêque de Pampelune :

« Je vous prie de permettre dans votre diocèse le mariage de deux paroissiens » qui ne veulent que s'unir religieusement.»

Je le répète, la lettre n'est pas dans nos mains ; quand nous en avons demandé copie en vertu du jugement du tribunal, elle avait été retirée. Elle est entre les mains de monseigneur l'archevêque de Bordeaux, qui est prêt à en dire le contenu au tribunal. J'affirme, sans crainte d'être démenti par qui que ce soit, que la lettre indiquait à l'évêque de Pampelune, que le mariage qu'on allait contracter à Renteria était un mariage purement religieux ; et c'est pour cela que, dans sa lettre du 12 novembre, M. Pescatore dit à son frère Antoine :

« Le mariage ne pouvant être contracté qu'en Angleterre ou en Espagne, pays » dans lesquels le ministre du culte est en même temps officier de l'état civil. »

Et pourquoi cherchait-il un des deux pays dans lesquels le ministre du culte est en même temps officier de l'état civil ? Pour un seul motif : dans ces pays seuls il pouvait obtenir la bénédiction nuptiale sans que l'officier civil vînt lui imposer préalablement le mariage civil.

Aussi, quelles dispenses a-t-on demandées ? de quelles publications s'est-on occupé ? Exclusivement de dispenses et de publications religieuses. L'archevêque de Paris, l'évêque de Versailles, l'archevêque de Bordeaux, ont donné des dispenses purement religieuses, et l'on n'a pas pensé un seul moment à des publications civiles.

Et puis, quand cet acte de bénédiction nuptiale a été accompli à l'étranger, on a bien songé qu'il fallait le faire transcrire en France. Quelle transcription a-t-on faite ? A-t-on fait transcrire sur le registre de l'état civil du deuxième arrondissement de Paris ou sur celui de la Celle-Saint-Cloud ? Pas le moins du monde ; c'est sur le registre de l'état religieux tenu par le curé de cette dernière paroisse. On a donc omis la formalité de transcription sur le registre de l'état civil ; on ne l'a accomplie que sur le registre de l'état religieux. Pourquoi ? Par un seul motif : c'est qu'on avait entendu contracter en Espagne un mariage exclusivement religieux. Vous le voyez, ce n'est qu'un mariage religieux qu'on a songé à célébrer à Renteria, et qu'il n'est pas entré dans la pensée des contractants d'y faire un mariage civil.

Mais, objectera-t-on, que voulez-vous dire avec votre mariage religieux ? Dégagé du mariage civil, quelle force, quel caractère pouvait-il avoir ? Comment aurait-on donc songé à le contracter.

Ah ! messieurs, si l'on me parle au nom du droit civil, je suis d'accord avec tout ce qu'on pourra dire ; un mariage ainsi contracté n'a et ne peut avoir aucune valeur. Il en est autrement aux yeux du droit canonique; et sans que je rappelle à ce sujet les opinions des anciens docteurs, le tribunal me permettra de lui lire, dans le *Commentaire du Code Napoléon*, par monseigneur Gousset, ce passage sur l'article 144 du Code, page 68 :

« Nous ajouterons que les rédacteurs du Code qui nous régit, *tout en sécularisant* notre législation et **tout** en se croyant dispensés comme législateurs d'observer les lois du législateur suprême et de son Église, ont néanmoins reconnu qu'ils ne pouvaient porter atteinte, ni au sacrement, ni au contrat qui en est la base. Le contrat naturel du mariage, dit M. Tronchet, n'appartient qu'au droit naturel. Dans le droit civil, on ne connaît que le contrat civil, et l'on ne considère le mariage que sous le rapport des effets civils qu'il doit produire. Il en est du mariage du mort civilement, comme de celui qui a été contracté au mépris des formes légales.

» Il faut, disait un autre législateur, que la loi sépare du contrat civil tout ce qui touche à un ordre plus relevé, et qu'elle ne considère dans le mariage que le contrat civil. M. Carrion Nisas parlait dans le même sens : Aujourd'hui, disait-il, il peut y avoir contrat civil et nul pacte religieux, pacte religieux et nul contrat civil. On peut vivre avec la même femme, épouse selon la loi et concubine selon la conscience, épouse selon la conscience et concubine selon la loi.

» Concluons donc qu'il peut y avoir dans le mariage contrat naturel et sacrement, sans qu'il y ait contrat civil, c'est-à-dire sans qu'il y ait un acte légal qui assure les effets civils ; que ce n'est point le contrat naturel et civil, mais le contrat naturel et ecclésiastique, qui est, comme on s'exprime dans l'école, la matière du sacrement de mariage : *Non contractus civilis*, dit M. Bailly, d'après Tournely et nos meilleurs théologiens, même parmi les Français, *sed contractus naturalis legibus ecclesiasticis ordinatus, sacramenti matrimonii materia et fundamentum est.* » (*Tract. de matrimonio, cap. IV, act. 1, § 1, prop. 2.*)

» D'après ces principes, il est manifeste que les époux qui ont contracté mariage conformément aux lois de l'Église ne peuvent se prévaloir pour un second mariage de la sentence du juge qui annule leur premier mariage civil à raison de l'omission de certaines formalités prescrites par le Code à peine de nullité.

» Cependant on ne saurait trop recommander aux pasteurs de ne donner la bénédiction nuptiale aux parties contractantes que lorsqu'ils peuvent juger qu'elles ont rempli les formalités nécessaires au contrat civil ; ce serait un grave inconvénient que le mariage ne fût pas reconnu par la loi. »

Vous voyez, messieurs, les principes des théologiens, et parmi eux je cite un des plus éminents de notre époque ; vous voyez quelle est leur opinion.

Je n'ai pas fait une vaine supposition en vous parlant d'un mariage de conscience purement religieux ; c'est, à mon avis, la vérité, elle est toute là, il n'y a rien de plus ; pendant toute la durée du mariage, il n'y a rien eu autre chose, et cela vous explique encore comment, soit à l'époque où l'acte religieux s'est accompli, soit à l'époque où M. Pescatore a fait don de 210,000 fr. à madame Weber, soit à l'époque où il a fait son premier testament, le 5 octobre 1853, soit à l'époque où il a dicté son second testament, la veille de sa mort, rien n'a laissé entrevoir un mariage civil ni communauté entre madame Weber et lui. Je pourrais peut-être aller plus loin et dire que les amis de madame Weber le savaient parfaitement, et que, dans les derniers jours de la vie de M. Pescatore, quelques démarches furent faites pour arriver au mariage civil. On ne réussit pas, soit qu'il fût trop tard, soit que la résistance du mourant fût encore invincible. Nous n'avons pas en mains la preuve de ce fait, mais nos clients en ont l'intime conviction, et peut-être un jour, s'il en était besoin, demanderaient-ils à le prouver.

J'arrive maintenant à une hypothèse que je suis obligé de faire. Je suppose que les parties sont allées en Espagne pour contracter un mariage à la fois civil et religieux, priant bien le tribunal de ne pas oublier un instant, dans la discussion à laquelle je vais me livrer, que je tiens cela pour une pure hypothèse qui, à mon sens et dans ma conviction, est contraire à la vérité.

Je me demande si le mariage ainsi contracté à Renteria, le 8 novembre 1851, est un mariage valable, aux termes de nos lois. On me cite, pour soutenir sa validité, les articles 170 et 171 du Code Napoléon, qui permettent aux Français de se marier à l'étranger.

Il est vrai qu'un Français peut aller se marier à l'étranger et que son mariage doit être considéré comme valable. A trois conditions cependant : 1° Que le mariage ait été célébré selon les formes usitées dans le pays où il aurait été contracté, première condition résultant de la règle *locus regit actum ;* 2° qu'il ait été précédé en France de toutes les publications prescrites par l'article 63 du Code Napoléon ; 3° qu'après le retour du Français en France, il ait été transcrit sur les registres de l'état civil. Voilà les trois conditions sans lesquelles le mariage à l'étranger n'existe pas.

Or, je dis qu'aucune de ces trois conditions n'a été remplie dans le prétendu mariage de Renteria. On a choisi l'Espagne pour aller se marier, et le tribunal sait que l'Espagne est sous l'empire des décrets du Concile de Trente. Je me borne à rappeler très brièvement les conditions auxquelles le Concile de Trente permettait le mariage ; c'est le chapitre Iᵉʳ, section IV : *Decretum de reformatione matrimonii :*

« Sacri lateranensis concilii, sub Innocentio III celebrati, vestigiis inhærendo » præcipit, ut in posterum antequam matrimonium contrahatur, ter à proprio » contrahentium parocho, tribus continuis diebus festivis, in ecclesia inter missa- » rum solemnia publicè denuntietur, inter quos matrimonium sit contrahendum. » Nisi ordinarius ipse expedire judicaverit, ut prædictæ denuntiationes remittantur; » quod illius prudentiæ et judicio sancta synodus relinquit. Qui aliter, quam præ- » sente parocho, vel alio sacerdote, de ipsius parochi seu ordinarii licentia, et » duobus vel tribus testibus matrimonium contrahere attentabunt ; eos sancta » synodus ad sic contrahendum omnino inhabiles reddit, et hujusmodi contractus » irritos et nullos esse decernit, prout eos præsenti decreto irritos facit et annulat. »

Ainsi, trois publications à l'église, faites *proprio parocho,* c'est-à-dire par le propre curé des parties, à moins que l'ordinaire, c'est-à-dire l'évêque, ne les ait dispensées de ces publications ; et puis le mariage doit être célébré, la bénédiction nuptiale doit être donnée *proprio parocho,* le propre curé de l'une des parties ; sans quoi le Concile déclare que le mariage est vain, non avenu, n'a jamais existé. Ainsi, aux termes des décrets du Concile de Trente : « Deux conditions pour que le mariage soit véritablement célébré, pour qu'il ait une

existence. » La première condition, ce sont les trois publications. Je m'empresse de convenir, pour ne pas jeter dans le procès des questions qui ne pourraient avoir une solution utile, que le Concile de Trente n'a pas attaché la
même nullité au défaut de publication qu'au défaut de présence du propre
curé des parties. Cependant je ne puis m'empêcher de faire remarquer au
tribunal comment les dispenses de publication ont été données. L'archevêque
de Paris, par exemple, croyant les donner pour un mariage à contracter dans
le diocèse de Bordeaux, croyant que madame Weber résidait dans la paroisse
de Sainte-Marie, et ajoutant qu'il y aurait nullité de la présente dispense si
quelqu'une des conditions qu'elle indique venait à manquer.

Mais, au reste, ce n'est pas là qu'est la fondamentale irrégularité de la cérémonie qui a eu lieu le 8 novembre à Renteria. Vous savez quelle est la prin-
cipale condition, celle sans laquelle il ne peut pas y avoir de mariage : c'est
la présence du propre curé ou bien d'un autre curé avec sa délégation ou celle
de son évêque. Ce principe est admis en Espagne avec toute la rigueur possible, il était admis dans notre ancienne jurisprudence; et pour montrer l'importance qu'on y attachait et qu'on y attache encore en Espagne, je me bornerai à vous lire ce passage de d'Aguesseau, tiré de son cinquante-septième
plaidoyer. Il est ainsi conçu :

« Venons à la grande et importante nullité qui fait le nœud de toute la difficulté
» de cette première partie de la cause ; nous voulons parler du défaut de la pré-
» sence du propre curé, défaut essentiel dans le droit ; mais est-il véritable dans le
» fait? C'est l'unique question qui nous reste à examiner par rapport au mariage,
» considéré dans son principe et dans son commencement.

» Ne nous arrêtons pas ici à prouver ce qui n'a pas été contesté dans cette cause ;
» il n'y a pas de loi plus sainte, plus salutaire, plus inviolable dans tout ce qui re-
» garde la célébration des mariages que la nécessité de la présence du propre curé,
» loi qui fait en même temps et la sûreté des familles et le repos des législateurs.
» Unique conservatrice de la sagesse du contrat civil et de la sainteté du sacre-
» ment, elle a mérité d'être reçue avec soumission par les pays qui ont accepté la
» discipline du Concile de Trente, et d'être enfin imitée avec joie par les États qui
» ne l'ont point reçue ; et nous pouvons justement l'appeler une règle du droit des
» gens dans les mariages des chrétiens. »

Je n'en dirai pas plus sur l'importance de cette condition, la présence du
propre curé des parties.

Passons aux faits.

Le curé de Renteria était-il le propre curé ou de M. Pescatore ou de
madame Weber? Il ne les connaissait pas, il ne les a vus qu'un moment ; ils
ont passé une heure et demie dans sa paroisse, et je ne sache pas que, pour
les y avoir vus passer en courant, il ait jamais pu les considérer comme ses
paroissiens. Aux termes des lois canoniques observées en Espagne, il faut six
mois de domicile dans la paroisse pour être considéré comme paroissien. Vous
savez qu'aux termes de nos lois civiles, il faut le même délai pour être considéré comme domicilié. M. Pescatore ni madame Weber ne pouvaient donc
en aucune façon considérer le curé de Renteria comme leur curé paroissial.

Mais ce n'est pas sur ce point qu'on insistera, on dira : S'il est vrai que le

curé de Renteria ne fût pas notre curé paroissial, s'il est vrai que, d'après la
loi espagnole, il lui fût interdit de nous marier; si cela est vrai, il y a une
chose qui a relevé de son incapacité le curé de Renteria, c'est la délégation
qui lui a été donnée par l'archevêque de Bordeaux. En effet, vous n'avez pas
oublié les mots du Concile de Trente : *Vel ipso parocho, vel ordinarii licentia,*
et l'archevêque de Bordeaux a donné au curé de Renteria cette délégation par
la lettre qu'il lui a écrite le 5 novembre 1851, et qui est ainsi conçue :

« Monsieur le curé,

» Le porteur de cette lettre est M. Pescatore, mon diocésain, à l'occasion duquel
» ont dû vous écrire, et Mgr l'évêque de Pampelune, et le Révérend père général
» des Augustins, qui réside en ce moment à Libourne.

» M. Pescatore vous remettra :

» 1° Les dispenses de publications des diocèses de Paris, de Versailles et de
» Bordeaux ;

» 2° Un billet de confession signé de moi, pour lui et sa future ;

» Par cette lettre, je vous donne délégation pour agir comme prêtre, à l'égard
» de M. J.-P. Pescatore et de Anne-Catherine Weber, mes diocésains. Je déclare
» qu'ils ne sont liés par aucun empêchement canonique, et j'assume devant Dieu
» toute la responsabilité de l'acte que vous allez faire, en leur donnant la bénédiction
» nuptiale, et vous offre, monsieur le curé, l'assurance de ma haute considération.
» Signé : Ferdinand, archevêque de Bordeaux, primat d'Aquitaine, grand'croix
» de Charles III d'Espagne.

» Je me suis assuré du baptême des deux époux, et j'ai reçu l'abjuration solen-
» nelle de la future, qui était née au sein du protestantisme.   Signé : FERDINAND.

» A monsieur le curé de Renteria, diocèse de Pampelune, en Espagne. »

On invoquera cette délégation ; on dira que le curé de Renteria, incapable
par lui-même d'assister au mariage de M. Pescatore et de madame Weber,
est devenu capable, aux termes des lois canoniques, en vertu de la délégation
qui lui a été donnée par l'archevêque de Bordeaux.

Messieurs, je ne conteste pas le principe de la délégation, il est incontestable en droit canonique ; je n'ai pas besoin de citer les autorités en vertu desquelles on peut le soutenir, je me borne à dire : 1° que la délégation doit
être donnée par le curé des parties ou par l'ordinaire, c'est-à-dire l'évêque
dans le diocèse duquel les parties ont leur domicile ; 2° que M. Pescatore et
madame Weber n'ont jamais eu leur domicile dans le diocèse de Bordeaux,
que par conséquent ce n'était pas l'archevêque de Bordeaux qui devait donner une délégation au curé de Renteria, ce ne pouvait être que l'archevêque
de Paris ou l'évêque de Versailles.

Vous savez ce qui constitue la qualité de curé ou d'ordinaire. Quel était le
domicile de M. Pescatore et celui de madame Weber, qui, depuis douze ans,
n'en avait pas eu d'autre que le sien ? Ils habitaient l'hiver à Paris ; pendant
l'été, à la Celle-Saint-Cloud, diocèse de Versailles. Voilà leurs deux domiciles.
Aussi ne trouvez-vous pas étonnant que, dans les dispenses accordées par l'archevêque de Paris, ce prélat dise : « M. Pescatore, mon diocésain ; » et puis,
induit en erreur par une supplique qui lui avait été adressée, dont nous n'avons

pas pu avoir la copie, il ajoute : « Anne-Catherine-Julie Weber, votre paroissienne, » la croyant domicilée à Sainte-Marie, diocèse de Bordeaux, ce qui était inexact, car madame Weber n'avait pas d'autre domicile et n'appartenait par conséquent pas à un autre diocèse que M. Pescatore lui-même. L'évêque de Versailles, mieux éclairé quand il donne les dispenses à M. Pescatore et à madame Weber, demeurant au château de la Celle-Saint-Cloud, indique pour l'un et pour l'autre le diocèse de Versailles. Si l'archevêque de Bordeaux, dans sa dispense, n'indique la demeure ni de l'une ni de l'autre partie, c'est parce qu'il savait très bien qu'aucune d'elles n'était domiciliée dans le diocèse de Bordeaux ; il n'avait par conséquent pas à l'indiquer.

Dira-t-on que M. Pescatore et madame Weber étaient domicilés dans le diocèse de Bordeaux, parce qu'ils allaient passer le temps des vendanges au château de Giscours? On irait contre tous les principes du droit canonique qui ne reconnaissent comme domicile que le lieu où l'on réside le plus habituellement, où l'on fait son séjour ordinaire. Et pour ne citer entre mille autorités qu'une seule, mais très importante, je citerai celle du pape Benoît XIV, qui dit dans une de ses décrétales :

« Parochum ruralem non esse proprium, quando rus itur causâ recreationis vel
» pro rusticanis negotiis, ideoque matrimonium valide coram hujusmodi parocho
» celebrari non posse. »

Il semble que les paroles de Benoît XIV aient été écrites pour la cause qui nous occupe. On va à Giscours passer quelques jours de l'année *pro recreationis causâ vel pro rusticanis negotiis*, ce qui veut dire ici, faire ses vendanges. On y va un moment, on revient toujours à Paris ou à la Celle-Saint-Cloud ; là est le domicile. Les diocèses sont donc Paris et Versailles, et, par conséquent, Mgr l'archevêque de Bordeaux n'avait aucun titre pour donner au curé de Renteria la délégation qu'il lui a donnée ; le curé de Renteria a procédé sans délégation régulière.

Mais, indépendamment de ces motifs, il y en a d'autres. Suivant nos anciennes ordonnances, conformes en cela aux règles du droit canonique, la délégation est admise ; mais à quel titre? Elle est admise comme un mandat. L'ordinaire ou le curé qui fait la délégation est le mandant, le curé qui la reçoit est le mandataire, et le mandat dans le cas particulier n'a pas d'autre caractère que le mandat ordinaire du droit civil, c'est-à-dire que ce n'est pas le mandataire qui assiste au mariage, qui donne la bénédiction nuptiale, c'est le mandant.

J'aime dans ces questions à sortir des auteurs canoniques pour revenir à nos anciens et grands jurisconsultes si parfaitement éclairés sur ces matières, et qui, dans leur examen, ont si bien su allier l'indépendance d'esprit au respect de la foi catholique.

Voici ce que dit Pothier :

« Un prêtre qui a la permission de l'évêque ou du curé des parties pour célébrer
» le mariage est très compétent pour le célébrer. Le mariage étant célébré par la
» permission du curé ou de l'évêque, c'est comme si l'évêque ou le curé l'eussent
» eux-mêmes célébré. »

Vous voyez notre mandat civil avec son principe et sa conséquence ; et dans tous les auteurs qui ont écrit sur notre ancienne jurisprudence, vous retrouverez la même chose. Ce n'est pas le délégué qui fait le mariage, c'est le déléguant par l'intermédiaire du délégué.

De cette vérité, tirons deux conséquences : lorsque le mariage a été célébré à Renteria, quel était l'ecclésiastique qui assistait le mariage et qui donnait la bénédiction nuptiale ? Etait-ce le mandataire, le curé de Renteria qui n'était pas le curé des parties ? Non, c'était le mandant, l'archevêque de Bordeaux. Aussi la confession des parties a-t-elle été reçue par Mgr l'archevêque de Bordeaux, et la communion leur a-t-elle été donnée par lui. Les informations canoniques, qui, aux termes de la loi religieuse, doivent précéder tout mariage, ont été faites par l'archevêque de Bordeaux. Aussi, dans la lettre contenant délégation que j'ai lue tout à l'heure, après avoir indiqué au curé de Renteria qu'il lui donne délégation, il dit : « Et j'assume devant Dieu toute la responsabilité du mariage que vous allez bénir. »

Vous le voyez, c'est le mandant qui sait très bien que le mariage qui va être béni, c'est lui-même qui le bénira par l'intermédiaire de son délégué. C'est donc monseigneur l'archevêque de Bordeaux qui a marié les parties dans la chambre du curé de Renteria.

Maintenant qu'en résulte-t-il ? Monseigneur l'archevêque de Bordeaux avait-il le droit, en supposant qu'il fût l'ordinaire des parties, leur archevêque diocésain, de les marier, de leur impartir la bénédiction nuptiale ? L'avait-il aux yeux de nos lois civiles ? Remarquez bien que, respectueux pour tout ce qu'il y a de religieux dans le fait que je raconte, je ne demande pas s'il avait ce droit aux termes des lois canoniques. Non. Je demande si, aux termes de la loi civile, il avait le droit de faire cette délégation ? Je dis qu'il ne l'avait pas ; que pour lui il y avait un obstacle invincible à ce qu'il la fît; cet obstacle est écrit dans l'art. 254 du Concordat de 1801.

Il y avait prohibition absolue à l'archevêque de Bordeaux comme à l'archevêque de Paris, comme à l'évêque de Versailles, comme au curé de Notre-Dame-de-Lorette, comme au curé de Saint-Cloud, de donner aucune délégation pour faire le mariage tant qu'il n'y avait pas de mariage civil contracté ; et ils ne pouvaient faire par mandataire ce qui leur était personnellement impossible.

Si l'on veut que le mariage passé à Renteria n'ait été qu'une cérémonie religieuse, nous n'avons rien à dire, ma critique tombe, je n'ai pas même le droit d'examen. Si l'on veut prétendre que le mariage doit avoir des effets civils en France, je dis que l'archevêque de Bordeaux n'avait pas le droit de faire par délégation ce qu'il n'aurait pas pu faire lui-même, qu'il n'avait pas le droit d'aller faire à l'étranger ce qu'il ne pouvait faire en France, tant qu'il n'y avait pas de mariage civil.

D'un autre côté, le curé de Renteria ne pouvait créer, en donnant la bénédiction à M. Pescatore et à madame Weber, un lien civil entre eux. Il ne le pouvait pas, parce que M. Pescatore et madame Weber n'étaient pas ses paroissiens. Est-ce qu'il l'aurait pu par délégation ? Le comprendriez-vous, messieurs ? Voilà un mariage civil qui va être contracté en Espagne, de par l'autorité de monseigneur l'archevêque de Bordeaux, en vertu de la délégation qu'il a donnée. Mais réfléchissez-y un moment, cela est absolument impossible. Ce n'est pas d'un étranger que peut venir à l'étranger la consécration d'un mariage civil. Qu'au point de vue religieux tout soit régulier et complet, je n'ai pas à l'examiner, mais la loi civile n'y peut rien voir de régulier ; de manière que, de quelque côté, sous quelque point de vue que le tribunal l'examine, la cérémonie de Renteria n'a pas constitué un mariage civil, un mariage espagnol dans la forme que la loi espagnole prescrivait. La première condition de l'art. 170 du Code Napoléon, pour que la loi française reconnaisse la validité d'un mariage contracté à l'étranger, manque donc complétement. Il n'y a pas de mariage, il n'y en a jamais eu. Il peut y avoir eu la bénédiction nuptiale, le lien religieux dont parle monseigneur l'archevêque de Reims dans son commentaire, mais certainement il n'y a pas eu mariage civil valable contracté en Espagne.

Je passe maintenant à la deuxième et à la troisième condition indiquées par les art. 170 et 171 du Code Napoléon ; je veux dire la publication préalable en France, aux termes de l'art. 63, et en même temps la transcription sur les registres de l'état civil.

Et d'abord, il n'y a pas de contestation possible sur le fait. Il n'y a eu aucune publication préalable en France à une époque antérieure, il n'y a eu postérieurement aucune transcription sur les registres de l'état civil. Les dispositions des art. 170 et 171, qui permettent aux Français de se marier à l'étranger, en leur imposant ces deux conditions, ont été négligées, volontairement violées. Je le comprends très bien, si, comme j'en suis convaincu, on n'a pas voulu faire autre chose qu'un mariage religieux ; je ne le comprendrais, pas si l'on voulait faire un mariage civil.

Maintenant quelle est la conséquence et quelle peut-elle être ? A la simple lecture de l'art. 170, on ne comprend pas qu'il puisse s'élever de discussion sur ce point. En voici les termes :

« Art. 170. — Le mariage contracté en pays étranger entre Français et entre Fran-
» çais et étrangers, sera valable, s'il a été célébré dans les formes usitées dans le
» pays, pourvu qu'il ait été précédé des publications prescrites par l'article 63, au
» titre des actes de l'état civil, et que le Français n'ait point contrevenu aux dispo-
» sitions contenues au chapitre précédent. »

Vous savez que, d'après nos anciennes ordonnances, les Français ne pouvaient aller se marier à l'étranger qu'avec la permission expresse du roi. Les législateurs modernes sont moins sévères ; ils permettent d'aller se marier à l'étranger. Toutefois ils prévoient les grands inconvénients qui peuvent en résulter. Les motifs de la prohibition des anciennes ordonnances, c'était qu'on faciliterait de cette manière des mariages clandestins qui amèneraient inévitablement des désordres dans la famille et la société. Ce motif était aussi vrai pour nos législateurs modernes. Néanmoins ils ont voulu être plus indulgents, mais ils ont dit, en termes formels : « Le mariage sera valable pourvu que telles conditions soient accomplies. » Comment le mariage serait-il valable, si ces conditions n'ont pas été accomplies, et par quelle interprétation de l'art. 170 pourrait-on soutenir sa validité ? Aussi, à la première lecture du Code civil, les commentateurs n'ont pas hésité, ils ont dit qu'il n'y avait pas mariage. C'est l'opinion de M. Delvincourt, et il n'est pas le seul. Le tribunal est bien persuadé que je ne veux pas abuser de la bienveillance qu'il m'accorde en m'écoutant. Je ne veux pas multiplier les citations, je le supplie cependant de me permettre de lui donner lecture de l'opinion exprimée par M. Marcadé ; c'est une opinion très réfléchie et très bien justifiée.

Marcadé, tome I, page 429.

« 583. — C'est une question des plus controversées que celle de savoir quel doit » être l'effet du défaut des publications en France, pour le mariage contracté par » des Français en pays étranger. Delvincourt le croit nul ; Merlin, Vazelle et Za- » charie le disent valable. MM. Fœlix, Duranton, Valette, Duvergier et Demolombe, » procédant plutôt en législateurs qu'en jurisconsultes, créent, en dehors des textes » et l'on ne sait trop sur quelles bases, une règle mitoyenne d'après laquelle il serait » tantôt nul, tantôt valable, d'après une appréciation de fait pour laquelle les tri- » bunaux jouiraient d'une entière latitude.

» Quant à nous, la nullité du mariage dans tous les cas nous paraît admissible » en présence de notre article.

» En effet, cet article a eu pour but de décider si l'on permettrait aux Français » de se marier en pays étranger, devant l'officier du pays. La question que l'article » résout est donc celle-ci : L'officier d'un pays étranger sera-t-il compétent pour » le mariage d'un Français ? A ceci la loi répond que « le mariage contracté en » pays étranger dans la forme du pays, sera valable, pourvu qu'il ait été précédé des » publications voulues en France, et que le Français n'ait pas contrevenu aux dis- » positions du chapitre précédent.

» Quoi de plus précis et de plus positif ? L'officier étranger, procédant d'après » les formes étrangères, sera compétent, et le mariage sera valable, POURVU que le » Français ait fait faire des publications en France, et accompli toutes les pres- » criptions du chapitre Iᵉʳ. Donc si le Français n'a pas fait faire ces publications, » ou s'il a contrevenu à l'une des prescriptions du chapitre Iᵉʳ, l'officier est incom- » pétent et le mariage nul. L'article, ce nous semble, n'a pas DEUX sens possibles, » car le mot *pourvu que* n'a jamais eu *deux* significations.

» Les conjonctions *si, quand, lorsque*, qui peuvent parfois avoir la même énergie » que la conjonction *pourvu que*, ne l'ont pas nécessairement, en sorte que, » quand le premier cas d'une alternative est marqué par l'une des premières con- » jonctions, le second ne se trouve pas pour cela résolu d'une manière certaine. » Quand je dis : *Si* vous partez, je partirai, je n'indique pas nécessairement par là » ce que je ferai dans le cas contraire, et si la pensée que je garde alors *in mente* » peut être celle-ci : Si vous ne partez pas, je partirai encore. C'est pour cela » qu'on a eu raison de dire qu'il ne faut pas toujours se fier aux arguments *a con-* » *trario* ; mais il n'en est pas ainsi de la conjonction *pourvu que*, puisqu'elle » exprime un moyen rigoureusement nécessaire, une condition *sine quâ non*.

» A ceci on n'a jamais fait une réponse directe. »

L'auteur examine ensuite les objections qui ont été faites, et puis, en note, il s'explique sur la jurisprudence elle-même, ses divergences.

La même divergence se remarque dans la jurisprudence. Toutefois, des cinq arrêts rendus sur la question par la Cour suprême depuis 1830, quatre proclament la nullité du mariage, et l'un d'eux est un arrêt de cassation annulant par des considérants énergiques un arrêt de renvoi qui avait admis la validité dans les circonstances les plus favorables, ce qui lui donne la plus grande force qu'un arrêt puisse avoir. Sans un dernier arrêt de la chambre des requêtes, qui se prononce en sens contraire, la Cour suprême aurait aujourd'hui une jurisprudence constante dans le sens de la nullité.

Les quatre premiers arrêts sont des 9 mars 1831, 6 mars 1837, 17 août 1841. Le dernier est du 18 août 1841.

Ce dernier arrêt rendu, malgré les conclusions contraires de M. l'avocat général Pascalis, est d'autant plus étrange, que la veille, la même chambre des requêtes avait prononcé la nullité sur les conclusions du même magistrat...

Je voudrais, messieurs, mettre sous les yeux du tribunal les arrêts qui ont été rendus sur cette question. Il y en a un de la Cour de Paris, à la date du 10 décembre 1827, dans l'affaire Hope, très nettement formulé.

Il y en a un autre de la Cour de cassation, du 8 mars 1831, dont les termes sont aussi nets que possible; un troisième de la Cour de Montpellier du 15 janvier 1839.

Je veux seulement vous donner lecture des motifs de celui du 6 mars 1837, cassant l'arrêt de la Cour de Rennes, qui avait admis la validité du mariage :

« La Cour,
» Après délibération en chambre du conseil :
» Vu les articles 62, 151 et 170 du Code civil;
» Attendu qu'aux termes de l'article 170 du Code civil, le mariage contracté en
» pays étranger entre Français et entre Français et étrangers est *valable* s'il a été
» célébré dans les formes usitées dans le pays, *pourvu qu'il* ait été précédé des
» publications prescrites par l'article 63, et que le Français n'ait point contrevenu
» aux dispositions du chapitre précédent ;
» Attendu qu'au nombre de ces dispositions se trouve celle (article 148) qui
» interdit au fils, âgé de moins de vingt-cinq ans, la faculté de se marier sans le
» consentement de ses père et mère, et qui, lorsque le fils a accompli cet âge,
» exige qu'il demande leur conseil par un acte respectueux ;
» Attendu que l'article 170 du Code civil, en disposant que le mariage contracté
» en pays étranger *serait valable, pourvu qu'il* eût été précédé des publications
» prescrites et de la notification d'actes respectueux aux père et mère, lorsque le
» fils est majeur de vingt-cinq ans, a, par ces termes mêmes, déclaré que tout ma-
» riage qui aurait été contracté sans l'accomplissement de ces formalités serait nul;
» Attendu qu'on ne peut pas interpréter l'article 170 du Code civil sur les ma-
» riages contractés à l'étranger par les dispositions du même Code relatives aux
» mariages célébrés en France ; que si ces derniers peuvent être déclarés valables,
» lorsqu'il n'y a eu ni publications ni actes respectueux, c'est parce que la loi
» trouve sa sanction dans les peines qu'elle prononce contre les officiers de l'état
» civil qui auraient procédé à la célébration, tandis que, pour les mariages con-
» tractés à l'étranger, comme les mêmes dispositions pénales ne pourraient atteindre
» les officiers publics, la loi n'avait d'autre moyen de donner une sanction à ses
» prescriptions qu'en frappant le mariage lui-même d'invalidité ;
» Que s'il en était autrement, il suffirait à des Français de passer à l'étranger
» pour affranchir leur mariage de toutes les conditions imposées par les lois fran-
» çaises, et pour, en s'abstenant des publications et des actes respectueux exigés,

» se soustraire soit aux oppositions des tiers, soit à l'autorité de la puissance
» paternelle ;
    » Attendu que l'arrêt attaqué, après avoir constaté que le mariage du sieur P...
» fils, âgé de vingt-huit ans, avec la demoiselle Emma Wal, Anglaise, avait été
» célébré dans l'île de Jersey sans avoir été précédé des publications prescrites par
» l'article 63 du Code civil, et des actes respectueux exigés par l'article 151, a
» cependant déclaré ce mariage valable ;
    » Qu'en ce faisant, il a ouvertement violé lesdits articles, ainsi que l'article 170
» du même Code :
    » Casse. »

    Vous le voyez, messieurs, il n'y a pas de doute sur la vérité des motifs sur
lesquels la Cour de cassation s'est fondée. Plusieurs fois elle avait rejeté des
pourvois contre des arrêts qui annulaient des mariages, cette fois elle casse un
arrêt qui avait déclaré la validité du mariage.
    Je fais remarquer au tribunal que l'article 170 met sur la même ligne la
nécessité de faire des publications et d'observer toutes les règles prescrites au
chapitre précédent, c'est-à-dire les règles relatives à l'âge des époux, à leur
degré de parenté, au consentement de leurs parents, etc. Pour que le mariage
fait à l'étranger soit valable, il faut que toutes ces prescriptions y soient observées. Les publications prescrites en France ne sont pas, comme le dit la
Cour de cassation, toujours exigées à peine de nullité, parce que la loi a une
autre sanction ; mais elles doivent être plus rigoureusement observées pour le
mariage contracté à l'étranger que pour le mariage contracté en France. Le
mariage contracté en France l'est, après tout, devant un officier de l'état civil ; il a une certaine solennité, il est difficile qu'on ne le connaisse pas ; la
clandestinité est moins à craindre, et les tribunaux peuvent bien dire que,
quand la loi exige des publications quelconques, les publications légales peuvent être suppléées par d'autres modes de publicité.
    Mais remarquez-le. Pour un mariage contracté à l'étranger, dans un pays où
l'on n'est connu de personne, où l'on passe une heure et demie, où le mariage
s'accomplit devant deux témoins étrangers, et plus tard n'est pas transcrit sur
les registres de l'état civil en France, comment n'exigeriez-vous pas les publications en France avec plus de sévérité que vous ne les exigeriez pour un
mariage purement français qui, de toute nécessité, est transcrit sur les registres de l'état civil ? Le tribunal voit donc combien la Cour de cassation a eu
raison de considérer les prescriptions imposées par l'article 170 du Code Napoléon comme exigibles à peine de nullité, et de dire que le mariage n'a
aucune existence quand il n'a pas été précédé de ces formalités.
    Je ne dissimule pas que la Cour de cassation n'a pas toujours été aussi sé-
vère ; qu'il y a un arrêt par lequel la nullité du mariage par défaut de publication a été repoussée ; qu'indépendamment de cet arrêt il y en a plusieurs
de Cours d'appel qui ont tranché la question dans le même sens. Le tribunal
les verra, les examinera. Je crois que, dans la rigueur des principes, ils sont
erronés, qu'ils donnent ouverture à des abus, qu'ils facilitent les mariages
clandestins. J'aime mieux cent fois la décision vraie que la Cour de cassation
a rendue et que je citais tout à l'heure.
    Le tribunal verra quels sont les motifs sur lesquels les Cours se sont fondées

pour admettre la validité de ces mariages sans publications. C'étaient des parties demeurant depuis longtemps à l'étranger, n'ayant plus de domicile en
France; voilà pourquoi elles n'avaient pas songé à faire de publications en
France. Il y avait, dans toutes les espèces, quelques raisons qui pouvaient
excuser l'inobservation de la loi française.

Tels sont les motifs tout exceptionnels pour lesquels, à différentes reprises,
on a jugé à propos de s'écarter de la rigueur des principes, des véritables
dispositions de l'article 170 du Code Napoléon. A mon avis, on a eu tort.
Mais enfin on l'a fait par des considérations respectables, en vue de situations
dignes d'intérêt. Sommes-nous, messieurs, dans une de ces situations pour
lesquelles vous jugeriez convenable d'être indulgents à l'égard d'un mariage
qui n'a pas été publié en France, qui n'a pas été transcrit sur les registres
de l'état civil, et qui a été contracté à l'étranger ?

Qui a poussé M. Pescatore et Mme Weber à se mettre dans cette situation ?
Toujours la pensée qu'ils ne voulaient faire qu'un mariage purement religieux.
S'ils n'ont voulu faire qu'un mariage purement religieux, je comprends très
bien pourquoi ils sont allés en Espagne. Mais s'ils voulaient contracter un mariage civil et un mariage religieux en même temps, pourquoi sont-ils allés en
Espagne? Qui les y forçait? Y avait-il une raison, quelque chose qui les con-
traignît à franchir la frontière et à se marier dans la chambre du curé de Renteria ? Il n'y en avait aucune, aucune de celles surtout pour lesquelles les tribunaux ont cru pouvoir, dans certains cas, valider des mariages qui n'avaient
pas été précédés des publications légales. Il n'y a eu qu'une intention bien
arrêtée, celle de se soustraire à notre loi civile, d'y échapper, et d'aller demander à l'étranger le moyen d'y échapper.

Et maintenant, quel est l'étrange abus auquel vous donneriez naissance si
vous pouviez un moment approuver un mariage de cette nature?

Messieurs, mes clients sont de très fervents catholiques. Je me déclare, moi
aussi, un enfant dévoué de l'Église catholique. Mais cependant je ne craindrai
pas de dire au tribunal l'abus que je redoute et qui serait la conséquence du
jugement qui validerait un mariage contracté dans les conditions que vous
connaissez maintenant. Vous savez comme moi, vous qui, comme moi, ne
demandez pas mieux que de voir la paix, une paix digne et sincère régnant
entre l'État et l'Église, vous savez qu'il y a dans notre société moderne des
esprits peu éclairés, mais qui, se croyant les défenseurs d'une sainte et noble
cause, considèrent comme un malheur la grande transaction qui, au commencement de notre siècle, a uni l'Église et l'État et posé entre eux des conditions de vie commune si parfaitement acceptables pour l'un et pour l'autre ;
qui considèrent le Concordat comme une loi funeste qu'on peut à volonté éluder, et qui, au nombre des conditions du Concordat qui les blessent le plus,
signalent précisément celles qui subordonnent le mariage religieux au mariage
civil, et ne demanderaient pas mieux que de les voir abolir. Croyez-moi, messieurs, si vous déclariez qu'il est si facile de se passer du mariage civil en recevant à l'étranger une simple bénédiction religieuse; si, sans égard pour
notre loi civile, sans publication, sans transcription sur les registres, on pouvait aller à quelques pas de la frontière se présenter devant un ecclésiastique
et lui demander de bénir un mariage que vous accepteriez ensuite comme un

mariage civil, vous verriez, n'en doutez pas, des troupes de pieux pèlerins délaisser leur commune avec une délégation de leur curé ou de l'ordinaire, et aller demander à quelque curé étranger une bénédiction nuptiale qui leur permettrait de se passer de notre loi civile et les affranchirait du joug du Concordat. Et ce que je vous dis là, cette prédiction que je vous fais, mon Dieu ! ce qui m'autorise à la faire, c'est le passé, c'est que la chose s'est présentée après la double promulgation du Concordat et du titre du Code Napoléon relativement au mariage. Si vous voulez savoir l'opinion qu'en avait et qu'en a exprimée l'homme le plus capable d'interpréter ce titre du Code civil et le Concordat, je veux parler de M. Portalis, qui avait été rapporteur de l'un et de l'autre, voici une lettre qu'il adressait à l'Empereur à la date du 26 juin 1807 : que le tribunal veuille bien l'écouter.

« 26 janvier 1807.

» Sire,

» J'ai été instruit d'un abus qui s'était glissé dans le département du Haut-Rhin » sur le fait des mariages. Ce département est sur les frontières de l'Empire. Des » personnes qui sont bien aises de secouer le joug de nos lois civiles passent quel- » ques heures sur la rive droite du Rhin et s'y marient en fraude de nos lois. De » pareils mariages sont essentiellement nuls ; ils compromettent l'état des époux et » celui des enfants ; ils menacent la sûreté des familles.

» Les lois du bon voisinage exigent que dans les États alliés de la France on ne » reçoive pas légèrement des Français qui viennent, en fraude des lois de leur » patrie, contracter des unions que ces lois ne peuvent avouer.

» Plusieurs faits m'ont été dénoncés, et ces faits ont été attestés par M. le mi- » nistre de la police générale et par M. le préfet du Haut-Rhin. De prétendus » époux, dont l'union n'avait pu être approuvée par les officiers civils de leur » commune, se sont transportés subitement sur la commune étrangère la plus » voisine, et y ont trouvé des magistrats et des curés assez complaisants ou assez » peu éclairés pour recevoir leurs contrats sans aucune espèce de formes.

» J'ai écrit à M. le procureur général impérial relativement aux faits particuliers » dont on m'avait donné connaissance. Le devoir de ce fonctionnaire est, d'après le » Code civil, d'ordonner la séparation des époux qui se sont unis en fraude de nos » lois.

» Mais j'ai cru qu'il fallait aller à la source du mal ; en conséquence, j'ai écrit à » M. le ministre des relations extérieures pour qu'il puisse prendre les ordres de » Votre Majesté, et se faire autoriser par elle à demander que les princes voisins et » alliés de la France prissent des mesures contre la complaisance de leurs officiers, » en prohibant à ces officiers civils ou ecclésiastiques de recevoir aucun mariage » de Français sans qu'il leur conste de l'observation des formes prescrites par les » lois de France.

» Sans doute la forme extérieure des actes doit être réglée par les lois du lieu où » on les passe ; mais tout ce qui concerne la capacité de la personne doit être régi » par les lois du lieu où la personne est domiciliée. Ainsi, toutes les lois françaises » sur l'âge auquel on peut contracter mariage, sur la nécessité du consentement » des pères et mères, sur les prohibitions entre parents, sur les publications des » bans, suivent la personne partout, et l'obligent partout, à peine de nullité ; il » importe donc que l'on ne puisse faire fraude à ces lois par des mariages con- » tractés en pays étrangers. »

Voilà quelle était l'opinion de Portalis; vous voyez ce qu'il pensait des mariages contractés précisément dans les mêmes circonstances où a été contracté celui de M. Pescatore. Ce sont, dit-il, des mariages nuls. Vous l'avez vu dans la lettre que je viens de vous lire.

J'en aurais fini avec cette cause que j'ai déjà plaidée trop longtemps, si je n'entrevoyais, dans les conclusions d'un admirable laconisme qui ont été lues l'autre jour à votre audience, deux moyens que sans doute la demanderesse nous opposera. Ces deux moyens sont, d'une part, la possession d'état; de l'autre, sa bonne foi. Le tribunal comprend que, pour le moment, je ne m'en explique pas à fond, que j'attends mon adversaire, et que je me réserve d'user de mon droit pour lui répondre. J'en dirai seulement quelques mois.

On invoque la possession d'état, on dit : Depuis 1851, Mme Weber a eu la possession d'état ; cette possession d'état doit remplacer le mariage civil, elle doit être considérée comme légitimement mariée et commune en biens.

Messieurs, le tribunal voudra ne pas confondre la possession d'état de la femme avec celle des enfants, prévue par l'article 197. En ce qui touche la possession d'état de la femme, l'article 194 s'exprime ainsi :

« Nul ne peut réclamer le titre d'époux et les effets civils du mariage, s'il ne » représente un acte de célébration inscrit sur les registres de l'état civil, sauf les » cas prévus par l'article 46, au titre des *Actes de l'état civil.* »

Vous le voyez, la possession d'état dans le mariage n'a aucune autorité quand l'acte de célébration n'a pas été transcrit sur le registre de l'état civil, et ici nous avons montré au tribunal qu'il n'y a pas eu d'acte passé devant l'officier civil. Il serait vraiment par trop commode que la possession d'état vînt sanctionner des mariages qui auraient été accomplis en dehors de toutes les conditions légales; le tribunal voit les conséquences que l'on ferait sortir d'une telle tolérance.

En droit, la possession d'état n'est pas soutenable; en fait, j'aurai à examiner d'où elle résulterait en faveur de Mme Weber. Remarquez d'abord qu'elle prétend à une possession d'état, comme épouse civile de M. Pescatore, ayant le droit de réclamer tous les effets civils du mariage. Je le comprendrais si, dans le cours de ce mariage, il y avait eu entre elle et M. Pescatore quelque chose de semblable ; si, à un jour donné, il se fût passé quelque événement à l'occasion duquel elle eût exercé de véritables droits de femme commune en biens. S'est-il présenté une circonstance de cette nature ! Non, pendant quatre ans, elle n'a pas plus songé que M. Pescatore à se présenter devant un notaire ou tout autre officier ministériel, comme ayant droit à la communauté de biens avec M. Pescatore. Bien loin de là, lorsqu'elle a reçu le don de 210,000 fr. dont j'ai parlé dans le récit des faits, il est bien évident qu'elle n'a pas fait acte de femme commune en biens, mais de femme recevant un don, parce qu'elle n'était pas commune en biens.

Indépendamment de cela, en quoi consisterait cette possession d'état? Ce n'est pas dans la résidence commune, non ; et, par une raison décisive, c'est que la cohabitation durait depuis 1841, et qu'elle n'a pas changé de caractère en 1851. Je comprendrais très bien qu'une femme qui se marie, même inva-

lidement, et qui veut invoquer la possession d'état dît : « Immédiatement
après mon mariage, je suis allé demeurer avec mon époux, et ma cohabitation
a constitué ma possession d'état; » mais quand la cohabitation qui durait depuis longtemps n'a fait que continuer, cela ne signifie plus absolument rien.
Elle a commencé avant le mariage, lorsque madame Weber n'avait pas le titre
d'épouse; par conséquent, elle a continué avec aussi peu d'efficacité qu'auparavant.

Dira-t-elle : Mais on m'a appelée madame Pescatore? A quoi je répondrai ;
Avant 1851, il ne serait pas difficile de montrer qu'on vous appelait madame
Pescatore; ce n'est pas le mariage qui vous a fait appeler de ce nom, avant
le mariage on vous le donnait déjà; et si nous consultons ce qu'a fait M. Pescatore lui-même, dans son testament de 1853, nous y voyons ceci d'étrange,
qu'il ne vous y appelle pas madame Pescatore, lui! Il rappelle bien le mariage
accompli en Espagne, mais il ne vous donne pas son nom dans cet acte solennel. On le trouve, à la vérité, dans le dernier testament signé la veille de la
mort; mais ce mot est bien de ceux que le notaire a pu écrire sans que le
testateur l'ait nettement formulé.

Il serait même difficile de trouver dans ces circonstances la possession d'état.
Et quant il serait vrai que l'union religieuse qu'elle avait contractée en Espagne eût suffi pour qu'on lui donnât le nom de madame Pescatore, y aurait-il
lieu à en tirer la conséquence qu'elle a contracté un mariage avec tous les
effets civils que la loi y a attachés?

Mais, dira-t-on, les parents de M. Pescatore lui ont écrit; ils l'ont appelée
leur tante, ils l'ont reconnue comme l'épouse légitime. Je l'ai dit moi-même
au tribunal, il est vrai que les parents de M. Pescatore ont été avertis de son
mariage par le frère aîné; ils n'ont pas recherché comment ce mariage avait été
contracté, ils n'ont pas eu à s'en expliquer. Était-il purement religieux?
était-il conforme, en tous points, à la loi française? C'est une question qu'ils
n'ont pas posée.

On a vu que l'état de la maison allait devenir plus régulier et plus accessible ;
on s'en est réjoui, voilà tout. Plusieurs des parents ont écrit; quelle conséquence voulez-vous en tirer? Est-ce qu'il en résulte aucune conséquence?
Voici en quels termes s'exprime Pothier dans son *Traité sur le contrat de
mariage*, chap. 1er, sect. 4, no 448 :

« Lorsque les circonstances rendent le mariage susceptible d'être attaqué par les
» parents collatéraux de l'une des parties, on ne peut leur opposer comme fin de
» non-recevoir qu'ils ont paru donner quelque signe d'approbation de son mariage.
» Par exemple, la veuve à qui ils forment contestation sur la validité de son ma-
» riage ne peut pas les y prétendre non recevables, sur le prétexte que du vivant
» de leur parent elle a reçu des lettres où ils la traitaient de leur cousine. L'ap-
» probation donnée à un acte ne rend non recevable à l'attaquer que lorsqu'elle a
» été donnée dans un temps où le droit de l'attaquer était ouvert ; on est censé, en
» ce cas, renoncer à son droit ; mais, en ce cas-ci, les parents collatéraux n'ayant
» eu aucun droit de critiquer, ni même d'examiner le mariage de leur parent de
» son vivant, les signes d'approbation qu'ils paraissent y avoir donnés alors ne
» peuvent opérer contre eux aucune fin de non-recevoir pour l'attaquer après sa
» mort! »

C'est, messieurs, ce qui s'est passé dans l'espèce. Les parents de M. Pescatore n'ont pas jugé à propos de critiquer le mariage; ils n'avaient aucune raison de le critiquer, ils l'ont accepté; aujourd'hui même ils lui reconnaissent encore la force d'un lien religieux qu'ils respectent et devant lequel ils s'inclinent, et il n'y a procès entre eux et madame Weber que parce que madame Weber a voulu aller beaucoup au delà et faire de ce mariage religieux un mariage civil.

Quoi qu'il en soit, pas de possession d'état dans les faits, pas de possession d'état en droit; il n'y a possession d'état qu'autant qu'il y a mariage. Or, ici, le mariage n'existe pas, donc l'argument tiré de la possession d'état ne peut avoir aucune force.

On parlera de la bonne foi de madame Weber, et l'on dira qu'aux termes du Code Napoléon le mariage déclaré nul peut cependant avoir des effets civils à l'égard de l'époux qui a été de bonne foi.

Messieurs, j'admets la vérité du principe pour un mariage qui est atteint de quelques-uns des vices ordinaires pour lesquels on pourrait l'attaquer aux termes de nos lois; mais je ne l'admets en aucune manière pour un mariage qui n'a pas été contracté devant l'officier de l'état civil, alors que nos lois exigent qu'il soit préalablement reçu par cet officier.

Je l'ai dit au tribunal, je n'insiste pas sur ces objections, qui n'ont pas encore été faites; j'aurai probablement l'occasion d'y insister plus tard, mais cependant, dès à présent, j'indique deux arrêts qui ont statué sur la matière. Un de ces arrêts a été rendu par la Cour de Bruxelles, le 23 avril 1812, sur les conclusions conformes de l'avocat général. Voici en quels termes il est conçu :

L'intimé attaquait de nullité le mariage que l'appelant prétendait avoir contracté avec la demoiselle Delcourt, et ce mariage avait eu lieu devant le curé d'Ellezelles, postérieurement à l'époque où la loi française du 20 septembre 1792 avait été publiée dans les départements belges.

« Attendu, dit l'arrêt, qu'ainsi le mariage contracté à cette époque, sans l'in-
» tervention de l'officier de l'état civil que cette loi désignait, doit être envisagé
» comme non-existant aux yeux de la loi civile ;
» Que la nullité ou la non existence qui en est résultée tient à l'ordre public et
» résiste a toute fin de non-recevoir ;
» Que c'est donc en vain que l'appelant a allégué une possession d'état du côté
» des prétendus époux et différents actes de reconnaissance de la part de l'intimé ;
» Que l'acte du 15 novembre 1796 ne présentant, quant aux effets civils, qu'un
» simulacre de mariage, il n'en a pu produire aucun, ni même à cause de la bonne
» foi des parties ;
» Qu'à cet égard, la jurisprudence était constante et a été confirmée par l'ar-
» ticle 194 du Code civil... »

Vous le voyez, le mariage avait été contracté exclusivement devant l'autorité religieuse. Cela suffit pour que la Cour de Bruxelles déclarât que ce mariage ne pouvait avoir aucun effet civil, qu'il devait être considéré comme non existant, et que même la bonne foi des parties ne pouvait lui donner une force qu'il n'avait jamais eue.

Dans une position semblable, la Cour de Bourges, à la date du 17 mars 1831, a rendu un arrêt analogue. C'est la dernière lecture que je ferai au tribunal :

« Considérant que le mariage, quoique tirant son principe du droit des gens, » est subordonné aux effets civils de chaque pays ; que son importance a mérité » l'attention particulière du législateur, et qu'il n'y a de mariages valables, à ses » yeux, que ceux où les contractants se sont conformés aux règles qu'il a cru de- » voir prescrire ; que, depuis la loi du 20 septembre 1792, l'officier de l'état civil » est le seul agent reconnu par la loi qui puisse donner le sceau légal à l'union » contractée sur le territoire français ; que les curés qui, jusque-là, avaient rempli » cette fonction de ministres de la loi civile et de ministres de la religion, réduits » à la dernière qualité, ne peuvent plus constater l'union civile et légale, mais seu- » lement la bénir et lui imprimer le caractère religieux ;

» Considérant que, pour qu'un mariage de bonne foi, quoique nul, obtienne les » effets d'un mariage valable, il faut d'une part qu'il soit prouvé qu'il y a eu un ma- » riage réellement célébré ; de l'autre, que, lors de ce mariage, les formalités essen- » tielles aient été observées ; que la nullité tienne à des circonstances ignorées des » parties ou de l'une d'elles, telles, par exemple, que des empêchements dirimants » dont elles n'auraient aucune connaissance, en telle sorte qu'elles aient cru con- » tracter une union légale ; mais que nul ne peut ignorer la loi sous l'empire de » laquelle il contracte ;

» Que la demoiselle Trautmann, en supposant qu'elle soit effectivement venue » se marier devant le desservant de Mothern, n'a pu ignorer que la loi française ne » reconnaissait pas les mariages faits sans le ministère de l'officier public ; que si le » desservant ne rédigeait point l'acte de mariage, c'est parce que l'acte qu'il aurait » pu faire n'était point reconnu par la loi ; que l'intervention d'un prêtre, si elle » pouvait tranquilliser la conscience, ne pouvait donc assurer ni l'état des enfants » qui pourraient naître, ni produire aucun effet civil ; qu'ainsi ni elle ni le sieur » de Saxy ne pouvaient se dire de bonne foi dans le sens légal de cette expres- » sion... »

Voilà la véritable doctrine, et ce sont les raisons que je vous indique. D'ail- leurs, si l'on voulait invoquer cette exception, je ne me bornerais pas à la con- tester en droit, j'aurais aussi à l'examiner en fait. C'est probablement d'après les arguments auxquels la demanderesse pourra s'attacher que j'aurai à exa- miner le fait ; mais quant à présent je puis dire que madame Weber ne pour- rait pas faire croire au tribunal qu'elle a été de bonne foi, qu'elle est restée dans l'ignorance absolue de l'invalidité, ou plutôt de la non-existence, au point de vue civil, du mariage qu'elle a contracté en Espagne. En effet, sous quel rapport pourrait-elle prétendre qu'elle ignorait que son mariage ne va- lait rien, absolument rien ? Pourrait-elle ignorer que le mariage devait être précédé des publications ? Madame Weber est née en Suisse, dans le canton de Zurich, mais elle habite la France, nous ne savons pas au juste depuis combien de temps ; elle l'habite au moins depuis 1837, époque à laquelle elle avait loué une maison à Strasbourg : c'était donc depuis quatorze ans environ qu'elle habitait la France. Elle avait vécu au milieu d'un monde très nom- breux, dans lequel elle avait certainement entendu parler quelquefois du ma- riage français et des formalités exigées par les lois françaises.

Bien plus, elle-même, en 1839, quelques jours avant d'entrer comme femme de charge chez M. Pescatore, elle avait eu ses bans de mariage avec une autre personne publiés à Strasbourg. Un an avant son mariage religieux avec M. Pescatore, elle avait vu se marier à Paris sa sœur Anne Weber; le mariage avait été très régulièrement accompli; elle savait donc très bien qu'un mariage doit être précédé de publications. Il lui sera impossible de faire croire au tribunal qu'elle ignorait absolument qu'elle avait besoin de faire publier son mariage en France pour que ce mariage fût valable.

D'ailleurs que voulez-vous? Elle devient Française par ce mariage avec M. Pescatore, dit-elle; elle a la prétention d'être devenue Française, il faut bien qu'elle invoque la loi française et qu'elle l'accepte. La loi française, elle ne peut l'invoquer qu'autant qu'elle l'aura observée elle même, elle ne peut pas ignorer l'article qu'elle invoque Vous le voyez donc, il est impossible qu'elle prétende qu'elle ignorait absolument que son mariage en Espagne dût être précédé de publications faites en France. Elle n'ignorait pas plus que le mariage qu'elle avait contracté en Espagne devait être transcrit sur les registres de l'état civil. Enfin, pour avoir la prétention de profiter des avantages qu'assure la loi civile en France, elle devait b en croire que son mariage avait besoin d'être connu de l'administration en France, et que, par conséquent, elle ne pouvait pas le tenir secret.

Dira-t-elle qu'elle ignorait que le curé de Renteria ne pouvait la marier qu'autant qu'il aurait été son propre curé? Elle le savait très bien. C'est, comme le dit d'Aguesseau, une règle du droit des gens, en fait de mariage, qu'il n'y a que le propre curé des parties qui puisse les marier; et d'ailleurs, à ce compte, toutes les personnes qui iraient se marier à l'étranger vous diraient la même chose. Elles vous diraient : Je ne suis pas Espagnole, je ne suis pas Anglaise; je ne connais pas les lois espagnoles ou anglaises, et quand j'ai été me marier, je ne savais pas que le curé de telle paroisse n'avait pas le droit de me marier.

Messieurs, quand on a choisi le curé de Renteria, on l'a choisi par le motif que j'ai dit, sachant très bien qu'il ne pouvait pas faire de mariage civil, mais croyant qu'il pouvait donner la bénédiction nuptiale et contracter un mariage religieux.

Dira-t-on encore : l'archevêque de Bordeaux m'a trompée, il m'a fait croire que j'allais contracter un véritable mariage?

Mgr l'archevêque de Bordeaux ne vous a pas trompée, il a fait ce que dit l'arrêt de Bourges que j'ai cité, il vous a donné un conseil de nature à tranquilliser votre conscience. Il a écrit à l'évêque de Pampelune : « Vous recevrez deux personnes qui ne veulent se marier que religieusement. » Voilà ce que vous a dit le vénérable prélat, que vous alliez vous marier religieusement; il ne vous a pas fait croire un seul instant que vous alliez accomplir une union civile. Vous ne l'avez jamais cru; vous l'auriez cru, que cela ne changerait pas la nature de votre mariage : mais la bonne foi même n'a pas existé sous ce rapport, cette objection ne peut pas être sérieusement présentée.

Voilà toute la cause, messieurs. Mes clients résistent de toute leur énergie

aux prétentions de madame Weber, parce qu'ils ont l'intime conviction
qu'elles sont contraires à la pensée, à la volonté de M. Pescatore, depuis 1851
jusqu'au moment de sa mort. Ils en ont l'intime conviction. En effet, cet
homme, devenu riche par son travail, songe, avant de mourir, à faire le partage de ses biens entre les parents et les amis qu'il laissera après lui; il ne
veut s'en rapporter à la loi sous aucun rapport; il fait la distribution de toute
sa fortune, et, par son testament du 5 octobre 1853, dans lequel le tribunal
verra un monument de sa rectitude d'esprit, de sa sagesse et de ses bons sentiments, à qui laisserait-il sa fortune? Il la laisse aux pauvres, à ses serviteurs, car il est plein de bienveillance pour eux ; à ses amis, dont il veut
conserver le souvenir le plus affectueux ; à cette femme qui depuis douze ans
demeure avec lui et à laquelle il veut témoigner sa reconnaissance, il lui fait
de larges, de magnifiques présents, et nous ne les lui reprochons pas, à Dieu
ne plaise !

Il songe à sa ville natale; il avantage les enfants de son frère Antoine, son
ancien associé, son ami de tous les temps; et puis cet homme, dont tous les
actes respirent le sentiment de la famille, fait ses neveux ses légataires universels, et comme il le leur avait dit dans ses lettres, il leur abandonne une
large part de sa fortune pour relever ceux que des revers ont atteints. Vous
le voyez, dans le partage de sa fortune, faisant la part à tous les sentiments
honorables dont son cœur est rempli. La veille de sa mort, il détruit un peu
l'équilibre qu'il avait établi; il donne 500,000 fr. à Catherine Weber, il lui
donne une rente viagère nouvelle de 20,000 fr., soit; nous, légataires universels, nous nous inclinons devant cette volonté du mourant. Mais que vous
demande-t-on ? de détruire cette distribution de ses biens que M. Pescatore
avait voulu faire. Si vous rendez le jugement qu'on vous demande, tout est
changé à son insu; il a donné des millions à Catherine Weber, et pour peu
qu'il y ait du déficit dans le produit de sa succession, il n'a rien laissé à quatre
de ses légataires universels, lui qui leur prodiguait dans ses lettres les témoignages de la plus sincère affection et qui se faisait une joie de relever pour
quelques-uns leur fortune atteinte par des revers immérités : non, rien peut-
être pour eux, et près de six millions, indépendamment des dons et des legs,
pour madame Weber ! La demanderesse le sait comme ses adversaires, sa prétention est contraire aux intentions de son bienfaiteur ; le tribunal ne saurait
l'accueillir.

PLAIDOIRIE DE Me CHAIX D'EST ANGE.

Messieurs,

Le 8 novembre 1851, dans la petite ville de Renteria, en Espagne, et dans
le diocèse de Pampelune, fut célébré le mariage de Jean-Pierre Pescatore avec
Anne-Catherine Weber. C'est le mariage dont on vous demande de prononcer
aujourd'hui la nullité.

Qu'était-ce que Jean-Pierre Pescatore? Il était né en 1793 dans le grand-
duché de Luxembourg. Marié autrefois pendant quelques années, il était veuf

depuis 1821, c'est-à-dire depuis l'âge de vingt-huit ans. En 1837, ayant fait quelques affaires dans son pays, il était venu se fixer à Paris. Là il avait établi une maison de commerce, dont les commencements, comme tous les commencements, avaient été médiocres, mais elle avait successivement grandi. Il s'était fait naturaliser Français en 1846. Au moment de se remarier, il avait cinquante-huit ans ; c'était un homme d'habitudes tranquilles, d'un caractère évidemment absolu, exact, négociant dans l'âme, aimant les comptes, et les comptes parfaitement établis.

Quant à sa femme, elle était Suisse d'origine ; née dans le canton de Zurich, en 1804, elle avait par conséquent quarante-sept ans en 1851, au moment où elle se mariait. Elle avait passé presque toute sa vie en Suisse, puis elle était venue à Paris. Elle avait peu de fortune, mais une éducation distinguée ; aussi désirait-elle utiliser son temps et trouver une place. Elle avait pour y parvenir les meilleures lettres de recommandation ; elle en avait pour la maison Pescatore, elle les produisit et fut reçue chez M. Pescatore, où elle demeura. Quant à son caractère et à sa personne, j'hésiterai beaucoup à vous en faire le portrait. Si je disais ce que je pense d'elle, ce que j'ai appris à en penser depuis six mois, la voyant chaque jour, je pourrais dire à chaque heure, au milieu des plus rudes épreuves, dans les moments les plus difficiles où elle était en butte aux menaces les plus affreuses, pouvant juger ainsi sa distinction, son courage, sa fermeté, sa faiblesse de femme en même temps, mon adversaire dirait que c'est un portrait fantastique et que je cède à ces illusions si faciles et si habituelles aux avocats. Si je lui disais de consulter la clameur publique, d'interroger ce monde qui l'a reçue, qu'elle a reçu à son tour, de consulter ceux qui l'ont approchée de plus près, qui sont entrés dans son amitié, dans son intimité et qui lui rendent témoignage ; si je lui disais de consulter la population au milieu de laquelle elle vit, ce que mon adversaire pourrait faire mieux que personne, car il vit au milieu de cette même population, il verrait qu'elle la chérit, qu'elle la bénit, qu'elle la suit, qu'elle l'entoure de ses respects jusque devant vous ; et un de ses plus illustres représentants (1) est venu s'asseoir à mes côtés.

Mon adversaire dirait : La voix du peuple s'est souvent trompée, et peut souvent s'égarer ; soit, je le veux bien. Ce que je consulterai, c'est la famille, ce sont nos adversaires eux-mêmes ; je leur demanderai l'opinion qu'ils ont d'elle, ou du moins celle qu'ils en avaient avant le procès.

La première personne que je rencontre dans cette famille, c'est un neveu ; l'adversaire a paru en faire grand état, mais il vous a dit qu'il ne lirait pas ses lettres, qu'il les produirait à votre délibéré, que le tribunal les lirait, qu'il verrait là ses soupçons, l'opinion qu'il avait conçue de cette femme et le mépris avec lequel la famille en parlait. Mon adversaire a raison, ces lettres, qu'il n'a pas voulu lire à l'audience, je les ai dans mon dossier, je les ai lues et je ne veux vraiment pas les lire toutes non plus.

Qu'était-ce donc que ce neveu ? C'était M. Pierre Pescatore, que la mort

---

(1) Odilon Barrot.

est venue surprendre peu de temps après qu'il eut écrit ces lettres. Il les écrivait en 1841, il mourait en 1844. C'était un jeune homme dont la légèreté doit faire attacher peu de prix aux lettres dont je parle. Il habitait la maison de son oncle, il avait été élevé par lui, et, comblé de ses bienfaits, il était arrivé à la fortune, grâce à lui; et quand il parle de lui, voici en quels termes :

« J'ai vu que pour rester aux affaires il faut en prendre à son aise et ne faire
» que ce qui nous convient ; d'après ce principe, l'oncle est à la recherche d'un
» premier commis ficelé pour tenir bureau et caisse conjointement avec Wagner.
» C'est à ma demande qu'il le fait; car je préfère payer 6,000 fr. de ma poche
» pour un pareil commis que de me soumettre à la galère d'un bureau ; il suffit
» d'imaginer et d'exécuter les opérations sans être embêté de travail en sous-œuvre.
» Passer deux heures au bureau par jour, c'est agréable de temps à autre, une
» bonne journée de travail ne fait pas de mal, mais voilà aussi tout ce que j'en-
» tends faire : monter à cheval, faire des armes, de la musique, voilà l'emploi du
» temps des vacances que me laisseront mes voyages. »

Voilà l'homme dont on vous oppose l'opinion, voilà comment il parlait de celui qui l'avait conduit à la fortune. Il écrivait à sa mère :

« Si je me retire, je voudrais continuer à travailler pour mon compte, et natu-
» rellement j'exploiterai les affaires de Hollande et d'Italie, ne laissant à mon oncle
» que ce qu'il y a de plus précaire. »

S'il parle ainsi de son oncle qui l'a comblé de biens, faut-il s'étonner de la façon dont il va parler de madame Weber ?

Il dit encore de son oncle :

« Je l'aime bien, mais je ne me fais aucune illusion sur son compte. La W..., qui
» se faisait intéressante et malade, presque mourante au début, se porte comme
» l'an 40, et elle enterrera l'oncle comme son légitime époux par-devant M. le maire
» et l'Église. »

Mais laissons M. Pierre Pescatore, et voyons l'opinion de la famille, des personnes honorables qui la composent : vous pourrez en juger par les quelques lettres que je vais lire sans commentaire.

M. de Scherff, qui est président du tribunal de Luxembourg, disait dans une lettre qu'il écrivait, non pas à M. Pescatore, non pas à madame Pescatore, mais à son fils qui habitait Paris :

« Francfort, 27 décembre 1854.

» Mon cher Paul,
» ...... Je désirerais bien voir Paris, et surtout passer quelque temps avec lui
» (M. Pescatore), dans sa belle propriété de la Celle et dans l'aimable compagnie de
» *la tante.*
» Dis-lui, enfin, que c'est mon plus vif désir et en même temps chez moi un
» parti pris d'aller les voir exprès tous les deux à Paris, quand ils ne seront plus à
» la veille d'un nouveau départ, et que je pourrai voir Paris bien tranquillement.

» Adieu, mon cher.   *Ton papa,*

» De Scherff père. »

M. Charles Munchen écrivait dans ces termes à M. Pescatore :

« Luxembourg, 8 décembre 1851.

» Mon cher oncle,

» L'oncle Antoine vient de nous annoncer votre mariage avec madame Weber,
» et quoique je sache fort bien que mon approbation vous est assez indifférente, je
» ne puis cependant, à cause des circonstances particulières dans lesquelles nous
» nous trouvons, m'empêcher de vous les exprimer.

» Vous êtes de ces hommes qui savent toujours où ils vont, et ce qu'ils entrepren-
» nent. La décision prise par vous doit contribuer à votre bonheur, et à ce titre,
» je la salue avec joie.

» Je dois même dire que je l'ai pressentie, il y a un an, comme étant le résultat
» auquel la nécessité de votre bonheur domestique vous conduirait.

» Vous avez bien fait, il faut du reste et en définitif une récompense à chaque
» dévouement.

» Pour moi, qui ai toujours entouré madame Weber des égards et de l'attache-
» ment dus à la femme qui était l'objet de vos sympathies, de votre confiance et de
» vos propres égards, j'offre les sentiments d'affection et de respect à la tante Pes-
» catore, dans la prévision qu'elle les recevra avec la bienveillance et la bonté avec
» laquelle madame Weber les a reçus.

» Veuillez lui exprimer cet espoir. Je suis l'interprète d'Angélique et de Julie,
» qui vous félicitent toutes deux et se recommandent à vos bons souvenirs.

» Votre dévoué neveu,

» C. MUNCHEN, avocat. »

Voilà la lettre de M. Charles Munchen, c'est l'avocat.

M. Nothomb (c'est celui qui est ministre de la justice en Belgique) écrivait
le 19 décembre 1851 :

« Étant allé voir dimanche ma famille, ma belle-mère m'a annoncé, de la part de
» l'oncle Antoine, votre mariage avec madame Weber.

» Je suis sans doute le dernier à vous exprimer des félicitations au sujet de cet
» événement : c'est que j'ai été le dernier probablement aussi à le connaître.

» Elles n'en sont pas moins vives et sincères, car j'ai reçu et je reçois encore de vous
» trop de marques de bonté pour que je puisse rester indifférent à tout ce qui tou-
» che à votre bonheur. L'acte que vous venez de poser doit le consolider d'une
» manière durable et digne de votre grande position, en liant par un nœud sacré
» à votre destinée une personne dont vous avez dû apprécier le profond attache-
» ment.

» Pour ma part, je témoigne à madame Weber, aussi cordialement que je le
» puis, par une lettre, la satisfaction que son union avec vous m'inspire. Elle,
» aussi, a toujours été pour moi bonne et affectueuse ; mes sentiments d'affection
» lui étaient depuis longtemps acquis, et la position nouvelle qu'elle occupe dans
» votre vie ne fera que les augmenter.

» Veuillez, mon cher oncle, les exprimer à madame Weber en lui présentant
» mes respects. Ma femme s'associe à ma pensée et me charge de vous présenter
» ses devoirs...

» Veuillez, mon cher oncle, agréer l'expression de mon respectueux dévoue-
» ment.

» A. NOTHOMB. »

Madame Nothomb écrivait dans les mêmes termes :

« Veuillez, mon cher oncle, présenter mes respects les plus affectueux à ma
» tante. En écrivant ce titre pour la première fois, il me semble l'avoir toujours
» fait, car elle m'a souvent témoigné les sentiments d'affection qu'il comporte. »

Sa sœur Thérèse s'exprimait ainsi :

« Beaufort, 7 décembre 1851.

» Mon cher frère,

» Le frère Antoine nous a fait part de votre mariage avec madame Weber, je
» vous en félicite, et je suis heureuse de voir que, par cette union, vous vous êtes
» assuré pour toujours un dévouement qu'une circonstance ou l'autre pouvait vous
» enlever, et il est un âge où rien ne remplace cette sympathie du cœur, qui est si
» indispensable au bonheur de la vie intérieure ; indépendamment de cela, cette
» dame, ayant tout fait pour vous rendre la vie heureuse, méritait une position
» plus franche dans votre maison : tout cœur bien placé ne peut donc que vous
» approuver. Il ne me reste plus qu'à désirer de faire la connaissance d'une belle-
» sœur que je ne connais que par les éloges que tous les miens m'ont faits d'elle,
» et j'ai l'espoir que vous désirerez également lui faire faire la connaissance de
» toute la famille. J'aurai donc ma petite part du plaisir de vous recevoir chez moi.

» Votre toute attachée sœur.

» Thérèse PESCATORE (femme de l'aveugle),

» Mon mari étant absent, je remplis son intention en le rappelant à votre bon
» souvenir. »

M. Guillaume Pescatore :

« Luxembourg, 12 décembre 1851.

» Mon cher frère,

» J'ai reçu communication de ton mariage avec madame Weber. Cette communi-
» cation a été accueillie par tous les miens avec les mêmes sentiments d'affection et
» de dévouement pour ta personne.

» Quoique je sois bien persuadé, cher frère, que la sincérité de cette nouvelle
» expression de mes sentiments pour toi, à l'occasion de ce mariage, ne sera pas
» suspectée, je la bornerai à ces quelques lignes, parce que je suis dans de mau-
» vaises conditions vis-à-vis de toi pour me livrer à un plus grand épanchement.
» Les membres de la famille qui peuvent le faire sans réserve sont doublement
» heureux ; mais tu ne recevras pas moins avec plaisir, avec une confiance frater-
» nelle, l'expression simple et toute naturelle que je donne, en ma qualité de frère,
» à un acte qui identifie encore davantage à ta propre existence celle d'une per-
» sonne dont tu as ainsi reconnu dignement les soins et un dévouement incontestés,
» et qui sont aujourd'hui, pour toi, la condition essentielle d'une existence tran-
» quille et heureuse.

» Bien convaincu de cela, je ne puis, mon cher frère, que te féliciter de la déter-
» mination que tu as prise, et, en me recommandant à ton amitié et à celle de ta
» femme, je te réitère à cette occasion, ou plutôt je vous réitère à tous deux l'as-
» surance de mes sentiments affectueux.

» Guillaume PESCATORE (l'aveugle).

» Le secrétaire salue avec les mêmes sentiments.

» MUNCHEN, avocat. »

M. Dutreux :

» Mon cher oncle,

» Je partage avec Lilie (madame Dutreux) le plaisir que nous a fait l'annonce
» que renferme votre lettre du 28 écoulé, et vous prie d'agréer mes félicitations les
» plus sincères, que je vous adresse du fond de mon cœur, ainsi qu'à madame
» Weber, pour votre résolution, ainsi que les vœux que je fais pour votre bonheur
» futur.

» Vous trouverez dans votre conscience une satisfaction sans pareille, qui ira en
» augmentant de jour en jour.

» Votre affectionné neveu,

» Auguste DUTREUX. »

Lilia Dutreux (c'est sa femme) :

» Mon cher oncle,

» La nouvelle que vous m'annoncez dans votre dernière lettre m'a causé une
» joie très vive, en venant réaliser une espérance qui s'est mêlée bien souvent aux
» prières que j'adressais à Dieu pour ceux qui me sont chers. C'est donc dans toute
» la sincérité de mon cœur que je vous offre, ainsi qu'à madame Weber, mes féli-
» citations sur une résolution qui ne pourra qu'augmenter le bonheur et la pros-
» périté de votre maison, comme tout ce qui se conclut avec la bénédiction du ciel.

» Que de fois, étant auprès de vous, mon cher oncle, j'ai eu le désir de vous
» parler de ce mariage ; mais ma position de nièce ne me permettait pas de vous
» donner un conseil que vous ne demandiez pas, et qui aurait pu vous sembler un
» blâme pour le passé ; mais, lorsque la discrétion me fermait la bouche, je fai-
» sais des vœux intérieurement, qui sont exaucés en ce moment, je l'espère !

» Ce qui m'affermit dans la conviction que j'ai, qu'en remettant entre les mains
» de la Providence le soin de nos destinées, nous marchons dans la voie la plus sûre
» vers le grand but de la vie.

» Si l'on traversait l'espace sur les ailes de l'imagination, je serais en ce moment
» auprès de vous pour vous embrasser de tout mon cœur ; mais, de si loin, je ne
» puis le faire qu'en pensée, en vous priant de recevoir les assurances d'affection
» et d'estime qu'il ne m'a jamais été plus doux de vous témoigner qu'en ce mo-
» ment.

» Votre affectionnée nièce,

» Lilie DUTREUX. »

Voilà ce qu'elle écrit le 3 novembre 1851, sur l'annonce du mariage qui va
se faire, mais n'est pas encore fait.

Enfin, M. Ferdinand Pescatore (et c'est l'expression, dit l'adversaire, des
sentiments parfaitement sincères éprouvés par toute la famille) :

» Mon cher frère,

» D'abord que j'ai reçu la nouvelle de ton mariage comme une chose à laquelle
» je m'attendais, qui était devenue une nécessité pour toi, et une chose désirable
» pour tous tes parents, qui ont véritablement le désir de voir leur famille honorée
» et aimée ; puisque j'ai eu beaucoup de satisfaction de l'accomplissement de vos
» devoirs religieux, ce qui vous rendra la vie plus heureuse et votre existence plus
» adaptée à votre situation dans le monde.

» Je puis te féliciter sincèrement, d'accord avec les principes qui dirigent au-
» jourd'hui mes sentiments religieux, de ce que tu as réglé *civilement* et *religieu-*
» *sement* un acte qui vous unit par le mariage que je vous souhaite heureux et de
» longue durée.

» En vous présentant ces souhaits, j'ajoute ceux de la nouvelle année et vous
» embrasse de bon cœur.

» Votre affectionné frère ,

» Ferdinand PESCATORE. »

Voilà, messieurs, le témoignage de la famille. Madame Pescatore a toujours
été entourée par elle des sentiments d'une affection, d'un dévouement au moins
apparent et d'une reconnaissance très vivement exprimée, avant comme après
son mariage. Elle acquiert aussi la possession d'état la mieux établie qu'elle
puisse désirer, *nomen, tractatus, fama.* Cette possession d'état ne peut pas
être plus évidente que dans la cause actuelle ; elle l'a été d'une manière aussi
éclatante qu'elle puisse l'être et n'a jamais été interrompue ; car remarquez-le,
on voyait dans son salon les femmes du rang le plus élevé, les familles les plus
dignes d'estime. Tout ce qu'il y a de plus considérable en France, l'a reçue,
tout ce qu'il y a de plus considérable en France a été reçu chez elle. Elle a
fait des voyages ; partout elle a été environnée d'estime et de respect. Elle a été
l'année dernière passer une quinzaine de jours à Luxembourg ; elle y était
conviée par la famille. On lui a fait le plus magnifique accueil ; elle a été présentée à tous ceux qu'elle ne connaissait pas, on a donné des fêtes pour elle, elle
a été la reine de ces réceptions, elle a été traitée en un mot comme la femme
légitime de M. Pescatore.

Aujourd'hui, messieurs, vous savez le portrait qu'on vous en a fait et vous
avez remarqué l'amertume qui régnait au fond des paroles en apparence
modérées dont se servait, il y a huit jours, mon adversaire ; on vous la montrait comme une femme animée d'une convoitise ardente, venant frapper à la
porte d'un homme qui jouissait d'une immense fortune, se glissant chez lui,
s'insinuant timidement, femme de ménage, vous a-t-on dit, reçue en cette
qualité, entrant à la cuisine, passant furtivement au salon, quand personne n'y
était, et ayant pour chambre une petite pièce qui était en effet à côté de la
cuisine. Mes adversaires n'ont pas réfléchi au rôle qu'ils lui faisaient jouer et
qu'ils jouaient eux-mêmes, en racontant de pareils faits. Comment ! c'est cette
femme égoïste, cette femme de ménage à laquelle, avant son mariage et
depuis vous avez prodigué toutes les marques d'estime et de respect ! Mes
adversaires n'ont donc pas compris que c'était contre eux-mêmes une espèce
d'opposition, une contradiction difficile à expliquer. Je rétablirai la vérité, et la
vérité la voici.

Quand M. Pescatore est-il arrivé à Paris? C'est en 1837 et c'est en 1838
que madame Weber est entrée chez lui. Quand il est arrivé à Paris, mes
adversaires l'ont dit, il avait une apparence modeste, et une fortune modeste
aussi. Il avait un appartement au 2⁰ étage dans la rue de la Chaussée-d'Antin.
Là étaient ses bureaux, là était le siége de ses affaires. Il ne vivait pas chez
lui ; cependant il n'en était pas réduit à demander une femme de ménage ; il
avait un domestique qui le servait, et puis il avait ce que dans le langage de la

vie ordinaire on appelle une bonne, une servante. Cependant il ne mangeait
pas chez lui, il fréquentait une pension bourgeoise tenue par une dame Maré-
chal, dans la rue Traversière-Saint-Honoré. Il était associé avec son frère, ils
avaient une fortune qu'on peut évaluer à 500,000 francs chacun. Il était dans
les affaires, il en courait tous les hasards.

Quant à elle, elle demeurait rue Monthabor, dans un très petit et très
simple appartement. Ils firent, c'est l'origine de leurs relations, un voyage
ensemble ; ils revinrent à Paris, elle retourna rue Monthabor, lui, rue de la
Chaussée-d'Antin.

En 1839, il acheta de M. Emile de Girardin un petit hôtel que nous connaissons tous, que j'ai peut-être quelque raison de connaître mieux que personne (1). Ce petit hôtel est situé rue Saint-Georges, n° 11 ; il est joint à une
plus grande maison qu'il a achetée depuis. Il fallait faire arranger cette maison
qui était bouleversée, envahie par les ouvriers. C'est alors, pour la première
fois, que madame Weber vint demeurer avec lui. Elle occupa dans l'hôtel, c'est
vrai, mais provisoirement, une petite chambre, en attendant que l'appartement
qui lui était désigné fût en état de la recevoir. Une petite chambre, dit-on, à
côté de la cuisine, je n'en disconviens pas ; mais quand son appartement a été
réparé et qu'elle a quitté cette petite chambre, elle a été occupée par un homme
qui était dans la maison de banque, qui y était intéressé ; c'est vous dire que
la petite chambre n'était pas aussi humble qu'on voudrait vous le faire croire.

C'était ainsi que madame Weber est entrée chez M. Pescatore. C'est au
deuxième étage de cet hôtel qu'était l'appartement qui lui était destiné ; M. Pescatore occupait le premier, où étaient ses bureaux. Le deuxième étage était
considérable : madame Weber avait un salon à côté de sa chambre, et puis plus
loin se trouvaient d'autres pièces destinées à la famille de M. Pescatore, lorsqu'elle venait à Paris, et qu'elle lui faisait l'honneur de descendre chez lui.

Depuis 1851, depuis leur mariage, leur union n'a jamais été troublée ;
impossible de dire qu'elle l'ait été un seul jour, un seul instant. Madame Pescatore montrait le zèle et l'assiduité qu'elle avait montrés jusque-là, se pliant
à toutes les volontés, à tous les caprices de son mari, l'éclairant quelquefois,
cela est vrai, de ses conseils, le retenant quand elle le voyait sur une pente qui
aurait pu le conduire à un abîme ; apportant à la conduite des affaires, ou du
moins aux conseils qu'elle lui donnait habituellement, le sens droit, l'esprit
d'ordre qui la distinguaient, et M. Pescatore profitait toujours des conseils qu'elle
lui donnait. En 1855, il fit une maladie grave, bien grave, puisqu'il devait y
succomber. On vous a parlé des efforts, des démarches qui auraient été faites
auprès de lui pour lui faire régulariser son mariage, in extremis. En effet, un
de ses amis s'inquiétait de sa situation et de l'attitude d'une famille qu'il devait
soupçonner hostile. Il demandait si le mariage était parfaitement régulier, si
les publications avaient été faites, et il disait que ce pourrait être l'occasion d'un
procès, dans lequel on exploiterait peut-être jusqu'au scandale.

L'inquiétude qu'il avait fut partagée par M. Pescatore qui, encore à son lit
de mort, se déclarait rassuré sur la validité de son mariage. Il avait consulté

---

(1) C'est une partie de l'hôtel dont M. Chaix d'Est Ange a acheté l'autre partie.

le jurisconsulte de sa famille, et le jurisconsulte lui avait répondu qu'il n'y avait rien à craindre, que son mariage était bon. Cependant, alarmé à la vue de l'inquiétude qu'on lui témoignait et désirant prévenir toute difficulté, tout scandale, il voulait tout régler, tout réparer en faisant les publications. Il le disait… ses heures étaient comptées, les publications ne pouvaient être faites ou plutôt être complétées qu'après sa mort.

Voilà dans quel état il était quand il demanda les secours de la religion, et après avoir tout mis en ordre, il se passa une scène dont il faut que je vous dise les détails; ces détails m'ont été appris, je pourrais presque dire à l'instant même, et je les ai puisés dans la mémoire de ceux qui les avaient entendus.

Il s'y trouvait en très grande partie nos adversaires, ceux qui sont aujourd'hui nos ennemis. Cette scène a eu trop de retentissement et d'éclat, elle a été connue de trop de monde, elle a fait une trop forte impression, pour qu'il soit possible de la contester. Après avoir reçu les derniers sacrements et avoir mis ses affaires en ordre, M. Pescatore réunit toute sa famille, sa femme, son associé, et d'un esprit ferme, d'une voix affaiblie, mais nette : « Quand on vient de faire un acte comme celui que je viens d'accomplir, dit-il, il faut avoir le courage de son opinion et oser dire la vérité. » Alors ayant fait approcher sa femme, qui était à genoux au milieu de sa famille dont il devinait les soupçons, étendant les mains sur elle : « Je recommande ma femme, ma bonne, ma légitime femme à toute ma famille et à chacun en particulier. Si je laisse de la fortune, c'est à ma femme que je la dois et que vous la devez; c'est à elle que je dois tout, et je vous déclare que c'est bien ma femme, ma bien légitime femme, et qu'il n'y aurait pas un grand d'Espagne bien marié si mon mariage n'était pas bon. »

Elle était là tout auprès, à côté de lui, à genoux ; la faisant relever, lui prenant la main et la plaçant dans celle de madame Dutreux, il ajouta ces paroles : « C'est à toi que je recommande ma femme en particulier, c'est toi qui m'en rendras compte. » Et se tournant vers son frère Antoine qui était là, il lui dit : « Il y a deux ans, je voulais faire faire les publications de mon mariage, et tu m'as répondu que ce n'était pas nécessaire, que mon mariage était bon, très bon, que je ne devais pas m'en occuper. Je t'ai dit encore au mois d'août 1855 que je voulais faire publier mon mariage, tu m'as répondu qu'il était inutile de m'en occuper, que mon mariage était parfaitement bon. Tu es jurisconsulte, je croyais que tu ne pouvais me donner que de bons conseils. Aujourd'hui, je vois avec regret que les amis de ma femme s'en préoccupent, mais ils ont tort, car mon mariage est très bon. » Voilà la scène… et il mourut.

Il laissait un testament, j'aurai occasion plus tard d'en examiner l'économie. Il laissait une fortune ; quelle en est l'importance ? Qu'importe au procès ? Est-ce que c'est là la question qui doit nous occuper ? Est-ce qu'il n'est pas question, et avant tout, de la validité du mariage ? M. Pescatore laisserait 50 millions ou 50,000 fr. seulement, que la question serait la même. Nous n'avons pas à nous inquiéter de cette question subalterne au procès ou plutôt parasite. Cependant les adversaires s'empressent d'en faire sortir une considération qu'il faut que je constate immédiatement. Tous leurs efforts tendent à diminuer la fortune ; nous en avons l'état dressé par le notaire lui-même, et cette fortune s'élève (je demande la permission d'arrondir les chiffres) à

près de 17 millions. La communauté est environ de 13 millions. La part de
communauté est par conséquent de 6,500,000 fr. pour madame Pescatore.
Les adversaires veulent faire croire que le désordre s'est mis dans les affaires
de M. Pescatore, que toutes les créances de sa succession sont mauvaises,
qu'il n'y a aucune amélioration à attendre ; ils prétendent qu'en mettant tout
au mieux, les légataires universels, qui n'ont pas été nommés particulièrement
dans le testament et qui n'ont pas été l'objet de faveurs spéciales, n'auront
chacun pour leur part qu'une somme de 17,500 fr. Ils trouvent que ce n'est
pas assez, et afin d'exercer plus d'influence sur l'opinion et sur les magistrats,
comme s'ils pouvaient leur faire illusion, ils ont eu le courage, car c'en est un,
d'accepter la succession de M. Pescatore sous bénéfice d'inventaire. C'était
autrefois, chez nos aïeux, une note d'infamie que de mourir *ab intestat* et que
de laisser une succession acceptée sous bénéfice d'inventaire. Eh bien ! cette
note d'infamie, ils l'ont imprimée à M. Pescatore en présence d'une succession de 17 millions ; et dans le but de se faire un argument à l'audience, ils ont
accepté sa succession sous bénéfice d'inventaire !

Depuis que le notaire a dressé l'état dont je viens de vous parler, quelque
mouvement s'est fait sentir dans l'ensemble de cette fortune, ainsi qu'il arrive
toujours. M. Pescatore se trouvait engagé jusqu'à concurrence d'un million
dans les affaires d'un homme dont la faillite a causé une véritable révolution
dans le monde des affaires ; mais le jugement de faillite a été rapporté et l'on
espère qu'avec du temps et une bonne gestion, des entreprises aujourd'hui
peu brillantes finiront par s'améliorer, et que les créanciers ne perdront rien.
Cependant le notaire a voulu faire une rectification à l'actif. Cette rectification
est à peine d'un million sur l'état estimatif qu'il avait dressé d'abord. Et quel
en est le résultat pour ceux que M. Pescatore a appelés à recueillir sa succession ? Ceux qui n'ont pas été avantagés, ceux qui n'ont pas reçu de legs particulier auront une part, non pas de 17,500 fr., mais de 213,811 fr. immédiatement, et, plus tard, après l'extinction de divers usufruits, ils recueilleront
une autre somme de 135,250 fr., c'est-à-dire que leur part totale sera de
349,061 fr. Ils trouvent que ce n'est pas assez, qu'ils sont des collatéraux
bien mal partagés, ils veulent avoir plus encore. En conséquence, il faut
augmenter cet actif, et pour l'augmenter il faut attaquer le mariage.

Cependant il y a eu quelque hésitation ; on envoyait de Luxembourg des
lettres de condoléance à madame Pescatore ; sa nièce Joséphine, notamment,
lui écrivait à la date du 10 décembre :

    « Ma chère tante,
    » Je reçois à l'instant la triste nouvelle du malheur qui vient de vous frapper.
    » Je sais trop quelle perte irréparable vous faites en perdant un aussi bon époux.
    » Nous perdons un oncle excellent qui s'est toujours montré bon et paternel pour
    » moi, et jamais je ne pourrai l'oublier. Je suis heureuse de penser que vous êtes
    » entourée de votre famille dans ces tristes moments et que ses bons soins ne vous
    » font pas défaut.
    » Mon père est à la campagne : il sera bien affecté d'apprendre cette triste nou-
    » velle. Je vais aussi l'écrire à Poulinaire. Nous nous étions flattés que le mieux
    » qu'on nous avait annoncé se soutiendrait, et j'ai été d'autant plus péniblement
    » surprise.

» Adieu, ma chère tante, prenez courage, et croyez que je prends la part la plus
» vive à votre douleur.

» Veuillez me rappeler au souvenir de mon oncle Antoine et de ses enfants, et
» recevoir pour vous l'assurance de mes bons sentiments.

» JOSÉPHINE. »

L'avocat Munchen lui écrivait aussi et lui disait :

« Ma chère tante,

» La perte que vous venez de faire a posé malheureusement un terme aux soins
» assidus dont vous entouriez notre brave oncle.

» Je comprends l'étendue des regrets que vous devez éprouver, et je les partage.
» L'oncle a toujours été bon pour moi, et j'avais pour lui une affection d'autant
» plus sincère, qu'elle était moins obséquieuse. Je suis convaincu qu'il l'a jugé
» ainsi.

» Vous avez besoin de fermeté pour supporter une perte qui doit vous secouer
» si rudement, mais le temps est un calmant pour toutes les douleurs, et l'homme
» est heureusement organisé de façon que le chagrin le plus amer perd son amer-
» tume avec le temps.

» Il est vrai que le règlement de certains intérêts matériels n'est pas de nature
» à hâter le retour du calme de l'âme, mais ces soins prosaïques et désagréables
» sont une conséquence inséparable de toute succession. C'est dans cette circon-
» stance que l'on recueille toujours ce que l'on a semé, en d'autres temps, d'affec-
» tion autour de soi.

» L'absence complète de nouvelles de Paris, le départ précipité d'Auguste et
» ses renseignements vagues nous ont empêché d'aider les amis de Paris à rendre
» les derniers honneurs à l'oncle. L'oncle Ferdinand s'en plaint et le regrette.
» Cependant nous nous sommes joints d'esprit et de cœur au deuil que vous
» portez.

» Votre dévoué neveu,
» MUNCHEN.

» Lux, le 17 décembre 1855. »

Cependant parmi les héritiers il y en avait deux qui se trouvaient à Paris et
qui avaient quelque embarras sur la conduite qu'ils devaient tenir. Fallait-il
reconnaître le mariage comme ils l'avaient fait jusque-là ? Fallait-il l'accepter
comme autrefois, lorsqu'ils en avaient félicité l'oncle (c'est ainsi qu'ils appelaient M. Pescatore) ? Ils hésitaient. Alors ils imaginent de rédiger des lettres
de faire part dans lesquelles le nom de madame Pescatore serait omis. Ensuite
on procéda à l'inventaire qui se fit devant un homme dont on a prononcé le
nom, M. Bernard (de Rennes), conseiller à la Cour de cassation, qui s'était
chargé de représenter madame Pescatore. Comment lui, magistrat, avait-il
accepté ce mandat ? Il avait connu M. Pescatore à la Société d'horticulture ;
c'est lui qui le premier lui avait parlé de la difficulté légale qui pourrait s'élever au sujet de son mariage et donner lieu à un procès scandaleux, et M. Pescatore, s'attachant à lui dès ce premier moment, lui avait serré la main avec
confiance. M. Pescatore lui avait fait promettre de servir de tuteur, de patron,
de protecteur à sa femme ; s'il y avait quelque difficulté, de la soutenir, de
l'encourager. M. Bernard (de Rennes) l'avait promis, l'avait juré, et je ne
sache pas qu'il y ait de dignité au monde qui puisse affranchir d'un pareil ser-

ment. M. Bernard (de Rennes) l'a ainsi compris; il s'est chargé d'elle; il a
reçu son blanc seing; il l'assiste au milieu de ses plus cruelles épreuves; lorsqu'on la menaçait, lorsque de toutes parts on lui faisait entendre qu'elle serait
attaquée, traînée dans la boue, lorsqu'on répandait dans le monde les notes
qu'on publiait contre elle, lorsqu'elle était épouvantée de ce que la défense
des droits les plus légitimes pouvait contenir de bruit, de scandale et de calomnie, lorsque dans son chagrin, dans son désespoir, pour arranger l'affaire et
éviter le procès, elle allait au-devant des sacrifices, elle offrait de renoncer à
une grande partie de cette fortune; elle qui n'était pas irréprochable, elle
qui avait une faute dans sa vie qu'elle voulait cacher au prix de millions,
qu'est-ce qu'on lui a dit? Ces paroles pleines d'ironie que vous avez encore
présentes à la mémoire: Oui, vous êtes la femme légitime de M. Pescatore,
vous voulez les honneurs de la légitimité du veuvage, le deuil de veuve, le
voile de veuve; nous ne vous refuserons pas ces honneurs, ces hommages,
nous nous prosternerons devant vous; oui, nous vous reconnaîtrons, nous
vous reconnaissons, au nom de la famille, le nom et la position de femme
légitime de Jean-Pierre Pescatore, comme conséquence de l'acte religieux
passé à Renteria, le 8 novembre 1851, mais à la condition que vous renon-
cerez à combattre les moyens que nous pouvons faire valoir contre le testament de notre parent. On lui disait que le testament était nul, qu'il n'y avait
qu'à souffler dessus pour le faire tomber, mais que cependant on lui délivre-
rait les legs qui paraissaient résulter de la volonté expresse de M. Pescatore.
Oui, disait-on, vous êtes une digne femme, nous vous avons toujours tenue
pour telle, traitée comme telle, nous offrons de continuer à vous reconnaître
pour la plus honnête femme du monde, comme la veuve de M. Pescatore,
mais à la condition que vous nous abandonnerez les 6,500,000 fr. de la
communauté.

Voilà quelle était l'alternative qui lui était offerte. A mon avis il n'y avait
pas à hésiter, plus les menaces étaient vives, plus il fallait résister avec énergie.
C'est alors que le procès est entamé. De quelle façon commence-t-il? Je vous
demande par un mot la permission de le préciser, car il faut fixer la position
des parties. Il y a un malentendu que je ne comprends pas et que personne ne
comprend. Je croyais que les adversaires étaient demandeurs, ils s'obstinent
à jouer le rôle de défendeurs. Voyons donc ce qui s'est passé. J'ai un acte,
c'est un acte de mariage; je m'appelle madame Pescatore, j'ai la possession
d'état; elle est incontestable, j'ai la reconnaissance de vous tous; j'aurais pu
m'en passer, mais enfin je l'ai. Eh bien, je demande la liquidation de la communauté, voilà tout. Vous ne voulez pas? — Non. — Pourquoi? — Parce que
votre mariage est nul. — Mon mariage est nul? Dites-m'en la raison. — Je ne
veux pas la dire, je ne la dirai que quand il me conviendra. — Ce sont là,
messieurs, des moyens de procédure que je m'étonne de trouver dans un si
grand procès, sous le patronage d'un si honorable adversaire.

Je demande la liquidation en vertu de mon titre, je n'ai pas autre chose à
demander. Vous me répondez que je suis mal fondée, attendu que je ne suis
pas mariée; il est évident que c'est la nullité de mon mariage que vous invoquez
et que c'est vous par conséquent qui êtes demandeurs au procès.

On demande la nullité du mariage. Pourquoi? C'est ce que je vais examiner devant vous, et ici deux questions se présentent. La première est de savoir si le mariage en lui-même est valable ou s'il ne l'est pas. La seconde est celle de savoir si dans le cas où le mariage serait nul, les adversaires seraient recevables à l'attaquer. Telles sont les deux questions que je vais successivement examiner devant vous.

La nullité du mariage est demandée en vertu de l'article 170 du Code Napoléon, qui est ainsi conçu :

« Le mariage contracté en pays étranger entre Français et étrangers sera valable » s'il a été célébré dans les formes usitées dans le pays, pourvu qu'il ait été précédé » des publications prescrites par l'article 63, au titre des actes de l'état civil, et que » le Français n'ait pas contrevenu aux dispositions contenues dans le chapitre » précédent. »

Voilà deux conditions pour que le mariage contracté à l'étranger soit valable. Je ne parle pas de l'article 171, qui ordonne la transcription de l'acte de mariage sur les registres de l'état civil, dans les trois mois du retour des nouveaux époux ; je n'en parle pas, parce que mon adversaire n'en a pas parlé, et il a bien fait : il est évident que d'après la jurisprudence l'omission de cette prescription de l'article 171 n'entraîne pas nullité.

Aux termes de l'article 170, le mariage sera valable à deux conditions : 1° qu'il soit précédé des publications prescrites par l'article 63 ; 2° qu'il soit célébré avec les formes usitées dans le pays où il aura lieu. Or, dit-on, la première condition ne se rencontre pas dans l'espèce : le mariage de M. et de Madame Pescatore n'a pas été précédé des publications prescrites par l'art. 63 et exigées par l'art. 170. Mais, est-ce là une cause de nullité, lorsque nous voyons tous les jours des Français allant se marier à l'étranger sans publications préalables et rentrant en France sans qu'on leur conteste la validité de leur mariage ? Je pourrais dire qu'à cet égard la controverse est épuisée, que la question ne se plaide plus, et qu'il existe sur ce point tant de documents de jurisprudence que s'il s'agissait d'une affaire ordinaire, je ne me présenterais pas pour soutenir qu'il n'y a pas là une cause de nullité ; car je serais interrompu à l'instant par le tribunal, qui me dirait que cela est jugé tous les jours. Voulez-vous qu'à cause de la gravité de cette affaire nous remontions aux principes ? Je le veux bien, et vous allez voir que si ces principes semblent écrits dans la loi, ils sont abandonnés par la jurisprudence.

Qu'est-ce que la publication des bans ? Est-ce une forme substantielle, essentielle à l'acte ? Non, c'est une forme purement accessoire, ce n'est qu'une précaution exigée pour déjouer la fraude, pour avertir les tiers, les parents par exemple, et mettre en demeure tous ceux qui auraient le droit de faire opposition au mariage, en justifiant d'une cause légitime d'empêchement. Voilà évidemment le but : prévenir un mal possible. Mais s'il n'y a pas de mal possible, s'il n'y a pas de cause d'empêchement au mariage, si les parties sont maîtresses d'elles-mêmes, si personne ne peut s'opposer à leur union, comment ! vous allez déclarer nul ce mariage parce qu'on aura oublié une précaution qui avait pour unique objet d'empêcher le mal qui aurait pu être commis, mais qui dans l'espèce ne saurait l'être ! Ce serait absurde.

Permettez-moi de vous rappeler ce qui se passait sous l'ancienne jurisprudence. L'ordonnance de Blois de 1579 était plus impérative que l'art. 170. « Nos sujets, disait-elle dans son article 40, ne pourront valablement contracter mariage sans publications précédées de bans. » Qu'est-ce qui arriva à la suite de la publication de cette ordonnance de Blois ? Ce qui arrive toujours quand une loi nouvelle est promulguée ; on l'applique d'abord à la lettre, on n'en consulte pas l'esprit ; ce n'est que plus tard qu'on apporte dans la pratique des tempéraments que le texte ne semble pas toujours comporter et que l'expérience a rendus nécessaires. Ce qui s'est passé pour l'ordonnance de Blois, ce qui s'est passé depuis pour le Code Napoléon, c'est ce que remarque d'Aguesseau en ce qui concerne l'ordonnance de Blois.

Voilà qui est clair ; le défaut de publications des bans ne peut être une cause de nullité de mariage qu'autant qu'il y a eu une cause irritante de la validité. Si le mariage a été innocent, s'il a été pur, exempt de tout vice, il est évident que l'omission de cette formalité ne peut pas en faire prononcer la nullité.

Les casuistes ont été du même avis, et je vous demande la permission de vous lire ce passage de Sanchez (*De matrimonio*) :

« *Tenendum est denuntiationes non esse de essentia matrimonii, et subindè, illis injuste omissis, initum matrimonium validum esse.* »

Ainsi les dénonciations, c'est-à-dire les bans, quoique prescrites par la loi, ne sont cependant pas de l'essence même du mariage, et sans publications on peut se marier, le mariage sera valable ; voilà ce que disaient les casuistes. L'ancienne jurisprudence avait consacré ce principe. D'Aguesseau, dans son trentième plaidoyer, dont je vous demande de citer un passage, s'exprime ainsi dans l'affaire du mineur Fleury contre la dame de Razac :

« Personne n'ignore que la publication des bans n'est pas considérée comme
» une cérémonie qui soit de l'essence du contrat ou du sacrement ; qu'elle n'a été
» introduite que comme une précaution nécessaire pour obvier aux abus des ma-
» riages clandestins : ce sont les propres termes du législateur.
» Mais quel est l'abus que l'ordonnance a eu principalement en vue, lorsqu'elle
» a défendu ces mariages ? Que l'on parcoure non-seulement cette ordonnance,
» mais encore celle de 1639, et toutes celles qui ont été faites sur cette dernière,
» on trouvera partout que les enfants de famille et les mineurs ont été presque
» que l'unique objet de leurs dispositions, que c'est par rapport à leur intérêt
» qu'elles ont prescrit toutes ces solennités différentes : et pour prouver ce prin-
» cipe, il suffit d'observer la distinction que vos arrêts ont faite entre les mariages
» des majeurs auxquels le défaut de publication de bans ne porte pas atteinte, et
» ceux des mineurs que vous avez souvent déclarés nuls par la seule omission de
» cette formalité essentielle.
» Nous devons donc distinguer deux choses dans la loi qui inspire la nécessité
» de la publication des bans :
» La première est le mal et l'inconvénient qu'on a voulu prévenir et qui a été le
» principal objet du législateur. »

C'est en vue de la fraude, de la clandestinité, et uniquement par précaution contre la fraude et la clandestinité, que la publication a été établie. Mais il faut distinguer le mal et l'inconvénient qu'on a voulu prévenir. D'Aguesseau continue :

« La seconde est le remède et la précaution qu'on a crus capables d'en arrêter le
» progrès.

» » L'inconvénient que la loi a eu en vue est le mépris de la puissance paternelle
» et les suites funestes que pourrait avoir un engagement condamné par le père.

» » La précaution qu'on a voulu opposer à ce désordre est la proclamation des
» bans.

» » Pourra-t-on soutenir que la peine de nullité soit prononcée contre l'un et non
» contre l'autre ? que la loi venge plus sévèrement l'omission de cette formalité
» que le crime même que l'on a voulu prévenir par l'observation de cette formalité ?

» » En un mot, peut-on prétendre, sans tomber dans une contradiction manifeste,
» que ceux qui attaquent l'esprit de la loi, qui violent son intention, qui renversent
» son principe et son fondement, sont moins coupables que ceux qui n'attaquent
» que la lettre et l'extérieur de la loi ?

» » Ajoutons même que non-seulement la juste autorité des pères a été le véritable
» motif de la loi qui ordonne les publications des bans à peine de nullité ; mais
» qu'il est impossible de prononcer cette peine établie par la loi, si ce défaut de so-
» lennité ne se trouve joint avec le défaut de consentement du père.

» » Sans cela qui pourrait croire que l'esprit de l'ordonnance eût été de déclarer
» un mariage nul par la seule omission de la publication des bans, quand le père
» aurait approuvé le mariage ?

» » C'est donc la puissance paternelle qui fait toute la force de ce moyen, c'est elle
» qui a inspiré cette précaution au législateur. C'est par rapport à elle que l'on dé-
» déclare nuls les mariages qui n'ont point été précédés de la publication des bans.
» Toutes les fois que l'intérêt du père a cessé, la rigueur de la loi a cessé en même
» temps ; et toutes les fois que l'on a déclaré un mariage nul par ce seul défaut, on
» ne l'a fait que pour venger l'injure qui avait été faite au nom et à la qualité
» du père.

» » Ces deux défauts sont donc inséparablement unis aux termes de l'ordonnance
» et de la jurisprudence de vos arrêts. Ils sont tous deux de la même force ; ils se
» prêtent un secours mutuel, on ne peut plus les diviser. Il faut alléguer en même
» temps et le défaut de publication de bans et celui du consentement du père. Si le
» père a consenti au mariage, c'est en vain qu'on prétend l'attaquer par omission
» de cette formalité. »

(D'Aguesseau, 30e plaidoyer du 27 avril 1694, dans la cause de Fleury père et
fils, et dame de Razac et sa fille.)

Voilà, messieurs, ce qui se pratiquait sous l'ancienne jurisprudence. Il est certain, il est évident, il est incontestable que la formalité des publications pour les mariages contractés en France n'a jamais été rigoureusement exé-cutée, quoique écrite dans la loi. Telle est, telle a toujours été l'interprétation sous les canonistes, sous l'ancienne jurisprudence ; il en est de même aujour-d'hui sous le Code Napoléon.

Soit, dit mon adversaire ; mais quand il s'agit de mariages célébrés à l'étranger, il doit en être autrement.

Pourquoi? Est-ce que le même motif ne doit pas entraîner la même déci-sion? Quoi ! la loi, à titre de précaution, vous dit : Comme je ne veux pas valider des mariages entachés de clandestinité, comme je veux qu'on respecte l'autorité paternelle, j'entends que quand on se mariera en France, on fasse des publications. Mais ce n'est qu'une simple précaution ; il n'y aura pas nullité du mariage, s'il n'y a pas eu fraude. Je veux la même précaution pour les mariages contractés à l'étranger. Émanant du même principe, ces formalités doivent être l'objet d'une même appréciation. Puisque la prescription des publications n'est faite qu'à titre de précaution, et non de formalité essentielle, puisque c'est uniquement pour empêcher la fraude, puisqu'il n'y a pas d'autre intérêt que celui-là, pourquoi voulez-vous que le mariage ne soit pas valable s'il n'a pas été entaché de fraude, si l'acte n'a pas été clandestin, si d'ailleurs les formalités imposées par la loi ont été remplies, si l'autorité paternelle a été respectée? Pourquoi voulez-vous rendre les mariages plus difficiles à l'étranger qu'en France ? Où puisez-vous la raison de cette exigence? Si la loi avait voulu la prescrire, elle l'aurait exprimée d'une manière si claire qu'il n'y aurait pas de doute possible. En présence de la faveur due au mariage, de cette grande institution sur laquelle la famille repose, il faut que les nullités ne puissent pas se suppléer, qu'elles soient écrites dans la loi en termes positifs, formels.

Mais vous dites qu'il y a là des termes équipollents. Pourquoi ? parce que la loi dit que le mariage est valable *pourvu qu'il ait été précédé de publications.* Permettez, vous n'avez pas le droit, si vous argumentez de la lettre de la loi, de vous mettre au-dessus et de n'en tenir compte qu'à votre fantaisie. Or, l'article 170 ajoute : « Et qu'on ait rempli toutes les formalités prescrites par le chapitre premier. » Mais il est bien certain que l'inobservation d'un certain nombre de ces formalités n'est pas de nature à entraîner la nullité du mariage; « pourvu qu'on ait rempli toutes les formalités contenues au chapitre premier. » Si l'expression a quelque valeur, si elle équivaut à une nullité expressément prononcée, elle devra emporter aussi nullité à raison de l'inexécution des formalités prescrites par le chapitre premier. Voulez-vous aller jusque-là? En avez-vous le courage ? Non. Pourquoi ? Par une raison bien simple, parce que vous n'attachez pas sérieusement la nullité à ces mots : « Pourvu qu'on ait rempli toutes les formalités contenues au chapitre premier. » Examinons de plus près encore le texte de la loi, Mon Dieu ! je demande pardon au tribunal d'entrer ici dans des détails qu'il ne me permettrait pas d'aborder dans une affaire ordinaire ; mais je suis bien obligé de suivre mon adversaire sur le terrain qu'il lui a plu de choisir.

La matière a paru assez grave au législateur pour qu'il ait fait un chapitre spécial des demandes en nullité de mariage; tel est son titre. Vous le consulterez, vous l'examinerez.

Si le législateur avait voulu que l'absence de publications entraînât la nullité du mariage contracté à l'étranger, c'est au chapitre des nullités qu'il aurait dû le dire; il aurait dû comprendre cette cause d'annulation parmi les autres, il ne l'aurait pas sous-entendue ; car vous le savez bien, il faut des énormités pour anéantir un mariage. Le législateur est resté muet; donc, il est de toute évidence qu'il n'a pas entendu considérer cette formalité comme entraînant par son inobservation la nullité du mariage.

Il y a déjà une jurisprudence qui n'est plus douteuse. Dans l'interprétation de l'article 170 du Code Napoléon, comme autrefois pour l'article 40 de l'ordonnance de Blois, elle s'était d'abord renfermée dans la rigueur du texte, mais elle s'est relâchée depuis ; c'est ce qui arrive toujours quand les textes sont trop absolus. Voici d'abord un arrêt de la Cour de cassation du 9 novembre 1846 ; je pourrais en citer vingt autres, je cite celui-là parce qu'il est important, parce qu'il s'agit d'un mariage célébré à Cuba. Il a été rendu sur les conclusions conformes de M. l'avocat général Delapalme :

« Sur le moyen relatif à la prétendue clandestinité du mariage :
» Attendu, en droit, qu'à cet égard en Espagne et à Cuba, les formalités à suivre
» pour les mariages ne sont autres que les règles canoniques tracées par le concile
» de Trente ;
» Que ce concile ne déclare nuls que les mariages qui n'ont pas été contractés
» en présence du propre curé des époux ou d'un prêtre du consentement de ce der-
» nier, et en présence de deux ou trois témoins, et qu'aucune autre formalité, sans
» en excepter la publication des bans, n'est exigée à peine de nullité ;
» Que son omission ne peut par conséquent présenter un empêchement diri-
» mant.
» . . . .
» Attendu que sans s'occuper de la question de savoir si les demandeurs en
» cassation, simples collatéraux de Louis Augu, étaient recevables à attaquer en
» nullité son mariage, il est certain que l'article 170 ne prononçant pas expressé-
» ment la peine de nullité, il est permis aux juges de ne pas regarder le défaut des
» publications du mariage en France comme empêchement dirimant, toutes les
» fois qu'ils reconnaissent que ce défaut ne provient pas d'un concert frauduleux
» au préjudice soit de la loi, soit des parties qui auraient eu droit d'y former oppo-
» sition, mais qu'il est le résultat innocent et quelquefois nécessaire des circon-
» stances particulières où se sont trouvées les parties ; . . . . . Rejette. »

Voici un autre arrêt de la Cour de Paris, en date du 14 mai 1853, rendu sous la présidence de M. le premier président Delangle, et confirmatif d'un premier jugement ; il maintient le mariage contracté à Saint-Pétersbourg entre M. Alexandre Michel et mademoiselle Louise Mayer :

« La Cour :
» Considérant qu'il est constaté que, le 19 avril 1841, Louise Mayer, majeure, a
» contracté mariage avec Alexandre Michel devant le pasteur Hormann, à Saint-
» Pétersbourg ;
» . . . .
» Considérant que le moyen puisé dans la disposition de l'article 170 du Code
» Napoléon n'est pas admissible ;
» Que si, en effet, il est interdit au père de provoquer l'annulation du mariage
» contracté par un enfant mineur, au mépris de son autorité, dès qu'une année
» s'est écoulée sans qu'il réclamât depuis le jour où le fait a été porté à sa connais-
» sance, à plus forte raison ne peut-il exciper de l'inobservation de l'article 170 ;
» Que les publications imposées par cet article n'ayant d'autre but que d'avertir
» la famille du mariage qui se fait à l'étranger, afin qu'elle puisse l'empêcher s'il
» y échet, il serait contraire à la saine interprétation de la loi que le défaut de con-
» sentement fût couvert par le silence de plus d'un an, et que cette ratification ne
» s'appliquât point à l'omission d'une simple formalité ;
» . . . .
» Qu'en supposant même l'irrégularité de l'acte de célébration, la possession
» d'état interdirait à Louise Mayer le droit d'en provoquer la nullité ;… Confirme. »

Enfin voici un autre jugement de cette chambre, également confirmé à la Cour, à la date du 21 janvier 1854. Il s'agissait d'un mariage contracté à Londres devant le chapelain de Sainte-Marie, sans publications, sans transcription, sans consentement préalable des parents, et par un homme qui n'avait pas l'âge.

« Le tribunal :

» Attendu que Delamarre et la demoiselle Visse se sont mariés à Londres, le » 12 décembre 1840 ;

» Que l'acte de mariage a été dressé dans la forme reconnue par la loi du pays ;

» Attendu que cet acte n'a pas été précédé des publications prescrites par la loi » française ni transcrit sur les registres de l'état civil.

» Mais attendu qu'il n'est pas établi que ce mariage ait été contracté dans le but » de faire fraude à la loi française ;

» Que la mère de l'époux, dont le consentement était requis, en a eu pleinement » connaissance et ne l'a jamais attaqué ;

» Que Delamarre n'en a contesté la validité qu'après sept années, pendant les- » quelles la demoiselle Visse n'a pas cessé d'être traitée par lui comme femme » légitime, de porter son nom, et d'avoir, soit dans la famille, soit vis-à-vis des tiers, » la possession de cet état ;

» Que lorsque Delamarre a soulevé pour la première fois cette contestation il » s'était écoulé plus d'une année depuis que Delamarre avait atteint l'âge compé- » tent pour consentir lui-même au mariage ;

» Attendu que, dans ces circonstances, l'action de la demoiselle Jubin, procédant » en qualité de légataire universelle de Delamarre, est mal fondée comme le serait » celle de Delamarre lui-même ;

» Déboute la demoiselle Jubin de sa demande. »

Voulez-vous me permettre en finissant de vous citer un autre arrêt, rendu en audience solennelle, à la date du 28 janvier 1841, dans une affaire de Commailles contre de Brancas? M. de Commailles, qui était extrêmement majeur (c'était mon client), avait enlevé mademoiselle de Brancas à la surveillance de son père, qui ne la surveillait pas du tout. Elle était mineure ; elle avait besoin du consentement de ses parents ; le consentement n'était pas donné ; elle va avec M. de Commailles se marier à Londres. Ils reviennent en France ; le mariage n'est pas heureux... Je dis là des trivialités, car tout le monde sait que le mariage des époux Brancas a été l'objet de procès inces- sants. Enfin, les parties se mettent d'accord sur un point (c'est la seule fois qu'elles aient été d'accord), elles demandent l'une et l'autre la nullité de leur mariage, attendu qu'il n'avait pas été procédé aux publications voulues en France, qu'il n'y avait pas eu transcription sur les registres de l'état civil, attendu que ces formalités avaient été frauduleusement omises pour éviter le consentement du père, qu'on n'avait pas voulu demander ; attendu, disait-on encore, qu'on n'avait pas observé les formalités de la loi anglaise... La loi anglaise, je suis bien aise de le dire pour mon adversaire, qui considère que tout est perdu et que la société est mise en péril si la plus petite formalité a été omise, la loi anglaise n'exige pas de formalités. Ah ! elle est bien loin d'être aussi rigoureuse que le concile de Trente, dont les prescriptions sont célé- brées même par Pothier. Non, on n'est pas exigeant en Angleterre, et voici ce qu'on demande. Vous arrivez dans ce pays n'importe à quel âge, et l'on vous dit : Vous serez obligé de prendre ici un domicile de sept jours. Après ces sept jours vous faites votre déclaration à l'officier désigné ; vous lui affirmez sur l'honneur qu'il y a sept jours que vous demeurez à Londres. Il vous dit d'y demeurer encore sept jours ; cela fait quatorze ; vous vous mariez, et le mariage est bon. M. de Commailles disait : Je n'ai pas fait sincèrement la déclaration prescrite devant l'officier ; j'étais arrivé à Londres la veille, je n'y avais donc pas demeuré depuis sept jours ; en conséquence, la loi anglaise avait été violée en même temps que la loi française. Nous étions d'accord... Nous avons tous les deux perdu notre procès ; la Cour a jugé dans les termes que voici :

« En ce qui touche l'appel de Commailles :
» Considérant que le mariage contracté en pays étranger entre deux Français,
» qui n'aurait point été précédé des publications exigées par l'article 170 du Code
» Napoléon, ne pourrait être attaqué de nullité que dans les cas où les formes
» usitées dans ce pays n'auraient pas été observées, et dans celui où l'omission
» aurait eu lieu dans l'intention formelle de faire fraude à la loi; — Que dans la cause,
» la violation de la loi anglaise, qui exige la déclaration d'une résidence en Angle-
» terre pendant un certain espace de temps, ne pourrait être invoquée par Com-
» mailles, si la déclaration était fausse, puisque cette déclaration étant son ouvrage,
» il ne peut se prévaloir d'un mensonge dont il serait l'auteur ;
» Considérant que si l'omission des publications légales a eu lieu de la part de
» l'appelant dans le but d'échapper à la nécessité de demander le consentement de
» Brancas père, il ne peut par le même motif invoquer un moyen de nullité qui
» n'appartiendrait qu'au père seul de la femme ; mais que ce moyen a été couvert
» par le consentement donné postérieurement par Brancas. . . . .
» . . . .
» sans qu'il soit besoin de statuer sur les conclusions subsidiaires, déclare Com-
» mailles et la dame de Commailles non recevables dans leur demande. »

Voilà l'arrêt. J'en pourrais citer un autre du 2 mars 1856, confirmatif d'un autre de vos jugements. Je pourrais citer un jugement que vous avez rendu dans une espèce remarquable, sans débats, il y a un mois. Vous avez validé un premier mariage que les parties n'avaient pas cru bon, et qu'elles avaient fait suivre d'un second. Vous avez déclaré qu'elles avaient eu tort, qu'elles étaient bien mariées la première fois, quoiqu'elles n'eussent pas fait de publications. Je pourrais citer beaucoup d'autres exemples, je ne veux pas multiplier les ci-tations ; j'en veux seulement tirer une conséquence, et cette conséquence la voici :

L'absence de publication à elle seule, sans fraude, est-elle une cause de nullité? Incontestablement non. Et quand elle est frauduleuse? Quand elle est frauduleuse, la nullité du mariage est prononcée. Pourquoi? Elle est pro-noncée, non pas parce qu'on n'a pas fait les publications, puisqu'il n'y a pas nullité dè ce chef, mais parce que l'omission des publications a eu pour objet d'éluder la loi. Vous n'avez pas fait les publications parce que vous avez voulu vous marier avant l'âge et sans le consentement de vos parents. Dans ce cas, la loi vous dit que le mariage est nul, non pas, je le répète, à cause de l'absence des publications, mais à cause de cette omission d'une formalité devenue une

condition irritante du mariage. Telle est, messieurs, la conséquence des
arrêts que j'ai cités. La conséquence de ces arrêts est aussi qu'il peut y avoir,
même dans le cas de publications, une cause irritante. C'est ce qu'expliquait
parfaitement d'Aguesseau dans une cause célèbre, le mariage du duc de Guise
avec la comtesse de Bossu. Il l'expliquait très énergiquement, et voici dans
quels termes :

« Supposons que la dispense de la publication des bans soit ou fausse ou abusive,
» et par le défaut de cause légitime et par le défaut de pouvoir de celui qui l'ac-
» corde ; quand même cette supposition serait véritable, que pourrions-nous en
» conclure par rapport à la validité du mariage?

» Nous nous élèverions, à la vérité, contre la surprise des contractants, contre
» la prévarication d'un ministre des autels : nous dirions que la célébration du ma-
» riage est illicite, téméraire, criminelle, mais ne pourrions pas aller jusqu'à sou-
» tenir qu'elle est nulle, abusive, illégitime.

» Vos arrêts arrêteraient notre zèle et nous apprendraient que, depuis longtemps,
» vous ne regardez plus le défaut de publication de bans entre majeurs comme un
» défaut qui, par lui-même et dégagé de toute autre circonstance, puisse mériter
» le nom d'empêchement dirimant. »

Voilà la doctrine de d'Aguesseau :

« L'absence de toute publication ne suffit pas pour entraîner la nullité du ma-
» riage. Il faut examiner le caractère, les raisons de cette omission. Il ne suffit pas
» même que les motifs d'une dispense soient simulés, qu'il y ait mensonge indigne,
» abus énorme ; il ne suffirait pas de prouver que les publications qu'on allègue
» n'ont pas eu lieu, que le certificat qu'on en rapporte est faux ; l'action serait
» blâmable, coupable, criminelle, mais elle ne constituerait pas nécessairement une
» cause d'annulation du mariage. »

Vous en avez la preuve dans les espèces que j'ai eu l'honneur de rappeler :
les affaires Commailles et Lamarre. Par exemple, Lamarre va se marier en
Angleterre ; il ne remplit pas les formalités prescrites par la loi, il ne fait pas
les publications, pour échapper à la nécessité d'obtenir le consentement de sa
mère. Il va se marier en fraude de la loi ; l'absence de publications est frauduleuse, c'est une fraude irritante. Le mariage était radicalement nul à l'origine ; mais la nullité résultant du défaut du consentement et du défaut d'âge
ayant été couverte, le vice résultant de l'absence de publications disparaît également : *uno avulso ac deficit alter.*

Quand M. de Commailles enlève mademoiselle de Brancas et va l'épouser
en Angleterre, il est évident qu'il viole une loi, ou plutôt il en viole deux, la
loi française et la loi anglaise ; la fraude est patente, l'empêchement dirimant,
et vous savez ce qui a été jugé. Je vous demande pardon, messieurs, d'être
entré dans ces détails, qui dans une affaire ordinaire n'auraient pas pu être
tolérés, et je reviens à l'examen de l'art. 170 du Code Napoléon. En voici le
texte que j'ai déjà lu, mais qu'il faut remettre sous vos yeux :

« Le mariage contracté en pays étranger entre Français et entre Français et
» étrangers, sera valable s'il a été célébré dans les formes usitées dans le pays. »

Il est indispensable, surtout en présence des observations de mon adversaire, que je m'arrête un instant sur les dispositions de cet article et que j'en examine la conséquence et la portée : « S'il a été célébré dans les formes usitées dans le pays. » Ainsi, en quelque pays qu'un Français se trouve, que le pays soit sauvage ou civilisé, quelles que soient les formes plus ou moins protectrices, plus ou moins conservatrices du mariage, qu'elles soient solennelles comme les nôtres ou expéditives et promptes comme dans certains pays, ridicules comme dans certains autres, peu importe, le mariage sera bon. On ne vous demandera même pas que les formes en soient consacrées par une loi, mais on vous dira qu'il faut qu'il ait été célébré dans les formes usitées, c'est-à-dire dans les formes en usage dans un pays qui n'est même pas civilisé et qui vit sous la foi de ses traditions et de ses usages. Vous comprenez à merveille la portée, la conséquence de l'art. 170. Partout où vous irez, conformez-vous à la loi du pays ; qu'elle soit prudente ou imprudente, peu importe, le mariage sera bon et inattaquable. Que cette disposition soit sage et à l'abri de tout reproche, c'est ce que je n'ai pas à examiner ; je n'y vois qu'une chose, c'est qu'elle est ancienne, c'est qu'elle a existé de tout temps et qu'elle est universelle ; c'est l'application banale faite au mariage de l'adage *Locus regit actum*. Elle est ancienne en fait de mariage : *Cum agitur de solemnitate...*

J'ai dit qu'elle était universelle, qu'elle existait dans tous les pays.... Mon Dieu ! elle a toujours existé en France, elle y existait sous notre ancienne jurisprudence, elle y existe sous notre droit actuel, et voici dans quels termes elle a été présentée par Portalis, dont j'aime à citer les paroles, parce que je suis, comme mon adversaire, plein de respect pour son autorité :

« La terre a été donnée en partage aux enfants des hommes. Un citoyen peut
» se transporter partout, et partout il peut exercer les droits attachés à sa qualité
» d'homme. Dans le nombre de ces droits, le plus naturel est incontestablement
» celui de contracter le mariage. Cette faculté n'est pas locale ; elle ne saurait être
» circonscrite par le territoire ; elle est pour ainsi dire universelle comme la na-
» ture, qui n'est absente nulle part. Nous ne refusons donc pas aux Français le
» droit de contracter mariage en pays étranger, ni celui de s'unir à une personne
» étrangère. La forme du contrat est réglée par les lois des lieux où il est passé. »
(Portalis, *Exposé des motifs de la loi relative au mariage*, séance du 16 ventôse an VI).

Cependant ils sont possibles, les abus que mon adversaire a fait valoir et que je vais examiner tout à l'heure : c'est vrai ; qu'on me permette cependant de distinguer. Il peut y avoir des abus en ce qui concerne la forme du mariage, il n'y en a pas sur ce qui constitue le fond même du mariage. L'accessoire du mariage peut prêter à des abus possibles. Mais le consentement, qui est l'âme du mariage, mais toutes les grandes conditions du mariage, nous les voyons observées partout ; dans les pays sauvages comme dans les pays civilisés, comme en France, le mariage est soumis à cette loi du consentement : tout ce qui compose les éléments essentiels de l'union conjugale s'attache à la personne et la suit ; tout ce qui tient à la sainteté du mariage est observé partout ; il n'y a que la forme qui soit abandonnée au hasard, à la législation ou aux usages du pays où le mariage est célébré. Ainsi, par exemple, nos lois règlent avec une économie parfaite tout ce qui touche à l'état, à la situation des personnes. Nous avons des registres, des officiers de l'état civil. On a pris des garanties pour que cet état civil demeurât stable; on a voulu qu'il fût possible d'y recourir toujours; or, toutes ces prescriptions sont laissées de côté : vous pouvez naître à l'étranger, vous marier à l'étranger, mourir à l'étranger, tous ces actes si importants de la vie seront confiés au hasard d'une feuille volante ou à la tradition; le mariage pourra être constaté de la manière la plus frivole.

En Orient, par exemple, les lois du pays, intolérantes, comme on voudrait faire les nôtres, disent que les chrétiens ne pourront pas se marier, ou du moins qu'on ne pourra pas dresser d'acte de leur mariage. Un Français se marie donc dans ce pays, sans acte, sans preuve; il arrive en France, on lui demande son titre, un de ces actes si essentiels, si indispensables chez nous, il répond : Je n'en ai pas, parce que je viens d'un pays où je ne pouvais pas en obtenir. Alors qu'arrive-t-il? Le Français marié en Orient se fonde sur ce qu'on appelle une preuve vocale, c'est-à-dire la présomption que son mariage a été célébré avec les formes usitées dans le pays d'où il vient. Deux arrêts de la Cour de cassation valident deux mariages contractés dans cette forme, c'est-à-dire sans titre, sans autre preuve que la preuve vocale. Un arrêt du 20 décembre 1841 a reconnu en principe comme valables les mariages contractés en Pensylvanie où, à ce qu'il paraît, aucun acte n'est nécessaire, où la réputation, la cohabitation suffisent. L'arrêt rendu sur les conclusions conformes de M. Delangle est ainsi conçu :

> « La Cour :
> » Attendu, en droit, qu'afin que le mariage contracté en pays étranger, entre » Français et entre Française et étrangers soit valable, quoique non revêtu de toutes » les formes exigées en France par les lois françaises, il faut nécessairement qu'il » ait été célébré dans celles voulues par les lois du même pays étranger....;
> » Attendu que la loi pensylvanienne (ou l'usage consacré par une jurisprudence » constante), pour prouver le mariage légitime et en constater légalement l'exis- » tence, n'exige ni acte civil, ni acte religieux, ni acte authentique, ni même acte » privé, mais qu'elle se contente de deux éléments, savoir, de la cohabitation et » de la réputation, etc. »

Peut-il y avoir au monde une violation plus grande de la loi française, un abus plus considérable? Voilà cependant jusqu'où va la jurisprudence française. Vous venez d'un pays où il n'y a ni actes authentiques, ni preuves d'aucune espèce; vous vous prétendez mariés et vous manquez à toutes les prescriptions de nos lois : votre mariage est bon, cependant; il suffit de prouver la cohabitation. C'est s'attacher à un fait vague et souvent insaisissable; néanmoins la cohabitation vous tient lieu d'acte de mariage. Voilà ce qui a été jugé. Je pourrais multiplier les citations, en rappelant les arrêts intervenus dans des questions de même nature; mais il suffit. Vous voyez, en ce qui touche la forme de l'acte et la présence de l'officier civil, jusqu'où peut conduire l'interprétation légale de l'art. 170.

En Espagne, c'est le concile de Trente qui est la règle : le concile de Trente, qui n'a pas toute la sagesse de nos lois, mais qui du moins peut prendre sa

part des éloges que nos anciens jurisconsultes ont donnés aux dispositions respectables du droit canonique. Cependant ces vieux auteurs, que nous admirons tous, combattaient l'introduction en France du concile de Trente, et la
combattaient avec raison comme trop favorable aux mariages clandestins, à
cause de ses formes expéditives.

Et pourtant! on pourra se marier avec des formes bien autrement expéditives. On va se marier en Écosse sans formalité aucune; sans une seule des
conditions imposées par le concile de Trente. Vous faites venir le forgeron,
qui est à l'ouvrage; il baisse ses manches qu'il avait relevées pour son travail;
il commence un autre travail, il va chercher deux témoins, deux marchands de gin, que sais-je? Et vous voilà marié. Comment marié? Oui,
vraiment; il se fait quatre cents mariages par an de la sorte. C'est ainsi
que se marient non pas les pauvres gens, mais les grands seigneurs; c'est
ainsi que se sont mariés des pairs d'Angleterre, deux chanceliers, lord Erskine, lord Eldon, lord Westmoreland. L'Angleterre trouve que c'est un abus,
elle a raison; elle veut y mettre ordre, elle a raison; elle demande qu'on justifie au moins de quinze jours de résidence préalable, comme à Londres, ce
n'est pas trop exiger. Elle ne l'a pas encore obtenu, elle l'obtiendra peut-être,
c'est son affaire. Mais enfin ces mariages sont bons, très bons, et les Anglais ne
crient pas à la prostitution, à la profanation, et les Anglais, autant que nous,
comprennent la dignité du mariage. Ces sortes de mariages, faits au cabaret,
ont été souvent attaqués; j'en pourrais citer vingt ou trente exemples, toujours
ils ont été validés. Si le mariage qui nous occupe avait été célébré devant le
forgeron de Gretna-Green, si M. et madame Pescatore avaient voulu jouer
cette comédie, ils se présenteraient maintenant avec l'acte du forgeron; ce
serait une affaire finie, nos adversaires n'y trouveraient rien à redire; le mariage aurait été fait dans les formes légales de l'Écosse. Et parce que
nous nous sommes mariés dans un pays catholique, avec les formalités prescrites par la loi catholique, nos adversaires osent crier à la prostitution, à la
profanation; tout est perdu, les flammes vont dévorer l'empire! Ils remplissent des mémoires de leurs doléances, et vous savez dans quels termes ils
font entendre ces doléances. Et pourquoi donc, s'il vous plaît? Ah! l'Église catholique que vous accusez d'intolérance, est moins exclusive et moins intolérante que vous; elle admet les mariages contractés en pays schismatique,
devant un prêtre schismatique; pour elle ces mariages sont valables, parfaitement valables. Du haut de sa tolérance que vous méprisez, que vous méconnaissez, elle déclare ces mariages bons et excellents. Voilà l'exemple que
nous donne l'Église catholique. Et l'Église anglicane!... je la respecte; mais
enfin cette Église si absolue, si jalouse, si intolérante, l'Église anglicane, qui
redoute tant de voir le papisme pénétrer dans son sein, qui prend contre lui
tous les jours des précautions si sévères, si exorbitantes, si inquisitoriales en
quelque sorte; eh bien! l'Église anglicane est moins intolérante cependant
que mon sage adversaire; elle permet, elle valide, elle consacre, tout en les
méprisant comme l'œuvre du démon ou du papisme, les mariages contractés
chez elle ou au dehors avec d'autres formes que les siennes. Elle a raison; car
parmi tous ces prêtres qui couvrent la face du monde, il n'y en a pas un seul
qui ne puisse faire un mariage selon les usages de son pays, et ce mariage,

la maxime *Locus regit actum* défend de l'attaquer. Il faudrait respecter
un mariage célébré dans un désert par un fakir ; et quand on se présente
appuyé sur le concile de Trente, qui longtemps a été la loi et la clarté du
monde, quand on invoque la solennité qu'il prescrit, la prudence qu'il commande, ses formes protectrices, que Pothier, cité par vous, trouvait très
sages ; quand on vient ici, fort d'un mariage célébré avec toute la solennité
catholique par un prêtre catholique, par un prêtre de notre religion, de cette
sainte religion dont je suis autant que vous un serviteur, vous criez : Arrière !
vous repoussez les époux comme des intrus , avec hauteur et dédain. Voilà
jusqu'où va votre intolérance ! Vous écrivez dans des *factum* que, si l'on n'y
prend garde, tout est perdu, que l'État est mis en interdit, la société civile
confisquée, et que ces grandes guerres qui ont si longtemps existé entre
l'État et l'Église vont renaître, et vous invoquez l'autorité de Portalis, la
lettre qu'il écrivait à l'empereur. Ah ! permettez, je ne veux pas la relire ,
mais je vous dirai que vous en faites une fausse application : Portalis flétrissait
à juste titre ces gens qui passaient la frontière pour aller se marier au mépris
de nos lois. Relisez-la cette lettre, et vous y verrez que ces mariages ainsi contractés ne l'étaient pas par sentiments religieux, mais pour échapper aux prescriptions de la loi civile, à la présence de l'officier public, parce qu'on n'avait
pas l'âge, parce qu'on n'avait pas le consentement de ses parents : c'est pour
cela qu'on passait la frontière ; c'était probablement aussi pour éviter les règles
sévères de la conscription. Dans ces mariages ainsi contractés hors de la
France au mépris de nos lois, il ne s'agissait pas de la forme, il s'agissait du
fond.

Il est vrai que Portalis ajoute que l'absence de publications est une cause
de nullité. Il parle avec son temps, avec son siècle, avec ses lumières, avec
son autorité, tout le monde le croyait alors : les Cours de l'empire étaient
persuadées que l'absence de publications entraînait la nullité du mariage. On
était dans les premiers temps du Code civil et l'on en appliquait rigoureusement les termes, au lieu d'en pénétrer l'esprit, au lieu d'admettre les tempéraments que son interprétation comporte. Voilà ce que disait Portalis, mais
Portalis n'avait pas prévu ces pèlerinages dont vous avez parlé. Laissez donc de
côté tous vos fantômes imaginaires. La France, soyez-en sûrs, a reçu avec soumission et joie ce concordat, qui a été, en effet, un traité d'alliance entre
l'État et l'Église ; ce concordat, qui rétablissait l'union chez nous, la France
l'exécute avec soumission. Rome l'a accepté dans ses dispositions mêmes qui
prescrivent que le mariage civil doit précéder le mariage religieux ; et ceux
qui sont chargés de l'enseignement religieux en France, ceux qui dans cette
célèbre école de Saint-Sulpice forment des élèves, une pépinière au clergé
français, ceux-là enseignent que cette doctrine est respectable et sacrée, et
que tout le monde doit y obéir.

Je sais bien qu'au milieu de cette foule religieuse et respectueuse, de temps
en temps il s'élèvera contre cette législation respectable et sacrée un cri de
malédiction et d'anathème ; une voix isolée protestera en effet contre la sagesse
de ces dispositions qui rendent à Dieu ce qui est à Dieu, mais aussi à César
ce qui est à César. Je sais bien que vous entendrez un homme vous dire :

« Chez toutes les nations même les plus barbares, le mariage eut toujours un
» caractère sacré : jamais il ne fut, dans aucun pays, un simple acte civil, une pure
» convention humaine garantie par l'État. Le souvenir, partout conservé, de son
» institution primitive apprit aux hommes qu'à Dieu seul appartient le pouvoir de
» former le lien mystérieux, indissoluble qui doit unir l'époux à l'épouse, comme
» il unit originairement le père et la mère du genre humain.

» Pour nous, peuple sans Dieu, nous avons chargé un adjoint de village d'ac-
» complir loin de l'autel l'œuvre de la toute-puissance, de lier à jamais les destins
» de l'homme à ceux de la compagne qu'il s'est choisie, d'enchaîner les caprices de
» son cœur, de soumettre sa volonté à une règle immuable, de créer la famille, la
» puissance paternelle, et de voir des enfants ; car, s'il ne fait toutes ces choses, le
» mariage, dont il est le ministre, n'est qu'un concubinage légal, une véritable
» prostitution. »

Telles sont les voix qui de loin en loin s'élèvent ; mais celui qui a prononcé
ces paroles, entraîné par la violence de son esprit, a brûlé de ses propres mains
l'autel qu'il avait adoré, renié le Dieu qu'il avait servi. Ce Dieu l'a frappé ; il
est mort en blasphémant dans l'impénitence finale. Arrêtons-nous ; il est
devant la face de celui qui l'a jugé : *Pervenit judicium ejus usque ad cœlum.*

Voilà, messieurs, ce que j'avais à vous dire sur ce point du procès, sur les
inconvénients qui peuvent surgir de l'application d'une loi que je n'ai pas à
justifier, dont j'ai purement et simplement à demander l'application, conformément aux principes consacrés dans tous les pays du monde, que l'art. 170
du Code Napoléon s'est contenté de formuler. Voici en définitive le principe
de cet article : Tout mariage est bon sous quelque forme qu'il ait été contracté,
quelque abus qui puisse en découler, quelque désordre même qui puisse en
résulter, pourvu qu'il ait été revêtu des formes usitées dans le pays où il a été
contracté. Maintenant que nous savons cela et que je n'ai plus à vous demander que l'application d'une loi ancienne, universelle, dont la sagesse est
reconnue par tous, en dépit des inconvénients qu'elle peut entraîner quelquefois, examinons comment nous devons l'appliquer.

Quel est l'usage à Renteria ? Vous savez à merveille qu'en Espagne le concile de Trente est en vigueur, et qu'il a été confirmé, en ce qui concerne le
mariage, par les Cortès sous le régime parlementaire. Vous savez aussi ce que
veut le concile de Trente ; il exige la célébration du mariage par le propre
curé. Le mariage ne sera valable qu'autant qu'il sera célébré en présence du
curé. Le concile de Trente ne dit pas le propre curé ; mais il est évident que
c'est ce qu'il veut dire ; il faut la présence du propre curé ou la permission
du propre curé. Voici le texte :

« *Non aliter quam præsente parocho vel alio sacerdote de ipsius parochi
vel ordinarii licentia.* »

C'est en face même de ce texte que je veux combattre les objections cap-
tieuses de mon adversaire ; mais, permettez-moi de le dire, malgré le développement qu'il leur a donné, il y a huit jours, et malgré une consultation
délibérée par un très savant professeur, ces objections n'ont pas à mon avis
la moindre portée.

Supposons, dit-on, que la licence ait été régulièrement donnée par l'ordinaire ; quel sera l'effet de la licence ? C'est une délégation. Le cardinal Don-

net, archevêque de Bordeaux, a donné délégation du pouvoir qu'il avait comme propre curé. Il pouvait faire le mariage lui-même, il ne l'a pas voulu, et alors il a délégué ses pouvoirs au curé de Renteria. C'est donc en vertu des pouvoirs qui lui ont été donnés par l'archevêque de Bordeaux que le curé de Renteria a marié M. et madame Pescatore. Eh bien ! qu'en résulte-t-il? c'est que ce n'est pas le curé de Renteria qui, en définitive, a fait le mariage. Le curé de Renteria n'a été que la main qui a béni le mariage ; celui qui l'a réellement fait, c'est l'archevêque de Bordeaux, car c'est avec sa délégation qu'il a été accompli. Or, si c'est l'archevêque de Bordeaux qui a fait le mariage, ce n'est plus un mariage espagnol, c'est un mariage français. Ce raisonnement est un peu confus, je tâche de l'éclaircir de mon mieux. Or, si c'est un mariage français, il a été fait en violation de la loi française, car l'archevêque de Bordeaux n'avait pas le droit de procéder au mariage religieux avant le mariage civil. Il y a nullité en droit civil, au point de vue du concordat ; il y a nullité même au point de vue de notre loi pénale, qui s'exprime ainsi :

« Art. 199.— Tout ministre d'un culte qui procédera aux cérémonies religieuses » d'un mariage, sans qu'il lui ait été justifié d'un acte de mariage préalablement » reçu par les officiers de l'état civil sera pour la première fois puni d'une amende » de 16 francs à 100 francs.»

Voulez-vous me permettre de vous dire que dans cette objection il y a autant d'erreurs que de mots, et qu'il faut vraiment avoir confondu tous les principes ordinaires de la raison, tous les principes ordinaires du droit civil, et n'avoir aucune notion du droit canon pour faire un pareil argument et pour en tirer une pareille conclusion ? Je vais tâcher de le démontrer.

Et d'abord, quelle est la nature de l'acte qui a été adressé par le propre curé au curé qui a fait le mariage ? On dit : c'est une délégation, c'est un mandat. Ah ! permettez, c'est que dans le langage ordinaire, dans la pratique, on emploie souvent des expressions fort impropres ; on n'y fait d'abord pas attention, et ensuite on s'étonne. C'est ce qui nous arrive à nous-mêmes à chaque instant ; nous avons l'habitude des lois, c'est vrai ; mais dans la pratique nous employons, par exemple, en dehors de son vrai sens, le mot *délégué* pour désigner l'acte par lequel le propre curé permet à un autre de célébrer le mariage. Nous voyons même dans notre affaire que monseigneur de Bordeaux, envoyant sa permission au curé de Renteria, l'a substitué à sa place. Mais ce n'est pas là une délégation telle que nous l'entendons dans le langage ordinaire. Il faut bien comprendre le caractère et l'étendue des pouvoirs qui sont donnés. La compétence du prêtre n'est pas restreinte comme celle d'un officier de l'état civil qui, maire ou adjoint ici, redevient simple bourgeois à quelques pas plus loin ; il change de place et son caractère s'évanouit ; le caractère du prêtre, au contraire, est universel comme l'Église, il est indélébile ; son pouvoir n'a donc ni limite ni frontière. Point d'entrave pour le prêtre, parce qu'il est le représentant de l'Église universelle, c'est-à-dire catholique. Il sera donc habile à administrer les sacrements partout ; partout il sera habile à marier. Je sais bien que pour maintenir l'ordre dans la discipline ecclésiastique, et non pas pour constituer au prêtre des pouvoirs qui lui man-

queraient, je sais bien, dis-je, que pour régler la part de chacun dans l'administration des choses religieuses de chaque diocèse, on exige que chaque
prêtre ait une permission particulière pour exercer son ministère, non pas
defectu mandati, mais, je le répète, dans l'intérêt du bon ordre et de la discipline. C'est ainsi qu'il lui sera défendu par son évêque de faire ce qui lui
était permis en vertu de sa divine institution, c'est-à-dire d'exercer son ministère ici et là sans en avoir obtenu la permission ; voilà comment les
choses se passent. Mais, en cas de nécessité, le prêtre retrouve son pouvoir
universel, ce qui prouve bien que sa compétence n'est pas la compétence
limitée et spéciale d'un officier civil. C'est précisément ce que dit Mgr le
cardinal Gousset, archevêque de Reims, dont mon adversaire a fait l'éloge,
et que j'ai le droit de louer encore plus que lui, car je le connais davantage.

« L'Église assigne à ses différents ministres certaines limites, certains ter-
ritoires ou certaines personnes à l'égard desquels ils doivent exercer leur ministère sacré ; d'où il résulte que, hors le cas de nécessité, aucun prêtre ne
doit donner les sacrements à d'autres que ceux qui lui sont désignés ; mais en
cas de nécessité, etc. »

Pourquoi, en cas de nécessité ? Parce qu'alors la discipline disparaît, et la
loi de Dieu reprend son pouvoir.

Est-ce que l'officier civil de Corbeil qui se trouve à Meaux peut procéder à
un acte de son ministère ? Voilà quelqu'un qui veut se marier ; le maire n'y
est pas, l'adjoint est également absent, est-ce que le maire de Corbeil pourra
revêtir son écharpe et procéder au mariage ? Non, il n'aura pas compétence,
il n'aura pas pouvoir, il n'aura pas plus d'autorité que moi pour le faire. Mais
le prêtre, au contraire, comme il a un pouvoir universel sur toute la surface
de la terre, et un pouvoir qui ne peut lui être enlevé, le prêtre pourra marier
partout, sauf les convenances de la discipline qui lui dit : Vous n'exercerez
que dans telle église, que dans tel diocèse.

Voilà le caractère du prêtre. En sorte qu'il ne reçoit pas un pouvoir en
vertu d'une délégation ; il tient sa puissance de Dieu même et non pas des
hommes. Quand il marie, c'est au nom de Dieu ; c'est au nom de Dieu qu'il
dit : *Ego vos conjungo in nomine Patris et Filii et Spiritus Sancti.*

Je vous marie, au nom de Dieu, au nom du pouvoir qu'il m'a donné, au
nom du Père, du Fils et du Saint-Esprit. Il ne marie pas au nom de tel ou
tel ordinaire, au nom de tel ou tel propre curé ; il donne sa bénédiction avec
le pouvoir qui lui appartient à lui, sous sa propre responsabilité. C'est lui seul
qui agit, non en vertu d'une délégation, mais en vertu du droit que Dieu lui
a conféré.

Et maintenant, messieurs, ce n'est pas au langage vulgaire de la conversation, au style des chancelleries religieuses, aux expressions des officialités dans
une dispense qu'il faut s'attacher ; cette langue est impropre, il la faut écarter,
pour s'en tenir aux expressions mêmes de la loi. Que dit le concile de Trente ?
« *Non aliter quam præsente parocho, vel alio sacerdote de ipsius parochi vel
ordinarii* LICENTIA. » C'est-à-dire qu'il faut la permission du propre curé, parce
que la loi canonique a imposé cette condition, la permission, *licentia*. Et ne
croyez pas, messieurs, que ce mot ait échappé à l'attention du secrétaire du
concile de Trente : ce mot, les conciles antérieurs l'ont employé ; les Pères du

concile de Narbonne, cité par mon adversaire, se sont également servis du mot *licentia*.

Il y a mieux; ce n'est pas seulement le langage de l'Église, c'est celui des édits royaux, des édits du roi Louis XIV :

« Une permission spéciale et par écrit du curé des parties qui contractent. »

Remarquez de plus que dans les édits du royaume on exigeait la permission par écrit, tandis que le concile de Trente ne l'exige pas et que dans les pays qui ont reçu ce concile comme foi, comme doctrine, il suffit de la licence verbale.

Pothier se sert également du mot *permission* :

« Un prêtre, dit-il, qui a permission de l'évêque. »

Ce n'est donc pas une délégation, et vous voyez ce que devient l'argumentation de mon adversaire dont la délégation était la pierre angulaire. Le prêtre qui bénit le mariage, disait-il, n'est pas celui qui marie; lorsqu'il a reçu une *licentia*, il n'est plus qu'un agent subalterne qui représente une autorité dont il n'est pas en possession. Or, quel est le prêtre qui a agi dans l'affaire qui nous occupe? Ce n'est pas le curé de Renteria, c'est l'archevêque de Bordeaux. Examinons encore ce raisonnement : L'archevêque de Bordeaux n'a pas donné ses propres pouvoirs, mais la simple permission de marier, une permission pareille à celle qui serait donnée à un prêtre étranger à un diocèse qui demanderait à y faire un acte de son ministère. Mais dans ce cas, pensez-vous que l'ordinaire, parce qu'il donne une permission, accomplisse lui-même l'acte qu'il autorise? Croyez-vous que la personnalité de celui qui agit réellement disparaisse complétement? Comment! lorsque nous avons marié nos filles à Saint-Roch, et qu'un prêtre, ami de notre famille, est venu à Paris pour leur donner la bénédiction nuptiale, avec la permission du curé, ce sera le curé qui aura marié nos filles, et non le prêtre qui aura fait cent lieues pour présider à cette cérémonie. Ce ne sera pas lui, mais bien l'ordinaire à qui il aura demandé la permission de bénir cette union ! En vérité, je n'avais jamais entendu dire pareille chose, et j'en demeure confondu !

S'il en était ainsi, si l'agent délégué ne faisait rien, et que le déléguant fît tout, si le délégué était sans pouvoir, sans responsabilité, l'archevêque de Bordeaux aurait pu donner sa licence au premier venu, à un laïque quelconque. Il n'aurait pas été embarrassé pour trouver un bras pour bénir, une bouche pour prononcer les paroles sacramentelles. Un passant aurait pu lui servir d'instrument et prononcer ces mots en son lieu et place : *Ego conjungo vos in nomine Patris et Filii et Spiritus Sancti.* Eh bien ! une telle conséquence n'est pas possible, et personne ne peut l'admettre.

Voilà ce que dit le bon sens, voilà ce que dit la raison; mais que vous dirai-je du droit canonique? Il n'est pas un ecclésiastique qui en ait la plus petite notion qui ne se révolte en entendant une pareille théorie, en entendant confondre la licence usitée en pareil cas avec la délégation ou le mandat.

Il y a un savant professeur qu'on appelle l'abbé Carrière; c'est un des hommes les plus instruits de l'Église de France, qui a professé la théologie au séminaire de Saint-Sulpice; il est auteur d'un livre intitulé : *Prælectiones theologicæ*, à l'usage du séminaire. Dans son traité spécial sur le mariage, il examine les effets de la licence et il dit : « *Illa licentia non est actus juridic-*

tionis, » comme s'il avait prévu qu'il se rencontrerait un laïque qui viendrait dire que la délégation est un acte de *juridictio*, et qui interpréterait à sa manière le droit canon en matière de juridiction comme s'il avait prévu l'objection qu'on nous fait, il ajoute : « *Ratio est quod illa licentia, non est actus juridictionis sed mera designatio personæ.* » Quant au droit lui-même, le prêtre le tient du concile : « *Jus ipsum seu concilium tribuit facultatem assistendi matrimonio.* »

Ce n'est pas moi, cardinal Donnet, qui vous donne un pouvoir, je vous donne la permission d'exercer le pouvoir qui vous appartient, de l'exercer en Espagne, avec le caractère indélébile et universel du prêtre. Est-ce que vous en faites usage en vertu de la permission? Non! vous en faites usage, non pas en vertu de mon autorité à moi, prélat, mais en vertu du pouvoir que vous a donné le concile.

Il y a un auteur qui explique peut-être mieux encore le point qui nous occupe : c'est Fagnan qui, en droit canon, a une autorité immense; sa réputation est de notoriété publique. Fagnan était secrétaire de la sacrée congrégation établie à Rome pour interpréter le concile de Trente ; il occupa le même poste que Benoît XIV, dont mon adversaire invoquait l'autre jour une constitution. Il y fut appelé par le pape Paul V, et il vit se succéder sur le trône de saint Pierre sept pontifes. Eh bien! Fagnan parle de la licence; il examine si c'est en droit canon une délégation ou une simple permission, et voici ce qu'il dit :

« Quamvis idem concilium subjecerit de parochi vel ordinarii licentia, non
» propterea sequitur, *quin sacerdos sit deputatus à concilio et proprio jure* ma-
» trimonii celebratione interesse valeat. Nam licentia supponit potestatem in eo
» cui conceditur.... et ideo concilium non dixit, coram alio sacerdote per parochum
» delegando, quo casu vice delegati fungeretur ; sed dixit coram alio sacerdote de
» parochi licentia, ut ostenderet à concilio quidem sacerdotem deputari, eique hanc
» facultatem legis vigare competere.»

Est-ce clair, ceci? Le concile n'a pas dit « *avec la délégation,* » mais « *avec la permission du propre curé*, » afin d'indiquer que le prêtre agit en vertu de ses propres pouvoirs et d'une simple permission. Et si l'on examine de près, pour ainsi dire, le mécanisme de cette institution, on voit que ce n'est pas en vertu de la permission donnée par le propre curé qu'agit le célébrant, mais au nom du concile même : voilà ce que nous apprend Fagnan, ce que son autorité nous commande de croire; je ne puis rien ajouter.

Mais! dit l'adversaire, vous violez le concordat : un prélat français ne peut pas donner la *licentia*, c'est-à-dire la permission qui, au nom de la loi et du concile, constitue le pouvoir de celui qui agit en Espagne; c'est contraire au concordat.

Comment! le concordat défend qu'un prêtre français donne à un prêtre espagnol, non pas le pouvoir, mais la permission de marier deux Français en Espagne? Eh bien! je vous dis moi que, non-seulement il n'est pas défendu au prélat français de donner cette permission, mais que lui-même aurait pu, sans violer le concordat, célébrer le mariage en Espagne, et que le mariage aurait été parfaitement régulier et valide. Pourquoi donc? Je vais vous le dire :

Il existe en France une loi qui doit être obéie et qui dit au prêtre, qui a raison de lui dire : Tu ne donneras pas la bénédiction nuptiale sur l'étendue de mon territoire, avant qu'on ne te représente la preuve d'un mariage contracté devant l'officier de l'état civil. Voilà la loi, il faut la respecter. Mais si le prêtre n'est plus en France, s'il est dans un autre pays où la loi française n'a plus d'empire, il reprend son indépendance, sa liberté ; son pouvoir n'est plus subordonné à la préexistence d'un mariage civil. Je vous demande en vertu de quelle loi, de quel principe on pourrait lui appliquer les dispositions de notre Code pénal ; car la loi civile a une sanction, et cette sanction est écrite dans le Code pénal. Or, il faut aller jusque-là, jusqu'à appliquer la pénalité écrite dans les art. 199 et 200, et il faut dire au prêtre : Je te punis parce que tu as violé la loi. Mais, vous dira-t-il, puis-je violer la loi française sur un territoire étranger, en faisant un mariage religieux que la loi du pays m'autorisait à faire ? Allons donc ! c'est tout confondre, c'est brouiller toutes les notions du droit, tous les principes de la sagesse, toute l'économie de nos lois. Si la loi française doit être obéie en France, la loi espagnole doit être obéie en Espagne ; et, sachez le bien, ce qui serait un délit ici est parfaitement licite là-bas. La forme des actes a été réglée dans tous les pays. Si je suis en France, je dois exercer mon ministère en restant dans les limites que me tracent les lois françaises, c'est incontestable ; mais si je suis en pays étranger, j'ai le droit de faire tous les actes permis dans ce pays étranger, alors même qu'ils seraient interdits par la loi française.

C'est ainsi que tombe l'échafaudage de raisonnements qu'a élevé mon adversaire, et dont il tirait deux conséquences : la première, que c'était l'archevêque de Bordeaux qui avait fait le mariage, parce qu'il avait délégué ses pouvoirs ; or, j'ai prouvé qu'une permission ne se pouvait comparer à une délégation, à un mandat ; la seconde, qu'il n'avait pas même le droit de donner cette permission sans violer le concordat. Et je suis allé plus loin ; je prétends que non-seulement l'archevêque de Bordeaux avait le droit de donner la *licentia*, mais même de célébrer le mariage en personne, non pas en France, bien entendu, mais en Espagne, en se conformant à la loi espagnole.

La plaidoirie de mon adversaire s'appuyait, qu'il me permette l'expression, sur deux épouvantails qui se sont évanouis l'un et l'autre. Le premier consistait à nous dire qu'on allait voir des pèlerinages, des croisades de gens qui iraient au delà de nos frontières se marier religieusement pour se soustraire au mariage civil que nos lois prescrivent... Je ne sais pas pour mon compte prévoir les malheurs d'aussi loin. Il y a vingt ans que la jurisprudence que j'ai invoquée est fixée, et nous n'avons pas vu ces calamités que vous voulez conjurer, et d'ailleurs, quel est le fanatique que la nécessité de faire des publications préalables aurait arrêté. Je le répète : il est écrit qu'on peut se marier à l'étranger, dans toutes les contrées, en se conformant aux formes établies dans le pays, en Espagne, en Italie, en Angleterre. Je vous en prie, où sont-elles vos troupes de pèlerins ? où sont-elles ces croisades dont vous nous menaciez ? Pourquoi chercher à nous épouvanter avec ces vains fantômes qui ne sauraient effrayer que des enfants ?

Il y avait un autre épouvantail, c'est le système de la délégation qui nous présentait un prélat français manquant à tous ses devoirs, violant le concordat,

toutes les lois de son pays et célébrant lui-même de son palais archiépiscopal
de Bordeaux un mariage à Renteria, en Espagne. Tous ces arguments tom-
bent; ces objections habilement édifiées s'écroulent ; il faut faire disparaître
vos terreurs du procès et nous restons en face de notre affaire.

S'il se fût agi d'un minime intérêt, il me semble qu'il n'y aurait pas eu de
difficulté, et la voix de nos adversaires n'aurait pas rempli votre audience.
Mais le procès a eu lieu, examinons-le.

Ai-je été marié selon les prescriptions du concile de Trente? C'est vraiment
la seule question. Sur ce point nous avons demandé une consultation aux
hommes les plus haut placés dans le barreau espagnol. Nous avons cru que
c'était notre devoir pour éclairer la religion du tribunal, et MM. Manuel Cortina, Hernandez, Murphy, Ramon Crooke et Serrano, nous ont envoyé cette
consultation. Ce sont des jurisconsultes estimés en Espagne. Ils disent que
cette question ne saurait soulever de doutes sérieux en Espagne ; en soulè-
vera-t-elle en France? c'est ce qu'il faut examiner, malgré l'autorité des
jurisconsultes espagnols. Je pourrais, il est vrai, m'en tenir à la doctrine d'un
arrêt de la Cour de cassation, du 16 juin 1829, dans lequel la Cour, se contentant d'une attestation donnée par un évêque, déclarait le mariage qui lui
était déféré parfaitement conforme aux lois de l'Église. Voici son arrêt :

« Attendu que l'arrêt attaqué reconnaît qu'il résulte d'une déclaration de l'évêque
» diocésain et des pièces jointes, que l'acte de mariage et l'acte de naissance réu-
» nissent dans leurs formes et leur substance toutes les conditions requises et ont
» été précédés et suivis de toutes les exigences légales établies dans le pays, et
» qu'aucune loi française n'ayant déterminé la manière de connaître et d'appliquer
» les lois et une jurisprudence étrangères, l'appréciation de la déclaration de l'évê-
» que diocésain et des autres pièces produites était dans le domaine exclusif de la
» cour royale : d'où il résulte que l'acte de mariage et l'acte de naissance devaient
» être maintenus, même dans le cas où le concile de Trente n'aurait pas été re-
» connu la loi des parties, et où toutes les prescriptions du concile n'auraient pas
» été littéralement observées comme elles l'ont été dans la cause.... »

Faisons plus, je le veux bien, et ne nous contentons pas seulement de la consultation des avocats d'Espagne, des certificats délivrés par plusieurs évêques ;
mais n'oubliez pas que c'est une affaire espagnole. Jugez la comme la juge-
raient des juges espagnols. Voyez si la législation espagnole, c'est-à-dire si les
règles du concile de Trente ont été observées. Tout d'abord, permettez-moi
de vous signaler la difficulté de cet examen. Elle n'existe, il est vrai, que
parce que nos adversaires ont tout fait pour obscurcir la question qui en elle-
même est fort claire. Quand on plaide devant vous, messieurs, des questions
de donations, d'hypothèques, de contrats de mariage, de validité de mariages
contractés en France, quels que soient les ambages et la subtilité que l'on essaie
d'y mettre, vous ne vous laissez guère embarrasser. Mais quand on vient vous
parler d'une législation étrangère et du concile de Trente, vous sentez que
vous n'avez pas donné à cette étude le même temps, la même attention qu'à
l'étude de la législation française. Alors vous doutez, vous éprouvez une
inquiétude toute naturelle. Il y a une deuxième raison de défiance que je vous
dois signaler, car la plus sérieuse attention est nécessaire sur ce point : vous

savez à merveille que le concile de Trente n'a pas été reçu en France et que son introduction a donné lieu autrefois à de grandes controverses. Ainsi, l'indépendance du pouvoir temporel a été conservée par nos lois, qui n'ont pas voulu sous ce rapport se mettre sous la tutelle de l'Église. Le concile de Trente a été admis en France, suivant l'expression de Bossuet, quant à la foi, jamais quant à la discipline. La législation française est restée en désaccord avec la législation canonique. Il en est résulté que, tandis que la législation canonique se contentait de deux témoins, les édits royaux en demandaient quatre ; que quand la législation canonique n'exigeait qu'un domicile d'un mois, la législation royale exigeait six mois ; il est résulté de là aussi des luttes ardentes entre le gouvernement et les ultramontains. Vous vous rappelez comment, en 1776, l'ouvrage du docteur Jacques Lhuillier mettait la Sorbonne en émoi. Pourquoi cela ? C'est qu'il s'agissait de savoir s'il appartenait au roi d'apporter au mariage des empêchements dirimants, ou si c'était un privilége de l'Église. Sur cette question le docteur Lhuillier a fait une thèse que je n'ai pas lue, j'en conviens, même pour le besoin du procès. Talon, avocat du roi, s'émut, cita Lhuillier à la barre du parlement, et le président de Lamoignon se joignant à lui, déclara :

« Que les rois ont le pouvoir de faire des lois irritantes sur le sujet du mariage ;
» que les rois tiennent ce pouvoir de Dieu seul, comme faisant partie de la puis-
» sance souveraine qui regarde le temporel de leurs royaumes. »

Ainsi, le désaccord est complet, et permettez-moi de vous le dire, vous pouvez trouver à cet égard un assez grand embarras, et vous devez vous mettre en garde contre la jurisprudence canonique française.

Si par exemple vous voulez appliquer la législation française, qu'est-ce que vous trouverez ? Vous trouverez qu'elle exigeait quatre témoins, et que le concile de Trente se contentait de deux. Vous trouverez que le concile de Trente, quelquefois appliqué, n'a jamais été reçu en cette matière, qu'il a été remplacé par les édits royaux. Or, n'oubliez pas une chose : vous n'avez pas à examiner si le mariage dont il s'agit est conforme au concile de Trente, tel qu'il a été expliqué ou remplacé par la législation, la jurisprudence françaises ; aussi je m'inquiète quand je vois mon adversaire qui prend Pothier pour guide et pour interprète du concile de Trente.

Il faut donc se mettre en garde contre nos auteurs les meilleurs, les plus autorisés, nos auteurs favoris. Si je les suis dans leurs luttes, si je trouve qu'ils ont raison, si je marche avec eux, je ne marche pas avec le concile de Trente. C'est ce que disait d'Aguesseau. Mais enfin il faudrait pourtant bien s'entendre sur un point : Un mariage contracté à l'étranger doit être jugé, non pas d'après nos maximes et nos usages, mais d'après les maximes et les usages du pays où il a été contracté. Il ne s'agit pas ici des Pays-Bas ou de toute autre contrée, mais de l'Espagne ; il s'agit ici du concile de Trente, il ne s'agit pas des édits royaux tels que les entendait Pothier ; cela est incontestable. Je vous ai mis en garde, et il n'y a pas un canoniste français, même parmi les moins gallicans, qui ne vous dise aussi : « Il faut prendre garde. Les canonistes, même gallicans, n'entendent pas le concile de Trente comme le

canonistes espagnols. » Eh bien ! où sommes-nous ? En Espagne ; tâchons de connaître la loi espagnole. Nous nous demandons quel doit être le domicile pour que le mariage soit valable. C'est là une question du procès. Si nous considérons le droit français, les édits sont formels, il faut six mois ou un an, six mois pour celui qui a changé de paroisse, un an pour celui qui a changé de diocèse. Jusque-là le prêtre est incompétent. J'ai demeuré dans une paroisse, je l'ai quittée depuis cinq mois et quinze jours pour aller habiter la paroisse voisine ; mon nouveau curé est incompétent. J'ai quitté son diocèse pour aller dans un autre, où j'ai passé onze mois quinze jours, le curé de ma nouvelle paroisse est incompétent.

Maintenant, quel temps faut-il, non pas d'après la loi française, mais d'après le concile de Trente, tel qu'il est appliqué en Espagne ?... Mon Dieu ! on nous cite un avis de Benoît XIV, un des plus grands papes de la chrétienté et l'un des auteurs les plus féconds qui se puisse imaginer ; il a trouvé le temps de mettre au jour un nombre si prodigieux d'ouvrages que je ne sais quel auteur lui comparer. Il m'est impossible de ne pas penser quelquefois qu'au milieu des occupations dont il était accablé, il n'ait pas pu comme rapporteur, par exemple, de la sacrée congrégation, laisser glisser quelque erreur dans ses œuvres, c'est-à-dire treize volumes in-4° d'un côté, et je ne sais combien de l'autre. Je n'ai pas eu, je l'avoue en toute humilité, la patience de les lire ; six mois ne m'auraient pas suffi pour un tel travail : mais il m'est impossible de croire que ce grand pape, qui a tant écrit, n'ait pas écrit quelquefois des choses contradictoires. Il dit cependant une chose qui est vraie, c'est qu'il ne faut pas pour le domicile matrimonial compter ces quelques jours que l'on vient passer à la campagne pour s'y livrer, si j'ai bonne mémoire, *rusticanis negotiis*. Il a raison ; la question du domicile, vous allez le voir, est une question d'intention surtout. Quand vous allez à la campagne pour vous y livrer *rusticanis negotiis*, si tout en taillant votre vigne ou tout en faisant votre vin, vous vous dites : Si je me mariais ! et si vous allez trouver votre curé, le curé de la paroisse où vous vous livrez *rusticanis negotiis*, et que vous lui disiez : J'ai envie de me marier, il vous répondra : Il y a à peine un mois que vous êtes ici, je ne suis pas votre pasteur. Il aura raison, et pour qu'il fût votre pasteur, il faudrait que vous eussiez fixé votre domicile près de votre vigne. Il faut reconnaître cependant qu'il y a des actes de la sacrée congrégation, j'en pourrais citer trois, qui semblent contraires à l'opinion de Benoît XIV, et quand la sacrée congrégation et Benoît XIV sont en désaccord, c'est évidemment l'opinion de la sacrée congrégation qui doit l'emporter. Eh bien ! d'après le concile de Trente, on distingue trois domiciles : le domicile proprement dit, le quasi-domicile et la simple habitation. M. l'abbé Carrière nous l'explique dans ses controverses théologiques, et voici ce qu'il dit dans son traité *De matrimonio*.

« Domicilium dicitur locus in quo quis versatur cum intentione perpetuo ma-
» nendi. Igitur domicilium non acquiritur ullo tempore ab eo qui habet intentio-
» nem discedendi : dum e contra, statim, absque ullo temporis intervallo, acqui-
» ritur ab eo qui vult perpetuo permanere : illud omnino dicendum esse secundum
» leges et canones expresse docet Fagnanus n° 44... Est quasi domicilium, quando
» adest intentio commorandi saltem per majorem anni partem, facto externo suffi-
» cienter manifestato : tunc, quemadmodum diximus domicilium statim vel a

» prima die acquiri, ita pariter dicendum est de quasi domicilio ; statim acquiritur
» et fit parochianus. Ita Sanchez d. XXIII ; Billuart, Diss. VII, art. 12, § 2, etc. Est
» autem simplex habitatio quando non adest quidem intentio commorandi etiam
» per majorem anni partem, sed de facto quis commoratur per tempus satis nota-
» bile, id est, per spatium saltem unius mensis : nec sufficiet intentio sola, nisi
» reipsa adfuerit habitatio. »

Ainsi, la simple habitation s'établit par un mois de résidence. Et maintenant la question du procès est de savoir combien il faut de temps pour établir
le domicile conjugal. La simple habitation suffit-elle ? Oui, sans contredit, et
voici ce que dit encore à cet égard M. l'abbé Carrière, en citant des décisions, des règlements canoniques :

« Colligi potest ex decisione S. Congregationis quam refert Fagnanus : cum vir
» et mulier Trajectenses, timentes impedimentum a parocho, ad vicinam urbem
» Aqui-granensem se contulissent et ibi aliquandiu morati matrimonium con-
» traxissent, S. Congregatio consulta super validitate, censuit exprimendum tempus
» quo contrahentes Aquisgranæ manserunt : quod si fuerit saltem unius mensis,
» dandam esse decisionem pro validitate, alias de novo referendum in congrega-
» tionem. Idem fere a Sacra Congregatione declaratum videmus, anno 1572, Acta
» Sacræ Congregationis, de matrim. Holland., p. 103 et 104 ; et anno 1769, apud
» Zamboni inter conclusiones v° Matrimonium, § v, t. VII, p. 212, ubi legimus
» ad matrimonium valide ineundum satis esse, ut conjuges unius saltem mensis
» spatio habitaverint, in loco ubi fuit celebratum. »

Voilà le sens du concile de Trente, tel que l'entendent les canonistes. Cela
change nos habitudes et nos idées, pas autant sans doute que les mariages
d'Écosse, mais enfin cela les change. C'est une entorse donnée à notre loi
française, c'est vrai, mais les choses sont ainsi. Si vous avez demeuré un mois
dans un endroit, la sacrée congrégation vous dit que vous y avez domicile
conjugal. Ses décisions ne sont pas niées par Benoît XIV ; en voici la preuve :

« Non inficiamur, dit-il, non semel decrevisse valida illorum matrimonia, qui ad
» evitandos cum parentibus altercationes et parochia domicilii in alium locum dé-
» migrantes, ibi matrimonium contraxerunt. »

Ainsi, quand il s'agit pour nous de nous fixer sur l'esprit du concile de
Trente, et que nous allons frapper à la porte de la sacrée congrégation, gar-
dienne du concile et de ses interprétations, elle nous dit : La question a été
jugée en 1572 et en 1769, c'est-à-dire pendant deux cents ans. M. l'abbé
Carrière adopte ce système. Il dit :

« Ad matrimonium valide ineundum satis est, ut conjuges unius saltem mensis
» spatio habitaverint, in loco ubi fuit celebratum. »

Voilà, messieurs, l'interprétation du concile de Trente. Je pourrais multiplier les citations, mais c'est inutile. J'en ai dit assez.
Je le répète, cette solution choque toutes nos idées, tous nos principes, de
même que nous sommes choqués quand nous voyons un homme qui nous

dit : J'ai été passer quinze jours en Angleterre, je m'y suis marié au bout de ce temps, et je suis bien marié. Cela nous choque, nous qui avons dans nos lois des principes tout autres. Eh bien ! ici, nous voyons un homme qui arrive d'Espagne, et qui nous dit : J'ai été en Espagne, j'y ai passé non pas deux heures comme en Écosse, mais un mois, *saltem spatium unius mensis*, et je m'y suis marié devant celui qui est devenu ainsi mon propre curé.

Voyons, y suis-je resté un mois en effet ? Voici ce qui s'est passé : Le domaine de Giscours a été acheté par M. Pescatore en 1849. Depuis cette époque il allait y passer deux mois, trois mois de l'arrière-saison. En 1851, M. et madame Pescatore y sont arrivés le 10 ou le 12 septembre, et ils y sont restés jusqu'au mois de novembre pour aller se marier à Renteria. Ils y ont fait un séjour de deux mois ; y sont-ils restés *pro rusticanis negotiis ?* Dans ce cas, nous serions en désaccord avec l'opinion du pape Benoît XIV, mais nous aurions pour nous l'opinion de la sacrée congrégation ; mais ils n'y étaient pas pour cela seulement, ils y étaient pour quelque chose de plus sérieux dont il faut que je parle.

M. Pescatore était catholique, mais madame Pescatore était née dans la religion protestante. A la suite de ses voyages à Bordeaux, elle avait eu l'occasion de voir monseigneur Donnet ; elle en avait reçu des instructions. Au mois de janvier, elle avait éprouvé un accident cruel ; sa vie avait été en péril, elle avait été sauvée miraculeusement. Elle avait été à deux doigts de la mort, et alors elle avait pensé à une religion, je ne dirai pas plus indulgente, je dirai, qu'on me le permette sans vouloir rien juger ni offenser personne, une religion plus tendre que celle dans laquelle elle était née, une religion dans laquelle on croit non-seulement à Dieu, mais à l'efficacité de la prière pour les morts. Quand on avance dans la vie, quand on se rapproche de ce terme fatal où nous devons arriver tous, alors il semble qu'on a besoin d'être soulagé, de penser qu'on laissera après soi un souvenir dans le cœur de ceux qui croient que la prière est quelque chose, et qui viendront prier Dieu sur notre tombe... Elle était dans ces idées ; la mort l'avait touchée de son aile ; elle avait vu l'archevêque de Bordeaux ; elle lui avait parlé de sa religion, de la nôtre ; elle était disposée, et c'était une terre préparée à recevoir cette semence divine. C'est pour continuer ces bons entretiens, ces saintes conversations, ces salutaires instructions que monseigneur de Bordeaux lui avait données à Giscours et aussi à Paris, qu'elle avait prolongé son séjour à Giscours, afin d'y consommer sa conversion. Le mariage devait se faire quelques jours après. Elle n'était donc pas allée à Giscours *pro rusticanis negotiis.* Nous nous trouvons, par conséquent, dans les conditions du concile de Trente, tel qu'il est compris et appliqué en Espagne et en Italie, tel qu'il est interprété partout, excepté par quelques auteurs français.

Cette question de domicile dépend en effet de diverses circonstances dans le droit civil, et à plus forte raison dans le droit canonique. En effet, il y avait dans le droit civil, sous l'ancienne jurisprudence, des édits extrêmement rigoureux qui prescrivaient les six mois de domicile à peine de nullité. J'ai lu dans Merlin, je crois, un arrêt qui annulait un mariage parce qu'il s'en fallait de deux jours ou trois jours que le domicile eût eu la durée nécessaire ; mais, en même temps, Merlin ajoute qu'il faut être moins sévère envers les majeurs

qu'envers les mineurs. C'est qu'en effet, malgré la rigueur des édits, alors
même qu'il n'y avait pas six mois de résidence, on admettait des tempéraments,
et Merlin enregistre trois arrêts qui, malgré la lettre des édits, valident des mariages que mon adversaire, à coup sûr, tiendrait pour nuls.

Eh bien ! aujourd'hui, nous ne nous trouvons pas en présence d'une ordonnance qui exige six mois de résidence, nous avons devant nous les prescriptions du concile de Trente qui dit seulement que le mariage doit être
célébré par le propre curé. C'est donc une question de fait plutôt qu'une
question de droit. Ceci, je le soutiens avec l'autorité des docteurs. Voici ce
que je lis dans un savant traité *De matrimonio :*

> « Ex vulgari æstimatione et loquendi modo multum dependet ut definiatur, ubinam
> » quis domicilium dicendus sit habere, ut coram parocho loci matrimonium valide
> » contrahere queat et quidem in particularibus casibus ex circumstantiis concurren-
> » tibus facilius et securius id determinari potest, quam per generalem aliquam
> » regulam definiri aut describi. »   (SANCHEZ.)

Vous demandez à la sacrée congrégation chargée d'interpréter le concile
de Trente, quel temps faut-il? Elle vous répond un mois. Vous demandez aux
docteurs quel temps faut-il? Ils vous répondent tous que cela dépend des circonstances, et nous ne pouvons pas, nous, les préciser. Il y a cependant un
point fort important, et c'est le bon sens qui l'indique, c'est d'avoir son propre curé. Or, quel est votre propre curé? celui qui vous administre les sacrements, celui qui entend votre confession, celui de qui vous recevez la communion pascale ; voilà votre propre curé. Pourquoi? Parce qu'il vous connaît,
parce qu'il sait qui vous êtes, et si vous remplissez ou non vos devoirs religieux. A merveille ; mais permettez : est-ce que votre curé vous connaîtra?
est-ce qu'il saura si vous êtes un bourgeois, un ouvrier ou un domestique, si
jamais vous ne mettez le pied à l'église? Évidemment non. Qu'est-ce que nous
cherchons d'après le concile de Trente? Celui qui nous connaît. Mon curé est
celui qui me confesse et qui me donne la communion pascale. Il y a un auteur
qui a eu le bonheur ou le malheur de faire dix-huit volumes in-folio, dix-huit
volumes que je m'étais contenté, jusqu'à ces derniers temps, de conserver
dans une bibliothèque, c'est le cardinal de Luca. Il a fait aussi son traité *De
matrimonio.* Il explique très bien toute cette matière, et voici ce qu'il dit :

> « Verum tamen est ut tanquam in quæstione quæ facti et voluntatis potius est
> » quam juris, nulla desuper statui valeat regula certa et generalis, cuicumque
> » casui applicabilis. Cum totum pendeat ex facti qualitate ac particularibus cir-
> » cumstantiis eam probantibus voluntatem quod illa ovis, discedendo ab alterius
> » pastoris ovili, alteri ovili se addixerit ejusque pastoris subdita sit effecta, adeo ut
> » illa novum pastorem agnoscat ut suum, isteque agnoscat ut suam ovem...»

Fort bien ! voilà quelque chose que je comprends, c'est là qu'est la vérité.
Vous cherchez mon propre curé? Eh bien, voyons. J'ai changé de paroisse?
j'en ai changé parce que j'ai voulu changer de troupeau ; j'ai choisi celui-ci
au lieu de celui-là. Or, me dit le cardinal de Luca, votre propre curé est le
pasteur du troupeau que vous avez choisi : « *Adeo ut illa novum pastorem
agnoscat ut suum, isteque agnoscat ut suam ovem.* »

Voilà la tradition, voilà le bon sens, et voyons, maintenant que nous connaissons tout ceci, si nous devons nous en rapporter au cas cité par Denizart et rapporté dans la consultation produite par mon adversaire. Il est question de paroissiens qui allaient marchander avec le curé de leur paroisse. Des gens étaient domiciliés à Sedan, où ils se présentent devant leur curé pour se marier : leur curé s'y refuse ; alors ils s'en vont à Liége où ils font une abjuration, et se marient. On prétend que dans ce mariage les parties avaient une intention sérieuse, je l'ignore ; et d'ailleurs, vous savez avec quelle sévérité Louis XIV avait défendu, dès 1685, de se marier à l'étranger sans une permission du roi.

Mais est-ce que dans l'affaire qui nous occupe il n'y a pas, sans contredit, une intention sérieuse, une abjuration sérieuse ? Vous cherchez quel est mon pasteur, vous cherchez de qui je suis la brebis. De pasteurs je n'en ai pas à choisir, car je ne suis pas même dans la position décrite par le cardinal de Luca ; je ne suis pas une brebis qui abandonne son troupeau pour aller de propos délibéré me mêler au troupeau d'un autre pasteur. Je suis une brebis égarée au milieu des ténèbres, errante dans les bois, sans pasteur, par conséquent. Monseigneur l'archevêque de Bordeaux vient à moi ; il me prend sur ses épaules et me ramène à son bercail ; est-ce que je puis choisir un autre que lui ; est-ce que vous pouvez me désigner un autre pasteur ? est-ce que vous ne voyez pas que c'est par mon abjuration que j'ai faite sous les inspirations du vénérable prélat, que je suis entrée dans son troupeau, que je suis devenue sa brebis ? Voilà, messieurs, la circonstance que je tenais principalement à relever dans une question où le fait est bien plus puissant que le droit. Je devrais m'arrêter sur ce point, car d'autres arguments seraient vraiment surabondants ; mais, ne l'oubliez pas, nous sommes jetés sur des rivages étrangers ; nous interrogeons un droit que nous connaissons à peine, nous sommes plus ou moins forts dans le nôtre, en droit canon notre savoir est bien borné ; nous devons donc plaider à toutes fins.

Ainsi, je suppose un moment qu'il ne résulte pas de mon abjuration et du temps qu'a duré mon instruction préalable, que je n'ai eu qu'un seul pasteur, l'archevêque de Bordeaux ; que s'est-il passé en outre ? Avant de me marier, j'ai demandé et obtenu des dispenses, et de Mgr l'archevêque de Paris, qui était le pasteur de mon domicile de Paris, et de Mgr l'évêque de Versailles, qui était le pasteur de mon domicile de la Celle-Saint-Cloud. J'en ai demandé également à Monseigneur de Bordeaux, parce qu'évidemment il était mon propre curé, mon pasteur. J'ai fait à Mgr l'archevêque de Bordeaux et à Mgr l'évêque de Versailles, non pas une demande de licence, mais de dispense de bans. Que résulte-t-il de tout ceci ? Les dispenses peuvent-elles suppléer aux publications ? Je m'adresse à Mgr l'archevêque de Paris et je lui dis : Je voudrais aller me marier à l'étranger, mais je ne voudrais pas faire publier de bans, et Mgr l'archevêque de Paris me répond : Je vous autorise à vous marier sans publications de bans. M'autorise-t-il à me marier ? me donne-t-il la licence de me marier ? cette licence n'est-elle pas la conséquence nécessaire de la dispense qu'il m'accorde quand il me dit : Je vous permets de vous marier sans publications ? Est-ce qu'il ne me dit pas par cela même : Je vous permets de vous marier ? Comment ! il m'accorderait le plus et il ne m'accorderait pas le moins? Il me permettrait de me marier sans publications de bans, et il ne me permettrait pas de me marier? Mais vous voyez bien que ce serait aller jusqu'à l'absurdité. Eh bien! non; si nous consultons le simple bon sens, nous verrons que le prélat qui donne permission de se marier sans dispenses, donne *à fortiori* permission de se marier. Si je prends les *Conférences de Paris*, j'y lis ceci :

« Le certificat de publications de bans en la paroisse où les parties ont demeuré » est, selon l'usage et la pratique presque générale du royaume, une permission » au curé de celles où elles sont depuis peu pour les marier. »

Si je consulte les *Rituels* de Metz, de Blois, d'Évreux, etc. (vous comprenez que je ne puis pas citer tous les rituels), vous voyez qu'ils s'expriment dans les mêmes termes :

« Le certificat de publication des bans, suivant l'usage présent de la plupart des » diocèses, tiendra lieu au nouveau curé qui fait le mariage, de la permission par » écrit que demande l'édit. »

Comment! l'édit exige même une permission *par écrit* du propre curé que n'exige pas le concile de Trente quand on n'a pas acquis le domicile nécessaire au lieu où l'on veut se marier. Eh bien! malgré cette prescription formelle, tous les auteurs sont d'accord pour dire que, suivant l'usage du royaume, le certificat constatant que les bans ont été publiés, et par conséquent les dispenses équivalent à la *licence* de marier. Dans l'affaire La Bédoyère, célèbre procès du XVIIIe siècle sur une question de validité de mariage, l'avocat général qui portait la parole et qui concluait à l'annulation, mais qui n'y concluait cependant pas sur tous les motifs qui avaient été soulevés, disait :

« Comme le mariage est un établissement que l'on doit favoriser dans l'ordre po- » litique, on n'a pas voulu le charger de formalités trop difficiles à remplir. Ainsi, » par un usage universel établi dans la plupart des diocèses de France et surtout » dans celui de Paris, le concours des deux curés s'induit par la remise du certificat » de publication des bans. »

Ainsi, messieurs, le concile de Trente a été parfaitement obéi ; le mariage a été contracté avec l'observation de toutes les formes qu'il prescrit, et par conséquent suivant les formes usitées dans le pays où il a été célébré. Il n'y a qu'une difficulté que je vais vous signaler ; on pourrait objecter : Vous rapportez pour la publication des bans des dispenses de l'archevêque de Paris, de l'évêque de Versailles et de l'archevêque de Bordeaux ; mais ces dispenses ont dû être obtenues frauduleusement. En effet, vous allez vous marier en Espagne, et l'archevêque de Paris, croyant que vous alliez vous marier en France, vous avait accordé des dispenses pour un mariage qui devait être célébré dans le diocèse de Bordeaux.

C'est vrai ; mais l'archevêque de Paris, averti de ce qui se passait par une lettre de l'archevêque de Bordeaux qui s'était mis en communication avec lui et qui lui avait dit : Il s'agit d'un mariage qui va être célébré à l'étranger, l'archevêque de Paris avait répondu : Faites ce que vous voudrez, je m'en rapporte pleinement à votre sagesse. Cette correspondance, qui n'était pas officielle, ne se retrouve pas, c'est vrai ; j'ai fait toutes les démarches possibles pour l'obtenir, mais c'étaient des lettres de prélat à prélat, elles n'ont pas été conservées. Pour suppléer à leur représentation, nous nous sommes adressé à l'archevêque de Paris. Le Concile de Trente n'exige pas de permission donnée par écrit, le concile de Trente n'exige pas même de permission exprimée avant le mariage, il se contente d'une attestation même postérieure au mariage, par laquelle le propre curé déclarerait qu'il a, en effet, été consulté et qu'il a consenti ; or nous n'avons pas seulement la dispense de l'archevêque de Paris, nous avons encore (la fraude ne se présume pas, mais enfin, pour le cas où vous craindriez quelque fraude), nous avons la note suivante qui nous a été envoyée par Mgr l'archevêque de Paris :

ARCHEVÊCHÉ DE PARIS. — « La question de validité du mariage de M. Pescatore » et de mademoiselle Anne-Catherine de Weber a été soumise à monseigneur l'ar- » chevêque de Paris en son conseil. Cette question, évidemment, ne pouvait être » envisagée que relativement aux lois ecclésiastiques. Or, *sous ce rapport*, il ne » peut pas y avoir de doute sérieux, et l'on ne peut attaquer la validité de cet acte. » La condition essentielle était que le mariage fût célébré devant un prêtre qui fût » *autorisé par le propre évêque* des contractants. Rien ne s'oppose à ce que plu- » sieurs évêques puissent accorder cette autorisation, lorsque les contractants ont » un domicile, ou un quasi-domicile, ou une habitation prolongée dans différents » diocèses. Mais toute difficulté est levée lorsque l'évêque du domicile principal de » l'un des époux accorde la délégation nécessaire. C'est ce qui a eu lieu dans l'espèce » présente. Quoique l'acte de mariage ne parle que de la dispense de toute publi- » cation de bans accordée par monseigneur l'archevêque de Paris, il est certain » que ce prélat a donné son plein consentement à ce que le mariage fût célébré » hors de son diocèse. Monseigneur l'archevêque de Bordeaux lui avait écrit pour » lui exposer les circonstances spéciales où se trouvaient les futurs époux, et il avait » répondu qu'il s'en rapportait à la sagesse de cet éminent et vénérable collègue. »

Le mariage est bon, il est canonique, sous ce rapport il ne peut pas y avoir de doute sérieux et l'on ne peut attaquer la validité de cet acte. Cependant je me suis adressé à un homme qui a une grande autorité : il n'en est pas de plus savant en France ; il est parvenu aux derniers honneurs que puissent con-férer aujourd'hui l'État et l'Église, non pas par sa naissance, non pas même par l'éloquence de sa parole, plus rustique même qu'élégante, mais par la fermeté de son jugement, l'élévation de son caractère et par sa profonde expérience, je veux parler de Mgr Gousset, archevêque de Reims. Il a fait un traité que je citais tout à l'heure en vous parlant des pouvoirs que le prêtre porte partout avec lui. Eh bien, j'ai voulu avoir son sentiment sur le mariage de M. Pes-catore ; il m'avait permis de le lui demander, mais j'ai attendu : je ne voulais pas être accusé de surprendre sa religion et de lui dissimuler une seule des objections de nos adversaires. Quand nous avons connu leurs conclusions, je les lui ai envoyées, en lui écrivant la lettre dont voici les premiers mots :

« Monseigneur,
» Votre Éminence m'a permis de l'entretenir du procès Pescatore et des ques-» tions que ce procès soulève. Dans une affaire de cette nature, je suis trop heureux

» de pouvoir joindre à l'avis des jurisconsultes les plus éclairés l'opinion d'un
» prélat jouissant d'une si grande autorité dans toutes les questions qui touchent
» à la fois au droit civil et au droit canonique.

» Je n'ai pas voulu prendre pour base de cet examen un exposé qui, fait par moi,
» aurait pu ne pas être complet et ne pas reproduire exactement les objections de
» nos adversaires. J'ai donc attendu leurs propres conclusions qui viennent de nous
» être remises, et que j'ai l'honneur d'adresser à votre Éminence, avec toutes
» les pièces qui se rattachent à l'affaire. C'est d'après ces conclusions que je puis
» aujourd'hui embrasser l'ensemble de leur système et relever chacune de leurs
» objections, etc., etc. »

M. Gousset m'a répondu en ces termes :

Réponse de Mgr le Cardinal Archevéque de Reims à M. Chaix d'Est Ange, avocat.

« Monsieur,
» J'ai reçu la lettre que vous m'avez fait l'honneur de m'écrire pour me de-
» mander mon avis sur une question de droit canonique. A la lecture de cette
» lettre et des *conclusions pour M. Guillaume-Bonaventure Pescatore*, etc., que
» vous avez bien voulu me communiquer, j'ai compris qu'il s'agissait de savoir si
» le mariage de M. J.-B. Pescatore avec la dame Anne-Catherine Weber était
» canoniquement valable ou sans valeur. Or, après avoir examiné les faits tels
» qu'ils sont rapportés dans votre lettre et les pièces justificatives qui l'accompa-
» gnent, je suis demeuré convaincu qu'on ne peut soulever aucune difficulté grave,
» aucun doute sérieux contre la validité et même la licité dudit mariage ; car il a
» été contracté suivant les règles et les formes prescrites par le concile de Trente,
» qui seul régit la matière dans toutes les paroisses et communes d'Espagne.

» Je me dispense de prouver ici ce que j'avance, parce que je n'aurais qu'à répéter
» ce que vous avez dit dans votre lettre, où les preuves m'ont paru surabondantes.
» Les objections qui ont été ou qui pourraient être faites contre vos conclusions
» seraient sans valeur aucune aux yeux mêmes de ceux qui ne connaissent que les
» éléments du droit canon : on ne pourrait attaquer le susdit mariage qu'en détrui-
» sant les faits rapportés dans votre lettre et consignés dans les lettres de Mgr l'ar-
» chevêque de Paris et de Mgr le cardinal Donnet, archevêque de Bordeaux, faits
» qui seraient, au besoin, confirmés par la correspondance entre M. Pescatore et
» ses parents.

» Agréez, Monsieur, l'assurance de ma parfaite considération,

» Le Cardinal GOUSSET, archevêque de Reims.

» Paris, le 27 juin 1856. »

Cette lettre, messieurs, vous sera distribuée, mais retenez-en la conclusion :
*Le mariage est valable ; il suffit de connaître les éléments du droit canon
pour en être convaincu.* Telle est l'opinion du cardinal Gousset, d'accord sur
ce point avec quatre autres vénérables prélats. Voilà cinq prélats éminents
unanimes sur cette interprétation du droit canon ; en est-ce assez pour faire
présumer la validité du mariage ?

Maintenant je suppose que ce mariage soit nul, et j'examine la seconde
question : vous vous rappelez que je vous ai dit en commençant qu'il y en
avait deux. Le mariage est-il valable ? voilà la première. Si le mariage n'était
pas valable, ceux qui l'attaquent seraient-ils recevables à l'attaquer ? voilà la
seconde.

Eh bien, je suppose que le mariage ne soit pas valable, je suppose qu'il soit
nul, les collatéraux seraient-ils recevables à l'attaquer? Mon Dieu ! vous savez
ce qu'on a dit des collatéraux ; ils sont souvent *avides*. C'est une épithète banale, vulgaire, dit-on ; je la défendrais, si elle était de moi, mais j'emprunte
cette qualification à un homme moins suspect qu'un avocat qui plaide contre
des collatéraux. Voici ce que disait d'Aguesseau :

> « Lorsque vous voyez des collatéraux avides et intéressés venir après la mort de
> » l'un ou de l'autre, troubler le repos de ses cendres, et déshonorer sa mémoire en
> » attaquant un mariage qui a éclaté pendant longtemps aux yeux de la famille et du
> » public, et qu'ils ont peut-être eux-mêmes approuvé par leur conduite, vous rejetez
> » alors leurs plaintes avares avec une juste indignation, et, par un de ces jugements
> » qu'une souveraine équité dicte souvent dans ce tribunal, vous leur imposez un
> » perpétuel silence.... »

C'est ainsi que d'Aguesseau s'exprimait sur le compte des collatéraux.
Quand donc est-il permis de les déclarer non recevables? C'est ce qu'il faut
savoir. Dans l'ancien droit on distinguait entre la nullité absolue et la nullité
relative. Cette distinction de nos anciens jurisconsultes est peut-être un peu
subtile. Sous le rapport légal, c'est une question facile à trancher; dans la
pratique, c'est une question complexe. D'Aguesseau le déplore aussi ; c'est
pourquoi il foule la règle aux pieds, en disant nettement qu'il n'y a pas de
règle, que ce sont les faits et les circonstances qui doivent décider ; il n'était
pas seul de cet avis ; et les traditions de l'ancienne jurisprudence n'ont pas été
perdues quand on a préparé une nouvelle législation. On a voulu alors changer
cette règle. Portalis a dit à ce sujet :

> « Les différentes nullités d'un mariage ne sont pas toutes soumises aux mêmes
> » règles ; dans l'école on les a distinguées en nullités absolues et en nullités
> » relatives. On a attribué aux unes et aux autres des effets différents. Mais l'em-
> » barras était de suivre dans la pratique une distinction qu'il était si facile de
> » suivre dans la théorie. De nouveaux doutes provoquaient à chaque instant de
> » nouvelles décisions ; les difficultés étaient interminables. On a compris que le
> » langage de la loi ne pouvait être celui de l'école. En conséquence, dans le projet
> » que nous présentons, nous avons appliqué à chaque nullité les règles qui lui sont
> » propres. »

On a donc dérogé à l'ancien droit. Autrefois il appartenait aux collatéraux
d'invoquer les nullités absolues ; dans le droit actuel on a spécialement déterminé les diverses nullités qui leur appartiennent; le législateur l'a fait dans
les articles 184 et 191. Ces nullités sont : le défaut d'âge, l'existence d'un précédent mariage, la parenté à un degré prohibé et le cas où le mariage n'aurait
pas été contracté publiquement ou aurait été célébré devant un officier civil
incompétent.

Ici, messieurs, je n'ai pas besoin de vous faire remarquer qu'il ne faut pas
confondre la publicité dont parle l'article 165 avec la publication des bans. La
cour de Caen a parfaitement distingué ceci par un arrêt de 1850 que voici :

> « Considérant qu'il ne faut pas confondre les publications de mariage avec la pu-
> » blicité qui est de l'essence de ce contrat ; que l'absence des publications, qui ont

» pour objet spécial d'avertir les personnes ayant intérêt et droit pour s'opposer au
» mariage, ne constitue pas une nullité absolue, tandis que la publicité, qui consiste
» dans la solennité même dont cet acte est entouré, est toujours une formalité
» essentielle pour sa validité... »

Ainsi les collatéraux ont le droit d'attaquer le mariage pour défaut de publicité, mais non pour défaut de publication; cela est certain, incontestable.
L'article 184 n'a pas mentionné parmi les causes de nullité l'article 170, qui
est relatif à l'omission des publications; et l'article 191 est spécial au défaut de
publicité.

Les collatéraux sont également recevables à attaquer le mariage en se fon-
dant sur l'incompétence de l'officier de l'état civil qui l'aurait célébré. Si M. et
madame Pescatore s'étaient mariés devant un autre curé que le leur, il y
aurait incompétence et les collatéraux pourraient attaquer le mariage comme
clandestin; rappelez-vous les articles 165 et 191.

Qu'en résulte-t-il? Un mariage n'a pas été accompagné de toutes les formalités nécessaires, je ne dirai pas quant à sa publication, mais quant à sa
publicité. Un mariage a été contracté en contravention à l'article 165 qui règle
les conditions de la publicité; il peut sous ce rapport être considéré comme
clandestin, et dans ce cas être attaqué par tous ceux qui y ont intérêt, par les
collatéraux, par exemple. Mais même dans ce cas les magistrats sont souverains,
ils ne sont pas liés par le droit; la violation de l'art. 191 n'entraîne pas nécessairement la nullité du mariage. Vous êtes appréciateurs et appréciateurs absolus
des circonstances qui doivent faire annuler ou maintenir un mariage qui n'aurait pas eu la publicité prescrite par l'article 191. Or la violation même de
l'article 191 n'étant pas suffisante pour vous forcer à prononcer la nullité,
quelle raison auriez-vous de la prononcer dans l'espèce?

Serait-ce pour défaut de résidence, pour une résidence insuffisante? Si vous
jugiez avec vos idées françaises une loi étrangère, la loi espagnole, si vous vous
laissiez aller à cette pente de votre esprit, contre laquelle il faut bien vous pré-
munir, parce que vous êtes Français, juges français, jurisconsultes français,
comment feriez-vous? Vous nous diriez: vous êtes restée six semaines entre les
mains de Mgr l'archevêque de Bordeaux; ce n'est pas assez pour que vous soyez
devenue sa paroissienne, il n'était pas le ministre compétent, votre mariage
manque donc d'une formalité nécessaire non pas *defectu auctoritatis*, mais
defectu temporis. Prenez-y garde, messieurs, lorsque je vais en Écosse, dans
la chambre du forgeron ou dans sa boutique et que je lui dis de me marier, je
comprends à peine que mon mariage puisse être déclaré clandestin par la justice. Mais quand je me présente devant l'officier qui est compétent et qui ne
pourrait manquer de l'être que *defectu temporis*, permettez-moi de vous
le dire: eussiez-vous la faculté de prononcer la nullité de mon mariage que
vous ne devriez pas la prononcer. C'est ce que dit Merlin:

« L'incompétence sera moindre, et elle pourra, suivant l'expression de l'art. 193,
» n'être pas suffisante pour faire prononcer la nullité de mariage, si c'est un officier
» de l'état civil qui procède à la célébration, s'il y procède dans le territoire de sa
» commune, et s'il ne manque à la plénitude de ses pouvoirs que le fait de l'habita-
» tion continue de l'une des parties dans ce même territoire depuis six mois. »

C'est tout à fait notre espèce. L'officier qui avait procédé au mariage n'était pas tout à fait compétent, mais il n'était pas non plus tout à fait incompétent, et le mariage a été reconnu valable.

Nous ne nous trouvons dans le cas ni de l'article 165, ni de l'article 193 ; de plus nous avons joui d'une possession d'état qu'il n'est pas possible de méconnaître.

Est-ce que je ne suis pas madame Pescatore ? y a-t-il un doute là-dessus ?

J'ai un acte de l'officier civil, je vous le présente. Quel est-il ? Mon acte de mariage délivré en Espagne par celui qui l'a bénit. Est-ce que celui qui va se marier en Allemagne, en Écosse devant le forgeron de Gretna-Green, ou en Angleterre après une résidence de quinze jours, est-ce que celui-là n'a pas un acte de l'état civil ? Il est délivré par celui qui a rempli les fonctions d'officier civil. Qui fait en Espagne, je vous prie, sous le régime du concile de Trente, les fonctions d'officier de l'état civil ? C'est le curé. Toutes les fois donc qu'un Français sera marié à l'étranger, il lui suffira de présenter l'acte dressé par l'officier, quel qu'il soit, que la loi du pays où il s'est marié aura commis ; et ce sera un acte parfaitement régulier de l'état civil.

Je n'ai pas besoin de vous dire que ma possession d'état est inattaquable en elle-même par vos reconnaissances dont j'ai donné lecture au commencement de ma plaidoirie. Bien évidemment, quand vous m'écriviez : *Ma tante* ou *ma cousine*, vous ne pouviez créer contre vous des fins de non-recevoir. Je ne veux pas, messieurs, insister sur ces points-là ; ils sont secondaires, et il faut vraiment que l'affaire ait une pareille solennité pour que je vous fatigue en m'y arrêtant quelques moments. J'écarte pour un instant cette volumineuse correspondance, mais s'il était besoin j'y reviendrais ; je montrerais combien toutes ces lettres me sont favorables, et je dirais qu'il y en a eu même d'écrites après la dissolution du mariage.

L'article 191 dit que le mariage contracté en contravention de l'article 165 pourra être attaqué par tous ceux qui y ont un intérêt né et actuel. Les collatéraux se présentent et disent : Nous avons un intérêt né et actuel à faire disparaître la communauté. Un intérêt né, actuel ; pour des collatéraux, il n'est qu'un intérêt, la question d'argent. C'est donc dans un intérêt d'argent que vous demandez la nullité du mariage de M. et madame Pescatore.

Eh bien ! je vous demande pardon ; vous n'avez pas d'intérêt dans la cause, et, par conséquent, je pourrais vous opposer une fin de non-recevoir. Voici pourquoi : Je suppose le mariage nul, entaché d'une nullité absolue ; je suppose aussi que vous soyez, en règle générale, recevables à attaquer ce mariage, vous, collatéraux, je vous dirais : Vous ne le pouvez pas parce que vous n'avez pas d'intérêt à le faire, car il a été contracté de bonne foi, et cette bonne foi lui donne tous les effets civils. Or, un des effets civils d'un mariage célébré sans contrat préalable, c'est la communauté de biens. Ceci est de principe, ceci a été jugé, et par conséquent, si le mariage a produit ses effets civils, la communauté de biens en est une conséquence incontestable. Vous n'avez donc pas le droit de le critiquer, vous n'avez pas le droit d'en demander la nullité. Voilà mon raisonnement, et ce raisonnement est fondé sur la bonne foi ; il est fondé sur l'article 201 du Code Napoléon. Qu'est-ce que la bonne foi ? Ce n'est pas une ignorance invincible. On ne peut pas dire à un homme : Vous êtes de bonne foi, mais vous avez eu tort; et si vous vous étiez donné beaucoup de peine, beaucoup de souci ; si vous aviez été chercher partout, dans tous les registres, dans tous les actes de l'état civil, peut-être auriez-vous découvert ce qui aujourd'hui cause la nullité de votre mariage. La Cour de cassation a décidé que, même la légèreté et la précipitation n'étaient pas exclusives de la bonne foi et n'empêchaient pas le mariage nul en lui-même de valoir comme putatif. Cela a été jugé dans une affaire, sur les conclusions conformes de Merlin. Voici la note qui accompagne cet arrêt :

« C'est là une question d'appréciation ; si les époux de l'un d'eux était de bonne
» foi, les enfants issus de cette union, bien que nulle dans son essence, obtiennent
» tous les effets civils du mariage. »
Arrêt du 21 mai 1810.

Ainsi, madame Pescatore aurait agi imprudemment, légèrement, avec précipitation, je n'ose pas dire avec la précipitation qu'aurait apportée cette femme si pressée de se jeter dans les bras d'un nouveau mari, je n'ose pas aller jusque-là ; mais enfin elle aurait agi avec précipitation, la bonne foi n'en serait pas moins hors de doute. Or, si elle a agi avec bonne foi, le mariage a produit tous ses effets.

Oh ! me dit-on, mais il y a eu erreur de droit ; l'erreur de droit ne s'excuse jamais. Il y a à ce sujet un arrêt de la Cour de Bruxelles. A la bonne heure ; mais l'ancienne jurisprudence disait le contraire; elle disait qu'il y avait des cas où l'erreur pouvait être excusée. Merlin cite un arrêt du conseil souverain de Frise du 4 avril 1630, où l'erreur avait été excusée. Merlin ajoute :

« Le principe général est que la bonne foi ne se présume pas dans celui qui en-
» freint la disposition des lois... Il peut cependant se présenter des circonstances
» assez favorables pour déterminer les juges à s'écarter de cette rigueur. »

Merlin dit dans un autre passage :

« La bonne foi de l'un des contractants est extrêmement considérée en fait de ma-
» riage; vous sentez avec quelle force et quelle justesse ce motif s'applique au cas
» où, comme ici, la capacité des contractants n'est pas mise en question et où la
» difficulté ne porte que sur les formalités intrinsèques du contrat. »

Voilà ce que pense Merlin, et son opinion est bien applicable à la cause. A la suite des arrêts anciens j'en pourrais citer un grand nombre de nouveaux. Permettez-moi de vous rappeler celui de la Cour de Paris, du 18 décembre 1837. Dans quelle circonstance avait-il été rendu? Le voici : Il y avait un nommé Sch... qui se trouvait en France, et qui, en 1819, avait épousé à Paris Marie Ernouf. Comment l'avait-il épousée?... devant un ministre protestant purement et simplement.

Voilà une erreur de droit évidemment. Il s'agissait de savoir jusqu'à quel point l'ignorance de la loi est permise et jusqu'où la bonne foi peut être invoquée. La Cour de Paris se prononce dans les termes suivants :

« Attendu que Sch... et sa femme ont contracté mariage de bonne foi... ;

» Attendu, en droit, que l'art. 201 ne distingue pas entre la nullité résultant
» d'un empêchement dirimant ou la nullité résultant d'un vice de forme dont aurait
» été entaché le mariage annulé pour ne faire produire qu'au premier les effets civils,
» lorsque les contractants ont été de bonne foi ;

» Que la bonne foi ne résulte pas seulement d'une erreur de fait, mais qu'une
» erreur de droit peut, dans certaines circonstances, en présenter également le
» caractère ;

» Que les tribunaux sont les appréciateurs équitables en pareil cas, des limites
» que la raison doit apporter dans l'application de cette fiction respectable, il est
» vrai, mais si rarement équivalent à la réalité, que nul n'est censé ignorer la loi... »

Voilà un arrêt de Bordeaux de 1850 ; en voilà un de Bastia de 1849, un de
Limoges de 1841. Il y en a encore d'autres qui jugent que l'erreur de droit
est aussi excusable que l'erreur de fait, et que l'erreur de droit suffit à faire
déclarer le mariage putatif.

En se mariant, en allant devant le curé de Renteria, madame Pescatore
croyait-elle se marier et se marier régulièrement ? Comment ! si elle le croyait ?
mais elle le croyait à merveille. D'abord, elle est femme, et par conséquent
ignorante de la loi ; ensuite elle est étrangère, c'est une considération qui prévaut dans beaucoup de cas. Elle n'est pas présumée ignorer la loi du pays
qu'elle habite. Permettez. Est-ce que sa bonne foi ne la rassurait pas ? Il s'agit
de savoir si ce mariage est valable ; quand quatre prélats qui s'en occupent disent
qu'il est bon, quand tout le monde dit qu'il est bon, il s'agit de savoir si moi,
étrangère, je ne puis pas croire qu'il est bon. Je me serais mariée précipitam-
ment quelques jours après la mort de mon premier mari, j'aurais commis
une erreur de droit énorme, il y aurait cependant mariage putatif. Devais-je
sur cette question de droit consulter Sanchez, Zamboni, Fagnan, et surtout
le pape Benoît XIV ? Et quand Sanchez, Zamboni, Fagnan et Benoît XIV
me donnent raison, me direz-vous qu'il y a un autre avis de Benoît XIV qui
me condamne, et qu'en conséquence mon mariage est nul ? Me direz-vous
que je devais faire ce que n'ont pas fait quatre prélats ? Me direz-vous qu'il
fallait que je fusse de force à éclaircir, non pas même le Code Napoléon, mais
les édits royaux, mais la loi espagnole et les obscurités du concile de Trente ?
Est-ce que c'était possible ? est-ce que ma bonne foi peut être contestée ? est-
ce qu'il a quelqu'un qui ose en douter ? Mais si quelqu'un en doutait, permettez-
moi de lui dire que je ne connais pas de question plus difficile ou plutôt que
je n'en connais pas de plus facile que celle qui nous occupe. Depuis six mois
que je l'étudie, je le déclare, je n'ai aucun doute ; mais si j'avais des doutes,
il faut convenir qu'il serait à coup sûr permis à une pauvre femme d'ignorer
tout cela. Du doute ? L'archevêque de Reims n'en a pas, lui qui a connu toutes
les objections, lui qui a été consulté sur tous les points difficiles, lui qui a
tout examiné et qui a dit : *L'affaire n'est pas douteuse.* Il aurait fallu que
d'avance madame Pescatore eût compris que le mariage était mauvais pour
qu'on pût dire qu'elle était de mauvaise foi. Ce n'est pas tout, nous avons eu
recours aux lumières du barreau ; j'ai dans les mains une consultation dans
laquelle les plus éminents de mes confrères se sont rendus compte de l'affaire.
C'est Odilon Barrot qui l'a rédigée en plusieurs séances, qui en a examiné tous

les points; c'est Bethmont, c'est Marie, c'est Demolombé, le savant auteur, qui y ont adhéré. Ils ont été consultés tous, il n'y a pas eu un doute, et nous avons dit : *Le mariage est très bon.* Il est conforme au concile de Trente, par conséquent à la loi espagnole et à l'article 170 du Code Napoléon. Voilà ce que nous avons dit; madame Pescatore est donc de bonne foi, et si sa bonne foi est incontestable, mes adversaires sont non recevables, leur intérêt disparaît de la cause.

C'est ici que nous touchons à une question que je ne comprends pas bien, ou du moins je ne m'explique pas l'objection soulevée par l'adversaire. Mais, dit-il, ce mariage-là n'est pas un mariage valable. Pourquoi, s'il est conforme aux lois du pays où il a été célébré? « C'est parce que M. Pescatore n'a en- » tendu contracter qu'un mariage nul. En conséquence, nous ne pouvons pas » lui jouer le mauvais tour de déclarer que son mariage est bon quand il a cru » faire un mariage nul. En effet, il a contracté un mariage religieux; il n'a » entendu faire qu'un mariage religieux, et il faut que ce soit un mariage » purement religieux. »

Je vous assure que je suis confondu d'une pareille doctrine. J'en suis confondu en morale et en droit. Je me souviens que dans Portalis, que vous m'avez cité, il y a sur l'article du concordat concernant le mariage civil et religieux une observation qui a été faite par lui à propos des suborneurs qui trompaient des jeunes filles par le simulacre d'un mariage religieux ; celles-ci se croyant ainsi réellement mariées, vivaient avec eux jusqu'au jour où dégoûtés d'elles, ils leur disaient : Nous ne sommes pas mariés, nous ne l'avons jamais été. Je comprends cela ; mais est-ce que c'est là le rôle que vous voulez faire jouer à M. Pescatore? Est-ce que c'est là la spéculation qu'il a faite, l'infamie qu'il aurait osé commettre, et comment! Il y avait une femme qui, en effet, avait à se reprocher une faute grave qui avait compromis son existence tout entière; elle voulait revenir à une existence plus régulière, elle était fatiguée de la vie pleine de périls, pleine de difficultés qu'elle menait; alors vous l'avez retenue : vous n'aviez pas l'excuse de la jeunesse, vous n'a-viez pas l'excuse des tentations qu'elle soulève; vous n'aviez pas l'excuse de ces ardeurs dans lesquelles quelquefois elle se précipite ; non, vous aviez cin-quante-huit ans, et vous abusiez cette femme qui vous avait donné tant de preuves de ce dévouement dont vous vous montrez vous-même reconnaissant dans vos propres lettres quand vous annoncez votre mariage; vous abusiez cette femme qui a été avec vous un modèle d'attachement, de bonne conduite, de désintéressement et d'honneur ; vous ne contractez qu'un semblant de ma-riage quand vous allez la conduire à Renteria ; et là, en présence du curé, en présence des quatre évêques catholiques, en présence de Dieu, quand vous jurez que vous voulez vous marier, que vous voulez vous lier d'un lien in-dissoluble, vous la trompez ; il suffira de souffler sur ce lien le jour où vous ne voudrez plus d'elle ! Cet homme qui se vante d'être rentré dans le giron de l'Église, qui laisse 20,000 fr. à l'archevêque de Bordeaux pour le service qu'il lui a rendu en l'amenant à se marier, vous direz qu'il a fait un mariage de comédie! C'est un rôle infâme que vous lui faites jouer, et voilà ce que sont les pieux collatéraux !

Oh! dites tout ce que vous voudrez contre cette femme, elle m'a **désarmé.**

Criez au scandale, allez dans je ne sais quel ruisseau chercher de ces arguments qui produisent toujours quelque effet. Allez! ce que je veux, moi, pardessus tout, c'est la dignité de langage, et ce que demande cette femme c'est le respect pour son mari, pour celui dont elle porte le nom. Tous tant que nous sommes, et vous autant que nous, nous avons dans notre vie des pages que nous voudrions bien jeter au vent et ne pas livrer au public. Si madame Pescatore en connaissait de ces pages dans l'existence de son mari, elle ne me permettrait pas de dire un mot qui pût souiller sa mémoire. Mais ici quand on vient jeter sur sa cendre, sur son nom une note d'infamie ; quand vous lui faites jouer un rôle odieux ; quand vous lui faites prêter un serment auquel il aurait su mentir et que vous invoquez cette restriction mentale, quand vous dites que lorsque, de sa bouche, il affirmait la prendre pour sa femme, au fond du cœur il s'est joué d'elle et des prélats qui l'assistaient, je ne sais pas ce qu'un pareil acte peut être en morale, je ne sais non plus ce qu'il est en droit.

Malheureux! vous n'avez pas vu où de telles hypothèses conduisent. Comment! M. Pescatore pouvait se marier le lendemain à une autre ; il pouvait prendre légalement une autre femme. Comment! M. Pescatore écrit dans sa correspondance, dans toutes ses lettres, vous le savez bien : « J'ai contracté une union indissoluble, » et il lui suffirait cependant de souffler sur ce mariage pour le dissiper ! Il n'a voulu contracter qu'un mariage religieux.

Qu'est-ce que c'est qu'une pareille union? Quelle est sa valeur? Voyons : je suppose que M. Pescatore ait écrit de la manière la plus claire, la plus formelle, à tous ses amis, à toute sa famille : « Je ne contracterai qu'un mariage religieux. » Je suppose mieux qu'il l'ait écrit à ma cliente elle-même, je suppose aussi qu'il l'ait voulu ; quelle conséquence en tirer? Sans doute, le consentement est l'âme du mariage ; et encore faut-il qu'il soit librement donné, librement exprimé. C'est ce qu'indique le plus vulgaire bon sens. Mais devra-t-on écouter l'homme qui, dans un intérêt d'argent et dans des vues cupides, prétendrait n'avoir donné qu'un consentement simulé et menteur? On m'apporterait la preuve la plus formelle que M. Pescatore jouait la comédie en se mariant, qu'il voulait feindre de se marier, et non se marier, je n'en tiendrais aucun compte en cette occasion, le fait l'emporterait sur l'intention.

Est-ce que vous croyez que je vais maintenant me livrer à la curieuse recherche de savoir si, quand un homme est marié, bien marié en vertu d'un acte régulier, il a eu vraiment l'intention de se marier, de former un lien durable, indissoluble, éternel, ou s'il n'y avait pas quelque secret dessein, quelque arrière-pensée dans son esprit? Allons donc, vous ne me le permettriez pas, messieurs, car la justice n'admet pas les restrictions mentales.

Vous êtes marié, vous aviez l'intention de vous mal marier, vous vous êtes trompé ; votre mariage est bon, vous êtes bien marié, voilà tout.

Vous avez été à une municipalité que vous ne croyiez pas la vôtre, ou bien vous avez pensé qu'en amenant un témoin étranger, cette irrégularité pourrait faire prononcer la nullité de votre mariage. Vous venez dire devant la justice : Mais je ne suis pas marié, je ne voulais pas me marier, j'ai amené un témoin étranger pour me prévaloir plus tard d'une cause de nullité; on vous répondra : Ce n'est pas une cause de nullité, vous êtes marié; vous ne le vouliez pas, mais vous êtes lié, il n'y a plus à revenir sur ce qui est fait ni à vous en dédire.

Le législateur a bien soin de déterminer à quelles conditions un mariage pourrait être annulé, pour vice dans le consentement, défaut de liberté, erreur sur la personne ; mais la restriction mentale, nulle part elle n'est signalée comme vice de consentement. Jamais on n'a vu d'exemple d'une semblable cause de nullité.

Quand je dis qu'on n'a jamais vu d'exemple d'une pareille hypothèse, je me trompe. J'en ai vu un ; mais enfin, un exemple ne fait pas loi... Quand l'empereur Napoléon voulut faire prononcer le divorce entre lui et l'impératrice Joséphine, le divorce fut prononcé par un acte du sénat ; on y voyait un très grand intérêt public qui faisait fléchir les règles ordinaires. L'impératrice Joséphine parla alors d'un mariage religieux qui avait été célébré à Saint-Cloud par le cardinal Fesch, son oncle ; elle produisit un certificat constatant ce mariage religieux. L'empereur, vous le comprenez aisément, fut fort irrité de ce que ce certificat avait été délivré par le cardinal Fesch, mais il sentit la nécessité de briser ce mariage religieux ainsi qu'il avait fait du mariage civil. Alors s'éleva la question de savoir si le mariage était bon ou mauvais d'après la loi canonique. On alla devant l'officialité de Paris. Le promoteur diocésain était alors un brave homme qu'on appelait l'abbé Rudemare ; il est mort, je crois, curé des Blancs-Manteaux. On s'adressa à lui, il répondit que c'était une monstruosité ; que d'ailleurs, annuler un mariage n'était pas un acte du ressort de l'officialité, qu'il faudrait s'adresser au pape. « — Il est trop loin (il était à Savone), et puis nous avons des raisons pour ne pas nous adresser à lui ; c'est pour cela que nous nous adressons à l'officialité. — L'officialité ne peut pas résoudre la question ; mais il y a un collège de cardinaux (le pauvre homme faisait tout ce qu'il pouvait pour s'esquiver), il pourra peut-être prononcer sur la question. — Non, non, nous voulons que ce soit l'officialité. — Mais, enfin... permettez, les formes. — Quoi ! dit le prince archichancelier, vous voulez suivre les formes ; tout cela va traîner en longueur. J'ai été jurisconsulte, elles tuent le fond. » Et alors l'affaire s'engage devant l'officialité, au grand déplaisir de ce pauvre abbé Rudemare, qui rend compte de la délibération. On demandait la nullité du mariage religieux par des raisons qui nous semblent des plus graves. Par exemple, ce mariage avait été contracté sans témoins ; mais on ne voulut pas se prononcer sur ce motif, ou du moins on y en adjoignit un autre. On fit ce que mon adversaire voudrait que l'on fît aujourd'hui ; on dit : Mais l'impératrice n'a jamais entendu se marier que religieusement. Du côté de l'empereur on tenait le même langage. Il est évident, disait-on, que ce mariage n'a été qu'une satisfaction donnée à la conscience. Et alors l'abbé Rudemare rend compte de ceci :

« On se réunit dans le prétoire de l'officialité ; là après que M. Guyeu eut extra-
» vagué pendant une demi-heure et plus sur le non-consentement de l'empereur,
» disant qu'il n'avait jamais eu l'intention de contracter, et faisait valoir en faveur
» d'un homme qui nous fait tous trembler un moyen de nullité qui ne fut jamais
» invoqué utilement que par un mineur surpris ou violenté, je fis mon rapport et
» mes conclusions. »

On sait la fin de cette procédure.

Je le répète, messieurs, je ne connais pas d'autre exemple d'un expédient pareil, et l'on n'y a recouru que dans une circonstance solennelle et pour un grand intérêt. Si l'on avait voulu, faisant je ne sais quel rapprochement, dire à M. Pescatore : Ce que Napoléon, ce qu'un héros a fait, vous pouvez bien l'avoir fait, il aurait répondu : Je ne suis pas un héros, moi, et j'ai entendu me marier. Voilà, messieurs, tout ce que j'avais à vous dire sur ce prétendu mariage religieux.

Maintenant, pourquoi M. Pescatore est-il allé se marier à l'étranger? Vous le comprenez à merveille, et M. Pescatore le dit lui-même dans une de ses lettres, c'est pour ne pas s'exposer à une publicité fâcheuse à son âge et à l'âge de madame Pescatore.

On dit encore, et c'est une considération plutôt qu'un moyen, on dit que M. Pescatore n'a jamais entendu donner à sa femme la moitié de ses biens ; que jamais il n'a entendu se marier sous le régime de la communauté, et que le soutenir c'est aller contre ses intentions.

Permettez-moi de vous dire que je n'ai pas à examiner cette objection. On produirait des lettres de M. Pescatore, contemporaines de son mariage, qui indiqueraient sa volonté, la question demeurerait la même. La pensée de M. Pescatore est ici sans importance, entendez-le bien, c'est la loi qui est tout. Il n'aurait pas voulu accorder la communauté à sa femme, que cette dernière aurait néanmoins le droit de la revendiquer. Il est donc surabondant d'examiner la question de communauté, de savoir si M. Pescatore a voulu ou non la donner. Ce n'est pas lui qui l'a donnée, c'est la loi. M. Pescatore pouvait parfaitement ignorer les prescriptions du concile de Trente et ses subtilités; il ne pouvait pas ignorer la loi du pays dans lequel il s'était fait naturaliser, à ce point de ne pas savoir que quand on se marie avec de la fortune, il faut régler cette fortune et faire un contrat. S'il n'a pas fait de contrat, c'est qu'il a voulu se marier sous le régime de la communauté. C'était là son intention.

On nous répond : Non, et la preuve qu'il ne l'a pas voulu, c'est qu'il avait promis à sa famille de lui laisser sa fortune. Je vous prie de faire attention à ceci, c'est que des promesses de ce genre sont souvent faites par des vieillards et ne sont pas toujours tenues; d'ailleurs, ces promesses, où les trouvez-vous? Nos adversaires, qui produisent des lettres, et même les copies, à défaut des originaux, ont oublié de publier celles qui contiennent les engagements de M. Pescatore envers ses collatéraux. Quel jour, quelle année, à quelle heure M. Pescatore a-t-il promis sa fortune à sa famille? J'ai beau chercher dans les monceaux de papier qu'il a laissés une semblable promesse, je ne la trouve pas ; mais je trouve une lettre dans laquelle M. Nothomb lui demandait 10,000 francs pour faire réparer la maison paternelle. Il désirait qu'on lui avançât cette somme sans intérêts, et vous allez voir dans quels termes M. Pescatore lui répond :

Paris, 11 janvier 1854.

« Lorsqu'il s'agit d'obliger, mon cher Alphonse, on n'y regarde pas d'aussi près
» que lorsqu'il est question d'affaires. Cependant j'ai pour principe de mettre de

» l'ordre en toutes choses, et du moment que vous, jurisconsulte, m'assurez que l'acte
» proposé équivaut à une vente, avec moins de frais et d'inconvénients pour vous,
» j'y souscris. L'usufruit devra cesser à mon décès, attendu que ma succession
» pourvoira au sort des parents et vous mettra à même de rentrer dans la possession
» de l'immeuble, ou mieux encore laissez subsister la double condition...

» Mais vous ne dites pas quelle est la somme que vous fixez à l'usufruit ; cela doit
» dépendre de celle dont vous avez besoin vous-même, car vous comprenez que
» pour moi, moins elle sera élevée, plus cela me conviendra, *puisque j'en perds les*
» *intérêts, à moins que je ne les défalque de la pension que je fais.* En tout état de
» choses, elle ne doit pas dépasser 10,000 francs, et si elle peut rester au-dessous,
» tant mieux pour les parents et pour moi.... »

Vous n'êtes pas contents ? vous êtes difficiles. La succession, réduite par là
communauté, vous donne aujourd'hui 250,000 francs ; elle vous donnera un
jour 350,000 francs, après l'extinction des usufruits, et vous trouvez que vous
n'êtes pas encore assez avantagés ? Comment ! vous trouvez que M. Pescatore, votre oncle, qui veut que ce prêt des 10,000 francs soit bien réglé,
vous déshérite quand il vous laisse 250,000 francs. Voilà pourtant, messieurs,
la seule lettre qu'on produise, la seule promesse que M. Pescatore ait faite.
Vous voyez d'ailleurs comment il procède avec sa famille ; il prend les intérêts des 10,000 francs qu'il prête, et il oblige M. Nothomb à rapporter l'immeuble à sa succession.

Et sa femme, avec laquelle il a vécu dans la plus tendre affection, soit avant,
soit après son mariage, depuis le jour où il l'a connue jusqu'au jour de sa
mort, il la déshériterait, suivant mon adversaire ; il laisserait tout à sa famille
et rien à celle qu'il a aimée, qu'il devait aimer par-dessus tout ? Il se marie en
1851, il ne lui donne rien, pas un sou ; il est à la tête d'une fortune, non pas
énorme, mais déjà belle, et il ne lui fait pas même un de ces cadeaux que
demande ou désire une femme ; il ne lui donne pas un bijou, pas une épingle,
rien, rien ! S'il meurt, c'est la thèse de mon adversaire, elle n'aura rien, pas
un denier, car M. Pescatore a voulu faire un mariage frauduleux, un mariage
purement religieux ; il n'a pas compté, ou du moins il n'a pas dû compter sur
la communauté, et, en conséquence, il laisse cette femme sans un sou. En
1852, un an après son mariage, le voilà soumis aux caprices des événements
politiques, menacé comme tant d'autres d'être ruiné et chassé comme un misérable (ceux qui l'accusent, qui le font monter sur la sellette, ont oublié
cela) ; alors un banquier, M. O'Shea, lui dit : « Il vous est dû à Madrid
» 200,000 francs, vous devriez les placer en lieu sûr, vous voyez ce qui se
» passe. » Et en effet, M. Pescatore, redoutant le hasard des événements, se
dit : Je vais placer cet argent sur la tête de ma femme ; si je suis ruiné, si je
suis obligé de m'enfuir, j'aurai ce morceau de pain assuré. C'était là, com-
parativement à sa fortune, un très petit capital, qu'il plaçait au nom de sa
femme, non pas pour le lui donner exclusivement, mais pour en faire une
ressource pour tous les deux s'ils venaient à être obligés de se sauver.

Et plus tard ?

Plus tard, il la laissa dans cette situation. Depuis 1851 jusqu'en 1852, s'il
meurt, elle n'a pas un sou. Depuis 1852 jusqu'en 1853, s'il meurt, lui qui a
16,000,000 de francs, il lui laissera 200,000 francs. En 1853, il veut mettre

ordre à ses affaires, il lui laisse par testament 20,000 francs de rente viagère, la jouissance du château de la Celle-Saint-Cloud, une voiture. des chevaux... Ah çà mais ! il est fou, et cependant il n'a jamais passé pour l'être. Comment pouvez-vous supposer qu'il va lui donner la jouissance du château de la Celle-Saint-Cloud, qu'il va lui laisser des voitures et des chevaux, et qu'il va lui assurer pour tout cela, quoi? 20,000 francs de rente viagère? Voulez-vous savoir ce que rapporte la propriété de la Celle Saint Cloud, j'en ai le compté ? Elle rapporte, maintenant qu'elle est bien administrée et qu'on y a joint des bois, 10,000 francs. Si l'adversaire se récriait, je lui répondrai par le testament même, qui porte que si madame Pescatore veut renoncer à la jouissance de la Celle, elle aura 10,000 francs de rente de plus. Eh bien ! savez-vous ce que coûte ce domaine ? 80,000 francs d'entretien ; quelque surprenant que cela puisse paraître, c'est incontestable. Ainsi, voilà un homme qui a fait ses délices de la Celle-Saint-Cloud, qui veut y avoir son tombeau, qui veut que sa femme s'y fasse ensevelir à côté de lui, qui dit que sa famille pourra également y trouver place, voilà un homme qui sait que cette propriété coûte 80,000 francs, et qui dit à sa femme : Tu ne m'as donné toute la vie que des preuves de tendresse et d'affection ; je te donne en mourant, comme marque de ma libéralité, je te donne la Celle-Saint-Cloud et 20,000 francs de rente viagère, mais j'y ajoute des voitures, des chevaux de trait, des chevaux de selle, etc.

Quelle amère dérision ! Et vous croyez M. Pescatore capable d'une conduite pareille ?...

Voilà comment il fit jusqu'au dernier jour, c'est-à-dire jusqu'à la veille de sa mort, jusqu'au moment où le notaire vint et lui dit : « Donnez-vous quelque chose à madame Pescatore ? » C'est à cette question qu'il aurait répondu : « Je lui ai donné 20,000 francs de rente viagère, je les double. C'est tout ce que je veux faire pour celle qui a été mon épouse. » Voyons, M. Pescatore n'a pas d'enfant ; il a des collatéraux ; il les aime, je le veux bien ; il les adore, soit ; il les porte dans son cœur, il n'y a pas le moindre doute, jusqu'à concurrence de 10,000 francs, qu'il leur prête en prenant ses sûretés; il meurt en laissant une fortune de 16,000,000 de francs. D'autre part, il a une femme à laquelle il s'est attaché, une femme qui lui a donné mille preuves de dévouement, une femme qui, dans sa maladie, a été assise nuit et jour au chevet de son lit, à ce point que tout le monde en a été attendri ; il meurt possédant toute sa raison et dit : Écrivez, je lui donne 40 000 francs de rente viagère, je lui constitue un capital de 500,000 francs, et puis je lui donne la jouissance de la Celle-Saint-Cloud, qui coûte 80,000 francs d'entretien par année. Écrivez cela, monsieur le notaire.

Est-ce que c'est possible? Et pourquoi cette parcimonie? Pour laisser sa fortune à des collatéraux dont les moins bien partagés auront 250,000 fr. ; je me trompe, 350,000 fr.! Pour eux de magnifiques moyens d'existence, pour sa femme une situation médiocre ! Non, non, cela n'est pas possible.

S'il avait fait un contrat, comment l'aurait-il traitée? Certes, il ne l'aurait pas traitée de cette manière. Il y a des notes qui établissent qu'au moment de son mariage il avait 4 millions de fortune. Supposons qu'il fût marié sous le régime de la communauté réduite aux acquêts. Quand il est mort, sa fortune était de 16 millions, les acquêts auraient donc été de 12 millions; ainsi, quand il ne lui aurait rien donné par son contrat de mariage, elle aurait eu 6 millions, voilà qui est clair. Il y a quelque chose de plus clair encore. M. Pescatore était inquiet de savoir ce qui arriverait si sa femme le précédait au tombeau; il éloignait cette idée, il se disait que c'était à elle à lui fermer les yeux; mais enfin il prévoyait le cas où madame Pescatore mourrait la première, et il prévoyait des complications, des désordres dans ses affaires, car il ne pouvait ignorer qu'il était marié sous le régime de la communauté et que la moitié de ce qu'il laisserait reviendrait à sa femme. Mais enfin il était préoccupé. Si elle meurt, disait-il, ses héritiers viendront recueillir ce qui lui appartient, et me susciteront mille difficultés. Qu'y avait-il à faire? ce qui a été fait, et voici ce qu'on a trouvé sous les scellés: c'est le testament de madame Pescatore qui vous montre bien que la communauté était au fond de la pensée des deux époux.

« Ceci est mon testament.
» Je soussignée, Anna-Catherine Pescatore, née Weber, ai fait mes dispositions » dernières ainsi qu'il suit.
» Voulant donner à M. Pescatore, mon mari, une dernière preuve de mon affec- » tion, et surtout lui éviter tous les ennuis, embarras et réclamations lorsque je » viendrai à mourir, je lui donne et lègue la totalité des biens, meubles et im- » meubles de toute nature que je pourrai laisser et qui composeront ma succession, » à l'effet de quoi je l'institue mon légataire universel et en toute propriété.
» Je le prie de conserver, pour remettre à mon bien-aimé fils adoptif, Adolphe- » Albert Weber, lorsqu'il viendra à se marier, tous les objets en linge, vêtements, » dentelles et bijoux qui auraient été à mon usage personnel; c'est une prière et » non une volonté que j'entends exprimer, et je laisse mon mari entièrement » maître et libre d'agir à cet égard ainsi qu'il le jugera convenable, tenant d'une » manière expresse à ne donner à qui que ce soit des droits contre lui.

» Anna-Catherine PESCATORE, née WEBER.

» Château de la Celle-Saint-Cloud, 1er août 1853. »

« Par les motifs exprimés ci-dessus, je n'ai pas fait de dispositions particulières » en faveur de mon fils adoptif, Adolphe Weber, ayant la plus grande confiance » dans les sentiments d'affection de mon mari, pour être certaine qu'il remplira » après moi tous les devoirs d'un père envers Albert, et aidera à l'établir hono- » rablement dans le monde. Je désire que mon mari conserve Albert près de lui, » pour lui faire une société dans ses vieux jours.
» Je recommande à mon mari mes vieux domestiques, madame Alix, lingère; » Smith et sa femme, Constant. Lecomte et sa femme, et les pauvres de la ville.
» Je désire être enterrée à la Celle, et qu'un même tombeau nous réunisse un » jour.

» Anna-Catherine PESCATORE, née WEBER.

» Celle-Saint-Cloud, 15 septembre 1853. »

Je demande s'il n'est pas évident que M. Pescatore a cru qu'il était marié sous le régime de la communauté, s'il n'est pas évident qu'il s'est dit : Je veux que ma femme ait non-seulement la communauté qui lui appartient, mais de quoi entretenir la Celle-Saint-Cloud qui coûte 80,000 fr., qui n'en rapporte que 10,000. Je veux lui assurer 40,000 fr. de rente viagère et que toutes ses dépenses soient couvertes ; il en restera toujours assez. N'est-ce pas là le sentiment que nous aurions tous eu pour une femme qui aurait passé vingt ans avec nous, qui aurait contribué à notre fortune, qui nous aurait fortifié dans nos faiblesses, soigné dans nos maladies, consolé dans nos afflictions ? Est-ce que ce n'est pas là le précepte même de la religion ? Est-ce que ce n'est pas le législateur divin qui nous en a fait une loi en nous ordonnant de quitter notre père et notre mère pour nous attacher à notre compagne : *Homo derelinquet patrem et matrem et adhærebit uxori suæ ?* Nous ne lui disons pas d'abandonner ceux qui lui sont unis par les liens du sang, ses parents collatéraux ; mais enfin, quand il s'est souvenu d'eux, quand il leur a fait leur part, n'est-il pas juste qu'il témoigne aussi son affection, sa tendresse de mari qui ne s'est jamais démentie à celle qui l'a tant aimé à son tour ? n'est-il pas juste qu'il lui laisse la moitié d'une fortune que ses conseils l'ont aidé à acquérir ?

J'ai fini, messieurs ; vous savez maintenant ce qu'il faut penser de la prétention de ces collatéraux, lorsqu'ils se disent les interprètes de la volonté de M. Pescatore. Eux, les interprètes de sa volonté ! Oh ! grand Dieu ! lorsque je vois la sollicitude qu'il avait pour sa femme, l'affection qu'il lui portait, lorsque je songe à ces vingt années passées ensemble, à cette vie commune que la mort seule pouvait briser, lorsque ensuite je me trouve en face de ce procès, je me demande si c'est possible ?.... Mais permettez, est-ce que la volonté de M. Pescatore vous était inconnue ? est-ce qu'il ne vous a pas répété sans cesse : Je suis uni par un lien indissoluble à celle que je vous présente comme ma femme ? Est-ce qu'il ne vous l'a pas dit en des termes qui ne pouvaient vous laisser aucun doute, car vous lui avez envoyé des lettres de félicitations, dans lesquelles vous lui disiez : « Vous êtes marié civilement et reli-» gieusement, vous êtes lié par un lien indissoluble. » Vous l'avez écrit, tout le monde l'a cru, ainsi que vous ; il vous a dit : C'est ma femme, ma femme que j'aime, ma femme légitime. N'a-t-il pas tenu ce langage jusqu'au dernier jour. Vous a-t-il laissé ignorer ses intentions à son lit de mort ? Est-ce que vous n'avez pas assisté à cette scène si solennelle que j'ai essayé de retracer devant vous ? N'est-ce pas à vous, madame Dutreux, qu'il a dit : « Je m'en » rapporte à tes sentiments religieux. » N'est-ce pas à vous, madame Dutreux, que prenant la main de sa femme et la mettant dans la vôtre, il a dit : « C'est » à toi que je recommande ma femme en particulier, tu m'en rendras compte. » Quel compte lui en rendrez-vous, quand vous serez en face de celui qui nous jugera tous un jour ? quel compte lui en rendrez-vous, lorsqu'il vous rappellera ces paroles que vous avez dites, les promesses que vous avez faites, lui répondrez-vous : J'ai tenu mes promesses ; cette femme que tu me présentais comme ta femme légitime, car si je ne suis pas marié, disais-tu, il n'y a pas un grand d'Espagne qui le soit, cette femme que tu me confiais, je l'ai soutenue, aimée, protégée. Et vous, Antoine Pescatore, vous ne l'avez pu oublier cette voix défaillante qui vous disait : « C'est toi, Antoine, qui m'as dit que la publication de nos bans était inutile, que j'étais bien marié ; je m'en suis rapporté à toi ; je t'ai confié aussi ma femme, en mettant sa main dans la tienne, en vous liant l'un à l'autre. » Oserez-vous répondre : « J'ai rempli ma promesse,

car la première chose que j'ai faite quand tu as eu les yeux fermés, a été de
la traîner dans la boue, de l'insulter, de la menacer, de déclarer qu'elle n'était
qu'une concubine et d'affronter le scandale d'un procès pour faire tomber ton
mariage. » Et vous tous, parents si respectueux pour sa mémoire, s'il vous in-
terrogeait, lui répondriez-vous l'un après l'autre : « J'ai dit à la face du monde
que toi, qui étais mon frère, que vous qui étiez mon oncle, vous aviez vécu
avec cette femme dans un mauvais commerce, dans des liens illégitimes...
Ah! oui, nous avons bien rempli notre promesse! Vous aviez dit que vous
ne vouliez qu'une tombe, qu'elle fût creusée à la Celle, que votre femme y fût
placée à côté de vous, réunis dans la mort comme vous l'aviez été dans la vie...
Ah! oui, nous avons bien rempli notre promesse. Sur cette tombe où devaient
dormir aussi tous les membres de la famille que la mort entassera un jour les
uns sur les autres, nous avons placé une pierre, et sur cette pierre, à côté du
testament de M. Pescatore, nous avons fait inscrire ces mots :

    « *Ci-gît celle qui fut pendant vingt ans la concubine de Jean-Pierre
Pescatore.* »

Voilà le procès, messieurs. Examiné en fait et en droit, examiné aussi au
point de vue de la moralité, il ne me paraît pas laisser prise au doute et à
l'hésitation.

Pour moi, messieurs, je me sentirai dégagé d'une grande responsabilité et
je serai profondément heureux quand, après avoir défendu avec toute l'énergie de ma conviction la légitimité d'un mariage auquel il n'est pas possible
de porter atteinte, j'entendrai le jugement par lequel vous proclamerez le
succès de notre cause.

<hr>

Audience du 18 juillet 1856.

RÉPLIQUE DE Me DUFAURE.

Messieurs,

Les deux plaidoiries de mon éloquent et habile confrère, principalement la
seconde, je l'avoue, ma plaidoirie, les consultations que nous vous avons
distribuées de part et d'autre, vous ont déjà indiqué toutes les questions
de fait, de droit civil et de droit canonique, soulevées par ce procès. Ces deux
éléments de solution que nous vous avons fournis, fécondés par vos médita-
tions, vous ont déjà probablement indiqué l'opinion que vous devez adopter
pour résoudre cet important débat. Néanmoins j'ai voulu user de mon droit
de réponse. La marche suivie par la demanderesse est telle que je n'ai pu
encore apprécier un certain nombre de faits qu'elle affirme et un certain nombre
de documents qu'elle produit, pour justifier ses injustifiables prétentions.
Toutefois, messieurs, je n'ai pas l'intention de répondre à toutes les inexactitudes qui ont été semées dans le cours d'une longue et habile plaidoirie. Il en
est dans le nombre que je tiens pour indifférentes ; elles peuvent répondre aux
vues d'une petite passion ou à de petits calculs, mais je ne les crois pas de nature

même du procès. Le tribunal verra qu'ils ne sont pas nombreux, et que je pourrai promptement arriver à l'examen et à la discussion des principes sur lesquels son jugement reposera.

Vous avez dû remarquer, messieurs, que madame Weber s'est attachée à se présenter comme une victime. L'hostilité des légataires universels de M. Pescatore aurait été déclarée dès le lendemain de sa mort. On va rechercher jusqu'aux circonstances les plus frivoles, et, je le montrerai tout à l'heure, les plus insignifiantes, pour prétendre que dès cette époque mes clients songeaient à attaquer celle qu'ils appelaient leur tante. On a pris en particulier une lettre de faire part qui avait été adressée à tous les amis de M. Pescatore pour les inviter à son service funèbre. Le nom de madame Weber n'y ayant pas été porté, on a considéré cette lacune comme une manœuvre de nos clients. Si l'on avait voulu y regarder de plus près, on aurait vu que dans la lettre dont je parle, ne se trouvait le nom d'aucune femme, que madame Antoine Pescatore, belle-sœur de M. Pescatore, que mesdames Dutreux et de Scherff n'y sont pas plus nommées que la demanderesse. Si l'on avait voulu éclaircir ces faits, qu'on exagère et qu'on dénature pour le besoin du procès, on aurait su que, plongés dans la douleur d'une perte récente, mes clients ne s'étaient pas occupés de la lettre de faire part ; qu'elle avait été rédigée par les anciens associés de M. Pescatore, qui se sont conformés à un usage assez généralement suivi. S'il y avait eu faute à l'égard de quelqu'un, elle ne pourrait être imputable qu'à eux ; madame Weber le sait aussi bien que personne.

Si, je voulais, moi, invoquer des faits qui ne seraient pas contestables et rechercher ceux qui ont amené la réclamation que nous combattons devant vous, je me permettrais de demander comment M. Pescatore étant mort le 9 décembre 1855, dès le 4 janvier, à Madrid, trois avocats étaient appelés à rédiger une consultation pour donner leur avis à madame Weber sur la validité de son mariage. Il y a une assez grande distance de Paris à Madrid. La consultation devait avoir été sollicitée depuis quelque temps. Nous avons demandé communication de ce mémoire rédigé par trois jurisconsultes d'Espagne, on ne nous l'a pas communiqué, et nous soupçonnons fort que pendant que d'un côté les parents de M. Pescatore s'abandonnaient à leur douleur, on organisait d'un autre côté la grande spéculation judiciaire que nous combattons aujourd'hui.

On ne s'est pas arrêtée là, messieurs. Madame Weber, vous a-t-on dit, a été attaquée, injuriée, menacée, traînée dans la fange des ruisseaux ; on a répété cela trois fois. Calomniée, attaquée, injuriée, par qui, au nom du ciel ? Nous avons eu à défendre à la demande portée devant le tribunal, nous l'avons discutée, j'ose le dire, avec réserve et modération. Sans doute, nous étions obligés de rappeler que pendant de longues années il y avait eu entre M. Pescatore et madame Weber une liaison très irrégulière ; mais par cela seul que le nom de notre oncle y était mêlé, nous ne pouvions rien avoir d'amer dans nos paroles, et nous nous sommes expliqués avec modération et réserve à cause du respect que nous avons pour sa mémoire. Madame Weber a été attaquée, menacée, outragée ! Menacée par qui ? Ces menaces, à quelle époque ont-elles été faites ? De quelles injures a-t-elle été l'objet ? Elle a été traînée dans la fange des ruisseaux ! Que voulez-vous dire ? Qu'entendez-vous par là ? De toute sa vie passée antérieure à sa liaison avec M. Pescatore, je n'ai rappelé qu'un fait qui était dans la nécessité de cette cause, à savoir, qu'en 1838, tenant une maison garnie à Strasbourg, elle avait fait publier ses bans de mariage avec un autre que M. Pescatore. Je n'ai pas rappelé autre chose, mais je devais rappeler cela pour vous demander après s'il y avait réellement bonne foi quand on voulait se marier sans publications en France, à passer la frontière et à aller demander à un prêtre espagnol la bénédiction nuptiale. Cependant elle a été calomniée ! et je dirai que c'est à mon grand étonnement que dans la consultation délibérée à son profit, j'ai vu cette accusation dirigée contre mes clients. En quoi aurions-nous calomnié madame Weber? A l'époque où elle est venue chez M. Pescatore, elle amenait avec elle un jeune enfant qui pouvait avoir cinq à six ans, et dans les conclusions signifiées au procès, nous avons dit qu'il était bien possible que l'existence du père de ce jeune enfant eût mis pendant longtemps un obstacle au mariage de M. Pescatore avec madame Weber, et sur cela on s'indigne, et l'on nous répond que c'est le comble de l'injure. Je lis dans le mémoire de l'adversaire : *Que si au contraire, comme l'affirme la dame Pescatore, avec la juste indignation de l'honneur outragé, l'insinuation des collatéraux est une calomnie, si elle n'a jamais été mariée.....* »

Que voulez-vous dire? Elle avait un enfant qu'elle a toujours appelé son fils, qui l'a appelée sa mère. Elle lui donne ce nom dans des lettres nombreuses qui ont été trouvées à l'inventaire, sous les scellés ; nous avons supposé qu'elle avait été mariée ; soit, nous l'avons calomniée, elle n'a jamais été mariée ! Nous sommes, il faut en convenir, d'étranges calomniateurs, et madame Weber a d'étranges manières de se défendre contre nos calomnies. Je me demande encore une fois pourquoi se présenter comme victime ; quel était le motif, le but? Était-ce pour exciter votre intérêt? On sait bien que l'intérêt qu'on peut vous inspirer ne dicte pas vos jugements. A-t-on voulu reproduire à la barre ce qui se publie depuis six mois dans les salons de Paris pour se rendre l'opinion favorable? N'est-ce pas plutôt pour se donner le droit d'être vif et d'attaquer à son tour en ayant l'air de se défendre ?

La plaidoirie que vous avez entendue a été vive et cruelle pour mes clients. Il y a en particulier un point qui leur a été directement au cœur ; c'est ce qu'on a dit de Pierre Pescatore, de ce jeune homme qui en 1841 jeta le premier cri d'alarme, lorsqu'il vit la maison et l'affection de son oncle envahies par la nouvelle venue. Que n'a-t-on pas dit sur ce jeune homme? C'était un jeune homme léger, insouciant, ingrat envers son oncle, frappé dans sa raison et qui a fini par mourir fou. Il est triste d'avoir à défendre ses enfants contre une vengeance qui se réveille après quinze ans pour attaquer une tombe. Voyons cependant. Pierre Pescatore est mort fou ! Mon Dieu ! c'est le sort de beaucoup de vives et belles intelligences. Oui, dans les derniers jours de sa vie, il fut atteint d'une fièvre cérébrale et il y a succombé ! Voilà la vérité. Est-ce là ce qui vous donne le droit de dire qu'il est mort fou? D'un autre côté, vous prétendez que c'était un jeune étourdi. J'en appelle à tous ceux qui l'ont connu ; c'était une haute intelligence, et il avait le cœur à la hauteur de cette intelligence. On a trouvé dans les lettres que j'ai communiquées quelques phrases qu'on a lues au tribunal ; il faudrait les lire en entier, et j'espère que le

tribunal le fera ; il verra partout l'empreinte des sentiments les plus honorables, de son dévouement pour sa mère, pour sa sœur, de son affection pour
son oncle, mais aussi de la honte et de l'humiliation qu'il éprouvait en le
voyant sous une domination peu digne de lui. On vous a dit : Mais lisez ses
lettres et vous y verrez les calculs odieux que Pierre Pescatore faisait contre
la fortune de son oncle. Oui, lisons ensemble cette lettre, dont on ne vous a
lu que des fragments, et vous verrez qu'elle dit tout autre chose que ce
qu'on lui a fait dire :

« Plus j'examine cette position, plus je répugne à quitter la maison. Si je me
» retire, je voudrais continuer à travailler pour mon compte, et naturellement
» j'exploiterais les affaires de Hollande et d'Italie, ne laissant à mon oncle que ce
» qu'il y a de plus précaire. La position alors ne serait plus tenable. Si je me retire
» de la maison et des affaires, alors je crains pis encore et je me ferais d'éternels
» reproches s'il arrivait par là quelque accroc à la famille. Il n'y a donc de choix
» qu'entre deux partis : nous séparer entièrement, ou rester comme nous sommes.
» C'est à vous et au père de décider. »

Voilà ce qu'il écrit. Veut-il dire que quand il travaillera pour son compte,
il accaparera les affaires dans son intérêt et ne laissera à son oncle que ce
qu'il y a de plus précaire? C'est au contraire l'inconvénient qu'il redoute s'il
se retire ; aussi n'est-ce pas à ce moment qu'il se retirera. Ce n'est donc pas
par calcul personnel qu'il agit, et quand il quittera la maison, il abandonnera
complétement les affaires.

Ce jeune homme, au surplus, savez-vous quelle a été sa vie? A cet âge où
les jeunes gens sont encore sur les bancs du collége, il était déjà associé avec
son oncle : il parcourait l'Italie, la Hollande, la Belgique, les États-Unis ; il y
fondait ces grandes relations qui ont fait plus tard la fortune de la maison
Jean-Pierre Pescatore. Voilà ce qu'il faisait, ce jeune homme léger et étourdi
dont vous avez parlé avec tant d'amertume à la dernière audience. J'avais
besoin de le dire au tribunal et de rétablir, au nom d'une famille cruellement
blessée, l'honneur d'un de ses membres, dont le seul crime est d'avoir mis
obstacle pendant quelque temps à la domination que madame Weber cherchait
à exercer sur l'esprit de M. Pescatore.

On ne s'est pas borné à attaquer Pierre Pescatore, on a attaqué tous les au
tres parents. Ce sont d'*avides collatéraux* ; il n'y a qu'une question d'argent
dans leur pensée, il n'y a pas autre chose.

Voyons ce qu'il y a de vrai dans ce reproche. J'entends ces mots *avide*
collatéraux ; ce sont des expressions banales dont je comprends l'application
lorsqu'il s'agit d'hommes qui viennent contester les dernières volontés de leur
auteur, en vertu de liens de parenté qu'ils tiennent de la loi ; je comprend
très bien qu'on leur reproche de la convoitise, de l'avidité, quand ils veulent
empêcher que les volontés de leur auteur soient exécutées. Est-ce la situation
de nos clients? Ils sont neveux et nièces de M. Jean-Pierre Pescatore ; ils
viennent au nom de la loi, ils viennent surtout comme légataires en vertu
de la volonté du défunt, de sa volonté bien déterminée, bien persistante jusqu'à sa mort. Voilà en vertu de quel titre ils réclament ; leur titre est le même

que celui en vertu duquel madame Weber demande la délivrance des legs qui lui ont été faits; mais je puis le dire, ils ont de plus qu'elle les liens antérieurs et bien autrement respectables du sang et de la parenté. Ce sont des légataires universels demandant que l'attribution de leur legs leur soit faite suivant la volonté de leur auteur, n'aspirant pas à autre chose, s'interdisant de contredire en quoi que ce soit la volonté connue de celui de qui ils tiennent leur droit. Que devient donc cet étrange reproche de convoitise?

Ceci me conduit malgré moi, mais nécessairement, à examiner de nouveau l'effectif véritable de la succession laissée par M. Jean-Pierre Pescatore. J'avais dit au tribunal que l'ensemble total de la succession de M. Pescatore était de 13,366,000 fr. On m'a répondu : Vous vous trompez, c'est 17 millions qui forment l'ensemble de sa succession. Les documents que j'avais recueillis étaient tels, que j'ai été surpris de voir cette différence entre les calculs de mon honorable confrère et les miens. Je lui ai demandé communication des pièces sur lesquelles reposaient les calculs qu'il avait présentés au tribunal. J'ai là cette communication; c'est un état qui n'est pas suspect à madame Weber, il est intitulé : *Aperçu préparé dans l'étude de Mᵉ Fould, notaire, sur la communauté qui a existé entre M. et Madame Pescatore*. Quel est le résultat de cette liquidation de la communauté préparée en l'étude de Mᵉ Fould? Si je la consulte, je trouve que l'actif net de la communauté est porté à 13,043,646 fr. 81 cent. Qu'avons-nous à y ajouter pour faire la fortune personnelle de M. Pescatore? Trois choses :

1° Le domaine de Giscours.	500,000 fr.
2° L'hôtel de la rue Saint-Georges	500,000 fr.
3° La propriété de la Celle-Saint-Cloud, prise non dans son entier, mais déduction faite d'une somme de 340,000 fr., montant d'une partie de cet immeuble acquis pendant le cours de la communauté	640,000 fr.
Total	14,683,686 fr. 81 c.
Ou en chiffres ronds.	14,700,000 fr.

Nous ne sommes donc pas aussi loin de la vérité qu'on le disait, et le chiffre de 17,000,000 me semble déjà quelque peu imaginaire, car en adoptant le premier calcul de l'état, je trouve que l'actif total de la succession s'élèverait à 14,000,000 environ.

Mais ce n'est pas tout; dans l'état qu'on m'a communiqué, l'auteur du calcul s'est aperçu que pour trouver le chiffre exact de l'actif de la succession de M. Pescatore, il fallait en déduire les legs particuliers et la part de la communauté, et il trouve après cette double déduction que l'actif total s'élève à 13,724,836 fr. 21 c.

Il prend le huitième de cette somme, qui est de 465,604 fr. 56 c.; il y ajoute le huitième du capital qui restera libre à l'extinction des rentes viagères, c'est-à-dire 135,250 francs, et il trouve que chaque légataire universel aura 600,854 fr.

Voilà le premier calcul. L'auteur de ce calcul a bien compris qu'il était incomplet, qu'il y avait des rectifications à y faire, soit pour la communauté, soit pour la succession.

Quant à la communauté, il retranche, par suite de réductions à opérer sur les bénéfices de l'année dernière, une somme de 990,0 10 fr., plus le passif, et il arrive ainsi à trouver que la succession de M. Pescatore n'est plus que de 1,710,492 fr., dont le huitième pour chaque légataire universel est de 213,611 fr.

Voilà le résultat de l'aperçu qui nous est communiqué. Eh bien, cet aperçu n'est pas exact. La réduction de 990,000 fr. est incomplète et insuffisante, elle doit être portée beaucoup plus haut. Nous avons dans les mains le compte de M. Pescatore avec un négociant que je n'ai pas besoin de nommer, et nous voyons par le premier article que sur le capital de 3,500,000 fr. on a déduit spontanément 2,079,994 fr., ce qui réduit la créance à 1.420,006 fr. La succession de M. Pescatore, qui a deux tiers d'intérêt dans la maison, supportera les deux tiers de cette réduction de 2,079,994 fr., ce qui déjà dépasse de beaucoup les 990,000 fr. au retranchement desquels s'est borné l'auteur de l'aperçu.

Ce n'est pas le seul retranchement à faire, et je donne ces chiffres en gros pour ne pas me livrer à des calculs difficiles à faire dans une plaidoirie. On porte à l'actif de la communauté des indemnités pour des réparations qui auraient été faites à deux immeubles de M. Pescatore. Ces deux immeubles sont la Celle et Giscours, et ces indemnités peuvent s'élever à 200,000 fr.; il faut retrancher ces 200,000 fr. Et puis que le tribunal veuille bien se rappeler que dans la succession Pescatore, ainsi que je le lui ai dit, et l'on ne m'a pas répondu à cet égard, se trouvent de très nombreuses obligations sur une vingtaine de chemins de fer américains. Or, au nombre de ces obligations il y en a qui ne paient même plus de dividende, par conséquent il y a à peu près certitude que la succession de M. Pescatore éprouvera, de ce chef, une perte considérable. Que le tribunal veuille se rappeler encore ceci : nous admettons que le capital dû par le négociant auquel j'ai fait allusion sera remboursé en entier à la maison Pescatore. Or, rien n'est moins certain. Messieurs, je ne vous donne pas de chiffre précis, j'ai dit pourquoi au tribunal; mais le tribunal a vu que d'après l'état même qu'on produit, la part de chacun des légataires universels se réduirait à 213,600 fr. Que le tribunal veuille tenir compte d'abord des réductions nécessaires que nous lui indiquons, et puis de celles que nous ne prévoyons pas, mais que les événements peuvent amener, et il pourra apprécier à quelle somme serait réduit le huitième auquel chacun des légataires universels a droit dans la succession de leur oncle commun.

Messieurs, si cela est vrai, est-ce que les légataires universels n'ont pas le droit de faire remarquer le singulier résultat que produirait, contre la volonté de leur oncle, l'admission des prétentions de madame Weber? Ainsi, par exemple, madame Poulmaire recevrait 80.000 fr. pour son huitième et elle devrait rapporter à la succession 233,000 fr. de capital. Trois autres légataires universels, les enfants de M. Guillaume Pescatore, devraient tenir compte à la succession de 615,000 fr. dus par leur père, c'est-à-dire chacun de plus de 200,000 fr., et leur legs universel ne représenterait pas moitié de cette somme. Était-ce bien là la volonté de M. Pescatore, lui qui, dans sa correspondance, témoignait l'intention de relever par ses bienfaits la fortune de sa famille? A-t-il pu entendre que ses héritiers, ses légataires universels resteraient ses débiteurs? Il y a plus, il laissait à son frère Guillaume, devenu aveugle et frappé dans sa fortune par les événements de 1848, une pension viagère de 6,000 fr. que ses enfants doivent lui servir sur les legs qu'il leur fait : Comment se paiera cette rente? Le testateur aurait-il imposé une pareille obligation à des légataires qui ne recueilleraient absolument rien?

Ah! dit mon adversaire, vous vous êtes abusés sur les sentiments de ce vieillard; il vous a trompés. Il disait qu'il voulait vous laisser une partie de sa succession; c'était pour se débarrasser de vous et des obsessions dont il était accablé; en réalité il n'en avait aucune envie, ne le croyez pas.

Nous l'avons cru, nous le croyons encore, et tout ce que madame Weber pourra dire pour représenter M. Pescatore comme un homme qui cherchait à tromper sa famille, tout cela disparaîtra devant le témoignage éclatant de toute sa vie. M. Pescatore a donné des preuves non équivoques d'attachement à tous les siens; s'il y a quelque chose qui soit demeuré vivant dans la pensée de cet homme jusqu'à son dernier moment, c'est le sentiment profond de la famille, c'est son affection sincère pour tous ceux avec lesquels il avait passé sa vie ou qui avaient concouru à ses affaires. Toutes les fois qu'il y avait dans sa famille un événement douloureux ou joyeux, M. Pescatore quittait Paris, se rendait à Luxembourg et allait partager la peine ou la joie de ceux qui lui étaient unis par les liens du sang. J'ai entre les mains une foule de lettres qui parlent de cette affection, je demande au tribunal la permission de lui en lire une seule, je lui ferai grâce des autres, celle-là suffira pour montrer ce qu'étaient les sentiments de la famille dans le cœur de cet homme. Après la mort de Pierre Pescatore, de celui-là même qui avait été obligé de quitter la maison de son oncle, d'où le chassait la présence de madame Weber, il va mêler sa douleur à celle du père et de la mère, il essaie de les consoler, et quand ses affaires le rappellent à Paris, voici la lettre qu'il écrit à sa belle-sœur :

« Paris, le 19 décembre 1844.

« Je n'ai rien de plus pressé, ma chère Marie, que de vous exprimer la satisfac-
» tion que m'a laissée mon voyage, quoiqu'il fût occasionné et accompagné de sou-
» venirs bien douloureux, et comme il n'a eu en vue que votre personne et ceux
» qui vous entourent, il va de soi-même que c'est l'accueil que j'ai reçu qui en
» a fait le charme. C'est ainsi qu'on doit se retrouver après un naufrage, même quand
» on y a perdu une personne chère à tous, et c'est en resserrant les liens de famille
» qu'on parvient à opposer la seule résistance possible aux coups du sort.
» Les petits intérêts, les contrariétés journalières doivent disparaître devant un
» malheur commun; celui-là seul est digne d'occuper notre cœur et nos pensées,
» et c'est en élevant les unes et l'autre à la hauteur des devoirs qui restent à
» remplir, qu'on acquiert le courage nécessaire dans les circonstances difficiles
» et douloureuses. Ce courage, vous l'aurez, parce que vous avez l'âme haut
» placée, et quand vous aurez payé le tribut à la nature, vous vous élèverez au-
» dessus des douleurs communes pour vous occuper derechef du bonheur de vos
» petits enfants, ainsi que vous l'avez fait pendant trente ans pour leurs père et
mère.

» Pour ce qui concerne les intérêts matériels, qui ne sont pas à négliger en pareil
» cas, vous serez parfaitement secondée par Antoine ; il les comprend mieux que
» personne ; il y porte toute l'attention qu'ils méritent. Vos enfants, avec des ca-
» ractères divers, mais également bons, avec un dévouement et un amour sans
» bornes pour vous, vous aideront également ; et pourvu que de votre côté vous
» portiez vos regards sur l'avenir autant que sur le passé, vous ne manquerez pas
» de trouver dans l'un et l'autre le courage et les forces nécessaires aux devoirs qui
» vous restent encore à remplir ici-bas. Après quoi nous prendrons le chemin com-
» mun, et en jetant un dernier regard en arrière, nous trouverons que nous ne se-
» rons pas encore les plus à plaindre dans ce monde et dans les revers inséparables
» des nombreuses familles... Je voulais m'entretenir plus longtemps avec vous,
» mais le temps me manque, et force m'est d'écrire à la hâte et de finir en vous
» réitérant l'expression d'un attachement sincère et dévoué qui ne finira qu'avec
» les jours de votre frère et ami.

J.-P. Pescatore.

» Mes amitiés à toute la famille. »

Je pourrais prolonger ces lectures : j'ai lu beaucoup d'autres lettres ; elles
sont toutes empreintes des mêmes sentiments ; on y trouve le même caractère,
le même style du cœur. Je m'arrête, quelque soit le plaisir que je trouve à
lire ces lettres qui montrent M. Pescatore sous un jour nouveau, tel qu'il était,
non pas tel que Paris l'a connu. Le monde parisien, messieurs, n'a pas connu
M. Pescatore. Quand il allait se retremper aux sources salutaires et sacrées
de la famille, c'était un autre homme ; le caractère devenait plus serein,
l'esprit plus élevé, l'âme plus pure, le cœur plus tendre. Vous le voyez par ses
lettres ; à peine revenait-il à Paris, il y recommençait sa vie d'affaires et de
préoccupations, il y reprenait la lourde chaîne que faisait peser sur lui sa liaison
irrégulière avec madame Weber ; ce n'était plus le même homme. Triste,
mais utile expiation, peut-être imposée à ceux qui se placent en dehors des
règles de la société et au-dessus des lois sévères de la morale.

Ce que M. Pescatore était pour sa famille, vous le savez, messieurs ; demandez-
vous maintenant si, lorsqu'il disait à ses neveux : Ne soyez pas inquiets de l'a-
venir, les événements m'ont donné une grande fortune, elle sera à vous, vous
pouvez y compter, demandez-vous s'il voulait alors se jouer de leur crédulité ?
Ceux pour lesquels je me présente n'ont pas douté un moment que la volonté
de leur oncle et de leur frère ne fût tout entière dans les testaments de 1853
et de 1855. Tout leur appartenait en vertu des testaments, et cependant ces
héritiers si avides, si pleins de convoitise, se sont-ils montrés si rebelles à toute
transaction ? Non, messieurs, et je dois le dire, dès le premier moment ils ont
compris ce qu'avait de fâcheux pour une mémoire qui leur était chère un
procès de la nature de celui que nous discutons publiquement devant vous ; ils
l'ont compris, et ils ont fait tout ce qui était en leur pouvoir pour arriver à
une transaction.

Oui, nous a-t-on dit, ils voulaient permettre à madame Pescatore de porter
le deuil, le voile de veuve, et de garder le nom de Pescatore. Oui, ils le voulaient en effet, ils y consentaient ; mais ce n'était pas tout. Ils lui disaient :
Vous avez un capital de 500,000 fr., qui vous est assuré par le testament du
8 décembre 1855, nous consentons à le doubler ; vous aurez un million de

capital. Ils lui disaient: Vous avez 40,000 fr. de pension viagère, nous y en ajoutons 60,000 fr. Vous aurez 1,000,000 fr. de capital et 100,000 fr. de rentes viagères. Vous aurez de plus la jouissance de la Celle-Saint-Cloud, et toutes les valeurs que les testaments vous donnent. Voilà leur convoitise. Ils avaient pu croire que ces propositions seraient acceptées, elles ne l'ont pas été, ils se sont arrêtés. On ne peut pas faire tomber sur eux la responsabilité de ce procès; ils étaient disposés à faire des sacrifices, ils en ont proposé de considérables; ils n'ont pas pu laisser consommer leur ruine, et c'est pour cela que nous plaidons.

Voilà, messieurs, les reproches qui avaient été adressés d'une manière générale dans le cours de la plaidoirie de mon adversaire, à ceux pour lesquels je plaide ; j'avais à cœur d'y répondre, et maintenant je puis approcher de plus près la véritable question du procès, non que je veuille aborder immédiatement les discussions de droit civil et de droit canon dans lesquelles nous sommes engagés; il y a un point que je veux examiner auparavant. Je sais très bien, que quand je viens dire au tribunal : Ce mariage contracté en Espagne est nul aussi bien devant notre droit civil et notre droit public que devant la loi canonique, je raisonne sur une hypothèse, je sens très bien qu'il n'y a jamais eu mariage civil, dans l'intention des parties ; par conséquent, lorsque j'aborderai ce côté de la cause, il y aura en moi quelque chose qui me dira que je raisonne dans une pure hypothèse, qu'en réalité je sors de la vérité et que la vérité tout entière est dans cette proposition : Personne n'a jamais songé à un mariage selon la loi civile, ni M. Pescatore, ni madame Weber, ni monseigneur l'archevêque de Bordeaux. Ce qu'ils ont voulu nous le savons, c'est faire cesser une situation irrégulière, jeter sur des relations déjà anciennes un voile religieux, faire en un mot un mariage de conscience, et rien de plus. Ce point est important, et il m'importe, puisque c'est là la vérité, que le tribunal me permette d'y revenir en peu de mots pour m'expliquer sur le silence qu'on a opposé à quelques-unes de mes raisons, et pour examiner les moyens par lesquels on a cherché à les éluder.

J'avais dit au tribunal qu'il y avait eu un mariage de conscience ; je craignais qu'on ne vînt me dire : Qu'entendez-vous par un mariage de conscience ? On ne m'a pas fait cette question. J'ai cité le passage si énergique de monseigneur l'archevêque de Reims ; non-seulement je ne l'ai pas combattu, mais je me suis incliné devant cette autorité. On ne m'a pas répondu. J'avais dit : C'est un mariage de conscience, et nous pouvons en apporter la preuve.

Ce mariage, par qui a-t-il été préparé? Par monseigneur l'archevêque de Bordeaux. On savait qu'il devait être précédé de publications; on y a songé, mais on a voulu avoir des dispenses, et l'on a dû demander ces dispenses à monseigneur l'archevêque de Paris et à monseigneur l'évêque de Versailles. On a demandé des dispenses pour des publications religieuses ; quant à des publications civiles, on n'y a pas songé, ou si l'on y a songé, on n'a pas voulu les faire. Ce n'était pas le but que l'on s'était proposé. Monseigneur l'archevêque de Bordeaux comprend bien que ce mariage ne peut pas être célébré dans son diocèse. Pourquoi ? Est-ce qu'on ne marie pas à Bordeaux comme ailleurs? C'est qu'on ne veut contracter qu'un mariage religieux, et que la loi interdit (nous verrons tout à l'heure ce que la loi dit), sur le territoire français, tout mariage religieux qui n'est pas précédé du mariage civil. Monseigneur l'archevêque de Bordeaux écrit à monseigneur l'évêque de Pampeune. Lui donne-t-il l'autorisation de célébrer un mariage civil ? Non. Que lui écrit-il ? Le voici : « Permettez-moi de vous adresser deux personnes *qui ne veulent s'unir que religieusement.* » Quoi de plus clair, de plus précis ! Je n'ai pas cette lettre, à la vérité, mais si l'on doutait de son existence, je la ferais certifier par des autorités que vous ne récuseriez pas. Le subrogé tuteur de deux de mes clients l'a vue, l'a touchée, monseigneur l'évêque de Pampelune la lui a fait lire. Si depuis on l'a retirée de ses mains, on ne peut pas dire qu'elle n'ait pas été écrite. Comment aurait-il sans cela envoyé au curé de Renteria la permission de procéder au mariage ? Eh bien, vous le voyez, ils ne voulaient s'unir que religieusement. Cela est clair, précis ; il n'y a pas de dénégation possible. Je continue.

Si l'on songeait à faire un mariage civil, si l'on croyait en avoir fait un, on comprend très bien que ce mariage civil ne doit pas échapper aux regards de l'administration française, qu'il doit être transcrit sur les registres de l'état civil. Le transcrit-on quelque part ? Oui, on transcrit le mariage religieux sur le registre de la paroisse de Notre-Dame de Lorette ; quant aux registres de l'état civil, on n'y a pas pensé ; on ne le pouvait pas : ce n'était pas un mariage civil. Vous voyez que depuis le premier moment on a conçu la pensée de régulariser une situation anormale ; jusqu'après l'accomplissement de la dernière formalité qui a suivi la célébration, on n'a eu en vue qu'un mariage religieux. Fera-t-on ressortir un droit de communauté de ce mariage religieux ? Jamais on n'y pensera, nul n'y pensera. J'avais dit qu'en 1852, un don considérable avait été fait par M. Pescatore à madame Weber. Comment ? Que signifie le don d'une chose mobilière, si les époux sont communs en biens ? Cela est impossible, et à celui qui le fait et à celui qui l'accepte. Mais cela se comprend très bien s'il n'y a pas entre eux communauté.

J'avais dit encore : Lisez les testaments (je les ai fait imprimer pour qu'ils fussent constamment sous les yeux du tribunal) et recherchez-en l'esprit. J'affirme que leurs dispositions sont telles qu'elles excluent toute idée de communauté. Interrogeons ces testaments dans leurs différentes parties, et nous n'y verrons aucune trace de communauté, pas plus dans celui de 1855 qu'en celui de 1853. Dans le premier, vous trouverez une clause singulière. Il y a deux ans que le mariage est fait ; s'il a été fait régulièrement, la première chose qu'on y trouvera, ce sera le nom de madame Pescatore. Le mari doit être le premier à donner à son épouse le nom qui lui appartient légitimement. Eh bien, non, on n'y trouvera que le nom de madame *Weber*, et le testateur dira : *madame Weber.* Il ne dira *ma femme* qu'une fois. Dans quelle disposition ? Dans la disposition qui concerne monseigneur l'archevêque de Bordeaux :

« Je donne et lègue à S. E. Mgr Donnet, cardinal archevêque de Bordeaux, une
» somme de 20,000 francs en reconnaissance des bontés qu'il a eues pour ma
» femme et pour moi-même, en nous ramenant dans le giron de l'Église et en con-
» seillant et facilitant notre mariage. Si je ne donne pas de destination spéciale à

» cette somme, c'est que je sais d'avance que Son Éminence en fera l'emploi le plus
» utile et le plus charitable. »

Vient ensuite le legs qu'il fait à ses domestiques, et sur lequel j'appelle
votre attention :

« Je donne et lègue à chacun de mes domestiques des deux sexes, y compris
» les concierges et garçons de recette, une somme égale à leur salaire annuel s'ils
» sont à mon service depuis trois ans au jour de mon décès, et le double dudit trai-
» tement s'ils y sont depuis cinq ans et au delà.

» Par exception et sur la proposition de dame Anne-Catherine Weber, *que je*
» *désigne ainsi au lieu de ma femme, pour éviter toutes contestations de ce chef*,
» mes exécuteurs pourront augmenter quelques-unes de ces pensions, sans que
» leur maximum dépasse mille francs et sans que le nombre en aille au delà de
» trois ou quatre. »

Que veut-il dire par ces mots : « pour éviter toute contestation, » s'il l'a
nommée sa femme ? Pourquoi des contestations s'il est légitimement marié,
s'il y a eu un mariage complet ? Je comprends ces expressions s'il n'y a eu
qu'un mariage religieux, nul aux termes de la loi civile ; mais si le mariage a
été régulier, on ne peut comprendre les craintes et les précautions de M. Pescatore.

Et lorsque dans son dernier testament, celui qui a été fait la veille de sa
mort, à huit heures du soir, celui dans lequel il dictait au notaire ces deux
dispositions au profit de madame Pescatore, l'une par laquelle il lui donne
20,000 francs de rente viagère, l'autre 500,000 francs de capital, pourquoi ajoute-t-il que la rente de 20,000 francs devra lui être payée par sa
succession, *tant qu'elle aura la jouissance de la Celle ?* Le comprenez-
vous ? Comprenez-vous encore qu'il dise : la somme nécessaire pour, avec le
capital *qui lui appartient déjà*, compléter un capital de 500,000 fr.? Puisqu'elle
est en communauté, elle n'a pas besoin qu'on lui donne un capital qui lui
appartient déjà. Mais vous le comprenez très bien s'il n'y a pas communauté,
si la communauté n'a jamais existé dans la pensée de personne ; vous comprenez très bien que madame Weber étant déjà propriétaire d'un capital de
200,000 francs, le dernier testament élève ce capital à 500,000 francs.

Et remarquez, messieurs, que ce testament, fait en présence de la famille,
de madame Weber, des associés de M. Pescatore, des témoins instrumen-
taires, est une espèce de pacte de famille solennel, qui est contracté le 8 décembre, veille de la mort du testateur. Or ce pacte de famille exclut toute idée
de communauté ; la pensée du testateur s'en dégage aisément ; il veut assurer
à madame Weber, en sus des dons qui lui ont été faits, un capital suffisant
avec une rente viagère, mais rien de plus.

Le tribunal voit que dans tous les faits qui se sont passés, comme dans
tous les actes émanés de M. Pescatore, il n'y a eu aucune pensée d'attribuer
les avantages d'une communauté à madame Weber. Le comprendrait-on ?
Voyez comment cet homme, dont vous connaissez les sentiments de famille
si prononcés, procède dans ses testaments. Que donne-t-il à madame Weber ?
Songe-t-il à lui donner des valeurs considérables en toute propriété ? Non, il
lui donne la jouissance de la Celle, une rente viagère de 20,000 fr., qu'il

porte plus tard à 40,000 fr. Tout ce qu'il avait donné dans le premier testament, il le confirme dans le second, et il y ajoute 500,000 fr. de capital ; mais, toujours fidèle aux sentiments de la famille, il entend que le fond de sa fortune appartienne à ses parents, à ses héritiers légitimes. Quant à madame Weber, il lui laisse des rentes viagères, des jouissances et non des capitaux. Il n'a pas pensé un moment à lui laisser 5 à 6 millions par l'établissement d'une communauté.

Que nous a-t-on répondu sur ces faits que je rapporte sommairement? Nous a-t-on indiqué la manifestation d'une opinion contraire? Non, on ne la trouverait nulle part. Mais on argumente et l'on nous dit : Si M. Pescatore était venu à mourir le lendemain de son mariage ou quelques jours après, le premier testament qu'il a fait n'étant que du 8 octobre 1853, madame Weber n'aurait rien eu, il l'eût laissée sans ressources.

A quoi je réponds : Mon Dieu ! ce qu'elle aurait eu, c'est ce qu'elle avait avant le mariage. Sa situation eût été la même ; elle aurait eu le nom de plus, voilà tout. Mais j'ai une autre réponse à vous faire, et madame Weber la connaît tout aussi bien que moi : c'est que M. Pescatore avait depuis longtemps, et particulièrement depuis 1841, déposé son testament dans les mains de son collaborateur M. Wagner. Ce testament a été modifié trois ou quatre fois ; celui de 1853 n'est qu'une des dernières modifications de la volonté de M. Pescatore ; le testament qu'il a remplacé contenait déjà sans doute quelque libéralité en faveur de madame Weber.

Prenez garde d'ailleurs que votre argument ne tourne contre vous. Ne puis-je pas dire à madame Weber : Mais, si vous-même vous étiez décédée le lendemain de ce mariage, mariée en communauté, à qui donc serait passée la moitié de cette opulente fortune? à qui? A cet enfant, à cet Albert auquel M. Pescatore n'a rien donné dans son testament, n'a rien voulu donner. A qui encore ? A votre famille. Mais M. Pescatore n'avait pour elle aucune affection. La connaissait-il seulement ? Et vous supposez que M. Pescatore, homme rompu aux affaires, homme d'une grande intelligence, aurait accompli avec vous un acte de cette nature, un acte par lequel, dans le cas où vous viendriez à mourir quelques jours après, la moitié de sa fortune lui aurait été enlevée à lui, pour aller à vos héritiers, inconnus de lui, vos héritiers avec lesquels il est bien certain qu'il n'avait aucune relation ? Est-ce admissible, et cette présomption n'est-elle pas cent fois plus forte que celle que vous tiriez de ce que madame Weber n'aurait rien trouvé dans la succession de M. Pescatore ?

Vous vous demandez alors comment madame Weber, réduite à une misérable rente de 40,000 francs, pourrait conserver la jouissance de la Celle, dont vous portez l'entretien annuel à 80,000 francs. Je vous réponds d'abord que le testateur ne vous a pas imposé l'obligation de demeurer dans ce domaine. Vous pourriez, y restant, n'y pas mener la vie dont M. Pescatore avait l'habitude. Pourquoi auriez-vous même train, même luxe? Rien ne vous forcerait à calculer vos dépenses sur les siennes, et à maintenir cette propriété en l'état où, avec sa fortune, il lui était loisible et agréable de l'entretenir. Mais d'ailleurs, et j'y reviens, que ne l'abandonnez-vous ? M. Pescatore n'a jamais entendu que vous n'exerciez pas ce droit ; loin de là, il espère cet abandon, car voici ce que je lis dans ses deux testaments.

Dans le premier, dans celui de 1852, le testateur, après avoir constitué au profit de madame Weber l'usufruit de sa propriété de la Celle avec toutes les circonstances et dépendances, les meubles meublant et objets d'art qui s'y trouvent, ajoute :

« L'usufruitière, dame Anne-Catherine Weber, pourra, quand elle voudra, se
» désister de cet usufruit en prévenant six mois d'avance le légataire ci-après nommé
» de la nue-propriété de cet immeuble. et du jour où son droit d'usufruit viendra à
» cesser par l'effet de sa volonté, ladite dame Anne-Catherine Weber aura droit
» à la rente de 10,000 francs que ma succession sera ci-après chargée de servir et
» payer comme équivalent à cet usufruit au légataire de la nue-propriété, et ce de la
» même manière qu'au légataire et pendant la vie de dame Anne-Catherine Weber.»

Dans le dernier testament, il est dit que la pension de 20,000 francs par an devra être payée par la succession à madame Weber « tant qu'elle aura la jouissance de la Celle ».

Ainsi donc, l'objection disparaît. Madame Weber peut renoncer à la jouissance de la Celle. Est-ce à dire qu'elle sera dans la situation précaire dont parlait l'adversaire? Non, elle aura de quoi vivre honorablement avec 500,000 francs de capital et 50,000 francs de rente; elle ne manquera pas du nécessaire; elle aura même le superflu. Qu'elle se rappelle son passé, qu'elle interroge ses souvenirs, qu'elle se demande ce qu'était autrefois sa situation; si elle est juste, elle n'aura pas le droit de se plaindre.

Je réponds à un dernier reproche. On nous a dit que nous calomniions M. Pescatore, que nous l'accusions d'avoir agi comme un suborneur et d'avoir abusé de la confiance d'une femme. Dieu m'est témoin que jamais nous n'avons tenu ce langage, et aujourd'hui encore, loin d'accuser sa mémoire, je prends en main sa défense. M. Pescatore, je le proclame, ne s'est pas joué des sacrements; il n'a pas commis la violation de la promesse donnée; il n'a pas leurré madame Weber pour la faire tomber dans un piège. Voilà ce que j'avais dit déjà et je le répète; car tout le monde savait qu'on n'allait faire à Renteria qu'un mariage religieux, et quand je dis tout le monde, j'entends madame Weber elle-même comme monseigneur l'archevêque de Bordeaux.

Est-ce qu'en effet ce mariage a été préparé par le prélat à l'insu de madame Weber? Comment pourriez-vous le soutenir, vous qui, dans votre plaidoirie, avez parlé et des visites de monseigneur Donnet à Giscours, et des entretiens avec votre cliente, et de l'abjuration précédant de quelques jours le voyage d'Espagne?

Mais en présence de tout cela, pouvez-vous dire que M. Pescatore vous aurait trompée? Est-ce un reproche sérieux qu'on veut lui faire adresser par ma bouche? Examinons-le. Quel intérêt, quel motif, pouvaient porter M. Pescatore à ce mariage, en avait-il besoin? Ce mariage était-il nécessaire pour déterminer madame Weber, pour la faire consentir à avoir une vie commune avec lui?

Et comment prouve-t-on qu'il a trompé madame Weber, qu'il lui a fait croire à un mariage sérieux?

Mais pensez-y : M. Pescatore n'aurait pas commis cette fraude seul; il aurait eu un complice : ce prélat respectable qui avait dirigé toutes ces démarches, qui l'avait adressé à l'évêque de Pampelune, au curé de Renteria, qui a tout préparé, tout fait pour faciliter ce mariage, aurait donc, lui aussi, trempé dans une œuvre dolosive et frauduleuse? Non, cela ne se peut pas : chacun a su ce qu'il faisait ; personne n'a été trompé, n'a pu être trompé, sur la valeur de l'acte dont il s'agit.

Mais ce n'est pas tout : on a eu recours à je ne sais quelle scène funèbre. Dans la dernière journée de sa vie, M. Pescatore aurait fait approcher son frère Antoine et lui aurait dit : « Tu es le jurisconsulte de la famille, et tu m'as dit que mon mariage était bon, qu'il était inutile de faire des publications. Les amis de ma femme s'en préoccupent ; ils ont tort, car le mariage est bon.»

Messieurs, mes clients me chargent de vous dire qu'il leur répugne de traduire devant vous les paroles d'un mourant ; ils ont, ils auront toujours présent à leur souvenir ce moment solennel ; il leur répugne de faire de cela un moyen de plaidoirie. Mais quand on a fait de cette scène un aussi étrange récit, ils ont senti qu'il fallait la démentir. Je la démens en leur nom : jamais J.-P. Pescatore n'a prononcé de pareilles paroles ! Mais comment ! elles sont absurdes ! Mais jamais J.-P. Pescatore n'a pu dire à son frère Antoine : « Tu es le jurisconsulte de la famille. » Antoine n'a jamais été jurisconsulte ; il s'est contenté d'être un très habile manufacturier ; il a fondé une manufacture de tabacs. Jamais son frère n'a songé à le consulter. Il lui a écrit quelques lettres pour l'informer de sa situation ; voilà tout. Ce récit qu'on vous a fait est entièrement inexact.

Mais quoi ! il aurait dit encore à sa nièce, madame Dutreux :

« C'est à toi que je recommande ma femme en particulier, c'est toi qui m'en » rendras compte. »

Madame Dutreux proteste de toute sa force contre ces dernières paroles, contre le compte à rendre que son oncle lui aurait imposé : les derniers mots de son oncle ont été pour elle, pour elle seule. Ils étaient empreints de cette affection dévouée que son oncle lui a toujours témoignée. Rien de pareil à ce que raconte madame Weber n'a été dit.

Mais à cette époque s'est placé un fait à propos duquel je n'avais rien voulu affirmer : on aurait parlé d'un mariage civil *in extremis*. Mon habile confrère a été plus positif ; il a affirmé, et il a attribué à M. Pescatore la pensée de ce mariage. Cela est inexact : on y a songé pour lui, voilà la vérité.

Mais la fin de M. Pescatore approchait ; il fallait des dispenses de publication. On s'est adressé à M. l'adjoint du II⁰ arrondissement. L'adjoint a répondu : Remplissez les formalités légales, et je ferai ce que je pourrai. Alors on a tourné les yeux plus haut : un ami s'est adressé à M. le garde des sceaux lui-même pour être dispensé de toute publication. Le garde des sceaux a dignement répondu : « Il y en a un exemple dans mon ministère, je me le rappelle, je ne l'imiterai pas. »

Voilà ce qui s'est passé, messieurs. Et enfin, M. Antoine Pescatore affirme que le notaire Fould ayant parlé du mariage civil, lui, Antoine, aurait répondu : « Je me permettrai de rendre mon frère attentif aux conséquences d'un mariage civil qui n'aurait pas été précédé d'un contrat. » M. Fould repartit : « J'aurais moi-même prévenu M. Pescatore des effets légaux du mariage civil et j'aurais préparé un contrat de mariage. »

Tous ces faits pourraient être prouvés au besoin, si le tribunal le jugeait utile. Mais je me demande pourquoi tous ces bruits, ces murmures autour du lit de ce mourant; pourquoi ces préoccupations d'un mariage civil ? pourquoi toutes ces inquiétudes ? Il n'y avait donc pas de mariage contracté ! car on ne songe pas à se marier quand on l'est déjà. Permettez-moi d'adopter pour un moment votre version, tout inexacte qu'elle est. Vous prétendez que Jean-Pierre Pescatore était inquiet, qu'il craignait que l'on contestât le mariage qu'il avait contracté avec madame Weber, qu'il avait peur qu'on lui enlevât sa part de communauté ? Mais le 8 décembre au soir, quand il fait son dernier testament, s'il est inquiet, s'il craint qu'on enlève à sa femme les cinq à six millions qu'il voulait lui assurer, dites-vous, quoi de plus facile que d'insérer dans son testament une clause qui aurait mis madame Weber à l'abri. Rien n'était plus aisé, il était temps encore. Eh bien ! a-t-il rien fait de semblable ? a-t-il dit un mot de communauté ? Non, au lieu de cela il a donné ce que vous savez.

Enfin, messieurs, puisqu'on a parlé de ses derniers moments, je suis obligé de dire au tribunal un fait que je tiens, non de mes clients, mais d'une respectable personne qui assistait à la confection du testament. Voici le fait, et si le tribunal en faisait dépendre la solution du procès, il serait aisément prouvé. Avant que le dernier testament fût écrit, le 8 décembre au soir, M. Pescatore passa une demi-heure dans son lit de douleur, à expliquer à ceux qui l'environnaient (ses parents gardaient un profond silence) comment, par le testament de 1853, il avait fait pour madame Weber tout ce qu'il était possible de faire. Madame Weber, debout au pied de son lit, lui dit alors : « Eh bien, il faudra que j'aille demeurer dans une mansarde ! » C'est sur ces mots que M. Pescatore, touché, entraîné, autorisa le notaire à faire le testament qui complétait à madame Weber 500,000 francs de capital et lui donnait 40,000 francs de rente viagère. Songez-y donc ! quand on est en communauté et que de cette communauté on doit retirer 6 millions, est-on menacé d'aller habiter une mansarde ?

Le tribunal voit ce qu'il peut induire de ce dernier jour dont on a voulu reproduire les scènes lamentables ; je n'ai plus à répondre qu'à un seul fait, qu'à la vérité je n'ai pas bien compris.

On a produit deux testaments, non plus de celui qui est mort, mais d'une personne vivante, madame Weber ; elle a fait deux testaments qui n'ont aucun caractère sérieux, ils sont sur papier libre et avec des dates qu'on a pu mettre hier comme en 1853. Ces deux testaments ont été trouvés, dit-on, sous les scellés à l'époque de l'inventaire. J'ai là l'inventaire, je l'ai lu tout entier, il n'en dit rien, et pourtant une séance tout entière fut consacrée à l'appartement de madame Weber. Les héritiers disaient, il est vrai, qu'il n'y avait pas lieu d'inventorier les objets appartenant à madame Weber ; mais madame Weber insista, et alors on inventoria des robes, des châles, etc., mais de ces testaments que je tiens dans mes mains, pas un mot.

Et puis quand on les aurait trouvés sous les scellés, qu'importe ? Que disent ces testaments ? y est-il parlé de communauté ? En aucune façon. Je ne les lis pas, le tribunal les a sous les yeux, il peut voir s'il s'y trouve une seule fois le mot communauté. Madame Weber ne suppose même pas qu'elle soit commune en biens ; elle lègue à M Pescatore toute la fortune qu'elle laissera après sa mort : elle la lui lègue par un seul testament. Et puis par un second elle lui recommande le jeune Albert qu'elle le prie de traiter comme son fils ; j'ai donc le droit de me demander quelle preuve on veut tirer de ces testaments, relativement à la question.

Je crois par conséquent que je puis répéter ce que je disais dans ma première plaidoirie, que l'éclatante vérité qui ressort de tous les faits est celle-ci : Jamais ni M. Pescatore ni madame Weber n'ont cru un instant qu'ils étaient mariés civilement ; jamais ils n'ont cru ni l'un ni l'autre qu'il y eût entre eux communauté de biens. Et par conséquent ce que demande aujourd'hui madame Weber, la somme de 5 à 6 millions, ou toute autre dont je ne sais pas le chiffre, et qu'elle réclame à titre de femme commune en biens, c'est une somme qu'elle aurait obtenue de M. Pescatore sans qu'il le sût, qu'il lui aurait donnée sans s'en douter ; c'est une prétention que le tribunal n'accordera pas, car la première condition de l'existence d'une donation, c'est l'intention de donner.

Maintenant j'aborde la deuxième partie de ma discussion. Il faut que je raisonne sur une hypothèse, que j'accepte un instant une pure fiction. Cette fiction, cette hypothèse, la voici :

Le 8 novembre 1851, M. Pescatore et madame Weber auraient voulu contracter en Espagne un mariage civil ; ils seraient allés pour cela à quelques pas de la frontière, à Renteria, au lieu de passer ce mariage en France.

Ce mariage est-il valable ? Voilà la question que nous sommes obligés d'examiner à présent.

Cela nous mène à examiner si les conditions que l'article 170 exige pour la validité du mariage ont été remplies. Je rappelle sommairement qu'il y en a trois : compétence de l'officier de l'état civil, publications en France, transcription sur les registres de l'état civil français.

Je m'attache d'abord à la compétence de l'officier public qui aurait reçu l'acte de mariage de M. Pescatore et de madame Weber. Ils se sont mariés dans un pays soumis au concile de Trente. Ils ne pouvaient donc être mariés que par un curé, cela est indubitable, et, aux termes formels du concile, par leur propre curé. Ont-ils été mariés à Renteria par leur propre curé ? Je ne poserais pas cette question qui n'a pas même été contestée par mon adversaire, si l'on ne m'avait communiqué depuis ma plaidoirie deux consultations délibérées par des jurisconsultes espagnols : l'une à la date du 4 janvier, et l'autre à la date du 6 juillet 1856. La première a un caractère extraordinaire. Je conviens qu'elle porte un nom considérable, celui de M. Manuel Cortina. Si c'est le nom de M. Cortina qui a fait partie longtemps des chambres législatives d'Espagne, et qui s'y est fait remarquer autant par l'énergie de son caractère que par l'élévation de son talent, je professe pour ce nom un profond respect. A côté de lui, je trouve un M. Crooke, qui ne me paraît guère, par le nom, être un jurisconsulte espagnol, et puis je trouve un autre nom, celui de M. Serrano. Quoi qu'il en soit, ce document est assez étrange ; on nous en donne la fin, le commencement manque ; c'est un lambeau.

Comme ce lambeau est reproduit à peu près textuellement dans la consultation imprimée, c'est à celle-ci que le tribunal me permettra de m'attaquer ; elle a été délibérée par MM. José Morphy, Crooke et Serrano, nous n'y trouvons plus le nom de M. Manuel Cortina.

Que résulte-t-il de cette consultation délibérée par ces trois jurisconsultes dont les noms me sont complétement inconnus, ce qui m'oblige à peser leurs raisons plutôt que l'autorité de leur nom. Je commence par lire :

« Quelle est la législation espagnole? Le concile de Trente, et le décret des cor-
» tès du 23 février 1823, rétabli par la loi du 7 janvier 1837: et il est entendu que
» toutes nos lois civiles, y compris celle précitée, qui concernent le mariage, ne
» font autre chose que copier les dispositions de la séance 24, *De reformatione*
» *matrimonii* dudit concile, ou en ordonner l'étroite et rigoureuse observation. »

M⁰ CHAIX : La session 24 et non la séance 24.

M⁰ DUFAURE : Je lis comme il y a ; c'est une faute de M. José Morphy ou de l'imprimeur.

Bien, c'est le concile de Trente qui est la loi d'Espagne, que les cortès n'ont fait que copier, comme le dit M. José Morphy. Nous sommes tous d'accord, et il n'y a rien de nouveau sur ce point de la consultation des jurisconsultes espagnols. Maintenant entrez plus avant dans cette consultation ; au milieu des observations incohérentes, sans ordre et sans suite, qui la composent, savez-vous ce que vous trouverez ? Le tribunal me permettra de lui lire quelques passages. Voici le premier, page 37 :

« En effet, pour consacrer l'union de M. Pescatore et madame Weber, étrangers
» dans notre pays, et dont la résidence y est inconnue, les lois espagnoles exigent :
» « Parochis autem præcipit ne illorum (multi qui vagantur et incertas habent sedes)
» matrimoniis intersint nisi prius diligentem inquisitionem fecerint, et re ad ordi-
» narium delatâ, ab eo licentiam id faciendi obtinuerint. » (*Chapitre 7ᵉ, déc. De ref.*
» *mat., sess. 24 conc. Trid.*). « Mais ils (les curés) exigeront précisément ladite
» permission (celle de l'ordinaire) lorsque les contractants sont étrangers, errants,
» d'un autre diocèse, etc. » (Décret des Cortès du 23 février 1823, et loi du
» 7 janvier 1837.)

» Telles sont les règles qui, en Espagne, régissent les noces entre étrangers ou
» inconnus sans domicile certain.

» Est-il valide le mariage célébré à Renteria entre M. Pescatore et madame We-
» ber, étrangers sans domicile en ce lieu ni dans aucun autre d'Espagne ? Si ce ma-
» riage a été célébré après la plus minutieuse information sur les personnes et avec
» la permission de l'évêque de Pampelune, ordinaire de Renteria, et par-devant
» deux témoins, il est clair que l'on ne saurait en attaquer la validité. Nous l'avons
» déjà dit, le décret du 23 février 1823, et la loi qui l'a rétabli, en date du 7 jan-
» vier 1837, lesquels ne font autre chose que de prescrire l'observation des chapitres
» conciliaires premier et septième du décret *De reformatione matrimonii*, et le
» chapitre septième précité de ce décret, ordonnent cela expressément. »

Ainsi, veuillez bien le remarquer, c'est le chapitre 7 de la session 24 du concile de Trente que les jurisconsultes espagnols invoquent pour prouver que le curé de Renteria était le propre curé de M. Pescatore et de madame Weber. Nous trouvons la même pensée à la page 5 de la consultation :

« Le but des publications n'est pas celui d'éviter la clandestinité, car depuis le
» concile celle-ci n'existe pas, et elle ne peut pas exister en droit espagnol ; mais le
» but des publications est de faire connaître les circonstances des contractants, leur
» aptitude, leur liberté de tout empêchement, comme l'indiquent ces paroles mêmes
» du concile. »

Je ne lis pas toute la consultation, je m'arrête au principe. Quel est le
principe ? Il est dans le chapitre 7 de la session 24 du concile de Trente, et
c'est de ce chapitre 7 que les honorables jurisconsultes espagnols ont tiré
cette conséquence, que personne n'avait aperçue, que le curé de Renteria était
le propre curé de M. Pescatore et de madame Weber. Est-ce bien là ce qui
se trouve dans ce chapitre ? Le tribunal va le voir bientôt, et il va comprendre
la méprise.

Le chapitre 7 du concile est intitulé : *Vagi matrimonio cautè jungendi.*
« Des précautions à prendre pour marier les vagabonds. » Et puis voici ces
dispositions :

« Multi sunt qui vagantur et incertas habent sedes, et ut improbi sunt ingenii,
» primâ uxore relictâ, aliam, plerumque plures, illâ vivente, diversis in locis du-
» cunt ; cui morbo copiens sancta synodus occurrere, omnes ad quos spectat
» paternè monet ne hoc genus hominum vagantium ad matrimonium facilè reci-
» piant ; magistratus etiam seculares hortatur ut eos coerceant. Parochis autem
» præcipit ne illorum matrimoniis intersint, nisi prius diligentem inquisitionem
» fecerint, et re ad ordinarium delatâ, ab eo licentiam id faciendi obtinuerint. »

Que le tribunal me permette de lui lire la traduction littérale de ce passage :

« Il est bien des gens vagabonds et sans domicile connu, qui, méchants comme
» ils sont, abandonnent une première épouse et en prennent une ou plusieurs au-
» tres en différents lieux, auquel fléau le saint synode voulant porter remède, aver-
» tit paternellement tous ceux que cela regarde de ne pas admettre aisément au
» mariage cette espèce d'hommes vagabonds. Il avertit même les magistrats sécu-
» liers pour qu'ils les répriment sévèrement. Il prescrit aussi aux curés paroissiaux
» de ne pas intervenir à leur mariage avant d'avoir fait une diligente enquête et d'en
» référer à l'ordinaire pour avoir la permission de les marier. »

Voilà les dispositions du chapitre 7, qui ont fait croire aux jurisconsultes
espagnols que M. Pescatore et madame Weber, dont la condition était si
élevée, ont été mariés par leur propre curé.

Eh bien, messieurs, est-ce sérieusement qu'on a considéré M. Pescatore
et madame Weber comme deux vagabonds, deux bohémiens, errants sur le
territoire espagnol, se trouvant par hasard dans la paroisse de Renteria, et
demandant au curé de cette paroisse de bénir leur union ? Voilà pourtant, je
le répète encore, la disposition sur laquelle repose la consultation de nos
honorables confrères de Madrid.

Et qu'on ne dise pas que le mot *vagi* peut signifier autre chose que bohé-
mien ou vagabond ; qu'il peut s'appliquer aussi bien à un étranger qui viendrait pour la première fois dans un pays. Tous les docteurs canoniques s'élè-

veraient contre une telle interprétation; ils vous diraient'que *peregrinus*, qui
veut dire étranger, n'a jamais été synonyme de *vagus*, qui veut dire vagabond.

Je n'ose pas citer à mon confrère la plus grande autorité canonique, je
veux dire le cardinal Lambertini, devenu pape sous le nom de Benoît XIV, il
me répondrait que c'est une nouvelle erreur qui peut s'être glissée dans les
volumes nombreux de Benoît XIV, et je craindrais bien qu'avec ce raisonnement la plus grande autorité que nous ayons ne fût détruite en entier. Mais,
enfin, s'il ne veut pas que je lui montre le passage où Benoît XIV fait
la différence entre *vagus* et *peregrinus*, il me permettra peut-être de lui
citer Carrière qu'il a cité lui-même, et d'appeler son attention sur ce passage
du chapitre *de matrimonio*.

« Nomine vagorum illi intelliguntur qui non habent domicilium aut quasi domi-
» cilium, sed hinc inde vagantur. »

Eh bien, messieurs, vous le voyez, certaines gens n'ont pas de domicile :
les jurisconsultes disent avec raison qu'il est difficile à ces gens-là d'indiquer
leur propre curé; cela est très vrai pour des vagabonds; mais quand deux
personnes se présentent avec une double autorisation, avec une délégation et
des dispenses de l'archevêque de Bordeaux comme diocésains de ce prélat;
quand elles viennent chez le curé de Renteria avec des dispenses de l'archevêque de Paris et de l'évêque de Versailles, indiquant leur domicile de Paris
et leur domicile dans le diocèse de Versailles; comment peut-on les considérer
comme des vagabonds sans domicile connu, et dont le premier curé venu
pourrait être le *parochus*?

Je n'ai pas besoin d'insister d'avantage sur cette bizarre consultation. Personne n'a cru au principe sur lequel elle se fonde; personne, pas même le curé
de Renteria. Il n'a pas cru un instant qu'il allait marier deux vagabonds; il
n'a pas cru davantage qu'il fût le propre curé de M. Pescatore et de madame Weber. Je vous lirai tout à l'heure l'acte de mariage qu'il a dressé le
8 novembre 1851. Non, le curé de Renteria n'était pas le propre curé des
parties, celui qui, aux termes du Concile, pouvait les marier.

En quelle qualité, s'il n'était pas leur propre curé, les a-t-il mariés? Lui-
même nous le dit dans l'acte de mariage :

« Le huit novembre de l'année mil huit cent cinquante et un, moi soussigné,
» prêtre vicaire de la paroisse de Sainte-Marie-de-l'Assomption de cette noble et
» loyale ville de Renteria, autorisé par l'illustrissime et révérendissime archevêque
» de Bordeaux, Mgr Ferdinand-François-Auguste Donnet, à l'effet d'assister au
» présent mariage; ayant aussi reçu la permission de l'excellentissime et illustris-
» sime évêque de Pampelune au même effet (que le tribunal remarque ces mots :
» autorisé par l'un, ayant reçu la permission de l'autre), après dispenses des trois
» publications prescrites par le Concile, donnée, tant par l'illustrissime et révéren-
» dissime archevêque de Paris, Mgr Dominique-Auguste Sibour, à cause de la rési-
» dence des contractants dans la ville de Paris, que par le susdit illustrissime et
» révérendissime archevêque de Bordeaux, en raison de ce qu'ils sont ses parois-
» siens; lesdits contractants ayant reçu les saints sacrements de la confession et de
» la communion des mains de leur prélat, ainsi que le tout est établi par les docu-
» ments que les intéressés ont présentés et qui sont restés en mon pouvoir, ai

» assisté au mariage, qu'avec les paroles d'usage, et comme l'ordonne notre sainte
» mère l'Église catholique romaine, ont contracté entre eux M. Jean-Pierre Pes-
» catore, etc. »

Il comprend donc bien qu'il ne fait pas le mariage comme le propre curé
des deux personnes qui se présentent devant lui ; il n'observe aucune des
injonctions si minutieuses du chapitre VII de la session 24 du concile de
Trente ; il a reçu l'autorisation de monseigneur l'archevêque de Bordeaux, et
en vertu de cette autorisation, il marie, et l'autorisation reste annexée à l'acte
de mariage.

Maintenant, j'avais dans ma plaidoirie, appelé *délégation* cette autorisation adressée par monseigneur l'archevêque de Bordeaux au curé de Renteria.
Mais je suis obligé de convenir humblement que j'ai très étonné, presque
scandalisé mon honorable confrère en employant le mot de *délégation*. Il m'a
même dit, je crois, qu'il fallait venir ici pour entendre prononcer des mots
pareils qui sont la confusion de tous les éléments du droit canon. Voyons s i
cela est exact, si j'ai été aussi barbare qu'il a dit que je l'étais : et, d'abord,
ce que j'ai de mieux à faire, c'est de lire les termes de l'autorisation de monseigneur l'archevêque de Bordeaux ; si je me trompe avec lui, je me trom-
perai au moins en bonne compagnie. Voici cette autorisation :

« Monsieur le curé,
» Le porteur de cette lettre est M. Pescatore, mon diocésain, à l'occasion du-
» quel ont dû vous écrire, et Mgr l'évêque de Pampelune et le révérend père
» général des Augustins, qui réside en ce moment à Libourne.
» M. Pescatore vous remettra :
» 1° Les dispenses de publications des diocèses de Paris, de Versailles et de
» Bordeaux ;
» 2° Un billet de confession signé de moi pour lui et sa future ;
» 3° Par cette lettre, je vous donne *délégation* pour agir comme propre prêtre
» à l'égard de M. J.-P. Pescatore et de Anne-Catherine Weber, mes diocésains.
» Je déclare qu'ils ne sont liés par aucun empêchement canonique, et j'assume
» devant Dieu toute la responsabilité de l'acte que vous allez faire en leur donnant
» la bénédiction nuptiale. »

Mais voilà monseigneur l'archevêque de Bordeaux aussi barbare que moi :
« Je vous donne *délégation* pour agir comme propre prêtre à l'égard de
M. J.-P. Pescatore, et de Anne-Catherine Weber, mes diocésains. » C'est
donc une véritable délégation que monseigneur l'archevêque de Bordeaux lui-
même entend donner au curé de Renteria, pour marier M. Pescatore et madame Weber !

Allons plus loin, et voyons si, en effet, nous nous sommes trompés et sur le
mot et sur les conséquences qu'il convient de tirer de l'expression que j'ai
employée.

Messieurs, il y a un premier point sur lequel je suis obligé de m'entendre
avec mon confrère et avec le tribunal. J'avais invoqué des autorités que nous
avons l'habitude de respecter ; c'étaient des noms comme ceux de Pothier, de
Domat, de d'Aguesseau. Repoussez tous ces noms, vous a dit mon adversaire,

je frémis quand j'entends invoquer Pothier dans une question pareille. Et pourquoi frémissez-vous ? Parce que Pothier était gallican, et qu'il ne peut pas faire autorité sur l'interprétation du concile de Trente. En effet, le concile de Trente n'a pas été reçu en France. Les jurisconsultes français sont ses ennemis. Comment voulez-vous leur demander l'interprétation d'un concile qu'ils ont combattu, combattu à outrance !

Voyons ce qu'il y a de vrai dans cette réflexion qui fait si facilement litière des gloires les plus pures, les plus morales, les plus religieuses de la jurisprudence française.

Le concile de Trente n'a pas été reçu en France ; mais, vous le savez tout aussi bien que moi, ce n'est pas à cause du titre contre la clandestinité du mariage ; c'est pour un tout autre motif. C'est parce que dans le concile de Trente se trouvaient des dispositions multipliées qui portaient atteinte à l'autorité civile des rois de France. Voulez-vous que je vous en cite des exemples ? J'ai entre les mains la liste qui en a été dressée en 1593 par le président Leprestre et les autres députés aux États de la Ligue ; une assemblée qui, certes, n'avait aucune répugnance pour l'autorité de Rome ; et dans cette liste très nombreuse vous trouvez les cas suivants :

« Session 6, chap. I.
» Le concile donne au pape le pouvoir de nommer des évêques en la place » de ceux qui ne résident pas, ce qui est encore contre le droit commun du » royaume.

» Session 7.
» Le concile donne la disposition des hôpitaux, des collèges, des fabriques et des » confréries des laïques, aux évêques, avec la disposition des fruits et la reddition » des comptes, et les fait exécuteurs des testaments, toutes lesquelles choses appar- » tiennent, en France, aux juges royaux.

» Session 22.
» On donne aux évêques le pouvoir d'examiner les notaires royaux et de les » priver de la fonction de leurs charges. Ce qui est contre l'autorité du roi et de » ses officiers. »
» Dans la session 24, on donne aux évêques la connaissance des concubinages et » adultères, ce qui a toujours été réservé aux juges royaux. »

J'en passe et beaucoup d'autres ; vous voyez donc pourquoi le concile de Trente a été repoussé ; c'est parce qu'il s'y trouve une foule de cas dont la connaissance, qui appartient à l'autorité civile, avait été attribuée à l'autorité ecclésiastique. C'est pour cela que malgré toutes les instances que la cour de Rome n'a cessé de faire jusqu'à Louis XIV, le concile de Trente n'a jamais pu être admis en France.

Mais il fut admis en Espagne, nous dit-on : Mon Dieu ! sauf des différences de forme, ce qui s'est passé en Espagne ressemble à ce qui s'est passé en France. Le roi Philippe II prit soin que l'acceptation en eût lieu par son autorité seule, sans faire mention de celle du pape, nonobstant les plaintes de la cour de Rome ; et il eut soin de faire des réserves de fait sur tous les points qui concernaient des empiétements de l'Église sur l'autorité royale : ces points

étaient les mêmes que ceux dont on n'avait pas voulu en France. Voilà ce qui
s'est passé pour le concile de Trente.

Quant à la session 24, contre la clandestinité du mariage, est-ce qu'elle a
été refusée en France? Voici ce que disent à cet égard les *Conférences de
Paris*, t. III, p. 222 :

> « Quoique nous ne voyions pas que le corps de la discipline du saint concile de
> » Trente y ait été reçu ni publié, le décret des mariages clandestins y est en usage
> » et y a été reçu et publié par l'Église avec l'autorité de nos rois. Le rituel de Paris
> » le marque expressément.
> » Henri III, art. 40 de l'ordonnance de Blois ; Henri IV, art. 12 de l'ordonnance
> » de 1606 ; Louis XIII, dans les édits de 1629 à 1639 ; et Louis XIV, par son édit
> » de 1697, veulent que l'on observe les solennités et les cérémonies qui ont été
> » prescrites par les saints conciles. »

Vous voyez que la session 24 a été admise en France alors que le Concile
de Trente entier n'y était pas reçu, et elle a été observée jusqu'en 1792, jusqu'à l'époque où l'autorité civile, où la distinction du contrat et du sacrement
a été nettement tranchée. Jusque là le Concile de Trente, en ce qui touche le
mariage, a été aussi respecté en France qu'en Espagne.

Il y avait une bonne raison pour cela, et vous allez la comprendre immédiatement. Si vous voulez vous reporter à l'histoire du Concile de Trente, vous
verrez les luttes considérables qui s'élevèrent au moment où l'on aborda la
session 24, qui avait pour but d'empêcher la clandestinité du mariage. Qui
soutenait les dispositions nouvelles portées dans le projet en discussion?
C'étaient les ambassadeurs de France et d'Espagne. Qui les combattait énergiquement? C'était à la suite du père Lainez, général des jésuites, tout le
parti ultramontain qui prenait part aux délibérations du Concile. Ainsi, tandis
que le parti ultramontain combattait les nouveaux articles sur la clandestinité
du mariage, nos jurisconsultes français les soutenaient, ces mêmes jurisconsultes dont on a fait si bon marché à la dernière audience.

Qui croirez-vous donc des jurisconsultes français qui ont fait adopter
la législation du Concile de Trente, ou des ultramontains qui se sont défendus contre elle (Sanchez, par exemple, que mon confrère admirait tant
l'autre jour) ; de ces hommes qui, par des commentaires subtils, ont tout fait
pour énerver, pour infirmer les énergiques prescriptions de la session 24?
J'ai donc le droit de dire que pour l'interprétation du décret du Concile de
Trente, nous ne pouvons pas repousser ces grands noms, ces grands hommes,
qui ont tant fait pour fonder chez nous la jurisprudence, les Pothier, les
d'Aguesseau, les Domat, etc. Ce n'est pas que je cherche à repousser en tout
point l'autorité des canonistes que mon confrère a invoqués; je tenais seulement à montrer au tribunal que je suis dans mon droit et dans le vrai, lorsque
je me permets d'invoquer Pothier et d'Aguesseau. J'ai cité Pothier, je pourrais citer aussi Michel Duperrey et l'abbé Fleury dans son *Histoire ecclésiastique*. Il en est un surtout dont je tiens à vous parler, qui est revenu plus
d'une fois sur ces questions de propre curé et de délégation : c'est d'Aguesseau.

Que le tribunal me permette de replacer sous ses yeux un passage de ce plaidoyer de d'Aguesseau que l'on a cité deux fois contre nous, à la dernière audience ; c'est le cinquante-septième plaidoyer, sur le mariage du duc de Guise. Vous savez que ce mariage avait été contracté à Bruxelles, en territoire étranger. Eh bien, prenez d'Aguesseau, et vous y verrez appliqués tous les principes que nous invoquons. Vous y lirez que rien ne peut couvrir des irrégularités pareilles à celles que nous reprochons au mariage du 8 novembre.

« Sans emprunter, dit-il, l'autorité de ces grandes maximes, tant de fois répé-
» tées en votre audience, que l'abus ne se couvre point, que l'on ne peut prescrire
» contre la pureté de la discipline des mariages ; que la nullité du titre réclame
» perpétuellement contre ceux qui veulent s'en servir et qu'elle pousse toujours
» une voix éclatante qui excite dans tous les temps la sévérité de la justice. »

Dans un autre passage du célèbre jurisconsulte vous trouverez le jugement qu'il porte sur les canonistes que mon adversaire a pris pour auxiliaires dans toute sa plaidoirie :

« Les docteurs les plus relâchés soutiennent ce sentiment comme les plus
» sévères : et celui même que vous n'avez jamais souffert que l'on citât en cette
» audience, et qui mériterait de ne l'être en aucun endroit, Sanchez, dont nous
» prononçons le nom avec peine dans la place que nous avons l'honneur de rem-
» plir, n'a pu s'empêcher, en cette occasion, d'être dans le parti de la règle, et de
» s'attacher à la seule opinion qui puisse paraître légitime. »

Messieurs, je l'ai dit, les jurisconsultes français n'admettent pas le moindre doute sur ce point. Et maintenant tous les canonistes, tous, un seul excepté, emploient le mot de *délégation* ou un mot semblable. Benoît XIV, par exemple, s'est servi du mot *commission*. On a cité contre moi l'ouvrage de Carrière, adopté dans tous les séminaires de France, et l'on vous a lu un passage dans lequel il paraîtrait employer dans un autre mot, le mot *Licence :* ce passage ne s'applique pas du tout à la matière qui nous occupe, c'est un cas tout particulier. L'auteur recherche la qualité du curé qui assiste au mariage, il se demande si le curé excommunié peut y assister, et c'est là qu'il dit non, il ne peut pas.

Mais Carrière lui-même, à la page suivante, parle de cette autorisation qui doit être donnée par le propre curé à un autre curé, pour que ce dernier puisse marier à sa place ; et en quels termes s'exprime-t-il ? Mon adversaire croirait à peine à la vérité de ce que je vais dire :

« Potest episcopus inconsulto aut etiam invito parocho, alium sacerdotem dele-
» gare..... Quinam possint delegare..... Quis delegare possit ?.... Qualis debet esse
» delegatio ? »

Il y a donc partout *delegatus, delegatio,* dans le livre qui est entre les mains de nos séminaristes. Qu'en dit encore mon honorable adversaire ? Maintenant voici le livre de M. Bouvier, l'ancien évêque de Mans ; j'y trouve les mêmes expressions ; et Mgr Gousset, qu'on invoque contre nous ? J'ouvre son livre de *Théologie morale*; voyons si ce mot proscrit va s'y trouver? Je lis à la page 204 :

« On peut se marier, non-seulement devant le curé de la paroisse où l'on a
» acquis le domicile, quant au mariage; mais encore devant tout autre prêtre dé-
» légué ou par le curé de cette paroisse, ou par l'évêque, ou par le Souverain-
» Pontife. Un évêque peut marier ses diocésains ou déléguer un autre prêtre que
» le curé pour leurs mariages. Le vicaire même d'un curé pouvant, en vertu d'une
» commission générale, faire dans la paroisse ce que le curé n'y fait pas, a droit
» de déléguer un autre prêtre pour les mariages qu'il doit faire : *Delegatus ad*
» *universalitatem causarum delegare potest...* »

Je crains que le tribunal ne trouve que monseigneur Gousset répète trop souvent cette expression. Je pourrais citer vingt, trente canonistes, je vous épargne ces citations, je n'y rencontrerais pas d'autre expression que les mots *delegare, delegatio, delegatus*; c'est toujours délégation. Vous voyez que nos jurisconsultes français n'avaient pas tout à fait tort, et qu'ils étaient d'accord avec tout le monde en déclarant positivement que lorsque le propre curé ne mariait pas, il pouvait faire faire le mariage par un curé qu'il déléguait à l'effet d'y assister; vous voyez enfin que monseigneur l'archevêque de Bordeaux, dans la lettre qu'il écrit au curé de Renteria, n'a pas d'autre mot que celui-là : « Je vous donne délégation pour faire le mariage de M. Pescatore et de madame Weber. »

Messieurs, s'il y a eu délégation, la conséquence va toute seule. Que dit Pothier avec lequel je vous suppose réconcilié? Une délégation, c'est un mandat. Monseigneur l'archevêque de Bordeaux était le mandant, le curé de Renteria n'était que le mandataire; c'est pour cela qu'il dit : « J'assume sur moi devant Dieu et devant les hommes la responsabilité du mariage que vous allez faire. » Ce sont les derniers mots de la lettre qu'il écrit.

Eh bien, si ce mariage est fait par délégation, monseigneur l'archevêque de Bordeaux étant le mandant, le propre curé, c'est lui qui fait le mariage. Monseigneur l'archevêque de Bordeaux pouvait-il donner à Bordeaux, sur le territoire français, d'après la règle *Locus regit actum*, une délégation au curé de Renteria pour faire en Espagne ce que la loi ne lui permettait pas de faire lui-même en France? Pouvait-il faire contracter ainsi un mariage religieux? Première question. Reste la seconde : Pouvait-il faire contracter ainsi un mariage civil? Le pouvait-il? Je réponds : Non. Par conséquent, le mariage passé en Espagne par monseigneur l'archevêque de Bordeaux est nul, comme s'il eût été passé en France.

On aborde de front la difficulté et l'on nous dit : Monseigneur l'archevêque de Bordeaux ne pouvait-il pas prendre ses deux paroissiens par la main, aller à une demi-lieue de la frontière, et là les marier?

Je n'examine pas la question au point de vue canonique: ce serait une discussion trop subtile et oiseuse, dont nous aurions de la peine à faire ressortir la vérité; mais au point de vue de nos lois civiles, j'accepte votre hypothèse; elle est excellente : elle fera parfaitement comprendre le véritable caractère du mariage qui a été passé. Oui, monseigneur l'archevêque de Bordeaux, en donnant sa délégation, aurait fait parfaitement ce que vous supposez. Il aurait

pris ses deux paroissiens par la main ; il aurait été les marier à une demi-
lieue de la frontière Le tribunal appréciera aisément, et je lui montrerai plus
spécialement tout à l'heure, les conséquences de cette prétention singulière et
hardie qu'on vient soutenir devant lui, et qui permettrait d'aller faire en
Espagne des mariages interdits en France.

Quant à présent, bornons-nous à ce que nous avons dit. C'est monseigneur
l'archevêque de Bordeaux qui fait le mariage. Ce n'est point un mariage
espagnol qui est fait ; il ne suffit pas pour cela qu'il soit fait sur le territoire
d'Espagne ; il est contracté entre deux Français, c'est suivant les lois françaises
qu'il faut en apprécier la validité, et il n'aurait pas plus de valeur à cet égard
qu'un mariage contracté en France.

Mais enfin si c'était un mariage espagnol, s'il fallait l'apprécier au point de
vue de la loi espagnole, serait-il valable pour cela ? Monseigneur de Bordeaux,
qui a donné sa délégation pour que le curé de Renteria pût y procéder, avait-
il, aux termes de la jurisprudence canonique, le droit de la donner ? Vous
savez qu'elle peut être donnée ou par le propre curé ou par l'ordinaire à deux
diocésains. Or, M. Pescatore et madame Weber étaient-ils les diocésains de
monseigneur l'archevêque de Bordeaux ?

Messieurs, c'est ici une question de domicile. En droit canonique, c'est le
domicile qui vous constitue paroissien ou diocésain. En fait, vous le savez,
M. Pescatore et madame Weber avaient deux domiciles, l'un à Paris,
l'autre à Saint-Cloud, dans le diocèse de Versailles ; ils passaient ici l'hiver,
là l'été, et ils ne faisaient qu'un séjour momentané à Giscours pour leurs
vendanges. On a dit qu'en 1851, M. Pescatore y était allé au mois d'avril.
Oui, il y est allé au mois d'avril pour affaires ; il y est resté huit à dix jours,
puis il est reparti pour Paris ou pour la Celle. Il y est retourné le 22 septembre, et il y est demeuré jusqu'au 11 novembre, c'est-à-dire jusqu'à
l'époque du mariage qu'il a contracté avec madame Weber. Voilà le fait ; il
n'y a pas autre chose. Eh bien, un mois, un mois et demi passés à Giscours,
sur dix mois et demi, onze mois passés à Paris et à la Celle-Saint-Cloud, cela
constitue-t-il le domicile matrimonial ? Nous avons distribué, messieurs, un
document que le tribunal voudra bien consulter dans la chambre du conseil,
précisément sur cette question de domicile ; c'est une consultation émanée
d'une des corporations les plus savantes de l'Europe, de l'Université de Louvain. Je ne vous en lirai que la conclusion qui se trouve à la page 40 :

Conclusion. — « Quoiqu'il n'y ait rien de décidé sur la question générale, que
» nous avons traitée, néanmoins tous les documents qui renferment la doctrine ap-
» pliquée par Benoît XV dans sa constitution *Paucis abhinc*, nous autorisent à dire
» qu'il ne faut pas prendre le séjour d'au moins un mois, dont ils parlent, abstrac-
» tion faite de toutes circonstances et de l'intention. Il faut le combiner avec les dé-
» cisions qui rejettent comme insuffisant le séjour fait pour cause de récréation ou
» d'opérations rurales, et avec celles qui excluent la qualité de paroissien pour ceux
» qui se rendent dans un endroit dans le but de s'y marier et de retourner aussitôt
» après au lieu de leur habitation ordinaire. Dans ces deux cas exceptionnels, le
» séjour d'au moins un mois perd l'idée d'habitation, et il ne constitue pas un quasi-
» domicile. Dès lors, ceux qui viennent dans le but de se marier après le court sé-
» jour indiqué, et de quitter aussitôt après le mariage, sont censés célébrer ce ma-

» riage en fraude de leur propre curé ou ordinaire ; car il n'est aucunement néces-
» saire qu'eux-mêmes aient eu l'intention explicite de fraude ; cette fraude se trouve
» toujours de *fait* dans l'acte même de ceux qui se marient devant un curé, dans
» la paroisse duquel ils n'ont ni domicile ni quasi-domicile, et qui ne sont pas de
» ceux qu'on appelle *vagi*. Il suffit, pour qu'il y ait la fraude dont parlent les dé-
» cisions du Saint-Siége et les auteurs, que, n'étant pas *vagi*, les parties aient con-
» tracté mariage dans un endroit où chacune d'elles n'avait domicile ni quasi-
» domicile, soit que ce mariage ait été célébré clandestinement dans un endroit où
» la loi du Concile de Trente n'oblige pas, soit qu'il l'ait été devant le curé de l'en-
» droit, où cette loi est obligatoire.

» Si les deux exceptions indiquées sont fondées, comme nous le croyons, et si,
» par conséquent, pour voir si le quasi-domicile est acquis pour un ou deux mois
» de séjour, il faut faire attention à certaines circonstances et à certaine intention ;
» on comprend aisément la circonspection, la réserve avec lesquelles Benoît XIV
» parle de ce mois de séjour dans sa constitution *Paucis abhinc*. On comprend
» également la même circonspection, la même réserve, employée dans une cause
» très récente par le Saint-Office.

» On avait demandé la réponse au doute suivant : « *Joannes et Maria Mechliniæ*
» *domicilia habentes Londinum veniunt, et sine auctoritate vel licentiá suorum*
» *parochorum, uno solummodo mense elapso, Londini matrimonium contrahunt.*
» *Quæritur utrum hoc matrimonium invalidum sit propter supradictum decre-*
» *tum Concilii Tridentini* (sess. XXIV, cap. I, DE REF. MATR.) *necne?* » Or, que
» fait le Saint-Office ? dit-il que le mariage est valable à cause du mois de séjour,
» formellement exprimé dans la demande ? Rien n'était plus simple, s'il ne fallait
» que le séjour d'un mois quel qu'il fût. Et cependant le Saint-Office renvoie à la
» Const. *Paucis abhinc* de Benoît XIV. « *Feria IV, die* 6 *decembris* 1843 *SSmus*
» *D. N. Div. Prov. Gregorius PP. XVI, in solitá audientiá R. P. D. assessori*
» *S. Officii impertitá, auditá relatione suprascriptæ epistolæ una cum Emi-*
» *nentissimorum et RR. DD. Cardinalium Gener. Inquis. suffragiis dixit : Stet*
» *Epistolæ Benedicti XIV ad Archiepiscopum Goanum. Angelus Argenti, S. Rom.*
» *et Univ. Inquis. Notarius.* » Grégoire XVI, au lieu de répondre affirmativement
» ou négativement au doute proposé, dit qu'il faut suivre la Constitution *Paucis*
» *abhinc* ; il veut qu'on décide d'après celle-ci. Mais quel en est le sens ? nous
» l'avons vu plus haut ; et ici nous trouvons la même réserve dans la réponse de
» Grégoire XVI, que dans la Constitution *Paucis abhinc*. C'est que le séjour d'un
» mois peut être suffisant, mais aussi, il peut ne pas l'être ; cela dépend de cer-
» taines circonstances d'après lesquelles il y aura ou il n'y aura pas acquisition de
» quasi-domicile. »

Les auteurs de cette consultation, que je ne lis pas en entier, examinent la
question de savoir si M. Pescatore et madame Weber avaient le domicile matrimonial dans le diocèse de Bordeaux, et ils la résolvent négativement. Ils
examinent ensuite la question suivante : L'évêque de Z. (Bordeaux) était-il
devenu le propre curé de la dame Weber, par suite de son abjuration :

« La réponse, disent-ils, est nécessairement négative. La qualité de paroissien ne
» s'acquiert que par le domicile ou le quasi-domicile, et ceux-ci ne se règlent que
» d'après l'habitation. Or, l'abjuration du protestantisme est évidemment étran-
» gère à toute idée d'habitation. Il est vrai que, d'après de graves auteurs, un in-
» fidèle, qui se convertit au christianisme, peut recevoir les ordres de l'évêque dans
» le diocèse duquel il a reçu le baptème, mais ils enseignent explicitement que

» c'est à cause de sa naissance spirituelle, qu'il a alors l'évêque de ce diocèse comme
» évêque d'origine, de naissance.

» Ainsi, voulût-on même appliquer la même doctrine d'une manière tout à fait
» impropre à notre cas, elle n'aurait aucune influence sur la solution à donner, car
» les ordres peuvent être reçus de l'évêque du diocèse dans lequel on est né, ou
» plutôt, on peut être sujet d'un évêque à cause de l'origine, de la naissance, dans
» son diocèse, mais jamais on ne devient sujet d'un évêque à l'effet de contracter
» mariage devant lui par l'habitation, domicile ou quasi-domicile.

» Ce dernier point a été formellement décidé par les souverains pontifes ou par
» la congrégation du concile. Dans tous leurs décrets sur la matière, ils se préoc-
» cupent uniquement de l'habitation. (Voyez à ce sujet Benoît XIV, dans son
» *Instit. ecc.* 33, n. 6.) D'ailleurs, sous ce rapport, les auteurs sont unanimement
» d'accord. »

Voilà, messieurs, l'opinion très arrêtée de la Faculté de théologie de Louvain. L'abjuration est indifférente ; la question de domicile est la seule question
à examiner pour savoir si un évêque est l'ordinaire des parties ou ne l'est pas,
s'il peut par conséquent les autoriser ou ne pas les autoriser à contracter mariage. Pour acquérir le domicile il faut au moins six mois de résidence : à
moins qu'on ne change de diocèse ou de paroisse et qu'on n'aille dans un
autre diocèse, dans une autre paroisse avec l'intention d'y demeurer. Oui, je
conviens qu'il y a des cas, où le séjour d'un mois dans un diocèse ou dans
une paroisse peut donner un domicile suffisant à l'effet de contracter mariage ;
c'est lorsqu'on est venu s'installer sans fraude, *sans esprit de retour, cum
animo perpetuo manendi.* Que le tribunal me permette de lui citer sur ce
point une autorité que mon confrère ne contestera pas ; c'est l'autorité de
Mgr le cardinal Gousset :

« Quand un particulier a deux domiciles différents, dit la *Théologie morale*,
» c'est dans la paroisse où il passe la plus grande partie de l'année qu'il doit être
» marié... On demande combien de temps il faut avoir résidé dans une paroisse
» pour y acquérir domicile relativement à la célébration du mariage. Suivant notre
» ancienne jurisprudence, que l'on suit encore dans la plupart des diocèses de
» France, un curé ne peut marier que ceux de ses paroissiens qui demeurent ac-
» tuellement et publiquement dans sa paroisse au moins depuis six mois, à l'égard
» de ceux qui demeuraient auparavant dans une paroisse du même diocèse, et depuis
» un an pour ceux qui demeuraient dans un autre diocèse. Aujourd'hui, d'après
» le Code civil, le domicile, quant au mariage, s'établit par six mois d'habitation
» continue dans la même paroisse, de quelque diocèse qu'on soit venu... Il est im-
» portant de remarquer qu'aujourd'hui, comme autrefois, ceux qui demeurent
» présentement dans une paroisse *cum animo perpetuo manendi* doivent être re-
» gardés comme paroissiens du curé de cette paroisse pour la célébration de leur
» mariage, quoiqu'il n'y ait pas encore six mois ou un an qu'ils y résident... Les
» personnes qui quitteraient leur paroisse en fraude de la loi, conservant l'intention
» d'y rentrer après avoir contracté dans une autre paroisse, ne pourraient se ma-
» rier en présence du curé de cette dernière paroisse, à moins qu'ils n'y eussent
» résidé six mois ou un an. »

Veuillez le remarquer, ce sont là les règles de nos canonistes actuels, et
des diocèses français, que nous interrogeons pour savoir si M. Pescatore et

madame Weber avaient acquis un domicile dans le diocèse de Bordeaux. Vous le voyez, il faut six mois quand on change de paroisse, un an quand on change de diocèse ; seulement ce, terme n'est pas exigé à la rigueur quand on est venu sans fraude, sans esprit de retour, *cum perpetuo animo manendi.*

Que résulte-t-il de là ? que si M. Pescatore et madame Weber sont allés le 22 septembre 1851, à Giscours pour y demeurer *cum animo perpetuo manendi*, on pourra me dire qu'un mois leur a suffi pour acquérir le domicile et que Mgr l'archevêque de Bordeaux était devenu leur ordinaire. Mais s'ils y sont allés sans avoir l'intention d'y demeurer et au contraire, avec l'intention bien arrêtée de revenir après les vendanges faites, à la Celle ou à Paris, comme ils faisaient tous les ans, vous le voyez, c'est Mgr le cardinal Gousset qui le dit, ils n'ont pas le domicile, car il suffit pour cela qu'ils ne soient pas venus *cum animo perpetuo manendi ;* dans ce cas on devait exiger d'eux une résidence, non pas de six mois, mais d'un an, car ils changeaient de diocèse. Mgr l'archevêque de Bordeaux n'était donc pas l'ordinaire de M. Pescatore et de madame Weber.

A la vérité on a dit qu'il l'était par une autre raison ; par la raison qu'il avait été délégué par Mgr l'archevêque de Paris, qui était l'ordinaire de M. Pescatore ; que par conséquent en vertu de la délégation qui lui avait été donnée, il avait pu donner à son tour une délégation au curé de Renteria, lequel avait pu être l'agent des deux personnages délégants. Examinons d'abord, messieurs, les dispenses de publications données par Mgr l'archevêque de Paris, en nous rappelant qu'aux termes de toutes les lois canoniques, de la jurisprudence canonique attestées par Carrière, la délégation doit être expresse ; c'est une de ses premières conditions. Voyons si Mgr l'archevêque de Paris a donné autre chose à Mgr de Bordeaux qu'une dispense de publication de bans ; s'il lui a donné une délégation en termes exprès, comme cela était nécessaire. Voici les termes de la dispense :

« Au bien-aimé pasteur ou vicaire de l'église du lieu appelé Sainte-Marie, dans
» le diocèse de Bordeaux, salut et bénédiction.

» Vu par nous le témoignage de l'illustrissime et révérendissime Mgr l'archevêque
» de Bordeaux, constatant qu'il n'a été fait aucune publication de bans du mariage
» projeté entre Jean-Pierre Pescatore, fils majeur, demeurant sur la paroisse de
» Notre-Dame-de-Lorette, à Paris, et Julie Weber, fille majeure, votre parois-
» sienne.

» Nous vous donnons la permission de célébrer leur mariage, et nous dispensons
» ledit Jean-Pierre Pescatore et ladite J. Weber de trois publications de bans,
» s'ils sont dans l'un des cas de dispense légitime, s'ils sont pourvus du consen-
» tement de leurs parents respectifs, que l'on est en droit d'exiger, et si, d'ailleurs,
» vous ne connaissez aucun empêchement canonique ou civil pouvant faire obstacle,
» le tout dans les circonstances telles qu'elles se présentent, avec l'observation des
» rites de l'Église, et sauf le droit d'autrui. Mais nous entendons que la présente
» dispense soit nulle si une seule des conditions ci-dessus fait défaut.

» Donné à Paris, sous la signature de notre vicaire général, sous notre seing et le
» contre-seing du secrétaire de notre archevêché, l'an de Notre Seigneur 1851, le
» 21 octobre ; signé : LEQUEUX, vicaire général par ordre de l'illustre et révérend
» Mgr l'archevêque de Paris ; signé RENEAU, chanoine honoraire, secrétaire. »

Vous le voyez, messieurs, c'est une simple dispense et nullement une délégation pour procéder au mariage. Mais arrêtons-nous là. Supposez qu'au lieu d'une simple dispense il y eût eu délégation, à qui serait-elle adressée ? au curé du lieu appelé Sainte-Marie et non à l'ordinaire, Mgr l'archevêque de Bordeaux, et une délégation ne se transmet pas du curé auquel on la donne dans le ressort où il se trouve, à un autre curé. Ce serait contraire à tous les principes du droit canonique ; c'est donc le curé de Sainte-Marie qui l'a reçue :

> « Nous vous donnons la permission de célébrer le mariage de M. Pescatore et
> » de madame Weber... »

M. Pescatore est le paroissien de Mgr l'archevêque de Paris ; et ce dernier croit sans doute que Julie Weber est la paroissienne du curé de Sainte-Marie, diocèse de Bordeaux. Comme le mariage doit être célébré par le curé ou l'ordinaire des époux ou de l'un d'eux; comme d'après la jurisprudence canonique française, lorsque les époux sont de paroisses différentes ou de diocèses différents, le curé ou l'ordinaire de l'un des époux doit donner permission ou licence au curé ou à l'ordinaire de l'autre époux, à l'effet de procéder au mariage, Mgr l'archevêque de Paris, en même temps qu'il accorde les dispenses de faire les publications du mariage déclare qu'il donne au propre curé de Julie Weber la permission de marier Julie Weber et M. Pescatore ; cela est parfaitement conforme au droit canonique. Mais si Julie Weber n'est pas la paroissienne du curé de Sainte-Marie, ce curé ne peut pas la marier en vertu de la délégation de l'archevêque de Paris, qui n'est pas son ordinaire : il lui faut la délégation de l'archevêque de Bordeaux.

On objecte que Monseigneur l'archevêque de Bordeaux, délégué, a pu déléguer à son tour le curé de Renteria? Mais quoi ! cela est encore contraire aux principes que je trouve écrits à toutes les pages des ouvrages que j'ai dans mes mains, ou que j'ai consultés sur vos indications. C'est un principe élémentaire que celui qui est délégué ne peut pas subdéléguer : *Delegatus subdelegare non potest*. Vous trouverez cela dans Carrière, dans monseigneur Gousset, partout, *delegatus non potest subdelegare*, de manière que dans le cas même où monseigneur l'archevêque de Bordeaux aurait été délégué, le mariage serait encore nul sous ce rapport.

Mais il n'était pas délégué, mais il n'était pas l'ordinaire, je l'ai montré au tribunal, et par conséquent des délégations données sans pouvoir ne pouvaient transmettre aucun pouvoir au curé délégué.

Ainsi, pour nous résumer sur le premier point, il fallait que l'officier public fût compétent, conformément aux termes de l'article 170. Nous avons cherché si le curé de Renteria l'était : nous avons trouvé que non. Il fallait un propre curé; il n'y en a pas eu. Il aurait fallu une délégation donnée par quelqu'un ayant pouvoir de la donner : il n'y a pas eu de délégation de cette nature. Par conséquent, on n'a pas été marié par un officier compétent, ou plutôt on n'a pas été marié du tout d'après nos lois civiles. C'est là une nullité radicale aux termes de l'article 170, et cette violation des règles invaliderait le mariage de Renteria, si tant est qu'il y eût eu mariage.

Je passe à la seconde question, je veux parler de la publication. Le tribunal comprend que je ne reviendrai pas à la discussion de l'autre jour relativement aux publications exigées par le Code Napoléon. Je sais que la jurisprudence, qui a été très sévère dans de certains cas, a été dans d'autres plus indulgente. J'ai cité au tribunal quatre arrêts de la Cour de cassation de 1831, 1837 et 1841, conçus dans des termes aussi absolus que possible, qui ont décidé que toutes les fois qu'un mariage fait à l'étranger n'avait pas été précédé des publications en France, ce mariage était nul. Mais je sais en même temps que la jurisprudence, très rigide dans le principe, a faibli, et que depuis 1841, il y a eu des décisions plus molles, plus indulgentes. A quoi l'attribuer ? Adopterai-je la thèse soutenue par mon honorable confrère, que les auteurs des lois sont habituellement ceux qui les comprennent le moins ; que ce n'est que plus tard, lorsque la jurisprudence les a réformées, qu'éclate l'intelligence des lois, et qu'ainsi, à mesure que la lumière se ferait, les premières décisions devraient être écartées ? Messieurs, je ne crois pas qu'une thèse pareille puisse être soutenue. Je ne crois pas, par exemple, que les auteurs de l'édit de Blois fussent ceux qui le comprenaient le moins ; que Portalis, l'illustre rédacteur du Code civil, n'en ait pas saisi la portée, et qu'il en ait mal interprété la pensée. Mais pour ne pas être exagéré de mon côté, comme on l'a été d'un autre, je dirai qu'il est vrai que les lois qui sont faites à un point de vue absolu au moment où le législateur les rédige, se rencontrent dans la pratique en présence de circonstances qui obligent à les adoucir, à les affaiblir plus tard dans leur application. Je le reconnais, et c'est ce qui est arrivé à la législation dont nous parlons. Oui, on a décidé quelquefois que, malgré le défaut de publication, le mariage pouvait, en certains cas, ne pas être annulé. Mais l'a-t-on décidé sans motifs graves, imposants, de manière à se jouer de la législation violée avec préméditation ? Non, jamais. C'est toujours dans des circonstances impérieuses que la jurisprudence a décidé que l'inobservation des dispositions de l'article 170 n'entraînerait pas d'une manière absolue la nullité du mariage.

On nous a parlé de l'arrêt rendu par la Cour de Bordeaux, le 14 janvier 1852, dans l'affaire de Gères. Prenez cet arrêt, vous verrez que de Gères était depuis sept ans en Italie, qu'il s'y était marié avec toute la solennité qu'on pouvait requérir, que seulement il avait omis les publications en France. Eh bien, on a eu égard à cette circonstance qu'il était depuis longtemps en Italie, et qu'il avait pu omettre de bonne foi la publication de son mariage, et la Cour de Bordeaux a déclaré que dans une circonstance pareille, il y avait de puissantes raisons pour ne pas annuler le mariage malgré l'article 170 ; qu'il fallait réserver la sévérité de son application pour les cas où les parties n'étant pas obligées de se marier à l'étranger ont volontairement, systématiquement, pris le parti d'aller se marier hors de leur pays, et n'ont pas fait de publications en France où était leur domicile. Permettez-moi de vous citer l'arrêt de la Cour de cassation du 12 mars 1854, dans l'affaire Dubouchage :

COUR DE CASSATION, 28 mars 1854. — Dalloz, 54-1-202 :

« ..... Attendu qu'aux termes de l'article 191 du Code Napoléon, la publicité est » la condition essentielle de tout mariage contracté par tout Français ; que cette

» condition, fondée sur des motifs d'ordre public, est absolue ; qu'elle n'est sub-
» ordonnée à aucune autre, et que le vice résultant de son absence constitue par
» lui-même une nullité ; que si le législateur, dans l'intérêt des Français *domiciliés*
» *ou résidant à l'étranger*, a pu admettre , suivant la disposition de l'article 170
» du même code, que les publications faites en France auraient pour effet de satis-
» faire à la condition de publicité, et si l'on doit admettre, avec la jurisprudence,
» *que même l'absence de ces publications pourrait, en certains cas*, ne pas être
» considérée comme entraînant la nullité du mariage, il appartient aux juges fran-
» çais d'examiner et d'apprécier les circonstances dans lesquelles le mariage a été
» contracté, et de rechercher si la conduite des époux présente un caractère de
» bonne foi, ou si cette conduite n'a eu d'autre but que *de les soustraire ouverte-*
» *ment et à dessein aux obligations de la loi*, et de faire impunément à l'étran-
» ger ce qu'il *eût été impossible de faire en France*. »

Vous voyez le principe. Les publications peuvent, dans certaines circonstances, être omises sans que le mariage soit annulé, mais non pas quand c'est
à dessein qu'elles ont été omises. Lorsque l'on n'a été se marier à l'étranger,
où l'on n'habitait pas, que pour se soustraire à ce que la loi prescrit, dans ces
cas la jurisprudence annule et avec raison. Ceci dit, que faut-il penser du
mariage civil que M. Pescatore aurait contracté en Espagne ? Quand je dis
mariage civil, je le répète, c'est une pure fiction ; mais enfin, en supposant la
volonté de faire un mariage civil, pourquoi est-on allé le contracter en
Espagne ? Parce qu'en Espagne on pouvait échapper à l'œil de l'administration
française, et qu'en France il aurait fallu se marier devant l'officier civil. On
est donc allé en Espagne pour éluder la loi française, pour échapper à son
application, et le tribunal voit que nous entrons ici précisément dans le cas
jugé par l'arrêt de la Cour de cassation du 12 mars 1854, qui a décidé qu'il
n'y avait pas lieu de valider un mariage accompli dans des conditions pareilles.

On me dit, à la vérité : Mais, attendez, dans l'affaire Dubouchage, on voulait éluder la loi qui prescrit les actes respectueux, et ici rien de pareil, nous
n'avions pas de sommations respectueuses à faire.

C'est vrai, il y avait eu atteinte à la puissance paternelle, je ne le conteste
pas. Mais est-ce que l'article 54 du Concordat qui prescrit le mariage civil
avant le mariage religieux n'a pas une valeur égale à l'article 170 qui prescrit les publications, et une valeur supérieure à la loi qui exige les actes
respectueux des enfants à l'égard du père et de la mère ?

Ah ! messieurs, voyez un peu les conséquences où l'on nous entraîne !

Cette loi du Concordat dont vous prétendriez qu'on peut se jouer à volonté,
n'est-elle pas une des bases de notre ordre public ? S'il est vrai que l'institution du mariage soit le fondement de la famille ; si l'État a intérêt à ce que la
famille soit fondée sous ses auspices ; si l'État a intérêt à ce que tous les actes
qui constatent les événements de la vie civile restent dans ses archives, l'État
peut-il souffrir que des familles aillent se former à l'étranger, et reviennent
ensuite jouir de tous les droits, de toutes les prérogatives des citoyens français ?

Où en viendra-t-on avec les théories de l'adversaire ? Admettrez-vous qu'on
pourra à l'avenir en France se marier de deux manières : les uns religieusement, laissant leur acte de mariage dans une petite ville étrangère, à la condition de franchir la frontière, d'aller à une demi-heure des limites de la

France, pour y contracter ce mariage ; c'est là que resteront leurs titres de famille ; et puis, revenant sur le territoire de France après s'être affranchis
de toutes les prescriptions légales, ils jouiront des mêmes priviléges que ces
Français qui seront restés fidèles observateurs de la loi de leur pays, qui
auront demandé aux officiers de l'état civil d'intervenir à tous les événements
de leur vie de famille !

Et qu'en résultera-t-il, messieurs ? Ne craignez-vous pas que, guidé par je
ne sais quel esprit antipathique à nos lois actuelles, on ne favorise les premiers aux dépens des seconds ? Admettrez-vous que notre France, qui ne vit
que d'unité, qui veut l'unité partout et toujours, soit composée de familles de
deux ordres différents, nourrisse dans son sein un pareil élément de division ?
La loi a été sage quand elle n'a pas permis que l'on pût la violer impunément.
Voyez ce qui arriverait après qu'on aurait réclamé pour Mgr l'archevêque de
Bordeaux, ce que lui-même n'a jamais réclamé, le droit de prendre ses paroissiens par la main et d'aller les marier où il voudrait : mais tous les curés
pourraient réclamer le même droit, vous les verriez faire des voyages, faciles
quand ils se trouveraient sur la frontière, plus difficiles lorsqu'ils se trouveraient à l'intérieur ! Tous pourraient emmener leurs paroissiens à la frontière
pour contracter, en fraude de nos lois, des mariages religieux, et c'est ainsi
que nos lois civiles, que le Concordat, cette grande transaction entre l'État
et l'Église, c'est ainsi que tout cela serait mis de côté, serait oublié, dispa-
raîtrait de la mémoire, que rien ne resterait bientôt plus de ce grand monument que l'on croyait impérissable. Non, ce n'est pas possible, le tribunal ne
le permettra pas !...

Mais je sors de ces considérations générales, quelque puissantes qu'elles
soient dans la cause, et examinant ce prétendu mariage au moment même où
il se serait célébré à Renteria, je dis qu'il est entaché d'un vice essentiel, du
vice de clandestinité : ce vice est manifeste, il éclate de tous côtés. Je lis dans
la consultation délibérée en faveur de Mme Weber, le passage suivant :

« Les héritiers de M. Pescatore seraient encore moins autorisés à invoquer
» l'art. 191 du Code, pour justifier leur demande. Cet article est ainsi conçu :
» Tout mariage qui n'a point été contracté publiquement et qui n'a point été
» célébré devant l'officier public compétent, peut être attaqué par les époux eux-
» mêmes, par les pères et mères, par les ascendants, par tous ceux qui y ont un
» intérêt né et actuel, ainsi que par le ministère public.
» Nous l'avons déjà fait remarquer, il s'agit, dans cet article, non de cette pu-
» blicité spéciale, restreinte, officielle, qui résulte de la publication prescrite par
» l'article 170 du Code civil, mais de la publicité en général, de la publicité réelle
» du mariage. En un mot, dans l'article 170, le législateur prescrit une simple
» formalité ; dans l'article 191, il proscrit la clandestinité, laquelle constitue un
» vice bien autrement radical que le simple inaccomplissement d'une forme extrin-
» sèque.
» Ou il faut renoncer à toute législation sur les mariages, disait M. Portalis, dans
» son discours si justement célèbre sur le mariage, ou il faut proscrire la clandes-
» tinité, car, d'après la définition des jurisconsultes, les mariages clandestins sont
» ceux qui n'ont été célébrés devant aucun officier public et qui ont été constam-
» ment ensevelis dans le mystère et les ténèbres..... La nullité des mariages clan-
» destins est évidente. »

« Arrêtons-nous sur cette citation », disent les jurisconsultes. Mais, permettez, ne nous arrêtons pas et continuons la citation ; voici ce qu'on lit à la
ligne suivante :

> « On place encore parmi les mariages clandestins ceux qui n'ont point été précédés
> » des publications requises *ou qui n'ont point été célébrés devant l'officier de l'état*
> » *civil que la loi indiquait aux deux époux...* Comme toutes ces précautions ont
> » été prises pour éviter la clandestinité, il y a lieu au reproche de clandestinité
> » quand on a négligé ces précautions.
> » La nullité des mariages clandestins est évidente. »

Vous voyez comment Portalis, lu tout entier, indique les caractères auxquels on reconnaît les mariages clandestins, et vous voyez qu'au nombre il
place ceux qui n'ont pas été précédés des publications requises ou qui n'ont
point été célébrés devant l'officier public que la loi désignait aux époux.
Les jurisconsultes continuent :

> « Qui pourrait reconnaître, dans la définition que M. Portalis donne des ma-
> » riages clandestins, l'union contractée par M. et Mme Pescatore ? qui, après avoir
> » parcouru les pièces que nous avons visées en tête de cette consultation, pourra
> » sérieusement appliquer à cette union le titre de mariage clandestin ? Étrange
> » clandestinité, que celle dont quatre prélats éminents, l'archevêque de Bordeaux,
> » celui de Paris, l'évêque de Versailles, l'évêque de Pampelune, se rendent les
> » complices, et que leur concours solennel aurait d'ailleurs suffi à faire disparaître !
> » Singulier mystère que celui qui a pour confidents tant de personnages, tant de
> » chancelleries, que toute la famille a connu d'avance, puisque ses félicitations
> » devançaient le mariage.
> » Un mariage est-il clandestin lorsqu'il a été publiquement, officiellement an-
> » noncé en France, en Belgique, partout où les époux avaient des relations, et qu'il
> » a été suivi de la possession d'état la plus éclatante, possession prolongée pendant
> » cinq ans, sans aucune interruption ni contestation ? Est-ce là ce mariage clan-
> » destin constamment enseveli dans le mystère et les ténèbres dont parle M. Por-
> » talis, et pour lequel l'article 191 a été fait ? Non : l'article 191 est complétement
> » inapplicable à l'espèce ! »

Non, non, mais les mariages clandestins dont parle Portalis sont ceux dont
il dit dans la suite du passage : « Parmi les mariages clandestins on place ceux
qui n'ont point été précédés des publications requises ou qui n'ont point
été célébrés devant l'officier civil que la loi indiquait aux époux. » Voilà les
mariages clandestins. Les adversaires se trompent ; ils confondent ce qui n'a
jamais été confondu, le mariage secret avec le mariage clandestin. Mon Dieu !
je suivrai presque monseigneur Gousset, pour donner la définition de ces
sortes de mariages. Il admet dans sa *Théologie morale*, ce que tous les jurisconsultes admettent comme lui : « Le mariage secret est celui qui a été contracté avec toutes les formalités exigées par la loi, mais qui a été tenu secret.
Le mariage clandestin est celui qui a été contracté en violation des formalités
prescrites par la loi. » Si l'on n'a pas observé ces formalités, il importera très
peu que cinq prélats aient pris part au mariage ; il importera très peu qu'on
ait écrit une lettre à M. Antoine Pescatore pour lui dire : « Je vais me marier,

faites-en part à la famille. » La question sera toujours de savoir si les formalités prescrites par la loi pour assurer la validité du mariage ont été
remplies.

Et, lorsqu'on entrera dans cet examen, que verra-t-on ? On verra un mariage (c'est toujours ma fiction, mon hypothèse), un mariage civil pour lequel
on ne s'est adressé à aucun officier de l'état civil, qu'on est allé contracter à
l'étranger au lieu de le contracter en France, qu'on est allé contracter à l'étranger avec une délégation de monseigneur l'archevêque de Bordeaux, qui n'avait
pas le droit de la donner ; qu'on est allé contracter à l'étranger dans la chambre
d'un curé, alors que la loi canonique exigeait, non pas sous peine de nullité, je
le reconnais, qu'il fût contracté à l'église ; pour lequel on se cache même d'un
malheureux domestique qu'on a amené et qu'on laisse à Biarritz ; pour
lequel on a pour tous témoins, un Espagnol, pris au hasard dans la localité,
et un Irlandais, établi banquier à Madrid ; pour lequel aucune annonce officielle n'a jamais été faite (il n'y a jamais eu de lettres de faire part), un mariage qui n'a jamais été transcrit sur le registre de l'état civil, que rien n'a
jamais annoncé au dehors ! Je ne crois pas qu'il y ait eu un mariage dans des
conditions de clandestinité plus frappantes que celles du prétendu mariage
béni à Renteria le 8 novembre 1851.

Les jurisconsultes que je combats nous opposent, il est vrai, une possession d'état de cinq ans. La possession d'état ! Mais en quoi a-t-elle con-
sisté ? Où l'avez-vous vue ? Est-ce qu'il y a eu possession d'état d'une
épouse légitime, mariée civilement en France ? Jamais ! Les jurisconsultes oublient eux-mêmes qu'à la page 17 de leur consultation, ils ont écrit
la phrase que je vais lire : « Peut-on s'étonner que M. Pescatore ait ressenti
pour lui-même cette même crainte ? vivant depuis quatorze ans avec les appa-
rences et sur la croyance générale d'un mariage supposé, M. et madame Pescatore ont éprouvé quelque répugnance à condamner avec éclat tout ce passé ;
les docteurs canonistes...., le père Sanchez entre autres, dans le passage déjà
cité : *Concubinarii diù conjugati existimati*, n'ont-ils pas déféré à cette
faiblesse de l'humanité, etc., etc. »

Eh bien, que se passe-t-il après le mariage de M. Pescatore et de madame Weber ? Ce qui s'était passé depuis quatorze ans. Depuis quatorze ans qu'ils vivaient
ensemble, tout le monde croyait qu'ils étaient mariés. On a continué à croire
au mariage ; la possession d'état a été ce qu'elle était, et n'a pas couvert la
clandestinité. La possession d'état n'a aucun caractère ; les choses ont continué
comme auparavant ; les époux ont vécu comme ils avaient vécu toujours. Que
si madame Weber a pris le nom de M. Pescatore, elle l'avait pris déjà, dans
un temps où elle n'avait pas le droit de le porter ; on ne trouve donc rien qui
constate la possession d'état civil, par conséquent rien qui vienne relever la
nullité résultant de la clandestinité ; par conséquent le mariage est nul, de toute
nullité, comme le dit le concile de Trente, *irritus et vanus;* il n'existe pas, il
n'a jamais existé, même en supposant que les parties aient eu l'intention de le
contracter civilement.

On a dit qu'alors même que la nullité existerait, les légataires de M. Pescatore ne seraient pas recevables à s'en prévaloir, parce qu'ils ont écrit des
lettres dans lesquelles ils ont reconnu le mariage. Comme cette objection ne

me paraît pas de nature à arrêter le tribunal, je me bornerai à y répondre en très peu de mots.

D'abord, la fin de non-recevoir ne pourrait être opposée qu'à ceux des légataires universels qui ont écrit ces lettres, mais quant aux autres il n'y aurait pas de fin de non-recevoir ; les enfants mineurs de M. Pierre Pescatore, qui sont au nombre de nos clients, n'ont écrit aucune lettre. L'objection n'a donc aucune solidité. Indépendamment de cette raison que je viens de donner, voici à cet égard l'opinion de d'Aguesseau, sur le mariage du duc de Guise :

« Les parents collatéraux ne peuvent jamais faire entendre leur voix dans le
» tribunal de la justice, jusqu'à ce que la mort de celui dont ils veulent contester
» le mariage ait ouvert la bouche à leurs plaintes.
» Ce n'est pas qu'ils acquièrent seulement après sa mort une autorité qu'ils n'ont
» point eue pendant sa vie ; mais comme l'intérêt des parties est la seule règle qui
» détermine la capacité qu'elles ont d'intenter une action, on juge qu'ils sont
» capables d'attaquer son mariage, parce qu'ils ont alors un intérêt sensible à le
» détruire. »

Et encore faudrait-il prouver que nos clients, lorsqu'ils ont écrit à M. Pescatore et à madame Weber, pour les féliciter, connaissaient tous les vices du mariage de Renteria. Comment les auraient-ils connus ? Ils n'en avaient eu d'autre avis que la lettre de M. Pescatore à son frère Antoine par laquelle il leur communiquait le fait du mariage qui venait de se passer en Espagne. Enfin la nullité radicale et absolue de ce mariage n'est pas de nature à être couverte par ces prétendues reconnaissances, et par conséquent le tribunal ne pourra s'y arrêter.

Il ne s'arrêtera pas davantage à la bonne foi que madame Weber paraît invoquer. La bonne foi en quoi consisterait-elle ? A avoir cru qu'elle s'était mariée civilement. Eh bien, elle ne l'a jamais cru, nous l'affirmons. Nous affirmons de plus, qu'elle n'a pas pu être trompée. Elle a vécu longtemps en France ; lors d'un premier projet de mariage, elle a fait publier ses bans à Strasbourg ; elle a assisté au mariage de sa sœur à Paris en 1850 ; ce n'est pas elle qui pouvait croire que l'on contractait un mariage civil comme a été contracté celui de Renteria. Non, elle n'a pas pu le croire ! Et enfin, en droit, la bonne foi ne serait pas de nature à faire vivre le mariage contracté à Renteria, le 8 novembre 1851, car ce mariage n'a jamais eu d'existence.

On a invoqué un arrêt de la cour de Paris du 8 septembre 1837 ; j'en ai invoqué deux, l'un de Bruxelles, l'autre de Bourges qui disent en termes décisifs qu'en pareille circonstance, même pour un mariage passé en France, la bonne foi ne suffit pas.

Quel est l'arrêt de Paris invoqué ? Veuillez vous en rappeler les circonstances. Des enfants mineurs soutenaient que leur mère, étrangère et luthérienne, s'était mariée de bonne foi suivant les usages de l'église luthérienne. Effectivement elle avait été mariée de bonne foi, elle avait été mariée à 16 ans, en présence de ses père et mère, et d'ailleurs, avec toute la publicité que nos lois demandent, et voilà l'espèce qu'on invoque, l'assimilation qu'on veut établir. Le tribunal trouvera une solution plus certaine et plus vraie dans les deux arrêts de Bruxelles et de Bourges qui statuent sur une question absolument semblable à celle sur laquelle nous discutons maintenant.

Je le répète, madame Weber a su ce qu'elle faisait; elle n'a jamais été trompée, et j'en reviens en finissant à cette vérité par laquelle j'ai commencé ma discussion : il n'y a pas eu de mariage civil, il n'y a pas eu de communauté; la communauté ne peut dériver que d'un mariage civil, tout le monde en est convaincu, cela éclate de toute part, et c'est pour cela que je vous conjure d'oublier que dans le cours de ma plaidoirie, j'ai parlé d'un mariage contracté en fraude de la loi, pour échapper aux dispositions du code Napoléon et du concordat. Non, personne n'a eu ce projet, cette intention; non, je ne l'attribue pas plus à monseigneur l'archevêque de Bordeaux, qu'à M. Pescatore et à madame Weber. Tous ont su ce qu'ils faisaient. Ils ont voulu un lien de conscience, un mariage religieux, ils n'ont pas voulu lutter contre la loi civile, ils n'y ont jamais pensé; ils n'ont pas commis la faute que j'avais l'air de leur reprocher quand je discutais une fiction que j'avais acceptée pour un instant, et je regrette que l'on n'ait pas posé cette question aux jurisconsultes que j'ai pour adversaires : Y a-t-il eu dans l'esprit des parties intention de faire un mariage civil et de contracter la communauté des biens?

Quant à moi je ne craindrai pas de m'adresser à tous, aux cardinaux, aux évêques, aux jurisconsultes, et je dirai aux premiers : ministres de la religion, dites à cette femme qu'il n'est pas honnête de venir demander une fortune considérable que M. Pescatore ne lui a jamais destinée. Vous, prince de l'Église, qui avez présidé au mariage, qui avez écrit à votre collègue de Pampelune de recevoir deux personnes qui n'entendaient s'unir que religieusement, dites à madame Weber qu'il n'est pas bien de vouloir dénaturer un acte pieux, dicté par les scrupules de la conscience, et qu'il n'est pas honnête de transformer une bénédiction nuptiale en un contrat de communauté. Et, vous, jurisconsultes éminents que je ne m'attendais pas à avoir pour adversaires dans un débat de cette nature, dites avec nous à nos juges qu'ils sont les gardiens du grand pacte qui a été conclu il y a cinquante ans entre l'État et l'Église, qu'il leur appartient d'être vigilants et attentifs pour empêcher qu'un premier empiétement ne vienne compromettre l'une des grandes conquêtes de notre siècle; dites-leur enfin que leur sentence, en préservant de toute atteinte les principes de notre droit, sera approuvée non pas seulement par tous les bons citoyens, mais par la grande majorité du clergé français, car le clergé français comprend que le maintien scrupuleux du concordat est dans le véritable intérêt de la religion, dans le véritable intérêt du pays.

RÉPLIQUE DE M⁰ CHAIX D'EST ANGE.

Messieurs,

L'heure est avancée, et votre fatigue est grande; je ne veux pas la porter à son comble. Toutes les questions d'ailleurs ont été traitées, je pourrais dire épuisées. Je vous demanderai cependant la permission de vous présenter quelques observations nouvelles. Sera-ce en fait, sera-ce en droit? En fait, mon adversaire vous a dit que j'avais commis de nombreuses inexactitudes, qu'il allait en relever quelques-unes. Voyons si le plaisir de me combattre ne lui aurait pas fait placer dans ma bouche des paroles que je n'ai jamais prononcées.

Et d'abord, je ne veux pas chercher d'où sont venues les premières hostilités, si nous n'avons pas été menacés et obligés de nous défendre, ou si, au contraire, nous aurions été nous-mêmes les instigateurs du procès actuel. Cela importe peu; ce qui importe le voici. On vous a présenté madame Pescatore dans les premiers jours qui ont suivi la mort, tandis que les héritiers étaient dans le deuil et les larmes, on vous l'a présentée, dis-je, pensant déjà au procès à venir, voulant assurer son état civil, écrivant immédiatement en Espagne, et demandant une consultation à des jurisconsultes qui lui ont répondu, dès le 14 janvier 1856, quand son mari était mort le 8 décembre 1855; tant ils ont mis de promptitude à donner l'avis qu'on leur demandait! Mon honorable adversaire, qui nous reproche cet empressement, cette précaution hâtive, ne sait-il donc pas qu'à peine M. Pescatore avait eu les yeux fermés, ses clients manifestèrent l'intention d'attaquer son testament, de soutenir que madame Pescatore n'était pas la femme légitime de M. Pescatore, que M. Pescatore ayant dit dans un de ses testaments : « Je donne à Catherine Weber, mon épouse, » le testament était nul, et que, si elle n'était pas sa femme, elle ne devait pas être sa légataire. Voilà la prétention qu'on voulait soutenir et qui devait faire tomber non pas seulement une disposition du testament, mais le titre, mais le nom d'épouse légitime, et reléguer la veuve au rang des concubines. Qui n'aurait pas vu là une insulte, un outrage? N'en était-ce pas assez pour demander, à Madrid, un avis sur le mariage, afin de savoir s'il avait été célébré conformément à la loi du pays? C'est alors qu'on nous a répondu qu'en Espagne le mariage était excellent, toutes les formalités légales ayant été scrupuleusement accomplies. Sur ce point je crois avoir donné complète satisfaction à mon adversaire, et s'il y a eu précipitation, elle ne peut pas être imputée à madame Pescatore. Elle est également innocente d'un autre reproche que mon adversaire lui a adressé. Il se plaint de la violence que j'aurais mise dans mes attaques. Si cela était vrai, j'en aurais un profond regret, j'en demanderais pardon au tribunal, j'en demanderais pardon aussi à ma cliente ; car elle m'avait recommandé, avant toutes choses, la modération et la dignité dans le langage.

J'aurais mal parlé des adversaires, je les aurais appelés d'*avides collatéraux!* Ces lieux communs ne sont pas faits pour moi, et mon adversaire m'a montré, quand il ne l'aurait pas dit, qu'il n'assistait pas à ma plaidoirie, et qu'il ne l'avait connue que par d'inexacts récits. Je n'ai rien dit de pareil, et s'il y a eu dans ma plaidoirie un trait, quelques phrases mal sonnantes pour ses clients, ce n'est pas dans ma bouche qu'ils se sont trouvés, c'est dans la bouche de d'Aguesseau, lorsque j'ai cité ses paroles sur la recevabilité de l'action des collatéraux.

J'ai parlé de Pierre Pescatore; j'en ai parlé sans colère. Il a cependant écrit des lettres bien amères et bien cruelles. Vous les lirez, messieurs, et vous verrez comment il s'exprime sur madame Pescatore, de quel ton il l'appelle « *la Weber*, qui se porte comme l'an quarante. » En présence de pareilles inconvenances de langage, l'aigreur, la vivacité même, m'eussent peut-être été permises ; je me suis borné, pour détruire l'effet de ses paroles sur lesquelles mon adversaire comptait, à vous indiquer ce qu'était ce jeune homme, et je n'ai même pas voulu vous le dire de ma propre bouche ; je me suis appliqué à vous le faire juger par lui-même, et sans qualifier ses lettres avec les termes sévères qu'elles auraient pu comporter, je vous les ai lues, me contentant de vous dire que c'était un jeune homme léger.

Il a plu à mon adversaire de vous entretenir de nouveau de l'importance de la fortune laissée par M. Pescatore. Je demande la permission de n'y pas revenir, ce n'est pas la question du procès. Que M. Pescatore ait laissé 17,000,000, comme nous l'affirmons sur la parole du notaire, qu'il n'ait laissé que 14,000,000, comme le veut mon adversaire, cela importe peu, cela ne fait absolument rien au procès, et il me semble que dans ces moments rapides qui nous sont accordés, je n'ai pas besoin de vous donner des chiffres insaisissables qu'il est impossible de vérifier à l'audience, mais que vous pourrez examiner dans la chambre du conseil, si vous attachez quelque importance à une question pareille.

Une question plus précise était de savoir s'il avait constamment, toujours manifesté la volonté expresse de laisser sa fortune à sa famille, s'il l'avait dit dans mainte occasion, dans toutes ses lettres, suivant le système de mon honorable confrère. Je le prierai de m'en montrer une où il l'ait dit, une seule. La correspondance a été active, les lettres sont nombreuses dans les mains de mon adversaire, il en a des volumes entiers à propos de fêtes ou d'événements de famille, je demande qu'on m'en produise une de laquelle ressorte cette volonté exprimée : Je vous laisserai ma fortune. Mon adversaire a compris l'importance qu'il y avait à me donner satisfaction sur ce point, mais il a eu la main malheureuse, bien malheureuse : il a choisi dans ces paquets de lettres, dans cette immense correspondance, un billet adressé à M. Nothomb, dans lequel il s'agit de 10,000 fr. que M. Pescatore lui prête et où il discute, marchande et prend ses sûretés. C'est la seule preuve que mon adversaire ait apportée. Mon argumentation reste donc entière sur ce point.

Il y en a un autre dont je n'avais pas parlé, ce sont les projets d'arrangement qui avaient été discutés. Je n'avais pas voulu vous en entretenir, et le motif de ma réserve, c'est que lorsque ces projets ne réussissent pas, il est dans les usages de notre profession de n'en pas parler à l'audience. Mon adversaire, je ne l'en blâme pas, je ne l'en loue pas non plus, n'a pas cédé à ce scrupule, mais il m'a autorisé par cela même à vous dire tout ce qui s'est passé.

Madame Pescatore avait consulté sur les difficultés qu'on lui suscitait. On lui avait dit que le procès, si elle le faisait, était bon, excellent ; qu'elle ne devait pas avoir la moindre inquiétude, la moindre crainte de le perdre. Cependant, pour éviter toute contestation, tout bruit, tout scandale, et pour que la tombe de celui auquel elle s'était dévouée restât paisible, elle était prête à faire les plus grands sacrifices. Puisque mon adversaire a fait appel à mes souvenirs, il me permettra de faire appel aux siens. Lorsqu'il eut la bonté de venir chez moi avec cet empressement que mettent les gens de cœur à éviter à leurs clients des procès toujours regrettables, il peut se rappeler ce que je lui dis :
« J'ai foi entière dans le procès, je l'ai examiné, d'autres l'ont examiné avec
» moi, nous n'avons aucun doute ; cependant, voyons, il y a là en jeu une

» somme de 6,000,000 fr., c'est la part de la communauté de madame Pes-
» catore; pour ce procès, que m'offrez-vous? car mon avis sera le sien. Pour
» moi, je vous abandonne le tiers de ces 6,000,000, c'est-à-dire plus ou
» moins, selon les chances de l'avenir. » Mon adversaire s'est récrié et nous a
offert le sixième, c'est-à-dire une somme de 1,000,000 et 60,000 fr. de rente
viagère à ajouter à celle qui nous était déjà donnée, c'est-à-dire onze cent
mille francs. Je vous demande si un tel arrangement était possible, s'il était
honorable, si on pouvait le conseiller, surtout quand madame Pescatore avait été
l'objet de menaces et d'une intimidation dont tout le monde a eu connaissance.
Elle savait qu'on fouillait dans sa vie, qu'on la suivait pas à pas, qu'on allait
de porte en porte dans les pays où elle avait passé, qu'on avait relevé tous les
actes de l'état civil, dans l'espoir d'y trouver quelque indice fâcheux pour elle;
quand elle était informée de toutes ces menées, je vous demande si madame
Pescatore pouvait s'humilier, se mettre à genoux devant des légataires qui
l'insultaient et la menaçaient; je vous demande si elle pouvait leur dire : Je
désespère tellement de la bonté de ma cause, et je me considère si bien comme
une concubine que j'accepte l'offre que vous me faites, que je suis même
heureuse de l'accepter et de renoncer à mon procès, car je n'ai pas un sixième
de chance pour le gagner.

Voilà l'histoire de ces négociations. Le tribunal verra qui avait tort, qui
avait raison ; je n'en veux pas dire davantage sur ces préliminaires de l'instance, et je vais suivre mon adversaire dans la discussion à laquelle il s'est
livré. Mais je ne suivrai pourtant pas l'ordre de la plaidoirie, et par une raison toute simple. Je me demande d'abord s'il y a eu un mariage, s'il a été
conforme à la loi, ou si, au contraire, il a été clandestin. Quand j'aurai vidé
cette première question du procès, j'en examinerai une autre, quelle intention
a présidé au mariage, si le mariage a été sérieux ou non.

Le mariage est-il conforme à la loi, ou au contraire est-il clandestin et
dépourvu des conditions essentielles que la loi exige pour sa validité? En ce
qui concerne la publicité, la première question est de savoir si des publications ont été faites, et si leur défaut est de nature à entraîner la nullité ; la
seconde si le mariage a été contracté conformément aux lois du pays où il a
été célébré.

Examinons ces deux questions.

Des publications ont-elles été faites? Non. Leur défaut entraîne-t-il la nullité du mariage? Non. Nous sommes d'accord sur ce point; il est inutile de
plaider. Mais il y a une observation qu'il est impossible de ne pas relever.
J'avais dit que dans les premiers temps où l'on met en pratique une législation nouvelle, les lois étaient appliquées avec plus de sévérité que par la suite,
et j'en avais indiqué les raisons; mon adversaire m'a reproché d'avoir dit que
les auteurs d'une loi ne la comprenaient jamais bien. Je lui en demande pardon, mais je suis tout à fait innocent de toutes les sottises qu'on lui a rappor-
tées. J'ai cité un passage de d'Aguesseau qui dit des lois et ordonnances en
général ce que je disais moi du Code Napoléon, à savoir que dans les premiers
temps de la mise en vigueur d'une loi, on l'exécute rigoureusement, qu'on
sacrifie tout à la lettre au lieu de consulter l'esprit. Que mon adversaire
veuille donc bien ne pas me prêter des inepties pour se donner le plaisir de

les réfuter victorieusement ; puisqu'il n'avait pas écouté ma plaidoirie, il fallait la lire ou s'en faire rendre un compte exact.

Non, l'omission des publications n'entraîne la nullité du mariage qu'autant qu'il a eu pour motif une pensée de fraude, le désir d'échapper à une condition irritante du mariage ; dans ce cas, c'est la cause de nullité qui entraîne la nullité du mariage. Si, par exemple, vous avez quitté la France dans une intention coupable pour faire fraude à la loi, d'Aguesseau vous dira comme nos lois actuelles que si la cause de nullité est couverte, que si, par exemple, l'âge exigé a été acquis plus tard, que si vous avez obtenu le consentement de vos parents qui vous l'avaient refusé d'abord, le mariage ne peut plus être annulé. Voilà jusqu'où va la jurisprudence ; tout le monde est d'accord sur ce point ; mon adversaire lui-même, tout en gémissant du relâchement et de la faiblesse des tribunaux. Voilà ce qui résulte notamment des arrêts Commailles, Delamare, etc., et vraiment il faut l'importance du procès actuel pour nous inspirer le courage de traiter ces questions et pour vous donner la patience de nous écouter.

J'avais encore dit que la nullité résultant de la violation de l'article 170, c'est-à-dire du défaut de publication, nous permettrait d'opposer à nos adversaires une fin de non-recevoir infranchissable. En effet, les termes exprès du Code et le langage même de Portalis ne laissent pas de doute. Les collatéraux, qui sont recevables s'ils invoquent la clandestinité, seraient complétement non recevables à demander la nullité d'un mariage pour l'absence et le défaut de publications. Voilà tout ce que j'avais à vous dire sur ce point.

J'examine maintenant la deuxième question ; c'est la plus grave de toutes, à vrai dire c'est la seule du procès. Le mariage a-t-il été célébré dans les formes usitées en Espagne ? C'est vrai, monsieur et madame Pescatore n'ont fait qu'un très court séjour en Espagne, mais ils sont partis de Paris avec l'intention de faire un assez long séjour à Giscours. Madame Pescatore voulait continuer à préparer son abjuration, une abjuration sérieuse, réfléchie, méditée principalement sous l'influence de monseigneur l'archevêque de Bordeaux. Quand sa préparation sera complète, son abjuration consommée, elle ira se marier à la frontière d'Espagne, puis elle parcourra pendant quelque temps l'Espagne ; elle y fera un voyage de deux mois avant de revenir en France ; c'était là un projet annoncé par M. Pescatore, connu de toute la famille, et que la faiblesse et le mauvais état de la santé de madame Pescatore ont seuls empêché de réaliser.

Elle part malade de Giscours, je pourrais dire pourquoi, et pourquoi ne le dirais-je pas ?... C'est vrai, il y avait douze ans qu'elle était attachée à l'existence de M. Pescatore avec un désintéressement complet, car cet homme dont la fortune grandissait à vue d'œil, qui avait 500,000 francs quand elle était venue dans sa maison, qui possédait 4,000,000 quand il s'était marié, cet homme dont la fortune allait croissant de jour en jour, elle n'avait jamais rien reçu de lui, jamais elle ne lui avait rien demandé, et pourtant elle se sentait retenue par une chaîne qui lui pesait, et lorsqu'elle voyait qu'en définitive, malgré toute la distinction de son caractère et une conduite à laquelle chacun était forcé de rendre hommage, les honnêtes gens s'éloignaient de

cette maison, que les mères en écartaient leurs filles qu'elles n'osaient y conduire, lorsqu'elle voyait ce prélat qui l'avertissait de sa faute et des dangers de
persévérer dans cette voie, le chagrin la poignait, le découragement s'emparait d'elle, et une fois, cela est vrai, il faut qu'elle s'en accuse, il faut qu'elle
en demande pardon à Dieu, une fois dans un accès de désespoir, épuisée dans
la lutte, elle a voulu s'empoisonner; elle n'a réussi qu'à détruire à jamais sa
santé. La vie fut près de l'abandonner ; elle n'a été sauvée que par la promptitude des soins, presque par un miracle. J'ai une lettre qui lui fut écrite par
M. Pescatore quand il la crut sauvée ; des lettres qu'il écrivit aux médecins
qui, par l'énergie de leurs remèdes, l'avaient rappelée à la vie. Je les ai ;
elles sont remplies de tout ce que le cœur peut offrir d'affection, de tout ce
que le dévouement peut donner de tendresse ; car enfin quelle est la femme
qu'on n'aime pas après un sacrifice de douze années ! M. Pescatore lui
demanda pardon ; il lui rappela qu'il lui avait promis de l'épouser. Alors elle
répondit qu'elle ne voulait rien devoir à la surprise, rien à l'émotion et à sa
douleur si vive, et elle ajourna à des temps plus calmes un projet qu'elle
devait si ardemment souhaiter. C'est seulement au bout de dix mois que
M. Pescatore la pressant encore, elle se décida à obéir à la volonté de celui
qu'elle aimait plus que la vie, auquel elle avait tout sacrifié et auquel elle ne
préférait désormais que l'honneur. Malade encore, épuisée par la souffrance,
elle suivit M. Pescatore en Espagne. Quand elle arriva à Renteria, il fallut
pour ainsi dire la traîner dans l'église préparée pour la cérémonie. Là elle se
trouva mal : la fraîcheur du lieu l'avait saisie ; on dut la conduire dans l'hôtel
où elle était descendue. Le mariage y fut célébré dans une chambre en vertu
des pouvoirs que le prêtre tient des lois religieuses ; ensuite on la transporta
à Irun où elle resta quelques jours, puis elle revint à Bordeaux, parce qu'il
était impossible de faire le voyage qu'on avait projeté. Voilà des faits qu'on
ne contestera pas.

Eh bien ! le mariage est-il valable? a-t-il été fait devant l'ordinaire? Sur
cette question on a cité Pothier, d'Aguesseau, tous les auteurs que nous avons
en vénération… mon adversaire prétend que je les ai en horreur : voilà ce qu'il
me fait dire. Je les ai en horreur, moi, ces hommes qui ont porté avec la lumière, l'autorité dans la science et l'éloquence dans la parole humaine ! je les
ai en horreur ! Fi donc ! Mais je vous ai dit une chose bien simple, que
d'Aguesseau lui-même a dite, c'est qu'en définitive le concile de Trente n'est
pas notre loi, c'est qu'en définitive le concile de Trente n'a pas été reçu
en France, n'y a pas été admis, surtout en matière de mariage. Eh bien,
c'est là en matière de législation matrimoniale une hérésie inconcevable.

M⁰ DUFAURE. —Vous vous trompez, ce n'est pas là ce que soutient d'Aguesseau.

M⁰ CHAIX D'EST ANGE. — Voulez-vous que nous causions ? J'en serais
charmé…… (M. le président fait signe à M⁰ Chaix d'Est Ange de continuer.)

C'est la plus impardonnable de toutes les erreurs, et à cet égard il suffit
pour ne pas se méprendre d'avoir la moindre notion du droit canonique.
Comment ? le concile de Trente a été reçu en France surtout dans sa partie
qui concerne le mariage ? Tous les auteurs l'ont dit suivant vous, et pour n'en

citer que deux : pourquoi Tabaraud fait-il un livre pour établir que les canons de la 24e session du concile de Trente sur le mariage ne contiennent que des règlements de discipline, qui ne sont obligatoires que dans les lieux où ils ont été régulièrement promulgués?

Pourquoi un homme que nous avons vu président à la Cour, M. Agier, l'ancien, pourquoi cet homme vieilli dans la science et dans l'amour des libertés de l'Église gallicane a-t-il fait deux volumes sur le mariage, si ce n'est pour protester contre l'introduction du concile de Trente en matière matrimoniale, si ce n'est pour protester contre son application en France? C'est pour cela que je vous disais l'autre jour : prenez garde, il s'agit de l'application du concile de Trente, non pas en France mais en Espagne ; prenez garde à ces jurisconsultes qui sont les flambeaux de la jurisprudence française mais qui ne peuvent pas être acceptés pour jurisconsultes espagnols. Ils ont raison, je les approuve, ils sont gallicans, je les approuve, mais ils sont hostiles à cette partie de la jurisprudence espagnole. Quoi! mon adversaire dit que le concile de Trente a toujours été appliqué en France! Est-ce qu'il oublie les édits royaux! Est-ce qu'il ne sait pas que le concile de Trente ne demandait que deux témoins et que les édits royaux en exigeaient quatre, que le concile de Trente ne fixe pas la durée du domicile matrimonial, tandis que les édits royaux exigent six mois, et même un an si l'on change de diocèse! Voilà des différences profondes entre la législation de la France et celle de l'Espagne.

Mon adversaire dit que le concile de Trente a été reçu en France comme il a été reçu en Espagne. On n'a pas d'idée d'une confusion semblable. Où mon adversaire a puisé les renseignements qu'il nous apporte, c'est ce que je ne sais pas, ce que je sais bien, c'est qu'en France on a toujours protesté contre le concile de Trente et qu'en Espagne il a toujours été reçu ; ce que personne n'ignore c'est que Philippe II pendant sa guerre contre la France, voulant se rendre le pape favorable, a fait publier le concile de Trente en Espagne ; c'est une chose également incontestable que Marguerite de Parme l'a fait publier dans les Pays-Bas. Pourquoi? Pour obéir à Philippe II, roi d'Espagne. Pourquoi encore? Pour se rendre agréable au pape afin que le pape servît l'Espagne dans sa guerre contre la France. Tout le monde sait cela. Si un fait est acquis, certain, historique, c'est que le concile de Trente a été reçu en Espagne, qu'il y a toujours été pratiqué et qu'il l'est encore aujourd'hui, non pas seulement parce qu'il est le concile de Trente, mais parce qu'il est en outre confirmé par une loi des Cortès de 1837, tandis qu'en France toute le monde a toujours protesté contre ce même concile de Trente, et Bossuet, cette grande autorité qu'on ne récusera pas, Bossuet, défendant les libertés gallicanes, a dit que le concile de Trente était reçu en France quant au dogme, quant à la foi, mais non comme loi de l'État. Voilà pourquoi je vous ai dit qu'en définitive il ne fallait pas prendre à la lettre nos auteurs quelque savants qu'ils fussent quand ils écrivaient sur une législation qui leur était antipathique, la législation du concile de Trente. J'ai voulu savoir comment les choses se passaient en Espagne, et j'ai fait comme on fait d'ordinaire quand on veut s'éclairer; j'ai écrit en Espagne pour faire consulter trois jurisconsultes qui m'ont répondu. Mon adversaire dit que c'est un lambeau de consultation : en vérité ce reproche m'étonne.

Il est vrai que pour eux la validité du mariage est hors de doute et que les prescriptions de la loi espagnole ont été observées.

Ce travail est signé : Manuel de Cortina, Crooke et Serrano.

L'un de ces trois noms a le bonheur d'être connu et respecté par mon adversaire. Il déclare lui-même que c'est une grande autorité. Depuis on nous a fait des objections; j'ai voulu une autre consultation. J'ai envoyé tous les actes que j'avais fait imprimer, j'ai envoyé toutes les pièces du procès, et j'ai demandé aux jurisconsultes espagnols une autre consultation. Ils me l'ont envoyée, la voilà, et ils disent que le mariage est excellent. Elle devait être signée par les mêmes jurisconsultes, mais à la place de M. Manuel de Cortina se trouve la signature de M. Serrano, qui a le malheur celui-là de n'être pas connu par mon adversaire..... Mon Dieu ! c'est un malheur que nous partageons avec les avocats espagnols, et peut-être si on leur disait nos noms, paraîtraient-ils tout étonnés? Je ne parle pas, bien entendu, de celui de mon illustre adversaire, il a joué un assez grand rôle dans les affaires de son pays, un rôle assez honorable et assez élevé pour que son nom soit connu ; mais nous n'avons pas eu tous cet honneur; on peut être très bon avocat au barreau de Madrid et n'être pas connu en France. M. Hernandez n'a pas signé, pourquoi? Parce qu'il est mort dans l'intervalle, c'est comme si l'on demandait aujourd'hui la signature de Paillet, qui se serait engagé une première fois, et que nous ne pourrions pas rapporter aujourd'hui. M. Manuel de Cortina n'a pas signé, c'est vrai, pourquoi? Est-ce qu'il a désavoué sa première opinion? Non, mais il était absent. Voici une lettre où l'on me dit que M. Hernandez étant mort, et que M. Cortina étant absent, leurs noms ne figurent plus par conséquent au bas de la consultation, sur la question de savoir si le mariage est bon ou mauvais. Nous n'avons plus aujourd'hui trois consultants, nous en avons cinq.

Mon adversaire dit que la consultation n'a pas le sens commun, que c'est la chose la plus bizarre, la plus insensée du monde; et puis pour la traiter avec plus de mépris encore, il ajoute : « Les *Espagnols* ou les *Irlandais* qui ont fait cette consultation ; » ce qui veut dire apparemment que ce sont des Irlandais et non des Espagnols qu'on a consultés.

Il trouve encore que cette consultation est faite sans ordre, sans suite, sans méthode, il en relève même quelques passages; je lui ferai remarquer qu'avant de les critiquer, il aurait fallu les lire non pas à l'audience mais avant l'audience.

M⁰ DUFAURE. — Je les ai lus.

M⁰ CHAIX D'EST ANGE. — Eh bien, j'en félicite mon adversaire; mais, enfin, il n'en a pas saisi le sens. Pourquoi? Je vais vous le dire. Ces consultations n'ont pas été traduites en bon français, elles ont été traduites trop mot à mot : c'est de l'espagnol, c'est ce qui a empêché sans doute mon adversaire d'en comprendre le sens. S'il veut bien me suivre, je vais lui expliquer comment les avocats espagnols ont raisonné. Quand il s'agit d'étrangers qui veulent faire bénir leur union, il y a deux situations possibles, et ce n'était vraiment pas la peine de citer Benoît XIV, pour les établir. Il y a le vagabond, *vagus*, l'étranger, *peregrinus*, qui réclame le mariage. Au lieu de prendre ces deux hypothèses, il a plu à mon adversaire, il lui a convenu de n'en prendre qu'une, celle des vagabonds, et de vous faire sourire en vous demandant si M. et madame Pescatore étaient des vagabonds, des bohémiens. Je ne comprends pas pourquoi il n'a pas jugé à propos de les placer dans l'hypothèse des étrangers, des voyageurs. Il a eu sans doute ses raisons pour cela. Ce qu'il n'a pas fait, les jurisconsultes espagnols l'ont fait : ils ont examiné successivement les deux hypothèses, l'une et l'autre, entendez bien, l'une après l'autre.

M. et madame Pescatore sont-ils des vagabonds? Ils sont bien mariés. Sont-ce des étrangers? Ils sont bien mariés, car il y a eu le concours de l'ordinaire. Il est vrai qu'ils disent dans leur consultation que le but des publications n'est pas d'éviter la clandestinité, puisque l'article 7 du Concile ne les rend pas obligatoires; en ce cas, leur but est de faire connaître les circonstances dans lesquelles se trouvent les contractants, leur vie et leurs habitudes.

Mon adversaire s'étonne de cette assertion qu'il traite fort lestement d'ineptie. Il a tort, car c'est une vérité exacte, c'est la confirmation d'un principe reconnu dans notre droit, consacré par un arrêt de 1846, qui fait une distinction nette, tranchée, entre la publicité et les publications. Ce que dit notre jurisprudence, les jurisconsultes espagnols le disent également. Il y a, selon eux, deux choses très différentes qu'il ne faut pas confondre : la publicité et les publications. Ils disent que lorsqu'il y a publicité, la clandestinité n'existe plus, ne peut plus exister, et ils ont parfaitement raison. Vous descendez de voiture, vous vous présentez au premier curé venu et vous lui dites : Je viens pour me marier. — Je ne puis pas procéder à votre mariage, il vous faut un mois de résidence. — Bien, mais je viens avec la permission de mon ordinaire; la voilà. Il déclare qu'il n'y a pas d'empêchement au mariage. Je vous apporte l'autorisation qui vous manque de procéder à la célébration de mon mariage; mariez-moi! et il marie. Je ne suis resté qu'une heure dans sa paroisse, ce temps m'a suffi parce que je suis resté un mois, plus d'un mois dans la paroisse de celui qui est mon ordinaire et dont j'avais la licence entre mes mains.

Voilà ce que dit la consultation. Mon adversaire la trouve écrite en très mauvais français ; il a raison, mais elle est en très bon espagnol, et si elle est mal traduite, elle est très bien faite; elle est l'œuvre des meilleurs jurisconsultes d'Espagne. Ainsi, interrogés sur la question de savoir si l'absence de publications est aux termes du concile une cause irritante du mariage, les jurisconsultes ont répondu non. Ce sont des Espagnols qui connaissent à merveille leur droit, et qui l'expliquent à merveille. J'avais cru que cette consultation serait quelque chose aux yeux du tribunal : me serais-je trompé? C'est mon adversaire qui le dit.

J'ai voulu aussi savoir ce qu'on pensait en France sur l'interprétation des lois canoniques ; mais, ainsi que je l'ai déjà remarqué, le Concile de Trente n'y a pas été reçu, ses prescriptions n'y sont plus observées depuis longtemps, et très peu de personnes connaissent à fond la matière. Toutefois, il y a un homme qui la connaît et qui la connaît à fond : c'est monseigneur le cardinal Gousset. Comme j'avais besoin de m'éclairer, de me faire aider, je me suis adressé à lui. Il m'a fait l'honneur de me recevoir ; je lui ai demandé ce qu'il pensait du mariage de Renteria, et il m'a répondu qu'il était bon, excellent, qu'il ne pouvait pas y avoir le moindre doute à cet égard. J'ai dit que nul ne connaissait mieux que lui le Concile, et j'en ai une preuve bien frappante.

Quand moi qui avais passé tant de jours et tant de nuits à lire les canonistes, je lui disais : le mariage est bon, en voici la première, la seconde raison, il ne me laissait pas achever et me donnait aussitôt la troisième ; j'ai bien vu qu'il connaissait parfaitement le Concile de Trente, et combien était vaste et sûre la science de cet illustre et savant jurisconsulte ecclésiastique.

Voilà son opinion, messieurs ; c'est l'opinion d'un homme désintéressé dans l'affaire, d'un honnête homme d'abord, et du plus savant canoniste qu'il y ait en France.

Mais, me dit-on, il ne faut pas jurer *in verba magistri*. Soit. Voulez-vous me permettre de vous dire en quelques mots sur quoi je me fonde ? Le Concile de Trente et la loi espagnole ne fixent pas la durée du domicile, mais les auteurs s'accordent sur ce point de ne pas compter le séjour *pro rusticandi causâ*. Ils font cette distinction, mais ils sont d'accord sur les autres points qu'une habitation réelle d'un mois suffit, *saltem unius mensis*. Je vous révolte, n'est-ce pas ? Eh bien, voulez-vous que le domicile s'établisse par six mois de résidence ? Vous avez raison ; c'est notre loi civile que vous ne pouvez cependant pas imposer à tout le monde. Mais aux termes des lois canoniques, au bout d'un mois le domicile est acquis ; il existe, on est devenu le paroissien du propre curé : *spatium saltem unius mensis*, voilà la loi. Et remarquez bien que ce n'est pas une interprétation d'auteur qui le dit : c'est l'autorité compétente. Il y a à Rome une commission, la Sacrée Congrégation, composée des hommes les plus éminents, la même qui eut autrefois pour secrétaire Benoît XIV et Fagnan, Fagnan dont on me permettra bien de dire qu'il fut une des lumières de la science, et pendant soixante ans une des lumières de l'épiscopat. Eh bien, cette Sacrée Congrégation, chargée d'interpréter le Concile de Trente, se contente d'un mois d'habitation. Je vous ai cité trois exemples de ses décisions ; il y en a certainement d'autres. Je vous ai cité le nom de Benoît XIV, j'avais dit qu'il avait fait vingt-cinq volumes, mais que je ne les avais pas lus. Vous m'en blâmiez, je m'en accuse. Vous ne vous en tenez pas là ; vous m'opposez son autorité, vous me dites que jamais il n'a trouvé suffisant le domicile d'un mois. Eh bien, cela n'est pas exact ; il y a dans Benoît XIV, dans sa constitution *Paucis ab hinc*, l'opinion la plus claire, la plus énergiquement exprimée sur ce point.

Voulez-vous être sur le droit canon et sur le Concile de Trente plus savant que la Sacrée Congrégation ? Soit. Je vous dirai encore avec le cardinal de Luca que le domicile dépend des circonstances, qu'il peut être abrégé selon les circonstances. Ceci est sans réplique, mais je ne m'étonne pas que cela vous contrarie un peu.

Que voulez-vous ? J'étais luthérienne, j'ai abjuré. Je n'avais pas de pasteur, j'en ai trouvé un ; celui qui a reçu mon abjuration n'est-il pas devenu mon ordinaire, mon pasteur d'origine, mon seul pasteur ? J'étais infidèle, je suis venue à la foi. Est-ce que le prélat qui m'a reçue dans son troupeau n'est pas devenu mon prélat, mon propre curé ? J'avais pour ordinaire un ministre dont je n'ai plus voulu ; en changeant d'ordinaire, en devenant la brebis de monseigneur l'archevêque de Bordeaux, j'ai acquis dans l'espace d'une heure le domicile pour lequel sans cela il m'aurait fallu six mois, un mois, selon les circonstances.

D'ailleurs, messieurs, vous savez que sous l'empire de l'ancienne législation, le certificat de bans ou la dispense des bans valait permission de marier. C'est ce qu'ont reconnu toujours les parlements; c'est ce que la jurisprudence a toujours consacré. Telles étaient les trois raisons que je vous avais données, et c'est là-dessus que mon adversaire a voulu consulter. Il s'est adressé à la Faculté de théologie de Louvain. Il en a obtenu une consultation qui a tout l'air d'un théorème algébrique. Je crois qu'il eût mieux valu paraître moins savant, et mettre tout simplement les noms propres que d'étaler cette ridicule liste d'A, de B, d'X, d'Y, etc. On s'est adressé à la Faculté de Louvain, mais sans lui soumettre aucune pièce; je n'avais pas agi ainsi à l'égard des jurisconsultes espagnols. Mon adversaire n'y a pas mis tant de façons; il a fait un petit exposé des faits, et puis il a demandé aux docteurs de Louvain leur opinion.

Eh bien, je dirai que je ne crois pas que ces messieurs, je leur en demande pardon, soient une grande autorité. C'est vrai, la Faculté de théologie de Louvain a eu une immense réputation. Elle a compté jusqu'à quatre mille écoliers; elle en compte bien aujourd'hui jusqu'à trois cents. Son ancien séminaire si fameux est devenu une caserne. Cela n'empêche pas, il est vrai, qu'il y ait à cette Faculté des gens très honorables, un homme surtout des plus savants, je le crois, je le suppose; c'est l'abbé de Ram qui est le recteur *magnifique* de l'Université de Louvain. Je ne le tiens pas en suspicion, parce qu'il demeure à Louvain, et qu'un de nos principaux adversaires est ministre de la justice à quatre pas de là. Non, non, je ne me méfie ni de la docte Faculté ni de l'honorable ministre de la justice de Belgique, mais voyons cette consultation. Nous ne la lirons pas, oh non! résumons-la. C'est quelque chose de prodigieux; elle n'a pas moins de 45 pages, eh bien, il y en a à peu près 40, je me trompe, 39, qui sont consacrées à la première question. Oh! mon Dieu! combien n'a-t-il pas fallu de temps pour ce travail matériel! Je vous en supplie, jetez les yeux là-dessus, et vous verrez que c'est fait avec une conscience..... Ils vous disent, ces professeurs de Louvain, avec une bonne foi, une candeur vraiment adorables, qu'ils se sont tous trouvés d'accord. Sur quoi? Voyons un peu. Ils ont trouvé que Benoît XIV, dont ils m'ont cité des passages que je ne connaissais pas, a dit très nettement qu'il faut un mois de résidence. Eh bien, nous avons un mois de résidence, qu'est-ce que vous demandez? Nous voulons bien faire une concession; un mois de résidence suffit d'après les décisions de la Sacrée Congrégation; malgré cela nous avons un doute, peut-être qu'après, quand on s'en va de la cérémonie, peut-être qu'on est mal marié. — Où trouvez-vous cela? l'avez-vous inventé? — Non, non, c'est un doute qui nous vient à l'esprit. — Ah! oui, mais que faites-vous, je vous prie, de cette maxime du droit civil: *In dubio potius ad validitatem inclinandum est quam ad nullitatem.* Vous êtes dans le doute; qu'est-ce que cela fait? La faveur due au mariage l'emporte. Ils sont dans le doute (mon adversaire appelle cela une opinion très arrêtée); il est pour nous très douteux, disent-ils, que l'évêque de Z fût l'ordinaire des parties, et notre opinion est qu'il ne l'était pas. Ainsi jusqu'à ce que des décisions explicites, de nouvelles déclarations de la part du Saint-Siége viennent nous donner une solution contraire de la question générale que nous avons traitée, question qui n'est pas encore formellement décidée jusque-là, nous croyons que l'évêque de Z n'était pas l'ordinaire ni de M. A... ni de la dame B..., parce que ni l'un ni l'autre n'avait réellement l'habitation requise, le domicile ou quasi-domicile dans le diocèse de Z.

Voilà où en sont arrivés ces messieurs de Louvain; voilà à quoi le ministre de la justice de Belgique, demandant dans un procès où il est intéressé, une consultation à quatre lieues de chez lui, a pu réussir : c'est une question encore douteuse, mais elle est tranchée contre nous. Si nous avions dit oui ou non, nous aurions pu nous trouver contre l'avis de Benoît XIV et de la Sacrée Congrégation ; en conséquence, nous déclarons que nous sommes en doute à cet égard. Telle est la consultation. Que j'aime bien mieux entendre le cardinal de Luca, que je vous ai cité l'autre jour et dont le langage est toujours magnifique sans cesser d'être vrai : *Illa ovis, discedendo ab alterius pastoris ovili, alteri ovili se addixerit ejusque pastoris subdita sit effecta, adeo ut illa novum pastorem agnoscat ut suum, isteque agnoscat ut suam ovem...* Oui, il faut savoir si la brebis a quitté l'ancien troupeau pour le nouveau pasteur, et si le nouveau pasteur l'a reçue ; voilà ce que disait le cardinal de Luca. Eh bien, est-ce que ce n'est pas une brebis nouvelle que celle qui vient se jeter aux pieds de monseigneur le cardinal de Bordeaux, qui la reçoit dans son troupeau, qui lui fait faire son abjuration ? Est-ce qu'elle n'est pas sa brebis ? Est-ce qu'il n'est pas son pasteur ? Mais cela est de la dernière évidence.

Voilà donc toute la question du procès. C'est celle de savoir quel était en définitive l'ordinaire des parties. Mme Weber est allée à Bordeaux, elle y est restée six semaines ou sept semaines, elle a rempli tous ses devoirs religieux, elle a abjuré, voici son pasteur, son premier pasteur, son pasteur d'origine, son ordinaire, son propre curé, il n'y a pas, il ne peut pas y avoir une hésitation sur ce point. Malgré toutes les subtilités du droit canon, cela est de la dernière évidence, il n'y aurait pas en Espagne, sur la validité d'un mariage comme celui-là, l'ombre d'un doute ; personne n'oserait l'attaquer par cela seul qu'il a été célébré conformément à la loi du pays ; le mariage est valide bien qu'il n'ait pas été précédé des publications prescrites par l'article 170 du Code Napoléon.

Mais je suppose qu'il soit clandestin, pour n'avoir pas été célébré par le curé compétent et qu'il soit par conséquent nul... Je ne sais pas quel serait le prélat ou le curé compétent pour madame Weber qui était protestante; mais, enfin, le mariage n'ayant pas été célébré par l'officier compétent, étant clandestin et nul, serez-vous forcés d'en prononcer la nullité ? Cela dépendra de certaines circonstances qui vous porteront à être indulgents ou sévères ; il sera bon si vous le voulez, nul, si vous le voulez, suivant la faveur ou la défaveur qu'il aura à vos yeux, suivant l'interprétation que vous donnerez aux circonstances dans lesquelles il aura été contracté, c'est ce que dit l'article 193 que l'adversaire ne conteste pas, qu'il ne peut pas contester. Ainsi, lorsque les circonstances ne vous paraissent pas décisives pour amener la nullité, quoiqu'il y ait clandestinité, vous pouvez déclarer que le mariage n'est pas nul, mais alors vous pouvez prononcer une peine contre l'officier public qui l'a célébré ; cette décision dépend des circonstances et de votre appréciation. Eh bien ! est-ce que vous hésiteriez dans une espèce comme celle-ci ? Comment ! la question est de savoir si après six semaines de résidence dans le diocèse de Bordeaux, l'archevêque de Bordeaux est ou n'est pas l'ordinaire. Pour cela, vous avez consulté les théologiens, la jurisprudence, la Sacrée Congrégation, et tout le monde vous a dit que le domicile pouvait être acquis au bout d'un mois. Mais vous aurez la Faculté de Louvain qui dira qu'elle a un doute, qu'il y a là une petite circonstance de fait qui pourrait changer l'avis de Benoît XIV et celui de la Sacrée Congrégation, et alors, entraînés par la Faculté de Louvain, vous bouleverseriez toute la jurisprudence ancienne pour un cas qui ne s'était jamais présenté, vous iriez établir une jurisprudence nouvelle en matière de droit canonique ! Et, quand vous tenez dans les mains la nullité ou la validité d'un pareil mariage, vous vous croiriez obligés d'en prononcer la nullité, car vous en avez le droit, c'est facultatif, et vous seriez amenés à cette extrémité par des subtilités, par des doutes, par la crainte que votre décision ne fût pas conforme à toutes les décisions anciennes ! C'est pourtant là ce qu'on vous demande le plus sérieusement du monde. Vous diriez : Oui, oui, je puis prononcer la validité, mais je puis prononcer aussi la nullité, la loi s'en est rapportée à moi, le législateur m'a laissé souverain maître ; et c'est dans une circonstance comme celle-ci, en présence de cette possession d'état incontestable, de ces lettres géminées, de ces félicitations qui arrivaient aux nouveaux mariés de la part de tout le monde, de ces mêmes collatéraux qui nous font un procès aujourd'hui, qui tous, sans exception, ont loué le mérite, le dévouement, la bonté de madame Pescatore, c'est en présence de tous ces faits que vous pourriez vous dire : je vais user de la sévérité qui m'est permise par la loi. Allons donc, mais c'est impossible.

Cependant, il y a là une grande question que nous n'avions pas aperçue. Il s'agit de savoir si la validité de ce mariage ne va pas faire une révolution dans nos affaires publiques, il s'agit de savoir si la France ne sera pas bouleversée, l'État mis en interdit, si la société française ne sera pas détruite, car voilà ce que nous disent, dans une consultation très savante, les très savants professeurs de la Faculté de théologie de Louvain, qui ont un doute, cependant. Oui, oui, ils arrivent de Louvain et de Luxembourg pour avertir la France qu'elle court un grand péril, qu'elle est endormie sur un volcan ; ils se demandent gravement si, par aventure, le mariage de M. et madame Pescatore étant validé, la France serait bien sûre d'elle-même.

J'avoue que je n'avais pas songé à ces périls qui alarment des jurisconsultes de Louvain et de Luxembourg. Je n'y avais pas songé, mais je suis excusable. De quoi s'agit-il dans le procès actuel ? S'agit-il du mariage de quelque fanatique, de quelque chef de parti, de quelque homme qui veut se faire l'instigateur d'une de ces croisades dirigées contre la loi et les institutions de ce pays, d'un homme ardent, passionné comme celui dont à la dernière audience je lisais un passage si éloquent et si magnifique, qui a voulu en effet frapper de stérilité une de nos lois fondamentales, qui a voulu insulter au concordat parce qu'il respecte le droit de chacun et ne permet plus la lutte entre l'Église et l'État ? Ah ! je comprendrais vos frayeurs dans ce cas, et je dirais avec vous : faisons attention et veillons en effet au salut de nos institutions. Mais non, rien de semblable ; il s'agit d'un brave homme qui était banquier négociant, à Paris, et qui n'appartenait, je vous l'assure, à aucune congrégation

politique ou religieuse, pas le moins du monde, il n'y avait jamais pensé.
C'était un honnête homme, qui savait de sa religion ce que les honnêtes
gens en savent, qui la respectait toujours comme font les honnêtes gens, et
qui en définitive la pratiquait avec assez peu de ferveur. Voilà de quoi il
s'agit. Lui, chef de la croisade qui va bouleverser la France ! Lui, l'homme
impitoyable et terrible qui a dit : la France, je la menace, je vais la frapper
dans une de ses lois fondamentales ! Du tout, du tout, rassurez-vous et dormez
en paix. Il s'agit d'une pauvre femme, protestante hier, catholique aujour-
d'hui, ignorante hier, instruite aujourd'hui qui est entrée dans le giron
de l'Église. Et vous voulez que je m'effraie et que parce que vous sonnez le
tocsin j'aie peur ! Pourquoi vont-ils à l'étranger ? Est-ce pour frauder la loi de
leur pays, et pour la frauder d'une manière éclatante ? Est-ce là ce qu'ils veulent ? Oh, mon Dieu ! non, leur intention est bien plus simple et plus bourgeoise,
ils veulent régulariser une union qui n'est pas régulière, ils vont se marier. Mais
alors pourquoi ne se marient-ils pas comme tout le monde ? Hélas ! une fausse
honte les retient. Mon adversaire ne le comprend pas, lui, mais tout le monde le
comprend. Demandez aux casuistes, demandez aux théologiens, ils vous diront
que les dispenses sont faites pour cela. Le fondateur de la société de Saint-
François-Régis n'a pas eu d'autre but que le désir si naturel d'arrêter le
concubinage et de faciliter le passage de cet état anormal à la régularité du mariage, chez ceux qu'une fausse honte retient, et le nombre en est grand. Ces
mariages-là, quand on les a contractés, on ne les cachera pas, on les apprendra
à tout le monde, on leur donnera la publicité rigoureusement indispensable,
mais on ne se donnera pas en spectacle. On ne se livrera pas un jour, celui-
ci à cinquante-huit ans, celle-là à quarante-sept ans, à la risée publique,
l'un prenant un bouquet et l'autre ceignant une couronne auxquels ils
n'ont plus droit. On ne veut pas être pour le voisinage, pour sa maison, ses
domestiques, un objet de curiosité et de moquerie. Vous cherchez le motif,
on vous le dit ; tous ceux qui sont ici le savent, et si vous, mon adversaire,
vous êtes assez endurci aux choses humaines pour ne pas éprouver de ces embarras, ou assez affronteur pour les braver, il ne l'est pas lui, Pescatore, il a
la franchise de vous le dire, et il vous le dit dans une lettre que vous m'avez
communiquée et qu'il a écrite à sa famille ; il s'exprime ainsi :

« Monseigneur l'archevêque de Bordeaux a été bien bon pour nous, il nous a
» évité ce qu'il y a de plus pénible à notre âge, la publicité venant de nous-
» mêmes. »

Voilà bien la nature prise sur le fait. La publicité, il ne voulait pas qu'elle fût
faite chez lui, non pas qu'il voulût l'éviter, mais il voulait qu'elle se fît au loin.
Ce moyen je l'aurais pris, vous l'auriez pris, cela ne fait pas un doute, et
c'est pour cela que les dispenses ont été introduites dans le droit civil, ce
n'est pas pour autre chose ; c'est pour faciliter le mariage, c'est pour ménager cette fausse honte qui répugne aux honnêtes gens.

Et puis, qu'est-ce que vous dites ? qu'ils ont violé la loi ? qu'ils ont eu l'intention de la violer ? Oh ! quant à l'intention nous sommes bien rassurés, je
vous le jure. Quant au fait de l'avoir violée..... Ah ! ça mais, voyons, pré-

cisez, je vous prie, ces grands mots, donnez un corps à ces épouvantails, à ces fantômes que vous agitez et à l'aide desquels vous voulez effrayer le monde; voyons un peu la vérité ! quelles sont les lois qu'on avait à respecter ?

Il y en a deux : il y en a une générale, c'est le concordat ; il y en a une spéciale, c'est le Code Napoléon. La loi générale dit : il faudra que le mariage civil précède le mariage religieux ; je défends de faire le mariage religieux sans le mariage civil ; je ne reconnais pas de mariage religieux. Voilà ce que dit la loi générale ou le concordat. Et la loi civile (le Code Napoléon) qu'est-ce qu'elle dit ? Quand vous vous marierez ici en France, vous tâcherez de ne pas faire de nullité dans votre mariage. Et quand j'irai à l'étranger ? Quand vous irez à l'étranger c'est autre chose, *locus regit actum*, c'est l'ancienne règle toujours acceptée, sauf deux fois par Louis XIV qui, dans un jour de colère, a annulé deux mariages et qui a dit : les nobles n'iront pas se marier à l'étranger sans permission.

Vous vous mariez à l'étranger sous les formes usitées dans le pays, vous ne pouvez pas vous y soustraire, mais l'âge et la capacité du mariage vous suivront partout et seront attachés à votre personne. Quant à la forme, je le répète, vous êtes obligé de respecter celle du pays où vous êtes ; pour tout le reste *locus regit actum*. Vous pouvez aller jusque-là. Est-ce qu'il y a un péril à cela ? est-ce que cela met la France à deux doigts de sa perte ? Non, ou du moins je ne m'en suis pas aperçu, et il a fallu que ces messieurs de Luxembourg vinssent me l'apprendre à propos du mariage de M. et de Madame Pescatore.

Messieurs, quand vous validez des mariages souvent contractés sous les formes les plus révoltantes, quand vous validez des mariages célébrés en Angleterre par un ministre après quatorze jours de résidence, quand vous avez validé le mariage de M. de Commailles avec mademoiselle de Brancas, qui avait franchi le détroit pour se passer du consentement que son père lui refusait ; quand vous avez validé ce mariage après huit jours de résidence en Angleterre, la France ne s'en est pas émue, il n'y a pas eu de bonnes gens comme j'en vois ici vous disant que tout était perdu et que nous allions être envahis par les jésuites ; quand je vous ai vu valider tant de mariages contractés en Espagne sous l'empire du concile de Trente, des mariages religieux, si jamais il y en eut, car en Espagne on ne connaît pas de forme civile, la forme religieuse y est civile en même temps ; quand vous avez validé ces mariages personne ne s'est inquiété, personne ne s'est plaint, personne n'a tremblé.

Pourquoi fait-on appel aux passions et déchaîne-t-on les colères ? Voulez-vous que je vous le dise ? Parce qu'il y a 6 millions en jeu, et que nos adversaires voudraient bien les avoir. C'est pour cela qu'ils veulent détourner l'attention, en nous parlant de nos périls, de la violation de nos lois que nous appliquons tous les jours, et que je respecte tout autant que qui que ce soit. C'est pour cela qu'on veut faire à l'égard de madame Pescatore ce qui n'a jamais été fait à l'égard de personne.

De ce qu'il y a eu délégation donnée par Mgr l'archevêque de Bordeaux au curé de Renteria, nous serions en péril ! Vraiment oui, et vous allez le comprendre. C'est que cet acte est une délégation de juridiction, et qu'alors en donnant sa délégation, ce n'est pas le curé de Renteria qui marie, c'est l'ar-

chevêque de Bordeaux. Or, l'archevêque de Bordeaux n'a pas le droit de
marier, par conséquent le mariage est nul.

J'ai dit qu'il y avait là-dedans autant d'erreurs que de mots. Il y en a une
que j'avais oubliée, je suis bien aise de la signaler. D'abord ce n'est pas
un acte de juridiction, premier point ; il faut rayer cela, et je suppose que
mon adversaire a assez lu le droit canon dans cette affaire pour être éclairé
sur ce point. Il sait à merveille que ce n'est pas là un acte de juridiction. Le
rôle de ces officiers du sacrement, qu'on appelle prêtres, et qui remplissent
en même temps les fonctions d'officiers de l'état civil, ce rôle est assez difficile
à bien préciser, mais enfin, d'après le concile de Trente ils sont plutôt les
témoins que les ministres du sacrement. Voilà quel est véritablement leur
titre ; voilà le premier point, il n'y a pas acte de juridiction.

Il y en a un second, il n'y a pas de délégation. Ici mon adversaire m'a fait
dire toute espèce de choses. J'aurais soutenu, suivant lui, qu'il faut être un
barbare pour se'servir du mot *délégation*. Permettez-moi de rétablir mes
paroles. J'ai dit que le mot délégation était généralement employé. Je sais
qu'il a été employé par Mgr Gousset et par Mgr l'archevêque de Bordeaux
dans l'acte même où ce dernier donne la licence. J'ai dit que c'était le mot
courant, mais non le mot propre, le mot exact. Le mot propre, où l'ai-je
pris, moi ? Précisément dans le concile où j'ai trouvé *licentia*. Je suis re-
monté plus haut, car le concile de Trente n'est pas le premier, j'ai interrogé
celui de Latran qui est du IVᵉ siècle et j'ai lu *licentia*. J'ai demandé ce que
signifiait ce mot *licentia*, et tout le monde, des écoliers de cinq ans, m'ont dit:
permission. J'ai insisté, et j'ai demandé à ces mêmes écoliers si cela ne pourrait pas se traduire par *délégation*, et ils m'ont répondu que ce serait un gros
solécisme. J'ai interrogé nos lois, nos édits royaux sous Louis XIII, sous
Louis XIV, et toutes les fois que j'ai vu dans un édit royal qu'il était question
de cet acte, j'ai vu qu'on l'appelait licence, permission. J'ai demandé aux jurisconsultes qui sont les plus précis dans leur langage, et j'ai vu que Pothier
s'était servi deux fois dans la même phrase (il n'a pas craint la répétition, cela
vaut mieux, pour parler proprement) du mot permission et non du mot délégation. Alors j'ai demandé aux canonistes : est-ce vraiment une délégation ?
Ils m'ont répondu, non, c'est une simple permission, et ils m'en ont donné
la raison. Ils m'ont dit que le prêtre tenait son pouvoir non pas de celui qui
lui donne la licence, car celui qui la lui donne pourrait être interdit ou sus-
pendu, et cependant il aurait le droit de donner à un autre prêtre cette
licence, c'est-à-dire la permission de faire ce qu'il ne pourrait pas faire lui-
même, mais qu'il puisait son pouvoir dans son caractère même de prêtre catholique qui ne connaît ni limites, ni frontières ; car il émane de Dieu même ;
conféré par celui qui a donné les ordres, il est indélébile et universel ; partout
le prêtre a le droit de bénir le mariage, de dire à ceux qui sont là, agenouillés
ou courbés devant lui : *Ego vos conjungo in nomine Patris et Filii et Spiritus
sancti.* Voir la main de Mgr l'archevêque de Bordeaux dans la bénédiction
nuptiale de Renteria : est-ce donc une fable ? Accuser ce prélat d'avoir violé
sciemment le concordat et notre législation, c'est une témérité, une injustice.
De tels principes ne devraient pas avoir besoin d'être défendus. Mais lorsque
j'ai vu la violence des efforts et l'éclat du talent de mon adversaire, j'ai com-

pris qu'il fallait avec lui combattre à armes égales. Lorsque j'ai voulu m'éclairer avant de venir devant le tribunal, ne m'en rapportant pas à moi, à qui me suis-je adressé? Je ne me suis pas adressé seulement à ceux qui, pratiquant la loi espagnole, la connaissent peut-être mieux que nous; non pas seulement à Mgr le cardinal Gousset, qui aussi peut-être la connaît mieux que nous, mais aux jurisconsultes de la raison la plus droite, de l'esprit le plus sévère. Il y avait à leur tête un homme qui a passé sa vie dans nos grandes luttes parlementaires, et y a illustré son nom; qui a défendu toutes les libertés contre tous les priviléges: c'est Odilon Barrot. C'est lui qui, un jour, dans une discussion demeurée célèbre, s'est servi d'un mot qu'on n'a pas oublié, pour indiquer qu'il fallait séculariser la loi, et ne lui imprimer aucun caractère religieux. A côté de cet intrépide défenseur de nos libertés religieuses et nationales et de toutes les croyances qui commandent le respect, c'est Bethmont, c'est Marie, c'est le savant professeur Demolombe; c'est enfin, dans ces derniers jours, M. Bugnet, professeur à l'école de droit, et qui ne passe pas pour jésuite, il en faut bien convenir. Je leur ai demandé s'il était vrai que nous fussions menacés de la fin de la société, et si l'État allait être mis en interdit, car il y a un monsieur qui a écrit cela, « l'État en interdit. » Je le leur ai demandé, ils m'ont rassuré, ils m'ont dit que ces craintes étaient imaginaires. Ne voyez-vous pas, ont-ils ajouté, qu'on ne cherche qu'à détourner l'attention, et que pendant que vous vous occuperiez d'éteindre le feu qui dévorerait nos institutions, les héritiers s'occuperaient de mettre la main sur la fortune de M. Pescatore? Rassurez-vous, nous voyons ce qui doit être fait, et les magistrats qui nous jugent auront l'œil à tout.

Maintenant je finis par une question, celle par laquelle a commencé l'adversaire, et je me dis : Dans tous les cas, quand bien même le mariage serait déclaré nul par la faculté que vous laisse l'article 193, quand bien même vous jugeriez convenable de prononcer la nullité du mariage, ce que je ne comprendrais pas, mais enfin je puis me tromper, j'ai dit dans ma plaidoirie que nous aurions pour nous la bonne foi. L'adversaire a cité deux arrêts qui jugent le contraire en ce qui touche l'erreur de droit, j'en ai cité huit, j'en pourrais citer un plus grand nombre; je pourrais vous rappeler qu'il a été jugé que celui qui se marie par procuration dans l'ignorance de la loi, peut être de bonne foi. Toutes ces citations, tous ces arrêts sont inutiles; mais demandons-nous, la main sur la conscience, si madame Pescatore, étrangère, mariée dans les circonstances que vous savez, au milieu de ces aspérités du droit, demandons-nous si elle a été de bonne foi. En vérité cela ne peut pas faire un doute, et je lui permettrais bien, à la pauvre femme, de se tromper sur une question de droit canonique, puisque je m'y suis trompé moi-même, puisque les jurisconsultes espagnols s'y sont trompés, comme moi, puisque Odilon Barrot, Bethmont, Marie, Demolombe et Bugnet s'y sont trompés, puisque tout le monde s'y est trompé; en vérité, l'erreur ici est excusable ou elle ne le sera jamais.

Alors on me fait une autre objection à laquelle je dois répondre. M. et madame Pescatore ont entendu faire un mariage religieux et non pas un mariage civil valable en France. Voulez-vous me permettre de vous dire quelle est la valeur de l'objection en droit, et ensuite ce qu'elle vaut en fait ? Ils ont entendu faire un mariage religieux... Eh bien, cela ne fait rien, rien du tout.

Mon adversaire a dit une chose qui est parfaitement vraie, parfaitement juste et que j'approuve fort : Il n'y a pas en France deux sortes de mariages, ou, si on le veut absolument, il y en a deux, un mariage qui est bon, l'autre qui est mauvais. Quand le mariage a été célébré conformément aux lois, il est valable, c'est Portalis qui le dit. S'il n'a pas été célébré conformément aux lois, il est nul; mais il n'y a pas de mariage mixte, valable en Espagne, mauvais en France. Nous ne connaissons pas deux manières de marier. Nos lois ne permettent pas d'épouser une femme autrement que pour la prendre en bonne et légitime épouse. Michel Cervantes a imaginé un personnage célèbre qui dit : « Pour peu qu'on soit marié, on l'est beaucoup. » C'est vrai, pour peu que nous soyons mariés en France, nous le sommes beaucoup, nous le sommes tout à fait.

Mais, voyons, est-ce que vraiment madame Pescatore a fait un mariage de conscience ? Sans doute, les canonistes parlent des mariages de conscience, ils en signalent même les caractères; ils sont, disent-ils, très rares; ils se célèbrent devant le curé, les parents et les domestiques, et on les tient secrets ; on les dissimule, on les laisse ignorer au monde.

Voilà ce que sont les mariages de conscience. En avez-vous vu des exemples ? Pour ma part, je n'en ai jamais vu, et je suis convaincu que mon adversaire n'en a jamais vu non plus. Il y en a un exemple sans doute, celui de Louis XIV, faisant un mariage de conscience qui ne fut jamais annoncé. M. et madame Pescatore ont-ils voulu faire, comme Louis XIV, un mariage de conscience que personne ne connût? Pas du tout; ils vont révéler le leur à tout le monde. Mais mon adversaire insiste : ils n'ont voulu, dit-il, faire qu'un mariage religieux. Je vous assure qu'il est étrange de soutenir des choses pareilles. Pourquoi M. Pescatore n'aurait-il voulu faire qu'un mariage religieux, c'est-à-dire un mauvais mariage, pourquoi n'aurait-il pas voulu en faire un bon? — Ah! c'est qu'un bon mariage entraîne des conséquences, la communauté de biens s'ensuit, et quoiqu'il n'eût encore que 4 millions, il ne voulait pas de la communauté de biens. — Quatre millions? Allons donc !... Cela m'est égal, il aura eu ce que vous voudrez. Je dis 4 millions, parce que c'est le chiffre qui résulte du dernier inventaire fait en 1850. Mais, encore une fois, cela ne fait rien à l'affaire; il en aurait eu 10, 15, 25, peu importe. Il ne voulait pas de la communauté ? C'est la chose du monde la plus simple. Mon Dieu ! si vous rencontrez un petit clerc de notaire sur votre chemin, posez-lui la question, dites-lui : Petit ! comment fait-on quand on ne veut pas être en communauté de biens, et que, cependant, on veut se marier ? — Quand on veut se marier ! — Oui, et qu'on veut faire un bon mariage. — Comment on fait ! Eh bien, on fait un contrat dans lequel on règle la part de chacun. — Il aurait fallu, dit-on, passer ce contrat chez un notaire et l'afficher à la Bourse. Voilà l'objection; vraiment, c'est une puérilité; c'est la première fois qu'une pareille idée germe dans la tête d'un homme, ou bien il faut qu'il y ait un intérêt quelconque. Point du tout, c'est une fantaisie qui l'a pris; il a voulu imiter Louis XIV. A la bonne heure ! mais voyons ce qu'en pense le monde, ce qu'en pense la famille, ce qu'il en pense lui, et s'il a voulu d'un mariage en partie double? Qu'en pense d'abord monseigneur l'archevêque de Bordeaux ? Voici la licence qu'il a donnée; il a dit : « Pourvu que d'ail-

leurs vous ne connaissiez aucun empêchement canonique ou civil pouvant
faire obstacle, le tout sauf le droit d'autrui et avec l'observation des rites de
l'Église. » Il pensait donc que M. Pescatore allait faire un mariage religieux
sans doute, mais en même temps un mariage civil.

Et le monde ? Oh ! le monde n'a pas cru à un mariage à deux faces, pour
ainsi dire. On n'a pas dit : Madame, êtes-vous madame Pescatore en Espagne
et pas en France ? Le monde a accepté le mariage comme bon, et reçu
M. et madame Pescatore comme bien mariés. La famille de M. Pescatore comment a-t-elle accueilli et traité sa femme ? Comment elle l'a reçue et traitée !
Tenez, messieurs, j'ai là ses lettres, je ne vous les lirai pas, bien entendu, mais
je les ai fait imprimer pour que vous puissiez les lire. Vous y verrez non pas
seulement les plus grands éloges pour madame Pescatore (il y a une chose
qui m'étonne, c'est l'amertume du langage quand on parle d'elle aujourd'hui
et ce langage n'est pas toujours honorable pour ceux qui le tiennent), non pas
seulement les plus grands éloges, mais les marques réitérées du respect le plus
profond. Toutes les femmes de la famille, madame Nothomb, la femme du ministre de la justice, madame Dutreux, madame de Scherff, toutes, en un mot,
parlaient d'elle avec le plus grand respect avant comme après le mariage. Madame de Scherff disait à son oncle : « Vous avez bien raison de l'épouser. » Madame Dutreux, la nièce favorite : « Vous ne sauriez croire, mon cher oncle,
combien vous m'avez rendue heureuse en me parlant de ce mariage. » Et après
le mariage, elle l'appelait « sa tante, sa bonne, son excellente tante. » Parmi les
membres de la famille il en est un, c'est Ferdinand Pescatore, il fait mieux, lui :
« Combien je vous félicite, dit-il, d'avoir réglé *civilement* et *religieusement*
l'acte qui vous unit par le mariage. » Se sont-ils exprimés autrement après la
dissolution du mariage, après la mort ? Non, ils ont continué d'écrire, ils ont
continué de dire : « Ma chère tante, quelle perte irréparable vous avez faite en
perdant un si bon époux ! » Quelles preuves faut-il encore ? Vous avez l'archevêque de Bordeaux qui dit avant le mariage : « Il n'y a pas d'empêchement
civil. » Vous avez le monde qui n'a jamais fait aucun doute. Vous avez la
famille qui, à chaque ligne de ses lettres, dit : Votre mariage, ma tante religieusement, ma tante civilement, ma tante de toutes les façons. Ou ces dé-
monstrations étaient hypocrites et menteuses, et je ne puis le croire, ou toute
la famille croyait au mariage régulier et complet de M. Pescatore ; et si elle
y croyait, c'était d'après la connaissance qu'il lui en avait donnée.

Bien ! Ce n'est pas assez. Mais lui, s'est-il cru marié civilement, ou marié à
moitié ? Mon adversaire s'écrie : « Toutes ces preuves extérieures ne signifient
rien ; donnez-moi un mot, une ligne, un acte quelconque de lui. » Vous le
voulez ? vous allez l'avoir. D'abord il écrit pour annoncer son mariage. Il y
a beaucoup de lettres; on en cite trois, on ne produit pas la première. Or,
permettez-moi de vous faire une remarque : s'il y avait une lettre qui dût
être conservée, c'était la première où il parle de son mariage, où il dit à
Mme Dutreux (la réponse de cette dernière est du 3 novembre) : « Mon parti
est pris, je vais me marier en Espagne où Mgr l'archevêque de Bordeaux me
facilitera mon mariage. » Cette lettre, vous ne la produisez pas, mais vous
l'avez. (M° Dufaure fait un signe de dénégation). Je dis que vous l'avez.

M° DUFAURE. — Je ne l'ai pas.

Me CHAIX D'EST ANGE. — Je ne dis pas vous, mais eux ils l'ont et ne la produisent pas. Quant à nous, nous avons la réponse de madame Dutreux dans laquelle elle dit :

« Mon cher oncle, je vous félicite de votre mariage que j'appelais de tous mes » vœux, et qui va me mettre désormais plus à l'aise avec vous. J'ai eu grande envie » bien des fois de vous parler de ce mariage, mais j'ai eu peur de vous embarrasser » et de gêner votre position. »

Cette lettre indique qu'elle a été précédée de plusieurs autres. En voici une de M. Pescatore du 18 novembre, dont la netteté, je pense, ne laisse rien à désirer :

« Mes chers amis, frère et sœur ,
» Une fois mon parti pris, j'en ai fait part à la personne de la famille à laquelle » j'étais sûr d'avance qu'il ferait le plus de plaisir. Je ne me suis pas trompé, car » j'ai reçu de celle-ci une lettre remplie de sentiments aussi nobles que délicats. » Mais je m'étais réservé de vous en écrire en quelque sorte officiellement à tous » les deux, dès que ledit projet aurait reçu son exécution, car il pouvait encore » s'opposer une foule d'obstacles à sa réalisation. Il n'en a rien été, grâce aux me- » sures prises par l'archevêque d'ici et son confrère de Pampelune, et nous sommes » revenus hier dimanche mariés... »

« Et nous sommes revenus, hier dimanche, mariés... » Êtes-vous contents ?

« A l'église de Renteria j'ai rempli avec autant de plaisir que de satisfaction ce » devoir de chrétien et d'*homme d'honneur...* »

Est-ce clair, ce devoir d'homme d'honneur ?

« En donnant satisfaction à la morale publique et aux sentiments religieux de » ceux qui ont le bonheur d'en être imbus, il fait en même temps le bonheur de » celle qui m'a été si dévouée et qui est appelée, dans l'ordre de la nature, à me » fermer les yeux. »

Il veut faire son bonheur ; ce n'est donc pas un semblant de mariage qui ne lui donnerait rien, un mariage contre lequel il aurait eu le droit de protester le lendemain.

« Je fais cesser de plus un mensonge officieux, en ce que maintes personnes » croyaient ou supposaient un mariage clandestin... »

Et ce serait là le langage d'un homme qui ne voudrait pas être marié ou qui espérait ne l'être qu'à moitié !
Oui, il y avait des gens qui le supposaient marié à moitié, et il ne voulait pas cela, lui ; il voulait être marié de la bonne manière.

« L'archevêque d'ici m'a d'ailleurs déjà épargné ce qui pouvait paraître le plus dif- » ficile à mon âge et dans notre position : la publicité venant de nous-mêmes. Pour » sa propre satisfaction, il a eu à cœur de faire connaître la régularisation de notre » position, et lorsque nous reviendrons dans ce pays, que nous quitterons sous » peu, nous trouverons une situation normale toute faite... »

Une situation normale sur un mariage postiche, y a-t-il quelqu'un au monde qui comprenne cela ?

« Et lorsque nous reviendrons dans ce pays, que nous quitterons sous peu, nous
» trouverons une situation normale toute faite, qui nous rendra encore le séjour
» plus agréable, et personne n'en doutera quand on verra le premier pasteur,
» alors cardinal, parmi nos amis et nos visiteurs. »

Voilà sa lettre ; on demandait un écrit de lui, le voilà. Vous voyez qu'il est convaincu qu'il est marié, bien marié, et que sa situation est comme la mienne, comme la vôtre, parfaitement normale.

Cependant, messieurs, on produit une copie d'une autre lettre... Une copie ! Assurément, la loyauté de mon honorable adversaire ne m'est pas suspecte, elle ne l'est à personne ; mais l'absence de l'original ne nous aurait-elle pas suffi pour leur dire : il ne faut pas produire cela ? Quoi qu'il en soit, parmi beaucoup d'autres lettres que M. Pescatore aurait écrites à la même époque, on produit une copie un peu différente de ce que je viens de vous lire... Mon Dieu ! on ne peut cependant pas se faire des titres à soi-même ; je ne veux dire que cela, je ne veux accuser personne ; je suis convaincu même que la lettre est de M. Pescatore en partie, mais il paraît bien singulier qu'on en produise la copie, et qu'on n'en ait pas gardé l'original. Faut-il tout vous dire ? J'ai quelque doute sur la sincérité de cette copie que voici :

« Nous avons trouvé dans l'archevêque de Bordeaux, qui est venu bénir la
» cloche de la Barde, un prélat aussi distingué par ses lumières et ses vertus que
» par son indulgence... Il a aplani et préparé les voies au mariage religieux qui
» devait d'abord se célébrer à Londres, par le cardinal Wiseman, mais qui se fera
» probablement la semaine prochaine sur la frontière d'Espagne... Si mon épouse
» devant l'Église et par un lien indissoluble ne porte pas le nom, par des circon-
» stances et des motifs particuliers, elle n'est pas moins digne de le porter. »

« C'est mon épouse devant l'Église... » Je vous recommande ces mots. Il faudrait bien pouvoir les lire dans l'original, car cette lettre est en contradiction avec l'autre... « C'est mon épouse devant l'Église... » Voyez comme cette lettre est faite pour la cause, comme c'est merveilleux ! Comme ils ont de l'esprit mes adversaires, d'avoir gardé cette copie en même temps qu'ils annonçaient qu'ils en avaient jeté l'original au feu ! Comme cela orne bien une plaidoirie ! C'est merveilleux ! c'est merveilleux ! Il n'y a qu'un malheur à cela ; c'est que ce que l'on fait dire à M. Pescatore n'est pas vrai. Comment ! elle ne portait pas son nom après le mariage ; mais vous avez dit à satiété qu'elle le portait avant le mariage ; par conséquent, ce ne serait pas un intervalle lucide que celui dans lequel il aurait écrit cette lettre, s'il l'avait écrite.

Voilà, messieurs, comment procèdent nos adversaires : ils nous demandent des pièces, mais ils en font. Nous leur en produisons, mais ils en inventent. Il y a une autre lettre de monseigneur l'archevêque de Bordeaux dans laquelle ce vénérable prélat dirait qu'il n'entendait conseiller qu'un mariage religieux. Où est-elle, cette lettre, où est-elle ? En vérité, c'est commode, c'est facile d'argumenter ainsi : ce procédé est même trop aisé.

Ah ! mais il y a un monsieur qui est le subrogé-tuteur des mineurs qui
sont dans le procès, et ce monsieur est tout prêt à dire que l'évêque de Pampelune lui a lu une lettre dans laquelle il y avait cela, que ses souvenirs lui
rappellent, et c'est là ce qui nous a fait croire à une chose aussi absurde qu'un
mariage postiche. Comme ce monsieur est intéressé au procès, comme il se
préoccupe des intérêts des mineurs, il croit ce qu'il dit sans nul doute. Mais
quoi ! je suppose qu'on lui ait lu une lettre dans laquelle il y aurait eu, je
n'en sais rien : « Je prends la liberté de vous adresser deux de mes paroissiens
qui veulent aller contracter à Renteria un mariage religieux, » y aurait-il là
quelque chose de si extraordinaire ? Nullement ; ces deux personnes croyant
aller contracter un mariage purement religieux auraient en même temps contracté un mariage civil, par la raison toute simple qu'en Espagne le mariage
religieux entraîne des effets civils.

M. Pescatore s'est si bien cru marié de la bonne manière qu'il a écrit de sa
main, à la date du 31 décembre 1852, c'est-à-dire postérieurement à son
mariage, la note suivante sur ses livres de commerce :

« La somme ci-contre de 210,000 fr. a été donnée par moi à madame Pesca-
» tore, née Weber. »

Voilà ce qu'il y a sur ses registres, écrit de sa main en 1852. On lui avait
dit en effet : Vous avez 200,000 francs, il faut les placer au nom de madame
Pescatore, ce sera une ressource pour des temps d'épreuve que ménage peut-
être le hasard des révolutions. Et il s'était empressé d'écrire sur ses livres la
mention que je vous rappelle.

Et dans ses testaments comment s'exprime-t-il ? (Mon adversaire dit qu'il
les a fait imprimer.... Non, non, c'est moi, s'il vous plaît qui les ai fait imprimer, dans l'intérêt de cette cause : *Cuique suum.*) Voici ce qu'il dit dans
son premier :

« Je soussigné....., en confirmant tous les dons manuels que j'ai pu faire anté-
» rieurement à ce jour à Anne-Catherine Weber, que j'ai épousée en Espagne,
» suivant les lois du pays. »

Peut-on dire d'une manière plus nette qu'il s'est marié en Espagne suivant
les lois du pays, et que par conséquent il est marié en France ? Il est vrai
qu'il appelle sa femme Anne-Catherine Weber, est-ce à dire qu'elle ne portait pas son nom ? Nullement.

« Catherine Weber, que je désigne ainsi pour éviter une contestation sur ce
» chef. »

Ah ! il savait bien à qui il avait affaire ! Mon Dieu ! ce sont les légataires, de
braves gens, d'honnêtes gens, je serais désolé de prononcer un mot qui pût
leur déplaire; mais enfin ils ne vivaient pas en bonne intelligence, et il parle
lui-même de compliments qui ne seraient peut-être pas sincères de la part de
tous. Il y en a parmi eux qui causeront peut-être bien des chagrins à Catherine Weber que je désigne ainsi pour éviter toute contestation de ce chef :

« Je donne et lègue à S. E. Mgr Donnet, cardinal archevêque de Bordeaux, une
» somme de 20,000 francs en reconnaissance des bontés qu'il a eues pour ma
» femme et pour moi-même, en nous ramenant dans le giron de l'Église et en con-
» seillant et facilitant notre mariage. »

Voilà comme il parle de son mariage.

« Si je ne donne pas de destination spéciale à cette somme, c'est que je sais
» d'avance que S. E. en fera l'emploi le plus utile et le plus charitable. »

Et plus tard, quand il fait son dernier testament à cette heure solennelle où
la mort allait l'envelopper de ses ombres, il dit :

« En confirmant les legs et avantages que j'ai faits par mon testament en faveur
» de madame Pescatore, mon épouse, je lui donne et lègue, etc., etc. »

Voilà comment il parle d'elle dans son testament. Et dans ses lettres vous
savez comment ; il en parle à chaque mot, il vante son dévouement. Dans cette
lettre du 12 novembre que je vous ai lue, il dit :

« Je fais le bonheur de celle qui m'a été si dévouée, et qui est appelée, par l'ordre
» de la nature, à me fermer les yeux. »

Je fais le bonheur ! y pensez-vous ?

Est-ce que cette femme arrivée enfin à ce mariage qu'elle avait désiré de
tout son cœur, c'est vrai, mais qu'elle avait retardé par scrupule, par généro-
sité, voulant qu'il fût bien entendu que M. Pescatore l'épousait librement pour
lui et non pour elle, est-ce qu'elle serait descendue à consentir à un simulacre
de mariage ? est-ce que vous le croyez ? est-ce qu'il y a un homme dans le
monde qui pourrait le croire ? Comment ! voilà une femme à laquelle il aurait
dit : Je veux récompenser ton dévouement, ton activité, ton désintéressement,
car elle n'avait pas reçu un sou depuis qu'elle l'avait connu, depuis qu'elle
s'était associée à ses travaux, à ses affaires, à ses veilles ; nous allons nous marier en apparence, fictivement, pour rire ; ne lui aurait-elle pas répondu :
Quoi ! vous allez dire au monde que je suis votre épouse légitime, et puis au
premier caprice, vous me reléguriez au rang des concubines ! Eh ! non, non,
vous en êtes incapable. Si en effet vous me précédiez dans la tombe, on arra-
cherait de mon front cet écriteau menteur. Vous iriez me faire monter aux
yeux de la foule au rang de votre épouse, pour que ma chute fût plus grande
et ma faute plus éclatante ! Pensez-vous que ce soit là le bonheur conjugal
qu'il lui aurait préparé, lui, et qu'elle aurait accepté, elle ? Il en aurait fait une
épouse en Espagne et une concubine en France !

Mais s'il ne fait pas son bonheur moral, si au contraire il prépare sa honte
et cherche à la rendre plus éclatante, fait-il du moins son bonheur pécu-
niaire ? Non, il l'associe provisoirement à son nom, à sa fortune, il ne lui donne
pas un sou. Voilà la prétention de mon adversaire. Voilà une femme qu'on
vous présente comme avide, ardente à la convoitise, elle n'a pas dit un mot
encore ; en l'épousant, elle ne s'est pas adressée à l'affection, à l'amour, à la

tendresse pour tirer quelque chose de ce coffre-fort qu'elle a contribué à remplir. Non, elle ne dit rien, pas un mot. Elle se prête à une comédie de mariage, elle fait volontairement un semblant de mariage, elle le sait et elle y consent. Mais alors elle aurait dû lui dire : Vous parlez de faire mon bonheur, c'est mon malheur, ma honte que vous faites; vous devriez veiller au moins à ce que mon existence soit assurée. Eh bien, non, rien, absolument rien. Voilà où aboutit la singulière invention du mariage de conscience, imaginé par mon adversaire. Allons! c'est assez, c'est trop longtemps nous traîner dans les ornières de l'absurde. Ce terrain n'est digne ni de vous, ni de moi, il l'est moins encore du tribunal. Revenons au vrai, et disons que ce mariage a été un mariage véritable, qu'il a été son mari, qu'elle a été sa femme, qu'on l'a toujours traitée comme madame Pescatore, moralement et civilement, de toutes les façons.

On se retranche derrière une autre objection : la communauté n'a jamais été dans l'intention de M. Pescatore. Tenez, messieurs, j'ai dit sur ce point ce que je pouvais dire. M. Pescatore ne s'est-il pas rendu un compte exact de sa situation ? C'est possible, mais M. Pescatore n'a jamais pu penser qu'il laisserait sa femme sans fortune; il n'a jamais fait cette réflexion barbare que je m'étonne d'avoir trouvée dans la bouche de mon honorable, de mon excellent confrère. Il vous a dit : Comment! s'il était mort sans testament, elle aurait retrouvé la position qu'elle avait avant d'avoir connu M. Pescatore. — Quoi! elle aurait vécu douze ans avec lui; elle aurait eu la honte de cette vie, elle en aurait eu la confusion, et il se serait dit, cet homme dont vous ne voulez pas offenser la mémoire : Cette femme dont je veux faire le bonheur, et qui est appelée à me fermer les yeux, elle n'aura pas un sou, et comme une concubine chassée de la maison, n'emportant que la chaussure qu'elle a aux pieds, elle qui m'a tout sacrifié, son affection, sa jeunesse, avec un désintéressement sans exemple, elle ira vieillir flétrie dans la misère et mourir dans la honte et dans le déshonneur.

Ah! que des collatéraux s'expriment ainsi, qu'ils disent qu'il en sera d'elle après le mariage comme il en a été avant, je n'ai pas le droit de m'étonner. Mais comment ne sentent-ils pas au moins, par un reste de pudeur, que ces sentiments, s'ils peuvent les avoir, M. Pescatore ne pouvait pas les ressentir, lui, et qu'ils insultent à sa tombe ? Non, tels n'étaient pas les sentiments de M. Pescatore; il a toujours voulu que la fortune de sa femme fût assurée. Je vous ai lu à la dernière audience un document qui a un haut intérêt, l'adversaire l'a bien compris, c'est le testament qu'elle a fait elle-même en 1853, et qui était de nature à nous éclairer sur sa pensée la plus intime. Mon adversaire a essayé de jeter du doute, de l'incertitude, dans vos esprits. Ce document n'a-t-il pas été fait pour la cause? Quelle en est la date authentique? Il a pu être écrit hier aussi bien qu'en 1853. Messieurs, on n'invente pas une pièce comme celle que je vous ai lue à votre dernière audience; c'est impossible. On l'aurait trouvée dans l'inventaire et sous les scellés, dit ironiquement mon adversaire. Oui, nous l'avons trouvée à l'inventaire sous les scellés, et quel que soit le courage de vos collatéraux, je les mets au défi, vous entendez bien, je les mets au défi de soutenir le contraire. Ils le savent bien; ils le connaissent à merveille ce testament trouvé sous les scellés. Ils savent bien

que lorsqu'elle était retenue auprès du lit de M. Pescatore, lui prodiguant ces
soins qu'elle seule pouvait donner, ils savent bien, les héritiers, qu'ils lui
demandaient alors si elle n'allait pas prendre quelque repos ; ils savent aussi
que le lendemain de la mort on a été prendre toutes les clefs, et apposer les
scellés à la Celle où elle n'avait pas été depuis longtemps, et que là, au moment
de mettre les scellés, on a trouvé, le notaire est là pour l'attester, on a trouvé
ce papier et l'on a dit : « C'est le testament de madame Pescatore, nous ne
pouvons pas le mettre sous les scellés ; il lui appartient. » Et alors, c'est vrai,
sans en faire mention spéciale, on l'a rendu à madame Pescatore. Voilà l'histoire de ce testament. Voulez-vous la savoir encore mieux ? voulez-vous
savoir comment il a été fait ? Un jour, en 1853, on parlait de testament.
M. Pescatore avait pu lui dire, c'est possible : « Mon Dieu, il faut se préparer
à tout ; si tu venais à mourir avant moi... » Et alors elle a été chez M. Fould,
le notaire. Vous avez confiance en lui, n'est-ce pas ? Il a été pour vous tout
autant que pour nous ; il est complétement impartial. Elle a été chez M. Fould
et lui a dit : « Qu'est-ce qui arriverait si je mourais ? » Et M. Fould qui la
croyait parfaitement mariée, comme tout le monde, comme moi : « Ce qui
arriverait, c'est que vos héritiers viendraient troubler M. Pescatore. — Je ne
veux pas de cela. Quel moyen de l'empêcher ? — C'est de faire un testament.
—Voulez-vous m'en donner le modèle ? » M. Fould lui en donne le modèle, et
elle le copie ; et puis, à six semaines d'intervalle, elle s'aperçoit que cet acte
est incomplet. Ce ne sont pas là des documents inventés, des testaments faits
après coup ; il y a là dans le premier testament le style officiel du notaire, et
puis vient la pensée de la femme, car elle a un fils à côté d'elle... Il y a vingt-
trois ans qu'il a perdu sa mère, il y a vingt-trois ans qu'elle l'appelle son fils.
(Que voulez-vous ? C'est toute l'espérance de sa vie maintenant que son époux
n'est plus...) Albert, tendre, respectueux, l'affectionne comme un fils... Vous
savez bien qu'il n'est pas son enfant, vous le savez bien, car vous avez été de
mairie en mairie relever tous les actes de l'état civil, et partout on vous a
donné des certificats qui constatent que jamais elle n'a été mariée, que jamais
elle n'a eu d'enfant, mais elle a eu un immense dévouement, elle a fait un
immense sacrifice. Ce sera peut-être, vous disiez-vous, un moyen de la compromettre, de l'effrayer, et de l'amener à cette composition que vous lui proposiez ; car si elle ne craint pas pour elle le scandale dont on la menace, elle
le craindra, hélas ! pour le fils qui n'est pas l'enfant de ses entrailles, mais
qui est le fruit de son amour ; elle le craindra pour la famille où elle l'a pris
venant à peine au monde, pour cette famille qui n'a pas avoué sa naissance,
et dans laquelle cette naissance eût peut-être introduit le déshonneur et la
mort... Ils n'ont reculé devant rien ; ils ont eu l'impiété (tous les moyens
sont donc bons !) de dire dans leurs conclusions : « C'est sans doute son fils ;
il est sans doute issu de quelque mariage antérieur qui n'était pas encore
rompu lorsqu'elle a contracté un nouveau lien avec M. Pescatore. » Ils ont
eu l'audace de dire cela... Oh ! je le sais bien, la sagesse, la modération de
mon loyal adversaire, ont tout fait pour réparer cette infamie, je le sais bien ;
mais nous, quand nous avons vu cela dans les conclusions, nous qui ne sommes
pas depuis longtemps ses amis, mais qui avons appris à la connaître dans les
relations que nous avons eues avec elle, nous, ses conseils, nous avons été

indignés, et je ne trouve pas dans la langue de mot pour exprimer cette indignation.

Voilà, messieurs, toute la cause. Je répète en finissant ce que j'ai dit en commençant : si, entraîné par l'intérêt que je lui porte, je m'étais laissé emporter plus loin que je ne devais, j'en serais désolé. Il faut respecter M. Pescatore dans tout ce qui l'entoure ; il faut le respecter dans sa vie ; il faut le respecter dans ses parents, dans ses cousins qu'il aimait plus ou moins ; mais il ne faut pas non plus se laisser dépouiller de la fortune quand elle est légitimement acquise ; il ne faut encore moins se laisser dérober l'honneur d'un nom qu'on tient d'un mariage qu'on a cru légitime.

———

CONCLUSIONS D'INTERVENTION *pour les membres comprenant le collége des bourgmestres et échevins de la ville de Luxembourg, demeurant et domiciliés dans ladite ville de Luxembourg. — Spécialement autorisés aux fins des présentes par un arrêté de M. l'administrateur général de l'intérieur du grand-duché de Luxembourg. — Demandeurs aux fins de la présente intervention. — Ayant Me Denormandie pour avoué.*

« Plaise au tribunal :

» Attendu que M. Jean-Pierre Pescatore est décédé en son hôtel, à Paris, rue Saint-Georges, n° 13, le 9 décembre 1855, laissant un testament olographe en date du 5 octobre 1853, enregistré et déposé pour minute à Me Fould, notaire à Paris, en vertu d'une ordonnance de M. le président du 13 décembre 1855, par lequel il a disposé de toute sa fortune ;

» Attendu qu'aux termes dudit testament, M. Pescatore a légué à la ville de Luxembourg une somme de 500,000 francs, en expliquant qu'il destinait cette somme et ses intérêts cumulés à la fondation d'un établissement de bienfaisance, mais qu'il n'y aurait lieu de le créer que lorsque le capital aurait atteint, au moyen des intérêts capitalisés, le chiffre de 1,000,000 de francs ;

» Attendu qu'aux termes de ce même testament, M. Pescatore a encore donné à la ville de Luxembourg les tableaux, dessins, les statues, bibliothèques et objets d'art, qui se trouveraient dans ses propriétés de la Celle-Saint-Cloud et de Paris au jour de son décès, sans en rien excepter ni réserver, et ce aux charges et conditions exprimées au testament ;

» Attendu enfin que M. Pescatore a formulé, au profit de la même ville de Luxembourg, une éventualité dont la disposition est ainsi conçue : « Si au » jour de mon décès l'un de mes légataires n'a pas d'enfants, le huitième à » lui légué ne lui appartiendra qu'en usufruit aux charges de droit ; il en sera » de même du conjoint de mes légataires au cas où il survivrait à ces der-» niers, et dans ces deux éventualités la nue propriété appartiendra à mes » autres légataires universels sus-désignés à charge d'emploi par les usufrui-» tiers, d'accord avec mes exécuteurs testamentaires. Il est bien entendu que » les enfants de mon neveu Pierre Pescatore décédé ou l'enfant, s'il n'en existe » qu'un, recueillera sa part de legs à sa majorité, même s'il n'est ou s'ils ne sont » mariés. Dans les cas ci-dessus prévus où les légataires universels verraient

» l'importance de leur legs augmentée par le fait de la non-existence d'enfants
» de l'un d'eux, ils seront tenus de payer, conjointement chacun par égale
» portion dans l'année qui suivra l'extinction de l'usufruit et sa réunion à la
» nue propriété en leur personne, à la ville de Luxembourg, à laquelle j'en
» fais don pour ce cas éventuel, et pour employer le montant à la fondation
» de l'établissement de bienfaisance dont j'ai parlé précédemment, ce qui
» permettra ou de le fonder plus tôt, ou d'en accroître l'importance, *une somme*
» *égale aux deux tiers de ce qui serait provenu audit légataire universel*
» *du legs à lui fait.* »

» Attendu que le cas prévu par cette dernière disposition se réalise par
la raison que madame Poulmaire n'a pas d'enfants, en sorte que la nue propriété du huitième à elle légué appartient aux autres légataires universels, à
la charge ci-dessus expliquée ;

» Attendu qu'il résulte de l'ensemble de ces dispositions que la ville de
Luxembourg est légataire de M. Pescatore : 1° d'une somme de 500,000 fr. ;
2° de ses tableaux, dessins, statues, bibliothèques et objets d'art,

» Et qu'elle est *créancière* des légataires universels dudit M. Pescatore
d'une somme égale aux deux tiers du huitième en nue propriété qui reviendra
auxdits légataires universels, par suite de cette circonstance que madame
Poulmaire n'a pas d'enfants ;

» Attendu qu'une instance est en ce moment pendante devant le tribunal
de la Seine entre les héritiers et représentants de M. Pescatore et madame
Anne-Catherine Weber qui se prétend sa veuve, et à ce titre demande à
liquider une prétendue communauté qui aurait existé entre elle et lui ;

» Attendu que si, par impossible, une pareille demande pouvait être
accueillie, elle aurait pour conséquence, par des rapprochements de chiffres
faciles à saisir, et qui d'ailleurs seront mis sous les yeux du tribunal, de faire
évanouir une grande partie des avantages faits à la ville de Luxembourg par
M. Pescatore ;

» Que ladite ville a par conséquent droit et intérêt d'intervenir dans ladite
instance, et qu'elle y a été légalement autorisée par l'arrêté précité de M. l'administrateur général de l'intérieur du grand-duché ;

» Par ces motifs :
» Recevoir en la forme les membres composant le collège des bourgmestres
et échevins de la ville de Luxembourg, intervenant dans l'instance dont il s'agit ;

» Ce faisant, ordonner l'exécution pure et simple des dispositions testamentaires de M. Pescatore ;

» Et déclarer madame Anne-Catherine Weber non recevable, et en tous
cas mal fondée dans la demande par elle formée contre les héritiers de
M. Pescatore ;

» La condamner aux dépens, dont distraction à M⁰ Denormandie, avoué
aux offres de droit. »

M⁰ SÉNARD. Quelque évident que fût l'intérêt de la ville de Luxembourg,
puisque sur trois dispositions de M. Pescatore qui la concernent, deux se trouveraient atteintes de la manière la plus grave, par la prétention de madame
Weber à la communauté; quelque évident que fût son intérêt, ses adminis-

trateurs n'ont résolu d'intervenir au procès qu'après une délibération que le
tribunal trouvera dans mon dossier, et ils n'ont pris cette délibération qu'après
avoir acquis la conviction qu'en droit il ne pouvait pas y avoir mariage civil,
et qu'en fait, M. Pescatore n'avait jamais entendu contracter un tel mariage.
Les legs qu'il a faits à la ville de Luxembourg prouveraient au besoin que
l'union, que le mariage religieux, que la bénédiction nuptiale, quelque nom
que l'on donne à ce qui s'est passé entre lui et madame Weber, à Renteria,
n'ont pu conférer à cette dernière les droits d'une femme commune en biens.
C'est après s'être convaincue, après une longue étude de l'affaire, et après
avoir pris l'avis des plus savants jurisconsultes, que tels étaient les sentiments
de M. Pescatore, que la ville de Luxembourg a jugé à propos d'intervenir et
qu'elle est intervenue. Je n'ai pas, vous le pensez bien, à plaider de nouveau
une affaire qui a été si éloquemment plaidée ; je me borne à dire que nous
donnons la plus entière adhésion aux moyens si bien exposés et si vigoureusement discutés par les héritiers Pescatore.

Audience du 25 juillet 1856.

CONCLUSIONS ADDITIONNELLES DES HÉRITIERS PESCATORE.

Me PÉRONNE, avoué : Messieurs, en l'absence de Me Dufaure, obligé de plaider à la 3e chambre de la Cour, je demande qu'il plaise au tribunal de m'admettre à prendre les conclusions additionnelles suivantes :

Plaise au tribunal :

I. — *Sur la première question : M. Pescatore et madame Weber, en allant à Renteria
demander à un prêtre espagnol la bénédiction nuptiale, ont-ils voulu contracter
un mariage purement religieux, de nature à donner satisfaction à des scrupules
de conscience, mais ne devant produire aucun effet civil, et surtout ne devant pas
créer une communauté de biens ?*

« Attendu que tous les faits antérieurs à la cérémonie religieuse de Renteria
établissent, et qu'au besoin une enquête démontrera : que M. Pescatore, voulant éviter la publicité indispensable pour la validité d'un mariage civil et se
préoccupant des conséquences qu'un mariage civil eût entraînées et qui eussent
affecté sa situation commerciale et les intérêts de sa famille, s'est constamment
refusé à contracter un mariage de cette nature ;

» Que s'il eût voulu donner à son union avec madame Weber tous les effets
civils, rien ne l'empêchait de se marier en France ; que son voyage à Renteria
ne peut s'expliquer que par la volonté d'accomplir une union purement religieuse que la loi française ne lui permettait pas de contracter en France ;

» Que cette volonté est démontrée surabondamment par les termes de la
lettre adressée le 28 octobre 1851 à l'évêque de Pampelune par le cardinal-
archevêque de Bordeaux, lettre dans laquelle le prélat français annonce à

l'évêque espagnol qu'il lui adresse M. Pescatore, « qui voudrait ne s'unir que religieusement à une personne habitant avec lui depuis plusieurs années ; »

» Attendu que madame Weber ne pouvait ignorer l'intention de M. Pescatore, sa volonté bien arrêtée de ne pas souscrire à un mariage civil, et ce fait qu'en consentant à un mariage purement religieux, M. Pescatore était arrivé à la dernière limite des concessions qu'il voulait faire ;

» Qu'en effet, les circonstances révélées par la plaidoirie présentée au tribunal dans l'intérêt de madame Weber établissent que l'initiative du mariage est venue de ladite dame et qu'elle a rencontré chez M. Pescatore une résistance telle que, pour la vaincre, elle s'est crue obligée de recourir à une tentative de suicide plus ou moins sérieuse ;

» Qu'en outre, il a été également reconnu au cours des débats, qu'antérieurement au mois d'octobre 1851, madame Weber avait eu avec le cardinal-archevêque de Bordeaux plusieurs conférences ; que ces conférences lui avaient ouvert les yeux sur sa situation, et qu'enfin l'acte religieux de Renteria, destiné à mettre un terme à cette situation irrégulière, est le résultat des conseils et des efforts du vénérable prélat ;

» Qu'il n'est pas possible d'admettre, sans manquer au respect dû au caractère dont est revêtu Mgr de Bordeaux et sans s'écarter de toute vraisemblance, que l'un des membres les plus éminents du clergé français ait pu conseiller à la pénitente qu'il ramenait dans le sein de l'Église un acte qui, s'il n'était pas une simple satisfaction donnée à la conscience, devenait une violation flagrante de la loi ;

» Attendu que les faits qui ont suivi la cérémonie religieuse de Renteria démontrent également que M. Pescatore n'avait voulu contracter qu'un mariage purement religieux ;

. » Qu'en effet, M. Pescatore, à son retour en France, a fait transcrire son acte de mariage sur le registre de la paroisse de la Celle Saint-Cloud ; qu'il n'a pas fait accomplir la transcription du même acte sur les registres de l'état civil des communes dans lesquelles il avait une résidence ;

» Que cependant M. Pescatore, maire de la commune de la Celle-Saint-Cloud depuis 1852, pouvait facilement, sans aucune publicité, faire transcrire, sur les registres de l'état civil de cette commune, son acte de mariage, s'il eût voulu assurer à ce mariage des effets civils ;

» Attendu que madame Weber, pas plus que M. Pescatore, n'avait eu la volonté de contracter à Renteria un mariage pouvant avoir en France un effet civil ;

» Que ce fait est démontré par les efforts tentés par ladite dame et ses amis, dans le cours de la dernière maladie de M. Pescatore, pour arriver à un mariage civil *in extremis*, projet que la mort de M. Pescatore ne permit pas de poursuivre, mais qui exclut toute idée de mariage civil contracté à Renteria ;

» Attendu que ni M. Pescatore ni madame Weber n'avaient eu la volonté de contracter à Renteria un mariage de nature à créer entre eux une communauté légale de biens ;

» Attendu qu'on ne saurait admettre que M. Pescatore, homme habitué aux affaires, négociant exact, ayant la plus grande partie de sa fortune engagée dans sa maison de commerce, s'il eût voulu contracter un mariage produisant des effets civils quant aux biens, se fût marié sous le régime de la communauté légale ;

» Que le don de deux cent dix mille francs fait par M. Pescatore à madame Weber en 1852, les dispositions du testament et des codicilles de 1853, les termes de ce testament et de ces codicilles, aussi bien que les dispositions du testament de 1855, le nom de « madame Weber, » intentionnellement donné dans le testament de 1853 par le testateur à celle qui réclame aujourd'hui les avantages attachés par la loi au titre d'épouse légitime, excluent toute idée de communauté résultant de la bénédiction nuptiale du 8 novembre 1851 ;

» Attendu que madame Weber, en insistant, au lit de mort de M. Pescatore, pour obtenir de lui qu'il augmentât les avantages à elle faits par le testament de 1853, et en s'écriant pour vaincre sa résistance : « J'irai donc vivre dans une mansarde, » a reconnu elle-même qu'elle n'avait aucun droit à la communauté qu'elle réclame aujourd'hui ;

» Attendu que cet ensemble de faits, qui ne sauraient être mis en doute, démontre jusqu'à l'évidence que la cérémonie religieuse accomplie à Rentéria le 8 novembre 1851, dans l'intention de M. Pescatore et de madame Weber, dans leur pensée constante, n'était qu'une union religieuse et n'avait aucun des caractères d'un mariage civil apte à produire en France des effets civils et à créer une communauté de biens.

II. — *Sur la deuxième question : En admettant contre toute évidence que M. Pescatore et madame Weber aient eu la volonté de contracter un mariage civil, le mariage contracté le 8 novembre 1851 dans la chambre du curé de Rentéria est-il valable aux yeux de la loi française ?*

» Attendu que les articles 170 et 171 du Code Napoléon exigent, pour la validité des mariages contractés en pays étranger entre Français ou entre Français et étrangers, la réunion de trois conditions :

» 1° L'observation des formes usitées dans le pays où le mariage a été contracté ;

» 2° L'accomplissement préalable en France des publications prescrites par l'article 63 du Code Napoléon ;

» 3° La transcription de l'acte de mariage sur les registres de l'état civil français ;

» Attendu, en outre, que l'article 191 frappe d'une nullité radicale tout mariage entaché de clandestinité.

» 1° Quant à l'observation des formes usitées dans le pays où le mariage a été contracté :

» Attendu qu'en Espagne le mariage est régi par les décrets du concile de Trente ;

» Attendu qu'aux termes dudit concile, le mariage ne peut être célébré que par le propre curé ou par un prêtre ayant licence, soit du propre curé, soit de l'ordinaire des époux ;

» Attendu que le curé de Rentéria n'était pas le propre curé des époux ; qu'il ne l'était pas devenu par la permission que lui avait donnée l'évêque de Pampelune, celui-ci n'étant pas l'ordinaire des parties ;

» Qu'à la vérité le curé de Renteria avait reçu une délégation du cardinal-archevêque de Bordeaux pour procéder au mariage de M. Pescatore et madame Weber ;

» Qu'il s'agit donc d'apprécier la validité de cette délégation :

» Attendu, en premier lieu, qu'en vertu de la règle *Locus regit actum*, cette délégation donnée en France par un prélat français ne peut être valable qu'autant qu'elle ne déroge pas aux maximes fondamentales du droit public et du droit ecclésiastique français ;

» Qu'à ce point de vue, d'une part, il était interdit à l'archevêque de Bordeaux de procéder soit directement, soit par l'intermédiaire d'un prêtre autorisé de lui, à un mariage religieux non précédé du mariage civil ; et, d'autre part, l'archevêque de Bordeaux était absolument incompétent pour procéder ou faire procéder à un mariage civil ;

» Attendu, en deuxième lieu, que, même en faisant abstraction de ces principes incontestables, et en se plaçant au point de vue purement canonique, la délégation serait encore nulle ;

» Attendu, en effet, que l'archevêque de Bordeaux n'était l'ordinaire ni de M. Pescatore ni de madame Weber ;

» Qu'aux termes du droit canonique, la compétence en matière de mariage est réglée uniquement par le domicile ;

» Que le propre curé et l'ordinaire des époux sont le curé et l'évêque dans la paroisse ou dans le diocèse desquels les époux ont leur domicile ;

» Attendu que si les habitations que M. Pescatore et madame Weber avaient à Paris et à la Celle-Saint-Cloud présentent les caractères exigés par la loi canonique pour constituer le domicile relativement au mariage, il n'en est pas de même pour le domaine de Giscours dans le diocèse de Bordeaux, où M. Pescatore et madame Weber faisaient chaque année un séjour momentané ;

» Qu'en effet, le droit canonique exige, pour constituer le domicile relativement au mariage, soit une résidence de six mois, si les époux ont changé de paroisse sans changer de diocèse, et une résidence d'une année si les époux ont changé de diocèse, soit l'*animus perpetuo manendi*, ou l'*animus manendi per majorem anni partem* joints à l'abandon de l'ancienne paroisse sans esprit de retour ;

» Que tel n'était pas le caractère de la résidence que M. Pescatore et madame Weber avaient faite à Giscours avant le mariage de Renteria ;

» De telle sorte qu'en faisant abstraction de toutes les lois françaises, et en ne se préoccupant que du droit canonique, le mariage de M. Pescatore et de madame Weber, s'il n'était pas célébré par le curé de Notre-Dame de Lorette, ou par le curé de la Celle-Saint-Cloud, ne pouvait être célébré valablement qu'en vertu d'une délégation de l'archevêque de Paris ou de l'évêque de Versailles ;

» Attendu que la délégation ne se présume pas, qu'elle doit être expresse, qu'elle ne saurait résulter d'une dispense de publication de bans, et qu'on ne peut y suppléer par un acte postérieur quelconque ;

» Attendu, en fait, qu'aucune délégation émanée de l'ordinaire des époux n'a été donnée à l'archevêque de Bordeaux ;

» Que l'acte émané de l'évêché de Versailles ne contient qu'une dispense de publications de bans ; qu'en examinant l'acte émané de l'archevêché de Paris

on voit que cet acte a été obtenu sur un exposé de faits inexact ; que l'archevêque de Paris, dans la conviction que l'un des deux époux résidait dans le
diocèse de Bordeaux et devait se marier dans ce diocèse, s'est borné à permettre le mariage de son paroissien dans le diocèse de l'autre époux, mais qu'il
n'a donné aucune délégation ;

» Que cette délégation, eût-elle existé, n'eût pas autorisé l'archevêque de
Bordeaux à déléguer le curé de Renteria, car il est de principe en droit canon
que le délégué ne peut subdéléguer ;

» Attendu qu'on ne saurait soutenir que l'abjuration de madame Weber
entre les mains du cardinal-archevêque de Bordeaux ait donné à celui-ci le
caractère de propre curé ou d'ordinaire de ladite dame ; que cette proposition
est formellement repoussée par tous les canonistes ;

» Qu'il n'existe aux règles que nous venons de rappeler qu'une seule exception concernant les vagabonds ; qu'à coup sûr cette exception ne saurait
être applicable notamment à M. Pescatore ou à madame Weber, la loi canonique ayant consacré de la manière la plus nette la distinction entre l'étranger
peregrinus, et le vagabond *vagus*, et n'ayant établi de dérogation à la règle
qu'à l'égard du second :

» Attendu, en outre, que les décrets du concile de Trente ont frappé de
nullité absolue les mariages clandestins ;

» Que tous les caractères auxquels le droit canonique reconnaît la clandestinité : défaut de publicité, célébration du mariage par un officier religieux
incompétent, accomplissement de la cérémonie religieuse hors de l'église et
loin des yeux des fidèles, se retrouvent et se reconnaissent dans le mariage du
8 novembre 1851 ;

» Que, par tous ces motifs, il est de toute évidence que les formes exigées
par la loi espagnole en matière de mariage n'ont pas été observées, et que, par
conséquent, la première, et, de l'aveu même des adversaires, la plus essentielle des conditions exigées par la loi française pour la validité des mariages
contractés en pays étranger n'a pas été remplie.

» 2° Quant à l'accomplissement préalable en France des publications prescrites par l'article 63 du Code Napoléon :

» Attendu que le mariage célébré le 8 novembre 1851 à Renteria n'a été
précédé en France d'aucune publication ;

» Attendu que de la rédaction de l'article 170 du Code Napoléon ressort la
preuve que la loi a fait de l'accomplissement des publications une condition
essentielle de la validité du mariage contracté en pays étranger ;

» Attendu d'ailleurs qu'il est bien évident que les dispositions de l'article 170
ont eu en vue les Français résidant en pays étranger et n'ont pu être introduites dans le Code en faveur des Français qui ne passeraient la frontière que
pour éluder les lois de leur pays ;

» Que si l'on n'a pas toujours considéré l'absence de publications en France
comme entraînant la nullité du mariage contracté en pays étranger, la doctrine
et la jurisprudence ont unanimement proclamé que la nullité doit être prononcée, s'il ressort des circonstances de fait que le défaut de publications et la
célébration du mariage en pays étranger n'ont eu d'autre but que de violer
ou d'éluder la loi française.

» 3° Quant à la transcription de l'acte de mariage sur le registre de l'état civil (article 171) :

» Attendu que M. Pescatore et madame Weber n'ont pas fait transcrire leur acte de mariage sur les registres de l'état civil français ;

» Que cette circonstance, si elle n'est pas de nature par elle-même à entraîner la nullité du mariage, acquiert une grande importance lorsqu'il s'agit de rechercher la clandestinité.

» Quant à la clandestinité :

» Attendu que de tout temps la législation française s'est attachée à proscrire les mariages clandestins ;

» Attendu que les dispositions de l'article 191 du Code Napoléon se sont proposé le même objet et ont fait de la publicité la condition essentielle de tout mariage contracté par tout Français ;

» Attendu qu'il appartient aux tribunaux d'examiner les circonstances dans lesquelles le mariage s'est accompli pour rechercher s'il a été satisfait aux obligations imposées par la loi (arrêt de la Cour de cassation du 28 mars 1854) ;

» Attendu que les caractères auxquels se reconnaît la clandestinité sont : l'absence de publications, le défaut de célébration publique, la célébration devant un officier incompétent, le défaut de transcription sur les registres de l'état civil, en un mot un ensemble de circonstances excluant la publicité ;

» Attendu, en fait, que tous ces caractères se retrouvent dans le mariage du 8 novembre 1851 ; que les circonstances de fait qui ont précédé, accompagné et suivi le mariage, le profond secret gardé sur le projet d'union, le voyage de Renteria, le mystère qui a entouré ce voyage, la célébration du mariage dans une chambre particulière, le choix des témoins, le silence gardé au retour sur les faits qui venaient de s'accomplir, la situation de la dame Weber dans la maison de M. Pescatore restant ce qu'elle était auparavant, se réunissent pour établir que le défaut de publicité était le résultat de la volonté réfléchie des parties, et que M. Pescatore et madame Weber n'avaient eu d'autre but que de se soustraire ouvertement et à dessein aux obligations imposées par la loi, et de faire impunément à l'étranger ce qu'il eût été impossible de faire en France.

III. — *Sur la troisième question: Le mariage étant entaché de nullité, ce vice serait-il aujourd'hui couvert : 1° soit par des reconnaissances émanées des légataires universels ; 2° soit par la possession d'état qu'aurait eue la demanderesse ?*

» 1° Quant aux prétendues reconnaissances émanées des légataires universels :

» Attendu qu'il est de principe que la reconnaissance ne peut produire d'effet que du jour où l'intérêt est né ;

» Que, dans l'espèce, l'intérêt des défendeurs n'a commencé que du jour où ils ont connu par l'ouverture du testament leur qualité de légataires universels ;

» Que les deux seules lettres adressées à madame Weber depuis le décès de M. Pescatore et que l'on invoque pour constituer une reconnaissance du mariage sont antérieures à l'ouverture du testament ;

» Attendu, d'ailleurs, que ces lettres émanent, l'une de madame Poulmaire, qui n'est pas légataire universelle, mais simplement légataire à titre universel d'un usufruit ; l'autre de M. Munchen, qui n'est pas un des légataires, mais le mari d'une des légataires ;

» Que ce n'est donc pas sérieusement que l'on cherche à trouver dans ces deux lettres une fin de non-recevoir contre les moyens développés au nom des défendeurs ;

» 2° Quant à la possession d'état :

» Attendu, en droit, que la possession d'état ne saurait être invoquée, puisque, si l'on considère le mariage de Renteria comme un mariage régi par le droit espagnol, il a été célébré par un prêtre incompétent, et si on le considère comme un mariage régi par le droit français, il n'a pas été célébré publiquement en présence de l'officier public compétent ;

» Attendu qu'il est de principe qu'un pareil mariage est nul, de nullité absolue, et ne saurait être couvert par aucune possession d'état :

» Attendu d'ailleurs que madame Weber ne saurait invoquer aucun des faits qui constituent la possession d'état, qu'il est établi au contraire que sa situation dans la maison de M. Pescatore est restée au lendemain de la bénédiction nuptiale de Renteria ce qu'elle était auparavant.

IV. — *Sur la quatrième question : En admettant la nullité du mariage du 8 novembre 1854, madame Weber peut-elle invoquer sa bonne foi pour faire produire audit mariage des effets civils à son profit ?*

» En droit :

» Attendu que l'erreur invoquée par l'un des époux pour établir sa bonne foi ne peut porter que sur des circonstances de fait, telles que, par exemple, des empêchements dirimants qu'il aurait ignorés, mais ne saurait être tirée d'une ignorance prétendue de la loi ;

» Attendu que la bonne foi ne se présume pas chez celui qui enfreint la disposition de la loi (Merlin), et que l'on n'est de bonne foi aux yeux de la loi qu'autant qu'on a fait tout ce qu'elle prescrivait pour faire un acte légitime (Nouveau Denisart) ;

» Que ces principes tirés de l'ancien droit canonique (concile de Latran, *Clandestinâ desponsatione*), admis par notre ancienne législation civile, sont passés dans notre droit actuel ;

» Qu'il est indispensable, pour l'existence du mariage putatif, que les formalités essentielles aient été observées ;

» Que, sans l'accomplissement de cette condition, les époux n'ont pu croire qu'ils contractaient une union légale, attendu que la clandestinité exclut nécessairement la bonne foi ;

» Que d'ailleurs un mariage entaché de clandestinité ne peut produire aucun effet, et que rien ne saurait couvrir ce vice radical ;

» Qu'il n'y a pas, à proprement parler, mariage, puisqu'il n'y a pas eu de consentement légitime, et que ni le temps ni la bonne foi ne peuvent confirmer ce qui n'a jamais existé.

» En fait :

Attendu que madame Weber n'est pas plus fondée en fait qu'en droit à prétendre qu'elle ignorait la loi française ;

» Qu'il est impossible d'admettre que cette dame fixée en France depuis de longues années, ayant vu marier à Paris, en 1850, une de ses sœurs, ayant elle-même été sur le point de contracter à Strasbourg un mariage qui n'a été rompu qu'après l'accomplissement des publications légales, n'ait pas su qu'il existait en France un mariage civil et certaines conditions de publicité ;

» Qu'il est également inadmissible que le cardinal archevêque de Bordeaux, qui a préparé le mariage religieux du 8 novembre 1851, et qui avant cette date avait souvent conféré avec la dame Weber, ait laissé ignorer à cette dame le véritable motif pour lequel un mariage de cette sorte ne pouvait être célébré qu'à l'étranger ;

» Attendu qu'en prétendant qu'elle a été trompée et est restée dans l'erreur sur les conséquences de l'acte religieux de Renteria, madame Weber accuse.rait l'homme dont elle revendique la fortune et le nom, de s'être rendu coupable à son égard de simulation et de fraude et lui donnerait pour complice Mgr de Bordeaux ;

» Attendu que lors même que cette accusation odieuse ne serait pas repoussée par la vie tout entière de M. Pescatore et par le caractère du vénérable archevêque de Bordeaux, elle tomberait encore devant ce fait, qu'il est impossible de trouver l'intérêt qui aurait porté M. Pescatore à commettre la fraude qu'on lui impute ;

» Attendu d'ailleurs qu'en 1851, madame Weber n'était pas vis-à-vis de M. Pescatore une femme que son inexpérience laissait désarmée et n'était pas en France une étrangère sans défense ;

» Attendu qu'elle avait déjà de nombreux amis dont le dévouement lui était assuré, qui l'assistaient de leurs conseils et de leurs lumières, et qui étaient parfaitement en état de l'éclairer sur la nature, la portée, la conséquence de l'acte qu'elle allait contracter à Renteria ;

» Attendu que tous ces faits et ceux que nous avons signalés plus haut, tels que la tentative faite pour arriver à un mariage *in extremis* et l'insistance pour obtenir le testament du 8 décembre 1855, excluent toute bonne foi dans le sens légal de ce mot.

V.

» Attendu, du reste, que toutes les questions de validité de mariage, au point de vue canonique aussi bien qu'au point de vue civil, ne sont introduites dans le débat que par cette fiction de mariage civil sur laquelle repose tout entière la spéculation judiciaire que madame Weber poursuit ;

» Attendu qu'en réalité M. Pescatore et madame Weber, lorsqu'ils allaient recevoir en Espagne la bénédiction nuptiale, n'avaient ni l'un ni l'autre la volonté de contracter un mariage de nature à produire des effets civils ; — que M. Pescatore avait l'intention de conserver à sa famille la plus grande partie de sa fortune, et qu'il a persisté dans cette intention jusqu'à ses derniers moments ;

» Attendu que les faits qui ont été avancés par madame Weber et qui semblent contredire la volonté dans laquelle, suivant les légataires universels, M. Pescatore a persisté jusqu'à sa mort, sont de tous points inexacts ;

» Attendu notamment que le récit d'une scène qui, suivant madame Weber, se serait passée autour du lit du mourant, scène dans laquelle M. Pescatore aurait recommandé à ses parents madame Weber comme sa femme légitime, et reproché à son frère Antoine de l'avoir empêché de faire les publications légales, est complétement controuvée.

» Par ces motifs et autres à suppléer,

» Donner acte aux légataires universels de M. Jean-Pierre Pescatore de ce qu'ils persistent dans leurs précédentes conclusions signifiées par deux actes du 17 juillet 1856 et du 23 du même mois.

» En conséquence, sans s'arrêter au prétendu acte de mariage du 8 novembre 1851, lequel, en tant que de besoin sera déclaré nul et de nul effet ;

» Déclarer la dame Weber non recevable, en tous cas mal fondée dans sa demande en compte, liquidation et partage d'une prétendue communauté de biens qui aurait existé entre elle et M. Jean-Pierre Pescatore,

» Et la condamner aux dépens ;

» Subsidiairement et pour le cas où le tribunal ne se croirait, quant à présent, suffisamment éclairé :

» Donner acte aux concluants de ce qu'ils articulent, mettent en fait et offrent de prouver, tant par titres que par témoins, les faits suivants :

» Premier fait : Que, le 5 octobre 1851, Mgr l'archevêque de Bordeaux, se trouvant à Giscours, a engagé M. Pescatore à faire cesser la situation irrégulière dans laquelle il se trouvait vis-à-vis de madame Weber, et que M. Pescatore lui a répondu par un refus de contracter un mariage civil ; que M. Pescatore lui a donné pour motifs de son refus :

» 1° Qu'il redoutait la publicité, en raison de ce qu'un grand nombre de personnes honorables fréquentaient sa maison dans la persuasion qu'il existait un mariage secret et qu'elles seraient blessées d'apprendre la vérité ;

» 2° Qu'il craignait de faire une chose pénible à sa famille qu'il affectionnait beaucoup ;

» 3° Qu'il ne voulait pas s'exposer aux obligations et aux conséquences auxquelles un mariage civil le soumettrait comme négociant ; qu'il fut convenu alors entre Mgr l'archevêque de Bordeaux, M. Pescatore et madame Weber, que l'on se bornerait à un mariage religieux ; mais qu'un tel mariage n'étant pas possible en France à cause de la législation, on irait le contracter en Espagne, et que Mgr l'archevêque de Bordeaux se chargerait de tous les préparatifs nécessaires pour sa prompte réalisation.

» Deuxième fait :

» Que le 28 octobre 1852, Mgr. l'archevêque de Bordeaux a écrit à Mgr l'évêque de Pampelune une lettre pour lui recommander M. Pescatore, qui voulait ne s'unir que religieusement avec une personne demeurant avec lui depuis plusieurs années ; que cette lettre existait encore, le 6 février 1856, dans les mains de Mgr l'évêque de Pampelune, qui en a donné communication à M. Toutch, conseiller à la Cour suprême de Luxembourg, subrogé-tuteur des mineurs Pescatore, lui a permis de transcrire séance tenante sur son calepin le commencement de la lettre, notamment les mots *ne s'unir que religieusement*, et lui a promis de lui remettre une copie de la lettre entière s'il en obtenait la permission de Mgr l'archevêque de Bordeaux, le tout en la présence de deux autres personnes; qu'une traduction en espagnol de la lettre du 28 octobre 1851 a été envoyée le 4 novembre suivant par Mgr l'évêque de Pampelune à M. le curé de Renteria et se trouvait en la possession de ce dernier, le 7 janvier 1856, jour où il en a donné connaissance audit M. Toutch en présence de témoins.

» Troisième fait :

» Que, dans les premiers jours de novembre, 1851, M. Pescatore et madame Weber sont partis de Giscours sans faire connaître leur projet à qui que ce soit, en prétextant une visite à M. O'Shea, banquier de Madrid, qui se trouvait alors à Biarritz ; que le seul domestique qui les accompagnait a été laissé par eux à Biarritz pendant l'excursion de plaisir qu'ils allaient, disaient-ils, faire en Espagne.

» Quatrième fait :

» Qu'arrivés à Renteria, ils se sont immédiatement rendus dans la chambre du curé, où la bénédiction nuptiale leur a été donnée, et qu'ils n'ont passé en tout qu'une heure et demie à Renteria ; qu'après leur départ, personne dans le pays, excepté le curé et le maître de poste, appelé comme témoin, n'a soupçonné ce qui venait de se passer.

» Cinquième fait :

» Que, rentrés à Giscours, après une absence de trois jours seulement, ils n'ont fait connaître à personne la cérémonie religieuse de Renteria, dont ne se doutait même pas le domestique ramené de Biarritz.

» Sixième fait :

» Qu'à son retour à Paris, madame Weber a conservé dans la maison la situation qu'elle y avait auparavant, et que, pendant un certain temps, elle a continué de porter le nom de madame Weber ; qu'à une époque postérieure au mariage, madame Weber, recevant les compliments d'une dame qui admirait les tableaux de la Celle-Saint-Cloud, se servit de ces mots: « Vous avez bien mieux que cela, madame ; vous avez une position régulière et avouable ; » qu'à plusieurs reprises depuis le mariage madame Weber a exprimé la même pensée.

» Septième fait :

» Que M. Pescatore et madame Weber ont très bien su l'un et l'autre qu'il n'existait entre eux aucun mariage civil ; que dans les jours qui ont précédé la mort de M. Pescatore et lorsqu'on s'est aperçu que sa fin était prochaine, des amis de madame Weber ont fait des démarches, tant auprès de Son Excellence M. le garde des sceaux, qu'auprès de l'adjoint du maire du 2ᵉ arrondissement pour faire conclure un mariage civil, *in extremis*, et que le temps manquant même pour permettre une seule publication, on a songé à faire faire à M. Pescatore un testament en la forme authentique, pour augmenter les avantages qu'il avait précédemment faits à madame Weber.

» Huitième fait :

» Que, dans la soirée du 8 décembre 1855, M. Pescatore se fit relire son testament de 1853, qu'il parut d'abord trouver inutiles de nouvelles libéralités au profit de madame Weber, et qu'il ne consentit aux dispositions contenues dans le testament dudit jour 8 décembre 1855, qu'à la suite d'assez longs pourparlers au cours desquels madame Weber s'était écriée auprès du lit du mourant : « Mais il faudra donc que j'aille vivre dans une mansarde ! »

» Dire en conséquence que, faute par la demanderesse de dénier les faits ci-dessus, ce qu'elle est sommée de faire dans le délai fixé par l'article 252 du Code de procédure civile, les faits dont il s'agit seront tenus pour avérés.

» Et ce sera justice.

» H. PÉRONNE, avoué. »

CONCLUSIONS DE M. ERNEST PINARD,

Substitut du Procureur impérial.

Messieurs,

Tout donne à cette affaire de singulières proportions : le chiffre des intérêts engagés, la position sociale des parties en cause, le talent des deux éminents adversaires qui, pendant trois audiences successives, ont captivé votre attention ; mais ce qui crée pour nous la véritable solennité de ces débats, c'est l'importance des questions de droit qu'ils soulèvent. Sous ce mot : *validité de mariage* se discutent des principes qui touchent à la législation espagnole, à l'ensemble de notre droit privé et au droit public lui-même.

Les faits qui donnent naissance à ce procès sont extrêmement simples. Le 8 novembre 1851, à deux lieues de la frontière française, à Renteria, village d'Espagne, arrivent en chaise de poste M. Pescatore et madame Catherine Weber. Le curé est prévenu ; il les reçoit au presbytère et procède, en présence de deux témoins, à la célébration religieuse du mariage. Trois heures après, les deux voyageurs quittent Renteria et repassent la frontière. Quelle est la valeur de cet acte du 8 novembre 1851 ? Si vous lui donnez en France des effets civils, il faut que, outre les legs particuliers du testament, la demanderesse ait la moitié de cette opulente communauté de quinze millions laissée à de nombreux héritiers. Si vous lui refusez tout caractère légal, le testament sera exécuté purement et simplement, et madame Weber aura, avec l'usufruit de la Celle-Saint-Cloud, 60,000 livres de rente.

Avant d'entrer dans le fond même de la discussion juridique, il est une question d'intention que nous devons résoudre. C'est le seul point de fait dans l'affaire ; mais il a son importance. Quand M. Pescatore et madame Weber ont fait ce voyage étrange de Renteria, quelle était leur pensée secrète ? Voilà l'interrogation que tout le monde se pose, et il faut y répondre. Remarquez que rechercher ici leur but et leur mobile, ce n'est point soutenir un système de restrictions mentales apportées au consentement. Non. Lorsque deux futurs paraissent devant le prêtre et prononcent le oui solennel, l'Église répute leur consentement entier, et ne leur demande pas compte de leur mobile pour déclarer indissoluble le lien religieux qu'ils ont formé. Devant l'officier de l'état civil, il en est de même, et lorsque les époux ont répondu affirmativement, les effets civils du mariage sont irrévocablement acquis, que les parties les aient ou non prévus. Mais la question d'intention est tout autre ici. Deux personnes habitant depuis longtemps la France, vivant dans un milieu social élevé, habituées toutes deux à la distinction fondamentale que notre législation et nos mœurs font entre le sacrement et le contrat civil, ayant toutes les facilités possibles pour recevoir sans éclat le sacrement et signer sans bruit le contrat, mais obligées en France de faire précéder la célébration religieuse d'une célébration civile, ces deux personnes, dis-je, passent quelques heures la frontière pour demander à un prêtre espagnol la bénédiction religieuse. Ne faut-il pas de toute nécessité se demander si elles ont voulu que cet acte de Renteria produisît des effets civils en France?

Or, je dis que si tout révèle chez les parties contractantes la volonté sérieuse et honorable de faire cesser devant l'Église une situation irrégulière, de satisfaire à un devoir de conscience, d'ouvrir par cette réparation leurs salons aux personnes honorables qui se tenaient à l'écart, tout révèle aussi l'intention de se placer en dehors de la loi française, et de ne lui demander aucune des prérogatives qu'elle assure dans la sphère des intérêts civils. Ces prérogatives ne peuvent concerner que les personnes et les biens : des prérogatives relatives aux personnes, les parties contractantes s'en préoccupent peu; leur union, ils le savent, ne doit point leur donner d'enfants; des effets relatifs aux biens, M. Pescatore semble s'en préoccuper au contraire, mais c'est pour les éviter. Possédant à cette époque une fortune exclusivement mobilière, tout engagée dans l'industrie, qui lui promettait déjà les immenses bénéfices réalisés plus tard, M. Pescatore paraît avoir voulu repousser le mariage civil pour éviter les conséquences qu'il aurait eues sur son patrimoine. Tout le démontre dans l'attitude que prenaient les parties contractantes à ces trois dates distinctes : avant, pendant et après l'acte de Renteria.

Avant, pas de contrat et pas de publications. Le contrat, c'est cependant la première préoccupation des plus humbles, et comment comprendre que le millionnaire enrichi par son propre travail et s'unissant à une femme sans patrimoine, ait involontairement passé sous silence ce préliminaire obligé? Les publications; mais c'est là une précaution légale qui ne saurait effrayer personne, dont l'exécution aurait passé inaperçue au milieu des nombreuses annonces d'une mairie de Paris. Les parties ne pouvaient d'ailleurs oublier qu'elles étaient impérieusement prescrites pour le mariage civil; M. Pescatore était veuf et avait eu à les accomplir lors de sa première union; madame Weber avait une sœur mariée en 1850, et avait eu une publication faite pour elle-même à l'occasion d'un mariage qui ne s'était pas réalisé.

D'ailleurs le choix du lieu et l'ensemble des circonstances se comprennent-ils, si les parties ont eu en vue les effets civils du mariage? Si elles redoutent le bruit et les regards, n'ont-elles pas à leur disposition la petite mairie de Giscours, quand le village est désert au moment des rentrées des récoltes, et la chapelle de Mgr l'archevêque de Bordeaux?

Pourquoi ce choix de Renteria, d'un curé inconnu, auprès duquel on est obligé de justifier de son identité? Pourquoi, au milieu des douleurs d'une maladie, ce voyage fatigant, à une longue distance de Giscours? Pourquoi assumer l'ennui de ces correspondances et de ces démarches multiples auprès de l'évêque de Pampelune et de prêtres étrangers? Ah! tout est logique et

tout se comprend, si vous avez voulu le sacrement seul sans les effets civils
du mariage en France ; vous ne pouviez alors agir autrement, puisque le prêtre
français ne peut procéder à la célébration religieuse qu'après la célébration
civile. Tout, au contraire, est incompréhensible, si vous avez voulu que l'acte
de Renteria eût en France les effets d'un mariage civil. Vous avez, de gaieté
de cœur, multiplié les ennuis, les démarches ; vous avez créé une situation
fausse et préparé le procès : vous avez été volontairement à l'encontre du but
que vous vous proposiez.

Après l'acte de Renteria, la pensée de ne donner à la célébration que les
conséquences d'une célébration purement religieuse se trahit également. On
sait que la transcription du contrat est la seule mesure de publicité qui permette à l'État comme à l'Eglise de connaître le mariage contracté à l'étranger.
Comme on tient à cette reconnaissance de la part de l'Église, l'acte de Renteria est immédiatement transcrit sur les registres des deux paroisses de Notre-
Dame de Lorette et de la Celle-Saint-Cloud. Comme on ne tient nullement
aux bénéfices de la loi civile, on se garde de faire la même transcription aux
deux mairies. Si l'on n'avait transcrit nulle part, on pourrait croire à l'oubli :
on transcrit à droite et point à gauche, quand la mesure est également ordonnée par les deux pouvoirs : donc on a volontairement fait la distinction.

Voilà l'intention des parties contractantes manifestée à ces trois dates : avant
pendant et après l'acte de Renteria. Elle serait plus nette encore et plus éclatante, si nous interrogions celui qui a été leur conseil le jour où elles ont voulu
faire cesser l'irrégularité du passé. Quelle a été la pensée de Mgr l'archevêque
de Bordeaux ? Sauver avant tout les âmes, les ramener à Dieu, éclairer et calmer
leur conscience.

Le contrat purement civil, il a pu le leur conseiller ; mais, devant les répul-
sions de M. Pescatore, il a dû ne pas tenir à le leur imposer. Effacer devant
l'Église la tache du passé, ce but suffisait à son zèle et à sa pieuse mission. Il
y a plus : une lettre a été écrite par Mgr l'archevêque de Bordeaux à l'évêque
de Pampelune : cette lettre a été lue par le subrogé-tuteur des enfants de
Pierre Pescatore : il a copié sur cette lettre ces mots qui disent hautement
toute la pensée des parties : « Permettez-moi de vous adresser M. Pescatore,
qui ne voudrait s'unir que religieusement avec une personne... » Voilà une
phrase topique, décisive, qui dispense de discuter le point de fait. Que Monseigneur l'archevêque de Bordeaux garde le silence sur ce point ; je le comprends à merveille : il n'est point partie au procès, et il a reçu le secret des
contractants. Mais si la phrase n'est pas exacte, si l'allégation si décisive du
subrogé-tuteur est fausse, ah ! je ne comprends pas alors le silence de madame Weber : je ne comprends pas qu'elle ne donne pas, par la bouche de
son défenseur, le plus éclatant et le plus énergique des démentis : je ne comprends pas qu'elle ne demande point, qu'elle n'obtienne point la copie de cette
lettre qui a été retirée, mais qui n'est point perdue. Sa réserve sur ce point
est la meilleure preuve de l'existence de cette phrase qui a tranché souveraine-
ment la question d'intention.

Reconnaissons-le donc : l'intention des parties n'était pas de contracter une
union qui eût en France des effets civils. Si elles eussent eu cette pensée, rien
ne s'explique dans leur conduite ; tout devient une énigme. Vous voulez alors

que les deux contractants aient passé la frontière, non plus pour fuir la loi française, mais pour la frauder ; vous leur supposez la pensée de vouloir un état civil dressé contrairement à la loi et par d'autres que ceux auxquels celle-ci a donné cette mission ? Eh bien ! j'ai démontré que cette supposition était impossible, et j'aurais presque le droit d'ajouter qu'elle est injurieuse pour eux, et pour l'archevêque de Bordeaux qui, dans cette hypothèse étrange, deviendrait leur complice. Non, M. Pescatore et madame Weber n'ont pas fait un voyage de quelques lieues et une absence de quelques heures dans la pensée unique de se soustraire aux obligations de la loi civile, le 8 novembre, pour en réclamer le lendemain les prérogatives. Non, le cardinal n'a pu leur donner un semblable conseil. Qu'il leur ait dit : Si vous voulez le sacrement sans le contrat civil en France, vous trouverez le prêtre en Espagne ou en Angleterre, c'est probable, c'est même certain. Mais il n'a pu leur dire : Allez, le sacrement reçu à quelques lieues de mon diocèse sera autre chose qu'un mariage de conscience : il vaudra le contrat civil envers et malgré la loi ; et à l'aide d'une subtilité juridique, vous aurez tout éludé.

Non, le prince prélat n'a pas tenu ce langage. J'en ai pour garant son caractère ; que dis-je ? j'en ai pour garant sa propre parole. Blessé, non pas du langage tenu à votre audience, tout ce qui s'est dit à son égard ici a été juste et mesuré, mais des intentions qu'on avait pu lui prêter dans le public, voulant repousser avant tout le reproche immérité d'avoir donné le conseil d'éluder la loi du pays, Mgr de Bordeaux a adressé directement à M. le procureur impérial la lettre suivante (mouvement d'attention) :

*

« Bordeaux, le 17 juillet 1856.

» Monsieur le procureur impérial,

» Je vois dans les feuilles publiques que la 1ʳᵉ chambre est occupée dans ce » moment d'une question de validité de mariage dans l'affaire Pescatore. Je ne » voudrais à aucun prix intervenir dans un débat qui, soumis à l'appréciation du » tribunal, ne peut que recevoir une solution conforme à la justice et à la vérité.

» Je ne puis, toutefois, m'empêcher de protester devant vous, non pas contre le » rôle qu'on voudrait me faire jouer dans ce procès, car on s'est montré juste et » convenable à tous égards envers moi, mais contre les insinuations qui iraient à » prêter au clergé en général certaines tendances qu'aucun de ses actes ne permet » de lui attribuer.

» Nous avons trop le sentiment du respect que nous devons aux institutions de » notre pays, et nous avons trop l'habitude de nous y conformer, pour avoir *jamais* » *conseillé ou fait quelque chose qui aurait eu pour résultat d'y porter une* » *atteinte directe ou indirecte.*

» Je vous prie, monsieur le procureur impérial, de vouloir bien être l'interprète » de ces sentiments auprès du tribunal, et en même temps d'agréer l'assurance de » ma haute considération.

» FERDINAND, cardinal DONNET,

» archevêque de Bordeaux, sénateur. »

Après cette déclaration si loyale, si mesurée que nous devions faire connaître au tribunal, nous avons plus que jamais le droit de dire : Non, les parties contractantes n'ont point eu la volonté d'éluder la loi et de revenir avec un acte étranger qui prévalût contre elle; non, l'auguste dépositaire de leurs pensées les plus secrètes n'a pu leur donner ce triste conseil. Sa conscience le lui aurait interdit, et son honneur s'indigne quand on l'en soupçonne.

Si la question d'intention est ainsi tranchée d'une manière éclatante en 1851, que m'importent les actes qui peuvent suivre? Et d'ailleurs, où trouve-t-on dans les années qui s'écoulent depuis 1851, jusqu'au décès de M. Pescatore, un démenti donné à cette intention si nettement formulée? Sera-ce dans la correspondance de la famille? Sera-ce dans le testament de M. Pescatore? La correspondance, je la tiens pour indifférente. Le testament, j'y vois la confirmation la plus éclatante de l'intention qui présidait à l'acte de Renteria. Deux mots encore sur chacun de ces points, et j'en ai fini avec cette grande question préjudicielle.

La correspondance atteste que les héritiers ont connu l'acte de Renteria, que M. Pescatore leur en a fait part lui-même et qu'ils ont adressé à leur oncle, comme à madame Weber, de nombreuses félicitations. Celle-ci a pris ou gardé dans le monde le nom de M. Pescatore, et la famille lui a même donné le titre de tante. Mais nulle part M. Pescatore ne dément l'intention que nous avons constatée au moment de la célébration de l'acte de Renteria. Il devait trouver, dans le devoir pieux qu'il avait accompli, des raisons suffisantes pour présenter partout madame Weber comme sa femme, et devant deux personnes qui avaient voulu sincèrement recevoir le sacrement de l'Église, qui s'étaient inclinées devant le prêtre pour effacer une faute, les héritiers ne pouvaient tenir un autre langage que celui que leur prête la correspondance.

Est-ce qu'aux yeux du monde le plus frivole, aux yeux des sceptiques eux-mêmes, le lien civil est tout dans la vie? Est-ce qu'après avoir été fondée, façonnée pendant tant de siècles par le christianisme, la société n'entoure pas de ses respects le lien religieux que deux parties contractantes ont formé ou ont cru former? Y en a-t-il beaucoup qui croiraient avoir tout fait quand ils ont été seulement devant l'officier civil? Il suffisait donc que l'acte de Renteria eût au moins l'apparence de l'engagement religieux, pour que les héritiers, qui pouvaient d'ailleurs en ignorer les vices, s'inclinassent avec respect devant lui. La correspondance s'explique donc d'elle-même, sans qu'on puisse affirmer que M. Pescatore ait voulu annoncer à ses neveux, et que ceux-ci aient voulu reconnaître, un mariage civil contredit par tout le passé dont j'ai parlé.

Quant au testament, ce grand acte de la volonté dernière, où M. Pescatore a consigné minutieusement, et à plusieurs reprises, chacune de ses pensées, il démontre clairement, selon moi, que son auteur ne croyait pas aux effets civils de l'acte de Renteria. Lui, l'homme instruit, rompu aux affaires, déjà marié une première fois, ne pouvait ignorer, qu'en l'absence du contrat notarié, la communauté des biens est la conséquence nécessaire du mariage civil. Or, à chaque ligne il proteste contre un semblable résultat. Tout dément chez lui la pensée d'une communauté, et les legs qu'il fait à madame Weber et ceux mêmes qu'il fait aux héritiers. A madame Weber, il lègue un capital de 500,000 fr., un cinquième du vermeil et de l'argenterie, les meubles de sa chambre à Paris et à la Celle, l'usufruit du mobilier de la Celle : il interdit à ses héritiers de lui demander compte des dettes qu'elle aurait contractées pour le ménage. De bonne foi, est-ce qu'on fait de semblables dons à celle qu'on croit commune en biens et qui a droit, non pas à ces parts restreintes, mais à la moitié de l'opulent héritage? Puis à ses neveux et nièces, il va léguer l'universalité des biens communs sans se préoccuper d'un droit de copropriété auquel il n'a jamais cru : à madame Dutreux, il donnera la nue propriété de la Celle ; à Guillaume Pescatore, la terre de Giscours ; à madame de Scherff, l'hôtel de la rue Saint-Georges ; à madame Beving, deux cents actions de Decize ; à la ville de Luxembourg, des capitaux considérables. Où est chez lui la pensée d'une communauté dont la moitié serait indisponible? S'il ne la voit nulle part, et s'il savait qu'elle était cependant la conséquence fatale d'une union accomplie sans contrat notarié, c'est qu'à la veille de sa mort, comme au 8 novembre 1851, il ne voulait point des effets civils de la loi française et n'y avait jamais cru.

Je crois, quant à moi, à cette volonté dernière, si nettement, si catégoriquement exprimée ; je crois que, lorsqu'il faisait à Mgr de Bordeaux et pour ses pauvres ce legs pieux de 20,000 fr., afin de le remercier de l'avoir fait entrer dans le giron de l'Église (ce sont là ses expressions), il appréciait sainement ce qu'il s'était proposé dans le passé. A ce moment suprême, on ne s'illusionne ni sur la situation qu'on s'est faite, ni sur celle qu'on a faite à d'autres. La femme qu'il avait aimée, qu'il aimait encore, était là d'ailleurs, à genoux près du chevet funèbre, une main dans sa main, devant la famille assemblée ; à chaque codicille nouveau sa part s'est augmentée, à chaque page du testament elle a été nommée ; elle résumait et rappelait au mourant toute sa vie, sa vie dont les actes lui apparaissaient plus nets aux clartés de la dernière heure, et jamais il ne songea à cette qualité de femme *commune*, de femme *civile*, qu'elle revendique aujourd'hui.

Ainsi la question d'intention est définitivement vidée. La volonté des parties éclate, avant, pendant, après l'acte de Renteria. Leur attitude vis-à-vis de la famille ne la dément pas, et le testament la confirme. Or n'est-ce rien, messieurs, que d'avoir établi ce point lorsqu'il s'agit de juger un contrat aussi solennel que le mariage? Qu'on ne soit point admis à faire valoir des restrictions mentales contre le consentement une fois donné, c'est évident ; mais lorsqu'il est démontré que les contractants ont voulu fuir la loi française, pourquoi leur en accorder les bénéfices? Lorsqu'il est prouvé qu'ils n'ont passé la frontière que pour demander la bénédiction religieuse, pourquoi leur demander au delà du but qu'ils se sont proposé? Pourquoi leur ouvrir d'autres portes que le temple, lorsqu'ils ont voulu n'entrer que là? Pourquoi, lorsqu'ils ont fait eux-mêmes leur part, leur en choisir une autre? Le lien civil, ils ont protesté contre lui : or, comme leur consentement seul pouvait l'engendrer, je ne vois pas comment vous pourriez leur imposer après coup ce second, ce nouveau contrat dont ils n'ont pas voulu.

Voilà, messieurs, mon premier argument. Il est puisé exclusivement dans les faits, et il donne la vraie physionomie de cette étrange affaire. Abordons maintenant le terrain du droit pur, et discutons l'acte de Renteria à un triple point de vue. Qu'est-il au point de vue du droit espagnol? qu'est-il au point de vue de notre droit privé? qu'est-il au point de vue de notre droit public?

Le droit espagnol, c'est la législation canonique; notre droit privé, c'est le Code Napoléon; notre droit public, c'est le concordat.

Le droit espagnol, c'est le droit canonique dans toute sa pureté. En 1837 comme en 1823, les cortès ont déclaré lois de l'État les prescriptions disciplinaires du concile de Trente. C'est donc là où il faut remonter pour trouver la loi applicable à un mariage espagnol, sauf ensuite à demander aux canonistes comment la jurisprudence a interprété et complété les décisions du concile; sur ce terrain, les deux adversaires ont invoqué de part et d'autre les témoignages les plus respectables, et présenté des consultations opposées.

Rien n'est plus facile, en effet, au milieu des immenses monuments que présente le droit canonique, que de trouver sur des questions de détail un texte pour et contre. Mais le droit canonique a, au milieu de sa variété même et comme le droit coutumier à côté duquel il a vécu si longtemps, un ensemble de principes formant cette loi de droit commun dont parlait Dumoulin. C'est ce droit commun seul qu'il faut dégager, messieurs, sans se perdre dans la variété des espèces, sans opposer des noms à d'autres noms, et en pesant les raisons, quels que soient les auteurs.

Avant le concile de Trente, les unions clandestines étaient prohibées par l'Église. Celle-ci avait élevé le mariage à la hauteur d'un sacrement; mais comprenant toute la portée sociale de ce contrat solennel, elle édictait des peines contre ceux qui le contractaient dans l'ombre. Néanmoins les unions clandestines se multipliaient, et le concile de Trente, voulant guérir énergiquement cette plaie, déclara que la clandestinité serait une cause radicale de nullité. Appliquant les conséquences de son principe, il prescrivit de ne marier les *vagabonds* (*vagi*) qu'après de minutieuses informations (s. cl. 24, ch. VIII), et astreignit ceux qui avaient un domicile à ne contracter mariage que devant leur propre curé ou le prêtre ayant une licence de l'ordinaire:

« Qui aliter quam præsenti parocho vel alio sacerdote de ipsius parochi seu or-
» dinarii licentiâ matrimonium contrahere assentabunt, eos sancta synodus ad sic
» contrahendum omnino inhabiles reddit, et hujusmodi contractus irritos et nullos
» esse decernit. » (24 sect., chap. 1ᵉʳ.)

Ainsi le ministre du sacrement doit être le *prêtre, sacerdos*. C'est au nom de ce premier titre qu'il marie: *Conjungo vos...* et je ne fais nulle difficulté de reconnaître, avec le défenseur de madame Weber, que ce cachet sacerdotal, qui donne au moins le pouvoir virtuel de conférer tous les sacrements, est indélébile et universel. Le magistrat, l'officier de l'état civil, l'homme de la loi humaine en un mot, est radicalement incompétent en dehors du territoire pour lequel la mission lui fut confiée, et il n'y a pas de licence ou de délégation du juge local qui puisse l'habiliter en dehors de sa circonscription. Le prêtre, au contraire, porte son caractère sacerdotal et les pouvoirs virtuels qui y sont attachés partout avec lui. Le sceau qui l'a frappé ne tombe pas à la frontière de son pays: en tant que prêtre, il n'est ni Anglais, ni Français, ni Italien, ni Espagnol, il est de l'Église catholique, c'est-à-dire de l'Église universelle. Pour lui, il est vrai de dire qu'il n'y a pas de Pyrénées: prêtre en deçà, prêtre au delà; un prélat français aurait donc, en vertu du caractère sacerdotal que le temps et les lieux ne changent pas, le pouvoir virtuel de marier à Renteria.

Mais cette première condition, le titre sacerdotal, suffit-elle aux termes de la prescription du concile ? Non ; il faut en outre que le prêtre qui marie soit le *parochus* ou qu'il ait la *licentia parochi vel ordinarii ;* en un mot, il faut que le prêtre qui marie soit le curé des parties ou qu'il ait reçu la délégation ou la permission du curé. Pourquoi ? Parce qu'à côté du droit virtuel il y a le droit en exercice, et que si le titre sacerdotal est universel et reste le même en tout lieu, la juridiction disciplinaire est locale et a des limites parfaitement définies. Ainsi le *parochus* est le grand surveillant de sa paroisse ; nul ne peut marier chez lui ou marier les siens sans lui en référer. Est-ce pour lui demander la délégation de son titre sacerdotal ? Nullement ; ce titre-là ne se délègue pas ; mais c'est pour l'avertir des actes de ses paroissiens, et parce que personne ne peut procéder vis-à-vis d'eux sans son autorisation.

C'est cette obligation d'en référer au *parochus* ou à l'ordinaire qui constitue la vraie publicité. Tout ce qui se fait à l'insu du *parochus*, sans lui ou sans sa permission, tout cela est clandestin. Lui seul est censé connaître les empêchements au mariage : si vous le fuyez, vous fuyez la publicité. Il doit être le vrai, le sérieux témoin du mariage, qu'il y assiste matériellement ou qu'il donne simplement la licence ou la permission. Son intervention nécessaire se comprend d'ailleurs et à merveille : sa juridiction limitée, locale, de *parochus*, lui permet de connaître la situation réelle des parties et d'affirmer leur capacité relative au mariage.

S'il en est ainsi, tout s'explique et il n'y a plus à équivoquer sur le sens du mot *licentia* traduit si souvent par le mot *delegatio*. Le prêtre, en tant que prêtre, a le pouvoir naturel de marier ; il ne peut mettre ce droit en exercice que s'il est *parochus*, ou que s'il a la *licentia parochi vel ordinarii*, l'autorisation de l'ordinaire. Cette autorisation peut être accordée ou refusée. Si on l'accorde, il n'y a pas, à vrai dire, *mandat*, et ce n'est pas le déléguant qui marie. Le délégué est le seul prêtre qui marie ; il donne la bénédiction nuptiale au nom de Dieu dont il est le représentant, et jamais au nom du déléguant. Seulement, pour faire cette acte du ministère ecclésiastique, sur le territoire d'une paroisse qui ne serait point la sienne, ou vis-à-vis de parties qui ne seraient point ses paroissiens, il lui faut l'autorisation ou la licence de l'ordinaire.

Ainsi le principe posé par le concile de Trente est indiscutable : pour être officier compétent ministre du sacrement de mariage, il faut être prêtre, propre curé des parties ou autorisé de l'ordinaire : *Sacerdos, proprius parochus, vel licentia ordinarii*. Si le ministre du sacrement n'est pas cela, l'incompétence est radicale, et la nullité est absolue.

Mais le concile de Trente posait des principes et ne pouvait discuter des détails. Il traçait des règles générales pour l'Église universelle, mais laissait à chaque Église ou à chaque pays le soin de décider, selon les mœurs et les usages locaux, à quels signes, en fait, on reconnaîtrait l'ordinaire. C'était là une pure question de domicile ou de résidence, car le fait du séjour peut seul constituer le lien paroissial. Sur ce point, il faut le dire, il y eut des divergences dans le droit canonique : les uns voulurent un temps assez long pour établir l'ordinaire, les autres se contentèrent d'un délai plus court : les uns furent plus sévères, et les autres plus larges. Ce sont là les deux tendances éternelles de l'esprit humain ; elles se retrouvent dans l'interprétation de toutes les législations.

La France acceptait toutes les décisions du concile de Trente relatives à la foi ; elle repoussait une grande partie de ses règles disciplinaires. Seulement, avec cet esprit net et pratique qui a toujours distingué ses jurisconsultes et ses canonistes, elle comprit toute la salutaire portée du titre relatif aux mariages clandestins, où le concile, en se montrant si sévère, n'avait fait que suivre l'impulsion des prélats français; elle traduisit cette sévérité dans ses édits.

Reproduisant sur ce point toutes les dispositions du concile, elle arrive à trancher en fait la question du domicile dans un sens net et précis, et n'admet la constitution de l'ordinaire que par un séjour de six mois ou d'un an : six mois pour ceux qui changent de paroisse sans changer de diocèse, un an pour ceux qui viennent d'un autre diocèse.

Telles sont les dispositions textuelles de la déclaration de Louis XIII, du 26 novembre 1639, et de celle de Louis XIV, du 15 juin 1697 :

« Défendons à tous curés et prêtres de conjoindre en mariage autres personnes » que ceux qui sont leurs vrais et ordinaires paroissiens, demeurant actuellement » et publiquement dans leurs paroisses, au moins depuis six mois à l'égard de ceux » qui demeuraient auparavant dans une autre paroisse de la même ville ou dans le » même diocèse, et depuis un an pour ceux qui demeuraient dans un autre dio- » cèse. »

Les anciens rituels reproduisirent cette partie des édits, et en 1827, le synode de Lyon reconnaît le domicile à six mois de résidence, sans interruption. (Bailly, *Theologia moralis*, t. VI.)

A côté de la France qui ramenait la constitution de l'ordinaire à des règles nettes et à des délais préfixes, l'école italienne et espagnole fut, je le reconnais, un peu plus large et tendit toujours à adoucir la prescription disciplinaire. Mais est-ce à dire que la moindre résidence suffisait à ses yeux pour constituer au gré des parties le lien paroissial ? Non, évidemment ; et l'étude attentive de cette seconde classe de canonistes et des décisions de la congrégation du concile contredirait complétement cette assertion. Pour les canonistes italiens et espagnols, il y a trois modes de constituer l'ordinaire :

1° Le domicile résultant de l'*animus perpetuo morandi ;*

2° Le quasi-domicile résultant d'une résidence de six mois à la campagne, ce qui permet aux parties de choisir entre les deux ordinaires que leur donnent le séjour d'hiver et le séjour d'été ;

3° Une résidence moindre ne descendant pas au-dessous d'un mois, mais à la condition expresse qu'en se fixant dans ce lieu habité depuis si peu de temps, les parties aient songé à un séjour permanent, dont elles ne précisaient pas le terme ; aussi l'ordinaire n'est-il point constitué dans ce dernier cas, ajoutent les canonistes, si l'on n'est venu que par agrément, pour raison de santé, pour présider aux travaux de la campagne ou pour se marier loin de son véritable domicile : « *Animi levandi gratiâ, sen valetudinis causâ, seu ad rusticana negotia, seu ad matrimonium contrahendum.* » Ainsi ce dernier mode de constituer l'ordinaire, si élastique en apparence, ne saurait avoir la portée qu'on lui prête, puisqu'on exige toujours l'intention d'une habitation prolongée.

Voulez-vous une preuve que c'est dans ce sens seulement que s'établit le lien paroissial ; voyez l'exemple sur lequel raisonnent Fagnanus et les secrétaires de la Congrégation à chaque occasion. Il s'agit d'une femme expulsée de son véritable domicile à raison du scandale qu'elle occasionne, et reléguée par un ordre du prince dans un lieu déterminé : quatre mois se passent, l'ordre d'exil sera peut-être levé dans l'avenir, mais il est indéterminé quant au temps ; elle se marie après quatre mois dans cette résidence forcée ; le mariage est validé ; ce court délai a suffi pour établir l'ordinaire, car l'intention de séjour est indéterminée comme l'arrêté d'exil. (N° 19, titre *De parochiis et alienis parochianis*) (1). Ainsi, même pour l'école italienne, l'ordinaire ne s'établira que par le fait du domicile, celui du quasi-domicile de six mois, ou celui d'une résidence moindre, avec l'intention d'un séjour prolongé.

Nous connaissons maintenant et le principe du concile de Trente, et comment les deux branches de la jurisprudence canonique ont tranché la question de l'ordinaire ; voyons l'application de ces règles aux faits de la cause, et s'il est un biais, un seul à l'aide duquel la validité canonique de l'acte de Renteria puisse se soutenir.

1° Les parties contractantes ne sont point *vagi*, dans la classe de ceux que le prêtre ne doit marier qu'après de très minutieuses informations. A elles ne s'applique point la section 26 du chapitre VII. Elles ont un domicile en France ; c'est dont la section 24 du chapitre Ier qui devient leur loi, et qui fixe la règle de compétence.

2° Les parties séjournent trois heures à Renteria dans la journée du 8 novembre 1851. Le curé de Renteria est prêtre *sacerdos*, mais il n'est pas leur *parochus* ; à lui seul il est donc incompétent pour les marier, comme il le serait également vis-à-vis de deux Espagnols qui n'auraient passé qu'un jour à Renteria ;

3° Cette incompétence radicale est-elle couverte par l'autorisation que lui donne l'évêque de Pampelune ? Non, évidemment. Les parties n'ont jamais séjourné dans le diocèse de Pampelune. L'évêque de cette ville serait aussi incompétent pour les marier que le curé de Renteria. Son autorisation est donc sans force et sans portée.

4° L'incompétence du curé de Renteria s'effacera-t-elle devant la *licentia* de l'archevêque de Bordeaux ? Oui, si l'archevêque de Bordeaux est l'ordinaire des parties ; non, s'il n'est pas leur ordinaire.

Or, Mgr de Bordeaux ne saurait être considéré comme l'ordinaire de

___

(1) « Posito quod mulier ex civitate in quâ habitabat, ad scandala submovenda, ad oppidum suæ diocesis jussu principis sæcularis translata fuerit sub præcepto *illinc non discedendi*, *quamdiu secus ordinatum non esset :* item posito quod post *quartum habitationis mensem* coram parocho dicti oppidi cum viro incola ejusdem civitatis matrimonium contraxerit : item posito decreto Tridentini, c. I, sess. 24 de Reform. matr. Quæsitum est an ejusmodi matrimonium sit validum nunc (n° 19)? »

M. Pescatore et de Mme Weber à aucun point de vue, ni d'après la discipline canonique de la France, ni même d'après la jurisprudence plus large de l'école italienne.

Il s'agit de savoir si les parties ont eu leur ordinaire à Bordeaux, c'est-à-dire dans la circonscription d'un diocèse français. En vertu du principe *Locus regit actum*, cette question ne peut être tranchée que par la loi du lieu où l'on prétend avoir résidé, c'est-à-dire par la loi canonique constamment pratiquée en France. Cette loi exige une résidence d'au moins six mois pour constituer l'ordinaire : les parties n'ont jamais résidé ce temps à Giscours ; donc l'ordinaire n'a point été constitué.

Aux termes mêmes de la doctrine italienne, l'ordinaire ne sera point davantage établi. Les parties n'ont eu, à Giscours, ni le domicile résultant de l'*animus perpetuo morandi*, ni le quasi-domicile résultant d'une résidence habituelle de six mois à la campagne, ni la résidence moindre, accompagnée de l'intention d'y faire un séjour prolongé et permanent. M. Pescatore et madame Weber ont passé là six semaines, avec l'intention arrêtée de regagner Paris au début de l'hiver : les vendanges, le repos des vacances, le projet de mariage hors la frontière sont les seuls mobiles de ce séjour temporaire. Or, l'école la plus large n'admet pas la constitution de l'ordinaire par une résidence ainsi motivée :

« Dummodo non sit recreationis gratià, vel ad ruralia negotia seu ad matrimo-
» nium contrahendum in fraudem veri parochi. »

Mais l'abjuration de madame Weber a rendu, dit-on, l'archevêque de Bordeaux l'ordinaire des parties ; et avec un grand charme d'images on vous a présenté une thèse empreinte de poésie et de mysticité, mais sans fondement sérieux en droit canonique. Madame Weber était la brebis sans pasteur ; le prélat a été au-devant d'elle comme le bon maître, il l'a prise, il a pansé ses plaies, il l'a ramenée au bercail ; elle n'était d'aucun troupeau, il l'a placée dans le sien ; elle était bien sa brebis à tous les titres, et le lien de l'ordinaire est constitué. Mais si une pareille théorie était exacte, voyez où elle conduirait. Un homme entre dans une église, sceptique la veille, ou appartenant à une autre communion, il se sent ému sous la parole du prêtre, il tombe à genoux, il demande à être instruit, il fait acte de foi ; un lien spirituel se forme entre l'infidèle qui revient, et le ministre qui l'absout. Si un pareil lien a un poids et une valeur pour constituer le fait matériel du domicile, toutes les notions du droit canonique sont bouleversées. Aussi, à part l'autorité citée par le défenseur, tous les auteurs repoussent une pareille doctrine, et les décisions des souverains pontifes et de la Congrégation du concile n'ont jamais tenu compte d'un fait de l'ordre purement spirituel pour constituer l'ordinaire. (Benoît XIV, dans son *Ins. cul.*, 33, n° 6.) Il ne pouvait d'ailleurs en être autrement. Le lien paroissial est un lien sensible, un fait matériel, ou il n'est pas. Il faut une règle précise pour le constituer, un signe apparent pour le reconnaître. L'Église est la réunion des corps aussi bien que des âmes ; elle est elle-même corps et âme, et son organisation hiérarchique et disciplinaire doit être visible et palpable. Aussi le droit canonique, qui a traduit et sanctionné cette organisation, a-t-il pris toujours des faits matériels pour base des relations qu'il établissait, et c'est à raison de ce caractère éminemment pratique qu'il a été si longtemps le droit commun de la société civile et qu'il a laissé tant de traces dans les législations modernes.

Ainsi, à aucun point de vue, l'ordinaire des parties n'était établi à Bordeaux. La *licentia* de l'archevêque ne pouvait donc couvrir l'incompétence du curé de Renteria.

5° Si la *licentia* de l'archevêque de Bordeaux ne peut valoir, y supplée-t-on en produisant les dispenses de publications de l'évêque de Versailles et de l'archevêque de Paris, véritables ordinaires des parties? Évidemment non.

En droit canon, un certificat de publications, ou une dispense pure et simple de publications est un acte très différent de la *licentia* ou de la *delegatio*. Ce sont là deux pièces si peu destinées à se remplacer mutuellement, que la dispense de publications à Paris et à Versailles eût été nécessaire, lors même que l'archevêque de Bordeaux eût été compétent pour procéder au mariage sans délégation, en tant qu'ordinaire de madame Weber.

Voyez, d'ailleurs, ces deux dispenses, et leur contenu comme leur titre prouve qu'elles n'ont pas même l'apparence d'une délégation. Mgr de Versailles se borne à dire qu'il dispense de trois publications de bans, pourvu qu'il n'existe aucun empêchement canonique. Mgr l'archevêque de Paris donne la même dispense, pourvu qu'il n'y ait ni empêchement canonique, ni empêchement civil, et il devait d'autant moins songer à accorder une *licentia* ou *delegatio*, que, trompé par l'exposé des faits, il croyait, ainsi que le prouvent les premières lignes de la dispense, madame Weber domiciliée à Bordeaux; or, dans ce cas, l'archevêque de Bordeaux était l'ordinaire de l'une des parties et une *licentia* du prélat de Paris était complétement inutile. Donc les dispenses de publications n'ont pu, dans la pensée de leurs auteurs et dans leur contenu, équivaloir à une *licentia* ou *delegatio*.

6° Enfin, si par impossible, la dispense de publications de Mgr l'archevêque de Paris, à raison de cette expression : « Nous vous donnons la permission de célébrer leur mariage... » devait suppléer à une délégation, nous dirions encore qu'elle n'a pu couvrir l'incompétence du curé de Renteria, puisqu'elle ne lui était point adressée. Elle est envoyée au curé de l'église de Sainte-Marie, à Bordeaux, et l'archevêque de Paris songeait si peu à un mariage sur le territoire espagnol, et si bien à une union contractée en France, devant l'officier de l'état civil d'abord, devant l'autorité religieuse ensuite, qu'il a soin de subordonner la dispense à la condition qu'il n'y aura pas plus « d'empêchement civil » que d'empêchement canonique. Or, quel est le principe de la délégation ou de la *licentia?* C'est qu'elle ne peut se subdéléguer sans une mention expresse.

La délégation est de droit étroit, et le cardinal de Luca, ce canoniste si large de l'école italienne, en a parfaitement précisé le caractère dans ces lignes si nettes :

« Delegatio est stricti juris, ac strictissime ad limites verborum intelligenda, » ideoque concessa ad unam causam seu ad unum actum, trahi non potest ad alium.» (*Theatrum veritatis et justitiæ*, t. II, n° 7.)

Ainsi dans l'hypothèse inadmissible ou la dispense de publications vaudrait délégation, elle n'aurait pu servir qu'au curé de la paroisse Sainte-Marie de Bordeaux, et jamais au curé de Renteria.

Admettre un autre résultat, ce serait violer tous les principes, renverser toutes les garanties, et il n'y aurait plus de motif pour que la délégation transmise indéfiniment à l'insu du concédant originaire ne passât pas sur la tête de trois, de six, de huit desservants différents.

Ainsi, à aucun point de vue, l'acte de Renteria ne peut se soutenir comme mariage canoniquement valable. Que devient dès lors toute l'argumentation que je combats? Elle n'a plus de base et son principe est détruit. La grande règle qu'on invoquait au point de départ de la discussion était celle-ci : *Locus regit actum*. Or, l'union n'a point été célébrée selon la loi canonique, c'est-à-dire selon la loi civile de l'Espagne. D'après les prescriptions du concile de Trente, elle est clandestine et entachée comme telle d'une nullité radicale. Le demandeur avait bien compris que là devait porter tout l'effort de la discussion : aussi a-t-il sur ce terrain multiplié les arguments. J'ai cherché à répondre nettement à tous, et si j'ai trop insisté peut-être sur ce premier côté juridique de la question, c'est qu'il est difficile d'être bref, en restant toujours complet.

J'arrive à la seconde phase de la discussion. Que vaut l'acte de Renteria au point de vue de notre droit privé formulé dans le Code Napoléon ?

L'ancien droit voyait une présomption de clandestinité dans le fait de la célébration du mariage à l'étranger. A une époque de sévérité, un édit avait même défendu ces unions sans une autorisation du roi. Moins défiante et plus en harmonie avec les besoins nouveaux, la fusion des intérêts et le rapprochement des races, la loi nouvelle s'est inclinée devant la règle *Locus regit actum*, mais en exigeant deux conditions : la transcription de l'acte de célébration sur les registres de l'état civil français, et les publications en France avant le mariage contracté à l'étranger.

L'omission de la transcription ne saurait, je le reconnais, vicier le mariage déjà célébré, et la seule sanction de cette règle sera tout au plus le refus de l'hypothèque légale. Quant à l'omission des publications, c'est là un fait plus grave qui a été diversement apprécié par la jurisprudence. S'attachant aux termes impératifs de l'article 170, un premier système a vu dans l'absence de publications une cause formelle de nullité dans tous les cas : c'était aller trop loin, puisque la loi elle-même n'avait pas prononcé expressément la nullité.

Un second système (et c'est celui qui a universellement prévalu), corrigeant la sévérité du premier, sans laisser cependant les principes désarmés, s'en est référé au pouvoir discrétionnaire des magistrats. Ainsi le juge devra combiner l'article 170, qui prescrit les publications, avec l'art. 191, qui proscrit, sous peine de nullité, la clandestinité.

Si les publications ont été omises par oubli et sans parti pris à l'avance, et si en dehors de cet élément, il y a eu un certain degré de publicité dans le mariage contracté à l'étranger, les tribunaux le valideront : si au contraire les publications étaient le seul et l'unique signe de la publicité, si elles ont été volontairement omises, s'il y a eu non pas seulement absence de publications, mais absence totale de publicité, les tribunaux annuleront. A l'aide de cette distinction, la jurisprudence nouvelle semble quelquefois statuer contradictoirement : mais au fond elle est toujours une : les espèces changent, les faits varient, mais son principe ne change pas, et je le résume en un seul mot : Le défaut de publications n'entraîne pas de plein droit la nullité, le défaut de publicité l'entraîne toujours.

Il était naturel d'aller jusque-là : il est impossible d'aller plus loin ; les termes de l'art. 191 et la clandestinité seraient une barrière insurmontable. En se renfermant dans ce cercle déjà si large, la jurisprudence a eu tous les ménagements possibles, j'allais dire toutes les sollicitudes compatibles avec la loi ; elle a tout fait pour sauver l'honneur des familles, laisser aux enfants un nom, aux êtres faibles et trompés une ressource : des éléments isolés lui ont suffi pour affirmer la publicité ; mais lorsqu'elle ne la rencontre nulle part, elle est obligée de frapper, liée qu'elle est par une raison d'ordre public.

Le principe une fois connu, rapprochons-le des faits. Où sera la publicité au regard de la loi française pour l'acte de Renteria ? Elle n'est pas dans la transcription du contrat : elle n'a pas eu lieu. Elle n'est pas dans les trois publications prescrites : elles n'ont point été accomplies. Elle n'est pas dans la compétence de l'officier public qui procède au mariage : non-seulement cet officier public n'est pas Français ; non-seulement il échappe aux peines qu'édicte la loi française contre ceux qui sur le territoire célèbrent une union sans exiger la production des actes respectueux ou le certificat de publication ; non-seulement il est officier étranger procédant en dehors de notre frontière et de notre surveillance, mais lui-même ne connaît pas les parties qui n'ont jamais habité ni Renteria ni l'Espagne, et qui ne passent qu'une demi-journée sur le sol étranger. Ainsi clandestinité au delà comme en deçà des Pyrénées. Pour la nier un instant, il faudrait soutenir que le fait d'avoir obtenu en France de l'autorité ecclésiastique, et une licence pour procéder au mariage, et deux dispenses de publications à l'église équivaut à un élément de publicité vis-à-vis de la loi civile. Or on n'a point osé aller jusque-là. Donc avec la loi de notre droit privé, comme avec la loi canonique, il faut aboutir invinciblement à la nullité de l'acte de Renteria.

Il est un troisième point que nous devons encore aborder : c'est la valeur de la théorie qu'on vous propose vis-à-vis de notre droit public, défini par le concordat. Nous ne vivons, messieurs, ni sous le régime de la séparation absolue des deux pouvoirs, comme aux États-Unis, ni sous le régime de l'union intime, comme aux derniers temps de l'ancienne monarchie. Nous en sommes au système de la distinction des deux sphères et de l'alliance des deux puissances. A quoi bon parler des luttes séculaires qui les ont divisées dans l'histoire, quand le traité de paix est signé. Lisons donc le traité et laissons le passé.

En signant le Concordat, l'empereur Napoléon était le représentant de l'esprit civil traitant avec l'esprit religieux. Le premier, on l'a dit quelque part, répondait à un instinct national, et le second à un besoin social. Dans ce pacte synallagmatique, l'Église n'imposa et n'accepta aucune servitude. Elle reçut du pouvoir civil le respect et la liberté, et lui prêta ses forces morales pour sauvegarder la société : voilà toute la pensée de ce grand acte de 1801.

Surgissait dès lors une distinction fondamentale qui se traduisit tout de suite dans les faits. Le prêtre restait le ministre du sacrement dans l'ordre spirituel :

l'officier de l'État était le ministre du contrat civil dans l'ordre temporel. La loi de la société civile devenait non point *athée*, mais *laïque* et *incompétente* vis-à-vis de la sphère purement religieuse.

Dans la prévision que les populations habituées à l'ancienne tradition négligeraient de se présenter à l'officier public, les articles organiques firent un pas de plus et édictèrent la disposition suivante : « Les curés ne donneront la bénédiction nuptiale qu'à ceux qui justifieront en bonne et due forme avoir contracté mariage devant l'officier public. » Aux termes de cet article 54, le contrat civil doit toujours précéder la bénédiction religieuse, et la pratique constante des desservants est de se conformer à cette prescription. Mais supposez que, dans une circonstance exceptionnelle, malgré la rigueur du Code pénal sanctionnant l'article 54, le prêtre marie *in extremis*, sans attendre l'officier de l'état civil. Jamais évidemment ce mariage de conscience ne produira le moindre effet civil. La distinction fondamentale des deux pouvoirs serait renversée s'il en était autrement. Eh bien ! si l'acte de Renteria a en France une valeur légale, vous arriverez indirectement à ce résultat, et le fait seul d'un acte religieux aura produit pour les parties tous les effets civils.

Précisons en effet : avec un laps de temps de quelques jours et un voyage sur le sol étranger, toutes les garanties légales seront éludées. Le mariage à Renteria ou en Italie ne vaudra pas *ex lege loci*, puisqu'on n'y séjournera que quelques heures. Il vaudra seulement *ex licentiâ* ou *ex delegatione*, c'est-à-dire de par la délégation d'un évêque de France faisant un acte pur et simple de la sphère religieuse. Cet acte, qui en France ne vaudrait que pour conférer le sacrement, sera le principe générateur des effets civils du mariage sur le territoire français lui-même, pourvu que la *licentia* ait fait un détour à la frontière. Toutes les conséquences légales attachées à l'acte d'une autre juridiction trouveront là leur principe et leur raison d'être, et cela malgré la loi française dont on a éludé toutes les prescriptions, à l'insu même du prélat français auquel on ne demandera qu'une simple dispense de publications religieuses, sauf à l'assimiler ensuite, d'après la théorie de la demande, à une délégation de l'ordinaire.

Ai-je besoin de faire ressortir les périls qu'entraînerait cette violation de notre droit public ? Oublions l'espèce même du procès, et voyons les conséquences dernières des principes que l'on a défendus. A l'âge où le défaut de consentement des parents n'est pas un empêchement dirimant, mais où les actes respectueux sont toujours exigés, et où le droit d'opposition peut être un salutaire obstacle, deux jeunes gens fuyant la surveillance de la famille, celle de la loi civile, celle même de la loi religieuse, pourront donc aller sans entraves contracter à l'étranger, devant un prêtre auquel ils ne présenteront qu'une dispense de publications religieuses, un mariage dont eux seuls auront le secret ? A ce moment de la vie où les illusions sont si faciles et où l'on croit toujours les serments éternels, ils s'engageront seuls et sans conseil. Puis le jour où les rêves s'évanouiront avec la jeunesse, à la première fatigue, aux premiers froissements, ils pourront déchirer sans témoins cet acte qui les lie, cacher à tous ce pacte que le pays n'a pas connu, et contracter tous deux de nouvelles unions ?

Puis, si la femme, trompée d'abord et délaissée ensuite, proteste au lieu de vouloir rompre; si elle invoque sa bonne foi, ses serments devant l'autel ; si elle insiste devant les tribunaux pour le maintien de cette union qu'elle a cru parfaite même aux yeux de la loi civile, comment la protégerez-vous? L'Église pourra ne pas relever le séducteur de l'engagement qu'il a pris, maintenir vis-à-vis de lui le principe de l'indissolubilité. Mais le juge civil, comment pourra-t-il protéger la femme trompée, et que répondra-t-il à l'homme invoquant la clandestinité absolue de son union, reniant le serment religieux qu'il a prêté et la foi même au nom de laquelle il s'était engagé? La loi civile reconnaîtra cet homme libre de tout lien; la loi religieuse le déclarera éternellement engagé; et c'est alors que votre théorie si dangereuse aura ranimé dans le domaine des faits ces luttes et ces contradictions que l'observation plus franche du Concordat doit à jamais détruire.

Ainsi, au triple point de vue du droit canonique, du droit privé et de notre droit public, l'acte de Renteria ne peut pas se défendre. Il ne me reste plus qu'à répoudre à l'objection toujours grave de la bonne foi. Le mariage putatif, voilà la suprême ressource du demandeur et son dernier combat. A cette partie si habile de son argumentation, j'ai à faire une double réponse : réponse en droit et réponse en fait.

En droit, la clandestinité est une nullité d'ordre public : elle est l'absence des formalités substantielles prescrites par la loi pour donner à l'acte une existence légale. Or, la bonne foi ne saurait couvrir l'erreur de droit sur ce point essentiel : elle ne couvre que l'erreur de fait rendue excusable par les circonstances. C'est ainsi qu'on assure les effets du mariage putatif à la femme trompée qui a épousé un bigame ou un mort civilement. Accorder les mêmes bénéfices à ceux qui se sont abstenus des formes prescrites et qui ont contracté sans la garantie de la loi, ce serait la rendre à tout jamais inexécutable ; la législation sur les mariages serait impossible : sur cette pente glissante, il faudrait aller jusqu'au bout, et reconnaître, comme produisant des effets civils, le mariage qu'une Italienne trompée par les souvenirs de son pays aurait contracté de bonne foi devant le prêtre sur le sol français.

Aussi aucun législateur ne s'y est mépris ; et pas un n'a donné à la bonne foi la puissance d'effacer le vice de la clandestinité. Écoutons Innocent III en matière de droit canonique : « Si quelqu'un ose contracter un mariage clandestin et se marie au degré prohibé même en l'ignorant, les enfants nés de ce mariage seront tenus pour illégitimes, et l'ignorance de leurs parents ne leur servira de rien (1). »

Les grands jurisconsultes de notre vieux droit français sont aussi affirmatifs. Citons Cujas et les auteurs du Nouveau Denizart : « Quand les mariages sont clandestins, la présomption est qu'il y a de la mauvaise foi (2). » — « On n'est en bonne foi aux yeux de la loi qu'autant qu'on a fait tout ce qu'elle prescrivait pour faire un acte légitime (3). » Le Code Napoléon ne pouvait que sanctionner ces anciens principes, et la jurisprudence l'a fait avec lui, lorsqu'elle

---

(1) Innocent III au concile général de Latran (an 1216).
(2) Cujas, cap. 2 et 9, *Tui filii sunt legitimi.*
(3) *Nouveau Denizart*, t. III, page 613.

a décidé que l'union célébrée devant un prêtre ne pouvait pas être considérée aux yeux de la loi civile comme un mariage putatif (arrêt de Bourges, 17 mars 1830). Ainsi, en droit, l'exception de bonne foi ne saurait couvrir la nullité de l'acte de Renteria.

En fait, ma seconde réponse est tout aussi simple. Il n'y a pas eu bonne foi en ce sens que les deux parties contractantes, en procédant à la célébration du 8 novembre, n'ont point agi avec l'intention de lui faire produire des effets civils. Ah! il y a eu bonne foi au regard du sacrement; je me hâte de le proclamer: bonne foi absolue, complète sur ce point, en ce sens qu'on a envisagé l'acte de Renteria comme un engagement purement religieux, mais sacré. On a voulu effacer la faute aux yeux de Dieu, calmer la voix de la conscience, se réconcilier avec l'Église. Sur ce point, l'intention n'est pas douteuse. Mais aller au delà, non, très certainement non, et je n'ai besoin que de rappeler les développements que j'ai donnés à cette grande question préjudicielle avant d'entrer dans la discussion purement juridique. Donc, même sur le terrain du fait, le moyen du mariage putatif ne saurait prévaloir, puisqu'on ne s'est jamais proposé de contracter, le 8 novembre, un pacte civil sanctionné par la loi.

Voilà, messieurs, les points nets et précis auxquels je devais ramener ces débats. Ils se tiennent tous comme les anneaux d'une seule chaîne. Là est le nœud du procès. Il ne s'agit pas de nous émouvoir, mais de nous convaincre. Les personnes ne sont pas en cause, ce sont les principes.

Le triomphe n'est qu'à celui qui argumentera vigoureusement et sans oublier un seul instant ses prémisses. C'est une lutte de dialectique où il faut poser nettement le point de départ, et en déduire avec une inexorable rigueur toutes les conséquences. Aussi tout se résume pour moi dans ces cinq mots: Intention des parties, valeur de l'acte de Renteria en face du droit canonique, en face de notre droit privé, en face de notre Droit public, exception du mariage putatif.

En dehors de ces cinq points sur lesquels je me suis expliqué, il n'y a plus que des arguments secondaires et qu'il faut négliger. Ainsi, dire que refuser au mariage du 8 novembre les effets civils, c'est arriver à une distribution inéquitable du patrimoine, et déshonorer sans pitié le nom qu'a porté madame Pescatore, voilà ce que j'appelle des considérations sans portée sur la solution de ces débats. Se préoccuper de la distribution de la fortune, c'est placer la question trop bas. Y voir l'honneur de la veuve à tout jamais compromis, c'est l'élever trop haut et donner à la perte du procès des conséquences qu'elle ne doit point avoir.

Cinquante mille livres de rente, ce n'est qu'une obole, dites-vous, pour soutenir les charges de l'usufruit de la Celle-Saint-Cloud. Ou renoncez à cet usufruit, ou diminuez le luxe royal avec lequel M. Pescatore en faisait les honneurs. Et, puisqu'on insiste sur cette question d'argent, laissez-moi dire que bien d'autres, à la place de la demanderesse, auraient préféré accepter en silence la situation modeste, mais honorable, que créait le testament et qu'amélioraient encore les projets de transaction; oui, bien d'autres auraient vu peut-être un péril à soulever ce procès, où tout serait impitoyablement discuté dans une vie irrégulière, au moins avant 1851. Il faut être deux fois sûr de son droit pour le revendiquer publiquement, solennellement devant les juges et devant le monde au prix de la pudeur de son passé ; ce sont là des procès qu'il faut gagner sans discuter, et, quel que soit l'enjeu, mieux vaut une situation sans éclat que les risques d'un échec. La médiocrité du lot qui serait attribué à madame Pescatore, si vous ne la considériez pas comme femme commune, est donc une considération sans portée.

Mais l'honneur de la veuve et du défunt, nous dit-on, serait alors à tout jamais détruit. Et le demandeur, se laissant aller à un de ces mouvements oratoires si faciles pour son grand talent, terminait sa plaidoirie en vous représentant le testateur demandant compte à ses héritiers de l'avenir de la femme qu'il avait aimée et qu'il leur avait confiée. Ce sont là, messieurs, de puissants effets de langage, mais ce n'est pas là la vérité. Non : si le procès est perdu pour la veuve, ses adversaires ne lui auront pas élevé un monument d'ignominie ; non, ils n'auront pas inscrit sur sa tombe ces mots prononcés par son défenseur : « Ci-gît celle qui fut vingt ans la concubine de Jean-Pierre Pescatore. » Le nom de leur oncle, ils ne le lui ont pas disputé ; le calme de son avenir, il est à l'abri ; l'honneur de ses vieux jours, il n'est pas en cause.

En s'agenouillant de bonne foi, le 8 novembre 1851, devant le prêtre de Renteria, elle a pu contracter une union sans effets civils, nulle au point de vue du droit espagnol comme de la législation française, mais elle a couvert le passé d'un voile que personne n'a plus le droit de soulever. Là où Dieu pardonne, les lois du for extérieur peuvent être plus sévères que lui, mais l'opinion morale des hommes ne saurait relever les fautes effacées.

Et puis sans m'arrêter plus longtemps à ces deux objections de détail auxquelles je ne devais qu'un mot, n'oublions pas, messieurs, qu'au-dessus du patrimoine, au-dessus des personnes, il ne se discute dans cette grande affaire qu'un seul principe : la publicité des mariages. Oui, Portalis avait raison quand il disait avec ce sens pratique qui distingua toujours son talent : « Ou il faut renoncer à toute législation sur la matière, ou il faut proscrire la clandestinité. »

Lorsque la loi fait du mariage un contrat au-dessus de tous les contrats, lorsqu'elle le nomme le grand acte de la vie, elle lui donne une portée que n'ont pas les conventions humaines. Il est de principe, en effet, que ce que le consentement peut créer, le consentement peut le détruire. Si seul entre tous le contrat du mariage échappe à cette loi qui régit tous les pactes, c'est qu'en empruntant à une sphère supérieure l'idée de l'indissolubilité, le législateur a fait de l'union conjugale une institution où l'État lui-même est partie. Sans doute là où le retour au point de départ est impossible, là où l'union une fois consentie a des conséquences irréparables pour les parties et indéfinies pour les générations qui se succèdent, il était socialement juste d'imposer aux volontés hésitantes la perpétuité du lien. Mais de bonne foi, où seraient la base et la garantie d'un pareil principe dominant le consentement même des contractants, si le pouvoir social n'intervenait pas solennellement comme témoin?

Si, avec la publicité, on a pu rendre l'institution si grande, avec la clandestinité tout disparaît. Pour le chef de famille, le pouvoir reste sans sanction, et l'unité du groupe se brise. Pour la femme, l'égalité s'efface, et ce rôle de compagne, *socia*, conquis après tant de siècles, grandissant à chaque pas que faisait la civilisation, mais toujours avec l'appui du principe de publicité, est compromis le jour où celui-ci fléchit : le secret dans les unions, c'est le sacrifice des faibles.

Pour les enfants eux-mêmes, il ne reste plus qu'un nom discutable, au lieu de cet état civil immuable que la loi voulait rendre plus fort que la tendresse paternelle elle-même et qu'elle leur assurait comme un bienfait social. Et pour l'État lui-même, qui devait trouver dans la famille une sphère antérieure à lui-même, plus limitée que lui, mais aussi plus immuable, il n'y rencontre plus qu'une base fragile et un rempart trop mouvant par le protéger.

Voilà, messieurs, l'importance du principe engagé dans ces débats. Il me suffisait de la signaler ; vous lui donnerez une sanction. Chaque jour nous appliquons la loi sans rigueur ; sachons aujourd'hui la défendre sans faiblesse. Sous l'empire d'une législation qui serait purement coutumière et traditionnelle, le juge pourrait la plier peut-être aux exigences des faits et se faire à demi législateur. Sous l'empire d'une loi codifiée, aux prescriptions définies, ce rôle est impossible. Interprètes de la loi, nous devons être les premiers à lui obéir ; et le respect qu'ont pour elle les justiciables, c'est notre exemple qui le leur enseigne.

Vouloir faire mieux qu'elle, se préoccuper trop des personnes ou des espèces, dire en fait qu'on trouve la publicité là où ne sont pas les conditions qui la créent pour le législateur, ce serait usurper sur lui. Or, on ne respecte plus les lois vis-à-vis desquelles on usurpe ; vous êtes, messieurs, les premiers gardiens de ce respect qui leur est dû, et nous attendons avec confiance votre décision.

Audience du 1er août 1856.

JUGEMENT.

« Le tribunal, après en avoir délibéré, déclare qu'il y a partage, continue la cause au mercredi 27 août, pour vider le partage. »

Audience du 27 août 1856.

Depuis les plaidoiries, les conclusions du ministère public et le jugement de partage, de nouvelles consultations ont été produites de part et d'autre. Du côté de madame Pescatore, il a été distribué un Mémoire de Me Mathieu, avocat à la Cour impériale. Les héritiers produisent à leur tour des consultations délibérées par MM. de Vatimesnil, avocat à la Cour impériale ; Félix Liouville, bâtonnier de l'ordre des avocats ; Benoît-Champy, Thureau, Paillard de Villeneuve, Caignet, Léon Duval, Fontaine (d'Orléans), Bertin, Plocque, avocats à la Cour impériale ; et de MM. Capmas, professeur à la Faculté de droit de Dijon ; Rodière, professeur à la Faculté de droit de Toulouse ; Aubry, doyen de la Faculté de droit de Strasbourg ; Rau, professeur à la même Faculté.

PLAIDOIRIE DE M° CHAIX D'EST ANGE.

Messieurs,

Par de longues plaidoiries et de nombreux mémoires, vous connaissez déjà tous les faits qui ont donné naissance au procès, et les principes de droit qui peuvent servir à sa solution. Dans un pareil état des choses, ce serait peut-être le cas de reprendre nos conclusions et de déposer nos pièces, mais la loi dit qu'après un jugement de partage on plaide à nouveau ; il est d'ailleurs plus respectueux pour le tribunal de reprendre l'affaire en entier, de lui remettre sous les yeux les principaux points du débat, soit en fait, soit en droit : c'est ce que je vais avoir l'honneur de faire sans avoir rien de nouveau à vous apprendre, et malgré l'inconvénient de fatiguer votre attention sans exciter votre intérêt.

Vous savez que c'est en 1837 que Anne-Catherine Weber est arrivée à Paris. C'était une personne de grande distinction, d'une éducation parfaite, parlant plusieurs langues, et venant à Paris avec les meilleures recommandations, dans l'espérance de se placer soit comme dame de compagnie dans une grande famille, soit pour y faire une éducation. Il a plu à nos adversaires de dire qu'elle avait été femme de ménage et qu'elle était entrée par la cuisine dans la maison dont elle devint bientôt la maîtresse. C'est là, de la part de nos adversaires, un mensonge et une maladresse : une maladresse, car elle est démentie par ceux mêmes qui convoitent la succession de M. Pescatore ; une maladresse, car elle accuse la mémoire de M. Pescatore, qui aurait été ramasser dans la boue l'objet de ses affections ; une maladresse, enfin, car si telle eût été l'intention de celle qui est devenue madame Pescatore, tous les membres de la famille qui l'ont comblée d'égards, de marques d'estime et de respect, et qui l'insultent aujourd'hui, seraient couverts de honte et de confusion.

Vous savez à merveille la liaison qui s'est formée entre M. Pescatore et madame Weber. C'est l'irrégularité de cette liaison qui me pèse, et je la regrette profondément ; elle est la seule chose fâcheuse de ce débat, la seule, car tout le reste est avouable, honorable. Il faut cependant que vous sachiez que ce n'est pas la convoitise de la fortune de M. Pescatore qui l'a séduite ; M. Pescatore n'avait alors que 500,000 fr. Elle n'était donc pas éblouie par les 5 ou 6 millions qu'elle réclame aujourd'hui. Il faut dire d'un autre côté, et ceci est très remarquable, quelle a été sa conduite. Pendant quatorze ans, elle a été la compagne de M. Pescatore, elle a tenu sa maison et contribué à augmenter cette fortune, qui s'est successivement élevée du chiffre de 500,000 fr. en 1837, à celui de 6 ou 8 millions en 1851 ; c'était elle qui tenait la maison, qui payait toutes les dépenses, qui collaborait avec M. Pescatore à cette fortune. Et cependant, en 1851, elle n'avait pas un sou, pas une obole, pas un bijou ;

elle avait passé quatorze ans avec lui, elle avait eu le maniement de ses trésors, accrus par sa collaboration, elle avait montré un désintéressement sans exemple que tout le monde avait admiré, et dont les plus sages, les plus puritains, les plus sévères devraient lui tenir quelque compte. Sa conduite était telle, qu'elle avait attiré la sympathie générale. Beaucoup de gens dans le monde fermaient les yeux sur l'irrégularité de sa liaison. On avait inventé un mensonge officieux pour la couvrir, on avait supposé entre elle et M. Pescatore un mariage secret. La famille elle-même, qui savait à merveille à quoi s'en tenir, j'ai là ses lettres, qui l'entourait d'égards, de marques d'affection et d'estime ; la famille vivait avec elle, dans l'intérieur de la maison, au foyer domestique ; la famille, enfin, l'avait accueillie, acceptée sans réserve.

Les choses duraient ainsi depuis quatorze ans, et cependant elle était sans un sou ; en sorte que si M. Pescatore était mort, elle serait sortie de la maison sans une obole. C'est en 1851 qu'il fut question, entre elle et M. Pescatore, de projets de mariage (je vous en ferai connaître tout à l'heure les détails) ; ils allèrent à Renteria, et le mariage fut accompli. Cette union fut de toutes les possessions d'état la plus éclatante. Les maisons grandes et petites s'ouvrirent devant madame Pescatore, elle fut accueillie dans toutes comme madame Pescatore, comme la femme légitime, comme la femme complète de M. Pescatore (qu'on me permette cette expression), comme sa femme devant l'Église et devant la loi civile. Quant à la famille, il faut voir ses sentiments à cette époque ; j'ai là toutes ses lettres, je ne veux pas vous les lire, bien entendu, vous les avez sous les yeux, je me bornerai à vous en rappeler cinq ou six passages ; mais je dois vous faire remarquer d'abord avec quel soin M. Pescatore les avait conservées. Depuis qu'il s'était fixé à Paris, il avait entretenu avec tous les siens une volumineuse correspondance ; cette correspondance il ne l'a pas conservée, elle lui paraissait indifférente ; mais ce qui a trait à son mariage, il le met de côté, l'enferme, le garde, le conserve d'une manière jalouse pour qu'un jour ce soit un témoignage au besoin de l'approbation de cette famille, vis-à-vis de laquelle il n'était pas sans défiance. Écoutez, voici ce qu'il écrit, le 12 décembre 1851, à son frère Guillaume Pescatore :

« Quoique je sois bien persuadé, cher frère, que la sincérité de cette nouvelle
» expression de mes sentiments pour toi, à l'occasion de ce mariage, ne sera pas
» suspectée, je la bornerai à ces quelques lignes, parce que je suis dans de mau-
» vaises conditions vis-à-vis de toi pour me livrer à un plus grand épanchement.
» Les membres de la famille qui peuvent le faire sans réserve sont doublement
» heureux ; mais tu ne recevras pas moins avec plaisir, avec une confiance frater-
» nelle, l'expression simple et toute naturelle que je donne, en ma qualité de frère,
» à un acte qui identifie encore davantage à ta propre existence celle d'une per-
» sonne dont tu as ainsi reconnu dignement les soins et un dévouement incontes-
» tés, et qui sont aujourd'hui, pour toi, la condition essentielle d'une existence
» tranquille et heureuse. »

La femme de ce frère, madame Guillaume Pescatore « embrasse de tout son cœur, mille et mille fois, » sa nouvelle belle-sœur.

« Il ne me reste plus, ajoute-t-elle, qu'à désirer de faire la connaissance d'une
» belle-sœur que je ne connais que par tous les éloges que les miens m'ont fait

» d'elle, et j'ai l'espoir que vous désirez également lui faire faire la connaissance
» de toute la famille. J'aurai donc ma petite part du plaisir de vous recevoir
» chez moi. »

M. München, l'avocat, s'exprime ainsi :

« Pour moi qui ai toujours entouré madame Weber des égards et de l'attache-
» ment dus à la femme qui était l'objet de votre sympathie, de votre confiance et
» de vos propres égards, j'offre mes sentiments d'affection et de respect à la tante
» Pescatore, dans la prévision qu'elle les recevra avec la bienveillance et la bonté
» avec lesquelles madame Weber les a reçus. »

M. Dutreux félicite son oncle *du fond de son cœur* de la résolution qu'il a
prise de s'unir à madame Weber :

« Je vous prie, dit-il, d'agréer mes salutations les plus sincères que je vous
» adresse du fond de mon cœur, ainsi qu'à madame Weber, pour votre résolu-
» tion, ainsi que les vœux que je fais pour votre bonheur futur. »

M. de Scherff, qui est ministre quelque part dans le Luxembourg, « présente ses respects » à celle qu'il fait insulter aujourd'hui, et qu'il appelle une
femme de ménage.

M. Nothomb enfin (c'est le ministre de la justice en Belgique) s'exprimait
ainsi avant le mariage :

« Pour ma part, je témoigne à madame Weber, aussi cordialement que je le
» puis, par une lettre, la satisfaction que son union avec vous m'inspire. Elle aussi
» a toujours été pour moi bonne et affectueuse ; mes sentiments d'affection lui
» étaient, depuis longtemps, acquis, et la position nouvelle qu'elle occupe dans
» votre vie ne fera que les augmenter. »

Longtemps après le mariage, le 10 août 1852, il lui écrivait encore :

« Veuillez, mon cher oncle présenter mes respects les plus affectueux à ma
» tante ; en écrivant ce titre pour la première fois, il me semble l'avoir toujours
» fait car elle m'a constamment témoigné les sentiments d'affection qu'il com-
» porte. »

Voilà, messieurs, dans quels termes la famille écrivait, dans quels termes
elle reconnaissait le mariage. Pendant tout le temps qu'a duré ce mariage,
les relations ont été excellentes, et les mêmes témoignages d'estime, d'affection, de reconnaissance, ont continué jusqu'au dernier moment. Il y a mieux :
à la mort même de M. Pescatore, M. München, qui n'était pas à Paris,
écrivait à la veuve cette phrase que je vous recommande :

« C'est dans cette circonstance qu'on recueille toujours ce que l'on a semé en
» d'autres temps d'affection autour de soi. »

M. Pescatore tombe malade; il est à son lit de mort ; c'est alors que se passent deux faits qu'il faut que je rappelle. Je commence par le second, par cette scène que j'ai déjà racontée, qu'on peut révoquer en doute, mais qu'on ne peut pas nier, et qui d'ailleurs serait prouvée jusqu'à la dernière évidence si nos adversaires admettaient une preuve quelconque. Il bénit sa femme qui était à genoux ; il la recommande à toute sa famille :

« Je recommande ma femme, dit-il, ma bien légitime femme, à toute ma famille, » et à chacun en particulier..... Je vous déclare que c'est ma femme, ma bien » légitime femme, et qu'il n'y aurait pas un grand d'Espagne bien marié, si mon. » mariage n'était pas bon. »

Puis, prenant la main de madame Dutreux et y plaçant celle de sa femme :

« C'est à toi que je recommande ma femme en particulier, c'est toi qui m'en » rendras compte. »

Une circonstance remarquable avait précédé cette scène. Un ami de M. Pescatore avait conçu quelque doute sur la validité du mariage de Renteria fait sans publications préalables, et non transcrit sur les registres de l'état civil, et il manifestait ses inquiétudes à M. Pescatore. Celui-ci soutenait qu'aucun doute ne pouvait s'élever : « Si mon mariage n'était pas bon, il n'y aurait pas un grand d'Espagne bien marié. » L'ami insistait, et M. Pescatore, affaibli par la maladie, sentant sa fin approcher, lui exprima la volonté de régulariser son mariage en le faisant transcrire sur les registres de l'état civil. Un homme qui a toute sa confiance, et qui en est digne, vient le voir, et M. Pescatore lui dit : « J'ai toujours tenu, dit-il, et je tiens encore mon mariage pour bon, mais je veux faire disparaître toute espèce de doute ; je ne puis pas le faire ce soir, je le ferai demain. » Le lendemain, lorsqu'il s'agit de donner suite à ce projet et de régulariser sa situation : « C'est inutile, répondit-il ; tout est en règle ; j'ai des jurisconsultes dans ma famille qui m'ont déclaré que mon mariage est régulier, qu'il ne pourra jamais être attaqué, et en conséquence, je meurs tranquille. » Voilà ce qu'il a dit jusqu'à son dernier moment, la veille de sa mort ; voilà comment on tranquillisait M. Pescatore mourant, comment on l'endormait, comment on empêchait les actes par lesquels il aurait pu peut-être régulariser encore sa position, par lesquels il aurait pu, dans tous les cas, manifester sa volonté.

Il disait cela la veille de sa mort, et le lendemain, ses frères et ses neveux chassent sa femme, leur sœur, leur tante ; le lendemain ils commencent cette guerre impie qui tend à dépouiller la veuve de son titre, de ses droits, et c'est ici, messieurs, qu'il faut bien préciser le commencement du procès.

J'ai entendu qu'on disait que tous les torts étaient du côté de madame Pescatore, qu'elle faisait un procès d'argent, que c'était une femme cupide, qui ne voulait pas se contenter de la part qui lui était faite ; que cette femme sans enfants, sans héritier, avait assez pour elle.... J'ai entendu dire cela.

Quand cela serait vrai, quand ce serait un procès d'argent, quand madame Pescatore n'aurait d'autre intérêt que sa prétention à la propriété légitime de

six millions composant sa part dans la communauté ; quand il serait vrai qu'il
n'y aurait pour elle dans ce procès que l'exercice de son droit, je demande
s'il serait permis à quelqu'un de la blâmer et de la repousser par ce singulier
motif qu'il lui restera toujours assez pour elle. Si quelqu'un venait étendre
la main sur ces six millions qui lui appartiennent et lui dire: « Ceci n'est plus
à vous, je le prends » ; je ne connais personne au monde qui fasse assez fi de
l'argent pour répondre à sa place : C'est vrai, j'en ai assez sans cela ; ces
six millions, je vous les laisse, prenez, je vous les abandonne, parce que
c'est une question d'argent et que je ne veux pas soulever une question
d'argent. Il y a des puritains dans le monde : mais en connaissez-vous beaucoup qui soient capables d'un tel désintéressement ?

Quant à dire que madame Pescatore, n'ayant pas d'enfants, a assez de fortune, je ne reconnais à personne le droit de fixer, de limiter la fortune de son
voisin, de dire à celui-ci : Tu en as trop, à celui-là : Tu n'en as pas assez. Qui
donc serait à l'abri de pareille recherche ? Est-ce que la justice a établi ce principe socialiste pour rendre ses jugements ? Est-ce qu'elle a l'habitude de dire :
Celui-ci est trop riche, celui-là est trop pauvre ? Ce sont là des considérations
nouvelles qui ne méritent pas l'honneur d'être discutées devant des hommes
sérieux.

Presque toutes les questions qui s'agitent devant vous, messieurs, sont des
questions d'argent. Il ne faut donc pas dire avec cette hauteur : Fi donc ! c'est
une question d'argent qu'elle vient plaider ici, fi donc ! c'est pour avoir 6 millions qu'elle fait ce procès ou le soutient ; fi donc ! c'est de l'avidité. Que personne ne dise un pareil mot, que les héritiers surtout ne le prononcent pas ; pour
eux il n'y a assurément, incontestablement qu'une question d'argent.

Il ne faut donc pas s'arrêter à cette considération ridicule que la demanderesse est assez riche, et que ce n'est pas la peine de s'occuper d'elle. Mais
il n'est pas vrai qu'il n'y ait là qu'une question d'argent, c'est avant tout pour
madame Pescatore une question d'honneur, de dignité, d'état civil, de droit
civil dans le monde ; et c'est ici qu'il faut savoir comment le procès s'est
engagé, qu'il faut avoir le courage de le dire.

Comment le procès s'est engagé, le voici. Il y avait là toute une famille qui
comblait madame Pescatore d'éloges. Pour elle madame Pescatore était digne
de tous les égards, de tous les respects, de tous les sentiments d'affection.
Elle était la veille pour tous les membres de cette famille, leur « chère sœur,
leur chère tante », leur sœur, leur tante honorée, aimée, adorée. Le lendemain M. Pescatore n'étant plus, ils ne veulent plus la reconnaître. Il est une
exception pourtant, M. München lui écrivait : « c'est le moment de recueillir
ce que vous avez semé autour de vous d'estime et d'affection. » Tous les autres
disaient : Il faut la chasser. Leur premier acte est d'imprimer des billets de
faire part et de n'y pas mettre son nom. Aujourd'hui ils disent : Nous avons
suivi la mode ; la mode à Luxembourg, c'est de ne pas mettre le nom des ·
femmes sur les billets de faire part ; dans les grandes maisons cela se pratique
ainsi. Ce n'est pas vrai, vous n'avez pas cédé à la mode, mais aux inspirations
de votre intérêt personnel : vous avez voulu vous créer un moyen, une espèce
de fin de non-recevoir. Voilà votre premier acte ; il y en a un second.

Il existe un testament fait en faveur de la femme, ils lui annoncent dès le lendemain de la mort l'intention de l'attaquer. Ils font cesser leurs querelles personnelles, car ils se disputaient déjà la succession ; ils se concertent, ils se cotisent ; leur langage devient de jour en jour plus amer, plus menaçant : Vous n'êtes plus rien ici ; notre oncle vous a laissé comme à son épouse 40,000 fr. de rentes, nous allons prouver que vous n'êtes pas son épouse légitime, nous allons contester le testament, ou du moins le codicille dans lequel il dit :

« Je donne à madame Pescatore, mon épouse, 40,000 francs de rentes viagères » et le complément d'un capital de 500,000 francs. »

Ils héritaient de 16 millions, c'est leur prétention ; mais leur oncle avait donné à celle qu'il avait traitée comme sa femme légitime et qu'ils avaient eux-mêmes entourée de tous les respects, il lui avait donné 40,000 francs de rentes viagères, et le lendemain de sa mort, ses héritiers disaient insolemment à sa veuve : « 40,000 francs de rentes ! c'est trop, nous ne voulons pas vous les donner, vous n'êtes pas une épouse légitime, nous allons vous faire un procès. » Et le lendemain de la mort de son mari, cette femme entrait tout éplorée dans le cabinet d'un avocat, et lui demandait si en effet on pouvait lui contester soit le testament, soit le codicille. Voilà comment le procès a commencé, voilà comment il a été engagé.

Oh ! je sais bien que les adversaires essaieront de nier cela ; ils diront que ce n'est pas vrai, qu'ils n'ont pas fait de menaces. Les menaces, je vous les ai dites, vous les connaissez ; elles sont certaines, authentiques.

Lorsqu'ils ont vu qu'en définitive madame Pescatore ne voulait pas se dépouiller, alors s'est passée cette scène de l'inventaire que vous connaissez ; ils ont dit : « Nous offrons de renoncer au profit de madame Pescatore au droit que nous avons d'attaquer les dispositions testamentaires qui lui ont été faites... » Ils avaient déjà revendiqué le droit d'attaquer ces dispositions ; ils l'avaient annoncé, ils l'avaient fait constater, et un peu plus tard ils lui disent : « Renoncez à vos prétentions, nous renoncerons au procès ; renoncez à la communauté de biens, car vous n'êtes pas la femme légitime de notre oncle, et nous renoncerons au droit qui nous appartient de demander la nullité des libéralités testamentaires qui vous ont été faites. » Je le demande, messieurs, madame Pescatore pouvait-elle accepter de telles conditions ? Je lui ai déclaré que cela n'était pas possible, non pas seulement dans un intérêt d'argent, mais dans l'intérêt de sa dignité. Voilà comment j'ai compris la chose, et comment j'ai conseillé ma cliente dans cette affaire où il ne s'agissait pas de savoir si elle serait ou non plus riche de 6 millions, ce n'était pas là la question, mais où son honneur et sa dignité de femme et d'épouse étaient en jeu. Je lui ai dit qu'elle ne pouvait pas tenir de la libéralité de ceux qui l'insultaient, qui lui annonçaient l'intention de contester ses droits, 20,000 francs de rentes sur 40,000 francs ; que c'était encore moins de leur bon vouloir, de leur gracieuseté, qu'elle pouvait tenir le titre d'épouse légitime : ce sont là, en effet, de ces concessions qu'on ne fait point. On est femme légitime ou on ne l'est pas ; on vient devant la justice, on défend ses droits, on les fait valoir et l'on dit : « Je ne veux rien de ces gens-là ; ils m'ont disputé mon titre, ils ont voulu me dépouiller entièrement ; ils m'offrent aujourd'hui de me donner du pain

et de me permettre de continuer de porter le nom de Pescatore ; je ne veux
rien d'eux, j'attends tout de la justice. Voilà ce qu'elle a fait. Eh bien, que
ceux qui trouvent qu'il n'y avait qu'une question d'argent, et qu'elle aurait
bien fait d'abandonner 6 millions à des collatéraux avides (si jamais ces deux
mots ont été inséparables, c'est ici ou jamais), que ceux là aient le courage
de leur opinion. Quant à moi, je lui ai dit qu'il y aurait lâcheté à renoncer
au droit qui lui appartenait incontestablement de s'appeler madame Pescatore.
Voilà le commencement du procès.

Il s'est poursuivi au milieu de quelles circonstances ? J'ai beaucoup entendu
dire dans le monde qu'il fallait s'arranger, transiger ; que la responsabilité
de ceux qui s'opposaient à un arrangement était gravement engagée, qu'on
leur ferait de cruels reproches. Ils les acceptent de grand cœur. Mais est-ce
qu'il a été sérieusement question d'arrangement ? Oh ! puisque mon adversaire, et je l'en remercie, n'a pas tenu compte dans cette affaire, de cette
réserve que nous inspirent les traditions du barreau, puisqu'il a jugé à
propos de raconter les préliminaires du procès ; eh bien, oui, je le reconnais,
il y a eu des projets d'arrangement, c'est vrai. Un jour j'étais absent ; une
autre affaire, d'autres intérêts, m'avaient appelé en province. Ce jour-là, les
collatéraux ont provoqué une réunion ; ils se sont adressés à un ami de
madame Pescatore qui avait consenti à se charger de ses pouvoirs ; ils ont voulu
être seuls avec lui, et pour qu'aucun d'eux ne manquât à la conférence qui
a duré quatre heures, ils sont venus au nombre de sept, sept contre un ! Ils
ont dit qu'ils avaient réuni contre elle les documents les plus accablants ;
qu'elle était une femme perdue, déshonorée ; qu'ils l'attaqueraient partout ;
qu'ils la traîneraient dans la boue, elle, les siens, sa famille, ses proches. Ils
ont jeté l'épouvante dans l'âme de celui qui la représentait, et cet homme
honorable, pensant qu'une femme seule ne pourrait pas résister à une telle
coalition, lui a dit : Il n'y a pas de procès possible ; il faut tout abandonner.
Elle a perdu la tête alors ; elle a donné un blanc seing que j'ai, que je pourrais montrer ; on a été sur le point de terminer, et mes adversaires de triompher et de s'écrier : « Elle sera bientôt trop heureuse de venir à deux genoux
nous demander d'abandonner le procès. » Mais comme le procès aurait entraîné
une perte d'intérêt et des frais considérables, nous calculerons, ont-ils ajouté,
le procès à 200,000 francs ; nous lui donnerons 200,000 francs : n'en parlons
plus.

C'est alors qu'elle est venue à moi, qu'elle m'a raconté cette scène où on
lui avait dit que le procès était impossible, que c'était une action abominable,
mais qu'une femme ne pouvait avoir la force d'y résister ; c'est alors que je
lui ai rendu le courage, que le procès a été fait et qu'il a été suivi. Il a été
suivi comment ? Il m'est impossible de ne pas vous l'apprendre si vous l'igno-
rez. Il m'est impossible de ne pas donner cet enseignement au monde qui
nous écoute, au barreau qui vient ici prendre des leçons, à la justice elle-
même qui est prête à rendre sa décision.

Comment le procès a été suivi ? Toutes les menaces qui avaient été faites
ont été réalisées. Je ne sais si vous vous rappelez l'audace des conclusions de
ces collatéraux ; je ne sais si vous vous rappelez qu'ils y ont dit que si les
parties avaient été se marier à l'étranger, c'est parce qu'en France elles

avaient trouvé un obstacle insurmontable, qu'elles avaient été empêchées par l'impossibilité où était peut-être madame Weber d'établir la mort de son premier mari, père de l'enfant qu'elle a avec elle C'est ainsi que dans les menaces qu'on lui avait faites, on s'était promis de l'atteindre ; c'est ainsi qu'on allait jusqu'à son cœur qu'on savait vulnérable, non pas dans son honneur, mais dans sa sensibilité ; c'est ainsi que dans ces misérables et honteuses inventions, on donnait à entendre qu'elle était bigame ; on appelait sur elle l'attention du ministère public. Et ils savaient à merveille, car ils avaient été partout furetant, compulsant tous les actes ; ils savaient à merveille à quoi s'en tenir ; ils avaient la preuve authentique qu'elle n'avait été mariée qu'à leur oncle, qu'elle n'avait jamais eu d'enfant ; l'enfant qu'elle élève avec tant de sollicitude et de dévouement, ils savaient à merveille d'où il venait. Voilà cependant ce qu'ils ont mis dans cette misérable phrase de ces misérables conclusions, quand les menaces ont commencé à se réaliser.

Ce n'est pas tout : tandis que cette pauvre femme en deuil vivait dans l'isolement et la retraite, eux, les collatéraux, se répandaient dans le monde, allaient dans les salons, y semaient les bruits les plus odieux, y répandaient les notes les plus offensantes, les anecdotes les plus scandaleuses ; ils façonnaient ainsi, à l'aide de ces procédés et de ces manœuvres, une opinion publique à laquelle bientôt ils allaient faire appel, afin de soulever les passions, et d'exercer sur vous mêmes, messieurs, une espèce de pression.

Ce n'est pas tout encore. Vous avez entendu dans une de vos dernières audiences la belle plaidoirie du ministère public. Les plaidoiries des avocats sont la propriété de leurs clients ; ils ont le droit de les publier, d'en joncher les rues et les carrefours. Il n'y a aucun danger ; chacun en les lisant sait que c'est la plaidoirie d'un adversaire. Mais il y a des paroles solennelles auxquelles il est défendu de répondre, parce que ce sont les dernières entendues dans le débat : ce sont les paroles du ministère public. Oui, celles-là sont graves, car, quoi qu'on en dise, ce ne sont pas les paroles d'un adversaire. Nous ne nous sommes jamais fait l'honneur dans un procès civil de considérer le ministère public comme notre adversaire ; sa parole est celle d'un magistrat impartial et froid autant qu'éclairé. Vous savez à merveille avec quelle conviction M. l'avocat impérial a embrassé la cause de l'adversaire, et avec quelle ardeur il a combattu la nôtre. Ces paroles du magistrat, ces paroles suprêmes auxquelles il est impossible de répondre, elles ont été comme elles devaient l'être, recueillies par les journaux judiciaires ; mais les adversaires les ont fait répandre partout : dans l'intervalle qui s'est écoulé entre le réquisitoire et votre décision, ils en ont fait tirer plus de douze mille exemplaires. Chose inouïe, sans exemple ! ils ont jeté ce réquisitoire partout, sous toutes les portes, dans tous les établissements, de manière que chacun en fût poursuivi, que chacun en fût frappé ; ils créaient ainsi une opinion publique et un soulèvement sous la pression duquel ils espèrent qu'ils triompheront devant vous.

Qu'est-ce qui a fait cela ? Qui a donné au palais cet exemple ? Qui en a appelé de votre décision qui n'était pas encore rendue à la décision tumultueuse et aveugle de l'opinion publique ? Qui a fait cette émeute à vos portes ? Qui a ainsi insulté la justice ? Qui a payé ces frais ? Qui s'est livré à ces soins ? Qui a fait ces bandes, ces adresses, ces distributions ? Qui ? Les adversaires : eux

seuls le pouvaient, eux seuls l'ont fait, eux seuls ont trouvé le temps, les ressources, les moyens, l'argent nécessaires pour construire cette publicité dans
le but coupable d'égarer l'opinion publique et d'égarer peut-être la justice.

Je dis que ceci est sans exemple heureusement dans nos fastes judiciaires.
C'est un grand progrès que les adversaires ont fait faire à nos habitudes tradi-
tionnelles, c'est un grand progrès dont l'honneur leur restera, que d'afficher,
de placarder sur les murs les paroles du ministère public, de les semer dans
les carrefours, dans les théâtres, partout. Ah! qu'on me permette de le dire,
jusqu'ici en France, on avait eu du respect pour la magistrature, pour ces
grands hommes qui en ont été l'honneur et la gloire, qui, par la dignité et la
modération de leur parole, ont porté si haut leurs hautes fonctions; les
Lamoignon, les d'Aguesseau, l'avocat général Séguier, n'ont jamais été
affligés, insultés par de tels offronts, et jamais leurs plaidoyers, que je sache,
conservés et admirés par la postérité, n'ont reçu cette publicité déplorable et
fangeuse.

Est-ce tout? Non, un jugement de partage a été rendu, et comme l'opinion
est de sa nature mobile, *mobilitate viget*, comme ils ont compris que ce feu
de paille qu'ils avaient allumé allait s'éteindre, pour l'entretenir ils ont fait
faire de nouveaux tirages et la magistrature a été affligée par des publications
nouvelles.

Est-ce tout enfin? Non, ce n'est pas tout: La publicité s'est jetée sur le
procès de toutes parts, c'est la Belgique qui a donné l'exemple. Partout
les plus légers, les plus ignorants, les plus étrangers à ces questions ont
pris parti contre madame Pescatore. La Belgique a commencé cet orage, cette
tempête qui est venue ravager l'affaire. Dans les journaux belges chaque jour
c'était des insultes nouvelles, non pas seulement pour madame Pescatore, mais
pour tous ceux qui prenaient intérêt à elle; tous ceux qui se rangeaient dans
son camp étaient tour à tour outragés, méprisés; on voulait faire le vide autour
d'elle; on voulait inspirer assez de terreur pour qu'elle ne trouvât pas de
défenseur. Si Bugnet donne une consultation, le jurisconsulte du *Figaro*
demande à Bugnet pourquoi il n'enseigne pas dans son cours les doctrines
qu'il met dans ses consultations, ou pourquoi il ne met pas dans ses consultations
les doctrines qu'il professe à l'école de Droit. Odilon Barrot fait une consultation, et nous assiste de sa présence; les journaux anglais, belges et allemands
l'insultent, l'outragent, le dénoncent, lui demandent compte de son opinion,
le blâment de faire des visites aux magistrats; l'un d'eux l'accuse même de
leur avoir offert de l'argent! Moi-même qui, à défaut d'autre mérite, ai du
moins celui d'une conviction profonde, j'ai été dans ces misérables libelles
insulté à mon tour, accusé d'avoir fait je ne sais quel pacte *de quota litis
parte*, et malgré ma répugnance à me colleter avec un journaliste qui aurait
pu n'être qu'un instrument, comme il me fallait prouver que je n'étais pas un
misérable, que je ne méritais pas d'être rayé du tableau de notre ordre, à la
tête duquel j'ai été longtemps placé comme bâtonnier dans le long exercice de
ma profession, durant lequel j'ai l'honneur et le bonheur de compter quelques
services rendus et de bons exemples donnés; malgré ma répugnance, dis-je,
au milieu des préoccupations de ma cause, à penser à mes intérêts propres, à
mes préoccupations personnelles, j'ai dû déposer cette robe impuissante à me

protéger, descendre en police correctionnelle et demander à un journaliste raison de l'insulte qui était faite, non pas à ma cliente, mais à moi-même. Voilà les faits.

Qui est-ce qui a fait tout cela? Qui a enflammé les journaux belges? Par l'argent de qui leur zèle a-t-il été excité? Ce n'est pas vous, vous le dites, je veux le croire; vous seriez des misérables si vous l'aviez fait. Si c'était vous qui eussiez opéré ce soulèvement, vous seriez dignes, tout collatéraux que vous êtes, du dernier degré de l'indignation et du mépris. Ce n'est pas vous; mais enfin à qui tout cela profite-t-il? A vous seuls. En remontant dans les souvenirs de ma vie déjà longue, j'ai cherché sans le rencontrer un autre exemple de ce soulèvement de l'opinion publique... sans le rencontrer, je me trompe, je me rappelle qu'il y a vingt ans à peu près, un homme dont l'innocence m'était certaine, dont la culpabilité me paraissait impossible, qui était aussi étranger que moi-même au crime qu'on lui imputait, et dont l'acquittement était pour moi l'évidence même, je me rappelle que contre cet homme qui m'avait confié sa défense, sur le sort duquel j'étais tranquille, dans les mêmes salons, au souffle d'une famille puissante, il s'opéra le même soulèvement, il se fit le même travail de l'opinion publique, et les mêmes clameurs s'élevèrent... je me rappelle mes moments de terreur et de découragement, les larmes que je versais en sentant mon impuissance à faire prévaloir cette innocence, contre laquelle tout le monde protestait, et je me rappelle que dans un jour d'erreur à jamais regrettable, un innocent fut frappé.... Voilà ce que peuvent ces soulèvements de l'opinion publique. Et quand je pense que ce sont là les enseignements qu'on veut nous donner, les habitudes qu'on veut nous faire prendre; quand je pense que parmi les personnes qui nous donnent de tels exemples, il se trouve un avocat qui, avant d'avoir l'honneur d'être ministre, était chef d'un tribunal, qu'un autre est dans un autre pays chef de la justice (noblesse oblige), quand je pense que ce sont ces hommes là qui emploient ces ignobles moyens, oh! je ne puis m'empêcher de les maudire et de maudire avec eux tous ceux qui, de près ou de loin, ont pris part à leurs manœuvres, à cette grande habileté dont ils se vantent peut-être. Je n'ai pas à craindre ici le même résultat; ce qui m'est arrivé devant le jury, ne m'arrivera pas devant vous; tandis que sur la place publique s'agitent ces folles passions soulevées, moi j'entre dans le temple de la justice; j'en appelle d'une émeute aux magistrats; je plaide devant moi et non derrière moi une cause qui, si elle est bien expliquée, ne peut jamais être perdue.

J'arrive au procès. On attaque le mariage comme contraire au droit civil, au droit canonique, à notre droit public et à l'intention des parties contractantes. Quant au code Napoléon, en quoi lui est-il contraire? L'article 170, vous le connaissez à merveille : Le mariage sera valable pourvu qu'il ait été précédé des publications légales, et s'il a été accompli suivant les formes usitées dans le pays où il a été contracté. Notre droit civil ne prescrit pas les publications à peine de nullité. Sur ce point, messieurs, je ne serai pas long, il n'y a pas à l'être, je me contenterai de m'en référer à vos consciences. La jurisprudence a prononcé et prononce tous les jours; elle n'est pas douteuse; elle l'est si peu, que s'il s'agissait d'une affaire ordinaire, vous ne la laisseriez pas plaider.

Que résulte-t-il de cette jurisprudence ? Que les publications ne sont pas prescrites à peine de nullité. Je ne vous rappellerai qu'un exemple que j'ai déjà cité, je veux parler de l'affaire Commailles. M. de Commailles enlève mademoiselle de Brancas et va l'épouser à Londres après sept jours de résidence, tandis que la loi anglaise exige quinze jours. Les deux époux demandent la nullité du mariage, ils ne l'obtiennent pas, parce que le consentement des parents avait été accordé depuis, et que l'absence seule des publications ne peut pas entraîner la nullité du mariage. Dans une autre espèce, un jeune homme voulait faire briser son mariage parce qu'il n'avait pas l'âge requis lorsqu'il l'avait contracté, mais il l'avait atteint depuis, et le défaut de publications ne put entraîner la nullité du mariage.

Voilà tout ce que j'ai à dire sur le défaut de publications ; car de deux choses l'une : ou il faut revenir sur une jurisprudence consacrée depuis vingt ans et juger aujourd'hui le contraire de ce que vous avez jugé jusqu'ici, d'accord avec la cour de cassation, ou il faut dire que le défaut de publications n'est pas une cause de nullité absolue.

J'ai à examiner maintenant la deuxième partie de l'article 170 : Les formes prescrites ont-elles été observées ?

En Espagne, c'est le droit canonique et le concile de Trente qui font la loi. Les prescriptions du concile de Trente et du droit canonique ont-elles été observées ? Voulez-vous me permettre d'abord de faire ici une remarque ? Nous ne sommes pas bien familiers avec le concile de Trente et le droit canon, avec quelque assurance que nous en parlions. Moi même, qui les ai étudiés six mois, qui ai lu beaucoup de docteurs, qui en ai assemblé chez moi, moi-même je ne puis m'empêcher de douter de ma science, six mois d'étude ne suffisent pas pour connaître ces questions dans toute leur étendue, six mois d'étude ne suffisent pas pour arriver à un ensemble de doctrine et pour tout comprendre. Quand j'entends dans le monde des hommes et même des femmes trancher la difficulté et dire : c'est évident, le concile de Trente a été violé ; quand je vois qu'au barreau même, où l'on n'est pas fort sur le concile de Trente, où plusieurs en entendent parler pour la première fois, où l'on n'en connaît bien souvent que la date, quand on la connaît ; et que je vois cependant tout résoudre avec une aisance merveilleuse, cela me paraît un peu léger ; et quand à côté de cela les autorités que nous produisons, des hommes vieillis dans ces études, qui sont plus forts que nous tous, il faut bien le reconnaître, et c'est un aveu qu'on peut faire sans modestie, quand ces hommes désintéressés dans l'affaire, c'est évident, pour lesquels la solution du procès est absolument indifférente, affirment que le mariage est bon, excellent ; j'avoue que je suis un peu plus rassuré qu'à la lecture des consultations d'avocats ou de professeurs de droit. Quels sont-ils ces hommes ? Je ne parle pas des avocats de Madrid, nous en avons cinq pour nous, vous en avez trois pour vous ; vous pourriez en avoir dix, que cela ne ferait rien à l'affaire. Je ne parle donc pas des avocats de Madrid, je parle d'un de nos prélats, qui passe pour le plus savant, de Mgr Gousset, qui, après avoir étudié l'affaire et sans avoir la prétention de la juger, dit : le mariage est excellent. Nous avons soumis la question à Mgr l'archevêque de Paris, et non pas à lui seul, mais à son conseil (si vous saviez combien ils

sont savants dans ces questions ardues, ces vieux chanoines qui l'entourent !), nous avons soumis la question à Mgr l'archevêque de Paris et à son
conseil, et il nous a été répondu : le mariage est bon, excellent. Or c'est une
autorité pour moi, je veux bien que ce n'en soit pas une pour vous. Il ne
faut pas jurer *in verba magistri*, me dit-on. D'accord; mon adversaire a
examiné la question lui-même, et voici l'étrange confusion où il s'est jeté et
que je recommande à votre attention. Je distingue, a-t-il dit : il y a dans l'espèce, un mariage religieux, il n'y a pas de mariage civil. Le mariage religieux,
je ne le conteste pas; si vous me parlez d'un mariage religieux, je retire ma
critique, le mariage est bon. Mais je fais parler mon honorable confrère, et
comme le point est important, j'ai tort; voici ses propres paroles, que je
prends dans les journaux qui ont recueilli sa plaidoirie :

« Les parents de M. Pescatore n'ont pas jugé à propos de critiquer le mariage ;
» ils n'avaient aucune raison de le critiquer, ils l'ont accepté; aujourd'hui même
» ils lui reconnaissent encore la force d'un lien religieux qu'ils respectent et de-
» vant lequel ils s'inclinent; il n'y a procès entre eux et madame Weber, que parce
» madame Weber a voulu aller beaucoup au delà, et faire de ce mariage religieux
» un mariage civil. »

Je vous prie de ne pas perdre cela de vue. Mon adversaire qui a si cons-
ciencieusement examiné l'affaire lui-même, et qui l'a fait si bien examiner,
admet le mariage religieux, il le reconnaît pour bon, pour excellent. Ce mariage il l'accorde, il ne le conteste pas, il s'incline devant lui et il n'y a procès
que parce que de ce mariage religieux on a voulu faire un mariage civil, qui
n'est pas valable, qui n'existe pas.

Et pourquoi est-il valable religieusement? Parce qu'il est conforme sans
doute à la loi canonique, aux prescriptions du concile de Trente. S'il n'y était
pas conforme, il n'y aurait pas de mariage religieux, et mon adversaire dirait :
le mariage est mauvais parce qu'il est en contradiction avec la loi canonique
et le concile de Trente. Il reconnaît qu'il est bon, il reconnaît par conséquent
qu'il est conforme à la loi canonique et au concile de Trente. Nous serons
donc d'accord. Point du tout, voici qu'après cet aveu mon confrère essaie
de prouver que le mariage n'est pas conforme à la loi canonique et au concile de Trente, c'est-à-dire que d'une part il est excellent, qu'il le respecte
et s'incline devant lui, et que d'autre part il ne vaut rien. Je ne sais pas comment mon adversaire expliquera ces contractions, mais à coup sûr il les expliquera, car on explique tout.

En attendant, examinons si le mariage est conforme au concile de Trente.
Quelle est la condition prescrite par le concile de Trente? C'est que le mariage
soit fait par le propre curé; quand le propre curé n'est pas présent, il y a
clandestinité. Je n'ai pas besoin de vous mettre en garde contre ce mot que
mon adversaire prend tantôt dans un sens, tantôt dans un autre. C'est un
grand malheur que les mots ne soient pas reçus dans la même acception, et
que chacun recoure à son dictionnaire ou à son caprice. Je voudrais bien
qu'on pût s'entendre sur ce mot *clandestin*, afin de raisonner contradictoirement et non l'un à côté de l'autre. Le mariage est clandestin quand il n'a

pas été célébré par le propre curé. Qu'est-ce que le propre curé ? C'est le curé de la paroisse ou celui qui a reçu de lui une commission ou permission, une *licentia*. Le concile de Trente qui parle du propre curé, qui veut que lui seul puisse procéder au mariage, ne détermine pas le temps de résidence nécessaire pour constituer le propre curé. Comment le déterminer ? Vous savez qu'autrefois en France, il fallait six mois suivant les édits royaux, mais non suivant le concile de Trente, qui plus d'une fois s'est contenté d'un mois. Je vous recommande à cet égard ce passage de Collet :

« Gerbais (1) [c'est une très grande autorité], *Traité pacifique du pouvoir de* » *l'Église*, p. 453 ; et l'auteur des *Conférences d'Angers*, t. I, p. 422, avouent que » ceux qui suivraient cette route (ce parti de se marier au bout d'un mois) seraient » très coupables devant Dieu, mais ni l'un ni l'autre n'ose dire que ce mariage » serait parfaitement valide. On est marié devant Dieu, le mariage serait parfaite- » ment valide devant l'Église, mais devant le parlement il est parfaitement in- » valide. »

Comme quoi ? Comme contrat ; mais comme sacrement, il est parfaitement valide. Si vous vous mariez avant six mois, l'annulation de votre mariage pourra être prononcée par l'autorité civile, mais si vous vouliez contracter un nouveau mariage, la loi de l'Église vous dirait : Non, le sacrement demeure. Voilà l'autorité de Collet et de Gerbais, d'un côté, et de l'autre, celle de la Conférence d'Angers, en sorte qu'il ne peut pas rester un doute à cet égard. Le concile de Trente dit « le propre curé » sans indiquer le temps nécessaire pour qu'il le devienne, il vous laisse dans l'incertitude, et les anciens édits exigent six mois ; mais un mariage contracté au bout de deux mois et même d'un mois serait valable comme sacrement ; le prêtre qui l'aurait béni aurait fait un acte illégal, il n'aurait pas fait un acte illicite.

Combien de temps fallait-il donc pour constituer en Espagne le propre curé ? Un mois, *saltem unius mensis*. Sur ce point je ne serai pas long, mon adversaire a demandé comme moi des renseignements à l'autorité ecclésiastique, il en a demandé à l'université de Louvain.... Louvain est bien près de Bruxelles où réside le ministre de la justice contre lequel nous plaidons. L'université de Louvain a dû être flattée sans nul doute de l'honneur que lui a fait un ministre.. N'importe, les théologiens de Louvain sont plus consciencieux que complaisants. Je vous supplie, messieurs, de vouloir bien sur cette question de droit canonique, prendre en grande considération cette consultation demandée à Louvain par nos adversaires. Qu'en résulte-t-il ? le voici : C'est que d'après la doctrine, les auteurs et la constitution *paucis abhinc* de Benoît XIV, un fait hors de doute, c'est qu'il suffit d'un mois. Ce n'est pas nous qui le disons ; ce sont ces messieurs de Louvain qui déclarent que cette doctrine est parfaite- ment établie par les constitutions de tous les temps. Voilà le principe, il y a des exceptions. Lesquelles ? Il faut faire une distinction, nous dit-on ; lors- qu'on réside hors de son domicile ordinaire, *recreationis causâ*, pour prendre

_____

(1) *Traité des Dispenses*, t. II, p. 204.

les bains de mer, par exemple, ou *pro rusticanis negotiis*, pour faire ses vendanges, en n'acquiert pas le domicile, car c'est l'intention qu'il faut considérer, et, dans ces deux cas, l'intention d'établir domicile en vue du mariage n'existe pas. C'est à merveille, je suis aussi et parfaitement de cet avis.

Il faut faire une autre distinction que la Faculté de Louvain cherche à établir et sur laquelle j'appelle encore votre attention, parce que c'est le fond même du procès. La Faculté de Louvain, suivant toutes les décisions de la Sacrée Congrégation, arrive à cette conclusion qu'il n'y a rien à dire sur le principe général, sur les documents que renferme la constitution *Paucis abhinc*, mais qu'il ne faut pas prendre le séjour d'un mois abstraction faite des circonstances.

Très bien ! je suis de votre avis, messieurs de Louvain, j'avais soumis moi-même la question à l'illustre archevêque de Reims; j'avais dit: Selon la doctrine, un mois suffit. Mais il ne faut pas prendre cette doctrine-là abstraction faite de toute circonstance. Messieurs de Louvain citent comme ils parlent; moi je demande la permission de citer Cléricati. Que dit-il Cléricati? Il dit: Si des gens venus ici pour se marier, ont, en sortant de l'église, secoué la poussière de leurs souliers et s'en sont allés pour ne plus revenir, il faudra décider que leur mariage est nul. En effet, s'ils sont venus dans une intention de fraude, (c'est conforme à notre ancienne jurisprudence, c'est conforme à la constitution *Paucis abhinc* et aux décisions de la Sacrée Congrégation, qui exigent la volonté de résider dans le domicile d'élection, *cum animo manendi*, s'ils sont venus dans une paroisse pour frauder le propre curé, le mariage sera nul: *Domicilium non acquiritur ullo tempore ab eo qui habet intentionem discedendi*. Je suis d'accord sur ce point avec tous les canonistes et avec l'Université de Louvain, il faut un mois de résidence sérieuse, il ne faut pas une résidence pour la forme, pour frauder le propre curé. C'est l'opinion de Cléricati, c'est ce qu'enseigne Denisart qui rapporte l'annulation d'un mariage célébré à Sedan en fraude du propre curé. Mais voici où commence notre dissentiment: Ces messieurs de Louvain ajoutent que l'intention frauduleuse se présume. Ah! voilà qui me paraît fort; où donc ont-ils vu cela, ces merveilleux théologiens : « il faut une intention frauduleuse, l'intention frauduleuse se présume ? » Non messieurs, non, le fraude ne doit jamais se présumer, pas plus en droit canonique qu'en droit civil ; c'est contraire au droit, à la morale, à la raison. Partant de ce principe erroné les théologiens de Louvain se demandent si Mgr l'archevêque de Bordeaux était le propre curé des parties. Grave question, se répondent-ils; c'est douteux, notre opinion à nous c'est qu'il ne l'était pas; en conséquence nous déclarons le mariage nul. Voilà la conclusion de la docte Faculté de Louvain. Ils disent: la fraude se présume, les époux qui s'en vont immédiatement après le mariage sont censés être venus en fraude, et ils ajoutent:

« Ainsi jusqu'à ce que des décisions explicites, de nouvelles déclarations de la » part du Saint-Siége, viennent nous donner une solution contraire de la question » générale que nous avons traitée, question pas encore entièrement résolue jus- » qu'ici, nous croyons que l'évêque de Z... n'était pas l'ordinaire des parties, ni

» de M. A..., ni de la dame B..., parce que ni l'une ni l'autre n'avait réellement
» l'habitation requise, le domicile ou le quasi-domicile dans le diocèse de Z.... »

La question n'est donc pas encore résolue, c'est vrai, mais on a jugé qu'il
suffisait d'un mois de résidence, on a jugé pour des gens qui s'en allaient au
bout d'un mois, s'ils étaient exempts de fraude, que leur mariage était bon ;
que si au contraire ils étaient venus en fraude, leur mariage était nul. Ainsi,
cette consultation qu'on s'est fait faire à Louvain a conclu au doute ; je m'en
empare, je la tiens pour la meilleure de mon procès. J'en ai d'autres cependant,
j'en ai de décisives, mais elles ont le tort d'avoir été demandées par moi,
en voilà une qui a le mérite d'avoir été demandée à Louvain, ville à côté de
laquelle siège comme ministre de la justice un de nos plus ardents adversaires ; je la trouve excellente par ce motif et je vous la recommande.

La Faculté de Louvain pense que Mgr l'archevêque de Bordeaux n'était pas
l'ordinaire des parties. Qui l'était alors ? Mgr l'archevêque de Paris. Eh bien,
Mgr l'archevêque de Paris a donné son autorisation, car dans les dispenses de
publications qu'il accorde, il dit : Je vous autorise à vous marier ; accordant
ainsi deux choses à la fois. A la vérité, il adresse sa *licentia* au curé de Sainte-
Marie et non à celui de Renteria ; à la vérité le délégué ne peut pas subdéléguer, *delegatus non potest subdelegare*, je le reconnais. Le curé de Sainte-
Marie ne peut donc pas subdéléguer le curé de Renteria, à moins d'avoir
l'assentiment du délégant, l'archevêque de Paris, et celui-ci peut le donner
même par signe, *ad nutum*. Voici à cet égard un passage qui ne laisse aucun
doute ; il est de Mgr Bouvier, l'ancien évêque du Mans ; tout le monde sait
que Mgr Bouvier, qui a été un des principaux auteurs du Concordat, est
un homme d'une grande autorité. Voici ce qu'il dit dans son traité du mariage : *Institutiones theologicæ ad usum seminariorum, Tractatus de matrimonio :*

« Ut scripto, verbis aut aliis signis alioquin percipi non posset. »

Ainsi une délégation expresse qui en règle générale ne peut pas être transmise, peut l'être exceptionnellement avec l'autorisation spéciale de celui qui
l'a donnée. La délégation donnée au curé de Sainte-Marie par l'archevêque
de Paris a donc pu, avec l'assentiment de ce dernier, être transmise par Mgr
l'archevêque de Bordeaux au curé de Renteria. Toute la question, par conséquent, est de savoir si Mgr l'archevêque de Paris a donné son assentiment à
cette transmission. Or, aucun doute ne peut s'élever à cet égard ; nous avons
de lui un écrit dans lequel il atteste qu'il a tout connu, tout approuvé, et qu'il
s'en est rapporté complétement à ce que ferait Mgr l'archevêque de Bordeaux.
De deux choses l'une : ou Mgr l'archevêque de Paris, qui a rédigé en son
conseil la déclaration que je vous ai lue à une précédente audience, a commis une imposture, ou il a donné verbalement, par écrit ou par signe extérieur non douteux une délégation au curé de Sainte-Marie avec son assentiment formel à ce qu'un autre curé pût lui être substitué.

Quant à la résidence nécessaire pour acquérir le domicile conjugal, l'Université de Louvain a raison de dire qu'un mois suffit, mais qu'il ne faut pas

faire abstraction de l'intention, qu'il faut savoir quel est, dans l'intention des parties, leur curé, car le propre curé, c'est celui qui les connaît et qui peut savoir s'il y a empêchement au mariage. Eh bien ! quel est mon propre curé, à moi, qui suis une infidèle, une luthérienne ? Je n'en ai pas, je n'ai pas d'ordinaire, mais je vais me jeter aux pieds de Mgr l'archevêque de Bordeaux, dans le diocèse duquel j'ai résidé, je lui demande s'il ne peut pas me convaincre, me ramener à la foi. Il y parvient : après six semaines d'instruction, j'abjure en son sein, j'entre dans la foi catholique, je prends un pasteur (jusque-là je n'en avais pas) qui devient mon unique pasteur... Est-ce que cela n'est pas de la dernière évidence ? Et puisqu'il s'agit ici d'une question d'intention, est-ce que ma bonne foi n'est pas certaine ? Je cherche mon pasteur : Est-ce que mon pasteur n'est pas celui qui est à la tête du troupeau au milieu duquel je me suis placée ? On dit que ce sont là des phrases, de la rhétorique. Non, non ; c'est de la logique, c'est de la raison. De pasteur, de propre curé, je n'en ai qu'un au monde, celui dans les mains duquel j'ai abjuré l'erreur.

Et puis vient une raison de droit qui coupe court à toute difficulté : je veux parler des dispenses qui m'ont été données. Ah ! vous dites que Mgr l'archevêque de Bordeaux, qui est mon unique pasteur, n'est pas mon pasteur ; vous dites que j'ai à Paris un autre pasteur, je ne l'ai jamais vu ; n'importe, je veux tout cela. Je m'adresse à Mgr l'archevêque de Paris, et Mgr l'archevêque de Paris m'accorde des dispenses de bans ; plus que cela, il m'autorise à procéder au mariage. Qu'avez vous à objecter à cela ?

J'ai examiné si le mariage dont il s'agit a été conforme à l'article 170 du code Napoléon et au droit canon, et je crois l'avoir fait de façon à ne laisser aucun doute dans vos esprits ; il me reste à rechercher s'il a été conforme au droit public et à l'intention des parties contractantes.

Notre droit public, c'est le Concordat. Le Concordat et le Code pénal défendent de célébrer le mariage religieux avant le mariage civil. Les deux mariages ne peuvent pas être célébrés en même temps et par le même officier. Cette interdiction existe, assure-t-on, aussi bien pour les mariages contractés à l'étranger que pour les unions célébrées en France ; d'où il résulterait que l'article 170, qui dit que les Français pourront se marier à l'étranger, suivant les formes du pays, renfermerait implicitement cette restriction : excepté en Italie, en Espagne, en Portugal, ou pour tout dire, dans la moitié de l'Europe, parce que dans ces pays-là le mariage est fait par le prêtre, qui est tout à la fois le ministre du sacrement et du contrat. Nos adversaires, si fertiles en subtilités, voudraient-ils nous imposer cette singulière restriction ? Ce n'est Pas tout, le code Napoléon exige pour le mariage un domicile de six mois ; mais il autorise les mariages en Écosse, où une heure de résidence suffit ; en Angleterre, où quinze jours suffisent ; en Autriche, où le domicile légal est acquis au bout de six semaines. Est-ce que c'est là une contradiction du code ? pas le moins du monde. Je lui obéis quand je me marie en France au bout de six mois, en Écosse, en y résidant juste le temps nécessaire pour recevoir la bénédiction du forgeron, à Londres au bout de quinze jours, j'agis conformément à la loi de mon pays, je ne la viole pas. Le code Napoléon veut que l'acte de mariage soit inscrit sur les registres de l'état civil. Je suis en Orient, en Amérique, où il n'y a ni acte de mariage ni registres, je me marie,

est-ce que je suis en insurrection contre les lois de mon pays? Pas du tout,
car cette loi me dit : Tu peux te marier où tu voudras, tu observeras non pas
les lois de la France, mais les lois du pays où tu te trouveras : la loi du pays
où je me trouve, voilà mon code. Lors donc que je vais me marier en Espagne
ou en Portugal, et que je prends pour célébrer mon mariage celui qui est
tout à la fois le ministre du sacrement et l'officier civil, je me marie conformément aux lois de mon pays, qui encore une fois me crie : Tu te marieras
en suivant les lois du pays où tu seras. Ce que je ne pourrais pas faire en
France, je le ferai valablement à l'étranger, et vraiment c'est la plus étrange
des confusions que de venir dire que j'ai méconnu les lois de mon pays et
violé l'article 170 quand, me trouvant en Espagne, je me suis présenté devant
le seul homme compétent, devant le prêtre, qui est tout à la fois le ministre
du sacrement et l'officier de l'état civil.

Mais, dit-on, la France est sur un volcan, tout sera bouleversé le jour où
l'on pourra contracter un mariage religieux au lieu d'un mariage civil. Vraiment c'est chose curieuse de voir ces Luxembourgeois effrayés des périls que
la France va courir. Pour moi je n'en reviens pas. — Mais Portalis l'a dit;
lisez donc la circulaire de Portalis. — Que dit-il donc Portalis? Le voici :
« Il y a des gens qui sont sur la frontière de l'Alsace et qui vont se marier en
Allemagne pour échapper à la loi française; des gens auxquels l'officier de
l'état civil avait dit : Je ne peux pas vous marier. — Vous ne pouvez pas me
marier? eh bien, je vais me marier ailleurs; et ils allaient en effet se marier
ailleurs, en fraude de la loi de leur pays. » Portalis avait raison de se plaindre
de cet abus : mais est-ce qu'il y a fraude dans notre espèce? Comment, vous
voilà épouvantés! mais le forgeron de Gretna-Green ne vous épouvante pas;
mais les ministres d'Angleterre ne vous épouvantent pas; mais mon honorable
adversaire, dont vous admirez le talent et la conviction, a plaidé à Bordeaux
et fait valider une de ces unions écossaises, et n'a pas eu peur que la ville de
Bordeaux s'écroulât. (M° Dufaure fait un signe de dénégation.) Oh! je comprends que tous les jours des succès nouveaux fassent oublier à mon confrère
ses succès anciens; mais il a fait valider un mariage de Gretna-Green, et je
lui demande s'il a eu peur, je lui demande si la France a été en péril. Non, la
France n'a couru aucun péril. Je comprendrais le danger s'il y avait fraude;
mais est-ce qu'il y a fraude ici? est-ce qu'il n'est pas évident que M. Pescatore est allé en Espagne, reculant devant le scandale et non pour violer les lois
de son pays? Je comprends que si M. Pescatore avait dit : Je suis catholique
ultramontain, je n'admets pas les principes du Concordat, je n'admets pas les
mariages passés devant l'officier civil, je n'admets que ceux qui sont passés
devant le prêtre, par conséquent je veux frauder la loi de mon pays, je veux
aller à l'étranger pour me faire marier par un prêtre; je comprends que mon
adversaire pourrait me dire qu'il y a danger; mais quand tout s'est fait sincèrement, loyalement, n'ai-je pas le droit de m'étonner et de traiter de puériles
de pareilles inquiétudes?

Après m'être expliqué sur le danger que courait la patrie, danger que je ne
vois pas, que personne ne voit, pas même nos adversaires, mais qu'il est habile de leur part de signaler dans l'intérêt de leur cause, pour faire croire que
tout est perdu s'ils succombent, j'arrive à la vraie question du procès, à celle

de savoir quelle a été l'intention des parties contractantes, lorsque, en 1851, elles sont allées à Renteria.

Leur intention ! elle n'est pas douteuse : elles voulaient se marier. Mais quel mariage voulaient-elles faire ? Comment, quel mariage ! est-ce que par hasard il y a deux manières de se marier ? Voyons, je ne veux pas éluder la question, elle vaut la peine d'être discutée. Deux personnes ayant fait un mariage dont la forme extérieure est valable peuvent-elles venir dire : Ah ! mon Dieu ! j'ai cru que ce mariage était nul, et je vais vous prouver que mon intention n'était réellement pas de faire un mariage valable. Je suis allé en Belgique, parce que j'avais l'intention de faire un mariage belge et non un mariage français, sans cela je me serais marié en France, et en conséquence je demande à établir que mon intention était de contracter un mariage valable en Belgique, nul en France. Ainsi voilà que M. Pescatore, qui viendrait, s'il vivait encore et qui dirait : J'ai été à Renteria, où j'ai contracté un mariage devant l'homme qui est tout à la fois et le dispensateur du sacrement et l'officier de l'état civil ; je le savais à merveille, mais je n'ai entendu contracter qu'un mariage religieux, et je demande à le prouver. C'est toute notre affaire.

Comprenez-vous, messieurs, qu'on veuille rechercher l'intention d'un homme qui s'est marié valablement devant l'officier préposé suivant la loi du pays, et que l'on dise : il faut examiner quelle a été son intention, descendre au fond de son cœur, scruter les replis de sa conscience, peut-être y découvrira-t-on une pensée en opposition avec l'acte qu'il a passé ?

Eh bien ! soit, examinons ce qu'a voulu M. Pescatore. Ce qu'il a voulu, dit mon adversaire, le voici : il a voulu faire un mariage religieux qui ne serait pas un mariage civil, il a voulu faire un mariage qui serait un apaisement pour sa conscience, mais qui serait nul aux yeux de la loi civile, et qui ne pourrait entraîner aucun effet civil... Ah ! très bien ! C'est là ce qu'il a voulu ! Connaissez-vous, messieurs, des gens qui se soient jamais mariés de cette sorte ? En avez-vous rencontré ? Y en a-t-il dans le monde ? Pour moi, je le déclare, durant ma longue pratique des hommes et des affaires, qui remonte, hélas ! à trente-sept ans, jamais je n'ai vu de mariage religieux, qui ne fût en même temps un mariage civil. Mon honorable adversaire en aurait-il rencontré ? Pourrait-il m'en citer un seul ? Il se peut qu'il en existe, mais c'est bien extraordinaire ; si ce n'est pas sans exemple, c'est au moins quelque chose de bien étrange. Tenez, messieurs, quand il vient à un homme quel qu'il soit, fantaisie de couper son mariage en deux, et de dire : Je suis marié jusqu'ici, au delà je ne le suis pas, je suis marié à droite, je ne le suis pas à gauche, il faut que cet homme me le prouve, sans cela, je ne le crois pas, car je ne crois pas à l'absurde.

Et elle, madame Pescatore, pourquoi a-t-elle fait ce mariage ? Est-ce pour apaiser sa conscience et n'avoir rien, rien, pas même un mari aux yeux du monde ? Oui, elle l'a fait pour dormir en paix devant Dieu ; des hommes, elle n'a rien voulu avoir, ni argent, ni estime, ni droit d'aucune sorte, car elle restait concubine, elle n'avait pas d'état civil, M. Pescatore pouvait de la chasser, et les héritiers à plus forte raison, car elle n'avait aucun droit de femme légitime, et, en fait d'argent, elle n'obtenait rien. Elle se mariait d'un mariage nul, qui pouvait dès le lendemain tomber au souffle de la passion, qui pouvait tomber au premier mot, qui, pouvant exister devant Dieu, n'existait pas dans le monde. Voilà le mariage qu'elle a fait, qu'elle a voulu faire, qu'elle a entendu faire, car on prétend qu'elle l'a voulu ainsi. En ce cas, honneur à elle! Mais il faut l'admirer, et non l'insulter.

Est-ce que les adversaires n'ont pas compris que, si, en effet, elle s'était jetée dans un calcul pareil, que si la conscience bourrelée, torturée par le remords, elle s'était dit : Ma vie est coupable, je veux sortir de cet état, mais je ne veux donner qu'un apaisement à ma conscience. je ne veux pas de droits civils, je ne veux pas d'argent, je ne veux rien, si ce n'est le nom de Pescatore qu'un caprice m'offre aujourd'hui, qu'un caprice peut m'enlever demain, est-ce que les adversaires n'ont pas compris que si elle avait tenu un pareil langage, elle serait un modèle de désintéressement et d'abnégation, qu'il faudrait lui tresser des couronnes et proclamer que le jour où elle a fait cette folie pour racheter son âme, ce semblant de mariage, sachant qu'elle n'aurait pas plus après qu'avant, elle se serait conduite avec un héroïsme devant lequel il faudrait tomber à genoux? Voilà pourtant ce qu'elle aurait fait, voilà ce qu'on plaide, et par une inconséquence qui a dû vous frapper, on insulte, on outrage celle qu'on montre si admirable.

Et lui, pourquoi s'est-il marié? On ne le sait pas bien. Elle, c'était pour apaiser sa conscience. Lui…, c'était pour ne rien lui donner. Comprenez-vous cela, messieurs, comprenez-vous un homme qui a vécu quatorze ans avec une femme, toujours plein d'affection, de dévouement, de reconnaissance pour elle, qui veut lui rendre un témoignage public de ses sentiments, et qui ne lui donne rien, rien qu'un titre éphémère et une situation anormale? Est-ce que vous croyez que cela est possible?

Mais pourquoi ne veut-il rien lui donner? Ah! c'est qu'il veut tout donner à ses neveux, il a manifesté l'intention de leur tout donner. Où avez-vous vu cela, je vous prie? Où? Ce sont là des paroles graves, importantes au procès, il faut que vous ayez trouvé cela quelque part. Il veut tout donner à ses neveux qu'il affectionne, et dont il est affectionné sans doute. Oui, oui, nous connaissons le degré d'affection de Pierre Pescatore, et nous allons l'apprécier encore. D'abord, s'il voulait leur tout donner, il n'avait qu'à faire un contrat, il ne l'a pas fait, et puis l'allégation n'est pas vraie, elle ne repose sur rien, et l'union de cette famille dont on a tant fait l'éloge, elle est encore une invention des adversaires ; c'était une famille parfaitement divisée. Est-ce que par hasard on me contestera le droit de le dire? Est-ce qu'au nom des collatéraux on pourrait plaider que madame Pescatore, qu'ils ont si longtemps couverte d'estime et de respect, n'était qu'une concubine, une misérable femme de ménage qu'on avait le droit de chasser, tandis qu'il ne me serait pas permis à moi de pénétrer dans l'intérieur de cette famille et de dire ce qu'elle est? Est-ce que toutes les licences seraient de votre côté? Est-ce que moi, pour me défendre, je n'aurais pas la même liberté que vous pour attaquer? Fi donc! c'est un rôle qu'un cœur loyal et généreux ne saurait accepter, j'ai le droit de me défendre, et je me défendrai.

Je dis donc que les membres de la famille étaient désunis, et que M. Pescatore n'accordait pas son affection à tous. Il y avait des exceptions dans son

cœur, il les a mises dans son testament, il a fait la part de chacun; il a
dit : ceux-ci auront telle chose, ceux-là telle autre. — Et les autres? — Oh!
les autres, ils ne valent pas l'honneur d'être nommés, ils auront ce qui restera
de sa succession.

Il y a de cette désunion une preuve que j'ai déjà donnée à votre dernière
audience; il y a des lettres que les adversaires ont jetées dans le débat, les
lettres de Pierre Pescatore, dont on a invoqué pieusement l'autorité. Eh bien,
voulez-vous savoir quels étaient dans cette famille les sentiments de piété?
Pierre Pescatore avait été comblé des bontés de son oncle, il avait été appelé
à vivre dans sa maison, il avait été associé à ses affaires, à sa fortune. M. Pescatore parle de lui dans son testament, il donne aux héritiers de ce neveu un
dernier signe d'affection, un dernier souvenir. Or, savez-vous comment ce
Pierre Pescatore parlait de son oncle :

> « Je l'aime bien aussi, mais je ne me fais aucune illusion sur le compte de la
> » W...., qui se faisait intéressante, malade, presque mourante au début ; elle se
> » porte comme l'an quarante, et elle enterrera l'oncle comme son légitime époux
> » par-devant M. le maire et l'église.
> » Si je me retire, je voudrais continuer à travailler pour mon compte, et natu-
> » rellement j'exploiterais les affaires de Hollande et d'Italie, ne laissant à mon oncle
> » que ce qu'il y a de plus précaire. »

Mon adversaire a pour ce jeune homme une pieuse admiration, il prend
parti pour lui, il s'échauffe pour lui, il ne veut pas qu'on y touche, il veut bien
jeter ses lettres dans le débat, il les trouve bonnes quand ce jeune homme insulte madame Weber, mais il ne veut pas que je les prenne lorsqu'elles insultent son oncle, son bienfaiteur. Voilà pourtant les sentiments de cette famille
aux sources pures de laquelle M. Pescatore allait se retremper. Si mon adversaire a de l'admiration pour des gens de cette espèce, et il le prouve par le
respect avec lequel il en parle, je n'en suis pas jaloux. Si un neveu comme
celui-là m'était donné, si j'avais été trompé par son hypocrisie, et puis qu'un
jour le fond de son cœur me fût révélé par l'impudence de son langage, je
déclare bien que jamais de la vie il n'aurait un sou de ma succession.

Ce n'est pas tout, vous savez comme il annonce son mariage ; je ne veux pas,
dit-il, recevoir des compliments qui ne seraient pas sincères de la part de tous.
Il est brouillé avec München qui lui écrit :

> « L'oncle Antoine vient de nous annoncer votre mariage avec madame Weber,
> » et quoique je sache fort bien que mon approbation vous est indifférente, je ne
> » puis cependant pas, à cause des circonstances particulières dans lesquelles nous
> » nous trouvons, m'empêcher de vous les exprimer. »

Il est brouillé avec Ferdinand, il est brouillé avec Guillaume, mais il a un
neveu qu'il aime, M. Nothomb, le ministre de la justice de Belgique. Dans
toute la correspondance échangée pendant trente années, l'adversaire a trouvé
une lettre (c'est sur ce document peut-être qu'il s'est appuyé pour vanter
l'union de la famille) ; M. Pescatore répondant à M. Nothomb qui lui avait
écrit dans les termes les plus respectueux, les plus humbles, les plus con-

voitants, lui disait : « Ah ! vous me demandez 10,000 francs à emprunter, je
veux bien vous les prêter, mais il me faut des sûretés ; vous me les rendrez,
ou vous les rendrez à ma succession après ma mort. »

Voilà la traduction un peu libre que je fais de cette lettre-là : voilà les
preuves de ce que vous a dit mon adversaire qu'il y avait une tendre union
entre Jean-Pierre Pescatore et tous les siens, et que Jean-Pierre Pescatore
allait se retremper aux sources pures de la famille. Non ; c'était une famille divisée dont M. Pescatore aimait quelques membres, qu'il a avantagés dans son
testament ; dont il n'aimait pas, ne pouvait pas aimer les autres.

Et elle, a-t-il fait aussi sa part? Il était plein de reconnaissance pour elle,
il vantait son dévouement, son désintéressement. Eh bien, il se marie, il veut
faire un mariage nul, qui ne produise aucun effet civil. Il veut que toute sa
fortune aille à ses neveux qu'il aime comme vous savez, mais que rien n'aille
à sa femme dont il vante les qualités et les sentiments. Je dis que si vous voulez faire passer des choses aussi invraisemblables, aussi choquantes, ce n'est
pas assez, aussi absurdes, votre affirmation ne suffit pas, il faut les établir par
des preuves irrécusables, par des indices certains, *indiciis certis et luce cla-
rioribus.* Voyons donc ces indices :

Oui, oui, il y a des preuves, il y en a une notamment qui est certaine,
péremptoire, c'est la lettre de Mgr l'archevêque de Bordeaux à M. le Procureur impérial. Vous savez comment elle a été annoncée par la parole éloquente
et vive du ministère public. Avant de la lire, il disait que c'était un document
décisif, et après l'avoir lue, c'était la question tranchée, c'était la démonstration
que M. et madame Pescatore avaient voulu faire un mariage purement religieux. De quelle lumière cette lettre a-t-elle éclairé l'affaire? Les journaux en
ont souligné des passages qui n'étaient pas soulignés dans l'original ; les journaux ont répété à l'envi que cette lecture avait fait sensation. Ils doivent
être un peu honteux aujourd'hui ceux qui ont participé à cette sensation !
Pourquoi? le voici : quels étaient le but, le sens et la portée de la lettre? Permettez-moi de vous dire que personne ne peut mieux vous l'expliquer que
moi. Je sais à merveille dans quelle intention elle a été écrite. Il y avait un
grand mouvement dans l'opinion. On accusait le clergé de vouloir reconquérir
l'état civil au moyen de ce procès. On disait que c'était un symptôme, qu'il
était évident que le clergé intervenait dans ce but, et que si on le laissait faire,
il allait confisquer l'État et la société ; le public, cette infaillible voix de Dieu,
répétait comme toujours ce qu'il avait entendu dire à nos adversaires ou ce
qu'il avait lu dans leurs consultations. Il s'opérait donc un grand mouvement
dans l'opinion publique. Là-dessus nous avons pensé que Mgr l'archevêque de
Bordeaux ferait très bien, s'il était étranger à ce mouvement, si ce n'était pas
son intention de servir des tendances comme celles-là, si ce n'était pas dans ce
but qu'il avait conseillé le mariage de Renteria ; nous avons pensé, dis-je, qu'il
ferait très bien dans l'intérêt du clergé et aussi dans l'intérêt de notre affaire,
de protester et de dire : Je n'ai jamais voulu faire rien de pareil, je n'ai jamais
rien voulu faire contre la constitution de mon pays, je n'ai jamais, ni directement ni indirectement, voulu y manquer. Nous avons demandé à Mgr, s'il ne
pourrait pas nous écrire dans ce sens, et alors Mgr a pris le passage souligné,
la phrase finale qui vient de moi. Je croyais, j'avais cru jusqu'ici avec modestie

savoir un peu écrire, savoir rendre ma pensée, exprimer dans une lettre ce
que je voulais dire, et j'ai appris ceci que quand je voulais éclairer une affaire
d'une lumière meilleure, je faisais que l'affaire était perdue. Voyons cependant
s'il est permis, s'il est possible de s'y tromper, et de tirer une pareille conséquence de cette lettre adressée au Procureur impérial par Mgr l'archevêque
de Bordeaux :

> » Bordeaux, le 17 juillet 1856.

> » Monsieur le procureur impérial,

> » Je vois dans les feuilles publiques que la 1re chambre est occupée dans ce mo-
> » ment d'une question de validité de mariage dans l'affaire Pescatore. Je ne vou-
> » drais à aucun prix intervenir dans un débat qui, soumis à l'appréciation du
> » tribunal, ne peut que recevoir une solution conforme à la justice et à la vérité.
> » Je ne puis toutefois m'empêcher de protester devant vous, non pas contre le rôle
> » qu'on voudrait me faire jouer dans ce procès (car on s'est montré juste et con-
> » venable à tous égards envers moi), mais contre les insinuations qui iraient à
> » prêter au clergé en général certaines tendances qu'aucun de ses actes ne permet
> » de lui attribuer. »

Ainsi vous protestez contre les intentions qu'on attribue au clergé : Très
bien, Monseigneur. Vous protestez contre ces tendances qui n'iraient pas à
moins qu'à déchirer le pacte fait entre l'Église et l'État au commencement
de ce siècle : Très bien, Monseigneur, très bien ! Mais voici la phrase sou-
lignée :

> « Nous avons trop le sentiment du respect que nous devons aux institutions de
> » notre pays, et nous avons trop l'habitude de nous y conformer, pour avoir *jamais*
> » *conseillé ou fait conseiller quelque chose qui aurait eu pour résultat d'y porter*
> » *une atteinte directe ou indirecte.*

> » Je vous prie, monsieur le procureur impérial, de vouloir bien être l'interprète
> » de ces sentiments auprès du tribunal, et en même temps d'agréer l'assurance de
> » ma haute considération.

> » FERDINAND, cardinal DONNET,
> » archevêque de Bordeaux, sénateur. »

Ce n'est pas tout simple cela ; l'expression des ces sentiments a fait une sensation profonde. On trouve que la question est tranchée, que mon affaire est
perdue, parce que Mgr m'écrit que le clergé n'a pas ces intentions-là... Oui,
oui, parce que le clergé n'a pas l'intention de confisquer l'État, mon affaire est
une affaire perdue (Sourires). Mgr l'archevêque de Bordeaux écrit qu'il ne
veut porter atteinte ni directement ni indirectement aux institutions du pays,
c'en est fait, mon affaire est perdue. Mgr l'archevêque de Bordeaux déclare
qu'il a conseillé tout à la fois le mariage religieux et le mariage civil, que s'il
n'avait pas conseillé le mariage civil, il aurait porté atteinte aux institutions de
son pays. Vous trouvez cela mauvais, détestable ; vous voyez là un péril qui
ébranle l'État jusque dans ses fondements. C'est votre opinion, ce n'est pas la
mienne ni la sienne, et la mienne et la sienne sont la meilleure, je le dis avec
assurance.

Que s'est-il donc passé au fond ? La chose du monde la plus simple. Il y avait là deux personnes qui voulaient après quatorze ans mettre fin à une liaison irrégulière ; mais elles désiraient que la cérémonie ne fût pas publiée, elles ne voulaient pas se faire montrer au doigt ; Mgr l'archevêque de Bordeaux respecte cette susceptibilité, il leur dit pour faciliter le mariage : Allez en Espagne, vous trouverez là un homme, qui, conformément à la loi du pays, et conformément à l'article 170 du Code Napoléon, vous mariera, car il sera tout à la fois le ministre du sacrement et l'officier de l'acte civil que vous voulez faire dresser ; allez en Espagne et vous en reviendrez mariés, suivant la loi espagnole et la loi française. En vous donnant ce conseil, je respecte la loi de mon pays, je respecte l'article 170 du Code Napoléon qui dit que vous avez le droit de vous marier en Espagne, pourvu que vous observiez la loi espagnole, je respecte, en un mot, le droit public et le droit privé.

Ah ! si Mgr l'archevêque de Bordeaux, faisant aux parties une situation anormale et bizarre, leur avait dit : Vous pouvez distinguer entre le lien civil et le lien religieux, vous pouvez être mariés devant Dieu et non devant les hommes, suivant le concile de Trente, et non pas suivant le code Napoléon ; vous pouvez donner cet exemple, cette méthode inconnue, et élever ainsi autel contre autel, je comprendrais vos critiques et vos colères, je comprendrais que vous vinssiez dire : Mais, monseigneur, c'est précisément pour empêcher cet antagonisme qu'on interdit au prêtre de faire le mariage religieux avant le mariage civil, et que la loi déclare nuls les mariages de cette nature, car ils trompent les familles et endorment les consciences. Les prescriptions si sévères de notre droit public ont été faites pour cela. Évidemment si Mgr l'archevêque de Bordeaux avait donné un tel conseil, il aurait fait une chose mauvaise, il aurait introduit dans le mariage une nouveauté inouïe, scandaleuse, car, je le répète, il aurait élevé autel contre autel. Il ne l'a pas fait, et c'est pour le déclarer qu'il nous a écrit la lettre que nous lui avons demandée. Il l'a écrite, non pas dans notre intérêt, mais dans l'intérêt du clergé, dans l'intérêt de sa propre défense, de sa propre dignité. Il l'a écrite en pleine liberté pour faire triompher la vérité, trop obscurcie dans ces débats.

Il y avait autrefois un grand magistrat qui disait : Donnez-moi quatre lignes de l'écriture d'un homme et je suis sûr de le faire pendre. Je trouvais que c'était une grande exagération, je ne le trouve plus ; certaines gens ont une telle habitude de torturer les mots qu'ils leur font dire précisément le contraire de qu'ils expriment. Mon Dieu ! si c'était un malheureux qui eût écrit cette lettre, qu'il fût accusé et qu'il n'eût aucun moyen de prouver dans quelle intention il l'a écrite, il succomberait, il périrait !

Mais, dit-on, à côté de la lettre de Mgr l'archevêque de Bordeaux au procureur impérial, il y en a une autre, celle qu'il a écrite à Mgr l'évêque de Pampelune, et dans laquelle il dit : « Monseigneur, je vous adresse des gens qui ne veulent contracter qu'un mariage religieux. » Où est-elle cette lettre ? on dit qu'elle existe : il faut des preuves. Je ne suppose pas qu'il y ait dans le monde des parties dans une situation telle qu'il faille les croire sur parole ; il n'y a personne dans ce cas, pas même un ministre de la justice.

Cependant nos adversaires prétendent qu'il y a une lettre dans laquelle Mgr l'archevêque de Bordeaux déclare que les parties allaient contracter en Espagne un mariage purement religieux. Encore une fois, où est-elle cette lettre? Il n'y en a pas. — Qui est-ce qui dit cela? — Moi. — Qui, vous? — Moi, la partie adverse. — Je dis que je l'ai vue. — Vous ne l'avez pas? — Non, mais je l'ai vue, cela suffit ; je m'appelle un tel, cela suffit. — C'est superbe, mais cela ne vaut rien, cela ne prouve rien. Chose inconcevable! on veut que je prouve la non-existence de la lettre. — Oui, prouvez la non-existence de la lettre ou niez-la ; donnez-nous un démenti formel. — Que je nie? mais comment voulez-vous que je nie? Vous me prenez donc pour un enfant; vous me supposez bien léger, bien téméraire. Que voulez-vous que je nie? un fait qui m'est étranger, que je ne connais pas, que je ne suis pas à même de vérifier, dont je n'ai pas la moindre connaissance! Vous voulez que je nie une lettre que je n'ai pas vue! mais le jour où je la nierais on dirait que je suis un téméraire, on me dirait que je connais la lettre, que sans cela je ne la nierais pas. Il est possible que Mgr l'archevêque de Bordeaux ait écrit de faire un mariage religieux, parce que c'est la forme en Espagne, mais je dis qu'il est impossible qu'il ait écrit que les parties n'entendaient faire qu'un mariage religieux.

Eh bien, maintenant je la nie positivement cette lettre, je donne un démenti formel à l'homme, quel qu'il soit, qui déclare qu'il est sûr de ce qu'il dit, qu'il a tenu et lu la lettre. Je lui donne un démenti formel que je n'avais pu lui donner auparavant, mais je puis nier aujourd'hui ce que je ne pouvais pas nier hier. Pourquoi? parceque Mgr l'archevêque de Bordeaux, qui veut la conciliation, qui la veut à tout prix, a écrit une autre lettre, adressée à nos adversaires, qu'il nous a envoyée tout ouverte, avec faculté, si nous ne pouvons pas nous arranger, de l'envoyer à son adresse ou de la garder. Elle nous est arrivée entre les conclusions du ministère public et le jugement de partage. Nous l'avons gardée. Nous ne voulions pas transiger ; ce n'est pas sous le coup d'un blâme partant de si haut qu'il est permis de transiger sans se déshonorer. Toute transaction était devenue impossible. Vous avez rendu un jugement de partage, et alors nous avons jugé convenable d'envoyer cette lettre à son adresse. Je le répète, cela nous était facultatif, c'était laissé à notre libre arbitre; nous étions, comme je l'ai dit, les maîtres de l'envoyer ou de la déchirer, nous l'avons envoyée. La voici :

« Vous savez que j'ai toujours été pour les voies de conciliation entre madame
» Pescatore et les membres de la famille du défunt. C'est dans ce sens que j'écrivais
» encore rue Saint-Georges, avant d'avoir lu le réquisitoire du ministère public.
» Il me revient que, si madame est condamnée, elle en appellera. Je crois donc
» qu'il y a encore avantage pour tous à un accommodement. Madame Pescatore
» m'a toujours paru convaincue que son mariage fait, selon toutes les règles du
» pays où il avait eu lieu, devait entraîner tous les effets d'une union contractée de
» la meilleure foi du monde.
» Je viens donc, en mon privé nom, et dans ce que je crois de l'intérêt de tous,
» demander par votre intermédiaire aux membres de la famille s'ils veulent accepter
» une médiation pour qu'on revienne aux propositions faites par les conseils de
» madame Pescatore en février.
» Si, comme d'après ce que j'ai lu, il ne m'est possible de penser que M. Pesca-
» tore ait cru aux effets civils du mariage contracté à Renteria, je puis affirmer qu'il

» en est autrement de sa femme, qui n'a jamais douté qu'elle n'entrât en commu-
» nauté avec lui.   » FERDINAND. »

Voilà ce qu'écrivait Mgr l'archevêque de Bordeaux. On veut bien le croire
quand il écrit dans un sens qu'on juge nous être défavorable, on ne voudra
pas le croire peut-être quand il nous écrit dans un sens favorable. Cette dernière lettre de Mgr l'archevêque de Bordeaux dément formellement qu'il ait
écrit cette autre prétendue lettre portant que M. et madame Pescatore ne
voulaient faire qu'un mariage religieux. Il en résulte que madame Pescatore
a toujours parfaitement cru contracter un mariage religieux et civil devant
produire les effets civils. Quant à M. Pescatore, Mgr Donnet est moins
affirmatif : d'*après ce qu'il a lu*, il ne lui est pas possible de penser que
M. Pescatore ait cru aux effets civils du mariage contracté à Renteria. Pourquoi? Est-ce que par hasard M. Pescatore a dit : Je veux bien faire un
mariage religieux, mais non pas un mariage civil? Non, pas le moins du
monde, car Mgr l'archevêque de Bordeaux lui aurait répondu qu'il ne pouvait pas se prêter à un pareil mariage. Il est évident que Mgr l'archevêque de
Bordeaux prend les impressions de ses lectures d'hier pour ses souvenirs de
1851, qu'il parle, d'après ce qu'il a lu, d'après ce qu'ont plaidé les adversaires.
A l'égard de madame Pescatore, il n'hésite pas, il affirme qu'elle a entendu
faire un mariage civil, qu'elle n'a jamais cru ne pas entrer en communauté
avec son mari. Mgr l'archevêque de Bordeaux, évidemment, a donné trop
d'importance à ce qu'il a lu. Aussi n'affirme-t-il rien relativement à M. Pescatore ; il croit, il lui semble et s'il ne lui paraît pas possible de douter, c'est
d'*après ce qu'il a lu*.

Sortons de ce doute. Qu'a voulu M. Pescatore, et c'est par là que je termine.
Qu'a-t-il voulu? nous voulons le savoir. Comment le savoir! il faut le lui
demander. Est-il là pour répondre? Oui, il est là pour répondre. Ce qu'il a
voulu je vais vous le dire. Il y a des documents non pas de dix ans, non pas
de deux ans après le mariage, il y a des documents du jour même du mariage,
dans lesquels il explique le mobile auquel il a obéi en se mariant, les motifs qui
l'ont déterminé. Prenons donc ces documents: puisque nous voulons connaître
son intention, à qui mieux s'en rapporter qu'à lui ?

Eh bien, nous produisons une correspondance contemporaine du mariage.
J'entends une voix ici qui dit : La correspondance contemporaine du mariage !
je la tiens pour indifférente...

M° DUFAURE. — Je ne vous ai pas dit cela !

M° CHAIX D'EST ANGE. — Ce n'est pas vous... La correspondance je la
tiens pour indifférente. A votre aise ! moi j'y attache une importance considérable, décisive. En effet, M. Pescatore qui n'avait pas intérêt à tromper
ceux qui réclament aujourd'hui sa succession et qui la convoitaient alors,
leur aurait dit : Tranquillisez-vous, je ne veux qu'un mariage religieux. Loin
de là, il leur annonce qu'il fait tout à la fois un mariage religieux et civil. Est-
il possible qu'il n'ait pas eu l'intention de le faire ? Je fais allusion à la lettre
qu'il a écrite le 28 octobre 1851 à madame Dutreux, sa nièce préférée, à
laquelle il doit donner le château de la Celle-Saint-Cloud, à laquelle il a dit,
quelques heures avant sa mort, en plaçant dans sa main la main de madame

Pescatore : Je te la confie, tu m'en rendras compte. Il lui écrit le 28 octobre pour lui annoncer ce mariage, qui sera célébré dix jours après; sa pensée est tout entière dans cette lettre. Voyons-la donc. Elle n'est pas produite; je veux qu'on la produise ; on ne l'a pas. Comment vous ne l'avez pas! comment! vous qui avez minutieusement gardé toutes les lettres de 1851, même celles que Pierre Pescatore écrivait à sa mère et dans lesquelles il traitait madame Weber et son oncle de la façon qu'on sait , vous avez conservé un monceau de lettres insignifiantes, et vous n'avez pas conservé celle qui est décisive, capitale, où votre oncle vous fait connaître sa résolution, à vous la première, dans laquelle il vous dit : Ma chère nièce, objet de ma prédilection, c'est à toi la première que j'annonce le parti que j'ai pris ! Cette lettre, vous ne l'avez pas! vous l'avez jetée au feu ! vous l'avez, mais vous la cachez, parce qu'elle est contre vous, parce qu'elle vous serait fatale, parce qu'elle serait décisive pour vous faire perdre votre procès. — Mais nous en produisons une copie, dites-vous. — Une copie! Est-ce que vous nous croyez assez..... débonnaires pour ajouter foi à ces roueries de plaideurs? Comment! on vous a écrit une lettre importante, capitale, vous l'avez trouvée si importante, si capitale que vous en avez fait faire une copie, et vous auriez brûlé l'original ! Et vous espérez nous le faire croire! et vous nous croyez assez jeunes, assez innocents pour le croire ! Je vous dis que vous avez la lettre ; je dis que la copie que vous produisez est une copie supposée d'une lettre vraie mais falsifiée ; je dis que c'est là une des manœuvres les plus coupables, les plus scandaleuses que je vous ai vu commettre à vous qui dans ce procès avez commis tant de choses. Je le dis avec une conviction profonde, car voilà la copie que vous produisez; elle est tronquée, c'est un lambeau, et la lettre véritable, vous la cachez parce qu'il y a quelque chose qui vous tue. Et puis vous nous opposez ce passage :

« Monseigneur l'archevêque aplanit et prépare les voies à un mariage reli-
» gieux. »

Il y a ensuite celui-ci :

« Si mon épouse devant l'Église.... (là-dessus vous vous écriez : C'est décisif
» cela, il n'y a qu'un mariage religieux). Si mon épouse devant l'Église, et par un
» lien indissoluble, n'en porte pas le nom, par des circonstances et des motifs par-
» ticuliers, elle n'est pas moins digne de le porter. »

Voilà la copie, voilà les choses fausses entées sur la lettre vraie dont ils n'osent pas produire l'original, dont ils produisent une copie falsifiée. Eh bien, M. Pescatore n'a pas écrit cela, il n'a pas écrit qu'il allait faire un mariage religieux, que madame Weber serait son épouse devant l'Église; M. Pescatore n'a pas écrit : « Si elle ne porte pas mon nom, des motifs supérieurs s'y opposent » ; il n'a pas écrit cela, car le nom elle le portait.

Mais il existe une autre lettre moins fatale pour les adversaires, ils le croient du moins. Je vous demande la permission de vous en donner lecture et de vous montrer qu'elle est décisive aussi. Nous voulons savoir ce que voulait faire M. Pescatore lorsqu'il est allé à Renteria, s'il voulait y faire un mariage valable ou nul. Écoutons-le :

« Le 12 novembre 1851.

» Mes chers amis, frère et sœur,

» Une fois mon parti pris, j'en ai fait part à la personne de la famille à laquelle » j'étais sûr d'avance qu'il ferait le plus de plaisir. Je ne me suis pas trompé, car » j'ai reçu de celle-ci une lettre remplie de sentiments aussi nobles que délicats. » Mais je m'étais réservé de vous en écrire en quelque sorte officiellement à tous » les deux, dès que ledit projet aurait reçu son exécution, car il pouvait encore » s'opposer une foule d'obstacles à sa réalisation. Il n'en a rien été, grâce aux me-» sures prises par l'archevêque d'ici et son confrère de Pampelune, et nous sommes » revenus hier dimanche, mariés à l'église de Renteria. J'ai rempli avec autant de » plaisir que de satisfaction ce devoir de chrétien et d'homme d'honneur, et, en » donnant satisfaction à la morale publique et aux sentiments religieux de ceux qui » ont le bonheur d'en être imbus, je fais d'abord le bonheur de celle qui m'a été » si dévouée et qui est appelée, dans l'ordre de la nature, à me fermer les yeux, » et je rends ma maison plus agréable et plus accessible aux personnes, aux dames, » et aux mères surtout, qu'un sentiment que je ne saurais blâmer pouvait en » éloigner. Je fais cesser de plus un mensonge officieux, en ce que maintes per-» sonnes supposaient ou avouaient un mariage clandestin, pour faire taire leurs » propres scrupules.

» Cet acte ne pouvait, du reste, se célébrer qu'en Angleterre ou en Espagne, » où il n'existe pas d'autres officiers des actes civils que le clergé, et je suis bien » aise que les choses se soient ainsi faites promptement et à proximité. L'arche-» vêque d'ici m'a d'ailleurs déjà évité ce qui pouvait paraître le plus difficile à mon » âge et dans notre position : la publicité venant de nous-mêmes. Pour sa propre » satisfaction, il a eu à cœur de faire connaître la régularisation de notre position, » et, lorsque nous reviendrons dans ce pays, que nous quitterons sous peu, nous » trouverons une situation normale toute faite, qui nous en rendra encore le séjour » plus agréable, et personne n'en doutera quand on verra le premier pasteur, » alors cardinal, parmi nos amis et nos visiteurs.

» La même chose a déjà eu lieu à Paris et à la Celle, par les dispenses qu'il a » fallu obtenir des chefs diocésains, qui n'ont eu rien de plus pressé, de leur côté, » que d'en instruire les curés de leurs paroisses, et ceux-ci, à leur tour, donnent » volontiers de la publicité à un acte qu'ils considèrent, avec raison, comme une » satisfaction morale et personnelle.

» Il ne me reste donc plus qu'à souhaiter que la famille, vous surtout, voyiez » cette nouvelle phase dans ma vie du même œil de satisfaction que les intéressés, » c'est-à-dire nous-mêmes, et les nombreux amis qui le désiraient toujours. Je vous » prie d'en faire part aux membres de la famille que vous voyez, sans oublier la » tante Angélique. Il ne me convient pas, par les raisons ci-dessus développées, » d'écrire à chacun en particulier, et je ne veux pas davantage recevoir des compli-» ments qui ne seraient peut-être pas sincères chez tous. Quant à vous et vos en-» fants, je me tiens assuré d'avance que tout ce qui peut contribuer à mon bien-» être ne saurait que vous être agréable, et que cet événement ne changera rien » aux sentiments d'affection réciproque et de famille qui ont fait jusqu'ici le lien » entre nous, et qui a résisté à toutes les épreuves, et qui durera aussi longtemps » que nous, et même encore après, j'espère.

» C'est dans cet espoir et avec ces sentiments que je vous renouvelle à tous deux » ceux de ma sincère et inaltérable affection.

          » Votre dévoué frère,   » J. P.... »

Est-ce qu'il est possible de voir quelque chose de plus clair, de plus précis ? Nous voulons savoir ce qu'il allait faire à Renteria. Si nous avions sa lettre à madame Dutreux, nous le saurions, mais par celle-ci nous le savons aussi :

« 1° Je fais d'abord le bonheur de celle qui m'a été si dévouée. » Il fait son bonheur ! Il ne joue donc pas avec elle une indigne comédie ;

« 2° Je fais cesser de plus un mensonge officieux en ce que maintes personnes supposaient ou avouaient un mariage clandestin. » Il ne fait donc pas un mariage clandestin, mais un mariage public.

« 3° Je veux assurer à mon épouse pour l'avenir une situation normale » : il ne la lui assurerait pas s'il se plaçait dans cette situation bizarre, sans exemple, d'un mariage valable aux yeux de l'Église, mais nul aux yeux de la loi civile.

« Vous me demandez pourquoi je vais me marier à l'étranger. Je vais vous l'expliquer, ce n'est pas pour faire un mariage clandestin, mais pour me marier avec le moins de publicité possible. Je viens d'être dispensé de ce qui est le plus difficile à mon âge, c'est-à-dire de la publicité venant de nous-mêmes, » S'il y a quelqu'un ici dans cette enceinte, qui, sans avoir traversé cette épreuve, puisse dire : Est-ce qu'il n'était pas plus simple de se marier à leur paroisse ? Je dirai que celui-là n'a pas le sentiment de la pudeur. Sans doute il a le droit de blâmer M. Pescatore et madame Weber, moi je les approuve, car ce qu'il y avait de plus difficile à leur âge et dans leur position, c'était la publicité venant d'eux-mêmes.

Pourquoi sont-ils allés en Espagne ? Mais, mon Dieu ! parce qu'il n'existe pas en Espagne d'autre officier de l'état civil que le clergé. Comment voulez-vous que M. Pescatore vous dise plus clairement : « Voulant faire un mariage civil et religieux, je m'adresse au clergé, parce qu'en Espagne le clergé est dépositaire du pouvoir religieux et du pouvoir civil tout à la fois? S'il avait voulu contracter une union purement religieuse, il aurait été dans un autre État de l'Europe, il aurait été dans le duché de Bade, par exemple, où le mariage religieux est indépendant du mariage civil. Il n'a pas voulu aller ailleurs, parce qu'il ne voulait pas contracter un mariage purement religieux, mais un mariage religieux et civil. C'est pour cela qu'il est allé en Espagne, où le mariage civil et le mariage religieux sont dans les mêmes mains. Quelle est la conséquence de ceci? Qu'il est marié, bien marié, définitivement marié, complétement marié. La conséquence, remarquez bien les nuances de ces expressions, la conséquence c'est qu'il a rempli son devoir d'honnête homme et de chrétien ; la conséquence c'est qu'il a donné satisfaction à la morale publique, et satisfaction aux sentiments religieux de ceux qui ont le bonheur d'en être imbus; la conséquence est qu'il a donné satisfaction à tout le monde. Rien de plus clair, rien de plus décisif que cela ; il faut fermer les yeux à la lumière pour ne pas le voir.

S'il était besoin d'interroger encore les sentiments de M. Pescatore, je rappellerais cette réponse de madame Dutreux lui disant : « Vingt fois déjà j'avais été sur le point de vous donner le conseil de ce que vous venez de faire. » Eh quoi ! le conseil de faire un mariage religieux duquel il ne serait rien resté ! Vous sentez bien que cela n'est pas vrai. Mais Ferdinand qui savait lui aussi, comment les choses s'étaient passées à Renteria, Ferdinand écrit à M. Pescatore qu'il ne peut que le féliciter sincèrement.

Il y a encore quelque chose de décisif, c'est le testament de Jean-Pierre Pescatore dans lequel il dit : « Catherine Weber que j'ai épousée en Espagne» ; dans lequel il parle de sa première femme pour désigner sa femme actuelle. Il s'était marié civilement et religieusement la première fois, il s'est marié civilement et religieusement la seconde.

Il y a encore le codicille dans lequel il dit : « Je donne à madame *Pescatore* » . Vous avez vu l'intention de M. Pescatore pour le mariage, vous voyez sa conviction après. Comment contester la validité d'un tel mariage ?

Supposons messieurs, (oh ! je vous demande pardon de cette supposition!) que vous soyez entraînés par cette opinion aveugle, passionnée qui s'agite au dehors et qui est le fléau de la justice, supposons que vous disiez : l'État va être bouleversé, il y a là un envahissement, ou va confisquer la société, ces mariages ne peuvent pas être tolérés.... Ah ! mon Dieu ! je déplorerais cette erreur, car ce serait sacrifier aux faux dieux (il n'en sera rien, vous êtes incapables d'une telle faiblesse, et je sais devant qui je parle), mais enfin si c'était là votre conviction, j'en gémirais. Vous pourriez annuler le mariage ou plutôt déclarer qu'il pourrait être annulé. Que nous resterait-t-il alors ? l'art. 193, c'est-à-dire l'appréciation des circonstances, le soin d'examiner si même le mariage pouvant être annulé, vous devriez l'annuler, ou si au contraire les circonstances ne seraient pas telles que le mariage dût-être validé. Et enfin, messieurs, si vous ne vous arrêtiez pas à cet art. 193 dans des conjonctures aussi favorables, si vous vouliez user de la sévérité du droit qui vous appartient, d'annuler ce mariage que vous êtes libres de valider, resterait encore une question, celle du mariage putatif, et en présence de la bonne foi de madame Pescatore, il n'y aurait pas de doute possible.

Vous le savez, l'erreur de droit importe peu, malgré l'erreur de droit on peut valider le mariage. Cela a été jugé tant de fois que je ne veux pas discuter cette question. Cela a été jugé sous l'ancienne jurisprudence, Merlin rapporte un arrêt formel. D'Aguesseau en rapporte un autre : il s'agissait d'une nièce ayant épousé son oncle, et l'ayant épousé par erreur de droit. Il y a de nombreux arrêts récents qui décident également que l'erreur de droit n'annule pas le mariage quand il a été contracté de bonne foi. Il y a celui de la Cour de Paris ; il s'agissait d'un homme qui avait épousé sa femme devant un ministre protestant. Le mariage a été déclaré nul, mais reconnu de bonne foi. Je ne vous lirai pas les arrêts des Cours de Limoges, de Bordeaux, de Bastia ; non, non, je m'en rapporterai à votre sagesse, c'est une question de droit qui a été tranchée en ce sens, non pas une fois, mais cent fois. Il n'y a qu'une chose qui puisse fixer l'attention de vos esprits. Qui avez-vous là devant vous ? Une femme étrangère qui ne connaissait pas les lois de notre pays, une femme de bonne foi, ou il n'en fut jamais. Elle est en France, on veut l'épouser. Elle s'en remet à qui ? A celui qui est son ami depuis quatorze ans, auquel elle va unir sa destinée, à celui qui est à la tête d'une grande maison de commerce, et qui doit connaître les lois du pays où il est naturalisé. Elle s'en remet à Mgr l'archevêque de Bordeaux entre les mains duquel elle a fait son abjuration en vue du mariage. Elle a su que de tous côtés on a écrit, à

Paris, à Versailles, à Pampelune, pour obtenir les dispenses, pour remplir toutes les formalités. Elle a su que quatre prélats encourageaient cette union. On la conduit à l'autel, elle y va. Et elle n'est pas de bonne foi ? Vous pouviez le croire quand on vous parlait d'une lettre qu'on n'a pas produite et où il aurait été dit qu'elle n'entendait faire qu'un mariage religieux. Mais maintenant que j'ai produit une lettre de Mgr l'archevêque de Bordeaux, où ce vénérable prélat affirme qu'elle entendait faire un mariage religieux et civil, pourrait-on vous le dire encore et surtout vous le faire croire ? Direz-vous que Mgr l'archevêque de Bordeaux est un imposteur, et que la lettre a été faite non pour moi, mais pour l'adversaire ? Mettrai-je sous vos yeux une lettre des habitants de Saint-Cloud, qui déclarent qu'elle s'est toujours crue mariée civilement et religieusement devant le prêtre qui réunissait les fonctions civiles et religieuses ? Non, non, je ne veux pas vous la lire, c'est inutile.

On dit encore que dans ce pays-ci elle avait voulu autrefois se marier, que les publications avaient été faites, qu'elle n'a donc pas pu ignorer la loi. Belle objection ! Elle ne se mariait pas à Paris en 1851, ni même en France, mais en Espagne. Elle se mariait par les soins de deux archevêques, de deux évêques, elle se mariait conduite à l'autel par son mari, elle se mariait de la meilleure foi du monde, pleine de confiance dans les sentiments de ceux qui, apparemment, ne voulaient pas la tromper. Eh bien ! il faudrait dire que M. Pescatore a voulu la tromper. Mais alors M. Pescatore serait repoussé par l'article 187 qui porte : que lorsqu'il y a possession d'état, il y a droit acquis. Et d'ailleurs, est-ce que nous ne produisons pas l'acte de célébration devant l'officier civil ? Il ne faut pas d'équivoque là-dessus, l'acte de l'officier civil, c'est l'acte du chapelain, de celui qui est institué pour le dresser.

L'article 47 dit : Tout acte fait entre Français, en pays étranger, est valable, et M. Rieff, qui a fait un traité que tout le monde estime, s'exprime ainsi :

« Il existe une classe toute spéciale d'officiers de l'état civil, qu'il est bon de si-
» gnaler ici, je veux parler des chapelains étrangers qui ont charge de dresser les
» actes de l'état civil pour les luthériens ; ils sont officiers de l'état civil en même
» temps que de l'état religieux. »

Par conséquent, si M. Pescatore était là, et qu'il voulût demander la nullité de l'acte civil, s'il traînait sa femme devant les tribunaux au lieu de la protéger, s'il voulait la répudier, la chasser, il ne serait pas écouté, une jurisprudence invincible le déclarerait non recevable, et le mariage serait validé contre lui.

Il y a mieux, si M. Pescatore voulait procéder à de nouveaux liens, il ne serait pas admis, ou bien il serait traité comme bigame. Voilà la situation dans laquelle nous nous trouvons. Ce que M. Pescatore ne pourrait pas, ses héritiers, que dis-je ses héritiers ? ses collatéraux ne le pourront pas davantage, cela n'est pas possible.

Messieurs, que sont donc devenus dans cette terre de France, qui passait pour si généreuse, pour si ardente à défendre les femmes, si protectrice pour elles, que sont donc devenus ces principes, pour qu'une femme, après une possession d'état si éclatante, après tant de témoignages d'estime, de respect

et d'affection, après une reconnaissance si formelle, lutte contre des collatéraux, qui la traînent devant les tribunaux, où seule contre tous, elle doit se
débattre contre leurs insultes? Est-ce que nous ne sommes plus dans le pays
où sont établies la communauté et l'égalité des droits entre l'homme et la
femme? Est-ce que nous ne sommes plus dans ce pays où la faveur du mariage
a été proclamée, où dans le doute il ne faut pas hésiter, mais prononcer en
faveur du mariage, où la rupture du mariage a été rendue si difficile, qu'elle
n'est pas possible, où on a voulu que le lien du mariage fût un lien grave,
durable, éternel, et qu'il ne dépendît pas du caprice de l'homme de le briser?

Je vous demande pardon, si j'ai dépassé les limites que vous m'aviez assi-
gnées. J'ai été entraîné, que voulez-vous! Quand j'ai vu dans le sein de ce
tribunal si indépendant, si honorable, si éclairé, dont je suis sûr comme du
fond de mon cœur, quand j'ai vu au sein de ce tribunal s'élever des doutes sur
une question qui n'en a aucun pour moi, qui, pour moi, est la plus claire du
monde, je me suis pris à trembler, j'ai frémi devant l'ardeur de ma conviction,
et entraîné au delà des limites naturelles, devant vous, qui déjà aviez écouté
de si longues plaidoiries avec une si grande attention, j'ai abusé de vos moments
que j'aurais dû épargner.

M° Dufaure donne une nouvelle lecture de ses conclusions lues à l'avant-
dernière audience par M° Péronne, tendant subsidiairement à l'admission de
la preuve de certains faits articulés par ses clients.

M° Chaix d'Est Ange se lève et déclare protester contre plusieurs de ces
faits, et notamment contre cette exclamation imputée à sa cliente : « Il faudra
donc que je meure dans une mansarde! »

PLAIDOIRIE DE M° DUFAURE.

Messieurs,

Je suis obligé de commencer ma plaidoirie comme mon honorable confrère; je ne puis oublier que déjà cette affaire a été plaidée devant vous pendant deux audiences: je ne puis oublier surtout qu'après moi, une voix
beaucoup plus autorisée a résumé ces débats avec une remarquable éloquence,
avec la dignité et l'impartialité qui appartenaient au magistrat qui était appelé
à jeter le premier le poids de son opinion dans la balance de la justice. Tout
a été étudié, examiné avec soin, et après les plaidoiries, depuis le jugement
de partage, un grand nombre de nos confrères du barreau, que je tiens pour
compétents, quoi qu'en ait dit mon adversaire, ont donné leur adhésion à
notre cause les uns sous la forme de simple délibération, les autres par des consultations approfondies, comme le savant bâtonnier de notre ordre, M° Liouville, et notre éminent jurisconsulte M. de Vatimesnil.

Ces avis ont passé sous les yeux des honorables magistrats qui m'entourent;
ils ont tout lu, tout étudié, tout médité; en sorte qu'on peut dire qu'il ne
reste plus en réalité d'argument nouveau, de lumière nouvelle à apporter à la
justice.

C'est pour cette raison, messieurs, que voulant me borner à répondre aux nouvelles attaques que vous venez d'entendre, je prie le tribunal de ne pas croire que ce que j'oublierai sera abandonné par moi. Je persiste au contraire formellement dans mes précédentes plaidoiries, m'en référant à cet égard tant au souvenir des premiers débats qu'aux conclusions et aux mémoires qui vous ont été distribués.

Je suis obligé, moi aussi, de commencer par ce que mon honorable confrère a appelé les préliminaires du procès, et de protester, je ne dis pas contre une de ses assertions, mais contre toutes les assertions sans exception qui ont formé cette partie de sa plaidoirie.

Vous connaissez cette première articulation, qu'immédiatement après la mort de Jean-Pierre Pescatore, ses neveux et ses nièces, ses légataires universels, auraient contesté à madame Weber les honneurs du veuvage, et auraient ouvert le feu contre elle. Le fait est de toute fausseté ; je l'affirme au nom de mes clients, avec leur autorisation. On avait cité les billets de faire part pour convier au convoi de M. Pescatore, et l'on avait été scandalisé de l'absence du nom de notre adversaire sur ces billets. J'avais déjà répondu que ces billets de faire part n'avaient été l'œuvre d'aucun de mes clients, qu'ils avaient été rédigés par les associés, les amis de M. Pescatore, MM. Grieninger et Wagner. J'avais déjà dit cela, que m'a-t-on répondu ? Rien ; on a persisté à considérer cette omission comme une déclaration de guerre de la part de mes clients. J'avais ajouté que ces billets ne portaient le nom d'aucune des femmes de la famille ; que le nom de madame Antoine Pescatore, que le nom de madame de Scherff, que celui de madame Dutreux n'y figuraient pas, et qu'il n'avait été fait dans cette circonstance, à l'égard de madame Weber, que ce qui avait été fait à l'égard de toute la famille. Eh bien, que le tribunal juge en quoi ce fait étranger à mes clients aurait été, de leur part, un commencement d'hostilités contre madame Weber.

Toutes les autres assertions de mon honorable adversaire sont de la même force. Le lendemain du décès, nous dit-on, vous avez menacé madame Weber d'attaquer les testaments faits en sa faveur. Le fait est complètement inexact. J'avais dit, vous vous en souvenez, et cela n'avait pas été contesté dans la réplique de mon honorable adversaire, j'avais dit que l'on nous avait produit une consultation espagnole, délibérée à Madrid le 4 janvier 1856, moins d'un mois après la mort de M. Pescatore, et j'avais ajouté : Vous vous êtes bien hâté de chercher des armes pour le procès que vous nous faites aujourd'hui. C'est alors, messieurs, que pour justifier cette démarche, qui doit avoir été contemporaine de la mort de M. Pescatore, mais dont on a toujours refusé de nous faire connaître la date, on a imaginé des attaques préalables des héritiers de M. Pescatore, quoique ces attaques n'aient jamais existé. Aux allégations opposons les faits.

Le premier acte est l'inventaire. Je n'ai pas besoin de rappeler au tribunal qu'à l'ouverture de cet inventaire le fondé de pouvoirs de madame Pescatore s'était présenté sans indiquer encore sa prétention à une communauté, parlant seulement des droits et des reprises que sa commettante pourrait avoir à exercer contre la succession de M. Pescatore ; ce n'est que le lendemain que la prétention à la communauté était ouvertement annoncée. Si mes clients avaient cru un moment que l'intention de leur oncle eût été de rendre madame Weber commune en biens avec lui, ils n'auraient pas hésité à se prosterner devant cette intention, quelque ruineuse qu'elle pût être pour eux ; mais après s'être convaincus qu'il n'en était rien, ils y ont résisté et ils y résistent avec énergie. Voilà la première déclaration de guerre, il n'y en a pas eu d'autre, elle n'est pas du lendemain de la mort, car ce n'est pas le lendemain de la mort que vous avez affiché votre prétention à la communauté.

On continue, on cherche à établir comment le procès s'est engagé, et l'on veut trouver, jusque dans les tentatives d'arrangement qui ont été faites, une preuve des mauvaises dispositions des légataires universels contre madame Weber, qu'ils avaient appelée leur tante. On suppose une scène où le fondé de pouvoirs de madame Weber, seul contre sept adversaires menaçant sa cliente, aurait été effrayé et amené à consentir un arrangement. Je ne voudrais pas me répéter ; notre langue n'a pas des expressions à l'infini pour démentir des faits contraires à la vérité. Ce qui est vrai, c'est qu'il y a eu des conférences entre le fondé de pouvoirs et les héritiers. Le mandataire leur a signalé les conséquences que pourrait avoir pour eux le procès. Les héritiers lui ont signalé à leur tour les conséquences qu'il pourrait avoir pour sa cliente. Ils lui ont dit loyalement : Il y a quelque chose ici qui nous touche et qui doit vous toucher comme nous, c'est le scandale, c'est la révélation des relations antérieures, c'est le bruit qui se fera autour de la mémoire de M. Pescatore. Était-ce là des menaces ? le bon sens et la bonne foi ne dictaient-ils pas ces réflexions ? Vous prétendez que les héritiers ont fait des propositions inacceptables, blessantes. Nous avons déjà dit au tribunal ce qu'étaient ces propositions. Les légataires universels offraient à madame Weber 100,000 francs de rente viagère et un million de capital ; voilà la vérité. Un arrangement était proposé... presque accepté ; madame Weber a rompu les conférences. Est-ce qu'en racontant tout cela j'ai fait, comme mon adversaire m'en a accusé, quelque chose d'inouï, d'insolite dans les usages du barreau ? est-ce que ce n'était pas pour moi un droit et un devoir de rétablir la vérité et de répondre par un récit exact et loyal aux attaques étranges de la partie adverse à l'occasion de ce qu'on a appelé les préliminaires du procès ?

« Le procès s'entame, ajoute mon adversaire, et il y a eu de malheureuses
» conclusions dans lesquelles on disait que si le mariage n'avait pas été civile-
» ment contracté, c'était que peut-être il avait été empêché par les liens d'un
» précédent mariage dans lequel aurait été engagée madame Weber, et cela
» parce qu'elle avait un fils à côté d'elle. Un fils à côté d'elle ! quelle
» infamie ! »

Messieurs, prenez toute la correspondance qu'on a trouvée à l'inventaire, je ne prétends pas la lire, assurément, mais prenez-la, vous trouverez partout Albert écrivant : « Ma mère ; » et madame Weber écrivant : « Mon fils. » M. Pescatore lui écrivant lui dit, non pas une fois mais vingt fois : « Votre mère. » Dans toutes ces lettres vous voyez qu'elle est sa mère, qu'il est son fils. Et maintenant nous avons fait là-dessus la supposition qu'elle avait pu être mariée. Cette supposition était-elle vraie ou fausse ? Nous n'en savons rien. Ce que nous pouvons dire, c'est qu'il y a plus d'un ami de madame Weber, qui, pour expliquer la présence de cet enfant, s'est attaché à dire que madame

Weber avait été déjà mariée, et que cet enfant était le fruit d'un précédent mariage. En nous faisant l'écho de tout ce que le monde disait autour de nous, à coup sûr nous ne portions aucune atteinte à la considération de madame Weber. Cessez donc de parler d'insultes et d'outrages ; il n'en a existé que dans votre imagination. J'en appelle sur ce point, messieurs, aux souvenirs du tribunal et de tous ceux qui m'ont entendu.

Mais nous avons dit qu'elle était entrée comme femme de charge chez M. Pescatore! Le fait est-il vrai? oui, et ce n'est pas sérieusement qu'on oserait le nier. On l'a traitée de concubine dans ce procès. Mais, qui donc? pour moi je n'ai pas employé ce mot une seule fois dans mes plaidoiries, et c'est pour la première fois que je viens de le prononcer. C'est mon adversaire qui, le premier, ne craignant pas de reproduire le langage de Sanchez, a parlé de l'*état de concubinage*. Le mot est dur, déplaisant, mais il n'est pas de moi.

On a d'autres griefs : on se plaint de nos procédés, on accorde que nous avions le droit de publier les plaidoiries des avocats, mais pour le réquisitoire de l'avocat impérial, oh ! c'est autre chose. Vous l'avez, nous dit-on, répandu à profusion, vous avez insulté à la justice.

En vérité, je reste confondu de cette susceptibilité de mon honorable confrère. Quoi ! le patrimoine, l'honneur d'une famille est en jeu dans un procès, et cette famille n'aura pas le droit d'appeler l'attention du public, du tribunal sur les questions qui se débattent, de mettre sous leurs yeux l'opinion du magistrat qui aura été appelé à donner le premier et tout haut, dans ces débats solennels, son avis grave, impartial comme la justice ! elle n'aura pas le droit de la répandre comme sa justification, comme une réponse digne et victorieuse à toutes les attaques dont elle a été l'objet ! Est-ce que ce n'est pas là l'exercice loyal du droit de publicité consacré par la loi ? Où est la règle, je ne dis pas la règle légale, mais la règle morale qui nous imposait silence? Laissons cela et voyons si les autres reproches sont mieux fondés.

Vous avez, nous dit-on encore, soulevé l'opinion publique pendant six mois, vous avez répandu contre madame Weber, dans les salons de Paris, les imputations les plus graves et les plus odieuses.

Messieurs, en entendant ce reproche de la part de mon honorable confrère, je croyais rêver. Quoi ! mes clients étrangers à ce pays, renfermés dans leur Belgique, qui sont venus ici aussi rarement qu'ils le pouvaient, et n'y sont venus que pour communiquer avec leurs défenseurs ou pour suivre les détails de l'inventaire, se sont agités dans les salons de Paris pendant six mois, cherchant à donner au procès une couleur favorable, et atteignant la réputation de madame Weber ! Mais le fait est d'une indigne fausseté, d'une fausseté d'autant plus grave, que si le tribunal pouvait admettre l'enquête sur ce point, nous lui montrerions au contraire, pendant six mois, les amis de madame Weber allant dans les salons de Paris, dans leur centre, à eux qui n'ont pas de frontières à franchir, plaidant le procès à leur manière avant mon honorable confrère, et montrant madame Weber comme une victime qui, après avoir consacré sa vie à M. Pescatore, était réduite à mourir sur la paille, sans un sou. Oui, on a fait courir ce bruit, et je puis dire que parmi les révélations de ce procès, le chiffre de la fortune laissée à madame Weber par les testaments de M. Pescatore n'est pas le fait qui aura le moins étonné le public.

Autre grief : Il y a à ce qu'il paraît en Belgique des journaux, je ne les connais pas, qui ont parlé de ce procès et qui ont parlé d'une manière peu digne, peut-être d'une manière injurieuse pour les personnes honorables qui y ont pris part, pour les magistrats eux-mêmes. Je ne le sais pas, je ne les ai pas lus ; mais ce que je puis dire, c'est qu'en vérité vous êtes bien bien bon d'attribuer, même par insinuation, ces articles et ces attaques aux clients pour lesquels je plaide. Est-ce que tout le monde ici ne sait pas que pour tout ce qui se passe en France, les journaux belges sont rédigés par des Français, que tout est écrit ici, que tout part d'ici ? Quelqu'un l'ignore-t-il ? quelqu'un croit-il que les journaux soient mieux disposés pour mes clients que pour madame Weber ? Mon Dieu ! je pourrais vous montrer les articles les plus violents de ces menus journaux contre un de mes clients, qui est ministre de la justice en Belgique, et ministre conservateur. Le temps n'est pas si loin où l'on a vu des ministres parlementaires. Eh bien, supposez qu'un ministre influent du parti conservateur eût été mêlé dans le procès, croyez-vous qu'un journal de l'opposition, le *National* par exemple, eût été si prompt à prendre parti pour lui ?

Quel fruit d'ailleurs aurions-nous pu tirer d'une pareille publicité ? Ah ! je comprends celle qui est digne, impartiale, qui consiste à livrer au public les plaidoiries, les documents judiciaires, les opinions des magistrats ; mais à quoi pourrait nous servir une publicité injurieuse, répandant l'insulte soit sur une partie, soit sur les magistrats, soit sur l'honorable et digne confrère contre qui je plaide ! A qui fera-t-on croire qu'elle puisse avoir pour promoteurs ou pour complices les clients honorables aussi que j'assiste devant vous. Laissons donc de côté toutes ces misères et arrivons à la discussion du procès.

J'avais dit dans mes plaidoiries précédentes, et je maintiens que la demande de madame Weber est entachée de quatre vices essentiels, elle est :

1° Contraire à la probité ;

2° Contraire à la vérité ;

3° Contraire aux règles de notre législation qui ont solennisé le mariage ;

4° Contraire à l'acte solennel qui, dans la matière du mariage, fixe le partage des attributions entre l'Église et l'État.

Je vais successivement examiner ces quatre points.

Je dis, en premier lieu, que la demande de madame Pescatore est contraire à la probité.

Lorsque mes clients ont délibéré pour la première fois en ma présence, sur la prétention à une communauté qui venait d'être manifestée par le mandataire de madame Weber, leur première pensée a été celle-ci : si nous croyions que notre oncle eût voulu en effet, en 1851, donner à madame Weber à titre de communauté de biens, la moitié de la fortune considérable qu'il avait à cette époque, il n'y aurait pas de procès. Si nous trouvons un seul document, un seul indice, dans lequel cette intention serait manifestée, nous n'avons qu'à nous incliner. Que le fondé de pouvoirs de madame Weber découvre dans les notes qu'elle a conservées avec tant de soin pour s'en faire un titre, un seul papier dans lequel notre oncle ait écrit que sa femme était commune en biens avec lui, et tout est fini, nous reconnaîtrons son droit. Mais si madame Weber ne produit rien qui manifeste l'intention de notre oncle de la rendre commune en biens, d'avoir voulu lui donner les cinq ou six millions qu'elle réclame, nous devons résister à sa demande, voilà leur première pensée : ils ont demandé, cherché, examiné, et ils ont trouvé que M. Pescatore n'avait jamais voulu admettre madame Weber à une communauté de biens.

On a tort, Messieurs, quand on dit que le chiffre de la fortune ne fait rien. Sans doute, que la fortune soit de cinq ou de six millions, il faut la donner tout entière à madame Weber, si elle lui revient. Est-ce que j'ai jamais contesté un tel principe? Est-ce que j'ai jamais dit au tribunal : il faut faire perdre son procès à madame Weber, parce qu'elle serait trop riche si elle le gagnait? Pas le moins du monde, mais j'ai dit qu'il ne fallait pas crier à la misère et se plaindre d'être mise sur la paille, comme les amis de madame Weber le répétaient dans les salons, lorsque M. Pescatore, par ses testaments que l'on se gardait bien de faire connaître, laissait au delà de ce que l'honneur, la dignité, la moralité la plus scrupuleuse lui prescrivaient de laisser, à une femme avec laquelle il avait vécu pendant quatorze ans.

Maintenant je voudrais que madame Weber de son côté eût fait le même examen de conscience que mes clients ont fait du leur, et qu'elle se fût demandé : Mais enfin, ces cinq ou six millions que je réclame comme un don de M. Pescatore, M. Pescatore a-t-il voulu me les donner, y a-t-il jamais songé? Est-ce là une intention qu'il ait eue à l'époque où il s'est marié, ou postérieurement ? Si elle se fût fait cette question, la réponse n'aurait pas été douteuse. Au reste, le tribunal a dû être frappé du silence qu'ont gardé à cet égard les adversaires. Est-ce que la question de probité est sans aucune importance ? Est-ce qu'elle ne mérite pas d'être soumise au tribunal ? Comment! vous vous prétendez donataire d'une somme que le donateur n'a jamais voulu vous donner, et vous ne vous croyez pas obligée de fournir quelques explications? Non, vous n'en donnez aucune. Cependant si les plaidoiries sont muettes sur ce point, les consultations parlent dans deux de celles qui ont été délibérées au profit de madame Weber, l'une le 22 juillet, l'autre le 25 août, je trouve deux passages que je demande au tribunal la permission de mettre sous ses yeux : On lit à la page 5 de la consultation du 22 juillet, ce qui suit :

« Après cela, qu'on agite, à l'occasion de la cause, cette autre question de la
» communauté et des intentions de M. Pescatore touchant cette communauté, nous
» n'avons pas à nous en occuper, car nous n'avions à nous prononcer que sur la
» validité du mariage en elle-même (et que ce point seul, en définitive, est à juger);
» que les conséquences du mariage, quant à la communauté, sont réglées par une
» présomption légale *juris et de jure* qui a toute sa force, que M. Pescatore l'ait
» prévue, comme le soutient sa femme, où qu'à l'exemple de beaucoup d'autres il
» l'ait ignorée ; que, dans tous les cas, il n'y aurait entre ses intentions sur la com-
» munauté et sa volonté de se lier avec sa femme par un lien sérieux, complet et
» indissoluble, aucun rapport nécessaire et appréciable par la justice. »

Vous voyez, Messieurs, avec quelle réserve on se prononce. Nous demandons quelle a été l'intention de M. Pescatore : a-t-il voulu, oui ou non, donner les cinq ou six millions? On nous répond : Nous n'avons pas à l'examiner..... Cela importe peu.... Il y a une présomption établie par la loi. Mais s'il est évident que la volonté de M. Pescatore a été contraire à celle que vous lui prêtez, s'il est évident qu'il n'a jamais eu l'intention de donner à sa femme la moitié de sa fortune, ne comprenez-vous pas que la conséquence est facile à tirer ?

Voici maintenant ce que je lis à la page 10 de la consultation du 25 août :

« Les plus humbles, dit-on, savent qu'un contrat doit régler les conditions civiles
» du mariage, sous peine de voir tomber en communauté toutes les valeurs mobi-
» lières que possèdent et qu'acquerront les deux époux ; comment M. Pescatore,
» possesseur d'une fortune exclusivement mobilière, tout engagée dans l'industrie,
» aurait-il négligé cela, s'il avait voulu, s'il avait cru contracter un mariage civil ?
» La réponse vient à la pensée de tous. Que l'on interroge les gens du monde
» les plus intelligents, les hommes d'affaires, les financiers les plus habiles, combien
» parmi eux, s'ils sont étrangers à la science du droit, ignorent les dispositions de
» l'article 1393 du Code Napoléon, qui, en l'absence de toute stipulation, fait de la
» communauté le régime du mariage quant aux biens! Le nombre est immense de
» ceux-là qui, au contraire, en l'absence de tout contrat, croiront qu'en vertu de
» la suprématie que la loi lui accorde, le mari est le maître et seigneur de la for-
» tune (ce qui est vrai, quant au droit d'aliéner à titre onéreux).
» Que cela ait été la pensée, l'illusion de M. Pescatore, nous le croyons, quant à
» nous. Les dispositions que ses testaments renferment au profit de madame Pesca-
» tore, sa femme, nous paraissent exclusives, non pas de son droit à la commu-
» nauté, mais de l'idée qu'elle eût ce droit aux yeux de son mari. »

L'aveu est formel. Les consultants de madame Weber croient eux-mêmes que M. Pescatore n'a jamais songé à donner à sa femme un droit de communauté. Je dis que l'aveu est formel et, en effet, le doute m'est impossible devant les preuves géminées de l'intention de M. Pescatore que nous vous avons présentées. Vous vous rappelez les deux testaments si formels, si clairs, l'un du mois d'octobre 1853, l'autre du mois de décembre 1855, la veille de la mort ; vous vous rappelez ce partage que M. Pescatore, en pleine connaissance de cause, a fait en décembre 1853, de toute sa fortune ; vous savez comment il laissait à madame Weber des legs absolument incompatibles avec l'idée d'une communauté aussi bien que le don de 200,000 francs d'une créance sur M. O'Shea qu'il lui avait fait en 1852 ; vous vous rappelez comment il procède dans son testament du 8 décembre 1855, il entend compléter à madame Weber un capital de 500,000 francs et il lui donne 20,000 de rentes via-gères de plus, si elle conserve l'usufruit de la Celle-Saint-Cloud. Je le demande messieurs, est-ce à une femme commune en biens avec lui que M. Pescatore aurait fait de semblables dons ? Ainsi, vous le voyez, il n'y a pas eu de la part de M. Pescatore intention, ni en 1851, ni à une époque postérieure, de don-ner à sa femme les 5 ou 6 millions qu'elle réclame. Tous ses actes sont ex-clusifs de cette pensée, les consultants de madame Weber eux-mêmes en con-viennent. Il y a donc bien entre madame Weber et nous une question de probité. Comment madame Weber qui crie à la moralité, qui s'indigne des démarches de ses adversaires, qui leur attribue des actes contre lesquels j'au-rai à protester tout à l'heure, comment madame Weber ne voit-elle pas que sa demande est ruinée par le fait que je signale et qu'elle ne peut pas nier ? A qui espère-t-elle faire croire que M. Pescatore, homme sérieux, homme pratique, rompu aux affaires, aura fait un mariage qui entraînera la communauté lorsqu'il ne voulait pas le faire ?

A la vérité, l'objection n'effraie pas mon adversaire; combien d'hommes, dit-il, ignorent les conséquences d'un mariage civil qu'ils ont contracté ! Cette réponse, messieurs, n'est pas heureuse ; ce n'est pas M. Pescatore qui pouvait ignorer les conséquences d'un mariage civil, car il s'était marié une première fois sans contrat, et l'absence du contrat avait été pour lui la cause d'un procès avec les parents de sa première femme ; ce procès avait été terminé en 1848 par une transaction que j'ai entre les mains : vous voyez donc bien qu'il ne pouvait pas ignorer les conséquences d'un mariage sans contrat ; il savait très bien que la conséquence, c'était la communauté ; il le savait très bien par les conditions qu'il avait été obligé de subir dans sa transaction de 1848, et il n'aurait pas été s'exposer à un pareil péril, dans un second mariage fait également sans contrat.

Sur quoi madame Weber répète : mais si M. Pescatore était mort le lendemain de notre mariage, je n'aurais donc rien, il ne m'aurait donc rien donné ?

J'ai déjà fait connaître au tribunal que M. Pescatore, depuis 1851, avait un testament déposé entre les mains de M. Wagner, son associé et son ami. A l'époque où il s'est marié, ce testament, qui avait été renouvelé à peu près tous les trois ans, existait dans les mains de M. Wagner ; ce n'était pas celui du 8 décembre 1853, c'était celui qui l'avait précédé : nous n'avons pas ce testament, probablement il a été déchiré par M. Pescatore à l'époque où celui de 1853 a été fait, mais cela répond aux plaintes de madame Weber qui dit : Si mon mariage n'entraînait pas la communauté et que M. Pescatore fût mort le lendemain, je n'aurais rien eu.

J'ai répondu encore : Mais supposez le contraire, supposons que vous, madame Weber, fussiez venue à mourir quelque temps après ce mariage, que serait-il advenu ? Que serait devenue votre part dans la communauté ? M. Pescatore aurait donc par ce mariage sans contrat, lui qui connaissait la conséquence du mariage sans contrat, transporté une moitié de sa fortune, à qui ? A qui, je vous le demande, pourriez-vous me le dire ? A votre sœur qui est mariée à Paris, qu'il ne connaissait même pas? A un de vos frères cordonnier en Suisse ? A l'autre, maréchal-ferrant en Algérie ? A Albert Weber, qui n'est pas, dites-vous, votre fils et que M. Pescatore ne nomme même pas dans ses deux testaments ?

Voilà pourtant la conséquence qu'on veut donner à ce mariage de Renteria!

Voilà la conséquence qui aurait été inévitable, je le répète, s'il se fût agi d'un homme qui n'aurait pas eu les lumières nécessaires, ou qui aurait agi sous l'empire de la passion. Oh ! je comprendrais que dans un de ces deux cas il eût pu commettre une faute de cette nature ; mais ce n'était pas cela, M. Pescatore était un homme raisonnable, éclairé, et après quatorze ans de liaison avec une femme de quarante-sept ans, il est évident que ce n'est pas sous l'empire de la passion qu'il pouvait faire un acte de folie comme celui qu'on veut lui attribuer.

Voilà, messieurs, le premier point : la demande est contraire à la probité.

Je dis en second lieu que la demande de madame Weber tendant à faire reconnaître un mariage réel dans l'acte de Renteria, est contraire à la vérité; c'est le second point que je veux essayer de démontrer au tribunal.

J'ai déjà dit que dans ma profonde conviction, il n'y avait eu, sur le conseil de Mgr l'archevêque de Bordeaux, qu'un mariage de conscience passé le 8 novembre 1851 à Renteria. On m'a répondu : qu'est-ce qu'un mariage religieux ? Nous ne connaissons pas ce mariage en France, cela est vrai, et c'est pour cela qu'on a eu la pensée d'aller en Espagne. J'avais cité l'opinion de Mgr le cardinal Gousset, qu'on invoque si souvent contre nous, et le tribunal me permettra de lui lire un passage de Mgr Bouvier, ancien évêque du Mans, qu'on citait tout à l'heure comme l'un des auteurs du Concordat et qui ne l'est pas ; on a confondu Mgr Bouvier avec l'abbé Bernier. Mgr. Bouvier était probablement trop jeune pour prendre part au Concordat, il n'y a pris aucune part, mais cela importe peu. Voici ce qu'il dit dans son livre intitulé : *Institutiones theologicæ*, sur le caractère de ces mariages de conscience dont parle Mgr Gousset.

« Sponsi, dit-il, qui benedictionem nuptialem antè contractum civilem susceperunt matrimonialiter vivere possunt, quia contractus civilis, juxtà opinionem nostram, ad validitatem sacramenti non requiritur, et hæc sententia sat probabilis judicatur Romæ et alibi, ut fideles tutò eam sequi possint in praxi. Undè si aliquâ de causâ matrimonium à parocho benedictum et canonicè validum civiliter contrahi non posset, Verbi gratiâ Petrus ex dispensatione summi Pontificis Annam sororem uxoris suæ defunctæ coràm parocho duxit, cum illâ tutâ conscientiâ vivere posset; verùm liberi ex tali conjunctione provenientes semper reputabuntur coràm lege incestuosi, et ideo parentium suorum et cognatorum hæredes esse non poterunt. »

Veuillez le remarquer, j'ai bien le droit d'invoquer l'opinion du clergé français, lorsque j'examine un mariage qui a été conseillé, dirigé exclusivement par un archevêque français. Mgr l'évêque du Mans reconnaît que deux personnes qui ne sont pas mariées civilement, mais qui le sont canoniquement, peuvent vivre maritalement en toute sûreté de conscience, *matrimonialiter vivere*. Voilà ce que reconnaît l'auteur canonique qu'on a cité contre moi. Il ajoute que les enfants qui pourraient naître du beau-frère et de la belle-sœur, et qui seraient canoniquement incestueux, pourraient néanmoins eux aussi vivre en toute sûreté de conscience, *tutâ conscientiâ vivere*. Voilà l'opinion du clergé français, voilà ce qu'il entend par mariage de conscience, et on comprend que Mgr l'archevêque de Bordeaux ait pu conseiller un tel mariage.

Mais on me dit : Avez-vous rencontré des mariages de conscience dans votre longue expérience du barreau ? A-t-on jamais vu s'agiter devant les tribunaux une question pareille ?

Je reconnais que ce cas ne s'est pas présenté souvent devant la justice ; il faut pour cela qu'une femme mariée religieusement et non civilement ait eu l'audace de réclamer les effets d'un mariage civil. Jamais, avant madame Weber, personne n'avait osé afficher une pareille prétention.

Maintenant, comment les faits se sont-ils passés? Ce mariage n'a-t-il pas été contracté sur les conseils de Mgr l'archevêque de Bordeaux?

M. Pescatore veut se marier avec madame Weber ; à qui s'adresse-t-il? à un archevêque. Il y avait des publications à faire en France, de quelles publications se préoccupe-t-il ? Des publications civiles ? Non, il se préoccupe uniquement des publications religieuses, il demande des dispenses pour ces publications. A quelles autorités recourt-il pour se marier ? A Mgr l'archevêque de Bordeaux, après Mgr l'archevêque de Bordeaux, au chef des frères Augustins, demeurant à Libourne, et après lui, à un prêtre qui doit l'accompagner et donner toutes les explications nécessaires au curé de Renteria sur la paroisse duquel il va se marier. Il s'adresse toujours à l'autorité ecclésiastique et à nulle autre. Il passe un contrat purement religieux qu'il fait inscrire sur le registre de la paroisse de Renteria, et puis il revient en France. Il.doit le faire transcrire sur les registres de l'État civil, s'il veut avoir les bénéfices de la loi civile. Au lieu de cela, il le fait transcrire sur le registre religieux de sa paroisse. Vous voyez donc que l'acte était purement religieux, qu'on évitait toutes les formalités civiles, qu'on les fuyait avec intention, parce que, comme l'a dit M. Pescatore à Mgr l'archevêque de Bordeaux, on n'avait aucune intention de contracter un mariage civil. M. Pescatore savait très bien les conséquences qui résulteraient d'un mariage civil ; les circonstances qui ont présidé à cette union le montrent assez.

Il me reste à parler de la lettre de Mgr l'archevêque de Bordeaux. Cette lettre par laquelle il demandait à Mgr l'évêque de Pampelune, d'autoriser le curé de Renteria à unir M. Pescatore et Mme Weber, dit en termes formels, qu'*ils ne veulent s'unir que religieusement.* Dans les deux premières plaidoiries, on ne l'avait pas niée. Mgr l'archevêque de Bordeaux, dans les lettres écrites au cours de ce procès, n'a pas, le tribunal l'a remarqué, donné le moindre démenti à ce que nous avons affirmé sur ce point. Il le pouvait d'autant moins, qu'avant de l'affirmer, les conseils des héritiers Pescatore se sont transportés auprès de lui, lui ont communiqué le mémoire à consulter, rédigé par mon honorable confrère, Me Freslon, et que ce mémoire n'a été publié qu'avec l'autorisation du vénérable prélat. Vous pouvez lire à la page 8 de ce mémoire :

« Cette lettre, dont une copie traduite en espagnol a été adressée par Mgr. de
» Pampelune à M. le curé de Renteria, a été retirée récemment ainsi que sa copie
» par S. E. Mgr. l'archevêque de Bordeaux, à cause de certains passages qu'elle
» renfermait, tenant aux rapports d'évêque à évêque dans l'ordre de leur minis-
» tère. Lorsque M. Toutch, conseiller à la cour suprême de Luxembourg, a été
» admis auprès de l'évêque de Pampelune, le 6 février 1856, ce prélat lui a
» donné lecture de cette lettre et lui a permis de transcrire sur son calepin ces
» mots : *Permettez-moi de vous adresser M. Pescatore qui voudrait ne s'unir que*
» *religieusement à une personne, etc., etc.* M. Toutch a également vu la copie
» de cette lettre dans les mains de M. le curé de Renteria le 7 février 1856. Du
» reste S. E. Mgr. l'archevêque de Bordeaux, s'il en était besoin, *ne pourrait*
» *méconnaître* que sa lettre renfermait les expressions qui viennent d'être rele-
» vées. »

Voilà ce que nous avons publié avec l'approbation de Mgr l'archevêque de Bordeaux, et maintenant nous ne nous bornons pas à cela. On nous dit : Où est cette lettre ? On le sait très bien ; on sait qu'elle est entre les mains de

Mgr l'archevêque de Bordeaux, qui en a fait retirer l'original et même la copie qui était entre les mains de M. le curé de Renteria. Mgr l'archevêque de Bordeaux pourrait l'affirmer au tribunal, s'il était interpellé ; mais enfin, comme mon honorable confrère n'a pas craint de dire : Prouvez donc, nous offrons la preuve, et voici en quels termes ; c'est le deuxième fait articulé par nous :

« Deuxième fait — Que le 28 octobre 1851, Mgr l'archevêque de Bordeaux
» écrit à Mgr l'évêque de Pampelune une lettre pour lui recommander M. Pesca-
» tore, qui voulait ne s'unir que religieusement avec une personne demeurant avec
» lui depuis plusieurs années : que cette lettre existait encore, le 6 février 1856,
» dans les mains de Mgr l'évêque de Pampelune, qui en a donné communication
» à M. Touch, conseiller à la cour suprême de Luxembourg, subrogé-tuteur des
» mineurs Pescatore, lui a permis de transcrire sur son calepin le commencement
» de la lettre, notamment les mots *ne s'unir que religieusement*, et lui a promis
» de lui remettre une copie de la lettre entière s'il en obtenait la permission de
» Mgr l'archevêque de Bordeaux, le tout en présence de deux autres personnes;
» qu'une traduction en espagnol de la lettre du 28 octobre 1851 a été envoyée, le
» 4 novembre suivant, par Mgr l'évêque de Pampelune à M. le curé de Renteria,
» et se trouvait en la possession de ce dernier, le 7 janvier 1856, jour où il en a
» donné connaissance audit M. Touch, en présence de témoins. »

Si le tribunal a quelque doute sur le contenu de la lettre que nous avons toujours affirmé avoir été écrite par Mgr l'archevêque de Bordeaux, et que Mgr l'archevêque de Bordeaux n'a jamais déniée, si le tribunal a quelque doute, qu'il nous admette à la preuve, nous ne reculons pas. Ce sera un retard regrettable dans la solution du procès, que mes clients attendent avec impatience, mais qu'ils n'attendent pas avec assez d'impatience pour oublier tout souci de leur honneur et de leur dignité. L'enquête fera ressortir la vérité de notre assertion, et je ne doute pas que Mgr l'archevêque de Bordeaux ne mette la lettre même sous les yeux du juge que le tribunal commettra.

Il y a une autre lettre qui a été écrite au procureur impérial, et dont M. l'avocat impérial a donné lecture.

Certainement cette lettre prouve que jamais Mgr l'archevêque de Bordeaux n'a eu l'idée de faire contracter en Espagne un mariage civil, car il se serait mis en contradiction flagrante avec les dispositions du concordat, pour lequel il professe le plus grand respect.

Mais cette lettre en appelle une autre. Mon adversaire a prétendu que la lettre du 25 juillet avait été mal interprétée, car, vous a-t-il dit, personne ne connaît mieux que moi ce qu'elle signifie, puisque c'est moi qui l'ai écrite ou qui en ai donné le modèle à Mgr l'archevêque de Bordeaux.

M⁰ CHAIX D'EST ANGE. Je n'ai pas donné le modèle de la lettre, mais j'ai dit ce que je pensais qu'il fallait qu'elle contînt.

M⁰ DUFAURE. Fort bien ! Vous n'avez pas envoyé le modèle de la lettre, mais vous avez dit dans quel sens il fallait que Mgr l'archevêque de Bordeaux écrivît. Je continue. Cette lettre est lue à l'audience du 25 juillet. Que se passe-t-il après ? Le 28, Mgr l'archevêque de Bordeaux écrit une seconde lettre. A qui est-elle adressée ? A M⁰ Péronne, avoué des héritiers Pescatore. Que devient-elle ? Est-elle remise à M⁰ Péronne ? Pas du tout. Le 20 août

III.   15 seulement, un messager inconnu dépose chez lui une lettre qui ne portait pas le timbre de la poste, et M⁺ Péronne voit avec étonnement qu'une lettre qui lui a été écrite par Mgr l'archevêque de Bordeaux le 28 juillet, ne lui est remise que le 20 août. Comment Mgr l'archevêque de Bordeaux choisit-il un messager si lent et si infidèle? On ne pouvait se l'expliquer; on a appris plus tard que le messager n'était autre que madame Weber, et que Mgr l'archevêque de Bordeaux avait imaginé de prendre madame Weber pour intermédiaire entre lui et les héritiers Pescatore. En effet, madame Weber a fait plaider par son honorable avocat qu'elle avait gardé cette lettre depuis le 28 juillet jusqu'au 20 août sans en faire usage.

Messieurs, que voulez-vous que je vous dise sur une assertion de cette nature? Vous en êtes les meilleurs juges; vous avez vu les pièces de mon adversaire; vous avez vu son dossier; vous savez mieux que moi si la lettre y a figuré ou non lors de votre délibéré. Je ne puis que m'en rapporter à vos souvenirs sur l'affirmation singulière de madame Weber. Ce qui est certain, c'est qu'elle a reçu la lettre, qu'elle l'a communiquée au tribunal sans nous en dire un mot, la cachant dans son dossier, la tenant cachée même à celui à qui elle était adressée, en sorte qu'il y a eu là deux violations de la loi morale : au lieu de remettre la lettre au destinataire, on la remettait au tribunal, et on la remettait au tribunal, à notre insu, dans une cause où, plus que dans toute autre, tous les documents devaient être respectivement communiqués. Ainsi, sans nous en douter, nous avions contre nous une lettre de Mgr l'archevêque de Bordeaux, datée du 28 juillet, et que nous avons connue le 20 août seulement. C'est après cette inqualifiable omission que madame Weber ose parler de son respect pour les règles de la justice.

Maintenant que dit cette dernière lettre? J'en parlerai très modérément; j'éviterai de m'écarter du respect que je professe pour le caractère religieux du vénérable prélat; je serai assez maître de moi pour que mes paroles ne cessent pas d'être réservées; mais je ne puis m'empêcher d'apprécier la véritable valeur de ce document, et de le discuter dans une certaine mesure. Il est ainsi conçu :

« Bordeaux, le 28 juillet 1856.

» Monsieur,

» Vous savez que j'ai toujours été pour les voies de conciliation entre ma-
» dame Pescatore et les membres de la famille du défunt. C'est dans ce sens que
» j'écrivais encore à Paris rue Saint-Georges, avant d'avoir lu le réquisitoire du
» ministère public. Il me revient que si madame est condamnée, elle en appellera.
« Je crois donc qu'il y a encore avantage pour tous à un accommodement. Ma-
« dame Pescatore m'a toujours paru convaincue que son mariage fait selon toutes
» les règles du pays où il avait lieu devait entraîner tous les effets d'une union
» contractée de la meilleure foi du monde.

» Je viens donc, en mon privé nom, et dans ce que je crois de l'intérêt de tous,
» demander, par votre intermédiaire, aux membres de la famille, s'ils veulent
» accepter ma médiation pour qu'on revienne aux propositions faites par les con-
» seils de madame Pescatore en février. Si, comme, d'après ce que j'ai lu, il ne
» m'est pas possible de penser que M. Pescatore ait cru aux effets civils du ma-
» riage contracté à Renteria, je puis affirmer qu'il en est autrement de sa femme,
» qui n'a jamais douté qu'elle n'entrât en communauté avec lui.

» Le jugement devant être rendu vendredi prochain, j'aurai besoin d'une prompte
» réponse.

» Agréez, Monsieur, l'assurance de mes sentiments distingués,

« † FERDINAND, cardinal DONNET, archevêque de Bordeaux. »

A Monsieur Péronne, avoué à Paris (1).

Vous avez entendu, Messieurs, les explications de mon honorable adversaire au sujet de la lettre de Mgr l'archevêque de Bordeaux du 17 juillet à
M. le procureur impérial. Ne suis-je pas autorisé à penser que la deuxième
lettre a été, elle aussi, dictée ou du moins inspirée par les personnes qui, la
recevant le 28 juillet, avec charge de nous la remettre, ne nous l'ont fait
parvenir que le 20 août, après s'en être servies contre nous? En tout cas, je
crains bien que Mgr Donnet, cédant trop facilement à sa bienveillance pour
madame Pescatore, n'ait pris ses impressions présentes pour des souvenirs. Il
affirme que madame Pescatore a toujours cru être mariée civilement. Mais sur
quoi se fonde-t-il? Indique-t-il un fait qui puisse donner de la consistance,
de la vraisemblance à cette opinion? Il ne cite rien, ne précise rien, pas un
mot, pas une circonstance qui vienne à l'appui de cette conviction qu'il

---

(1) Nos lecteurs seront bien aises de connaître la réponse de M. Péronne à cette lettre :

« Paris, 21 août 1856.

» Monseigneur,

» La personne que V. E. avait chargée de me remettre la lettre qu'elle m'a fait l'honneur de m'écrire
» le 28 juillet dernier, a bien mal rempli vos intentions. Vous me demandiez une réponse avant le
» 1ᵉʳ août, et votre lettre ne m'est parvenue que hier, 20 août, à 6 heures du soir, sans aucun timbre de
» la poste. Il vous sera sans doute possible d'éclaircir les causes de ce retard inexplicable pour moi.

» Je puis, du reste, faire aujourd'hui la réponse que je lui aurais faite le 29 juillet. Elle veut bien offrir
» sa médiation, pour qu'on revienne aux propositions faites par les conseils de notre adversaire en février
» dernier.

» Ces propositions, formulées d'abord par M. Bernard, de Rennes, fondé de pouvoirs, consistaient à
» ajouter aux testaments 500,000 fr. de capital, et 25,000 fr. de rentes. Quelque temps après, vous avez
» été autorisé, ainsi que je l'ai appris de vous-même, à proposer à la famille 500,000 fr. de capital, et
» 60,000 fr. de rente, en sus des dispositions testamentaires, ce qui formait au total un capital de un
» million et 100,000 francs de rente. Ces bases ont été successivement acceptées par mes clients, et si
» elles n'ont pas été réalisées, c'est que notre adversaire n'a pas cru devoir ratifier les démarches des
» honorables personnes qui avaient porté parole pour elle.

» Si vous pensez, Monseigneur, que votre bienveillante intervention puisse aujourd'hui, comme le fait
» pressentir votre lettre, faire maintenir les conditions de transaction fixées par les conseils de notre adver-
» saire au mois de février dernier, je puis vous assurer que M. Dufaure et moi sommes disposés à con-
» seiller à nos clients de persévérer dans leur acceptation, quoique depuis février la succession ait perdu
» plus de deux millions, et que les conclusions du ministère public aient encore fortifié la situation de la
» famille.

» Le procès peut être ainsi fini en un quart d'heure, si l'œuvre de pacification que V. E. veut bien en-
» treprendre peut s'accomplir selon ses vues.

» J'ai l'honneur d'être avec respect, Monseigneur,

» de Votre Éminence

» Le très humble et très obéissant serviteur,

» H. PÉRONNE. »

Mgr l'archevêque considéra la remise de sa lettre, quoique tardive, comme une acceptation de l'arrangement. Il fit prévenir Mme Weber par le télégraphe, le 23 août, des dispositions de la famille. Mme Weber a répondu par un refus.

affirme. Ne se trompe-t-il pas? Ses souvenirs sont-ils bien exacts? Veuillez remarquer dans quelle situation se place Mgr l'archevêque de Bordeaux.

Il se met en contradiction avec la lettre du 17 juillet, à M. le procureur impérial. Il se met en contradiction avec la lettre qu'il a écrite le 28 octobre 1851, à l'archevêque de Pampelune, quelques jours avant le mariage de Renteria. A cette époque, M. Pescatore résistait à un mariage civil, nous demandons à le prouver et nous le prouverons, car, c'est de Mgr l'archevêque de Bordeaux lui-même que nous le tenons. M. Pescatore n'a consenti qu'à un mariage religieux : Madame Weber, au contraire, aurait cru faire un mariage civil! Vous osez dire que Mgr l'archevêque de Bordeaux aurait préparé et autorisé une union semblable! il se serait contenté d'un semblant de consentement mutuel, préparant ainsi nécessairement, fatalement, une déception pour l'un ou pour l'autre des époux! Non, je ne le crois pas un moment, le fait est impossible; Mgr l'archevêque de Bordeaux n'aurait jamais prêté les mains à un mariage qu'un des époux aurait cru civil et l'autre religieux. Évidemment, sa mémoire le sert mal, ou bien il a suivi, sans l'examiner d'assez près, le modèle de lettre qu'on lui envoyait de Paris.

D'ailleurs, nous avons offert et nous offrons au tribunal de prouver que madame Weber pas plus que M. Pescatore, n'a pas cru un seul instant contracter en Espagne un mariage civil. Nous avons affirmé que M. Pescatore avait manifesté à Mgr l'archevêque de Bordeaux, dans les termes les plus nets et les plus énergiques, sa résistance à un mariage civil, et que, cédant aux exhortations du prélat, il n'avait consenti qu'à un mariage religieux. Il est impossible de croire que Mgr l'archevêque de Bordeaux qui conseillait depuis longtemps madame Weber, qui la voyait fréquemment, qui la conduisait peu à peu à l'abjuration et de l'abjuration au mariage, lui ait dissimulé les conditions vraies de son union avec M. Pescatore. Et puis, nous vous demandons la permission de prouver qu'aux derniers moments de M. Pescatore on a songé à un mariage civil *in extremis*, qu'on a tout fait pour cela, qu'on s'est adressé au ministre de la justice pour obtenir la dispense même d'une seule publication et que l'on a éprouvé un refus, et ce n'est pas du côté de M. Pescatore qu'est venue l'initiative de ce mariage *in extremis*, comme on l'a dit à votre audience. Nous demandons à prouver qu'au lit de mort de M. Pescatore, madame Weber, après la lecture du testament d'octobre 1853, a lutté pour arracher au mourant de nouveaux avantages, prétendant qu'elle serait réduite par sa dureté à aller vivre dans une mansarde. C'est ainsi qu'elle a obtenu, à la dernière heure, le complément des 50,000 fr. de capital et les 20,000 fr. de rente viagère qui sont venus s'ajouter aux libéralités du premier testament.

Tout cela, Messieurs, est exclusif d'un mariage civil. On ne cherche pas à se marier une seconde fois, quand on a marié régulièrement la première; on ne se plaint pas d'être obligée de se retirer dans une mansarde, quand on se croit commune en biens avec un homme puissamment riche et qu'on est assurée de 5 ou 6 millions pour sa part dans la communauté.

J'entends mon adversaire me dire : mais qu'aurait-elle donc gagné à cet acte de novembre 1851? Quels auraient donc pu être ses calculs, ses désirs, ses intentions quand elle s'est laissée conduire le 8 novembre 1851 à Renteria?

Messieurs, on oublie complétement la situation dans laquelle était madame Weber ; on parle d'elle comme d'une jeune fille que M. Pescatore aurait séduite, indignement abusée dans son innocence et sa crédulité. Non, ce qu'elle était, mon adversaire a pris soin de vous le dire. Elle était depuis douze ans la concubine de M. Pescatore. Je n'avais pas employé ce mot, je n'aurais peut-être pas voulu l'introduire dans la discussion. C'est mon adversaire qui me l'a fourni, j'ai le droit de m'en emparer, c'est d'ailleurs le mot le plus juste : elle était la concubine de M. Pescatore. Mais que vient-on nous dire alors, qu'elle n'aurait rien obtenu si M. Pescatore n'avait consenti qu'à un mariage purement religieux ?

Elle avait obtenu une position honorable, si bien définie dans le passage de Mgr Bouvier que je lisais tout à l'heure. Elle avait obtenu ce qu'elle n'avait pas auparavant, le droit de porter dans le monde le nom de M. Pescatore.

Au point de vue des intérêts matériels, elle avait acquis après le lien religieux une situation qui lui permettait de compter davantage sur les libéralités de M. Pescatore, et qui la préservait d'être chassée, comme on l'a dit, du jour au lendemain, sans scrupule de conscience.

Ce mariage enfin la rapprochait du but auquel tendait toute sa vie depuis son entrée dans la maison, de ce but si clairement aperçu et si nettement indiqué depuis longtemps par Pierre Pescatore, de ce but de tous ses efforts et de toutes ses espérances ; c'était un grand pas fait vers un mariage complet : le mariage religieux pouvait amener dans la suite le mariage civil.

Messieurs, je me le demande, nos lois, nos tribunaux, peuvent-ils reconnaître là, dans l'acte de Renteria, un mariage civil, véritable, complet, un de ces mariages auxquels le code Napoléon attribue les effets de la communauté? Non, évidemment non, je ne parle pas en ce moment des nullités de forme, je parle du fond, du consentement donné au mariage, de la nature de ce consentement. On me dit : peu importe, s'il y a eu un acte de mariage. Il importe beaucoup, on ne peut pas transformer un acte auquel on a donné un caractère en un acte qui aurait un autre caractère. Si le tribunal est convaincu que le mariage a été purement religieux, il ne déclarera pas qu'il a été civil. Je le répète, cette prétention est contraire à la probité et à la vérité.

Est-il vrai que les lettres contemporaines du mariage nous démentiraient ? Lesquelles s'il vous plaît ? On a beaucoup insisté sur une lettre de M. Pescatore à madame Dutreux ; l'original n'existe plus ; une copie fidèle en a été conservée ; on a accusé mes clients de l'avoir falsifiée ! Messieurs, j'ai honte de répondre à une accusation pareille ; on s'est plaint amèrement d'injures, d'outrages de notre part : je vous demande si jamais nous nous sommes permis rien de semblable. Vous avez entendu l'imputation adressée à mes clients : « Ils ont une lettre, ils la cachent ; à la place de cette lettre, ils produisent une copie falsifiée ; ce sont des faussaires. » Voilà la modération de langage de notre adversaire.

On a dit que M. Pescatore avait soigneusement gardé toutes les lettres de sa famille pour armer sa femme contre des parents dont il connaissait la mauvaise foi et l'avidité. Est-il bien sûr que ce soit lui qui ait gardé ces lettres ? Il y avait, près de lui, une personne dont les vues étaient longues et qui, depuis 1839, nourrissait de vastes espérances et une ambition profonde. Cette personne a pu garder ces lettres dans un esprit de prévoyance et de calcul ; elle a pu prévoir les obstacles que rencontreraient ses prétentions ; elle a pu se ménager d'avance des moyens, des armes à l'appui de ses projets. Je comprends que des lettres aient été gardées de ce côté, mais du côté de madame Dutreux, quel pouvait être l'intérêt ?

Madame Dutreux reçoit une lettre de son oncle, datée du 28 octobre 1851, qui lui annonce qu'il va se marier ; elle ne l'a pas gardée. Comprenez-vous que dans une famille toutes les lettres doivent nécessairement être gardées, et que quand elles ne le sont pas, on soit nécessairement un faussaire ? Comprenez-vous qu'on dissimule une lettre quand on ne l'a pas, et qu'on soit nécessairement un faussaire quand on en présente une copie fidèle ? Est-ce que madame Dutreux songeait alors qu'un procès surgirait ? Savez-vous qu'elle était sa pensée ? Lisez sa réponse. Elle se réjouit du mariage de son oncle ; elle s'en réjouit par les motifs les plus purs et les plus délicats, parce qu'elle est heureuse de ce qui peut faire aimer, honorer, respecter sa famille. Madame Dutreux n'avait pas besoin de conserver la lettre par laquelle son oncle lui annonçait et lui expliquait ce mariage, parce qu'elle n'avait pas d'armes à se ménager, elle qui n'avait pas de projets à servir. L'original de cette lettre n'est pas en notre pouvoir, mais nous en produisons une copie fidèle, exacte, prise au moment où madame Dutreux venait de recevoir la lettre et voulait en faire connaître les termes aux membres de la famille, et vous concluez de là que madame Dutreux a falsifié cette copie, qu'elle est une faussaire ! J'affirme sur l'honneur, au nom de mes clients, que l'original de cette lettre n'existe plus ; j'affirme que la copie produite est sincère et le tribunal en croira ma parole.

Je passe à la lettre du 12 novembre 1851, écrite par M. Pescatore à son frère et à sa belle-sœur. Y trouvez-vous un seul mot qui fasse supposer qu'un mariage complet ait été dans les intentions de M. Pescatore ? On y remarque une phrase très significative : « Ce mariage ne pouvait se contracter qu'en Espagne ou en Angleterre où les ministres de la religion sont en même temps officiers de l'état civil. » Qu'est-ce que cela veut dire ?... Qu'est-ce qui s'oppose à un mariage en France ? Rien, absolument rien. Pourquoi donc est-on obligé de choisir un pays où les actes de l'état civil soient entre les mains du clergé ? Il n'y a qu'une seule raison : c'est que partout où les actes de l'état civil sont dans d'autres mains que celles du clergé, le contrat du mariage civil doit précéder le sacrement, il faut faire l'acte civil avant l'acte religieux, et comme M. Pescatore ne voulait pas d'acte civil, on comprend qu'il ait dit dans sa lettre à son frère Antoine : « Nous ne pouvions faire ce mariage qu'en Angleterre ou en Espagne, où le même homme est officier civil et religieux. » Voilà ce que dit sa lettre, voilà ce qui concorde avec sa déclaration à l'archevêque de Bordeaux, qu'en aucun cas il ne voulait faire un mariage civil.

On m'oppose les réponses de la famille, et surtout cette lettre de Ferdinand Pescatore, qui écrit : « Tu es uni civilement et religieusement. » Les réponses sont faciles à expliquer. Les membres de la famille ne savaient rien, que ce qui se trouvait dans la lettre d'Antoine du 12 novembre 1851, destinée à être communiquée à toute la famille. Ils ont adressé leurs félicitations à l'occasion du mariage ; en cela, ils obéissaient à un sentiment honorable ; aucune préoc-

cupation d'intérêt n'entrait dans leur pensée. S'expliquent-ils sur le caractère
de cette union ? Pas le moins du monde : ils n'en connoissaient ni les circonstances, ni les singularités, ni les vices. Que le tribunal, encore une fois,
veuille bien peser tous ces faits, tous ces documents ; qu'il se rappelle la lettre
de Mgr l'archevêque de Bordeaux, les articulations si pertinentes des héritiers,
et il demeurera convaincu que jamais M. Pescatore n'a songé à contracter un
mariage entraînant la communauté de biens.

J'arrive à la troisième question : les prétentions de madame Weber ne sont
pas seulement contraires à la probité, à la vérité, elles sont encore en opposition avec tous les principes de nos lois sur la solennité du mariage

Messieurs, on parlait, en terminant la plaidoirie que vous venez d'entendre,
de l'indulgence qui tend à couvrir les irrégularités des mariages, en France.
Je ne sais pas si ce sont là des théories que madame Weber prétend ériger
en principes : quant à moi, je crois que notre législation repose sur des principes tout contraires. Quelques esprits, je le sais, ne voient dans le mariage
qu'un pur contrat, résidant dans le consentement seul, et pensent que ces
lois seraient plus libérales si elles ressemblaient à celles des États-Unis qui
permettent le mariage par la simple cohabitation, par le simple consentement
des parties, et autorisent le divorce quand elles veulent rompre ce contrat. Que la pensée du divorce ait été dans le code, je ne puis le contester,
mais quant aux conditions du mariage, dans notre droit, je ne puis que rappeler la discussion du code civil, et le célèbre discours de Portalis. Si l'on
admettait le système de madame Weber, toutes les prescriptions de la loi de-
viendraient inutiles, et pourraient être remplacées par un article ainsi conçu :
« Les tribunaux, suivant leurs appréciations personnelles et les impressions
» qu'ils recevront des circonstances de la cause, pourront valider ou infirmer
» les mariages. » C'est là, en définitive, le résumé de toutes les consultations
produites en faveur de notre adversaire.

Quoi ! le mariage, ce contrat solennel sur lequel reposent la famille, l'État,
la société, serait abandonné au pur caprice, et les lois qui le régissent seraient
vaines et pourraient être arbitrairement transgressées ! Cela ne peut être, vous
le comprenez. Il faut que les sages prescriptions du législateur aient été observées pour qu'un mariage puisse avoir en France les effets civils. Ont-elles été
respectées dans celui qu'il s'agit d'apprécier ? Je réponds non, et je dis qu'en
supposant même de la part des parties l'intention de contracter un lien civil,
cette union serait nulle par trois motifs : 1° comme n'ayant pas été contractée suivant les formes du pays où elle a été passée ; 2° comme n'ayant pas été
précédée de publications ; 3° comme entachée de clandestinité.

Je dis que la première condition n'a pas été observée, le mariage n'a pas été
fait selon les formes voulues dans le pays où il a été contracté : l'officier public
qui l'a reçu n'était pas compétent pour le recevoir.

Le concile de Trente, qui est la loi matrimoniale de l'Espagne, exige la présence du propre curé, et il déclare le mariage contracté hors la présence du
propre curé, *irritus et vanus.* Voilà qui est incontestable.

Maintenant, le curé de Renteria était-il le curé de l'une ou de l'autre des
parties ? Jusqu'à présent, je n'ai trouvé que les trois jurisconsultes espagnols
Morphy, Crooke et Serrano qui aient déclaré que M. Pescatore et Mme Weber

étaient des vagabonds (rires), et qu'à ce titre, ils avaient pu trouver dans M. le curé de Renteria un pasteur compétent. Mais cette opinion est isolée, et mon honorable confrère n'a pas fait aux jurisconsultes espagnols l'honneur de la reproduire ; je ne m'en occuperai donc pas plus longtemps. Le curé de Renteria n'étant à aucun titre le propre curé, *parochus*, ni de l'une ni de l'autre des parties, il en résulte qu'il n'était pas compétent pour passer le mariage civil, et que le mariage est nul.

On essaie de me prendre en flagrant délit de contradiction, et on me dit : Vous trouvez le mariage bon comme mariage religieux, et mauvais comme mariage civil ; or, en Espagne, il n'y a pas de distinction entre le mariage civil et le mariage religieux : la validité de l'un entraîne la validité de l'autre. Entendons-nous, je n'ai pas dit une seule fois que je reconnaissais ce mariage valable comme mariage religieux ; ce que j'ai dit, c'est que je n'avais aucune espèce d'intérêt à discuter une question de cette nature. J'ai dit : Le mariage religieux est ce qu'il est, je n'ai pas à l'examiner, je ne l'examine pas. Mais quand vous voulez en faire un mariage civil, cela est différent, j'ai un droit qui naît de mon intérêt, j'ai à examiner si le mariage est valable, et c'est alors que je dis : le mariage n'est pas valable parce qu'il n'a pas été passé par le propre curé, *proprius parochus*, des parties.

On est bien forcé d'avouer que le curé de Renteria n'était pas le propre curé des parties, mais il avait, me dit-on, la *licentia* de Mgr l'archevêque de Bordeaux, l'ordinaire de l'une des parties, par conséquent le curé de Renteria avait acquis le droit de marier M. Pescatore et Mme Weber.

Ceci me conduit à examiner 1° si un évêque français a pu donner un droit qu'il n'avait pas lui-même ; 2° si Mgr l'archevêque de Bordeaux était l'ordinaire des parties.

La première question est d'une extrême importance. Vous soutenez que votre mariage est valable, parce que la loi vous permettait d'aller en Espagne y contracter un mariage conformément aux lois du pays. Vous y allez, vous y passez votre mariage devant un curé qui n'est pas compétent par lui-même. Qu'avez-vous pour lui procurer la compétence ? Vous avez la *licentia* d'un archevêque français, à qui nos lois défendent de passer l'acte religieux avant l'acte civil, et qui, d'après le concordat, n'a pas le droit de faire lui-même un mariage civil. C'est cet archevêque qui, incompétent lui-même, aurait rendu compétent un mariage espagnol ! Mais est-ce que cela est possible ? Est-ce que deux incompétences, deux insuffisances réunies, additionnées l'une avec l'autre, pouvaient se compléter et composer un pouvoir compétent ? Poser cette question, c'est la résoudre. Au surplus, elle est parfaitement traitée dans une consultation délibérée par un savant professeur à la Faculté de Dijon, M. Capmas, à laquelle je me réfère complétement sur ce point de la discussion.

En tout cas, la *licentia* ou délégation ne pouvait émaner que de l'ordinaire des parties. Or Mgr l'archevêque de Bordeaux était-il l'ordinaire ?

A quelles conditions pouvait-il l'être ? Je réponds : à une seule, le domicile.

Tout à l'heure mon honorable confrère refusait à tous ceux qui, comme lui, n'avaient pas pâli pendant six mois sur le droit canonique, toute qualité pour discuter la question de compétence de l'ordinaire. Je vais lui paraître sans doute bien téméraire quand je lui dirai que, pour moi, c'est là purement et simplement une question de domicile, et que, loin d'être aussi difficile et aussi ardue qu'il le prétend, elle me paraît la plus simple et la plus claire du monde.

Le concile de Trente se contente de prescrire la présence du propre curé, ou l'autorisation de l'ordinaire; mais à quels signes se reconnaît l'ordinaire? Il ne le dit pas; mais tout le monde convient que c'est aux relations de domicile qui existent entre les parties. Je laisse tout d'abord de côté l'argument qui tendrait à faire dépendre la qualité d'ordinaire du fait de l'abjuration : cet argument a été complétement réfuté dans la consultation de l'Université de Louvain (page 42), et j'arrive aux règles qui, suivant le droit canonique, déterminent le domicile.

La question peut être complexe et embarrassée en présence des discussions et controverses de Fagnanus, de Luca, Sanchez, Clericati : elle semblera beaucoup plus simple, traitée par les canonistes modernes. Parmi ce s derniers, je choisirai ceux dont l'autorité ne saurait être contestée, même par les adversaires.

Le premier que je citerai, c'est Mgr Bouvier, évêque du Mans; il s'exprime ainsi, page 282, dans ses *Institutiones theologicæ* :

« Quis parochus matrimonio assistere debeat?

» Concilium Tridentinum assignat, in eodem decreto, proprium contrahentium » parochum ad faciendas bannorum proclamationes, et deindè nominat simpliciter » qui matrimonio assistere debeat : at evidens est non intelligendum esse paro- » chum in genere, benè vero proprium parochum qui banna denuntiare debet.

» Omnes autem fatentur concilium non locutum esse de parocho originis, id » est, loci in quo partes ortum habuerunt, sed de parocho domicilii, quamvis id » propriis verbis non exprimat. Sciendum est ergo quid et quotuplex sit domici- » lium in ordine ad matrimonium.

» Domicilium non idem sonat ac habitatio; aliud est facti, aliud juris, aliud » perpetuum et aliud temporale, quod etiam dicitur quasi-domicilium.

» Domicilium facti est ipsamet præsentia personæ in uno loco cum animo ibi » manendi....

» Quoniam in decreto Concilii nihil dicitur de tempore ad acquirendum domici- » lium requisito, inde concluditur solam habitationem cum animo manendi suffi- » cere, jure communi est matrimonium coram parocho hujus loci contrahatur : at » in plerisque regionibus leges speciales aut civiles ecclesiasticæ, vel civiles et ec- » clesiasticæ simul, aliquod determinaverunt tempus ad acquirendum domicilium » pro ineundo matrimonio requisitum.

» In Italiâ quatuor requiruntur menses ; idem spatium exigebatur in Galliâ ante » edictum anni 1697. Sed hoc edicto Ludovicus Magnus statuit domicilium dein- » ceps quoad matrimonium non acquisitum iri, nisi per sex menses, si mutatio » habitationis fieret intra limites ejusdem diœcesis, et per annum, si transitus » fieret ex unâ diœcesi in aliam.

« Nunc vero, ex articulo 64 novi codicis, sex menses continuæ habitationis in » quocumque casu requiruntur, si mutatio fit ex unâ communi in aliam, et nihil » ultra exigitur. »

Vous voyez la doctrine : c'est celle de tous nos évêques. Le concile de Trente ne détermine pas le temps requis pour le domicile; chaque province a son usage à cet égard. En Italie, le temps requis est de quatre mois ; en France, avant l'édit de 1697, il était aussi de quatre mois. Après l'édit de Louis XIV, le délai a été de six mois, si l'on changeait de domicile dans le même diocèse, et d'un an, si l'on se transportait dans un autre diocèse. Aujourd'hui la loi civile prescrit six mois. C'est, au reste, ce que je trouve consigné dans les *Institutiones theologicæ* (p. 601, 602) de M. de Clermont-Tonnerre, archevêque de Toulouse, publiées en 1829 pour les séminaires de son diocèse.

Voici enfin ce que je lis dans la *Théologie morale* de Mgr Gousset, p. 559, nos 829 et 830 ; je ne veux pas citer le passage entier transcrit dans la consultation, je me contente de vous en lire les derniers mots, qui sont remarquables par leur énergie :

« Le curé ne mariera ceux qui sont récemment établis dans sa paroisse qu'après » s'être assuré qu'ils sont libres et avoir fait publier leur mariage, si le rituel du » diocèse l'exige, dans la paroisse où ils avaient fixé leur domicile auparavant. » On suppose d'ailleurs que les parties contractantes ont réellement l'intention de » se fixer dans la paroisse qu'ils habitent actuellement : on peut en juger par les » circonstances. Les personnes qui quitteraient leur paroisse, en fraude de la loi, » conservant l'intention d'y rentrer après avoir contracté dans une autre paroisse, » ne pourraient se marier en présence du curé de cette dernière paroisse, à moins » qu'elles n'y eussent résidé six mois ou un an, suivant les règlements du dio- » cèse. »

Enfin, et c'est par là que je termine, le rituel du diocèse de Bordeaux, publié par Mgr Bazin de Bezons, et réimprimé avec changements et additions en 1829, par le très illustre et tant regretté cardinal de Cheverus, contient les mêmes conditions que celles exigées par les diocèses de Toulouse et du Mans :

« La paroisse, lisons-nous, où doit se faire la publication des bans est celle où les » personnes qui veulent se marier demeurent actuellement et publiquement. Dès » qu'une d'elles a deux domicile en deux différentes paroisses où elle demeure » également, les bans seront publiés dans ces deux paroisses.
» Une personne est censée domiciliée dans une paroisse lorsqu'elle y fait sa rési- » dence actuelle depuis six mois, en cas qu'elle demeurât auparavant dans une » autre paroisse de ce diocèse. Que si elle demeurait auparavant dans un autre » diocèse elle n'acquiert de domicile dans une paroisse de celui-ci qu'après y avoir » demeuré un an entier. »

Messieurs, si je ne vous parle pas des casuistes italiens ni des casuistes espagnols, ce n'est pas que je craigne les conséquences de leur opinion ; vous la trouverez résumée dans un des écrits que nous avons publiés, mais il paraît plus utile de savoir quel est notre droit canonique français, au moment actuel et dans le diocèse de Bordeaux particulièrement. Vous le voyez très claire-ment : pour marier deux personnes en France, il faut qu'elles résident depuis six mois dans la paroisse du curé qui les marie, je ne parle pas de ceux qui changent de diocèse. Que résulte-t-il de là ? Que Mgr l'archevêque de Bordeaux n'était l'ordinaire des parties à aucun titre, et que, par conséquent, il n'a pas pu donner la licence au curé de Renteria ; je n'ai pas à m'occuper de la distinction que l'on a faite entre les mots *licence* et *autorisation ;* par cela seul que Mgr l'archevêque de Bordeaux n'était pas l'ordinaire des parties, il est bien évident qu'il n'a pu donner ni licence ni autorisation.

Un mot maintenant sur la transcription. On savait, ceci est certain, qu'elle était nécessaire. Où devait-on la faire ? si l'on appartenait au diocèse de Bordeaux, évidemment dans le diocèse de Bordeaux, dans la paroisse de la Barde où est situé le château de Giscours. Est-ce là qu'on l'a faite ? Non, j'ai entre les mains un certificat du curé de la Barde attestant qu'aucune transcription n'a été faite sur les registres de sa paroisse. Cette circonstance est décisive, Messieurs, l'acte a été transcrit non dans le diocèse de Bordeaux, mais dans ceux de Paris et de Versailles, où les parties avaient leur domicile réel.

Mais, dit-on , si Mgr l'archevêque de Bordeaux n'était pas l'ordinaire des parties, Mgr l'archevêque de Paris l'était, et il a donné licence.

Remarquez bien ceci, Messieurs, on suppose dans la demande adressée à l'archevêque de Paris, un fait inexact. Après avoir dit que M. Pescatore est domicilié à Paris, on ajoute que madame Julie Weber est domiciliée *dans la paroisse de Sainte-Marie.* Mais quand bien même Mgr l'archevêque de Paris aurait donné la *Licentia,* ce mariage n'aurait pas pu être passé régulièrement à Bordeaux, puisqu'en réalité, contrairement à la déclaration, madame Weber n'avait pas de domicile à Bordeaux. Mais est-ce bien une *Licentia* que donne l'archevêque de Paris ? Non, c'est une simple dispense de publications de bans avec une permission générale, usitée dans le cas où les parties sont domiciliées dans deux diocèses différents, mais de délégation il n'en donne pas, il n'en a jamais donné. J'ajoute que le curé de Sainte-Marie, eût-il reçu une délégation de l'archevêque de Paris, il n'aurait pas pu subdéléguer, en vertu de ce principe : *Delegatus non potest subdelegare,* On prétend qu'il le pouvait si l'archevêque de Paris y consentait, et on vous a lu pour le prouver un passage de Mgr Bouvier. Je ne veux pas abuser de vos instants et vous relire ce passage, mais vous le lirez vous-mêmes, Messieurs, vous lirez ce que dit Mgr Bouvier relativement à la délégation, et vous vous convaincrez qu'il est impossible d'admettre que Mgr l'archevêque de Paris, qui n'avait donné aucune délégation et qui, dans tous les cas, l'aurait donnée à un curé du diocèse de Bordeaux, ait consenti à ce que ce dernier subdéléguât le curé de Renteria. Rien ne justifie donc la prétention des adversaires ; le mariage célébré par un curé incompétent est complétement nul aux termes du concile de Trente, *irritus et vanus ;* il n'existe pas, il n'a jamais existé.

J'arrive à la seconde condition, le défaut de publications. Je ne reviendrai pas sur ce que j'ai dit à cet égard ; je consens même à ce que le tribunal n'adopte pas le système de la nullité absolue, qu'il prenne le système mitigé de l'arrêt de 1854. que je ne relis pas, mais que vous relirez. Vous verrez que cet arrêt commence par indiquer dans quel intérêt, pour quel motif l'article 170 permet à des Français de se marier à l'étranger. Dans quelles circonstances l'a-t-il permis ? quand des Français sont *domiciliés à l'étranger.* Quand ils y sont établis, quand ils ont pu oublier leur patrie, le défaut de publications peut être excusé, mais l'excuser toujours, ce serait rendre illu-

soires les prescriptions de l'article 170. Et puis, dans le même arrêt, le tribunal trouvera à quelles conditions on peut valider un mariage fait sans publications en France ; il y verra aussi qu'aucune de ces conditions ne peut
s'appliquer au mariage de madame Weber, et que par conséquent il est
impossible de soutenir la validité d'un mariage ainsi fait.

Prenez les écrits mêmes des consultants de madame Weber, et vous y verrez que si l'on n'a pas fait de publications en France, c'est qu'on a voulu systématiquement les éviter ; on était retenu par une fausse honte, on ne voulait
pas publier ce mariage, on avait ses raisons pour cela. Eh bien ! madame Weber se rappelle qu'à Strasbourg, en 1838, son mariage ayant été publié, la
publication avait suffi pour le faire rompre. M. Pescatore ne voulait pas
publier son mariage, une fausse honte l'empêchait d'avouer qu'il n'était pas
marié quand tout le monde le croyait marié. Tant que vous voudrez, toujours
est-il que vous avez systématiquement évité les publications que la loi vous prescrivait, je n'ai pas à rechercher pourquoi vous les avez évitées, j'ai à constater
que lorsque la loi vous disait : « Publiez! » Vous avez dit : « Je ne veux pas
publier. » Maintenant vous me citerez des milliers d'espèces, vous n'en trouverez pas une seule où les tribunaux aient dit : « Attendu que les parties ont
systématiquement évité les publications, systématiquement violé la loi, le
mariage doit être validé. » Prenez tous les arrêts, vous verrez qu'à certaines
époques les tribunaux ont admis comme valables certains mariages non précédés de publications, mais vous n'en trouverez pas un dans lequel on ait soutenu ce système audacieux : « Je pouvais publier mon mariage en France, je
ne l'ai pas voulu, soit parce que je craignais les effets des publications qui
m'avaient été si fatales il y a quinze ans, soit parce que je ne voulais pas dire
que je n'étais pas mariée, j'ai systématiquement évité de le faire, et le tribunal
m'excusera de ne l'avoir pas fait. » Je le répète, il n'y a pas une seule espèce
où les tribunaux aient amnistié une violation flagrante et avouée de la loi.

Ce point suffisamment éclairci, je passe au troisième motif : la clandestinité.

Mon honorable confrère a bien voulu reconnaître que le mot de clandestinité a deux sens : le sens vulgaire et le sens légal, qu'il ne faut pas confondre,
comme on l'a fait maintes fois dans les consultations publiées en faveur de
madame Weber? Qu'est-ce, dans le sens légal, que le mariage clandestin ?

Le mariage clandestin est celui qui est dépourvu des formes de publicité que
la loi prescrit. Quelles sont ces formes ? Vous vous présenterez devant l'officier de l'état civil compétent, vous irez à la mairie (en Espagne à l'église,
mais non pas dans la chambre du curé), et puis quand votre mariage sera contracté, on en constatera l'existence par la transcription sur les registres de
l'état civil ; votre mariage pourra rester secret, mais il sera bon. De toutes ces
formalités en avez-vous rempli une seule ? Je n'en demande qu'une. Je comprends que dans les arrêts rendus sur cette question on ait trouvé quelquefois
que l'une des formalités accomplies pouvait suffire. Mais vous, en avez-vous
accompli une seule ? Où est l'officier compétent ? où sont vos publications ?
où est la transcription de votre acte de mariage ? Vous savez, messieurs, comment la cérémonie a eu lieu. On prend pour témoins deux étrangers, l'un
Irlandais, l'autre Espagnol ; on avait un domestique, on a soin de le laisser à
la frontière ; et puis on va à Renteria. On vous a raconté que madame Weber

y était arrivée souffrante, mourante, qu'elle s'était présentée à l'église, où tout était disposé pour la cérémonie, mais qu'elle n'avait pu supporter le froid et l'humidité, et qu'alors elle était allée au presbytère pour faire bénir le mariage. Rien de plus inexact ; nous avons le récit fait devant notaire de l'un des témoins, le maître de poste, et ce récit a été confirmé par le curé de Renteria lui-même (1). On est allé directement chez le curé, dans sa chambre où l'on s'est marié, on est allé ensuite visiter l'église par curiosité. Le séjour de Renteria n'a pas duré plus d'une heure et demie, et puis aussitôt on est revenu en France. Voilà la vérité dégagée des contes suggérés par madame Weber à son défenseur.

De retour en France, il y a encore une formalité à remplir : c'est la transcription. C'est une de ces formalités qui ne coûtent pas beaucoup à ces fausses hontes dont on parlait tout à l'heure. Transcrire un acte de mariage au bout de huit jours, de quinze jours, d'un mois, quelle difficulté, je vous le demande ? Il y a bien plus, M. Pescatore était, peu de temps après, devenu maire de la Celle-Saint-Cloud, il avait entre les mains les registres de l'état civil : qui l'empê-

---

(1) Voici le texte de ce document :

« En la ville de Renteria, le seize mai mil huit cent cinquante-six, par devant moi notaire royal et im-
» matriculé, soussigné, en ladite ville, furent présents : M. Péronne, avoué à Paris, fondé de pouvoirs,
» ainsi qu'il en a justifié, de la famille de M. Jean-Pierre Pescatore, décédé à Paris ; et M. Manuel Joa-
» chim de Michelena, habitant de Renteria, lesquels ont dit que M. Michelena a résolu de faire une décla-
» ration devant moi, notaire, sur les interpellations que lui a faites ledit M. Péronne, et après avoir prêté
» serment, dans les formes voulues par la loi, de dire la vérité, il dépose comme suit :
    » Interrogé par M. Péronne sur ce qu'il sait relativement au mariage célébré devant le curé de cette
» ville entre M. Jean-Pierre Pescatore et dame Anne-Catherine Weber, auquel acte il assista comme
» témoin, il répond : « Qu'un soir, vers l'année 1851, arrivèrent en chaise de poste à la maison de poste
» du déclarant, M. Pescatore et Mme Weber accompagnés de M O'Shea, banquier à Madrid. Ils demandè-
» rent où habitait M. le curé de la paroisse, d'où le déposant reçut un
» message qui l'invitait à s'y rendre, ce qu'il fit immédiatement ; là, on informa le déclarant qu'on l'y
» appelait pour être témoin du mariage qui allait se célébrer et qui se célébra entre les susnommés,
» M. Pescatore et Mme Weber, devant M. le curé de cette ville, le témoin et M. O'Shea, sans qu'il y ait
» aucune autre personne ; qu'il se fit dans la maison même du curé, où que le déclarant ne connaissait pas
» jusqu'alors lesdits M. Pescatore et Mme Weber ; qu'ensuite, et tout aussitôt, pendant que M. le curé
» dressait l'acte de mariage, les nouveaux mariés, le déclarant et M. O'Shea allèrent faire un tour jusqu'à
» l'église paroissiale pour la visiter. Après avoir obtenu la copie de leur acte de mariage, ils repartirent en
» se dirigeant du côté de la France. Tout le temps de leur séjour dans cette ville, depuis l'instant de leur
» arrivée jusqu'à celui de leur départ, n'a pas dépassé une heure et demie environ. »
    » Cette déposition faite sous la foi du serment, et revêtue de la signature du déposant, en présence
» aussi de M. le consul de France à Saint-Sébastien, M. le baron Vigent, qui a assisté à cette déposition
» sur la demande de M. Péronne, avoué. Le déposant déclare être âgé de soixante-neuf ans. En foi de
» quoi, j'ai signé moi notaire avec le baron Vigent, H. Péronne, Manuel-Joachim Michelena, Louis-Ignace
» de Sorondo.
    » Cette copie concorde fidèlement avec l'original qui se trouve dans mon registre de notaire de l'année
» courante, auquel je renvoie page 63 ; en foi de quoi, j'ai signé la présente, à Renteria, à la date
« ci-dessus.   *Signé :* Louis-Ignace de Sorondo. »

Lettre de don Joseph Ramon Irigoyen à M. Péronne.

« Renteria, le 17 mai 1856.

    » Monsieur Péronne.
    » Mon cher Monsieur, la déclaration qu'a faite M. Manuel-Joachim de Michelena devant M. Denis-
» Ignace de Sorondo, notaire en cette ville, sur le mariage qui y a été contracté par M. Jean-Pierre Pesca-
» tore et Anne Catherine Weber, et sur les circonstances qui ont accompagné leur arrivée, leur séjour
» et leur départ après une heure et demie environ, est l'expression de la vérité.

                        Signé : Joseph-Ramon Irigoyen.

chait d'y transcrire son mariage, s'il croyait avoir fait un acte civil? Ce n'était pas là une formalité bien difficile et bien gênante. Il n'y a eu aucune transcription. Toutes les prescriptions de la loi, toutes sans exception, ont été éludées. Si jamais nullité a été évidente, éclatante, c'est celle du mariage contracté le 8 novembre 1851.

Il me reste à démontrer que la demande de madame Weber est contraire à l'acte solennel qui, en France, a réglé le partage des droits entre l'Église et l'État.

L'article 54 du concordat s'oppose à ce qu'un prêtre procède en France à un mariage religieux qui n'aurait pas été précédé d'un mariage devant l'officier de l'état civil. On en convient, mais on dit : « Si le curé, par lui ou par son délégué, fait célébrer ce mariage à l'étranger, à une demi-lieue de la frontière, ce mariage sera valable. D'ailleurs, ne vous effrayez pas, cette pratique ne mettra aucunement nos institutions en péril. »

En vérité, j'admire ces imprudences : je ne vous demande pas, messieurs, de trancher ici une question politique; mais je me pose cette question : Y a-t-il avantage pour le clergé à déchirer ce pacte de paix conclu au commencement de ce siècle entre lui et l'autorité civile, à éluder les dispositions du concordat?

Et les éludez-vous quand vous dites aux prêtres français : Si vous procédiez au mariage en France, il serait nul; mais vous pouvez passer la frontière, procéder au mariage, et il sera bon. Il n'y a pas de danger, dites-vous, et nos prélats respectent la loi civile; soit. Je ne rechercherai pas si plusieurs de nos évêques n'ont pas manifesté, dans ces derniers temps, des sentiments hostiles au concordat, si Mgr Gousset n'a pas inséré dans un de ses ouvrages une protestation violente contre ce grand traité de paix; mais au moins il y a danger, par ce singulier amendement, d'altérer les rapports de l'Église et de l'État. Je n'ai pas dénoncé d'empiétements de la part du clergé; je me plais à reconnaître que, de toutes parts, de très honorables et très savants ecclésiastiques m'ont prié de vous déclarer que la majorité du clergé regarde le concordat comme une loi salutaire et respectable.

Mais il n'en est pas moins vrai que dans le débat actuel, c'est une violation du concordat que l'on vous demande d'autoriser.

Et à quel propos : pour cette femme qui, au mépris de la probité et de la loi morale, veut transformer un acte religieux en un acte de communauté !

Quel origine aurait cette innovation que l'on veut introduire dans notre droit public? Et lorsque de nombreux abus se seraient révélés, quand on demanderait ce qui aurait pu leur donner naissance, à quelle époque un tribunal, saisi de cette étrange prétention, pour la première fois, l'aurait admise, dans quel intérêt, dans quelle préoccupation respectable, pour protéger quelle vertu? On répondrait : c'est à l'occasion de madame Weber... Je n'insiste pas, je ne pense pas que le concordat doive périr devant un tel intérêt. Ainsi le mariage est nul, parce qu'il est contraire à la probité, à la vérité, à nos lois civiles, à notre droit public.

Maintenant parlerai-je des circonstances à l'aide desquelles on voudrait faire vivre ce mariage qui n'a aucune existence, qui est *irritus et vanus?* On a invoqué la possession d'état, la bonne foi. Ai-je besoin de revenir sur ce point ?

Il le faut bien, car disent mes adversaires, dont j'ai les consultations dans les mains : Comment ! après une possession de dix ans, les tribunaux viendraient briser sa situation, lui enlever tous les avantages que cette possession lui a procurés, sous le rapport de la fortune !... Laissons de côté cette considération ; je ne sais pas quelle importance on y attache. On a souvent dit que madame Weber avait contribué à la fortune de M. Pescatore. Tout le monde sait que cette fortune, qui en 1851 était plus considérable qu'on ne le dit, car elle s'élevait à 10 millions, j'en ai la preuve, a été gagnée par M. Pescatore dans des entreprises commerciales qu'il dirigeait seul. Cela est notoire ; madame Weber n'y a pris aucune part, elle a contribué à quoi ? à dépenser la fortune de M. Pescatore, cela est vrai (rires). Sans doute, elle a aidé à tenir la maison de M. Pescatore : les réceptions y étaient brillantes, la table bien servie ; c'est là que madame Weber a trouvé les amitiés puissantes qui la soutiennent aujourd'hui. C'est elle qui faisait les honneurs des fêtes de la Celle-Saint-Cloud ; c'est le seul rôle qu'elle ait eu dans les affaires de M. Pescatore.

Je me suis déjà expliqué sur les faits dont on veut faire résulter sait la possession d'état ; ils n'ont pas eu le caractère qu'on veut leur attribuer. Cette possession était irrégulière dans son principe ; elle existait avant le mariage, elle continuait après, on n'en peut rien conclure. Et puis les vices dont est entachée l'union de Renteria ne sont pas de ceux qui peuvent être couverts par la possession d'état.

Il me reste une dernière objection à combattre, celle tirée de la bonne foi. Je crois, messieurs, que l'erreur de droit, quoi qu'on en dise, ne permet pas d'invoquer la bonne foi. Je prie le tribunal, car j'ai peut-être aussi dépassé le temps qui m'était assigné, de vouloir bien se reporter à cet égard à la consultation de M. Laboulaye, p. 45, et à celle de M. de Vatimesnil, il y trouvera, sous le rapport du droit, quelle peut être la force de l'argument tiré de la bonne foi des parties.

On se prévaut contre nous d'un arrêt de la cour de Paris de 1837 ; mais le tribunal se rappelle dans quelles circonstances cet arrêt a été rendu. Il s'agissait d'une jeune fille de seize ans, qui, assistée de ses parents et de tous les amis de sa famille, s'était présentée, avec toute la publicité possible, devant un pasteur luthérien ; il ne s'agissait même plus d'elle, puisque les deux époux étaient décédés, il s'agissait des deux enfants mineurs qu'ils avaient laissés. Leur demande fut accueillie : voilà l'espèce de l'arrêt de 1837. Je vous le demande : y a-t-il le moindre rapport entre cette situation et celle de madame Weber ? Et puis, sur le pourvoi formé contre cet arrêt, la cour de cassation évita de se prononcer sur la question de bonne foi, trouvant d'autres motifs suffisants pour protéger l'arrêt de la cour de Paris.

En fait, y a-t-il bonne foi de la part de madame Weber ? Je ne serai pas blessant, mais je dois exprimer ma pensée. Il peut y avoir bonne foi chez une jeune fille de seize ans, se mariant en présence de ses parents et de ses amis, comme celle dont je parlais tout à l'heure. Mais qu'était madame Weber lorsqu'en 1837, à trente-cinq ans, elle entrait chez M. Pescatore ? Elle était femme de charge. De ce point de départ, quoi qu'on puisse dire, elle s'élève par degrés, non pas en honneur, je suis loin de l'admettre, mais en condition. Elle devient la maîtresse de la maison, et reste pendant douze ans dans la situation que vous savez. Et puis on nous a appris un fait étrange : en 1850, elle s'empoisonne, et après cet empoisonnement, vrai ou faux, M. Pescatore, vaincu, finit par consentir au mariage.

Messieurs, je ne sais ce que vous en pensez, mais, quant à moi, ces efforts persévérants, poursuivis pendant tant d'années, ces moyens extrêmes, désespérés, pour obtenir une promesse de mariage, ne me démontrent pas la bonne foi. J'y vois clairement que M. Pescatore n'avait pas la moindre intention de se marier. Si quelque chose prouve l'énergie de sa répugnance, c'est assurément le procédé violent employé pour la surmonter.

Mon honorable adversaire nous a raconté qu'entre la promesse du mariage et sa célébration il s'était écoulé un certain temps. Est-ce que dans cet intervalle, madame Weber qui, d'après ce qu'elle nous a appris, était en communication journalière avec Mgr l'archevêque de Bordeaux, n'avait reçu de lui aucune donnée sur les conditions auxquelles on peut se marier? Elle a cru de bonne foi que pour contracter mariage il fallait se rendre furtivement dans un petit village d'Espagne, où on n'était jamais allé, ou l'on ne connaissait personne, y passer une heure et demie et revenir ensuite en France!... Personne ne croira cela, madame Weber connaissait parfaitement les dispositions des lois françaises sur le mariage ; la preuve en est claire, les publications faites par elle-même, à Strasbourg, lorsqu'elle devait s'y marier, ne peuvent laisser l'ombre d'un doute.

Que l'on ne dise pas que ces publications ont été faites en Suisse : elles ont eu lieu très positivement à Strasbourg ; je produis la pièce officielle, et c'est à la suite de ces publications de bans que le mariage a échoué. Il y a plus, notre adversaire a une sœur, Anne Weber, qui s'est mariée à Paris, en 1850 ; elle a donc bien su comment on se mariait puisque sa sœur s'est mariée à côté d'elle. Enfin cette femme qui a vécu quatorze ans dans le monde au milieu de la société parisienne, peut-elle prétendre qu'elle est demeurée dans une telle ignorance ! Non, en fait il n'y a pas de bonne foi.

Messieurs, j'ai parcouru le cercle que je m'étais tracé. J'ai démontré que la prétention de madame Weber était contraire à la probité, contraire à la vérité ; j'ai démontré qu'elle ne saurait être accueillie sans qu'il en résultât une atteinte à notre droit civil et l'affaiblissement de ce grand pacte qui maintiennent le repos de l'Église et la tranquillité de l'État. Je devais appeler votre attention sur des intérêts si graves ; il me suffit de vous les avoir signalés, et maintenant j'attends avec confiance votre décision.

Nous croyons devoir publier les passages des consultations de MM. Laboulaye, de Vatimesnil et Capmas, cités dans la plaidoirie de M⁰ Dufaure.

EXTRAIT DE LA CONSULTATION DE M. LABOULAYE.
(3ᵉ édit., p. 85.)

§ a. *En droit, l'exception de bonne foi n'est pas admissible quant il s'agit d'un mariage clandestin.*

En frappant le mariage clandestin d'une nullité d'ordre public et en reconnaissant les effets civils au mariage contracté de bonne foi, le législateur n'a pas voulu sans doute détruire d'une main ce qu'il établissait de l'autre ; car s'il suffit d'alléguer la bonne foi, quel mariage clandestin ne serait pas valide ou du moins n'obtiendrait pas tous les effets civils ?

La bonne foi est sans doute chose respectable quand elle existe, mais il y a aussi un autre principe non moins considérable, qui dit que *nul n'est censé ignorer la loi*, et il est clair que ces deux principes régissent tous deux le mariage. Comment les concilier ? Comment les limiter l'un par l'autre ?

Comment empêcher qu'au nom de la bonne foi on ne paralyse la loi ? et, d'un autre côté, comment respecter une erreur excusable et ne pas donner à un principe juste une portée trop grande et qui le dénaturerait ?

Nos anciens jurisconsultes s'étaient occupés de cette question, et il y a six siècles qu'ils l'avaient déjà résolue par un tempérament équitable, tempérament adopté par les rédacteurs du Code Napoléon, et qui condamne les prétentions de madame Weber.

Écoutons Portalis : aussi bien, c'est toujours à lui seul qu'il en faut revenir, car il possède l'esprit de l'ancienne jurisprudence non moins que celui du Code Napoléon.

« Quoique régulièrement le seul mariage légitime et véritable puisse faire de vé-
» ritables époux et produire des enfants légitimes, cependant, par un effet de la
» faveur des enfants et par la considération de la bonne foi des époux, *il a été*
» *reçu par équité que s'il y avait quelque empêchement caché qui rendît ensuite*
» *le mariage nul, les époux, s'ils avaient ignoré cet empêchement,* et les enfants
» nés de cette union, conserveraient toujours le nom et les prérogatives d'époux
» et d'enfants légitimes, parce que les uns se sont unis et les autres sont nés *sous*
» *le voile, sous l'ombre, sous l'apparence du mariage.*
» « De là cette maxime commune, que le mariage putatif, pour nous servir de l'ex-
» pression des jurisconsultes, c'est-à-dire celui que les conjoints ont cru légitime,
» a le même effet pour assurer l'état des époux et des enfants qu'un mariage vérita-
» blement légitime : *maxime originairement introduite par le droit canonique,*
» *depuis longtemps adoptée dans nos mœurs, et aujourd'hui consacrée par le*
» *projet de loi.* •

Ainsi, suivant Portalis, écho de la tradition, la bonne foi consiste *à ignorer quelque empêchement caché, qui rend ensuite le mariage nul,* et c'est là un principe tout à fait équitable. J'épouse une femme déjà mariée, mais qui a

dissimulé sa première union, et qui, profitant de ce que j'ignore l'existence
d'un premier époux, s'est présentée à moi comme étant libre, voilà un *empêchement caché* que je ne pouvais pas connaître : le retour du premier mari
annule la seconde union, mais il est juste d'en respecter les effets civils. Supposons encore que j'épouse une femme morte civilement, ou qui, en se mariant sous un nom qui n'est pas le sien, a dissimulé ainsi l'existence de son
père ; en ces deux cas, ma bonne foi est probable ; il est juste que je ne souffre
pas d'une ignorance peut-être insurmontable, et certainement involontaire ;
la loi me prend donc sous sa protection.

Mais il faut bien remarquer qu'en tous ces exemples, qu'il serait aisé de
multiplier, l'État doit être d'autant plus indulgent pour mon erreur qu'il l'a
en quelque façon partagée et autorisée. Je me suis marié publiquement, devant l'officier civil compétent ; j'ai rempli toutes les conditions voulues par la
loi pour assurer la sincérité et la légitimité des mariages. La foi publique
n'existe pas si elle n'est pas attachée à un pareil engagement. En est-il de
même si j'ai commencé par me soustraire à toutes les formes établies ? Ce
que le juge doit protéger, est-ce, non plus l'ignorance d'un fait caché, mais
l'ignorance et la violation de la loi ?

Savoir si ma fiancée a déjà été mariée, si elle a encore son père, si elle
jouit de tous ses droits civils, c'est chose souvent difficile et quelquefois impossible ; mais savoir quelle est la loi est toujours chose aisée, surtout quand
il s'agit d'un acte aussi solennel et aussi fréquent que le mariage.

On voit donc que dans les deux cas la question n'est pas la même, et que
l'ignorance prétendue de la loi ne peut pas se mettre sur la même ligne que
l'ignorance d'un empêchement caché. La dernière seule constitue la bonne
foi.

Cette distinction si naturelle a toujours existé. Portalis nous dit que c'est
le droit canonique qui a introduit l'exception de bonne foi. Nous allons voir
qu'Innocent III, le pape législateur, a limité cette exception dans la loi même
qui l'établit.

Innocent III, au Concile général de Latran (an 1216).

« En nous attachant aux traces de nos prédécesseurs, nous défendons les
» mariages clandestins, et de plus nous défendons qu'aucun prêtre ose y
» assister...

« Mais si quelqu'un ose contracter un pareil mariage clandestin, et se
» marie au degré prohibé, même en l'ignorant, les enfants nés de ce mariage
» seront tenus pour illégitimes, et l'ignorance de leurs parents ne leur servira
» de rien ; car ces parents, en contractant de la sorte, ou paraissent avoir
» connu l'empêchement, ou sont coupables d'une *ignorance affectée*. »

Comment cette sage distinction avait-elle été reçue par notre ancienne jurisprudence, Coquille va nous l'apprendre.

« Il faut pour être réputé vrai mariage pour les droits civils, que le mariage soit
» célébré au lieu où se dit la messe paroissiale, et en grande, pleine et entière
» assemblée des chrétiens, et après bans proclamés. Ainsi le tient Marian Socin le

» Jeune, mon précepteur (Consil. 31 et 86, vol. II) et allèguent l'anormitanus (in
» cap. *Ex fenore*, Ex. *Qui filii sint legitimi*, et Du Moulin, en l'annotation sur
» la coutume d'Angoumois, article 40. Et selon le droit canonique, quand le ma-
» riage a été fait clandestinement sans proclamation de bans, ou autre part qu'en
» lieu public, la bonne foi et la juste ignorance que l'un des mariés peut avoir de
» l'empêchement qui serait au mariage (comme si l'un est marié ailleurs, ou est
» lié par vœu, ou est parent ou allié au degré prohibé.) ne sert et ne relève de
» rien, et n'empêche que le mariage ne soit illégitime (cap. *Cum inhibitio* Ex.
» *De clandestiná despons.*). Mais quand le mariage a été solennement fait, la bonne
» foi et l'ignorance de l'un des mariés fait que les enfants sont légitimes. »

Toute notre ancienne jurisprudence a marché dans cette voie. Loin d'admettre qu'un mariage clandestin puisse être contracté de bonne foi, on a toujours soutenu que ceux qui ne s'étaient pas mariés solennellement ne pouvaient même pas faire valoir leur ignorance d'un empêchement caché « *On
» n'est en bonne foi aux yeux de la loi*, disent les auteurs du Nouveau De-
» nizart, *qu'autant qu'on a fait tout ce qu'elle prescrivait pour faire un
» acte légitime.* » Et d'Aguesseau, dans l'affaire Fiorelli, répétait que « *la
» loi récompense l'innocence telle qu'elle se trouve dans celui qui contracte
» de bonne foi*, PAR ERREUR DE FAIT, *un mariage défendu.* » Jamais nos
anciens jurisconsultes n'ont donné des effets civils à la violation de la loi ;
c'est à l'erreur de fait accompagnée du respect de la loi qu'ils ont attribué les
privilèges de la bonne foi.

Là définition qu'ils donnent du mariage putatif suppose toujours la solennité de la célébration : *Matrimonium putativum est quod boná fide, et solen-
niter saltem opinione conjugis unius justá, contractum inter personas jungi
vetitas consistit.*

C'est la définition qu'en donnait Hertius, célèbre professeur de droit en
Allemagne, dans une dissertation très importante sur le mariage putatif, et
cette définition avait été universellement adoptée. On la retrouve chez les
jurisconsultes espagnols.

« Pour que la bonne foi soit parfaite, dit Escriche, il est nécessaire : 1° que
» *les époux aient célébré leur mariage avec les solennités prescrites ;* 2° qu'ils
» aient ignoré les vices qui le rendaient nul ; 3° que cette ignorance soit ex-
» cusable.

Escriche n'est ici que l'écho des canonistes, et le pape Benoît XIV exige
également, pour que les enfants soient réputés légitimes dans un mariage
putatif : 1° que l'empêchement n'ait pas été connu ; 2° que l'un des deux
époux ait cru le mariage régulièrement contracté ; 3° *que ce mariage ait été
célébré devant le propre curé.*

M. Bravo Murillo nous dit également, dans sa consultation :

« Suivant la législation et la jurisprudence d'Espagne, le mariage nul par dé-
» faut de quelque solennité essentielle ne produit point les effets civils du mariage
» légitime, encore bien qu'il y ait bonne foi chez les parties. Le mariage nul par
» suite d'empêchement dirimant peut produire des effets civils quand les deux par-
» ties ou l'une d'elles ont contracté l'union de bonne foi, et l'ont crue légitime dans
» l'ignorance de l'empêchement. Cette différence dans les deux cas ne paraît pas dé-

» nuée de fondement. Dans le cas de nullité pour défaut de solennité, on manque
» nécessairement à la loi qui exige la solennité omise; on ne peut commettre cette
» faute de bonne foi sans supposer l'ignorance de la loi qui établit la solennité. Or,
» l'ignorance de la loi ne se suppose, et, *alors même qu'elle existe, elle ne profite*
» *pas.* Dans le cas de nullité par suite d'empêchement dirimant, les deux contrac-
» tants, ou l'un d'eux, peuvent ignorer l'empêchement; c'est une ignorance de fait
» qui n'empêche pas la bonne foi, et, par la même raison, quand cette bonne foi
» existe, on peut l'admettre, et elle peut servir.

   « Suivant cette doctrine, qui est celle de la législation espagnole, en supposant
» la nullité du mariage Pescatore par défaut d'autorité chez le curé de Renteria, la
» bonne foi ne suffirait pas pour produire les effets d'un mariage légitime, ni celle
» du curé de Renteria, qui ne semble pas devoir être mise en question, ni celle des
» contractants, que, d'ailleurs, on ne peut pas établir comme un fait admis sans
» contradiction dans le procès actuel. »

   Nos jurisconsultes modernes se sont prononcés dans le même sens.

   Merlin, t. VII, sect. 1, § 1, p. 197. *Légitimité* :

   « Pour que la bonne foi rende légitimes les enfants issus d'un mariage putatif il
» faut que ce mariage ait été contracté avec toutes les formes et les solennités pres-
» crites par la loi. C'est la décision expresse du chapitre : *Cum inhibitio*, et elle est
» fondée sur deux raisons : la première, que *la bonne foi est peu probable dans*
» *deux personnes qui s'unissent dans une forme prohibée : on la présume aisé-*
« *ment dans ceux qui s'engagent publiquement, parce que l'innocence ne cherche*
» *jamais les ténèbres; mais il n'en est pas de même de ceux qui, méprisant toutes*
» *les lois*, ne forment qu'un concubinage, au lieu d'une union légitime ; la seconde,
» *que cette prétendue bonne foi ne les excuse pas, parce qu'ils commencent par une*
« *action illicite et que c'est à eux à imputer tout ce qui arrive en conséquence.* »

   Proudhon, *Traité des personnes*, t. II, p. 3 :

   « Pour qu'un *mariage nul soit véritablement putatif*, et *opère les effets civils,*
» il faut que la nullité dont il est affecté provienne d'un *empêchement de fait*, tel
» qu'il ait été permis aux époux de l'ignorer, et non pas d'un *empêchement de droit,*
» dont l'ignorance est inexcusable.

   « Ainsi un mariage nul, pour avoir été célébré d'une manière clandestine et
» contre les formes légales, ne rendrait pas légitimes les enfants qui en naîtraient,
» lors même qu'on supposerait que les époux ne connaissaient pas les formes omises,
» parce qu'il n'est permis à personne d'ignorer le prescrit de la loi sous laquelle on
» agit ; l'ignorance du droit ne suffirait donc pas pour constituer les père et mère en
» état de bonne foi; dès lors leur conjonction ne serait plus, aux yeux de la loi,
» qu'un commerce immoral, et les enfants qui en naîtraient, des enfants illégitimes.
» (Duranton, n°⁵ 348, 350 ; Toullier, t. V, p. 376, § 657.)»

   Qu'il me soit permis de citer encore sur une question analogue l'opinion de
M. le président Troplong, qui trouve ici son application :

   Prescriptions n° 926. « Si l'erreur consiste en droit, elle ne peut pas servir
» d'excuse. Paul a écrit avec infiniment de sens cette règle de droit, qui n'est
» jamais trompeuse : *Nunquam in usucapionibus* juris error *possessoribus pro-*
» *dest.*

« Les canonistes, toujours enclins à ces distinctions des cas de conscience qui
» ont rendu les jésuites si fameux, avaient cherché à ébranler cette vérité. Sui-
» vant eux, on devrait excuser celui qui erre en droit sur une matière épineuse,
» et condamner celui qui se trompe sur un droit clair et dont on peut facilement
» s'instruire. Mais on voit jusqu'où l'on pouvait aller avec cette commode doc-
» trine des cas difficiles et des cas faciles. *C'était la ruine de toute règle et l'arbi-*
» *traire substitué à la loi.* Les tribunaux civils rejetèrent cette subtilité. »

J'ai honte d'insister sur un point aussi connu, et sur lequel il n'y a qu'une
opinion.

Quelle que soit le plus ou le moins de sévérité des auteurs modernes sur les
conditions de la bonne foi, ils exceptent toujours la clandestinité, et demandent que pour invoquer le bénéfice d'ignorance, le mariage quoique nul
ne manque pas cependant des conditions essentielles à son existence.
C'est le mariage contracté de bonne foi, dit Demolombe, *qui peut produire
les effets civils; donc il faut qu'il y ait au moins un mariage tel quel, une
célébration enfin quelle qu'elle soit, et c'est par ce motif que j'adopterais
l'arrêt de la Cour de Bourges, qui a décidé que l'union célébrée devant un
prêtre ne pouvait pas être considérée oux yeux de la loi civile comme un
mariage putatif.* (17 mars 1830. Saxy c. Lespinasse ; Dalloz, 1830, II, 215.)

Cet arrêt, qui fait une juste application du principe, tranche la question.
Personne en France ne prétendrait qu'un simulacre d'union célébré devant
un prêtre constituerait un mariage, et cependant, dans l'espèce, il faut aller
jusque-là, et soutenir qu'en pareil cas, si le mariage n'est pas valide, au
moins la bonne foi est évidente, ce qui ouvrira la porte à tous ceux qui
veulent se jouer de la loi. En effet, dès que la bonne foi suffit, on ne voit pas
pourquoi le mariage accompli devant un prêtre français par délégation d'un
archevêque serait moins excusable que le mariage de Renteria, accompli
devant un prêtre espagnol.

Qu'on donne de pareils priviléges à la bonne foi prétendue, et bientôt il
suffira de la bénédiction d'un prêtre pour attribuer tous les effets civils à une
union clandestine. Est-ce là ce que le Code Napoléon a voulu ?

EXTRAIT DE LA CONSULTATION DE M. CAPMAS (page 5).

Que signifie la règle *locus regit actum?* Le sens n'en est pas douteux, et la
portée, c'est-à-dire l'étendue qu'on doit lui donner, ne l'est pas davantage.
Elle signifie qu'un acte passé à l'étranger selon les formes consacrées par la
législation du pays où il est célébré, avec le concours des autorités de ce
pays, agissant dans les limites et selon les règles de leur compétence, est
valable. Mais elle n'a jamais signifié, elle n'a jamais pu vouloir dire qu'un acte
passé à l'étranger, qui par lui-même, et isolé, serait nul, puisse devenir valable
par l'accession, par le concours d'un autre acte fait en France contrairement
aux règles et aux principes les plus certains du droit français. Si la règle
qu'on invoque avait ce sens, au lieu d'être sage, raisonnable et logique, ce

serait le comble de la déraison, ce serait le législateur se donnant tort à lui-même et se contredisant comme à plaisir.

Est-il vrai que le mariage de Renteria ne pouvait être célébré en Espagne, dans les circonstances dans lesquelles il a eu lieu, sans le concours des prélats français, sans le concours obligé de Mgr l'archevêque de Paris, ou de Mgr l'évêque de Versailles, ou de Mgr l'archevêque de Bordeaux, peu importe lequel ? Est-il vrai que ce concours était absolument indispensable ? Est-il vrai que ce concours était un élément substantiel de la validité de l'acte ? Est-il vrai que sans ce concours le mariage n'était pas possible ? Est-il vrai que sans ce concours, sans la *licentia* donnée par un prélat français, le mariage n'eût pas existé ? Si cela est vrai, et c'est incontestable, il est incontestable aussi que l'acte est nul comme mariage civil, nul de toute nullité aux yeux de la loi française ; car ce concours lui-même, cette *licentia*, élément essentiel de sa validité, ne peut avoir aux yeux de la loi civile française aucune valeur : car ce concours, en tant qu'il s'agit de mariage civil, comme vous le prétendez, a été donné contre et malgré la loi française.

Et il ne sert de rien que vous traduisiez cette expression *licentia* de telle ou telle manière. Permission, autorisation, délégation, mandat, peu importe ; ce qui est bien certain, et sur ce point l'équivoque n'est pas possible, c'est que cette *licentia* était un élément indispensable de la validité de l'acte de Renteria, et qu'elle-même est sans valeur aux yeux de notre droit pour servir de fondement à un mariage civil.

Si on veut juger de la solidité de ce raisonnement et de la fragilité du système opposé, qu'on examine et qu'on pèse les conséquences ; elles sont nombreuses, saisissantes, et se présentent facilement à l'esprit.

Avec le système imaginé pour madame Weber, toute l'économie de notre loi, relativement aux formes auxquelles le mariage est assujetti, disparaît ; demain, le curé de Renteria ou tout autre curé espagnol devient, concurremment avec le maire de chacune de nos communes, et pour l'acte le plus important de la vie civile, l'officier de l'état civil de tous les Français.

Avec ce système, on anéantirait toutes les garanties sérieuses de publicité que notre droit a voulu établir.

Avec ce système enfin, on arrive à ce résultat incroyable, mais d'une logique si inévitable qu'il est avoué, reconnu, presque proclamé par les défenseurs de madame Weber, c'est qu'un prêtre français pourrait parfaitement, en se transportant en Espagne avec deux Français qui n'auraient jamais eu de domicile dans ce pays, et en y passant quelques instants seulement, célébrer leur mariage, les unir, non pas seulement devant Dieu, mais devant la loi française, devant la loi française méprisée et délaissée.

La question doit être examinée à deux points de vue : en droit et en fait.

Le point de droit est parfaitement traité dans la consultation de M. Édouard Laboulaye : il établit que la bonne foi n'est admissible que lorsqu'il y a eu simple *erreur* de *fait* (par exemple, sur l'existence d'un précédent mariage), et que les solennités indispensables ont été accomplies. Il a cité les autorités les plus décisives : d'Aguesseau, Coquille, Hertius, Escriche, Julien, Demolombe. Il s'appuie sur le droit canonique auquel le droit civil a emprunté, comme le dit Portalis, la règle relative au mariage putatif. Il invoque les paroles du même Portalis, dont il résulte que les articles 201 et 202 ne s'appliquent qu'au cas où il y a *quelque empêchement* CACHÉ *qui rend le mariage nul.* Il rapporte un arrêt de la cour de Bourges, en date du 17 mars 1830, qui a jugé dans ce sens.

A ces opinions, il faut ajouter celles de Merlin, de Proudhon, de Duranton et de Toullier.

La doctrine est si constante que nous n'avons rien à ajouter sur ce point.

———

EXTRAIT DES CONCLUSIONS DE M. DE VATIMESNIL.

Maintenant, examinons les faits :

Admettons, pour un moment, que l'erreur de droit puisse être placée sur la même ligne que l'erreur de fait, et que l'ignorance de la loi française soit quelquefois susceptible de servir d'excuse à une étrangère, alors il faut peser les circonstances et voir s'il est possible que madame Weber se soit trompée.

Il y a une première remarque à faire :

La jeune fille ou la veuve irréprochable qui contracte un mariage, est naturellement présumée de bonne foi. Comment admettre, en effet, qu'elle échange sa liberté et la dignité de sa situation contre un engagement susceptible d'être annulé ? On doit penser qu'elle a été trompée par un homme qui, entraîné par une passion désordonnée, voulait, à tout prix et à tout risque, obtenir sa possession.

Mais les rôles et l'état des choses changent complétement, quand il s'agit d'un mariage qui, pour nous servir d'une expression si souvent employée dans cette cause, avait pour objet de faire cesser une *situation irrégulière.*

En pareil cas, la femme n'a rien à sacrifier ; elle ne dicte pas la loi, elle la subit ; si on ne lui offre qu'un mariage vicié par la clandestinité ou l'incompétence, elle est réduite à s'en contenter, faute de mieux ; elle ne peut être considérée comme ayant été induite en erreur par un homme qui n'avait nul intérêt à la tromper ; elle est, au contraire, censée avoir été la confidente de ses pensées et des motifs ou des répugnances qui le portaient à préférer une forme insolite de célébration à la forme usitée et légale.

Nous n'avons pas besoin d'appliquer ces observations à l'affaire actuelle : l'application se fera d'elle-même dans tous les esprits.

Il nous reste à signaler les faits particuliers qui établissent que madame Weber ne peut avoir été dans l'erreur de droit qu'on prétend lui attribuer.

Elle était depuis très longtemps en France ; il est donc impossible de supposer qu'elle ait ignoré les règles de notre droit, relativement au mariage devant l'officier de l'état civil.

Cette ignorance est d'autant plus inadmissible, que madame Weber avait été sur le point de contracter à Strasbourg un mariage qui n'avait été rompu qu'après les publications légales, et qu'en 1850 elle avait vu marier à Paris une de ses sœurs.

Ce n'est pas tout : quand le voyage en Espagne et le mariage devant le curé de Renteria ont été imaginés, il est impossible que madame Weber n'ait pas demandé pourquoi on prenait cette voie détournée et extraordinaire ; et alors la lumière a dû nécessairement jaillir pour elle des explications qui lui ont été données. Ou M. Pescatore a dit à madame Weber : « Nous ne ferons qu'un mariage de conscience ; » et alors la cause est jugée. Ou il a cherché à la tromper, en lui déclarant que le mariage aurait la même valeur que s'il était célébré en France ; et, dans ce cas, comment n'a-t-elle pas répondu : « Pourquoi ne nous marions-nous pas à Paris ou à la Celle-Saint-Cloud ? » La raison résiste à l'idée qu'une telle discussion, inévitable dans la situation donnée, n'ait pas ouvert les yeux de madame Weber sur les conséquences du plan qui avait été adopté.

Lorsque la marche à suivre a été discutée et arrêtée entre Mgr le cardinal Donnet et M. Pescatore, il est évident que madame Weber a dû être initiée dans ce qui s'est passé à ce sujet. Partie intéressée, elle ne pouvait être tenue à l'écart ; nouvelle convertie, elle était nécessairement l'objet d'une charité affectueuse de la part du pasteur qui l'avait ramenée dans le giron de l'Église ; il n'a certainement pas manqué de lui exposer la situation où elle se trouvait, le refus persévérant de M. Pescatore de consentir à un mariage civil, la nécessité de se contenter d'un mariage de conscience.

La lettre adressée par Mgr le cardinal Donnet à Mgr l'évêque de Pampelune, et dont M. Pescatore était porteur, est-elle restée ignorée de madame Weber ? Comment croire qu'elle ait pu l'être ? Si M. Pescatore ne la lui avait pas communiquée, Mgr l'archevêque lui en aurait certainement fait connaître la substance. Dès lors, madame Weber n'a pu croire aux effets civils du mariage.

Ce n'était pas M. Pescatore qui pressait madame Weber de contracter le mariage ; c'était celle-ci au contraire qui faisait à cet égard les plus vives instances. C'est, du reste, ce qui arrive toujours dans une pareille situation. Les débats du procès ont même révélé le désespoir dans lequel madame Weber était tombée, lorsqu'elle avait craint de ne jamais atteindre un but si ardemment désiré. Dès lors les rôles étaient tracés. M. Pescatore n'avait nul besoin de feindre ; c'était lui qui fixait les conditions ; c'était à lui de dire : « Je consens au mariage, mais dans telles limites et dans telles formes. » Madame Weber a donc su tout ce qui se passait dans l'esprit de M. Pescatore ; et le mariage ne peut être putatif à l'égard de la première, s'il ne l'a été aussi à l'égard du second. Or, comme il serait absurde de le regarder comme putatif quant à M. Pescatore, il ne l'a été quant à aucune des parties.

Enfin ce qui a été dit ci-dessus de la tentative d'un mariage *in extremis* et du testament achève de renverser le système du mariage putatif.

Rapprochons ce que nous avons dit sur le point de droit de ce que nous venons de dire sur le point de fait.

Selon les auteurs, l'erreur relative à l'incompétence et à la clandestinité n'est pas admissible ; elle ne peut servir de base au mariage putatif.

Mais ceux mêmes qui trouveraient cette doctrine trop absolue seraient obligés de convenir que du moins une pareille erreur ne peut être que difficilement admise comme fondement de la bonne foi. Pour qu'elle le fût, il faudrait des circonstances toutes particulières et très favorables ; il serait nécessaire que l'ignorance du droit fût évidente et que sa démonstration ressortît de faits éclatants. Elle ne se présumerait pas, on devrait l'établir d'une manière incontestable. Or, dans le procès actuel, on est bien loin de là, puisque tout concourt, au contraire, à prouver que madame Weber a agi en aussi parfaite connaissance de cause que M. Pescatore lui-même.

CONCLUSIONS DE M. ERNEST PINARD,

Substitut du Procureur impérial.

Messieurs,

Pour aborder une dernière fois ces débats, il me faut une grande liberté d'esprit. Cette liberté, je ne l'aurais pas, si je ne répondais à deux mots de l'honorable avocat de la demande. Le défenseur de madame Weber a rappelé d'abord les attaques injustes de certains journaux, et, faisant allusion à un mot de mes dernières conclusions, il a dit que, sous le poids de paroles aussi vives et aussi véhémentes, la transaction eût été déshonorante.

Les attaques injustes dont l'honorable avocat aurait été l'objet de la part de quelques organes de la presse, nul ne les déplore plus que le ministère public ; mais que le défenseur se rassure, quelque vives que soient ces attaques, elles n'atteindront jamais son talent et sa probité.

Quant à l'allusion qui me concerne, elle est ou un reproche sérieux, ou une simple critique de mots. Un reproche sérieux, il m'étonnerait de la part de l'honorable avocat, trop habitué à nos débats pour ne point savoir que le ministère public ne cherche jamais ici que la vérité, et que, lorsqu'il croit l'avoir trouvée, il ne la sert que par des moyens dignes d'elle. Passons donc outre, car ce reproche-là, je ne l'accepterais point.

Ne serait ce alors qu'une simple critique de mots ? Elle m'étonnerait encore. Quand on est, comme le défenseur de madame Weber, un grand maître dans l'art de la parole, on doit savoir que d'efforts exige ce travail de la pensée, et combien il est difficile de dompter toujours l'expression qui doit la rendre. Mais si c'est à cela que se borne l'allusion, si l'on a voulu rappeler ces mots que j'ai pu prononcer : *La théorie ou le système de l'adversaire*, passons promptement condamnation. Non, le ministère public ne voit nulle part ici des adversaires, et tant qu'il ne s'agira que d'incorrections de langage, nous ne passerons point notre temps à les défendre..

L'incident est donc vidé. Arrivons à la sphère pure du droit. Après les développements donnés à cette affaire le mois dernier, après les consultations et les travaux signés par tant de jurisconsultes et d'écrivains célèbres (nous ne citerons personne, il faudrait les nommer tous), c'est avec regret que je rentre encore dans cette discussion. Je le fais cependant par respect pour la cause et par respect pour vous-mêmes. De tous les arguments que j'ai présentés moi-même, je n'en abandonne aucun ; je les néglige, sans en sacrifier un seul, et je dis deux mots du droit canonique et du droit français. Ce ne sera plus le développement d'une thèse, mais le faisceau ou le squelette d'une argumentation.

Il est, en matière de droit canonique, six points qu'il faut nécessairement m'accorder.

Depuis le concile de Trente, la clandestinité du mariage est une nullité d'ordre public que les collatéraux eux-mêmes peuvent invoquer.

En second lieu, la publicité, qui rend les mariages valides et qui est l'opposé de la clandestinité, n'est point laissée à l'arbitraire des parties et ne saurait résulter ni des circonstances de fait, ni de la possession d'état ; autrement il faudrait réputer clandestin le mariage secret, par cela seul que les contractants, mariés selon les formes requises, cachent leur union aux yeux du monde, et déclarer mariage valide la liaison ostensible d'un concubinage permanent. La publicité exigée est donc seulement celle qui résulte de l'accomplissement des formalités substantielles prescrites par les canons.

Troisième point. — Ces formalités de publicité prescrites par les canons du concile sont au nombre de deux : les publications et la compétence de l'officier religieux assistant au mariage. La première, hâtons-nous de le dire, n'est pas substantielle, et le défaut de publications n'est qu'un empêchement prohibitif et nullement dirimant. La seconde, au contraire, est essentielle : c'est l'unique et véritable condition qui crée la publicité ; son omission est un empêchement dirimant dans le sens absolu et rigoureux de ce mot. Si le prêtre assistant au mariage n'est ni le *parochus* des parties ou de l'une d'elles, ni le délégué de l'ordinaire, la clandestinité est complète et la nullité évidente.

Quatrième point. — Le concile de Trente, après avoir posé cette règle générale, ne s'est point expliqué sur la durée du temps qui constituerait l'ordinaire, ainsi que le lien paroissial, et il laissait dès lors chaque Église libre de déterminer, selon les mœurs et les usages, cette question locale. *Locus regit actum.* Voilà une règle bien souvent citée par le demandeur, et qui était universellement appliquée en droit canonique, auquel nos lois actuelles ont su l'emprunter. Voulez-vous établir un autre ordinaire en France, suivez la règle des diocèses de France ; voulez-vous le constituer en Italie, suivez les règles de l'Italie, si tant est qu'elles soient différentes. Est-ce que le bon sens n'est pas d'accord ici avec la vieille maxime canonique et avec la pratique universelle de l'Église ?

Cinquième point. — En France, l'ordinaire existe là où vous avez votre principal établissement, et où l'on vous suppose, par conséquent, l'*animus perpetuo morandi.* Voulez-vous, sans changer votre principal établissement, vous créer ailleurs, dans un autre diocèse, un nouvel ordinaire, il vous faut de toute nécessité au moins une résidence de six mois. C'est là le droit ancien, et c'est là le droit nouveau. Dans le droit ancien, lisons en effet Pothier, les anciens rituels, l'édit de Louis XIII de 1639, celui de Louis XIV de 1697 ; la règle y est même plus sévère que je ne l'énonçais, puisque l'ordinaire n'est constitué qu'après un an de résidence, si l'on a quitté le diocèse, et que les six mois ne suffisent pas pour ceux qui changent de paroisse sans changer de diocèse. Dans le droit nouveau, consultons le synode de Lyon de 1827, les usages constamment pratiqués dans chaque province ecclésiastique, et écoutons l'éminent cardinal de Reims si souvent cité par l'honorable avocat de la demande :

« Les personnes qui quitteraient leurs paroisses en fraude de la loi, conservant
» l'intention d'y rentrer, après avoir contracté dans une autre paroisse, ne pour-
» raient se marier validement en présence du curé de cette dernière paroisse, avant
» qu'elles n'y eussent résidé six mois ou un an, suivant les règlements du diocèse. »
(Monseigneur Gousset, *Théologie morale*, t. II, p. 561.)

Ainsi la règle est incontestable aujourd'hui comme autrefois; en France,
l'ordinaire est au lieu du principal établissement, et si vous tenez à le constituer ailleurs, il vous faut au moins six mois de résidence.

Enfin, et c'est là le sixième point, la licence ou délégation que peut accorder l'ordinaire est de *droit étroit*. A ce titre, elle doit être expresse et jamais
tacite; à ce titre aussi, elle ne peut se subdéléguer que si le concédant originaire s'est exprimé nettement à cet égard, et elle ne saurait *à fortiori* être
obtenue à l'insu du déléguant sous la forme d'une dispense de publication de
bans. C'était là le droit ancien : *Licentia est stricti juris*, disait un canoniste célèbre, *ac strictissime ad limites verborum intelligenda, ideoque
concessa ad unam causam seu ad unum actum trahi non potest ad alium.*
C'est encore là le droit moderne : « La délégation nécessaire pour la célébration du mariage, dit très bien Mgr Gousset, doit être expresse ; elle ne se
présume pas, » et il ajoute : « Celui qui est délégué ne peut subdéléguer, à
moins que la commission ne renferme expressément cette faculté. » (*Théologie
morale*, t. II, p. 562.)

Ces six règles une fois reconnues, et elles sont incontestables aux termes
des canons et de la doctrine, le mariage de Renteria ne saurait avoir de
valeur au regard de la législation espagnole. Passons, en effet, de la théorie à
l'application, et rapprochons chaque fait du procès des principes que nous
venons de poser.

Ce qui crée la véritable clandestinité canonique, c'est l'incompétence de
l'officier religieux qui assiste au mariage. Or le curé de Renteria était par lui-
même radicalement incompétent ; il n'était pas le curé des parties, qui n'ont
jamais habité sa paroisse que pendant l'espace de deux heures.

Cette incompétence est-elle couverte par une permission de l'évêque de
Pampelune ? Non : l'évêque de Pampelune ne pouvait être l'ordinaire des
parties qui ne l'ont jamais vu, et qui n'ont mis le pied sur le territoire de son
diocèse que pour aller le 8 novembre à Renteria.

Les véritables ordinaires des parties sont l'archevêque de Paris et l'évêque
de Versailles. Eussent-ils donné la licence ou la délégation, elle ne saurait
passer au curé de Renteria, auquel elle n'était point adressée, et l'archevêque
de Bordeaux n'eût pu subdéléguer sans une autorisation expresse. Mais, en
fait, on ne produit pas cette délégation de l'archevêque de Paris ou de l'évêque
de Versailles. Tous deux n'ont accordé qu'un certificat de dispense de bans,
et ils songent si peu à déléguer qu'ils intitulent ces deux pièces : dispense de
publications ! Il y a plus : l'archevêque de Paris pense si peu à l'hypothèse d'un
mariage en Espagne, et si bien à un mariage français contracté d'abord « devant
l'officier de l'état civil, » ensuite devant « le curé de Sainte-Marie à Bordeaux, » qu'il adresse la dispense de bans à cet ecclésiastique, et qu'il retire
la dispense elle-même s'il y a « empêchement civil ou empêchement canonique. » N'est-ce pas là une pièce exclusivement destinée à un mariage con-

tracté en France, seul pays qui distingue les empêchements civils des empêchements canoniques? Ainsi, ou il faut soutenir, en renversant toutes les
règles, qu'en dispensant des publications, l'archevêque de Paris et l'évêque
de Versailles ont accordé à leur insu, sans s'en douter, une délégation trans-
missible d'une manière indéfinie, ou il faut convenir avec nous que jamais ces
deux ordinaires de M. Pescatore et de madame Weber n'ont donné la *licentia*.

Monseigneur l'archevêque de Bordeaux pouvait-il alors l'accorder lui-même
et couvrir ainsi l'incompétence du curé de Renteria? Non évidemment, car
six semaines de séjour à Giscours n'ont jamais constitué l'ordinaire. Le domicile des parties était toujours soit à Paris, soit à la Celle ; et la discipline constante de toutes les églises de France, et du diocèse de Bordeaux comme des
autres, est de n'admettre la création d'un nouvel ordinaire qu'après six mois
au moins de résidence. Lors même qu'un moindre délai suffirait en Italie, en
Espagne ou ailleurs, qu'importerait, puisqu'il s'agit ici d'un lien territorial se
formant et se brisant selon les usages mêmes du pays où vous voulez l'établir
en vous constituant paroissien ? Pour ce lien territorial, l'empire de la vieille
maxime est souverain : *Locus regit actum.* Vous gardez vos domiciles à Paris
et à la Celle, et vous ne restez que six semaines à Giscours : jamais ce séjour
momentané n'a pu vous constituer un troisième ordinaire. Donc la licence de
l'archevêque de Bordeaux est complétement non-avenue. Ainsi rapprochés des
principes, les faits ne résistent pas à l'examen ; il faut aboutir par une voie
logique et irrésistible à la clandestinité, et par conséquent à la nullité. Et de
bonne foi ai-je rendu le Droit canonique trop sévère ? J'en appelle non-seulement aux docteurs qui l'étudient théoriquement, mais aux canonistes qui l'appliquent, aux pays dont il est encore la loi. J'en appelle à la grande tradition
historique qui nous explique sa naissance et son développement dans le passé.
Partout, j'en suis sûr, la réponse serait la même. Non le Droit canonique
n'aurait pas régné en souverain sur l'Europe : non, il n'aurait pas préparé notre
Droit, en devenant lui-même non pas seulement la loi du corps ecclésiastique,
mais la législation humaine et à moitié civile de chaque nation chrétienne :
non, il n'aurait pas donné au mariage tant de grandeur et de vitalité comme
institution sociale, s'il n'avait été qu'un ensemble de prescriptions élastiques
ou contradictoires. Or donner à la *licentia* comme le fait la demande, une
portée sans limites, admettre qu'elle se transmettra tacitement dans un simple
certificat de bans, à l'insu même du déléguant, laisser l'ordinaire changer ou
se multiplier au gré des parties, sans conditions fixes, par des séjours acci-
dentels, sans se conformer même à l'usage du diocèse nouveau où l'on veut
dresser sa tente, ce n'est plus faire du Droit, mais éluder toutes les règles.
La législation canonique n'est plus alors qu'un crible impuissant à travers
lequel tout peut passer, ou une doctrine arbitraire au nom de laquelle on doit
tout absoudre.

Deux mots maintenant du Droit français. La clandestinité du mariage est
également, sous l'empire du Code Napoléon, une nullité d'ordre public que
tout intéressé peut invoquer. La publicité, qui seule rend les unions valides,
n'est point laissée non plus au choix des parties, et elle doit résulter uniquement de l'accomplissement des formalités substantielles que la loi a prescrites
pour la célébration. Néanmoins, le législateur comprend qu'il serait trop dur

d'imposer ces formes françaises aux nationaux que des affaires ou un domicile retiennent loin de la patrie sur un sol étranger, et pour eux, il proclame l'empire souverain de cette règle déjà pratiquée en Droit canonique : *Locus regit actum.*

Toutes les nations, messieurs, n'ont point admis avec la même largeur l'application de ce principe si libéralement proclamé par la France, et l'Angleterre elle-même, ce pays si cosmopolite, dont les sujets parcourent sans cesse le monde, ne permet à ses nationaux de recourir aux formes étrangères que lorsqu'ils ont sur ce territoire étranger lui-même une résidence ou un établissement qui les y rattache. Nous, nous avons proclamé sans restriction la règle salutaire du droit des gens : *Locus regit actum,* et nous avons eu raison. Mais c'était bien le moins que si la loi française permettait de contracter à l'étranger, avec les formes étrangères, ce lien important du mariage, elle imposât aux contractans qui viendraient réclamer en France les bénéfices de ce contrat passé loin d'elle, la nécessité de l'avertir. Cet avertissement, elle l'a prescrit impérativement, et il doit résulter de l'accomplissement de deux formalités, les publications avant le mariage, la transcription lorsqu'il est consommé.

L'omission de la transcription ne saurait jamais détruire la validité d'un acte accompli. L'omission des publications qui devaient le précéder le pourrait-elle ? C'est là une question que la jurisprudence tranchait toujours dans un sens affirmatif dans les premiers temps qui ont suivi la promulgation du Code Napoléon ; elle la décidait même d'une manière absolue et sans exception, en regardant les publications comme une formalité substantielle pour tous ceux qui contractaient mariage loin de l'autorité française. Puis les faits entrèrent en lutte avec le Droit, et l'issue de semblables luttes, quand les espèces sont favorables, c'est toujours le triomphe du fait. Le fait triompha donc, mais comment ? A l'aide uniquement d'un moyen terme que je trouve éminemment pratique et empreint de sagesse. On repoussa le système de la nullité dans tous les cas, mais sans jamais admettre celui de la validité quand même. On valida, si l'absence de publications se trouvait un élément quelconque de publicité au moins à l'étranger, si les parties y résidaient, s'y étaient fait connaître et avaient là une sorte de domicile qui expliquait leur oubli des formalités françaises et leur désir de ne pas revenir se marier dans la mère-patrie. On annula, si les parties n'avaient été à l'étranger que pour se marier, si elles y étaient inconnues, sans résidence, sans idée d'établissement, si en un mot il n'y avait eu publicité nulle part, ni en France, où on n'avait pas fait de publications, ni à l'étranger, où on n'avait pas même de domicile.

Ainsi, dans ce système transactionnel, admis aujourd'hui par la jurisprudence unanime des Cours impériales et de la Cour de cassation, on ne demande aux parties, pour valider leur union, qu'une chose, mais on la leur demande rigoureusement : la bonne foi de deux contractans oubliant la loi, les usages de la patrie, voulant non pas éluder les prescriptions, mais se marier là où les retiennent leurs affaires, leurs intérêts, les affections d'un nouveau pays et négligeant dans ces contrées, où ils suivent d'autres formes que les nôtres, de faire connaître à la France une union qu'ils ne cachent à personne. Voilà les oublis dont la jurisprudence relève, voilà les fautes de négligence qu'une interprétation trop sévère de la loi ne doit point frapper, et l'arrêt du 28 mars

1854 a trop nettement formulé ce dernier terme de la lutte, et ce système pratique de conciliation, pour que je ne cite pas ces remarquables considérans de la Cour Suprême :

« Attendu qu'aux termes de l'art. 191 du Code Napoléon, la publicité est la con-
» dition essentielle de tout mariage contracté par tout Français; que cette condition
» fondée sur des motifs d'ordre public, est absolue ; qu'elle n'est subordonnée à
» aucune autre, et que le vice résultant de son absence constitue par lui-même une
» nullité; que si le législateur dans l'intérêt des Français domiciliés ou résidant à
» l'étranger, a pu admettre suivant la disposition de l'art. 170 du même Code, que
» les publications faites en France auraient pour effet de satisfaire à la condition de
» publicité, et si l'on doit admettre avec la jurisprudence que, même l'absence de
» ces publications pourrait, en certains cas, ne pas être considérée comme entraînant
» la nullité du mariage, il appartient aux juges français d'examiner et d'apprécier
» les circonstances dans lesquelles le mariage a été contracté et de rechercher si la
» conduite des époux n'a eu d'autre but que de les soustraire ouvertement et à
» dessein aux obligations de la loi, et de faire impunément à l'étranger ce qu'il eût
» été impossible de faire en France. »(Dalloz, 54 1-202).

C'est la même pensée qu'avait déjà reproduite la Cour de cassation, lorsque, dans son arrêt du 6 mars 1837, elle avait dit avec énergie :

« Il ne peut suffire à des Français de passer à l'étranger pour affranchir leur ma-
» riage de toutes les conditions imposées par des lois françaises. »

Si c'est là le dernier état du Droit, comment le mariage de Renteria serait-il valable en présence de principes aussi nettement formulés? Est-ce que la clandestinité n'est pas évidente au regard de la loi française ? A-t-on adopté les formes prescrites par elle? Non, puisqu'on passe en Espagne pour les éviter. A-t-on au moins transcrit sur les registres de France cette union pour laquelle on a été chercher des témoins, un officier public et un sol étrangers ? Non. A-t-on fait les publications en France, prescrites si impérativement par l'art. 170? Non.

La clandestinité est donc complète en deçà des Pyrénées. Y a-t-il au moins un élément de publicité au delà des frontières, sur le territoire espagnol lui-même ? Non, les parties n'y ont ni résidence, ni domicile, ni idée d'établissement futur; elles y sont complétement inconnues; ce village de Renteria, elles ne l'ont jamais vu, et n'y restent que deux heures, le temps de demander le curé, de recevoir dans sa chambre la bénédiction religieuse, de visiter un instant l'église, et de faire atteler de nouveau la chaise de poste. La clandestinité est au delà de la frontière, telle qu'aux yeux de la législation espagnole elle-même deux indigènes ne pourraient se marier ainsi ; et pour donner à l'union du 8 novembre un caractère ou une apparence de vie, on ne soutient pas qu'il y a eu publicité à Renteria, mais on couvre le vice en invoquant deux pièces émanées de prélats français, la délégation de l'archevêque de Bordeaux et la dispense de publications religieuses. Puisque, jusqu'ici, la publicité n'est nulle part, ni en France, où on évite toutes les prescriptions de la loi, ni en Espagne, où on n'a pas même l'apparence d'une résidence, il faut de toute nécessité, ou trouver cette publicité dans les deux pièces que je viens de citer, ou proclamer avec la Cour de cassation, que le mariage est nul et que les parties n'ont pu faire impunément à l'Étranger ce qu'il eût été impossible de faire en France.

Or, de bonne foi, peut-on voir le moindre élément de publicité pour la France dans cet acte secret et exclusivement religieux de la délégation résultant d'une lettre confidentielle adressée par Mgr de Bordeaux soit au curé de Renteria, soit à l'évêque de Pampelune? De bonne foi, peut-on trouver davantage cet élément de publicité dans la pièce qui dispense à l'église de toute publication? Ceci ne se discute pas, et il faut dès lors arriver à proclamer la clandestinité absolue de l'acte de Renteria vis-à-vis de la loi française.

Voilà le résultat inévitable que l'argumentation la plus habile, que le talent le plus souple ne saurait éviter, et que nous vous demandons, non pas en vertu d'une loi de rigueur dont nous rendrions le texte inflexible, mais au nom de la jurisprudence la plus douce, la plus pratique, la plus indulgente pour les négligences et les faiblesses de l'homme; au nom, je le répète, d'une jurisprudence qui, pour être sagement humaine, a adouci, au lieu de l'exagérer, la loi qu'elle était chargée d'appliquer.

Clandestinité canonique, clandestinité civile, voilà les deux termes qui résument l'acte de Renteria. Ai-je besoin d'ajouter que cette double clandestinité a été volontaire de la part des parties? Sur ce troisième point tout est surabondant.

Quel est l'âge de M. Pescatore et de madame Weber? Si à vingt ans, sous l'empire d'une passion dominante, on oublie la loi et les formalités qu'elle prescrit pour ne songer qu'à s'unir plus promptement, est-ce qu'on a cette excuse de l'oubli après douze ans d'une vie irrégulière, lorsqu'il s'agit, non plus de faire un rêve d'avenir, mais de réparer froidement un passé qui vous laisse le remords sans les illusions?

A-t-on pu oublier ou ne pas savoir la loi, lorsqu'on a, dans le monde financier et dans les hautes régions de la société parisienne, une situation depuis longtemps conquise? Le peut-on, surtout, quand on a été marié déjà comme M. Pescatore, quand on a assisté au mariage de sa sœur, et qu'on a rempli les formalités de publications pour soi-même, comme madame Weber, en vue d'une union qui ne s'est pas réalisée?

Est-ce involontairement et de bonne foi qu'on néglige les publications et la transcription civile quand on accomplit avec soin la transcription religieuse et qu'on s'empresse de demander la dispense des publications ecclésiastiques?

Est-ce que le motif du respect humain suffit à expliquer l'omission systématique de tout ce qui est prescription civile, lorsque le mariage civil lui-même pouvait être célébré si facilement et sans éclat, loin du regard de tous? Mais nous voulions, direz-vous, ne point indiquer la date à laquelle l'irrégularité cessait, et rendre, par conséquent, secrètes aux yeux de ceux qui nous approchaient une union, qui, en légitimant nos relations dans l'avenir, les accusait dans le passé. Eh bien! c'est si peu là votre motif, qu'immédiatement après le 8 novembre et le voyage à Renteria, vous écrivez précisément à ceux qui vous approchent, à la famille, aux collatéraux, aux femmes surtout qui s'abstenaient jusque-là, vous écrivez la bonne nouvelle, vous indiquez l'acte accompli, le lieu où la régularisation du passé s'est faite, le sol étranger sur lequel il a fallu se rendre, le vénérable prélat qui a aplani les voies, et qui a dispensé de la publicité redoutée.

Ah ! si toutes les formalités civiles ont été omises, ce n'est donc pas par oubli ; ce n'est donc pas par une fausse honte ou par respect humain. Non, le mobile de l'omission est ailleurs, et ce mobile-là n'est douteux pour personne. Oui, les formes civiles ont été systématiquement écartées parce qu'elles ne servaient pas, ou plutôt parce qu'elles compromettaient le but unique qu'on voulait atteindre. Ce but, c'était le mariage de conscience, et rien au delà. Il y a une lettre capitale au procès, et qui l'a dit très haut : c'est la lettre de Mgr l'archevêque de Bordeaux à l'évêque de Pampelune. Tout est là. Il faut expliquer au prélat étranger pourquoi deux inconnus vont passer la frontière, fuir l'officier de l'état civil et l'officier religieux de leur patrie, et demander la bénédiction nuptiale au premier curé de l'Espagne qui leur sera désigné. Et l'explication nécessaire, sans laquelle le curé de Renteria et l'évêque de Pampelune ne les eussent pas reçus, écoutez comme on la donne :

« Permettez-moi de vous adresser M. Pescatore, qui désirerait ne s'unir que reli- » gieusement avec une personne..... »

Tant que cette lettre — retirée, mais jamais démentie, — ne sera pas produite, tant qu'on ne demandera pas à l'archevêque de Bordeaux, qui a été le conseil des parties et qui a donné la pièce importante du dossier, la *délégation*, d'y joindre la lettre d'envoi qui, seule, en explique le but et la portée ; tant qu'on ne sollicitera pas de Son Éminence ce que madame Weber peut si facilement obtenir d'elle, ou une copie ou un extrait de cette fameuse lettre, dont l'avocat de la demande n'a pu nier l'existence ; tant que les choses en resteront là, il sera avéré pour tous que la phrase lue et copiée par le subrogé-tuteur est textuelle, et que la question d'intention est tranchée.

En vain parlera-t-on de cette autre lettre du cardinal de Bordeaux adressée au procureur impérial ; en vain dira-t-on qu'on s'est mépris sur son sens et sa portée, et que le défenseur de madame Weber l'a inspirée lui-même à l'archevêque comme une protestation contre les insinuations dont le clergé pouvait être l'objet. En vain produira-t-on une troisième lettre du cardinal qui n'est qu'un appel à la conciliation dans l'intérêt de madame Weber, dont on interprète l'intention. On ne répond pas à un argument aussi pressant et aussi décisif que celui que je présentais tout à l'heure en demandant au cardinal des lettres nouvelles. Il n'y avait qu'un moyen de répondre, et il eût tout tranché, c'était de demander au prélat ou la copie ou un extrait de cette première lettre à l'évêque de Pampelune. Voilà ce qu'on n'a pas fait et ce qu'on ne veut pas faire, et cependant, toute la défense de madame Weber sur la question d'intention était là, si réellement la phrase citée n'existait pas.

Ce résultat, on est obligé de l'admettre pour M. Pescatore, et on se borne à plaider, en faveur de madame Weber, l'ignorance où elle pouvait se trouver. Quoi ! madame Weber aurait pu prendre pour un mariage à la fois civil et religieux l'acte de Renteria ! Mais pour qui, et dans l'intérêt de qui donc se célébrait l'union ?

Cette bénédiction nuptiale n'avait-elle pas été sollicitée par elle, exclusivement par elle ? N'était-elle pas la conséquence nécessaire de l'abjuration du

4 novembre ? Rentrant dans le giron de l'Église catholique, il fallait, de toute évidence, ou rompre avec M. Pescatore, ou régulariser les relations par la réception du sacrement de mariage. Pour elle l'alternative était inflexible, ou bien alors l'abjuration du 2 novembre n'eût été qu'un sacrilége et qu'une comédie. Et cet acte de Renteria que la conscience lui imposait, que son influence devait dicter ensuite à M. Pescatore, elle n'en aurait pas connu, étudié, sondé la portée ! Messieurs, la nouvelle convertie mise en demeure au nom de la foi qu'elle adoptait, de quitter la fortune et les grandeurs, ou de procéder au mariage, a tout fait, croyez-le bien, pour rendre le lien aussi complet que possible. Elle a dû connaître à l'avance toutes les conditions et tous les caractères de cette union, de même qu'elle avait dû calculer tous les moyens nécessaires au succès.

Comme néophyte, elle a voulu le mariage, comme femme surtout elle l'a ardemment désiré. Que dis-je, elle l'a préparé de longue main, et son honorable défenseur, en nous révélant cette scène mystérieuse et dramatique de l'empoisonnement, nous a initiés aux douleurs et aux espérances de madame Weber, avant le 8 novembre. La résistance passive au moins venait de M. Pescatore : accablée sous le poids du remords ou de la situation fausse qu'elle s'était créée, madame Weber s'empoisonne. Cet acte de désespoir ne la tue pas, mais la sauve. M. Pescatore touché va céder ; l'influence de la pensée religieuse augmente le remords de l'une et l'émotion de l'autre. Le mariage, ce grand acte qui va couronner leur carrière avancée déjà, qui va jeter un voile sur un passé qu'il faut faire oublier, le mariage si vivement désiré se décide, et la femme qui a obtenu ce grand succès ignore les conditions de ce succès lui-même ! Est-ce croyable ! est-ce possible ! l'ignorance de madame Weber ? Mais depuis quinze ans elle voyait bien que M. Pescatore reculait devant le lien, et ces répugnances, ces transactions du dernier moment, ces hésitations de l'homme qui, à demi vaincu, cherche encore à se marier le moins possible, elle ne les aurait pas connues ! M. Pescatore aurait consenti au mariage de conscience et repoussé le mariage civil, et madame Weber n'aurait rien su de cette intention que la lettre à l'évêque de Pampelune a si nettement reproduite !

Mais quel rôle fait-on donc jouer à l'archevêque de Bordeaux ? Quoi ! il est le confident, le conseil de madame Weber ; il l'a ramenée au bercail, il lui doit ses lumières, ses avis, sa direction. C'est pour lui l'enfant d'adoption, puisque c'est la néophyte et la brebis égarée qui retrouve le pasteur, et cette femme à genoux devant lui, il l'aurait trompée ! Sachant la pensée de M. Pescatore, connaissant les conditions auxquelles il accepte le mariage, les écrivant lui-même à l'évêque de Pampelune, il les cacherait à une seule personne, à celle qui est directement intéressée à les connaître ! Non, cela n'est pas, parce que cela ne peut pas être, et pour soutenir un seul instant que madame Weber, que M. Pescatore n'ont point volontairement omis toutes les prescriptions civiles, et n'ont point vu exclusivement dans l'acte de Renteria un pur mariage de conscience, il faudrait anéantir tous leurs actes, déchirer toutes les pièces, oublier tous les faits.

Ainsi le mariage invoqué est clandestin au regard du Droit canonique, clandestin au regard de notre Droit civil, et cette clandestinité-là, les parties

III.   **17** l'ont voulue et cherchée, précisément parce qu'elles ne songeaient à réaliser qu'une simple union de conscience. Or ces trois points me suffisent, et j'ai hâte de terminer ce long débat. C'est un honneur, sans doute, messieurs, de parler le dernier dans ce grand procès, mais je sens surtout que c'est un péril d'avoir à revenir deux fois sur une cause épuisée. Aussi fermons les livres, laissons un instant les Mémoires, oublions en terminant les principes du Droit pur, en présence desquels le triomphe des héritiers est certain, et demandons-nous en hommes pratiques, en jurés, en arbitres, si vous le voulez, ce que d'autres gagneraient à détruire ainsi le pacte de famille, à briser l'œuvre et la volonté dernière du testateur.

Serait-ce pour madame Weber une question d'honneur? Mais l'honneur, c'est le nom apparemment, et ce nom du défunt, quel est donc l'héritier qui le lui a contesté?

Serait-ce une question d'équité et de convenance? On semble l'indiquer quand on parle des droits de la collaboration, de la possession d'état, de la part qu'elle doit avoir dans la distribution de ces richesses à l'augmentation desquelles elle avait concouru dès 1837. Mais la transaction dont tout le monde a parlé même à la barre, n'a-t-elle point porté le legs du testament à 150,000 livres de rente? Est-ce que devant ce dernier chiffre, le reproche serait encore sérieux et le veuvage sans dignité? Non : on l'a reconnu tout à l'heure : dans l'intérêt de madame Weber elle-même, il vaut mieux parler moins d'équité et de convenance. Qu'on plaide le droit, à merveille, s'il est pour elle ; mais ce droit, qu'elle invoque aujourd'hui, elle n'y a pas cru le 8 novembre 1851, à la date du mariage de Renteria ; elle n'y a pas cru en 1852, à la date de la donation ; elle n'y a pas cru en 1853, en 1855, à chacune des dates du testament et des codicilles, et à l'heure suprême de la mort. Chacune de ces libéralités nouvelles attestait que donataire et donateur ne croyaient point à ce droit qu'on invoque, et nul n'y croyait, parce que sérieusement il n'existait pas.

A côté de madame Weber, l'autorité religieuse gagnerait-elle à la solution qu'on vous propose? Si vous accueillez le système de la demande, il sera sans doute très facile au pouvoir religieux d'arriver de lui-même et à l'aide d'un détour à la frontière, à réaliser en France et pour des Français qui ne quitteront pas le pays, un mariage civil que l'autorité laïque n'aura jamais connu. Et alors se pose cette alternative : ou on usera de cette faculté ou on ne s'en servira pas. Si quelques imprudents en usent, c'est là une arme dangereuse qui blessera les mains qui la toucheront, jusqu'au jour où le pouvoir civil voudra, au milieu d'une lutte, la reconquérir ou la briser. L'immense majorité s'abstiendra, dites-vous ; soit, je le veux bien. Je ne crois point, en effet, que l'acte de Renteria soit un essai, je n'y vois que la piété d'un prélat qui a voulu sauver une âme et effacer aux yeux de l'Église un scandale. Mais il suffit que le clergé puise dans votre jugement cette faculté détournée, pour attirer sur lui bien des soupçons : l'agitation qu'a produite ce procès n'en est-elle pas la preuve? A tous les points de vue, l'autorité religieuse ne peut que perdre au gain d'un semblable procès, et voilà pourquoi nous vous disons : En maintenant le droit vis-à-vis de tous, épargnez aux imprudents une tentation dangereuse ; épargnez aux sages des défiances imméritées.

Et maintenant, que pourrait donc y gagner la loi ? L'auriez-vous rendue plus douce, plus humaine ? Non, messieurs ; mais vous permettriez à tous de se jouer d'elle impunément. Ce serait là le dernier résultat pratique du succès de la demande. En 1851, on aurait tout éludé sciemment, à dessein, parce qu'on ne voulait ni de la loi ni du lien civil qu'elle sanctionnait. Deux ou quatre ans après, on pourrait à son gré, du vivant des deux parties ou au décès de l'une d'elles, réclamer sans formalités nouvelles les bénéfices de cette loi qu'on a repoussée, et selon le conseil du caprice ou des intérêts, ressusciter un lien sacré qu'on n'avait pas fait naître.

Les parties alors ne seraient-elles pas maîtresses absolues de la situation ? Et une loi qui ne commande plus et qui ne se défend plus, ne serait-elle pas une loi dérisoire ? Et quand j'entends l'avocat de la demande dire en terminant : « Non, je ne suppose pas que ma cliente puisse succomber sur le terrain du droit ; non, l'hypothèse de la nullité du mariage, j'aurais honte de la faire, et j'en rougirais pour le juge ! » Voilà, moi, le langage qui m'étonne ; je réponds, avec une conviction bien entière : Si la loi subissait cet échec, si elle ne pouvait ni commander ni se défendre, il y aurait là pour elle, messieurs, une de ces situations humiliées dont souffrirait un jour la fierté du législateur, et dont souffrirait demain celle du jurisconsulte. Non, grâce à vous, nous n'en sommes point là, et il faut que le mot de ce procès soit celui-ci : Défendue par un grand talent, la cause de madame Weber a pu devenir une grande cause : mais au dernier jour des débats, devant vos consciences deux fois éclairées, non, elle ne saurait triompher.

JUGEMENT.

Le Tribunal, ouïs en leurs conclusions et plaidoiries Chaix d'Est Ange, avocat, assisté de Laperche, avoué de la femme Weber ; Dufaure, avocat, assisté de Péronne, avoué de Pescatore et consorts ; Senard, avocat, assisté de Denormandie, avoué des membres composant le collége des bourgmestres et échevins de la ville de Luxembourg, ensemble en ses conclusions, M. Pinard, substitut de M. le procureur impérial ;

Vidant le partage, prononcé par jugement du premier de ce mois, et, après en avoir délibéré conformément à la loi, jugeant en premier ressort ;

Sur l'intervention de la ville de Luxembourg ;

Attendu que les legs faits à cette ville, aux termes du testament du 5 octobre 1853, peuvent être modifiés dans leur importance à raison, soit de la demande à fin d'être déclarée femme commune, formée par Catherine Weber, soit à raison des éventualités créées par le testateur dans la part revenant à ses légataires universels ; qu'ainsi la ville de Luxembourg a intérêt et qualité pour intervenir dans l'instance et assister aux opérations de partage ; la reçoit intervenante, et statuant à l'égard de toutes les parties ;

« En ce qui touche les fins de non-recevoir :

» Attendu que, par son exploit introductif d'instance, Catherine Weber demande contre les héritiers et légataires de Pescatore : 1° la liquidation et le partage de la communauté légale qui aurait existé entre elle et Pescatore par suite d'un mariage qui aurait été célébré à Renteria entre les deux parties sans contrat ; 2° la délivrance des legs particuliers faits à son profit par les testaments de Pescatore ;

» Attendu que les héritiers et légataires repoussent la demande en partage, en prétendant que le titre sur lequel elle se fonde est nul, et que Catherine Weber ne justifie d'aucun mariage légal ayant pour effet une communauté légale ; que cette exception est péremptoire et constitue une défense directe à la demande ; que les héritiers Pescatore sont donc recevables à discuter le titre sur lequel l'action est fondée ;

» Attendu qu'on n'oppose aux héritiers aucune reconnaissance valable du mariage ; que des correspondances de famille, soit avant, soit depuis le mariage, ne contenant que l'expression de leurs sentiments et de simples politesses de convenance en cette occasion, ne peuvent constituer une fin de non-recevoir judiciaire, lorsque le caractère et les circonstances du mariage n'étaient pas connus des héritiers ;

» Attendu que la demande n'étant pas formée, leur droit n'était pas ouvert ; qu'ils ont formellement protesté dès le commencement de l'inventaire, et qu'enfin il existe des mineurs dans la cause.

» Au fond,

» Attendu que Catherine Weber produit l'acte d'un mariage célébré à Renteria (Espagne) le 8 novembre 1851, que le tribunal doit donc apprécier la validité de cet acte ;

» Attendu que le droit de célébrer un mariage n'appartient pas en principe au prêtre par la seule vertu de son caractère ; que les lois canoniques, voulant réprimer les abus des mariages clandestins par les règles de la discipline et de la juridiction, n'ont permis au prêtre l'exercice du droit de procéder à la célébration et à la constatation d'un mariage que dans l'étendue de sa juridiction ; que le mariage est donc un acte de juridiction et que celui qui y procède doit, pour être compétent, avoir juridiction sur les deux parties ou au moins sur l'une d'elles ; que ce droit n'appartient qu'au propre curé de l'une des parties, c'est-à-dire exclusivement au seul prêtre qui, par la circonscription territoriale de ses pouvoirs disciplinaires, possède le droit de juridiction, sinon l'acte civil le plus important de la famille serait le plus facile et le plus clandestin ;

» Attendu que le curé de Renteria n'avait *personnellement et directement* juridiction sur une des parties, puisqu'il n'était pas leur propre curé ;

» Attendu que le rapporteur du code Napoléon a dit que la présence de l'officier de l'état civil était essentielle aujourd'hui à peine de nullité, comme l'était autrefois celle du propre curé ;

» Attendu que le curé de Renteria ne pouvait obtenir *indirectement* ce droit de juridiction qu'en vertu d'une *permission* ou *délégation* du *propre curé* ou de l'*ordinaire* de l'une des parties ;

» Attendu que la juridiction étant essentiellement territoriale, le curé de Renteria ne pouvait obtenir cette délégation que de son supérieur, l'évêque de Pampelune ; que ce motif a fait recourir à son intervention ;

» Mais attendu que l'évêque de Pampelune n'était ni le propre curé, ni l'ordinaire des parties, puisqu'elles n'ont pas même séjourné dans son diocèse, qu'ainsi cet évêque n'a pu donner au curé de Renteria un droit de juridiction qu'il n'avait pas lui-même ;

» Que la seule question à examiner est donc celle de savoir si l'évêque de Pampelune ou le curé de Renteria ont pu recevoir de l'archevêque de Bordeaux une délégation valable ; en d'autres termes, si l'archevêque de Bordeaux était le propre curé ou l'ordinaire des parties, parce que sans cette condition sa délégation n'aurait aucune valeur ;

» Attendu que le domicile réel, légal des parties était à Paris ; qu'elles n'avaient qu'une résidence pendant l'été à la Celle-Saint-Cloud, et surtout qu'elles n'allaient à Giscours, diocèse de Bordeaux, que pendant le mois des vendanges ; qu'ainsi le curé de Giscours n'était pas leur propre curé ; que l'archevêque de Bordeaux n'était pas leur véritable ordinaire ;

» Attendu qu'en admettant même qu'un quasi-domicile, une simple résidence puisse suffire à raison de motifs graves, de circonstances urgentes, le séjour d'*un mois* est toujours exigé par les interprètes les plus faciles, *avec l'intention d'y rester et d'y établir son domicile ;* que les parties n'ont habité Giscours que très passagèrement et jamais avec l'intention d'y fixer leur domicile ; qu'ainsi l'archevêque de Bordeaux n'était pas leur ordinaire ; que le mariage religieux n'a été ni publié ni transcrit à la paroisse de Giscours ni à celle de Bordeaux ;

» Attendu que l'abjuration de Catherine Weber entre les mains de l'archevêque de Bordeaux est le fait d'une volonté privée qui ne peut établir qu'un lien purement spirituel, et ne constitue ni le domicile ni le curé dans sa juridiction territoriale et disciplinaire ;

» Attendu, en droit, que de simples dispenses de publications ne sont pas des permissions ou délégations attributives de juridiction pour procéder à la célébration d'un mariage, mais des formalités relatives à sa publicité ; qu'il est certain, en fait, que les dispenses accordées par l'archevêque de Paris et l'évêque de Versailles étaient dans leur pensée comme dans leur rédaction, destinées à un curé de France, et par conséquent, après l'acte de l'officier civil ; que rien n'y fait supposer la pensée d'un mariage en pays étranger ; que celles données par l'archevêque de Paris, le véritable ordinaire des parties, sont adressées nominativement au curé de l'église de Sainte-Marie à Bordeaux, pour Catherine Weber, sa paroissienne, et Pescatore, paroissien de Notre-Dame-de-Lorette, et portent : *S'il n'y a point d'empêchement civil et canonique ;* qu'il est donc impossible de les attribuer au curé de Renteria, et que cependant la délégation doit être directe et individuelle ;

» Qu'ainsi Pescatore et Catherine Weber n'ont été mariés ni directement par leur propre curé, ni indirectement par une délégation régulière, et que si les parties ont reçu le sacrement du mariage pour tranquilliser leur conscience, il n'existe aucun mariage dérivant d'une juridiction légale et de nature à produire tous les effets civils ;

» En ce qui touche l'acte sous le rapport civil,

» Attendu que si l'article 170 du Code Napoléon déclare valable le mariage contracté en pays étranger, s'il a été célébré dans les formes usitées dans le pays, il exige, par une disposition claire, précise, absolue, et comme condition essentielle, qu'il ait été précédé de publications en France ; que ce principe n'a pas été admis pour favoriser ceux qui quittent la France pour se marier sciemment en fraude de la loi, mais pour venir en aide à une situation naturelle, grave, urgente et digne de la protection de la loi ; que, dans la cause, il ne s'agit pas d'un mariage entre Français résidant, voyageant même en Espagne, mais entre Français, après une heure de présence, dans la chambre d'un prêtre inconnu, devant un témoin inconnu des parties, sans motifs sérieux et légitimes, mais en fraude patente et avouée de la loi ;

» Attendu que les dispositions de l'art. 170 n'ont pas pour but seulement de prévenir les mariages contractés en prohibition des conditions de parenté et d'âge, et d'appeler sur eux seuls la répression de la justice, puisque ces mariages sont déclarés nuls par des dispositions spéciales ; que l'expression : « *selon les formes* » atteste que la pensée du législateur a été plus étendue, comme le dit le rapporteur du Code Napoléon, en prohibant les mariages contractés sciemment en fraude de la loi, de ses prescriptions de publicité, et par suite clandestinement ; qu'en effet les obstacles résultant de l'âge et de la parenté, et les cas d'opposition légale ou paternelle ne sont pas les seuls cas dans lesquels la publicité soit utile ;

» Attendu que Pescatore veuf et Catherine Weber fiancée avec publications à Strasbourg, assistant en 1850 au mariage de sa sœur, connaissaient, indépendamment de leur position dans le monde, les obligations de la loi civile ;

» Qu'ils n'ont point agi par entraînement, puisque depuis dix ans ils vivaient irrégulièrement au su d'un assez grand nombre ; que l'âge et la santé leur permettaient de satisfaire à la loi, car le fait d'un empoisonnement, résultat de la résistance de Pescatore à un mariage civil, n'a pas fait obstacle au voyage de Bordeaux et d'Espagne ;

» Qu'aucune considération d'enfants, d'intérêt et de famille ne les obligeait à procéder sans les formalités légales ;

» Attendu qu'ils n'ont pas même voulu de la facile clandestinité de Giscours et d'une simple transcription sur les registres civils ; que lorsque l'on rapproche de ces omissions volontaires les formalités religieuses de délégation, dispenses et transcriptions qui ont seules occupé leur pensée, on ne peut expliquer cette désobéissance flagrante que par la volonté d'un mariage religieux et de conscience, selon l'expression de l'archevêque de Bordeaux ;

» Que Pescatore a déclaré que l'archevêque leur avait *évité toute publicité ;* que cependant la publicité de la célébration est essentielle, et que, dans la cause, la clandestinité a été volontaire ;

» Attendu que, sans céder à la crainte de semblables et nombreuses émigrations, il faut reconnaître que c'est le cas prévu par la lettre du 26 janvier 1807, du rapporteur du Code Napoléon, portant : « que le mariage est » clandestin lorsqu'il est contracté en fraude des lois, en passant quelques » heures sur la terre étrangère, » et par l'arrêt de la Cour de cassation, qui déclare clandestin ce mariage qu'il eût été impossible de faire en France ;

» Attendu que le mariage est encore nul, en rapport avec notre droit public :

» Qu'en effet, il ne s'agit pas d'un mariage célébré à Giscours après un mois de résidence, mais du mérite de la délégation de l'archevêque de Bordeaux à un curé, en pays étranger, pour célébrer un mariage valable et produisant ses effets civils en France ;

» Que l'archevêque de Bordeaux, aux termes de l'art. 54 du Concordat, ne pouvant former lui-même le lien civil et célébrer religieusement le mariage avant l'acte de l'officier civil, ne pouvait déléguer ce droit à un autre prêtre français ou étranger ; qu'aussi la délégation n'a été donnée, comme l'archevêque le déclare dans la délégation même, et n'est valable que par la volonté des parties *de s'unir religieusement* ; que l'archevêque confirme cette déclaration en disant, dans sa lettre postérieure, qu'il n'a voulu porter atteinte directement ou indirectement à nos institutions ;

» Qu'enfin le curé de Renteria déclare procéder, non par son propre droit, mais par *autorisation* de l'archevêque de Bordeaux *à ses paroissiens*; que si cette délégation donnée à un curé étranger était valable, elle produirait les effets civils que n'aurait pu produire une délégation donnée à un curé français ;

» En ce qui touche la possession d'état :

» Attendu que cette possession, nouvelle pour quelques-uns, était ancienne pour le plus grand nombre, par le nom et ancienne cohabitation ;

» Que d'ailleurs, il importe peu que l'acte ait été transcrit dans les registres de deux paroisses et que l'avis du mariage ait été donné à la famille, parce que les faits postérieurs ne peuvent réparer le vice originel inhérent à la célébration ;

» Attendu que la bonne foi suppose le plus ordinairement une erreur de fait, une cause inconnue, alors que les formalités légales ont été observées ; qu'en admettant même l'erreur de droit, elle ne pourrait s'appliquer à la cause ; qu'on n'est pas réputé de bonne foi lorsque sciemment on a employé tous les moyens de faire fraude à la loi ;

» Attendu que Catherine Weber a été fiancée avec publications à Strasbourg, témoin du mariage de sa sœur après publications à Paris ; qu'elle n'a pas demandé que son mariage fût célébré soit à Paris, soit à Giscours; qu'elle a accepté le voyage en Espagne et qu'elle a nécessairement connu la lettre de l'archevêque de Bordeaux déléguant le curé pour un mariage religieux;

» Qu'elle n'a pas insisté pour la transcription du mariage en France, alors que toutes les formalités religieuses y avaient été observées ;

» Attendu qu'après avoir apprécié la valeur légale de l'acte, l'intention des parties peut encore en faire apprécier le caractère ;

» Attendu que Pescatore a résisté à un mariage parce que Catherine Weber était protestante ; que cet obstacle a été levé par l'abjuration ; que Pescatore a résisté à un mariage civil, parce que sa position de fortune rendait indispensable un contrat de mariage et sa publication ; qu'il savait, par les contestations survenues sur la liquidation de la communauté résultant de son premier mariage, que le défaut de contrat établissait la communauté légale, que cependant il n'a pas fait de contrat ;

» Attendu que Pescatore a refusé de faire des publications et une transcription en France ; qu'on ne peut attribuer cette conduite à un sentiment de pudeur, puisque Pescatore a annoncé officiellement son mariage à sa famille, selon l'expression de sa correspondance ;

» Que le secret d'un mariage célébré à Giscours ne pouvait le satisfaire, parce qu'il ne voulait pas contracter un mariage civil, mais un mariage de conscience; que toutes ces circonstances ne sont pas de simples omissions, mais qu'elles tendent à changer la nature de l'acte; que Pescatore n'a accepté le voyage en Espagne que parce que le mariage religieux y était possible, comme il le dit dans sa correspondance; que la lettre de l'archevêque de Bordeaux attestant la volonté des parties de se *marier religieusement* n'a été ni démentie ni produite; qu'il y a aveu sur ce fait; que d'ailleurs cette lettre est confirmée par celle plus récente de l'archevêque qui déclare n'avoir conseillé ni favorisé un mariage en fraude de la loi;

» Attendu que toutes les dispositions des testaments de Pescatore sont en contradiction évidente avec un mariage civil et une communauté légale, et présentent Pescatore comme disposant en maître absolu de sa fortune, notamment l'imputation des *dons manuels* antérieurement faits à Catherine Weber sur la somme de 500,000 francs, le legs des meubles de sa chambre, l'usufruit du mobilier de la Celle-Saint-Cloud à la même, et la nue propriété à la femme Dutreux, la terre de Giscours à Guillaume Pescatore, l'hôtel de Paris à la femme de Scherff, et 200 actions de Decize à la femme Beving, des sommes importantes, les statues, tableaux et objets d'art à la ville de Luxembourg, enfin l'institution de légataires universels, c'est-à-dire la disposition de sa fortune entière;

» Attendu que Catherine Weber, qui a connu toutes ces dispositions, et surtout les nouveaux avantages contenus dans le second testament fait la veille de la mort de Pescatore, en présence de la famille, de témoins et de notaires, les a acceptés sans aucune protestation et n'a point invoqué le bénéfice de la communauté légale; que cette pensée n'était à ce dernier moment, dans l'esprit d'aucune des personnes présentes;

» Que la demande actuelle de Catherine Weber est donc en contradiction avec les intentions bien connues de Pescatore;

» En ce qui touche la demande en délivrance de legs;

» Attendu que les héritiers Pescatore ont constamment déclaré qu'ils consentent à l'exécution du testament, que leurs conclusions subsidiaires ne tendent qu'à s'opposer au cumul en cas de communauté légale reconnue; qu'ainsi il n'y a lieu de s'y arrêter;

» Par ces motifs, le Tribunal :

» Déclare civilement nul le mariage célébré à Renteria, le 8 novembre 1851, entre Pescatore et Catherine Weber;

» Déclare Catherine Weber mal fondée dans sa demande en partage d'une communauté légale;

» Donne acte aux héritiers et légataires Pescatore de ce qu'ils offrent d'exécuter les deux testaments de Pescatore;

» En conséquence, dit que dans la quinzaine de la signification du présent jugement, il sera fait délivrance à Catherine Weber des legs contenus dans le testament olographe du 5 octobre 1853, et le testament authentique du 8 décembre 1855, sinon que le présent jugement en tiendra lieu;

» Condamne Catherine Weber aux dépens envers toutes les parties en cause. »

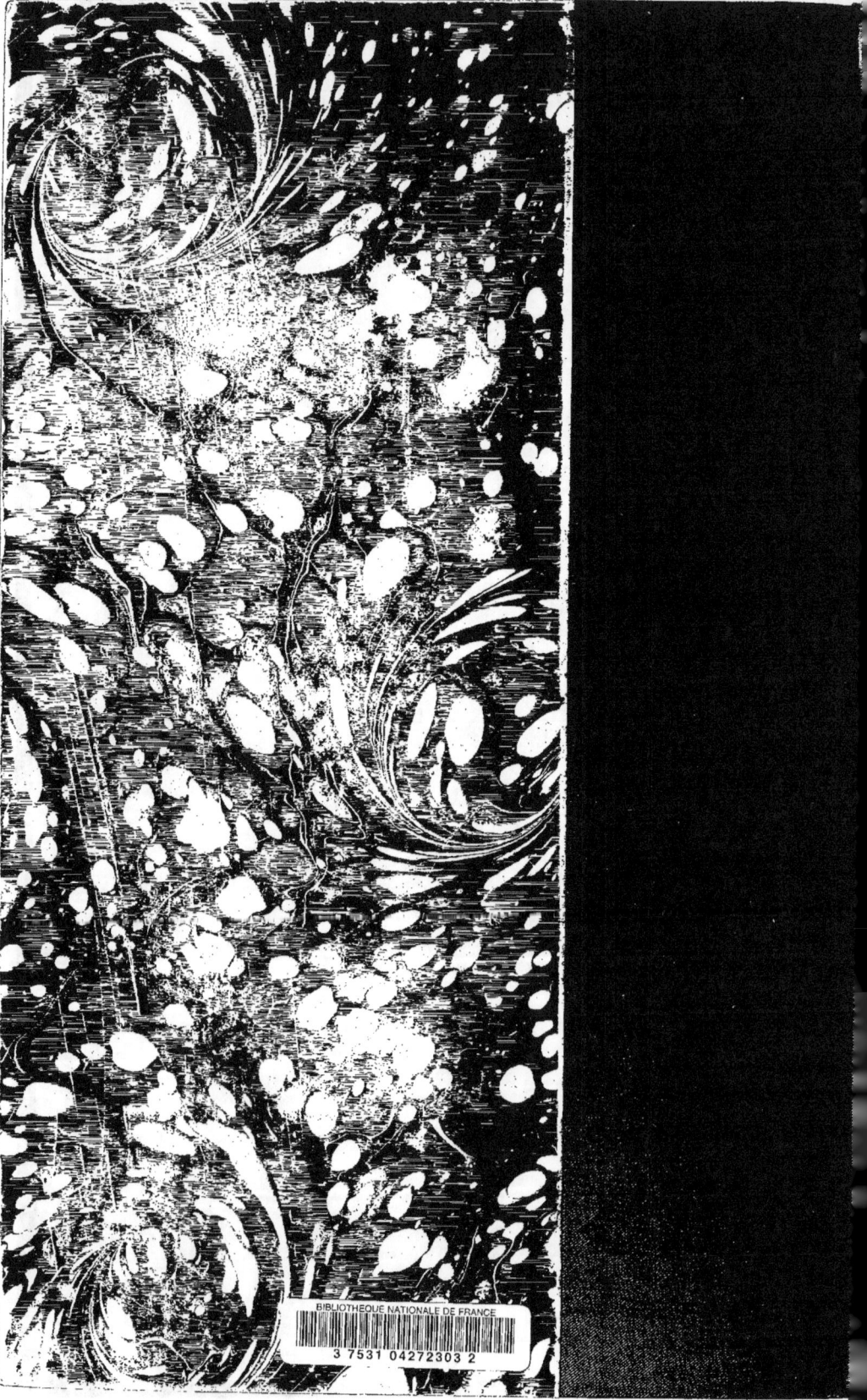